Amanda Bur[...]

11427- 55ave

T6H-0X3

Edmonton, AB

Welcome to Edmonton - I hope you donate a little money to responsible film.

ÉLAN

En français mon amour

Yvone Lenard

California State University, Dominguez Hills

with photography by Wayne ROWE

Holt, Rinehart and Winston

New York   San Francisco   Toronto   London

Text permissions:
We wish to thank the authors and publishers for granting permission to reprint the following excerpts:

Louis Pauwels, *Henry Miller* from *En français dans le texte*, Éditions France Empire
Raymond Queneau, *Zazie dans le métro*, from *Zazie dans le métro*, Éditions Gallimard
René de Obaldia, *Jusque z'à preuve du contraire* from *Du vent dans les branches de sassafras*, Éditions Grasset
Jean Renoir, *La Presse de 1870 sur les premiers Impressionnistes* from *Renoir*, Société des Gens de Lettres
Roland Barthes, *Le Vin et le lait*, from *Mythologies*, Éditions du Seuil
Benoîte Groult, *L'Autoroute et moi*, from *Ainsi soit-elle*, Éditions Grasset
Edmonde Charles-Roux, *Lettre de Saint-Tropez* from *L'Irrégulière*, Éditions Grasset
Hervé Bazin, *Abel et Annick* from *Le Matrimoine*, Éditions du Seuil
Simone de Beauvoir, *Qu'est-ce qu'une femme*, from *Le Deuxième Sexe*, Éditions Gallimard
Alain Decaux, *Le Mariage de Marie-Antoinette et du futur Louis XVI* from *Les Grandes Heures de Versailles*, Librairie Académique Perrin
Parlez-moé pu, une chanson québécoise, Productions Frank Henry Inc.

Photo permissions:
All color and black and white photographs by Wayne ROWE except for the following:

New Directions: p. 19;   French Cultural Services: 20, 21, 79, 202, 268;   HRW: 111, 208 (Russell Dian), 266, 267 (Skip Clark), 295;   Mobil Oil Corporation: 155;   UTA French Airlines: 177;   UPI: 202,;   Rapho Photo Researchers: 237;   French Embassy Press and Information: 267, 288, 295.

Cartoons on pages 5, 11, 48, 173, 206, 271, by Ric Estrada; on pages 111, 113 by Morris, from *Lucky Luke*, Dargaud Éditeur

Cover photographs: *front cover:* **Ansouis** (the fortified entrance);
back cover; **Paris** (Lisa and Philippe on the second platform of the *Tour Eiffel*).
Both photographs by Wayne ROWE

Library of Congress cataloging in publication data
Lenard, Yvone.
   Élan En français mon amour.

   Includes index.
   1. French language—Grammar—1950–   I. Title.
PC2112.L39   448'.2'421   79-20576
ISBN 0-03-045961-3

1 2 3 4 5   032   9 8 7 6 5 4 3 2

Ce livre est dédié au village d'Ansouis
et à ses habitants, en qui bat le coeur
de la Provence.

Table des Matières

PROGRÈS IV   87

PROGRÈS V   118

Préface à votre ÉLAN

« *Aimer, c'est reconnaître que l'autre*
existe autant que soi-même. »

SIMONE WEIL
Présidente du Parlement Européen
Ministre de la Santé Publique
Avocate et juge

This book is addressed to students who have decided to continue their study of French. It can therefore be assumed that Mme Weil's felicitous definition applies here. You have already made that commitment by which you "recognize that the other exists as much as yourself." The "other," in this case, being a people of another nationality, another language, another culture: *The French.* You already like what you have learned about them enough to want to know more, and *especially about their language, which is the essence of any culture.*

The spirit of the book: This text applies, at the intermediate level, the fundamentals of the Verbal Active method which I have developed, basing my thought on principles enunciated in this century by Emile B. de Sauzé, but traceable as far back as that little known disciple of Descartes, Cordemoy, whose ideas on language and its nature are examined in Noam Chomsky's, *Cartesian Linguistics.* Reduced to their simplest expression, these principles endorse the belief that language is generated, uniquely created by each speaker, rather than mimicked and memorized. Taking this definition or language as a point of departure, the Verbal Active method applies two basic principles: *single emphasis,* which consists in learning one thing at a time, and only one thing; and *multiple approach,* which means that every point of language is approached from its four aspects: listening, speaking, writing and reading.

The intent of the book: is to improve reading and writing skills, and above all, to continue building on the oral proficiency developed at the elementary level.

Every effort has been made to convey a language which is useful, because it is contemporary and idiomatic, using the everyday words of the French language (*un gars, un gosse, du fric, de la veine,* for instance) which we call « le français quotidien » or « le français familier. » We have avoided the slang of the subcultures which is ephemeral in nature and becomes quickly dated. The French found in this text reflects the language spoken in France today by people of all ages.

The structure of the book: *Élan* is divided into 11 *Progrès.* Each *Progrès* represents a complete step towards mastery of French. The following chart shows its basic components.

PART I

**Grammar
Structure
Prononciation with
Intensive Practice**

Objectives   of the *Progrès*.

Introduction   New points of language are introduced— or reviewed—conversationally.

Explications   Explanations of the new—or reviewed— grammar involved.

Exercices   A variety of structured exercises designed to practice and reinforce each point.

Prononciation   A short, practical section on one distinct problem of French pronunciation. Examples are taken from the immediate text.

PART II

**Reading
Culture
Vocabulary
Application of
grammar
Conversation**

En français mon amour   A chapter in the adventures of Lisa, Philippe, Jacques and others. Different locales, different aspects of French life appear, as seen by Lisa, who spends her first summer in France.

Questions   These questions are based on the text, and are to be answered without reproducing it.

Répondez dans l'esprit du texte   A new format for creative questions and answers more loosely based on the text.

**Literary reading
Comprehension and
(optional) Translation**

En français dans le texte   A selection by a French writer (de Beauvoir, Queneau, Barthes, etc.) in keeping with the subject of the corresponding episode of *En français mon amour*.

Questions   Based on the preceding text.

Translations   A *Version*, translation of a passage from *En français dans le texte* into idiomatic English. And a *Thème*, translation into idiomatic French of a short passage in English, using vocabulary and structures of the preceding text.

**Practical conversation
Vocabulary**

Conversation and *Situations*   A double page spread giving samples of conversations, and asking students to build their own.

Original composition

Composition   One, or several subject(s) for composition, with suggested guidelines.

PART I

Objectives: A detailed list of the grammar topics to be covered in the *Progrès.* This section serves as a practical study and review aid.

Introduction: All the grammatical elements within the *Progrès* are introduced here in conversational form. This section can be used in a number of ways, depending upon the goals and teaching method of each individual instructor. It can serve as a script for role playing. It can provide a basic pattern for conversation between instructor and students, in which the grammar points are presented in an oral, inductive manner. It can be assigned for home study, and then be used as a point of reference during the grammar presentation; or it can be read and dramatized in class, with the instructor developing the new structures into a practical classroom conversation.

Explication: This section comprises the grammar explanations. They are written in an informal style, often addressing the reader directly. Grammatical terminology is simple, and kept at a minimum. This is in keeping with our conviction that grammar represents a means to an end, but is not, for our purpose, an end in itself. The *Explications* will be assigned for home study, and they will serve as reference material to be consulted whenever necessary.

Exercices: These offer a greater variety than is usually found in intermediate texts. A large number of exercises covering all points within the *Progrès* help the students check their mastery, and offer the instructor a great deal of flexibility. Each instructor can determine which exercises he/she prefers to do orally in class, which are best assigned for individual work at home, and which will fit the review needs of particular students. Some exercises may be left aside entirely, others may be reserved to be used as examination material.

Translation exercises: A few exercises involve translation from English to French. We have included these at the express request of some of our colleagues, who find translation highly desirable at this level. These exercises are printed in italics and may be used, or omitted, according to each instructor's philosophy of teaching.

Prononciation: These short sections are meant as practical pointers. They emphasize the sound of vowels (mastery of French vowels is perhaps the single most important element of a good pronunciation); the sound of letter-groups, such as *-ill, -euil, eil*; pronunciation of word endings, verb endings, etc. In the case of *liaisons*, only the compulsory ones are indicated. These sections are to be examined in class, where the instructor can model the sounds and have the students repeat and practice them.

The *Prononciation* sections are reproduced on the tapes that accompany *Élan*, exactly as they appear in the text.

PART II*

This part of the *Progrès* capitalizes on the newly acquired skills and weaves them into reading, conversation and writing activities.

* Progrès 11, the last in the text, has a slightly different format.

En français mon amour: This is the title of the serialized story, based on true events, of a young American woman, Lisa, and her first encounter with France and the French. The story takes place in Paris and in the Provence. Several aspects of French culture and society are seen through Lisa's eyes. The new structures are used repeatedly in the story in a variety of contexts. The language is contemporary and practical. Each chapter is followed by *Questions,* to be answered without repeating the text, and by *Répondez dans l'esprit du texte,* in which students must derive information implied by the actions of the characters, but not explicitly stated in the text.

En français dans le texte: Taking as a general title that phrase often found in works translated into French from another language, this section includes short selections from the writings of authors such as Roland Barthes, Raymond Queneau, René de Obaldia, Simone de Beauvoir, Benoîte Groult, Edmonde Charles-Roux, etc. Each selection is followed by *Questions,* which again must be answered without reproducing the text, and which are often designed as short subjects for discussion (*En français dans le texte* is also the title of the work from which our first selection is drawn).

Traductions: Each of these selections is followed by a dual translation exercise, *Version* and *Thème.* The *Version* asks the students to translate the preceding text (or part of it) into its fluent English equivalent. The *Thème* is a short text in English, based on the vocabulary and idioms of the literary selection, in which the students will actively use material mastered a little earlier. Both exercises are meant to serve as an introduction to the art of translating skillfully from one language into another. Here again, we have included these translations at the express request of many colleagues who deem them to be important, and valid at the intermediate level. We suggest that those with a different philosophy of teaching simply disregard them.

Conversation: True to our firm intent to continue developing conversational skills at this level, we present a number of practical situations: meeting people, travel, invitations, shopping, even the metric system in everyday use. Dialogues are provided, not to be memorized, but studied, because they are rich in idiomatic expressions. These expressions are to be used, in turn, in a variety of contexts suggested by the *Situation* section which follows. We hope that these situations will serve as point of departure for some lively, creative exchanges.

Composition: This is the capstone of each *Progrès.* We propose one, or several subjects, followed by a number of questions to be used as guidelines in preparing a personal essay, using freely and creatively the language and grammatical structures of this and the preceding *Progrès.*

THE LABORATORY PROGRAM

The tape program accompanying *Élan* is composed of 11 tapes and the *Cahier de Laboratoire.*

The tapes: For each *Progrès* there are two tape sessions with Part I following the materials of Part I in the text, and Part II, those in Part II in the text. Each session lasts between 20 and 30 minutes. The contents follow closely that of the book but do not reproduce it, with the exception of the pronunciation sections.

The tapes include exercises on the main grammar points covered, a conversation, questions, a dictation or a comprehension exercise. All grammar exercises are four-phased, to allow the students the opportunity to check their responses and to repeat the correct one after the speaker.

The Cahier de Laboratoire: The work in this *Cahier* can only be done by listening to the corresponding tapes. This requirement is an essential element of a successful lab program. Students are requested to fill in part of the cue sentence as well as the key words of the response. Thus, the *Cahier* becomes a complete record of the laboratory work. It adds a new dimension to the lab, combining, as it does, purely oral work with writing activities.

Students should work with the tapes twice: first for listening and speaking practice, without the *Cahier,* then a second time, with the *Cahier* in hand, to write answers as indicated.

Instructors might want to adopt a way of correcting the students' work we have found practical: At mid-term and final exam time, ask that all *Cahiers* be placed on your desk and check them during the examination. The *Cahier* provides an excellent measure of a student's assiduity and achievement.

A FEW WORDS ABOUT EN FRANÇAIS MON AMOUR

The characters photographed are not models: Lisa, Philippe and Jacques, as well as the others, do exist as depicted, and little about their life and personalities has been changed, with the exception of their last names.

The village of Ansouis (Vaucluse), in the Provence, exists, and has existed, with little change, for well over a thousand years. When you visit France, you can find it by following the itinerary described in *Veux-tu que je te dise où le soleil brille? (Progrès 6).*

Tu ou Vous? The book uses both. Philippe says *vous* to Lisa throughout. Jacques, on the other hand, says *tu* to her from the beginning, and she reciprocates, of course, in both cases. This is the way Philippe and Jacques speak in real life because of their background, their way of life, the image they have of themselves. There is no doubt that everyone who wants to speak French must be able to use *tu* and *vous* as needed. I have heard the argument that only *tu* should be taught, since students usually address each other in this way. This is not a valid position. First, you will not speak only to other students, second, you will not be a student forever, and you will at all times encounter situations in which the use of *vous* is absolutely necessary. If one were to know only one form of address, there would be far fewer chances of embarrassment by using only *vous* than by using only *tu*.

ACKNOWLEDGEMENTS

The materials contained in this text have been critically reviewed entirely, or in part, by:

Professors Edward BROWN, University of Arizona
Marthe LAVALLÉE-WILLIAMS, Temple University
Leona LEBLANC, Florida State University, Talahassee
Frances LAUERHASS, California State U., Dominguez Hills
Sylvie MARSHALL, San Francisco City College
Marcia MARVIN, Portland Community College
Gerald MEAD, Northwestern University
Mahmut OZAN, Miami Dade County Community College
Christian PHILIPPON, Mills College
Elisabeth QUILLEM, California State U., Long Beach
Richard SMERNOFF, State U. of New York, Oswego
Donald WEBB, California State U., Sacramento
Janet WHATELY, University of Vermont

to these, the author expresses her appreciation and gratitude for helpful suggestions and comment.

Thanks also go to Miriella MELARA and Roger BONILLA for their competent assistance in proofreading and the preparation of vocabulary and Index.

The author wishes to thank here Foreign Language Publisher, Rita PEREZ, Senior Development Editor, Marilyn HOFER, Copyeditor Phyllis BLOCK. Working with them has been a privilege and a rewarding experience.

Letters from both students, and instructors to the author about their reactions to *Élan* will be gratefully acknowledged.

Et maintenant, avec vigueur, style et grâce
PRENEZ VOTRE **ÉLAN!**

Y.L.

Vous permettez, mademoiselle?

INTRODUCTION
Les verbes *être, avoir, aller, faire* au présent, et quelques usages idiomatiques de ces verbes

L'impératif affirmatif et négatif de *être, avoir, aller, faire*

emmener une personne et *emporter* un objet. Récapitulation des verbes formés sur *mener* et *porter*

L'emploi de *depuis*, et *il y a, voilà* avec le présent: *Je suis ici depuis trois jours.* ou: *Il y a deux heures que je vous attends!* ou: *Voilà deux heures que je vous attends!*

L'emploi de *pendant* avec une expression de durée: *Je travaille pendant deux heures*. (Et l'emploi possible de *pour* avec une durée généralement future: *Je suis à Paris pour six mois*)

quelque part

La succession: *d'abord, et puis, ensuite.* La conséquence: *alors, aussi*

PRONONCIATION: Signes diacritiques: accents, cédille, tréma

EN FRANÇAIS MON AMOUR: *Vous permettez, mademoiselle?*

EN FRANÇAIS DANS LE TEXTE: Louis Pauwels: *Henry Miller, Américain malgré lui*

CONVERSATION: *Comment on fait connaissance*

progrès 1

INTRODUCTION

Déclaration et question	Réponse

être

Quel jour **sommes-nous?** (ou: Quel jour **est-ce?**)

Nous sommes lundi. (ou: **C'est** lundi.)

Quelle heure **est-il?**

Il est six heures du soir. (ou: Il est dix-huit heures.)

Où **êtes-vous** d'habitude, à six heures?

D'habitude, je suis en route. Je suis **en train de** rentrer chez moi. *[on the road]*

Êtes-vous pressé, d'habitude?

être presser - to be in a hurry

Oui, d'habitude, je suis pressé, parce que je suis généralement **en retard.**

Et aujourd'hui?

Aujourd'hui, je suis **en avance!** Il est six heures et je suis **de retour.** *[early]*

La circulation est lente, le lundi soir.

traffic   slow

Je suis d'accord avec vous. L'autoroute est encombrée. Il y a des **embouteillages.** *[back] [freeway] [traffic jams]*

Soyez prudent quand vous conduisez!

be   careful *[be calm (don't worry)]*

Soyez tranquille. **Ne soyez pas** inquiet pour moi. Je conduis prudemment. */ɛ̃/ [do not worry about me]*

avoir

Quel âge **avez-vous?**

Votre question est indiscrète, mais je vais vous répondre: **J'ai** vingt ans.

Vous **avez** les cheveux bruns et les yeux verts. C'est très joli!

[you are too kind] Oh, vous êtes **trop** gentil. (Je sais qu'on ne dit pas **merci** en réponse à un compliment, en français.)

Avez-vous peur des embouteillages, sur l'autoroute?

[especially] Oui, surtout les jours où **j'ai hâte de** rentrer de bonne heure. *[anxious to get home]*

Avez-vous faim?

Non, je n'ai pas faim, mais **j'ai soif. J'ai honte de** dire que j'ai mangé une tablette de chocolat à trois heures! (**Je n'ai pas le temps de** déjeuner le lundi.)

Do you need to be on a diet
Avez-vous besoin de régime?

Oui, je suis toujours au régime . . . plus ou moins. *more or less*

Vous avez raison. Mais **vous avez tort** de manger du chocolat!

much will power Oui, je sais. J'ai beaucoup de volonté et je résiste à tout, sauf à la tentation.

Ayez plus de volonté une autre fois!

I can res
N'ayez pas peur.

Do not be affraid

aller / emmener / emporter

Bonjour. Comment **allez-vous?**

Je **vais** bien, merci. Et vous, ça **va?**

Oui, merci, ça va. (Ça va bien, mal, pas mal, etc.)

Je vais au travail à huit heures. Et vous?

Moi aussi. **Nous** y **allons** à la même heure.

Chaque matin, **je vais chercher** un copain. Je vais le chercher, parce qu'il n'a pas de voiture.

C'est gentil. Vous l'**emmenez** tous les jours?

Oui, je l'emmène tous les jours. Et **j'emporte** mon déjeuner. Et vous?

Non, je ne l'emporte pas. Je n'ai pas le temps de déjeuner quand je suis au bureau ou à l'université.

Où **allez-vous dîner,** ce soir?

Je **vais aller dîner** au restaurant. Je vous emmène?

D'accord. Et avant le dîner, **allons voir** un de mes amis.

Bien sûr. Mais **n'allons pas** dîner **trop** tard.

faire

Salut. Quel temps **fait-il?**

Il **fait** froid. Il fait du vent. J'ai très froid. Et vous?

Moi aussi. Ah! Je pense à la Côte d'Azur! Là-bas, il fait chaud, il fait soleil . . .

Oui, il y fait beau presque toute l'année.

Faisons un voyage. Je vous emmène.

Je n'ai pas le temps de faire un voyage. Mais j'ai une heure de libre. **Allons faire** une promenade. Il fait mauvais, mais **ça ne fait rien.**

Vous avez raison. **Ça ne fait rien.** Emportez votre imperméable.

D'accord. J'emporte aussi mon parapluie.

Qu'est-ce que **vous faites,** pendant le week-end?

D'abord, je **fais le ménage.** Puis, **je fais des courses, je fais la cuisine.** Le dimanche, **je fais des promenades, je fais du sport,** je vais voir des gens. Et vous?

Moi aussi. **Je fais du tennis.** Quelquefois, je travaille le dimanche. Alors, **je fais des économies.**

Vous faites des économies? C'est très bien. Moi, je dépense tout mon argent, et **je fais** même quelquefois **des dettes.**

Faites attention! Ne faites pas de dettes impossibles à payer.

3

depuis (avec le présent) et *il y a, voilà*

Depuis combien de temps étudiez-vous le français?

J'étudie le français **depuis un an.**

Depuis combien de temps êtes-vous dans cette ville?

Je suis ici **depuis dix ans.**

Il y a une heure que je vous attends!

Mon dieu, je suis désolé! Je suis en route **depuis** une heure, mais la circulation est lente, à cause des embouteillages.

Minuit déjà! **Voilà** quatre heures que nous sommes ensemble!

Quatre heures déjà? C'est vrai. Il est minuit, et nous sommes ensemble depuis huit heures.

pendant (et l'omission de *pendant*)

Qu'est-ce que vous faites, **pendant** la classe de français?

Pendant la classe de français, nous parlons et nous écoutons.

(Pendant) combien de temps dure la classe?

Elle dure (pendant) une heure.

(Pendant) combien de temps travaillez-vous au bureau?

Je travaille (pendant) deux heures tous les jours. Mais je ne travaille pas pendant le week-end.

(Pendant) combien de temps allez-vous faire du ski?

Je vais faire du ski (pendant) huit jours. Je fais toujours du ski pendant les vacances de Noël.

quelque part—somewhere

Je sais que je vous ai rencontré **quelque part,** mais je ne sais pas où.

Oui, moi aussi. Je suis sûr *(sure)* de vous avoir rencontré **quelque part.** Nous étions peut-être étudiants dans la même école?

La succession: *d'abord, et puis, ensuite* | La conséquence: *alors, aussi*

D'abord, je fais des projets. *next (then)* **Et puis,** je fais mes bagages. **Ensuite,** je vais à l'aéroport. *(next)*

Oui. Et quand vous arrivez dans une nouvelle ville, **d'abord** vous cherchez un hôtel, **puis** vous visitez la ville et **ensuite** vous allez voir des gens.

Je vais habiter six mois à Paris. *So* **Alors,** j'ai besoin d'un appartement. Avez-vous une adresse?

Oui, j'ai des amis qui sont absents cette année, **aussi** leur appartement est vacant. *(also)*

Adverb of time —D'abord (first)

EXPLICATIONS

I. *Le verbe* **être**

Le verbe **être** est probablement le plus employé de la langue française.

A. Conjugaison de **être,** au présent de l'indicatif, et à l'impératif:

PRÉSENT			IMPÉRATIF	
			Affirmatif	*Négatif*
je	suis	nous sommes	Sois	Ne sois pas
tu	es	vous êtes	Soyons	Ne soyons pas
il / elle on / c' } est		ils / elles ce } sont	Soyez	Ne soyez pas

B. Quelques usages idiomatiques de **être:**

1. **Quelle heure est-il?**

Il est une heure (juste).
 une heure cinq, dix.
 une heure et quart.
 une heure vingt, vingt-cinq.
 une heure et demie.
 deux heures moins vingt, moins vingt-cinq.
 deux heures moins le quart.
 deux heures moins dix, moins cinq.
 deux heures juste.

Il est une heure, deux, trois, quatre, cinq, six, sept, huit, neuf, dix, onze heures **du matin.**
Il est **midi.**
Il est une heure, deux, trois, quatre, cinq heures **de l'après-midi.**
Il est six, sept, huit, neuf, dix, onze heures **du soir.**
Il est **minuit.**

Vous avez rendez-vous à deux heures de l'après-midi:
 Si vous arrivez à 2h. 05, vous êtes **en retard.**
 Si vous arrivez à 2h. juste, vous êtes **à l'heure.**
 Si vous arrivez à 2h. moins cinq, vous êtes **en avance.**

2. **être d'accord:** Si vous avez la même opinion que moi, **nous sommes** d'accord.

«Vous êtes charmant!
—Tiens! Moi aussi, je pense que je suis charmant! Nous sommes absolument d'accord.»
Tout le monde n'est pas d'accord avec la politique du Président.

3. **être en train de**

De six heures à sept heures, je suis sur l'autoroute.
Je suis en train de rentrer chez moi.
↳ *I am on the way to my house*

5

Vous êtes en train d'étudier votre leçon.

On n'aime pas répondre au téléphone quand **on est en train de** dîner.

L'expression **être en train de** indique une action en progrès avec insistance sur le fait qu'on est occupé à faire cette action.

II. Le verbe **avoir**

Avec **être**, c'est un des verbes les plus employés.

A. Conjugaison de **avoir** au présent de l'indicatif et à l'impératif:

PRÉSENT			IMPÉRATIF	
			Affirmatif	*Négatif*
j' ai	nous	avons	Aie	N'aie pas
tu as	vous	avez	Ayons	N'ayons pas
il / elle } a	ils / elles	ont	Ayez	N'ayez pas
on }				

B. Il y a une grande quantité d'expressions idiomatiques avec le verbe **avoir**. Par exemple:

1. Quel âge avez-vous? J'ai X ans.

   Avez-vous les cheveux longs ou courts? **J'ai les** cheveux mi-longs et bouclés. **J'ai les** yeux bleus. **J'ai la** peau brune. **Vous avez le** nez court.

   J'ai faim, parce qu'il est midi. **J'ai soif** parce qu'il fait chaud.

   Avez-vous généralement **raison** ou **tort** dans une discussion? (Les gens obstinés **ont** souvent **tort**).

   J'ai **besoin** d'un franc pour téléphoner.

   J'ai envie d'une glace à la fraise.

   J'ai hâte de rentrer chez moi le soir.

   J'ai peur d'avoir un accident sur l'autoroute.

   J'ai honte d'admettre mes défauts.

   Toutes ces expressions emploient une construction semblable:

   > **avoir** + un nom sans article + verbe infinitif

2. Il y a un grand nombre d'autres expressions avec **avoir** qui ont une construction différente, parce que le nom est employé avec un article. Par exemple:

   avoir l'habitude de   J'ai l'habitude de passer mes vacances en France.

   avoir l'intention de   J'ai l'intention de faire un voyage à Noël.

   avoir la place de   Avez-vous la place de mettre toutes vos affaires?

   avoir l'âge de   À dix-huit ans, on a l'âge de voter.

Ces expressions emploient la construction:

> **avoir** + article et nom + **de** et verbe infinitif

III. *Le verbe* aller

C'est un autre verbe fondamental.

A. Conjugaison de **aller,** indicatif présent et impératif:

PRÉSENT				IMPÉRATIF	
				Affirmatif	*Négatif*
je	vais	nous	allons	Va	Ne va pas
tu	vas	vous	allez	Allons	N'allons pas
il / elle, on	va	ils / elles	vont	Allez	N'allez pas

B. Le verbe **aller** a des quantités d'usages. Par exemple:

1. comme formule de politesse:

Comment allez-vous? (Je vais) très bien, merci. (Comment vas-tu?)
ou, dans le français quotidien[1]: Ça va? Oui, merci, ça va (Ça va très bien, très mal, pas mal).

2. pour exprimer l'idée de mouvement d'un endroit[2] à un autre. Quand il y a mouvement d'un endroit à un autre, on emploie souvent le verbe **aller**. Par exemple:

Je fais un voyage. Je vais à New York. (En voiture? Par avion? En autocar? Par le train? Par un autre moyen de transport? Vous spécifiez si vous pensez que c'est nécessaire.)

Remarquez: Pour éviter de répéter le verbe **aller** trop souvent, on emploie aussi le verbe **se rendre**:

Le Président **se rend** à Londres, puis à Paris, accompagné de son cabinet.

Comparez le français avec l'anglais. En anglais, la manière du mouvement est souvent indiquée par le verbe:

I travel[3] *to Europe.* = Je vais en Europe, je me rends en Europe.
I fly to Paris. = Je vais (me rends) à Paris par avion.
I drive to school. = Je vais à l'université en voiture.

---

[1] Nous appelons **français quotidien** le français parlé, et d'usage général dans la conversation de tous les jours. Il faut distinguer ce français quotidien de l'argot (*slang*).

[2] Attention! *a place*, c'est **un endroit**. « Notre université est un endroit agréable. » *the place for something*, c'est **une place**: « Vous êtes assis à votre place. » (Chaque chose à sa place et une place pour chaque chose.)

[3] **Je voyage en Europe** = Je suis en Europe, et là, je voyage. (**Voyager** *does not get you there. It implies that you are already there, just going from place to place within Europe.*)

7

*

> *I take the bus home.* = Je rentre en autobus.
> *We take a bus tour.* = Nous faisons une excursion en autocar.
> *You take the train to town.* = Vous allez (vous vous rendez) en ville par le train.
> *I enjoy flying.* = J'aime voyager par avion.

3. Le verbe **aller** sert à indiquer le futur proche.

> Ce soir, **je vais rester** chez moi.
> Qu'est-ce que **vous allez faire** pendant le week-end?
> Après cette classe, **je vais aller manger** un sandwich.

Le verbe **aller**, suivi d'un autre verbe à l'infinitif (ou de deux, trois autres verbes, tous à l'infinitif) exprime le futur proche (*the near future*). C'est une manière pratique et très employée d'exprimer le futur, ou une action immédiatement probable.

4. aller voir (et **venir voir**)

[handwritten: go to see]

> **Va voir** si le courrier est arrivé.
> **Je vais voir** mes amis, et **je visite** leur ville. *[handwritten: going to see]*
> **Je vais** à Paris **voir** des copains et **visiter** le Louvre. *[handwritten: going]*
> **Venez** me **voir**, et **allons visiter** la cathédrale.

On va (vient) voir une personne, on visite un endroit.

5. aller chercher (**venir** chercher) ou **passer** chercher

> **Je vais chercher** du pain pour le déjeuner.
> **Va chercher** le journal au kiosque.
> **Il va** (**passe**) **chercher** son copain tous les matins.
> **Je vais venir** (**passer**) vous **chercher** chez vous à huit heures.

[handwritten: passer chercher - stop in and get / aller chercher - go for (get) / venir chercher (come and get)]

aller chercher (*to go get, to pick up*) et **venir chercher** (*to come get, to pick up*) sont employés très souvent en français idiomatique. On dit aussi **passer chercher**, qui a le sens de **aller** ou **venir chercher**.

> **Passe** me **chercher** pour aller dîner.

6. emmener et **emporter**

Pendant que nous parlons du verbe **aller**, il est logique d'examiner les verbes **emmener** et **emporter**.

> Venez me chercher, et **emmenez-moi** dîner.
> Je vais chercher un livre à la bibliothèque, et je l'**emporte**.
> En France, on va chercher le pain à la boulangerie, et on l'**emporte**, « nu et joyeux ».

En fait, ces deux verbes font partie du groupe des verbes formés sur **mener** et **porter**. Voilà le tableau récapitulatif de ces verbes.

Les verbes formés sur **mener** et sur **porter**:

[handwritten: On top of something → à (à pied) / in something → en (en avion) with the / exception of par le train]

PERSONNE	OBJET
(ou animal, ou objet qui se déplace seul, une voiture, par ex.)	*en général*

mener *(to lead)*		**porter** *(to carry)*	
amener *(to bring)*	**emmener** *(to take along)*	**apporter** *(to bring)*	**emporter** *(to take along)*
ramener *(to bring back)*	**remmener** *(to take back)*	**rapporter** *(to bring back)*	**remporter** *(to take back)*

Exemples: Je vous invite ce soir: **Apportez** des disques et **amenez** un copain.

À la fin de la soirée, vous **remportez** vos disques et vous **remmenez** votre copain.

Quand je dîne chez ma mère, elle est ravie si **j'emporte** les restes du dîner!

Le voyage idéal? On **emmène** quelqu'un de gentil, et on emporte assez d'argent et de bagages. Mais n'**emportez** pas trop de bagages: Il faut les **porter** pendant le voyage!

Il faut rapporter les livres qu'on **prend** à la bibliothèque.

On appelle «portatif» l'objet qu'on peut **porter**, et qu'il est facile d'**emporter** avec soi.

[handwritten: prendre – take something but do not move from your spot]

IV. Le verbe **faire**

Un autre verbe fondamental!

A. Sa conjugaison au présent de l'indicatif et l'impératif:

PRÉSENT				IMPÉRATIF	
				Affirmatif	*Négatif*
je	fais	nous	faisons	Fais	Ne fais pas
tu	fais	vous	faites	Faisons	Ne faisons pas
il / elle on	fait	ils / elles	font	Faites	Ne faites pas

Qu'est-ce que vous **faites?** Je **lis** un roman.

Je **travaille**.

Remarquez: Le verbe d'une question est souvent répété dans la réponse: Qu'est-ce que **vous lisez? Je lis** un roman. Où **travaillez-vous? Je travaille** dans un bureau. Mais le verbe **faire** est différent. Votre réponse demande souvent (pas toujours, bien sûr!) un **autre** verbe.

B. **faire** a beaucoup d'usages idiomatiques. Vous connaissez probablement quelques-unes de ces expressions. Révisons:

1. Quel temps fait-il?

Il fait beau. Il fait bon. Il fait chaud.
Il fait frais. Il fait froid. Il fait gris.

Il fait soleil. Il fait du vent.

Il pleut, il fait du vent et il fait froid: On dit: « Il fait un temps de chien! » *bad weather*

S'il fait bon, pas trop chaud, pas trop froid, **vous êtes bien**. (Un objet, un endroit sont **confortables**: **Ma chambre est confortable**. Mais une personne est **bien**: **Je suis bien dans ma chambre, parce qu'elle est confortable**.)

2. activités diverses: *people — bien / things — confortable*

On fait un voyage. (Mais **on va à + ville**, où **au / en + pays.**[1])

On fait ses bagages.

On fait du sport, on fait du camping, on fait des promenades.

On fait de l'auto-stop si on n'est pas prudent.

À la maison: On fait son lit, on fait le ménage, on fait la cuisine, on fait la vaisselle.

makes { On fait des courses (= on va au supermarché, à la banque, à la poste, dans les magasins, etc.). *errands*

On fait attention. Si on ne fait pas attention, on fait des fautes et . . . des bêtises! Les gens qui ne font pas attention sont étourdis.

Remarquez des expressions purement idiomatiques avec **faire**:

C'est bien fait! (*Serves me / you / him / her / us / them right!*)

Ça ne fait rien. (*It doesn't matter.*)

* Ça fait bien! (*It looks good, it makes a nice effect.*)

Ça fait du bien. / Ça fait du mal. (*It's good / It's bad for you.*)

Ça fait mal! (*It hurts.*)

Vous prenez des vitamines parce que ça vous fait du bien.

V. L'emploi de **depuis, il y a** *et* **voilà** *avec le présent*

«**Depuis quand êtes-vous** à Paris? *present tense*

—Je **suis** à Paris **depuis** trois jours. »

Il y a deux autres formes possibles pour cette réponse, mais ces formes insistent sur la durée:

«Depuis quand attendez-vous?

—**Il y a deux heures** que j'attends!

ou: **Voila deux heures** que j'attends! »

Mais dans ces trois formes, employez le verbe **au présent**, parce que l'action, commencée dans le passé, continue dans le présent. Dans la logique de la langue française, si une action continue maintenant, elle est présente.

VI. L'emploi de **pendant** *avec une expression de temps*

On emploie **pendant** pour exprimer une durée. Il est généralement possible d'omettre **pendant**, surtout quand il précède un nombre:

Je reste en France **pendant** un an. ou: Je reste un an en France.

Je n'aime pas rester assis **pendant** des heures. Mais au cinéma, je reste assis (pendant) deux heures sans protester.

[1] Pour le tableau complet des prépositions employées avec les noms de villes et de pays, voir pages 127-129, Progrès 5.

Pendant la semaine, je vais à l'université. **Pendant** le week-end, je reste à la maison. Je joue toujours au tennis **pendant** deux heures (ou: Je joue toujours deux heures au tennis.)

Remarquez: **pendant** ou **pour**?

Il est possible d'employer **pour** dans certains cas, et la différence entre **pendant** et **pour** est subtile. Pour simplifier les choses, disons qu'on emploie **pour** dans le cas d'une durée future:

Je suis ici **pour** un mois. = (Je vais rester ici un mois.)

Mais quand la durée est présente ou passée, employez **pendant**:

Je suis resté à Paris **pendant** un mois.
Je reste à Paris **pendant** les vacances.

case

En cas de doute? Il est difficile de faire une erreur grave si on emploie **pendant** dans tous les cas.

EXERCICES

pour is not time
use pendant if in doubt

1. Le verbe **être**

   A. Quelle heure est-il?

   être à l'heure, en avance, en retard, être en train de.

   Complétez les phrases suivantes par un de ces termes.

   Exemple: Quand j'arrive <u>**en retard**</u> à ma classe du matin, le professeur dit: «Bonsoir! »

   1. Zut! Pas de chance! Un embouteillage sur l'autoroute! Je suis _____ de deux heures pour dîner. Quand j'arrive, ma femme est _____ téléphoner à la police.
   2. Le gens ponctuels arrivent exactement _____ . Les gens nerveux sont souvent _____ . Les autres sont souvent _____ .
   3. Le téléphone sonne pendant que je suis _____ dîner. C'est mon copain qui dit qu'il va être _____ d'une heure. (Il va passer me chercher à neuf heures au lieu de huit heures.)

2. Le verbe **avoir**

   Répondez aux questions suivantes.

   Exemple: Comment avez-vous les yeux?
   J'ai les yeux bleus.

   1. Comment avez-vous les cheveux? (longs, mi-longs, courts, frisés, bouclés, raides)

11

2. Comment avez-vous les yeux? (marron, verts, noirs, gris, pers[1])
3. Quel âge avez-vous? Avez-vous l'air plus jeune, ou plus âgé que votre âge?
4. De quoi avez-vous besoin maintenant? De quoi avez-vous envie?
5. Mangez-vous quand vous avez faim? Pourquoi?
6. Que faites-vous si vous avez chaud? Et si vous avez froid?
7. De qui, ou de quoi, avez-vous peur d'habitude?
8. Qu'est-ce que vous avez hâte de faire?
9. Avez-vous honte de quelque chose? (Moi, j'ai honte d'avoir mangé cette tablette de chocolat à quatre heures. . .)
10. Avez-vous l'air d'un(e) étudiant, ou d'une personne qui a une autre occupation? De quoi voudriez-vous avoir l'air (d'une acteur ou d'une actrice, d'un danseur ou d'une danseuse, d'un ingénieur, d'un docteur, etc.)? Un peu d'imagination est absolument nécessaire pour répondre à cette question.

3. Le verbe **aller**

Répondez aux questions.

Exemple: Où allez-vous après cette classe?
Je passe chercher une amie et nous rentrons chez nous.

1. Comment allez-vous, mademoiselle (monsieur, madame)?
2. Salut, mon vieux. Ça va?
3. Allez-vous quelque part[2] ce soir, ou restez-vous chez vous? Pourquoi?
4. Allez-vous souvent voir des amis, ou votre famille? Expliquez.
5. Comment allez-vous: à New York? à Paris? à l'université? à votre prochaine classe?
6. Comment remplace-t-on le verbe **aller**? Par exemple, comment dit-on « Je vais en Europe cet été » avec un autre verbe?
7. Qu'est-ce que vous allez faire ce soir?
8. Qu'est-ce que vous allez faire demain?
9. Quel temps va-t-il probablement faire demain?
10. Allez-vous dîner au restaurant ce soir? Pourquoi?

4. Les verbes formés sur **mener: (r)amener**, **(r)emmener**; et sur **porter: (r)apporter** et **(r)emporter**

Complétez par le verbe approprié.

Exemple: Pour un long voyage j'_____ deux valises.
Pour un long voyage, j'emporte deux valises.

1. J'_____ ma voiture au garage une fois tous les six mois.
2. Vous avez le droit d'_____ vingt kilos de bagages.
3. C'est gentil d'_____ des fleurs à votre hôtesse!
4. N'oubliez pas de _____ mes disques! Je vous les prête à cette condition.

---

[1] entre le vert et le bleu
[2] La négation de **quelque part** est: **ne** _____ **nulle part.** Je ne vais nulle part.

5. Lisa, tu sors? Il va pleuvoir, _____ un parapluie! Mais n'oublie pas de le _____ en rentrant.
6. Tu n'as pas de voiture? Alors je t'_____ à l'université et je te _____ _____ ce soir.
7. Je déteste _____ en voyage les gens qui _____ des masses de bagages.
8. Viens chez moi ce soir: _____ ta guitare, et _____ des gens amusants.

5. Le verbe **faire**

Répondez aux questions.

Exemple: Quel temps fait-il, aujourd'hui?
Il fait gris. Il va probablement pleuvoir.

1. Quel temps fait-il aujourd'hui? Est-ce un temps normal pour la saison?
2. S'il fait très froid, en quelle saison sommes-nous, probablement?
3. Quand la température est agréable, dit-on « Je suis confortable »? Pourquoi?
4. Que veut dire: « Je vais faire des courses »?
5. Quelles sont les activités nécessaires dans un ménage (*a household*)?
6. Si vous ne faites pas attention quand vous conduisez, quelles sont les conséquences? (Un accident? Une contravention?)
7. Comment dit-on: *"It doesn't matter"? "It serves him right"*?
8. Comment dit-on: *"These flowers look good on your desk!" "It doesn't hurt"*?

6. L'impératif des verbes **être, avoir, aller, faire**

*Transformez les phrases suivantes en phrases impératives. Employez **tu** ou **vous** suivant le contexte.*

Exemple: Dites à Mme Talmont de ne pas avoir peur. (*madame*)
N'ayez pas peur, madame.

1. Dites à Bill de faire attention.   (*mon vieux*)
2. Dites à M. Lemaire de ne pas faire attention.   (*monsieur*)
3. Dites à votre mère de ne pas avoir froid.   (*maman*)
4. Dites à votre soeur Gigi d'être à l'heure.   (*Gigi*)
5. Dites à votre copain Marc d'aller chercher Jacqueline.   (*Marc*)
6. Dites au Président de ne pas faire de promesses.   (*Monsieur le Président*)
7. Dites à votre chien de ne pas être stupide.   (*Azor*)
8. Dites à votre amie de ne pas avoir honte.   (*Juliette*)

Exercices de traduction

1. *Comment dit-on, en français?*

Exemple: *We have been in this room for half an hour.*
Nous sommes dans cette pièce depuis une demi-heure.

1. *We have been in this class for a week.*   2. *We have been speaking French for a year.*
3. *I have been hungry for a week. (I am on a diet!)*   4. *You have been old enough to vote since*

your birthday. 5. Jacqueline has had blond hair since last summer. 6. You have been back for an hour. 7. What traffic jams! I have been on the freeway for hours.

2. *Traduisez le passage suivant en français.*[1]

*I have been **saving money for** two months, and this week-end, I am going **to take a trip**. First, **I pack**, and **I take along** a small suitcase. Then, **I drive to** the airport.*

*I already have my ticket, so **I walk** directly to the plane. **I enjoy flying**, especially when **the weather is nice**. The trip **lasts** two hours.*

*When I arrive in San Francisco, **I am anxious to go** to my hotel, so I rent (je loue) a car, and **I drive into** town. **I visit** some friends, and **I take** an old friend of my mother to lunch.*

*In the afternoon, **I take** a bus tour. I buy some souvenirs which I want **to bring back** for my boy friend (mon ami). At seven, my cousin **comes to pick me up**, and he **takes me** to dinner. It is a pleasant evening, and **I am back** in my room at 11 p.m.*

*The next day, **he picks me up**, and **takes me** to the airport. We say goodbye, and **he looks** sad. **It is raining and windy**, so **I am** a little **afraid**. But **all goes well**, and when I arrive, I find my car in the parking lot (dans le parking). Now, **I am in a hurry** to **get back home**.*

PRONONCIATION

Les signes diacritiques: accents, cédille, tréma

1. L'accent aigu **é** [e]

un cours d'**é**t**é**, t**é**l**é**phoner, un teint dor**é**, un caf**é**, je suis am**é**ricaine, d**é**sagr**é**able, j'ai dout**é**, **é**loign**é**, s**é**curit**é**, un **é**crivain, une id**é**e

2. L'accent grave **è** [ɛ]

Sur **e**, on le trouve surtout dans la terminaison: **è + consonne + e muet**

une barri**è**re, votre m**è**re, ma grand-m**è**re, je vous emm**è**ne
premi**è**re, l'atmosph**è**re, c**é**l**è**bre

3. L'accent circonflexe

â, ê, î, ô, û: l'**â**ge, malhonn**ê**te, la t**ê**te, je suis s**û**r, à c**ô**té de moi, s'il vous pla**î**t, Ma**î**tre Audibert

4. La cédille **ç** [s]

Toujours sous un **c**, pour indiquer qu'il est prononcé **s** devant un **a, o, u:**

ce MAIS **ça**
France MAIS français, François
re**c**evoir MAIS j'ai reçu

5. Le tréma **ë, ö, ï**

Placé sur la deuxième voyelle pour indiquer que ces deux voyelles sont prononcées séparément:

No**ë**l, Citro**ë**n, na**ï**ve

---

[1] (Toutes les expressions en caractères gras sont dans le Progrès 1.)

La cathédrale Notre-Dame de Paris. *Lisa va-t-elle la voir si elle accepte l'invitation de Philippe? Expliquez.*

Lisa (à Philippe): Avez-vous l'habitude de draguer à la terrasse des cafés?
Philippe: (Imaginez plusieurs réponses possibles à la question de Lisa)

Vous permettez, mademoiselle?

Il y a trois jours que Lisa est à Paris. Mais pour elle, ces trois jours ont l'air d'être des mois! Elle arrive des États-Unis et elle va suivre un cours d'été à la Sorbonne. Mais en fait, elle va passer deux mois et demi en France, et elle a l'intention de profiter au maximum de sa chance. Il fait beau. C'est l'été. Le soleil brille dans le ciel bleu pâle de Paris, et l'ombre des marronniers est fraîche sur les trottoirs. Pour Lisa, tout est nouveau et passionnant.

Pourtant, hélas, elle ne connaît personne à Paris. Elle habite dans une famille qui a des enfants trop jeunes pour avoir des amis de l'âge de Lisa. Le monsieur et la dame travaillent toute la journée et Lisa les voit très peu. Elle a l'adresse d'une vieille dame, amie de sa grand-mère, mais elle n'a pas très envie de lui téléphoner. . . Elle fait des grandes promenades, et quelquefois, elle sourit aux filles de son âge qu'elle rencontre. Mais elle découvre que les Français sont réservés. . . On ne lie pas conversation aussi facilement que chez elle. Elle a l'impression d'être très seule, quelquefois. . . Elle voudrait bien rencontrer quelqu'un, garçon ou fille, mais comment? Elle ne veut certainement pas avoir des aventures désagréables.

Malgré la réserve des Parisiens, ne soyez pas étonnés si beaucoup de gens regardent Lisa. C'est une jolie fille, intelligente, indépendante et active. Elle a le teint doré par le soleil, elle a les cheveux blonds et les yeux bleus. De son côté, elle est en train de constater que les Français ne sont pas mal du tout. Mais comment briser cette barrière invisible qui semble l'isoler de ces gens qu'elle a tant envie de mieux connaître?

Justement, voilà un grand jeune homme brun, dans une Citroën verte qui est en train de garer sa voiture le long du trottoir, juste au moment où Lisa traverse la rue pour aller s'asseoir à la terrasse du café *Les Deux Magots*. Elle trouve une table libre et commande un Perrier. Le jeune homme s'asseoit à une table voisine, commande un demi° et déplie le *Figaro*. Il lit pendant cinq minutes. Lisa ne le regarde pas, elle est absorbée par ses pensées: «Où rencontrer des gens sympathiques?» Elle est surprise quand elle entend:

« Pardon, mademoiselle. . . Avez-vous l'heure?

—Il est six heures moins le quart, répond Lisa, surprise. Le jeune homme continue:

—Ah, merci. . . Je suis sûr de vous avoir rencontrée quelque part. . . » Lisa sourit à elle-même: Ce n'est pas très original, et elle résiste à la tentation de répondre: « C'est impossible, je n'y vais jamais! » Mais le jeune homme insiste:

—Sur la Côte d'Azur? Aux sports d'hiver? Allez-vous à Chamonix? à Biarritz? »

Lisa décide de répondre:

—Non, sûrement pas. »

Elle sait pourtant que si on ne veut pas engager de conversation, il ne faut pas répondre. Toute réponse est un encouragement. C'est exactement l'opinion de ce jeune homme, qui approche sa chaise:

« Non? Vraiment? Eh bien, j'ai très envie de faire votre connaissance maintenant. Vous permettez? »

Et il approche sa chaise de quelques centimètres. « Je reste, ou je pars? » pense Lisa. Elle décide de rester.

« Qu'est-ce que je vous offre? Un autre Perrier? Un apéritif? Avez-vous soif?

—Je ne suis pas à Paris depuis longtemps, répond Lisa, mais je n'ai pas l'habitude de parler aux gens que je ne connais pas. . . Le jeune homme l'interrompt:

—Vous avez absolument raison. Mon dieu! Il y a des types absolument terribles, vous savez. Permettez-moi de me présenter: Je m'appelle Philippe Audibert. J'ai fini mes études de droit il y a deux ans et je suis avocat. Voilà ma carte.

Lisa accepte la carte gravée: Maître° Philippe Audibert, Licencié en Droit. L'adresse du bureau indique le nom d'une grande avenue où Lisa est déjà passée. Philippe continue:

—Si vous n'avez pas confiance, téléphonez à ma mère. Elle est complètement impartiale, et elle peut vous donner des références. . .

Cette fois, Lisa rit:

—Non, je n'ai pas besoin de téléphoner à votre mère. . . Moi, je m'appelle Lisa Stevens. Je suis étudiante à la Sorbonne, ou, plus exactement, je vais commencer mes cours la semaine prochaine. Je voudrais bien savoir le français pour travailler dans le tourisme, ou dans la publicité. Êtes-vous parisien?

—Oui, de naissance. Je suis un vrai Parisien. Et vous? Vous avez un accent étranger. Êtes-vous scandinave?

—Non, je suis américaine.

—Allez-vous rester à Paris pendant longtemps?

—Pendant deux mois et demi, probablement.

—Avez-vous des amis, à Paris?

—Non, pas vraiment. Il y a une vieille dame, une ancienne amie de ma grand-mère. Je vais aller la voir un de ces jours. Oh, j'ai quelques camarades américains, des étudiants comme moi, mais si je passe mon temps avec eux, je ne parlerai pas français. Je n'ai pas d'amis français.

---

un demi: un verre de bière   Maître: on appelle un avocat *Maître* (Me) à la place de *Monsieur*.

—Alors, je vais avoir la chance d'être votre premier copain parisien. D'accord, Lisa?

—D'accord, Philippe.

—Écoutez, Lisa. Je suis libre pour le reste de la soirée. J'ai une idée: Avez-vous envie de voir les quais de la Seine? Je vous emmène faire une promenade. Ma voiture est là. Nous allons traverser Paris d'un bout à l'autre, aller et retour. Vous allez voir comme c'est beau! Après, je vous emmène dîner dans un petit restaurant sympa, derrière Notre-Dame. J'espère que vous avez faim et que vous aimez le beaujolais.

Lisa est tentée, mais elle hésite.

—Mon dieu. . . Avant de répondre, je voudrais vous poser une question.

—Allez-y.

—Avez-vous l'habitude de draguer à la terrasse des cafés?

Cette fois, Philippe est absolument horrifié.

—Ah non, alors. D'abord, je passe très peu de temps à la terrasse des cafés, vous savez. Je suis au bureau ou au Palais° toute la journée. Oubliez vos clichés sur les Français! Mais il fait si beau, j'avais soif. . . J'étais très seul, et vous aviez l'air d'être seule aussi. Alors pour une fois, il n'y a pas de mal. . .

Lisa hésite encore. A-t-elle raison d'avoir confiance instinctivement en ce grand garçon brun, très mince, distingué, qui a l'air aussi mal à l'aise qu'elle dans cette situation? Mais il continue:

—Vous savez, je suis un gars respectable. Voilà ma serviette, mes lunettes. . . D'habitude, je ne parle pas aux filles que je ne connais pas. Mais je ne sais pas. . . Vous n'êtes pas comme tout le monde. Ah zut, je parle en clichés, maintenant moi aussi. Enfin . . . n'ayez pas peur, et acceptez sans façons.

Lisa se décide:

—Eh bien, j'accepte sans façons. Mais j'insiste pour payer ma part de l'addition. C'est ma condition.

Philippe rit de bon coeur.

—Ah, ces Américaines! Elles sont dures! Vous savez, depuis que je suis avec vous, la vie a l'air plus belle. Voilà une journée qui finit bien, et qui sait? Un été qui est en train de bien commencer! Partons, Lisa, je vous emmène voir les quais. »

Palais: le Palais de Justice

Questions

Répondez sans reproduire le texte de la lecture.

1. Depuis combien de temps Lisa est-elle à Paris?
2. Quel temps fait-il?
3. Pourquoi est-elle à Paris?
4. A-t-elle un appartement? Est-elle dans une famille? Expliquez.
5. A-t-elle des amis à Paris?
6. Quels sont ses sentiments, ces premiers jours?
7. Comment trouve-t-elle les Français?

8. Comment est Lisa? (Description de sa personne et de sa personnalité)
9. Où rencontre-t-elle Philippe?
10. Quelle est la profession de Philippe? Quand a-t-il fini ses études de droit?
11. Pourquoi Philippe propose-t-il à Lisa de téléphoner à sa mère?
12. Pourquoi Lisa voudrait-elle savoir le français?
13. Pourquoi ne veut-elle pas passer son temps avec les autres Américains?
14. Qu'est-ce que Philippe propose de faire?
15. Pourquoi Lisa accepte-t-elle à votre avis? A-t-elle tort ou raison? Pourquoi?
16. Pourquoi Lisa insiste-t-elle pour payer sa part de l'addition?

Répondez dans l'esprit du texte, mais avec imagination

Répondez dans l'esprit de la conversation entre Lisa et Philippe.

1. *Philippe:* Comment trouvez-vous Paris, Lisa?
   Lisa: . . .

2. *Philippe:* Pourquoi buvez-vous un Perrier? Pourquoi pas un scotch?
   Lisa: . . .

3. *Lisa:* Est-ce que vous avez l'habitude de draguer dans les cafés?
   Philippe (indigné): . . .

4. *Lisa:* Téléphoner à votre mère? Bonne idée! Donnez-moi son numéro. Merci. Allô, madame, ici c'est Lisa. Est-ce que votre fils a l'habitude de draguer les filles?
   Madame Audibert mère: . . .

5. *Philippe:* Pourquoi insistez-vous pour payer votre part de l'addition?
   Lisa: . . .

6. *Philippe (à un copain qu'ils rencontrent dans le restaurant):* Je te présente Lisa qui . . . (*Continuez la présentation de Lisa*)
   Le copain (à Lisa): . . .

7. *Lisa (dans la voiture, après le dîner):* Pourquoi dites-vous « Ah, elles sont dures ces Américaines! »
   Philippe: . . .

8. *Philippe (En arrivant devant la porte de Lisa):* Avez-vous envie de sortir avec moi dimanche?
   Lisa: . . .

9. *Philippe:* Alors, je passe vous chercher dimanche. À quelle heure?
   Lisa: . . .

10. *Philippe:* Qu'est-ce vous avez envie de faire dimanche?
    Lisa: . . .

11. *Philippe:* Bonsoir, Lisa. Et bonne nuit. J'ai passé une bonne soirée. Et vous?
    Lisa: . . .

Henry Miller. Ecrivain américain né à New York en 1891. *Est-ce que la censure américaine a toujours accepté ses ouvrages? Pourquoi?*

Louis Pauwels

Henry Miller, Américain malgré lui

L'écrivain Henry Miller est souvent qualifié d'« Américain malgré lui ». En effet, il a passé de nombreuses années en France. C'est en France qu'il a écrit ses ouvrages Tropique du Cancer et Tropique du Capricorne. C'est à Paris qu'on a publié ces ouvrages parce que la censure américaine les interdisait aux États-Unis.

Dans ce texte, c'est Henry Miller qui parle, dans une interview destinée à la télévision française. Bien entendu, les opinions exprimées par Henry Miller sont personnelles. D'autres personnes ont probablement des opinions inverses.

« À New York, j'ai douté de mon destin, de mon oeuvre, de moi. Ici, j'ai trouvé la vie que je voulais. Je savais que j'étais entouré de gens qui comprenaient ce que je voulais faire. À New York, par exemple, on est toujours éloigné des autres écrivains. Il n'y a pas moyen de se rassembler, de discuter. Il n'y a pas de cafés, pas de petits restaurants littéraires.

—Et Greenwich Village?

—Non, Greenwich Village, ce n'est pas Montparnasse ou le boulevard Saint-Germain. Ce n'est pas intéressant du tout. On y rencontre des gens qui voudraient faire quelque chose, qui voudraient seulement. À Paris, c'est une autre atmosphère. J'avais le sens d'une sécurité, d'être protégé. . . Dans un livre, j'ai raconté ma première sensation en débarquant en France. C'est l'accueil que j'ai reçu lorsqu'un employé des douanes a remarqué sur mon passeport que j'étais écrivain. Une nuance de considération s'est glissée dans sa voix. Ainsi, il y avait un endroit sur terre où l'on avait de l'estime pour un écrivain? Le douanier ne

Boulevard Saint-Germain, L'église de Saint-Germain-des-Prés, dans le quartier favori de Henry Miller au temps où Miller habitait Paris. *Pourquoi Miller préférait-il Paris à New York?*

m'a pas demandé ce que j'avais écrit. J'aurais pu être le dernier des plumitifs. C'est la profession qu'il respectait. En Amérique, avouer qu'on est écrivain, c'est soulever les soupçons et l'hostilité. À moins de porter un nom célèbre, la pensée qui vient immédiatement à la pensée de l'interlocuteur, surtout s'il s'agit d'un officiel, c'est que vous êtes malhonnête, irresponsable et probablement anarchiste.

—Comment écrivez-vous? Comptez-vous sur votre mémoire? Ou prenez-vous des notes?

—Pour mon oeuvre autobiographique—ce sont mes livres principaux, les *Tropiques* et la *Crucifixion en rose*—j'avais fait un projet. J'avais pris des notes dans un cahier de vingt pages, peut-être. J'étais fossoyeur, à cette époque-là. Pendant toute une nuit, dans un cimetière, j'ai pris des notes. J'avais l'illumination de ce que je voulais faire. C'est de ces vingt pages que je tire toute la matière de mes livres. Le reste est dans ma mémoire, mais ce cahier, c'est un squelette de support.

—Après le dernier livre que vous écrivez, vous n'avez pas d'autre projet?

—Je n'ai aucune idée de ce que je veux faire. La mort viendra peut-être. Elle ne me fait pas peur. Je l'accepte, comme j'accepte la vie. C'est une autre aventure.

Questions sur le texte

Répondez sans reproduire le texte.

1. D'après Henry Miller, quelle est la différence entre New York et Paris?
2. Aime-t-il Greenwich Village? Pourquoi?
3. Quelle est sa première impression de la France?
4. Quelle opinion a-t-on, en Amérique, d'une personne qui se déclare « écrivain »? Êtes-vous d'accord avec Miller?
5. Est-ce que Henry Miller compte sur sa mémoire?
6. Comment a-t-il composé les notes qui servent de « squelette de support » à son oeuvre autobiographique?

Un bouquiniste. Beaucoup de gravures représentent Paris. *Qui les achète, probablement? Pourquoi?*

7. Henry Miller est âgé au moment de cette interview. Comment considère-t-il l'avenir? A-t-il peur?
8. Pourquoi appelle-t-on souvent Henry Miller un « Américain malgré lui »?
9. Henry Miller avait une vocation d'écrivain, c'est-à-dire le désir et sans doute le talent, d'être écrivain. Avez-vous aussi une vocation? Si oui, laquelle? Sinon, comment considérez-vous votre avenir?

Traductions basées sur le texte précédent

Version

Traduisez le texte précédent, Henry Miller, américain malgré lui, *en anglais.*

Notes concerning translation: *The text proposed to you is written in good French. You must translate it into correspondingly good English. Avoid word for word translation, but seek, on the contrary, the best way to render the thought and the style of the author. Respect the tense of verbs. Try to translate idiomatic expressions by corresponding American idiomatic expressions.*

There are often several possible translations, which might all be good. For instance, the first sentence of this text could be, in English: "In New York, I doubted my destiny, my work, myself. . ." It could also be: "When I was in New York, I had doubts about my future, my work, my own person. . ." There are other possible variations.

As a rule, the simplest, least wordy translation, which respects the flavor of the style of the author, is the best.

Thème

Traduisez le texte suivant en français:

Henry Miller lives in Paris because there, he says, a writer is not far removed from other writers. There are cafés, literary restaurants. In Paris, he has a feeling of security. His first impression, landing in France, was the welcome he received from a customs employee who noticed on his passport that he was a writer. Miller was surprised to see that there was one place on earth where people respected writers. Miller, perhaps because censorship forbade his books in the United States for several years, thinks that in America, a writer who does not have a famous name is suspected of being dishonest, irresponsible and probably anarchist.

21

Devant un cinéma. *Imaginez la conversation entre ce jeune homme (Jean-Pierre) et cette jeune fille (Valérie)*

Monsieur Leclerc *(à droite):* Un petit verre de rosé? C'est de ma production personnelle.
Maître Gautier: *Eh bien . . . (Imaginez sa réponse)*

Comment on fait connaissance

Je voudrais me présenter. Je m'appelle. . .

Très heureux (heureuse). Moi, je m'appelle. . .

Et je voudrais **vous** / **te** présenter **un ami** / **une amie** / **mon mari** / **ma femme**

Très heureux (heureuse) de faire votre / ta connaissance.

Comment **allez-vous** / **vas-tu**?

Très bien / **Pas mal** , merci, et **vous** / **toi**?

Très bien, aussi, merci.

Vous êtes / **Tu es** d'ici?

Oui / **Non**
Je suis **natif** / **native** d'ici.
Je suis ici **depuis quelques jours** / **quelques mois** / **des années**.
Je suis en visite ici.

Où **habitez-vous**? / **habites-tu**?

J'habite **près** / **loin** d'ici à (ville).

Vous avez / **Tu as** un appartement, une maison, ou quoi?

J'ai / **Nous avons** une maison / un appartement / un studio.[1]
Je suis à l'hôtel.
J'habite dans ma famille.

Qu'est-ce que **tu fais** / **vous faites** dans la vie?

Je suis **étudiant** / **avocat** / **médecin** / **artiste** / **dans le commerce** / **dans l'industrie** / **dans les affaires** / **sans profession** / **en chômage**.[2]

[1] un appartement composé d'une grande pièce, avec cuisine et salle de bain (assez fréquent en France)
[2] en chômage: sans travail

	Je suis instituteur (institutrice).[1] Je suis professeur de lycée / d'université.
Êtes-vous / Es-tu marié(e)?	Oui, je suis marié(e). **Mon mari / ma femme** s'appelle . . . Non, je suis **célibataire / divorcée(e) / veuf (veuve)**. Je suis fiancé(e).
Vous êtes / Tu es célibataire? **Sortez-vous / Sors-tu** avec quelqu'un?	Oui, je sors régulièrement avec **un garcon / une fille** très sympathique. Non, je suis libre comme l'air.
Voulez-vous / Veux-tu sortir avec moi?	Oui, avec plaisir. Ça dépend. Où **voulez-vous / veux-tu** aller?
Venez / Viens dîner chez moi (chez nous).	Je veux bien. J'apporte **une bouteille de vin / le dessert.**
Je connais un petit restaurant sympa et pas cher.	**Vous invitez / Tu invites** ou on paie moitié, moitié?

Situations

Les phrases précédantes vous donnent un squelette pour votre conversation. Employez ces phrases, dans une variété infinie de combinaisons. Employez aussi les termes et les expressions du Progrès, et votre imagination. Préparez votre conversation avec une (ou plusieurs) autre(s) personne(s), et composez une conversation animée et naturelle.

Chaque situation *proposée ici est une situation de base. Improvisez, ajoutez des détails si vous le désirez.*

1. **Sur un banc dans le jardin des Tuileries, à Paris:** **Kim** lie conversation avec une jeune femme française, **Jacqueline**. Elles se présentent. Jacqueline demande s'il y a longtemps que Kim est à Paris. Seulement quelques jours, répond Kim. Elle est à l'hôtel. Jacqueline lui demande si elle est mariée. Non, Kim est célibataire. Par contre, Jacqueline est mariée. Son mari et elle sont musiciens, ils habitent un studio près d'ici. Jacqueline invite Kim à dîner chez elle. Kim accepte avec plaisir. (Employez *tu*)

2. **Dans l'avion de New York à Paris:** Bob et Jean-Pierre se présentent. Bob est étudiant en informatique (*data processing*) et Jean-Pierre aussi. Tous les deux sont célibataires, mais Bob est fiancé et Jean-Pierre sort régulièrement avec Catherine. Ils décident de déjeuner ensemble à Paris. (Employez *tu*)

3. **À la terrasse d'un café.** Carol et François lient la conversation. François se présente. Il est né à Lyon, mais il habite Paris depuis des années, dans sa famille. Il est photographe de publicité. Carol est de Los Angeles, elle est

---

[1] professeur dans une école primaire. Le lycée (ou collège) est l'équivalent approximatif de l'école secondaire.

mannequin (*model*). Elle habite un petit studio avec une autre fille. Ils décident de sortir ensemble samedi soir pour dîner. C'est François qui invite.
(Employez *vous*)

4. **À une cocktail party.**   Monsieur Lafitte se présente à Ms. Spencer. Il est
veuf, sa femme est morte dans un accident d'auto. Ms. Spencer est divorcée,
en visite à Paris pour quelques semaines. Elle demande à M. Lafitte ce qu'il
fait dans la vie: Il est ingénieur. Elle est agent immobilier (*real estate dealer*).
M. Lafitte invite Ms. Spencer à sortir avec lui. Imaginez la réponse de Ms.
Spencer et complétez la conversation. (Employez *vous*)

5. **Dans un train, aux États-Unis.**   Un jeune couple français, Monique et
André, lient conversation avec un jeune couple américain, Barbara et Jack.
Monique et André habitent une petite ville, près de Bordeaux, dans une
maison ancienne, héritée de leurs parents. André est pharmacien, Monique
est médecin (*physician*). Barbara et Jack habitent un appartement dans la
banlieue de Chicago. Jack est étudiant en droit, et sa femme est avocate.
Imaginez la conversation. (Employez *vous*)

6. *Facultatif:* **Réservé aux gens qui aiment montrer leur imagination.**
(Choisissez un autre membre de la classe comme partenaire de votre con-
versation, et préparez cette conversation ensemble)
Vous êtes à Paris.   Depuis combien de temps? Où habitez-vous? Quelle est
votre occupation? La raison de votre voyage? Vous rencontrez quelqu'un.
Présentations. Qui est-ce? Imaginez la conversation avec cette personne.
(Employez *tu* ou *vous*, ça dépend de la situation.)

COMPOSITION ÉCRITE OU ORALE

Un voyage et une rencontre:

Racontez un voyage au présent. Ce n'est pas necessairement un grand voyage,
c'est peut-être un week-end, c'est peut-être simplement une sortie d'un après-
midi ou d'une soirée. Pourquoi allez-vous à cet endroit? Qu'est-ce que vous
emportez? Emmenez-vous quelqu'un? Est-ce que quelqu'un vous emmène?
Comment faites-vous ce voyage ou cette sortie, etc.?

Pendant ce voyage, ou cette sortie, vous rencontrez quelqu'un. C'est peut-
être le passager (ou la passagère) qui est assis(e) à côté de vous, c'est peut-être
un(e) ami(e), ou un membre de votre famille. C'est peut-être une rencontre romanesque. Racontez la rencontre, la conversation. Dites aussi comment se termine le voyage, comment vous rentrez chez vous, les conséquences et vos
impressions.

Conseils pour la composition: N'EMPLOYEZ PAS DE DICTIONNAIRE. Au contraire, employez
le plus possible les expressions et les constructions de la leçon, pour montrer que vous
avez appris des choses utiles dans cette leçon. Employez aussi votre imagination pour
écrire une composition intéressante, variée et peut-être humoristique.

Sous un beau ciel d'été
OU
La Tour Eiffel, c'est pour les ploucs

INTRODUCTION
C'est et *il est* / *elle est:* **Comment l'employer avec 1) un nom 2) un adjectif, 3) un nom qualifié et 4) un antécédent général.**

L'adjectif interrogatif: *quel* / *quelle* / *quels* / *quelles*

L'adjectif possessif: *mon* / *ma* / *mes*, **etc.**

L'adjectif démonstratif: *ce (cet)* / *cette:ces* **et** *-ci* *-là* **pour les termes de temps**

L'adjectif qualificatif. Ses formes, sa place. L'emploi de plusieurs adjectifs. Changement de sens de l'adjectif avec son changement de place.

de **ou** *des* **devant un adjectif?**

Le pluriel de *un* / *une autre* **(adjectif) est** *d'autres*.

La place de *dernier* **et de** *prochain*

Les noms employés comme adjectifs sont invariables: *marron, orange, corail,* **etc.**

Les adjectifs qualifiés sont invariables: *des vêtements bleu marine.*

L'adverbe. Formation et place
La place de *peut-être*

PRONONCIATION: **La syllabe. La liaison**

EN FRANÇAIS MON AMOUR: *Sous un de ces ciels bleu pâle* **ou:** *La Tour Eiffel, c'est pour les ploucs.*

EN FRANÇAIS DANS LE TEXTE: **Raymond Queneau:** *Zazie dans le Métro*

CONVERSATION: *En voyage*

progrès 2

INTRODUCTION

C'est et il est / elle est

Qu'est-ce que **c'est**?

C'est une leçon de français.

Est-elle difficile?

Non. **Elle n'est** pas **difficile**, elle est facile.

Est-ce une leçon facile?

Oui, **c'est une leçon facile.**

Vous comprenez mes explications? La leçon? Tout ce que nous faisons? **C'est** clair?

Oui, **c'est clair**. C'est parfaitement clair.

neutral

L'adjectif possessif

Voilà **ma** voiture. Voilà ma maison. Voilà **mon** quartier. Où habite **votre** famille?

Ma famille (c'est-à-dire **mes** parents) habite en ville. Nous avons **notre** maison et **nos** habitudes.

Vous êtes marié, monsieur? Quelle est la profession de votre femme?

Ma femme est employée de bureau. Mais elle continue **ses** études, dans la gestion des affaires. Elle n'aime pas beaucoup **sa** profession actuelle.

Où habitent **vos** meilleurs amis?

Ils ont **leur** maison à la campagne. Ils y habitent avec **leurs** enfants.

L'adjectif interrogatif et exclamatif

Quel jour sommes-nous?

Je ne sais pas quel jour nous sommes. Ah, pardon, nous sommes lundi.

Quelle heure est-il?

Il est neuf heures du matin.

Quels exercices avons-nous pour demain?

Demandez au professeur.

Quelles notes allons-nous avoir?

Ça dépend. Tout le monde sait que le professeur n'a pas de coeur!

Quelle idée! Quelle erreur! Il est très gentil, au contraire.

Ah! **Quelles** illusions vous avez!

L'adjectif démonstratif. -ci et -là *avec des termes de temps*

Ce matin, vous êtes en retard.
this morning you are late

Oui, comme tous les jours **cette** semaine-ci. *like everyday this week*

Rentrez-vous de bonne heure, **cet** après-midi?

Oui, parce que **ces jours-ci**, j'ai besoin d'être de retour à cinq heures. *these days*

L'autre jour, il y avait un accident sur l'autoroute. À quelle heure êtes-vous rentré, **ce jour-là?** *that day*

Oh, ce jour-là, je suis rentré à huit heures du soir. J'étais de très mauvaise humeur!

L'adjectif qualificatif. Sa place. L'emploi de plusieurs adjectifs. Changement de place et de sens de l'adjectif

Quels sont les adjectifs qui vont généralement devant le nom?

Oh, je connais la liste: **beau, bon, grand, gros, haut, jeune, joli, mauvais, nouveau, petit, vieux,** vont devant le nom.

Bien. Illustrons. Le Mont-Blanc, qu'est-ce que c'est?

C'est une **haute** montagne.

Pas de travail pour demain?

C'est une **bonne** idée!

Lisa?

C'est une **jolie jeune** fille **américaine.**

Philippe?

C'est un **beau jeune** homme **français.**

Bien. Maintenant, les couleurs.

Oh, je sais le nom des couleurs!

Mais les noms employés comme adjectifs de couleur? Par exemple, un sac **marron,** une jupe **marron,** des souliers **marron?**

Oui, c'est comme une chemise **orange,** ou une blouse **corail.** Les mots **marron, orange, corail, émeraude,** etc. sont des noms, et pas des adjectifs.

Excellent. Mais pourquoi dit-on: « des vêtements **bleu marine** »?

Parce que, si l'adjectif est qualifié, il est invariable. On dit « une robe **rose vif** », « une jupe **gris foncé** », par exemple.

Peut-on changer le sens de l'adjectif en changeant sa place?

Oui, le sens de l'adjectif change si on change sa place habituelle. Par exemple: « Voilà un **homme pauvre** » signifie que cet homme n'a pas d'argent. D'autre part, un millionnaire célèbre comme Howard Hughes était un **pauvre homme,** sans affection, sans amour, sans contacts humains.

L'adverbe. Sa formation. Sa place. L'adverbe de quantité. La place de **peut-être**

Si vous conduisez d'une manière prudente, comment conduisez-vous?

Je conduis **prudemment,** c'est-à-dire **intelligemment.**

Si vous répondez d'une manière hardie, comment répondez-vous?

Je réponds **hardiment. Malheureusement,** ce n'est pas souvent le cas, et je réponds **timidement.**

Oui, mais vous êtes gentil. Alors vous parlez toujours **gentiment.**

Heureusement! Je n'ai pas l'intention de parler **méchamment** à qui que ce soit!

Qu'est-ce que vous faites **le mieux?**

Le mieux? je crois que ce sont les problèmes d'algèbre. J'aime **mieux** l'algèbre que mes autres cours.

Qu'est-ce que vous faites **le moins bien**?

Le moins bien? C'est probablement la cuisine. En tout cas, ce que j'aime le moins faire, c'est la cuisine.

Avez-vous **beaucoup** d'imagination?

Non, hélas. J'ai **un peu** d'imagination, et beaucoup de patience. Mais je n'ai **jamais assez** de temps.

Vous êtes **peut-être** trop occupé?

C'est possible. **Peut-être que** je suis trop occupé. Je suis aussi **peut-être mal** organisé.

EXPLICATIONS

I. L'usage de c'est et de il est / elle est

A.   **C'est une leçon** de français.
Cette dame? **C'est ma mère**.
C'est ma voiture qui est près du trottoir.
Je vous présente Lisa. **C'est une Américaine**.

Employez **c'est** avec un nom.

La Peugeot, **c'est une bonne voiture** française.
C'est la première fois que Lisa est à Paris. **C'est son premier voyage**.

Employez **c'est** avec un nom qualifié (avec un ou plusieurs adjectifs).

B.   C'est un livre. **Il n'est pas difficile**.
Voilà Lisa: **Elle est blonde, elle est intelligente**.
Voilà Philippe: **Il est brun, il est sympathique**.

Employez **il est / elle est** avec un ou plusieurs adjectifs (sans nom).

Remarquez: Il n'est pas correct de dire: Elle est une Américaine. Il faut dire: **C'est une Américaine**, ou **Elle est américaine**. Il est généralement impossible de dire: Il / elle est un / une puisque **un / une** vont devant un nom, et qu'avec un nom on emploie **c'est**.

Remarquez aussi: Quand vous parlez de la profession de quelqu'un, de sa religion, de ses convictions appliquez la même règle.

Philippe est **français**. Il est **avocat**. Il est probablement **catholique** et il n'est pas **socialiste**.

Lisa est **américaine**. Elle est **étudiante**. Elle est peut-être **protestante**, et elle est très **idéaliste**.

On ne peut pas dire: Il est un avocat ou Elle est une étudiante. Pourtant, **avocat** et **étudiante** sont des noms. Oui, mais avec le verbe **être**, qui indique l'identité entre le sujet et l'objet, il n'y a pas de véritable objet. Le terme **avocat, étudiante** est employé 1) comme adjectif dans: **Il est avocat / Elle est étudiante**, et 2) comme nom dans **C'est un avocat / C'est une étudiante**.

C.   Regardez par la fenêtre: quelle belle vue! L'horizon, le ciel, les arbres, la campagne. . . **C'est beau**, n'est-ce pas?

Écoutez ces enfants rire et chanter. Ah, **c'est beau**, la jeunesse!
Aimez-vous ce que nous faisons dans cette classe? Oui, **ce n'est pas difficile**.
C'est même quelquefois **amusant**!

Employez **c'est** avec un adjectif quand l'antécédent n'est pas défini, quand c'est un verbe, une idée, un groupe de choses ou d'idées. Dans ce cas, l'accord est toujours masculin singulier, parce que ce est un pronom neutre:

C'est beau, la vie! (MAIS: La vie est belle)
Regardez cette vue: C'est beau, n'est-ce pas? (MAIS: Cette vue est belle.)
Vous avez vu ces nouveaux films? **C'est sensationnel!** (MAIS: Ces films sont sensationnels.)

II. L'adjectif interrogatif et exclamatif

Quelle heure est-il? **Quel** jour sommes nous? Quelle est votre profession?
Quels vêtements mettez-vous? Quelles affaires emportez-vous?
Quelle idée! Quel temps! Quels gens! **Quelles** aventures!

ADJECTIF INTERROGATIF ET EXCLAMATIF	Singulier	Pluriel
masculin	quel	quels
féminin	quelle	quelles

Remarquez: Il y a quatre orthographes, mais une seule prononciation.

III. L'adjectif possessif

mon père, **mes** parents, mon ami et **mon** amie — my
ta soeur, **ton** frère, **tes** frères et soeurs, ton ami et **ton** amie — your/yours
son oncle, **sa** tante, **ses** cousins, son ami et **son** amie — his/her
notre famille, **nos** voisins — our/ours
votre mari, **vos** beaux-parents — your/yours
leur maison, **leurs** enfants — their

ADJECTIF POSSESSIF	Masculin	Féminin	Pluriel
(je)	mon	ma (mon[1])	mes
(tu)	ton	ta (ton[1])	tes
(il / elle)	son	sa (son[1])	ses
(nous)	notre		nos
(vous)	votre		vos
(ils / elles)	leur		leurs

[1] **ma, ta** et **sa** deviennent **mon, ton** et **son** devant une voyelle: **une amie**, MAIS mon amie, ton amie, son amie.

IV. L'adjectif démonstratif

A. **ce** matin, **cet après-midi, ce** soir, **cette** semaine, **ces** jours-**ci, cette** année-là

ADJECTIF DÉMONSTRATIF		
	Masculin	*Féminin*
singulier:	ce	cette
	cet *devant*	
	une voyelle	
pluriel:	ces (*masculin et féminin*)	

B. L'emploi de **-ci** et **-là**

1. Traditionnellement, la langue française a employé **-ci** et **-là** pour indiquer la proximité (**-ci**) et la distance (**-là**).

   Cette **porte-ci** est plus près de vous que cette **porte-là**. [handwritten: this door / that door]

   Cette distinction correspond à une réalité, qui est exprimée très clairement en anglais par *this* et *that*. (*This door is closer to you than that door.*) Mais le français contemporain tend à abandonner cette distinction quand il s'agit de distance. Si la distinction est indispensable, on dira: **cette porte là-bas**, pour indiquer celle qui est la plus distante.

2. Aujourd'hui, l'usage de **-ci** et **-là** continue vigoureusement dans le français contemporain **quand il est question d'expressions de temps**. Avec ces expressions, **-ci** indique le temps le plus proche de nous, et **-là** le temps le plus éloigné. Par exemple:

   Il fait froid, **ces jours-ci**. [handwritten: this days / that year]
   Où étiez-vous en '78? Moi, **cette année-là**, j'étais en Europe.
   On ne vous voit pas souvent, **ces temps-ci**. [handwritten: these times]
   L'autre jour, j'ai fait des fautes, mais **cette fois-ci** je vais faire attention. [handwritten: this time]
   Dans le Nouveau Testament, on trouve souvent cette phrase: « En **ce temps-là**, Jésus dit à ses Apôtres. . . »
   « Je vous ai rencontré quand vous étiez étudiant. À **ce moment-là**, vous portiez une barbe et les cheveux longs. [handwritten: that momment]
   —Oui, À **cette époque-là**, c'était la mode. » [handwritten: that period]

V. L'adjectif qualificatif

L'adjectif s'accorde en genre et en nombre avec le nom qu'il qualifie. En général, il prend un **e** au féminin, mais il y a beaucoup d'exceptions:

un grand voyage	une grand**e** aventure
de ou des grand**s** voyages	de ou des grand**es** aventures
un costume bleu	une chemise bleu**e**
des costumes bleu**s**	des chemises bleu**es**

de ou des devant un adjectif? La grammaire traditionnelle demande que **des**

devienne **de** devant un adjectif: **des aventures** MAIS **de grandes aventures**. En excellent français classique, on dit: **J'ai de bons amis. Je fais de grands voyages.**

La règle ne s'applique pas dans le cas où l'adjectif forme un groupe avec le nom: **Je mange des petits pois, des petits pains, je vais dans des grands magasins. J'ai des grands-pères très âgés.** Dans certains cas, la distinction est difficile, et les Français discutent certains points, comme de savoir si on dit **des petites boutiques** ou **de petites boutiques, de bonnes nouvelles** ou **des bonnes nouvelles.**

Dans le français d'aujourd'hui, les textes littéraires continuent à souvent employer **de** à la place de **des** devant un adjectif, mais dans le français quotidien, on tend à ignorer la règle et à dire **J'ai des bons amis, je fais des grands voyages, je mange des bonnes choses**, etc. En fait, Henri Troyat, de l'Académie française, écrit, dans son roman, *L'Assiette des autres:* « Il fit **des** rapides progrès. »

Attention: on dit **d'autres** quand **autre** est un adjectif. C'est une survivance de la règle **de** devant un adjectif:

> J'ai des amis qui sont comme moi et **d'autres** qui sont différents.
> Je voudrais aller dans **d'autres** pays, voir **d'autres** horizons.
> Tu n'as pas **d'autres** vêtements? C'est une soirée élégante!
> (Mais quand **autre** est un nom, on dit **des autres:** *L'Assiette des autres* est un roman d'Henri Troyat.)

A. Les formes de l'adjectif

1. S'il se termine par un **-e** au masculin (**facile, simple, riche, pauvre, pratique, jeune, rouge, beige,** etc.) il ne change pas au féminin:

   un costume beige   un exercice facile
   une voiture beige   une explication simple

2. S'il ne se termine pas par un **e** au masculin, il ajoute une **e** au féminin (français, américain, grand, petit, haut, etc.):

   le peuple français   les gouvernements français
   la race française   des idées françaises

3. Un certain nombre d'adjectifs ont une terminaison irrégulière:

   un vieux monsieur   des vieux arbres
   un vi**eil** ami (devant une voyelle)
   une vi**eille** amie?   des vi**eilles** rues

   (Voir la table de terminaison des adjectifs)

et = ète

TABLE DE LA TERMINAISON DE L'ADJECTIF

	Singulier		Pluriel
Masculin	*Féminin*	*Masculin*	*Féminin*
-e facile, pratique beige, rouge	**-e** facile, pratique beige, rouge	**-s** faciles, pratiques beiges, rouges	**-s** faciles, pratiques beiges, rouges
-t, -d, -s, -i, -in, -ain petit, grand, gros, joli, fin, américain	**-e** petite, grande, grosse, jolie, fine américaine	**-s** petits, grands, gros, jolis, fins, américains	**-es** petites, grandes, grosses, jolies, fines, américaines
-eux, -oux heureux, curieux, jaloux	**-se** heureuse, curieuse, jalouse	**-eux, -oux** heureux, curieux, jaloux	**-euses, -ouses** heureuses, curieuses, jalouses
-eau beau, nouveau (bel, nouvel devant voyelle)	**-elle** belle, nouvelle	**-eaux** beaux, nouveaux	**-elles** belles, nouvelles
-al spécial, original	**-ale** spéciale, originale	**-aux** spéciaux, originaux	**-ales** spéciales, originales
-er *proud* cher, fier, premier, dernier	**-ère** chère, fière, première, dernière	**-ers** chers, fiers, premiers, derniers	**-ères** chères, fières, premières, dernières
-el quel, naturel exceptionnel	**-elle** quelle, naturelle exceptionnelle	**-els** quels, naturels exceptionnels	**-elles** quelles, naturelles exceptionnelles
-f sportif, attentif neuf	**-ve** sportive, attentive neuve	**-fs** sportifs, attentifs neufs	**-ves** sportives, attentives neuves
-ien parisien, italien	**-ienne** parisienne, italienne	**-iens** parisiens, italiens	**-iennes** parisiennes, italiennes

Adjectifs à terminaison irregulière:

bon	bonne	bons	bonnes
blanc	blanche	blancs	blanches
fou (fol devant voyelle)	folle	fous	folles
grec	grecque	grecs	grecques
vieux (vieil devant voyelle)	vieilles	vieux	vieilles

B. Place de l'adjectif

Règle générale: L'adjectif est placé avant le nom s'il indique une opinion, après le nom s'il indique un fait.

1. **Avant le nom:** L'adjectif subjectif, c'est-à-dire qui exprime nécessairement une opinion, est placé avant le nom. Les adjectifs considérés comme subjectifs en français sont:

beau (bel)	/ belle	jeune	
bon	/ bonne	joli	/ jolie
grand	/ grande	mauvais	/ mauvaise
gros	/ grosse	nouveau (nouvel)	/ nouvelle
haut	/ haute	petit	/ petite
		vieux (vieil)	/ vieille

Par exemple: un **bel** homme, une **belle** fille, un **beau** garçon
une **bonne** idée, une **mauvaise** décision
une **haute** montagne, une **jolie** maison
une **vieille** dame, un **vieil** ami
une **grosse** somme, etc.

IL EST IMPOSSIBLE DE FAIRE UNE FAUTE SI VOUS EMPLOYEZ CES ADJECTIFS AVANT LE NOM.

2. **Après le nom:** L'adjectif objectif, c'est-à-dire qui exprime une description, un fait, est placé après le nom. Les adjectifs qui sont généralement après le nom sont:

—*les adjectifs de couleur:* des yeux **verts**, des cheveux **blonds**, une mer **bleue**
—*les adjectifs de nationalité:* la race **française**, un problème **européen**, le continent **africain**, un film **américain**
—*les adjectifs de forme:* une table **ronde**, une pièce **rectangulaire**, un petit jardin **carré**
—*les adjectifs de religion:* une église **catholique**, un temple **protestant**, une synagogue **juive**, une coutume **musulmane**
—*la plus grande partie des autres adjectifs:* un produit **artificiel**, des vitamines **naturelles**, une voiture **neuve**, une raison **importante**, une idée **originale**

3. L'emploi de plusieurs adjectifs: Quand un nom est qualifié par plusieurs adjectifs, chaque adjectif a sa place.

La Citroën est une voiture.
C'est une **bonne** voiture.
C'est une **bonne** voiture **française contemporaine**.

4. Applications spéciales de la règle qui place l'adjectif subjectif avant le nom, et l'adjectif objectif après le nom:

Howard Hughes était riche, mais c'était un **pauvre** homme.

L'adjectif qui va normalement après le nom peut aussi être placé avant le nom. Dans ce cas, il devient subjectif, exprime une opinion et non pas un fait (Howard Hughes n'était pas un « homme pauvre », c'était un « homme riche ».) Si je dis: « Pauvre homme! » j'exprime ma sympathie pour quelqu'un qui est malheureux, mais pas nécessairement sans ressources.

C'est ainsi que la place de beaucoup d'adjectifs peut changer pour cette raison:

un homme **brave**   MAIS: un **brave** homme
(a brave man)   *(a good man)*

J'ai les mains **sales**.   MAIS: C'est un **sale** type.
(My hands are dirty.)   *(He is a bad guy.)*

L'adjectif change aussi quelquefois de place pour des raisons poétiques:

la neige **blanche**   MAIS: **Blancheneige**
(the white snow)   *(Snow White)*

5. Une application pratique et importante de la règle de la place de l'adjectif: la place de **dernier** et de **prochain**:

valeur objective et générale:

la semaine **dernière**, la semaine **prochaine**
le mois **dernier**, le mois **prochain**
l'année **dernière**, l'année **prochaine**

Le calendrier est le même pour tous. **La semaine dernière** ou **la semaine prochaine** est la même pour tout le monde.

valeur subjective et limitée:

la **dernière** fois, la **prochaine** fois
« Salut, ô mon **dernier** matin! » chante Faust
Repentez-vous à votre **dernière** heure.
Quel sera votre **prochain** voyage?

Dans ce cas, **prochain / dernier** a une valeur subjective, personnelle, limitée à la personne qui parle ou à un certain groupe:

C'est mon **dernier** trimestre dans cette université.
Faites attention la **prochaine** fois!

Attention:

Ne dites pas: ~~le jour dernier~~. Dites: la veille.

   Exemple: C'était la veille de Noël.

Ne dites pas: ~~le jour prochain~~. Dites: le lendemain.

    Exemple: Il est arrivé **la veille** de l'examen, et il est reparti **le lendemain**.

C. L'adjectif qualifié

une jupe **grise**	une jupe **gris foncé**
une écharpe **verte**	une écharpe **vert vif**
des yeux **bleus**	des yeux **bleu clair**
des cheveux **blonds**	des cheveux **blond foncé**
une voiture **bleue**	une voiture **bleu marine**

Quand un adjectif est qualifié, il reste invariable. Les termes les plus employés pour qualifier une couleur sont: **clair, vif, foncé,** mais il y a beaucoup d'autres expressions: **bleu marine, vert sombre, rouge sang, jaune d'or, bleu ciel, rose tendre,** etc.

D. Le nom employé comme adjectif *chestnut → color ∴ no agreement*

    un costume **marron**   des costumes **marron** —*brown*
    une blouse **orange**   des blouses **orange** —*orange (eat) → color ∴ no agreement*
    une robe **turquoise**   des robes **turquoise** —*stone → color so now agreement*

marron, orange, turquoise, corail, lavande, émeraude, etc. sont, en réalité, des noms: un marron (*a chestnut*), une orange, une turquoise, le corail, une émeraude, la lavande. Quand on dit: « Des costumes marron », c'est l'équivalent de: « Des costumes **couleur de** marron ».

Le nom employé comme adjectif est invariable.

E. L'adjectif employé comme nom

    Nous **les jeunes**!
    Aimez-vous **le vert**? Préférez-vous **le bleu**?
    Admirez **les rouges** et **les jaunes** de ce paysage d'automne!
    Les **Français** et les **Françaises** (*French men and French women*)
    Les paresseux ne font rien.
    Pensez-vous que les gens de quarante ans sont **des vieux**?
    Ne parlez pas à **un inconnu** à la terrasse d'un café.

En français, il est très généralement possible d'employer l'adjectif, singulier ou pluriel, comme nom. (*In English, it is sometimes, but not always possible, and most often only in the plural: "The rich and the poor have different views"* BUT: *A rich man and a poor man have different views.*")

VI. L'adverbe

A. Formation de l'adverbe avec **-ment**

    « Vous partez demain? **Malheureusement,**[1] oui. Mais je vais revenir l'année prochaine, **heureusement.** »[1]
    Cet enfant parle toujours **poliment** et **gentiment** aux grandes personnes.
    Conduisez **prudemment**, et vous arriverez **aisément**.
    Répondez toujours **aimablement** aux questions des étrangers.
    Vous parlez **joliment**[2] bien le français pour des étudiants de deuxième année.

Beaucoup d'adverbes sont formés sur des adjectifs, généralement sur le féminin mais il y a aussi quelques formes irrégulières. Quand le masculin et le féminin ont la même forme on ajoute **-ment**. Quand l'adjectif se termine en **-ant**, l'adverbe se termine généralement en **-amment**. Quand l'adjectif se termine en **-ent,** l'adverbe se termine généralement en **-emment** (prononcé comme **-amment**).

heureux(-se)	heureusement	prudent(-te)	prudemment
malheureux(-se)	malheureusement	intelligent(-te)	intelligemment
fier(ère)	fièrement	bruyant(-te)	bruyamment
sot(-te)	sottement	savant(-te)	savamment

[1]**heureusement:** *fortunately,* **malheureusement:** *unfortunately*
[2]**joliment:** *quite, very, pretty well* (avec connotation admirative) Vous faites **joliment bien** la cuisine! (*You cook pretty well!*)

gai(-e)	gaiment	aimable	aimablement
gentil(-le)	gentiment	rapide	rapidement
joli(-e)	joliment	lent(-e)	lentement

B. Certains adjectifs sont employés comme adverbes, dans certaines expressions, comme avec **parler, sentir** et **coûter**.

> Je ne vous entends pas. Vous parlez **bas**. Parlez plus **haut**. Mais ne criez pas trop **fort**!
> La mauvaise cuisine sent **mauvais**. Mais la bonne cuisine sent **bon**.
> Les produits de qualité coûtent **cher**.

C. Quelques adverbes très communs

bien, mieux   Contraire: **mal, pas mal**

> Vous allez **bien**? Je ne vais pas **mal**. En fait, je vais **mieux**.

beaucoup / assez / trop / tant de

> Un étudiant n'a jamais **assez de** temps. Il a **trop de** travail.
> Il n'a pas **beaucoup d'**argent. Mais souvent, il a **tant de** copains!

déjà / maintenant / encore / toujours / jamais

> «Vous avez **déjà** fini? Non, je n'ai **pas encore** fini. **Maintenant**, je commence le dernier chapitre du livre. Je lis **toujours** un moment dans mon lit.
> —Moi, je ne lis **jamais** au lit!»

rien / personne

> Je n'ai **rien** à faire ce soir, et je ne vais téléphoner à **personne**.

environ / à peu près

> Il y a **environ** sept cent kilomètres de Los Angeles à San Francisco, et il faut **à peu près** (environ, approximativement) dix heures de route.

D. La place de l'adverbe

1. L'adverbe est très généralement placé **après** le verbe qu'il modifie:

> Je vais **souvent** en Europe, et j'y vais **toujours** en été.
> Je ne vais **jamais** à Madrid.
> Conduisez **lentement**. N'allez pas **trop vite**.

Quand un verbe est à un temps composé, c'est l'auxiliaire qui est considéré comme le verbe. L'adverbe est donc après l'auxiliaire:

> J'ai **déjà** fini un chapitre, mais je n'ai **pas encore** commencé la leçon suivante.
> Vous êtes **souvent** allé à Paris, et vous n'avez **jamais** vu Versailles?

2. L'adverbe de temps, comme **aujourd'hui, demain, hier** est à la fin de la phrase.

> Je vous ai écrit une longue lettre **hier**.
> Oui, elle est arrivée **aujourd'hui**.

3. La place de l'adverbe **peut-être**

> Vous êtes **peut-être** surpris de me voir ici.

ou: **Peut-être que** vous êtes surpris de me voir ici.

Il y a deux places possibles pour **peut-être**:

—à sa place normale après le verbe
—comme premier mot de la phrase, avec **que**: Peut-être que. . .

Attention: Ne dites pas: ~~Peut-être~~ vous êtes surpris de me voir ici.

EXERCICES

1. **C'est** et **il est** / **elle est**, **il a** / **elle a** ou leur négation.

   A. *Complétez par le terme correct.*

   Exemple: Lisa arrive à Paris. **C'est** son premier grand voyage.

   (1.) Je vous présente Lisa. ~~C'est~~ *Elle est* une jeune Américaine. *Elle a* les yeux bleus et les cheveux blonds. *C'est* à Paris depuis trois jours, et *C'est* une nouvelle aventure pour elle. Elle regarde autour d'elle et elle pense: « Comme *C'est* différent de ma ville natale! J'adore Paris *C'est* une ville vivante, animée et élégante.

   (2.) Qui est Philippe? ~~C'est~~ *C'est* un jeune avocat. *Il est* avocat depuis deux ans. *Il a* les cheveux noirs et les yeux marron. Sa voiture, *C'est* une Citroën vert foncé. D'habitude, *il est* réservé, mais pas aujourd'hui. Il regarde Lisa, et il pense: « *Elle est* une fille très spéciale, *elle n'est* pas comme tout le monde. *C'est* quelqu'un de très bien. » Il sait que *ce n'est* pas bien de parler à une inconnue, mais *il a* envie de faire sa connaissance. *C'est* bien simple!

   3. À une table voisine, une vieille dame les regarde. Elle pense: « *Ils sont* un beau couple, bien sûr. *Il est* distingué, *c'est* probablement un jeune homme de bonne famille. Et elle? *Elle n'est* pas une Française, *elle est* probablement une Américaine. Pourquoi parle-t-elle à un inconnu? *C'est* dangereux, ces temps-ci! *Ce n'est* pas prudent. Pourtant, *il a* l'air raisonnable. Ah, *C'est* beau, d'être jeune!

   (B.) *Traduisez en français.*

   "Is he really respectable?" thinks Lisa. "He is certainly distinguished and he is the first young man that I meet in Paris. But is it a good idea to talk to him? Is he a lawyer? Or is that an old story for girls like me? After all, it is not dangerous to talk to someone in a public place (dans un endroit public). And I have a feeling (j'ai l'impression qu') that he is from a good family, and that I am lucky to meet him. This is Paris, it is not my home town. He seems nice (sympathique), it is a fine day, it is my first week in Paris. I am twenty, and this is life!

   (2.) L'adjectif **possessif, interrogatif** (et exclamatif)

   Exemple: **Quel** jour sommes-nous?

   Janine: « *Mon* oncle et *ma* tante habitent un appartement à Paris. *Quel* immeuble date du XVIIIᵉ siècle et *leurs* meubles sont anciens. *Quelles* belles pièces! *Quels* hauts plafonds! *Quelle* vue sur la Seine. Mais *mes* cousins disent que _leurs_ chambres sont obscures, et _ma_ cousine dit que _leur_ salle de bain est une antiquité. « _Quelle_ chance tu as, » dit-elle. « d'habiter dans _ta_ villa moderne! _ton_ entrée est claire, _ta_ cuisine est moderne, et _ton_ garage n'est pas à un kilomètre! _il y est lui_

Quel style de vie préférez-vous? _Quelles_ sont les choses importantes dans une maison? _Quels_ sacrifices refusez-vous de faire? »

Robert: _Ma_ femme et moi, nous habitons une vieille maison. L'arrangement de _nos_ pièces est bizarre. _notre_ chambre est au rez-de-chaussée, mais _nos_ placards et notre salle de bain sont au premier étage. _Nos_ parents disent que nous sommes fous. « _Quelle_ maison étrange! » Mais _mes_ amis, qui ont _notre_ âge, aiment _notre_ vieille maison. « _Quelle_ chance vous avez, » disent-ils, « Savez-vous _quel_ prix on paie aujourd'hui pour une maison comme la vôtre? »

B. *Traduisez en français.*

1. Which lifestyle do you prefer? Our old house, our funny (bizarre) rooms, with their high ceilings, their small windows, and its view on the garden?   2. Or perhaps you like Janine's house? Her villa is modern, her bathrooms are practical and bright. But her house is like all the others on the street.   3. My parents prefer their apartment, in a XIXth century building. Their elevator doesn't work and my mother says her kitchen is an antique. But what handsome rooms! And what a view of the Luxembourg gardens! Which house, or which apartment suits (va avec) your lifestyle?

3. L'adjectif démonstratif: **ce (cet) / cette:ces** et **-ci / -là** avec les expressions de temps

A. *Complétez par le terme correct.*

Exemple: __cette__ semaine __-ci__, la vie est belle! Pas d'examen.

1. Il fait mauvais temps, _____ jours-_____ Il pleut depuis une semaine. Mais lundi! _____ jour-_____ , il pleuvait si fort que tout était inondé. Il semble que le climat change, _these_ temps-_days_. C'était différent l'année dernière! _____ hiver-_____ il a fait très beau.
2. Je suis née en 1939. _____ année-_____ , la Seconde Guerre mondiale a commencé. _____ guerre-_____ a duré plus de cinq ans. _____ cinq années-_____ étaient dures pour tout le monde. Quel contraste avec _____ année-_____ , où nous vivons dans la paix!

B. *Traduisez en français.*

That year, I was eighteen. In those days (Dans ce temps-là), everything was easy for me. What a contrast with this year! I am going to be twenty-five this week. I work hard, these days. That work, and those responsibilities have lasted now for three years.

4. L'adjectif qualificatif

A. *Complétez les phrases suivantes par les adjectifs à la place et à la forme correctes.*

Exemple: (beau, moderne)   Quel   (appartement)!
Quel bel appartement moderne!

1. *(oral)* J'adore les (examens), les (questions), tout le (travail).
2. *(beau)* Dans mon jardin, il y a un (arbre), des (géraniums, m.) et des (roses).
3. *(nouveau)* Un (amour) est-il plus désirable qu'un (objet)? Ou préférez-vous des (amis) et des (aventures)?
4. *(cher)* Au revoir, (monsieur) et (madame). À bientôt, mes (amis) et mes (amies).
5. *(vieux)* Philippe a un (oncle) et une (tante) qu'il aime beaucoup.
6. *(délicieux)* La mère de Lisa fait une (cuisine). En particulier, elle fait un (gâteau), des (salades) et des (desserts).
7. *(français)*[1] Vous étudiez l'histoire des (monuments)[2] et de la (civilisation).[3]
8. *(grand, humain)* Les (problèmes) ne changent pas beaucoup.
9. *(nouveau, artificiel)* La télévision annonce souvent des (produits).
10. *(inattendu, amusant)* Pour Lisa, Philippe, c'est une (rencontre).

B. La place et l'accord de **premier**[4], **prochain** et **dernier**

 Exemple: *(prochain)* Notre (rendez-vous) est (samedi).
   Notre *prochain* **rendez-vous est samedi** *prochain*.

1. *(premier)* C'est la (fois) que j'étudie la (leçon).
2. *(dernier)* Noël est dans le (mois) de l'année.
3. *(prochain)* Pour la (semaine), préparez la (composition).
4. *(premier)* Nous sommes étudiants de (année), mais ce n'est pas notre (cours) de français.
5. *(prochain)* Vous allez toucher votre (chèque) la (semaine).
6. *(dernier)* Admirez les (fleurs) de la saison!
7. *(prochain)* « Au revoir! À la (fois)! À l'(année)! »
8. *(dernier)* Je suis ici depuis l'(année), et c'est ma (année).
9. *(premier)* L'année commence le (jour) de janvier.
10. *(dernier)* Mon (voyage) en Europe était l'(année).

C. *Faites une petite description de votre personne en employant beaucoup d'adjectifs. Employez aussi les termes **vif**, **clair**, **foncée**, etc. (Montrez que vous avez du vocabulaire!)*

 Exemple: J'ai les yeux marron foncé et les cheveux blonds et mi-longs. Je porte un blazer bleu marine, un pantaton gris clair (une jupe gris clair) et un pullover rouge vif. J'ai des chaussures noires. Mon écharpe est bleu marine, bleu pâle et rouge, etc.

---

[1] Il n'y a pas de majuscule à un adjectif en français: La langue française   Un problème européen (Mais quand le terme de nationalité est un nom, il y a une majuscule: Les habitants de la France sont les Français.)

[2] **Un monument:** Quand un nom se termine par deux consonnes, il est généralement masculin: le doi**gt**, le respe**ct**, le sa**ng**, le fra**nc**, le restaura**nt**, le te**mps**, etc. (Les exceptions sont: la de**nt**, la jume**nt**, la mo**rt**.)

[3] **La civilisation:** Les noms qui se terminent en **-tion** sont féminins: la corpora**tion**, la solu**tion**, la pollu**tion**, l'autorisa**tion**, etc.

[4] **premier:** Employez **premier** avant le nom

D. *Qu'est-ce que vous aimez? (gens? enfants? mari? femme? livres? distractions? films? voitures? idées? repas? couleurs?) et qu'est-ce que vous détestez? Employez beaucoup d'adjectifs.*

Exemple: J'aime les gens amusants et originaux, et je déteste les gens pompeux et ennuyeux. J'aime certains romans contemporains, pas tous! les pays exotiques et tous les animaux. J'adore les idées nouvelles, les modes avant-garde, les aventures inattendues, et rencontrer des inconnus. Et vous?

5. L'adverbe

A. *Complétez la phrase par l'adverbe.*

Exemple: (sûr) Vous avez compris la question.

Vous avez *sûrement* compris la question.

1. (gentil)   Annick fait toujours ce qu'on lui demande.
2. (certain)   Votre journée est finie à minuit.
3. (intelligent)   Avec un peu de bon sens, on répond aux questions.
4. (approximatif)   Ma maison a trente ans.
5. (bruyant)   Pierre est sorti en claquant la porte.
6. (aimable)   Cet employé répond aux questions des clients.
7. (peut-être)   Vous n'aimez pas les escargots?
8. (probable)   Il va pleuvoir avant ce soir.
9. (joli)   Ce monsieur fait bien la cuisine!
10. (extrême, prudent)   Il fait si mauvais! Conduisez

B. *L'adjectif et l'adverbe*

adj.	adv.	adj.	adv.	adj.	adv.	adj.	adv.
bon	bien	mauvais	mal	rapide	vite	lent	lentement

Répondez à la question en employant un des adjectifs ou adverbes indiqués.

1. Comment parlez-vous français?   2. Comment est votre français?   3. Comment est la cuisine de la cafétéria?   4. Comment y mange-t-on?   5. Comment est votre travail d'université?   6. Comment sont vos notes?   7. Comment chantez-vous?   8. Comment dansez-vous?   9. Quel temps fait-il aujourd'hui?   10. Vous avez dix minutes pour déjeuner: Comment déjeunez-vous?   11. Comment va un avion à réaction (jet)?   12. Et un escargot dans votre jardin?   13. Comment est votre compréhension du français?   14. Comment marche un ascenseur dans un vieil immeuble?

C. *Traduisez en français.*

It takes (Il faut) *approximately twenty minutes to prepare a good, simple meal. The French don't always eat truffles* (des truffes) *and champagne sauces. They don't eat snails often. Fortunately, many American authors are adapting French recipes intelligently, and these recipes can be prepared simply with American products. I prepare quite good meals with the book I bought last year, and I proudly serve French dinners to my family.*

PRONONCIATION

I. La syllabe

On divise un mot en syllabes. Une syllabe est un groupe de lettres prononcées ensemble. La syllabe française se termine généralement par une voyelle, ou par le son d'une voyelle:

l'a / ni / ma / tion   di / ffé / ren / te   l'é / gli / se   voi / si / ne
des chau / ssu / res   le té / lé / pho / ne

II. La liaison (linking of words)

1. Les mots qui vont ensemble par le sens sont prononcés sans séparation quand le deuxième mot commence par une voyelle:

   il a = ila, elle a = ella, il y a = ilya

2. La dernière consonne d'un mot (sou**s**, es**t**, trè**s**, gran**d**, o**n**, che**z**, etc.) qui n'est pas prononcée autrement, est prononcée quand le mot qui suit commence par une voyelle. Dans ce cas, cette consonne finale est prononcée comme si elle était la première lettre du mot qui suit:

   mes‿hommages   son‿oncle
   [z]   [n]

3. Comment et quand fait-on la liaison?

   a. comment?

   d et **t** sont prononcés **t**: un grand‿ami, quand‿il arrive, ils sont‿allés
                             [t]   [t]   [t]

   s, **x** et **z** sont prononcés **z**: ces‿ouvrages, deux‿amis, chez‿elle
                             [z]   [z]   [z]

   b. quand?

   La liaison est nécessaire entre:
   —l'article, le possessif ou le démonstratif et le nom:

   un‿écrivain   mes‿hommages   ces‿Impressionnistes
   [n]   [z]   [z]

   —l'adjectif et le nom placé après:

   mes bons‿amis   deux‿étages
          [z]   [z]

   (Mais la liaison n'est pas necessaire quand l'adjectif est placé après: des monuments / / admirables)

   —le pronom et le verbe, ou le verbe et le pronom

   on‿a dit   Avait-‿il raison?   il est‿arrivé
   [n]   [t]   [t]

   —une préposition et son objet

   sous‿un ciel,   chez‿elle   devant‿eux   après‿avoir
   [z]   [z]   [t]   [z]

Le Restaurant Panoramique et Café de Paris sur la Tour Eiffel. On y sert des dîners élégants, avec spectacle. *Est-ce que Philippe et Lisa y dînent? Expliquez. Avez-vous envie d'y dîner? Pourquoi?*

Sous un beau ciel d'été

ou

La Tour Eiffel, c'est pour les ploucs°

Sous un de ces ciels bleu pâle dont Paris a le secret, c'est le premier dimanche de Lisa à Paris. Elle ouvre ses volets et se penche à son minuscule balcon. L'animation de la rue est différente, aujourd'hui. Il y a moins de circulation, et les magasins sont fermés. Seule, la boulangerie-pâtisserie du coin est ouverte. Des gens en sortent, portant soigneusement un petit paquet enveloppé de papier blanc et attaché d'une ficelle dorée, qui contient le gâteau de déjeuner de dimanche. Les cloches de l'église voisine sonnent la messe de dix heures.

« Peut-être que Philippe a oublié notre rendez-vous, » pense Lisa. Mais juste à ce moment, le téléphone sonne. « Allô, salut, bonjour, mes hommages et tout le tremblement!° Vous êtes prête? Je passe vous chercher dans une heure. »

Lisa s'habille vite. Il va faire beau, aujourd'hui, alors elle met une robe d'été rose vif, avec une petite ceinture dorée. Comme chaussures? Elle hésite un instant: Des chaussures à talons plats sont plus confortables, mais Philippe est si grand, et Lisa n'est pas grande. Alors, elle choisit une paire de sandales de cuir à talons. La voilà prête, juste au moment où la Citroën vert foncé arrive le long du trottoir. Lisa ne donne pas à Philippe le temps de sonner. Elle descend quatre à quatre les deux étages, et elle arrive au moment où Philippe descend de sa voiture. Elle voit tout de suite que Philippe est un type très conservateur: pas

les ploucs: (français quotidien) Le mot *plouc* n'est probablement pas dans le dictionnaire, et c'est dommage. C'est un mot amusant qui définit les gens qui n'ont pas de chic, pas de style, qui ne voyagent pas, etc. Vous connaissez probablement des ploucs, et vous connaissez sûrement des termes équivalents en anglais.   tout le tremblement: (français quotidien) *and all that jazz*

Les «**Vedettes du Pont-Neuf**» et les **Bateaux-Mouche** offrent aux touristes la visite des quais vus de la Seine. *Pensez-vous qu'il y a beaucoup de Parisiens sur ces bateaux? Pourquoi?*

de jeans, pas de T-shirt. Pour sa sortie de dimanche, Philippe porte une chemise bleu pâle, sans cravate, mais avec une écharpe dans le col ouvert, un pantalon de flannelle grise et un blazer bleu marine. «Pas mal du tout,» pense Lisa. «Un vrai Parisien!»

«Où avez-vous envie d'aller?» demande Philippe. «C'est votre premier dimanche à Paris, vous décidez, et je suis à votre disposition.

—Écoutez, Philippe,» répond Lisa, «j'ai très envie de faire le tour du parfait touriste. Je voudrais monter sur la Tour Eiffel, faire une promenade sur la Seine en bateau-mouche. Je voudrais aussi aller voir les Impressionnistes au Louvre, et si nous avons le temps, aller visiter Notre-Dame. Après ça, je serai prête pour le Paris des Parisiens.

—La Tour Eiffel? Mais personne ne monte à la Tour Eiffel! C'est strictement pour les ploucs! Personnellement, je n'y suis jamais monté, et je ne connais personne qui y est monté!

—Le bateau-mouche, alors? dit doucement Lisa.

—Mais c'est plein de touristes! Surtout à cette époque de l'année! On va nous prendre pour des touristes, tout simplement! Imaginez que je rencontre un client, de quoi est-ce que j'aurai l'air?

—Le Louvre, alors? suggère gentiment Lisa.

—Ah, ça, le Louvre, je connais. Je connais même très bien. J'y suis allé quand . . . euh. . . Eh bien, j'y suis allé . . . oh, voyons . . . très souvent. Au moins deux fois quand j'étais au lycée. Nous avions un professeur un peu cinglé qui nous emmenait voir les peintres romantiques.

—Vous n'y êtes pas retourné depuis?

—Euh, je ne sais pas. Je ne crois pas. . . En tout cas, le dimanche, c'est plein de ploucs, vous savez.

—Notre-Dame, alors?

—Oh, j'y vais constamment. Par exemple, j'y suis allé une fois avec une vieille amie de ma mère, qui voulait voir les vitraux. Et une autre fois avec . . . avec . . . oh, j'ai oublié avec qui, mais je suis certain que. . . »

Lisa comprend. Les Parisiens sont exactement comme les gens de tous les autres pays. Ils ne connaissent pas les choses de leur ville qui sont précisément si célèbres ailleurs. Pourquoi? Probablement parce qu'il semble ridicule de faire toutes ces visites. On a bien le temps! Une autre fois. Et puis, c'est pour les touristes, pas pour les *vrais* habitants.

« Alors, » dit Lisa fermement, « Par quoi commence-t-on? La Tour Eiffel?

—Elle sont joliment dures, ces Américaines, dit Philippe en riant. Alors, la Tour Eiffel. »

Arrivés sur la deuxième plate-forme, Philippe, qui s'amuse beaucoup maintenant, a complètement oublié la discussion, et il est absolument sûr que c'était son idée, à lui, de faire l'ascension. Ils meurent de faim. Justement, dans un petit casse-croûte, qui se déclare fièrement « snack bar », on sert des belles saucisses chaudes, avec du gruyère fondu, sur des petits pains croustillants. « Une bière, Lisa? » Et les voilà penchés au garde-fou, avec tout Paris à leurs pieds.

La lumière du ciel d'été se reflète sur les toits d'ardoise bleue et sur la rivière. Une brume couleur de perle flotte sur la ville. Au loin le Sacré-Coeur émerge, dressé sur sa colline, tout blanc, presque doré dans le soleil d'été. Lisa ne dit rien. Elle est très émue. Elle est enfin à Paris. Philippe aussi est silencieux. Un long moment se passe. Tous deux ne disent rien, captivés par la vue et par le moment.

« Pas mal, » dit enfin Philippe, modestement. « Vous n'êtes pas trop déçue? » Il ne veut pas montrer qu'il est très fier de sa ville.

—Je ne sais pas, dit Lisa, qui taquine son compagnon. « On monte au troisième étage? Je vous dirai plus tard. »

L'ascension du troisième étage, ça, c'est pour les gens qui ont l'estomac solide. L'ascenseur craque, gémit et monte péniblement. Philippe, qui connaît bien les ascenseurs parisiens, n'a pas tellement confiance. Mais Lisa n'a visiblement pas peur. Du troisième étage, la vue est encore plus vaste. On voit le ruban argenté de la Seine serpenter au loin. Les grands immeubles de la périphérie encerclent la ville. Appuyés au garde-fou, sur la plate-forme étroite, ils cherchent des yeux les endroits familiers. Soudain, Philippe regarde Lisa en souriant:

« Je suis drôlement content de vous avoir rencontrée! » Lisa sourit aussi. Elle dit lentement:

« Moi, je suis contente d'avoir rencontré votre ville. C'est si beau! »

Arrivés au bas de la Tour, ils entendent quelqu'un qui appelle: « Tiens, mais c'est Maître Audibert! Salut, Philippe! Tu descends de la Tour? » Et en effet, parmi les gens qui font la queue pour prendre l'ascenseur, un jeune homme blond fait des signes. « Mais c'est ce vieux Jacques! » s'exclame Philippe. « Ah, ça, mon vieux, quelle surprise! Qu'est-ce que tu fais là? » Lisa tire la manche de Philippe: « Un plouc? » Philippe répond, à voix basse, mais sévèrement: « Ah non, pas du tout! C'est Jacques Ollivier. C'est un type très bien. Un copain d'école. Il est architecte, un peu cinglé, mais exactement le contraire d'un plouc! » Jacques s'approche. Il est accompagné d'une grande jeune fille brune et sympathique. Présentations. L'amie de Jacques est brésilienne, et c'est elle qui a insisté pour que. . . Vous connaissez le reste de l'histoire.

« Écoute, » dit Philippe, « Ne montez pas à la Tour Eiffel maintenant. Vous ferez ça un autre jour, avec la promenade en bateau-mouche. Venez avec nous. Nous allons au Louvre, voir les Impressionnistes. »

—Les Impressionnistes? » dit Jacques, « Je connais très bien. J'y suis allé. . . J'y suis allé. . . Oh, je suis sûr que je les ai vus. . .

—Non, dit Philippe catégoriquement. Tu ne les as pas vus. C'étaient les Romantiques, Delacroix, Géricault, Ingres, et les autres. On est allé les voir avec le prof de troisième,° le gars cinglé. On n'a pas vu les Impressionnistes, mais on va les voir maintenant. Allez, les touristes, en voiture! »

la troisième: correspond approximativement au *10th grade*

Questions

Répondez sans reproduire le texte de la lecture.

1. Quel jour de la semaine est-ce? Comment la rue est-elle différente, aujourd'hui?
2. Qu'est-ce qu'il y a dans ce petit paquet attaché d'une ficelle dorée?
3. Quel bruit entend-on?
4. Qui téléphone? Qu'est-ce qu'il dit, approximativement?
5. Quel est le costume de Lisa?
6. Quel est le costume de Philippe? Comment Lisa peut-elle juger que Philippe est conservateur?
7. Où Lisa a-t-elle envie d'aller? Est-ce que Philippe est d'accord?
8. Philippe a-t-il visité ces endroits? Pourquoi? Avez-vous visité les curiosités de votre ville?
9. Pourquoi Philippe est-il horrifié à l'idée de la Tour Eiffel, du Louvre et du bateau-mouche?
10. Ah, Philippe connaît bien le Louvre, n'est-ce pas? Quand y est-il allé, et avec qui?
11. Est-ce que l'ascenseur de la Tour Eiffel est moderne? Comment marche-t-il?
12. En quoi consiste le déjeuner de Philippe et Lisa? Comment s'appelle le petit restaurant qui sert ce genre de repas?
13. Qu'est-ce qu'on voit, de la plate-forme du troisième étage?
14. Qui est Jacques Ollivier? Comment est-il? Avec qui est-il?
15. Où va le groupe après leur rencontre? Pourquoi?

Repondez dans l'esprit du texte, mais avec imagination

1. *La dame chez qui Lisa a une chambre:* Qu'est-ce que vous allez faire aujourd'hui, Lisa?
   Lisa: . . .

2. *La mère de Lisa, (en Amérique):* Mon dieu! Pauvre Lisa! Que fait-elle aujourd'hui, toute seule en France?
   Son père: . . .

3. *La mère de Philippe:* Pourquoi es-tu si pressé de sortir, ce matin?
   Philippe: . . .

4. *Lisa:* Pourquoi avez-vous une Citroën, et pas une Ford?
   Philippe: . . .

5. *Philippe:* Oubliez la Tour Eiffel et tout le tremblement. Allons déjeuner à la campagne dans un bon petit restaurant.
   Lisa: . . .

6. *Lisa:* Vous aviez un professeur cinglé? Que veut dire « cinglé »? Qu'est-ce qu'il faisait?
   Philippe: . . .

7. *Philippe:* Quelles sont les curiosités touristiques de votre ville?
   Lisa: . . .

8. *Philippe:* Avez-vous visité tous ces endroits?
   Lisa: . . .

9. *Lisa:* Oui, je voudrais bien une bière, mais je ne sais pas si j'ai l'âge de boire de l'alcool, en France.
   Philippe: . . .

10. *Jacques:* Philippe, où as-tu rencontré Lisa?
    Philippe (Il ne veut pas dire qu'il a simplement dragué Lisa à la terrasse d'un café): . . .

Une station de métro. *Mais pourquoi Zazie ne peut-elle pas prendre le métro? Expliquez. Le métro est-il toujours souterrain?*

Les Invalides. *Est-il possible de confondre les Invalides avec la caserne de Reuilly? Qui fait cette erreur? Pourquoi?*

Raymond Queneau

Zazie à Paris

Le passage suivant est extrait et adapté de Zazie dans le Métro, *de Raymond Queneau, membre de l'Académie Goncourt. Queneau, dans ses romans, reproduit la langue parlée, emploie le français quotidien et la grammaire de la conversation de tous les jours.*

  Zazie, dix ans, vient d'arriver à Paris pour passer le week-end chez son oncle Gabriel. Celui-ci vient la chercher à la gare, accompagné de son copain Charles, qui a un taxi.

  Zazie galope derrière son oncle qui porte sa valise.

  « Tonton,° dit-elle, on prend le métro?

  —Non.

  —Comment ça, non?

  Elle s'est arrêtée. Gabriel pose la valise, et se met à expliquer:

Tonton: oncle

—Bin° oui: Non. Aujourd'hui, pas moyen°. Y a° grève.

—Y a grève? Ah les salauds! s'écrie Zazie. Me faire ça à moi!

—Y a pas° qu'à toi qu'ils font ça, dit Gabriel, parfaitement objectif.

—Ça m'est égal. Moi qui étais si heureuse, si contente d'aller dans le métro. Sacrebleu, zut alors!

—Faut te faire une raison,° dit Gabriel. Et, passant à la subjectivité, il ajoute:

—Et puis, faut se grouiller.° Charles attend. Charles, c'est un pote° et il a un tac.° Je l'ai réservé à cause de la grève, précisément, son tac. T'as° compris? »

Il ressaisit la valise d'une main, et de l'autre, il entraîne Zazie. Charles, effectivement, attendait en lisant dans son journal la chronique des coeurs saignants.°

« Bonjour, petite, dit-il à Zazie sans la regarder.

—Il est rien moche,° son tac, dit Zazie.

—Monte, dit Gabriel, et sois pas snob.

—Elle est marrante,° ta petite nièce, dit Charles, qui met le taxi en marche.

bin: Eh bien   pas moyen: Il n'y a pas moyen (C'est impossible.)   Y a: Il y a   Y a pas: Il n'y a pas *(Note that colloquial language very often drops the **ne** from negations.)*   Faut te faire une raison: Il faut accepter ça raisonnablement.   se grouiller: se dépêcher   un pote: un copain   un tac: un taxi   T'as: Tu as   cœurs saignants: *bleeding hearts*   moche: *It's a mess*   marrant, marrante: amusant(e) *(She's a scream.)*

On roule un peu, puis Gabriel montre le paysage d'un geste magnifique.

« Ah, Paris, dit-il d'un ton encourageant. Quelle belle ville! Regarde-moi ça si c'est beau!

—Ça m'est égal,° dit Zazie. Moi, je voulais aller dans le métro.

—Le métro, hurle Gabriel, le métro! Tiens, regarde, le voilà. » Et, du doigt, il désigne quelque chose en l'air. Zazie fronce le sourcil. Elle n'a pas confiance.

« Le métro? Le métro? C'est sous terre. Ça, je le sais.

—Celui-là, dit Gabriel, c'est l'aérien.

—Alors, c'est pas le métro.

—Je vais t'expliquer, dit Gabriel. Quelquefois, il sort de terre, et ensuite, il y rentre.

—Des histoires. »

Gabriel voudrait changer de conversation. Il désigne quelque chose.

« Et ça, mugit-il, regarde, le Panthéon!!!°

—Qu'est-ce qu'il faut entendre, » dit Charles sans se retourner. Il conduisait lentement pour donner à la petite le temps de voir les curiosités, et de profiter de sa visite de Paris.

« C'est peut-être pas le Panthéon? demande Gabriel.

—Non, dit Charles avec force. Non, non, et non, c'est pas le Panthéon.

—Et qu'est-ce que c'est, d'après toi? »

Le ton de Gabriel devient presque offensant pour l'interlocuteur, qui, d'ailleurs, avoue sa défaite.

« J'en sais rien, dit Charles.

—Là, tu vois.

—Mais c'est pas le Panthéon.

—On va demander à un passant, propose Gabriel.

—Les passants, réplique Gabriel, c'est tous des idiots.

—C'est bien vrai, dit Zazie avec sérénité. »

Gabriel n'insiste pass. Il a découvert un nouveau sujet d'enthousiasme.

« Et ça, s'exclame-t-il, ça c'est. . . »

Mais il a la parole coupée par Charles.

« J'ai trouvé, hurle celui-ci. Le truc° qu'on vient de voir, c'était pas le Panthéon, bien sûr, c'était la gare de Lyon.°

—Peut-être, dit Gabriel avec indifférence. Maintenant, ce truc, c'est du passé. Mais regarde-moi ça, ma petite, cette architecture! Eh bien, tu vois, c'est les Invalides.°

—T'es tombé sur la tête, dit Charles, ça n'a rien à voir avec les Invalides.

Ça m'est égal: *I don't care*   Le Panthéon: un monument néo-classique, consacré au culte des grands hommes. Beaucoup d'hommes célèbres y sont enterrés.   Un truc: (*a "thing"*). Si vous ne savez pas le nom de quelque chose, voux pouvez l'appeler *un truc* dans la conversation et le français quotidien.   La gare de Lyon: une des gares de Paris, qui sert les trains pour Lyon et la Méditerranée. Les gares de Paris sont des exemples impressionnants d'architecture baroque. Pourtant, personne (excepté Charles et Gabriel, et d'autres Parisiens comme eux) ne confond une de ces gares avec le Panthéon!   les Invalides: un autre monument célèbre de Paris. Construit par Louis XIV pour les vétérans blessés de ses nombreuses guerres. La tombe de Napoléon se trouve en effet sous le dôme de la chapelle des Invalides.

—Eh bien, dit Gabriel vexé, si ce n'est pas les Invalides, apprends-nous cexé.°

—Je sais pas trop, dit Charles, mais c'est tout au plus la caserne de Reuilly.°

—Vous, dit Zazie avec indulgence, vous êtes tous les deux des petits marrants.

—Zazie, déclare Gabriel, en prenant un air majestueux, trouvé sans peine dans son répertoire, si tu veux voir les vrais Invalides, et le tombeau véritable du vrai Napoléon, je t'y emmènerai.

—Napoléon? Il ne m'intéresse pas du tout, cet idiot, réplique Zazie.

—Qu'est-ce qui t'intéresse, alors? » Zazie ne répond pas. « Oui, dit Charles, avec une gentillesse inattendue, qu'est-ce qui t'intéresse?

—Le métro. Quand est-ce qu'elle va finir, cette grève?

—Je sais pas, moi, dit Gabriel. Je fais pas de politique.

—C'est pas de la politique, dit Charles, c'est pour la croûte. »° Arrivés à destination, tout le monde s'installe autour d'une table sur le trottoir, au café du coin.

« Pour moi, un beaujolais, dit Charles. Et toi? dit-il à Zazie.

—Un cocacola, dit-elle.

—Y en a pas, dit la serveuse. Mais y en chez l'Italien, à côté.

—Prends autre chose, dit Charles.

—Non, hurle Zazie, furieuse. C'est un cocacola que je veux. »

Gabriel se lève, disparaît un instant. Il revient avec une bouteille et une paille. Il pose ça devant Zazie.

« Tiens, petite, dit-il. Là, tu vois, dit Gabriel à son copain, c'était pas difficile. Les enfants, il suffit de les comprendre. »[1]

Extrait et adapté de *Zazie dans le métro*, Queneau, Éditions Gallimard

---

cexé: ce que c'est   la caserne de Reuilly: ne ressemble pas du tout aux Invalides.   c'est pour la croûte: (argot) *It's a matter of eating or not eating.*

Questions sur le texte

Répondez sans reproduire le texte.

1. Où commence la scène?
2. Pourquoi est-il impossible de prendre le métro?
3. Qui est Charles? Et pourquoi est-il là, ce jour-là?
4. Zazie admire-t-elle le taxi de Charles? Quelle est son attitude: polie, intimidée, ou le contraire?
5. Zazie voudrait monter dans le métro. Comme c'est impossible, son oncle cherche à la distraire de cette idée. Comment?
6. Ce monument néo-classique, qu'est-ce que c'est, d'après Gabriel? et d'après Charles? Est-ce l'un ou l'autre, à votre avis?

---

[1] Ce texte est simplifié et adapté. À la requête des Éditions Gallimard, le texte original est produit à la fin de ce livre.

7. Et cet autre bâtiment célèbre, qu'est-ce que c'est, d'après Charles et d'après Gabriel?
8. Pourquoi y a-t-il une grève, d'après Charles?
9. Que pensez-vous de ces deux copains, comme guides touristiques? Et Zazie est-elle impressionnée? Quelle est son idée fixe?
10. « Les enfants, il suffit de les comprendre, » dit Gabriel en donnant à Zazie exactement ce qu'elle voulait. Approuvez-vous ces méthodes d'éducation? Pourquoi?
11. Comment trouvez-vous le personnage de Zazie?

Traductions basées sur le texte précédent

Version

> Traduisez en anglais, le passage de **Zazie à Paris,** du commencement: «Zazie galope derrière son oncle. . .» jusqu'à «. . .C'était pas le Panthéon, bien sûr, c'était la gare de Lyon.»

Notes concerning this translation *The characters are Parisian working-class types, who speak an idiomatic, contemporary language. You must render the flavor of their language as closely as you can. For instance, in the beginning lines, an acceptable translation might be:*

> *Zazie tries to catch up with her uncle who carries her suitcase.*
> *"Uncle, she says, can we take the subway?*
> *—No.*
> *—What do you mean, no? (etc.)*

See how expressions like "tries to catch up with," "what do you mean," even though they are not word for word translations of the French text, give the right feeling to your translation. Keep your style terse and as idiomatic as possible.

Thème

> Traduisez en français le passage suivant:

> *"What do you want to see in Paris? asks Gabriel.*
> *—I want to see the subway.*
> *—You can't today. There's a strike on.*
> *—How can they do that to me?*
> *—They are not doing it to you personally, says Gabriel with objectivity. They are doing it to everybody. But hurry, 'cause my buddy is waiting.*
> *—How's that?*
> *—He's got a cab, and I reserved it on account of the strike.*
> *—It's a mess, that cab, says Zazie. But I don't care. I want to take the subway.*
> *—The subway, yells Gabriel. Look! There it is.*
> *But Zazie frowns. She is suspicious. Gabriel is showing something up in the air. She knows the subway is underground.*

(Most everything you need is to be found in the French text. Re-read that text carefully before doing your Thème.)

L'Agence d'Air-France sur les Champs-Elysées. *Qu'est-ce que ces gens regardent dans la vitrine? Avez-vous déjà voyagé dans un de ces avions? Pourquoi?*

En voyage

Notes culturelles: Il est poli en français, de dire « Bonjour monsieur / madame / mademoiselle » quand on arrive. On dit aussi « Merci monsieur / madame / mademoiselle, et « Au revoir monsieur / madame / mademoiselle. »

*Le pluriel de ces termes est **messieurs, mesdames** et **mesdemoiselles.***

S'il y a un groupe des deux sexes, dites: «Bonjour messieurs, bonjour mesdames. » (Ne dites pas «Bonjour messieurs-dames, » c'est un peu vulgaire).

*Y a-t-il un terme correspondant au **Ms.** américain? Pas pour la conversation, mais quand on écrit une lettre, on peut écrire Mad. (au lieu de Madame ou Mademoiselle). C'est une nouveauté.*

Un franc vaut, approximativement $0.25.

À l'agence de voyage. Isabelle Chaumette organise un voyage aux États-Unis.
La dame: Voilà New York. Où désirez-vous aller, ensuite?
Isabelle: *(Imaginez sa réponse)*

À l'agence de voyages

Bonjour, madame. Vous désirez?

Bonjour, monsieur. Je voudrais des renseignements.

À votre service, madame.

Quels sont **les bateaux** / **les avions** / **les trains** qui vont de Paris à Londres?

Il y a un avion deux fois par jour, des trains toutes les trois heures, un bateau tous les jours.

Ah, merci. Quel est l'horaire des trains?

Ils partent à 9h, à 12h, à 15h. et à 18 heures.

Quels sont les prix?

Dans une gare. *Prenez-vous votre billet et faites-vous enregistrer vos bagages au même endroit? Expliquez.*

L'avion est le plus cher. Le train est bien moins cher. L'aller et retour est plus avantageux.

Au revoir, madame. À votre service.

À l'agence de tourisme

Bonjour, monsieur. Vous désirez?

C'est très facile. Il y a un car qui part tous les matins. Il part à 9h et il rentre à 16h. L'excursion coûte 125 francs, avec la visite du château et le déjeuner compris.

Oui, monsieur. Tout est compris.

Entendu pour deux places pour demain.

À l'aéroport

Vous désirez, mademoiselle?

Merci des renseignements. Au revoir, monsieur.

Je voudrais faire une excursion à Fontainebleau.

C'est le prix net? Il n'y a pas de taxe? Pas de pourboire? Tout est compris?

Bien. Alors, je voudrais réserver deux places pour demain, s'il vous plaît. Voilà 250 francs.

Merci, monsieur.

Je voudrais un billet pour Marseille.

Voilà, mademoiselle. C'est cinq cents francs, taxe comprise. Avez-vous des bagages à enregistrer?

J'ai cette valise.

Je regrette, mademoiselle. Votre valise est trop lourde. Il faut payer un excédent de bagages.

Ah mon dieu! Qu'est-ce que je vais faire? Je n'ai pas beaucoup d'argent!

Avez-vous quelque chose de lourd dans la valise que vous pouvez emporter à la main?

Quelle bonne idée! Il y a deux manteaux et un appareil photo. Voilà. Maintenant, le poids est acceptable, n'est-ce pas, monsieur?

Tout à fait, mademoiselle. Bon voyage!

À l'hôtel

Vous désirez, monsieur?

Je voudrais deux chambres.

Pour combien de personnes?

Une pour une personne, et l'autre pour deux.

Désirez-vous une salle de bain, ou seulement une douche?

Y a-t-il une différence de prix?

Certainement, monsieur. La salle de bain coûte 25 francs de plus.

Alors, donnez-moi les deux chambres avec douche. Quels sont vos tarifs?

La chambre à deux personnes avec douche est à 120 francs, la chambre pour une personne est à 90 francs.

Est-ce que le petit déjeuner est compris?

Certainement, monsieur. Téléphonez quand vous le désirez. Prenez-vous du thé, du café ou du chocolat au lait?

Deux cafés au lait et un thé.

Alors disons deux cafés au lait complets[1] et un thé.

Bonne nuit, monsieur. Dormez bien.

Bonsoir, monsieur.

Situations

1. **Vous êtes à l'agence de voyages.** Vous demandez quand il y a des avions pour Rome. L'employé vous répond qu'il y a un avion tous les jours. Vous demandez l'horaire. L'avion part à 11h et arrive à Rome à 13h 10. Vous demandez le prix. L'avion coûte 650 francs, aller. Vous trouvez que c'est très cher! Il y a aussi un train qui est moins cher, si vous n'êtes pas pressé, dit l'employé. Vous décidez. Quoi? Concluez la conversation.

2. **Vous êtes dans une agence de tourisme à Paris.** Vous voulez faire une excursion aux Châteaux de la Loire. Il y a un car qui part à 9h, tous les lundis, et qui rentre le jeudi soir, vers 19h. Vous demandez combien coûte

[1] complet: avec pain ou croissants, beurre et confiture.

l'excursion. Elle coûte 900 francs. Vous demandez si tout est compris. Oui, l'hôtel, les repas, et la taxe sont compris. Mais on donne généralement un petit pourboire au chauffeur. Vous trouvez que c'est cher? Pas cher? Décidez si vous voulez faire cette excursion et concluez la conversation.

3. **Vous êtes à l'aéroport Charles de Gaulle à Paris.** Vous demandez un billet aller et retour pour Londres. Vous demandez à quelle heure part le prochain avion. Il part dans une heure, à 15h. 45 dit l'employé. Mais, attention, il faut payer un excédent de bagages. Quoi faire? Vous décidez d'ouvrir votre valise et d'emporter votre manteau et deux gros dictionnaires à la main. Concluez la conversation.

4. **À l'hôtel: Vous téléphonez pour réserver une chambre à l'hôtel.** Vous désirez une chambre à un lit, pour une personne, avec salle de bain. On vous demande si vous voulez une salle de bain complète on une douche. Vous demandez pourquoi. On vous explique la différence. Choisissez et concluez la conversation.

5. **Pour les gens qui ont de l'imagination:** Préparez, avec votre partenaire, une conversation qui a lieu à l'hôtel, à l'agence de voyages, ou à l'aéroport. Imaginez vos questions, vos problèmes. Vous êtes peut-être un voyageur excentrique, vous ne connaissez pas la géographie, ou bien vous voyagez avec un bébé-crocodile dans une cage . . . par exemple.

COMPOSITION ÉCRITE OU ORALE

La visite de votre ville ou de votre région

> *Un(e) ami(e), ou un membre de votre famille est en visite dans votre ville ou votre région. Naturellement, vous désirez lui montrer les curiosités locales. Alors, vous l'emmenez passer la journée à faire ces visites.*

Qui est cet(te) invité(e)? Quelle est l'occasion de sa visite?

Quel temps fait-il? Avez-vous de la chance, ou pas de chance?

Quels vêtements portez-vous, vous et votre invité? Sont-ils appropriés?

Où votre invité(e) veut-il / elle aller? Où préférez-vous aller?

Avez-vous des difficultés à trouver les endroits célèbres de votre région . . . parce que vous n'y allez jamais?

Où et comment déjeunez-vous?

Quelles sont les réactions de votre invité(e)? Surprise, plaisir, amusement, déception (*disappointment*)?

Quelles sont vos réactions personnelles: Êtes-vous fier de votre région, enchanté, gêné (*embarrassed*) parce qu'il n'y a pas beaucoup de choses intéressantes?

Dans l'ensemble, comment est votre journée: agréable, amusante, fatigante, exaspérante, informative? (Pour qui?)

Et avez-vous des idées pour la prochaine occasion où vous allez montrer votre ville à un étranger?

(Employez beaucoup d'adjectifs, qualifiés ou non, et autant d'adverbes que possible.)

Les Impressionnistes, les hamburgers et les boissons exotiques

INTRODUCTION

Les verbes

Les verbes du premier groupe, ou verbes en *-er*. Conjugaison au présent. Changements orthographiques de certains de ces verbes. Les verbes du premier groupe sont réguliers, excepté *aller* et *envoyer*. L'impératif affirmatif et négatif

Les verbes du deuxième groupe, ou verbes en *-ir*. Conjugaison au présent des trois catégories de verbes en *-ir*: 1) avec l'infixe -iss- (*finir, grandir*), 2) sans l'infixe (*partir, sortir*). Les verbes qui ont l'infinitif en *-ir* mais la même conjugaison que ceux du premier groupe (*offrir, souffrir*).
Un grand nombre de verbes formés sur des adjectifs sont en *-ir* et réguliers, avec l'infixe.
L'impératif, affirmatif et négatif

Les verbes du troisième groupe, ou verbes en *-re*. Conjugaison au présent des verbes réguliers en *-re* (*attendre, descendre*) et irréguliers (*prendre, mettre, connaître*)
L'impératif affirmatif et négatif

Quelques verbes irréguliers très employés (*venir, tenir, vouloir, pouvoir, savoir, connaître, croire, voir*). L'impératif, affirmatif et négatif

La construction de deux verbes sans préposition (*j'aime lire*) ou avec la préposition *à* (*j'hésite à répondre*) ou *de* (*je décide de sortir*) Tableau des verbes les plus employés, avec ou sans préposition.

PRONONCIATION: *Les voyelles*

EN FRANÇAIS MON AMOUR: *Les Impressionnistes, les hamburgers et les boissons exotiques*

EN FRANÇAIS DANS LE TEXTE: *La presse de 1874 sur les premiers Impressionnistes*

CONVERSATION: *Demandez des renseignements*

progrès 3

INTRODUCTION

À quelle heure **arrivez-vous** le matin?

J'arrive à huit heures. **Nous arrivons** tous de bonne heure.

Qu'est-ce que **vous étudiez?**

J'étudie les math, le français, la littérature anglaise et la chimie.

Quand **espérez-vous** finir vos études?

J'espère les finir l'année prochaine.

Achetez-vous une nouvelle voiture cette année?

Hélas, non. **Je n'achète** jamais de nouvelle voiture. Je garde la vieille.

Préférez-vous les voitures américaines ou les voitures étrangères?

Je préfère les voitures qui sont économiques.

Mangez-vous au restaurant aujourd'hui?

Oui, mes copains et moi, **nous mangeons** au restaurant universitaire.

Commencez-vous à bien parler français?

Oui, **nous commençons** tous à bien parler et à bien comprendre.

Essayez-vous de parler français avec vos amis?

Bien sûr. **J'essaie** tout le temps. **Nous essayons** surtout quand nous étudions ensemble pour cette classe.

Continuez! Parlez français! **Essayez** de perfectionner votre accent!

Ne donnez pas constamment des ordres. **Ne pensez pas** que vous savez tout. **N'essayez pas** de me dominer!

Dormez-vous quelquefois en classe?

Non, **je** ne **dors** pas. Je veux **sortir** le premier quand **elle finit**.

Quand **courez-vous?**

Nous courons quand nous sommes très pressés de **partir**. Aussi, **je cours** quand le téléphone sonne.

Qu'est-ce qu'**on sert** au restaurant universitaire?

On y **sert** une cuisine absolument sans intérêt.

Grandissez-vous encore?

Sûrement pas. **On** ne **grandit** plus à mon âge.

Réussissez-vous tout ce que vous faites?

Non, **je réussis** seulement quand je fais un effort. Mais **je finis** généralement ce que je commence. **Finissez-vous** ce que vous commencez?

Bien sûr.

Maintenant, **sortez**. La classe est finie. **Partez. Finissez** la leçon chez vous.

Non, **ne partons pas** tout de suite. **Ne sortons pas** sous la pluie. **Ne finissons pas** cette leçon ennuyeuse.

Verbes du troisième groupe, ou verbes en -re

Réguliers

Ecoutez! Qu'est-ce que **vous entendez?**

J'entends la circulation dans la rue.

M'attendez-vous si je suis en retard?

Oui, **nous** vous **attendons**, mais nous n'aimons pas **attendre**.

Vous travaillez dans un magasin. Qu'est-ce que **vous vendez?**

Je vends des vêtements. **Nous vendons** des vêtements chers dans ce magasin.

Attendez-vous la fin de la semaine **avec impatience?**

Oui. **Nous l'attendons avec impatience** parce que nous partons en weekend vendredi soir.

Irréguliers

Prenez-vous souvent l'avion?

Je le **prends** assez souvent. **Les gens** le **prennent** de plus en plus. **On** ne **prend** plus le bateau.

Apprenez-vous une autre langue?

J'apprends aussi l'espagnol. Quelques étudiants **apprennent** aussi l'italien.

Mettez-vous de l'argent à la banque?

Oui, **j'en mets.** (Mais je ne l'y laisse pas longtemps!) **Je promets** toujours de faire des économies, mais **je remets** d'un jour a l'autre de le faire.

Quelques verbes irréguliers très employés (venir, tenir, vouloir, pouvoir, savoir, connaître, croire, voir)

Qu'est-ce que **vous dites?**

Je dis qu'il y a trois verbes: **vous êtes, vous dites, vous faites** qui ont la terminaison **-tes** pour la forme **vous.** Pour tous les autres verbes, la forme **vous** se termine en **-ez.**

Voulez-vous **venir** avec moi?

Je viens avec vous si vous m'emmenez dîner dans un bon restaurant. Autrement, **nous** ne **venons** pas. (**Nous venons de** manger un petit snack il y a une heure!)

Qu'est-ce que **vous tenez** à la main?

Je tiens mes clés. Et vous, que **tenez-vous? Nous tenons** le journal qui vient d'arriver.

Qu'est-ce que **vous voulez**, dans la vie?

Je veux beaucoup de choses: la sécurité, le bonheur. **Nous voulons** tous être heureux.

Savez-vous jouer du piano?

Non, **je** ne **sais** jouer d'aucun instrument. **Tout le monde sait** que je ne suis pas musicien.

Tout le monde? **Connaissez-vous** beaucoup de gens?

Non, mais ceux que **je connais** sont d'accord. **Ils** ne **connaissent** personne qui a moins de dispositions pour la musique que moi!

Je ne **crois** pas ça. **Je crois** que vous êtes trop modeste.

Vous ne le **croyez** pas? Il faut le **croire**, parce que c'est l'évidence.

Voyons! Je vous **vois** souvent au concert, et vous avez l'air de connaître tous les disques à la mode.

Je vois votre erreur. **Vous** me **voyez** au concert parce que ma femme m'y emmène. Franchement, **je** ne **vois** pas la différence entre deux notes de musique. (Pardon, je ne l'entends pas!)

Dites des choses gentilles aux gens, de préférence. **Ne dites** pas de choses désagréables.

Croyez bien que je fais toujours très attention. **Ne pensez pas** que j'insulte les amis pour le plaisir. Mais **sachez** que parfois, la vérité est nécessaire. **Veuillez** me pardonner, et **soyons** bons amis: **Oubliez** mes remarques désagréables, **dites** que vous me comprenez et **faites** des progrès en français.

La construction de deux verbes 1) sans préposition, 2) avec à ou de

Qu'est-ce que vous **aimez faire**?

Je **déteste répondre** à cette question. . . Voyons. . . **J'aime dormir, j'aime sortir** avec des gens sympa, **j'aime lire**. Oh oui: **j'aime beaucoup** voyager.

Préférez-vous voyager seul ou avec d'autres personnes?

Je **déteste voyager** seul. **Je veux pouvoir** partager mes plaisirs. **J'adore voyager** à deux.

Comment **décidez-vous de faire** un voyage?

D'abord, **je commence à penser** à ce voyage, mais **j'hésite à le faire**.
Et puis, **je décide de partir**. Quand **je réussis à avoir** l'argent nécessaire, et **à obtenir** des vacances, **j'invite** quelqu'un **à m'accompagner**.

Acceptez-vous de m'emmener?

Oui, si **vous promettez de** ne pas **compliquer** ma vie. Si **vous** ne m'**empêchez** pas **de faire** ce que je veux, **je** vous **offre de venir** avec moi.

EXPLICATIONS

IL Y A TROIS GROUPES DE VERBES. ON CLASSIFIE LES VERBES D'APRÈS LA TERMINAISON DE LEUR INFINITIF. LE PREMIER GROUPE EST CELUI DES VERBES EN **-er,** LE DEUXIÈME CELUI DES VERBES EN **-ir,** LE TROISIÈME CELUI DES VERBES EN **-re.**

I. Les verbes du premier groupe, ou verbes en **-er**

A. C'est de beaucoup le groupe le plus important.

Il comprend plus de 3.000 verbes. Tous les verbes en **-er** sont réguliers, excepté **aller** (qui a un présent et un futur irrégulier) et **envoyer** (qui a un futur irrégulier). Les nouveaux verbes formés pour les besoins de la langue moderne sont formés sur le modèle du premier groupe: **téléviser, télégraphier, téléguider, radiodiffuser, atomiser,** etc.[1]

LA CONJUGAISON DES VERBES EN -ER

Exemple: **arriver**

j' arrive	**-e**	Tous les verbes de ce
tu arrives	**-es**	groupe (excepté **aller**)
il / elle / on arrive	**-e**	ont les mêmes terminaisons.
nous arrivons	**-ons**	
vous arrivez	**-ez**	
ils / elles arrivent	**-ent**	

B. Changements orthographiques des certains verbes du premier groupe

---

1. VERBES TERMINÉS EN -YER (ESSAYER, PAYER, ENNUYER, *ETC.*)

Exemple: **essayer**

j' essaie	*Explication:* Devant un **e** muet,
tu essaies	remplacez le **y** par un **i**. (Pas de
il essaie	changement, donc, dans le cas de
nous essayons	**nous** et de **vous**.)
vous essayez	
ils essaient	

---

[1] Aimez-vous les exceptions? En voilà une. Il existe le verbe **atterrir** (*to land*). Sur ce modèle, on a récemment formé les verbes **amerrir** (*to land on water, as hydroplanes do*) and **alunir** (*to land on the moon*). Ces trois verbes font partie du troisième groupe, mais **amerrir** et **alunir** ne sont pas d'un usage extrêmement fréquent.

2. VERBES TERMINÉS EN -ÉRER (ESPÉRER, PRÉFÉRER, ETC.) OU EN -ETER (ACHETER; ETC.)

Exemple: **préférer, acheter**

je préfère	j' achète	*Explication:* Devant un e muet[2]
tu préfères	tu achètes	remplacez l'accent aigu par un
il préfère	il achète	accent grave. (Pas de
nous préférons	nous achetons	changement, donc, dans le cas
vous préférez	vous achetez	de **nous** et de **vous**.)
ils préfèrent	ils achètent	

3. VERBES TERMINÉS EN -GER

Exemple: **manger**

je mange	*Explication:* Ajoutez un **e** à la forme
tu manges	**nous**.
il mange	
nous mangeons	
vous mangez	
ils mangent	

4. VERBES TERMINÉS EN -CER

Exemple: **commencer**

je commence	*Explication:* Ajoutez une cédille sous le
tu commences	**c** devant **o** (**a, u**) pour garder le son
il commence	de l'infinitif.
nous commençons	
vous commencez	
ils commencent	

5. LES VERBES APPELER (ET ÉPELER) ET JETER

appeler (épeler)	**jeter**	
j' appelle, épelle	je jette	*Explication:* Devant un e muet,
tu appelles, épelles	tu jettes	doublez la consonne. (Pas de
il appelle, épelle	il jette	changement dans le cas de
nous appelons, épelons	nous jetons	**nous** et de **vous**.)
vous appelez, épelez	vous jetez	
ils appellent, épellent	ils jettent	

[2] Vous savez déjà que quand un mot se termine par la combinaison de lettres è + consonne + e muet (frère, pièce, pèse, mère, etc.) il y a généralement un accent grave sur le e qui est devant la consonne. C'est pour cette raison que vous changez l'accent quand le verbe se termine de cette manière: **préférer**, MAIS je préfère, tu préfères, ils préfèrent.

C. Changements orthographiques de ces verbes au futur et à l'imparfait

1. Au futur: Le futur régulier est formé sur l'infinitif, avec les terminaisons du verbe **avoir**. Tous les verbes du premier groupe ont un futur régulier (excepté **aller:** j'**irai**, et **envoyer:** j'**enverrai**). Il y a toujours un -**e** muet dans la terminaison: -**erai**, -**eras**, -**era**, -**erons**, -**erez**, **eront**.

Exemples

essayer	**espérer**	**acheter**
j' essaierai	espérerai	achèterai
tu essaieras	espéreras	achèteras
il essaiera	espérera	achètera
nous essaierons	espérerons	achèterons
vous essaierez	espérerez	achèterez
ils essaieront	espéreront	achèteront

manger	**commencer**	**appeler**	**jeter**
j'(e) mangerai	commencerai	appellerai	jetterai
tu mangeras	commenceras	appelleras	jetteras
il mangera	commencera	appellera	jettera
nous mangerons	commencerons	appellerons	jetterons
vous mangerez	commencerez	appellerez	jetterez
ils mangeront	commenceront	appelleront	jetteront

2. À l'imparfait: Il n'y a pas de **e** muet dans la terminaison de l'imparfait. Il n'y a donc pas de changement orthographique pour les verbes comme **essayer, espérer, acheter** et **appeler.**

Exemples

essayer	**espérer**	**acheter**	**appeler**	**(jeter)**
j(e) essayais	espérais	achetais	appelais	(jetais)
tu essayais	espérais	achetais	appelais	(jetais)
etc.	etc.	etc.	etc.	etc.

Les verbes en -**ger** comme **manger, nager, partager** etc. et les verbes en -**cer** comme **commencer** ont la modification nécessitée par la prononciation:

Exemples

manger	**commencer**
je mangeais	commençais
tu mangeais	commençais
il mangeait	commençait
nous mangions	commencions
vous mangiez	commenciez
ils mangeaient	commençaient

II. Les verbes du deuxième groupe, ou verbes en -ir

Les verbes du deuxième groupe se divisent en deux catégories:

a. les verbes qui ont l'infixe -iss-. Ce sont les verbes **réguliers** (**finir, réussir, choisir**, etc.). C'est un groupe très vaste, qui comprend les verbes formés sur des adjectifs (**grandir, brunir, rougir, pâlir, vieillir**, etc.);

b. les verbes « irréguliers » qui n'ont pas l'infixe (**courir, dormir, partir, sentir, servir, sortir**).

(Il y a quelques verbes avec un infinitif en **-ir**, comme **offrir, ouvrir, souffrir**, qui se conjuguent en réalité comme des verbes en **-er**: j'**offre**, j'**ouvre**, je **souffre**.)

A. Les verbes réguliers, avec l'infixe -iss-:

CONJUGAISON

Exemple: **finir** (bâtir, choisir, démolir, punir, réfléchir, réussir)

je fin	is
tu fin	is
il fin	it
nous fin	**iss** ons
vous fin	**iss** ez
ils fin	**iss** ent

Qu'est-ce que cet infixe? C'est la dérivation de l'infixe latin **-esc-** qui se trouve dans les verbes qui indiquent le passage d'un état à un autre, comme **adulescere**, qui a donné **adolescent, convalescere**, qui a donné **convalescent**. L'infixe se trouve donc généralement dans les verbes qui indiquent le passage d'un état à un autre, une transformation, un changement: **finir, réussir, choisir, bâtir, démolir**, par exemple.

Verbes formés sur des adjectifs: Les verbes qui indiquent le plus clairement la transformation, le passage d'un état à un autre, sont les verbes formés sur des adjectifs. **Devenir grand**, c'est **grandir, devenir gros**, c'est **grossir, devenir maigre**, c'est **maigrir**, etc.

Il y a un grand nombre de verbes formés sur des adjectifs. Ils sont réguliers et ils ont l'infixe **-iss-**:

Exemples:

Adjectif	Verbe	Adjectif	Verbe	Adjectif	Verbe
beau / belle	**embellir**	frais	**rafraîchir**	pauvre	**appauvrir**
blanc	**blanchir**	grand	**grandir**	riche	**enrichir**
bleu	**bleuir**	gros	**grossir**	rouge	**rougir**
blond	**blondir**	jaune	**jaunir**	sale	**salir**
brun	**brunir**	jeune	**rajeunir**	terne	**ternir**
clair	**éclaircir**	maigre	**maigrir**	vert	**verdir**
court	**raccourcir**	noir	**noircir**	vieux / vieille	**vieillir**
		pâle	**pâlir**		

Exception: Si vous avez la tentation de former un verbe sur l'adjectif **petit**, attention. Le verbe est **rapetisser**. Mais remarquez la présence de l'infixe **-iss-**.

> Quand une famille **grandit**, sa maison a l'air de **rapetisser**.

B. Les verbes « irréguliers », qui n'ont pas l'infixe:[1]

Il y a un petit nombre de ce verbes, et ils sont fréquemment employés.

	courir	dormir	mentir	partir	sentir	servir	sortir
je	cours	dors	mens	pars	sens	sers	sors
tu	cours	dors	mens	pars	sens	sers	sors
il	court	dort	ment	part	sent	sert	sort
nous	courons	dormons	mentons	partons	sentons	servons	sortons
vous	courez	dormez	mentez	partez	sentez	servez	sortez
ils	courent	dorment	mentent	partent	sentent	servent	sortent

C. Les verbes **tenir** et **venir**: Ils forment une catégorie à part, leur conjugaison ne suit pas celle des autres verbes en **-ir**. Ce sont des verbes importants, qui ont une quantité de composés—**tenir: retenir, obtenir, maintenir**, etc., et **venir: revenir, devenir**.

	tenir	venir
je	tiens	je viens
tu	tiens	tu viens
il	tient	il vient
nous	tenons	nous venons
vous	tenez	vous venez
ils	tiennent	ils viennent

III. *Verbes du troisième groupe, ou verbes en* -re

A. Les verbes réguliers du troisième groupe, comme **attendre, entendre, descendre, interrompre,**[2] **rendre, vendre**:

MODÈLE DE LA CONJUGAISON

Exemple: **descendre**

je	descend	s
tu	descend	s
il	descend	
nous	descend	ons
vous	descend	ez
ils	descend	ent

---

[1] un autre verbe complètement irrégulier est **mourir: je meurs, tu meurs, il meurt, nous mourons, vous mourez, ils meurent**. On dit: **il est mort** (*he is dead*).

[2] **interrompre** a une légère irrégularité: **il interrompt**

B. Verbes irréguliers du troisième groupe:

1. **prendre** (apprendre, comprendre surprendre)	2. **mettre** (permettre, remettre, soumettre)
je prends	je mets
tu prends	tu mets
il prend	il met
nous prenons	nous mettons
vous prenez	vous mettez
ils prennent	ils mettent

3. **connaître** (reconnaître, paraître naître[1]	4. **détruire** (cuire, produire, construire, conduire, traduire)
je connais	je détruis
tu connais	tu détruis
il connaît	il détruit
nous connaissons	nous détruisons
vous connaissez	vous détruisez
ils connaissent	ils détruisent

5. **écrire** (décrire)	6. **croire**
j' écris	je crois
tu écris	tu crois
il écrit	il croit
nous écrivons	nous croyons
vous écrivez	vous croyez
ils écrivent	ils croient

7. **rire** (sourire)	8. **vivre** (suivre)
je ris	je vis (suis)
tu ris	tu vis
il rit	il vit
nous rions	nous vivons
vous riez	vous vivez
ils rient	ils vivent

IV. *Les verbes en* **-oir** *sont irréguliers et ne font partie d'aucun groupe.*

Les plus communs sont: **avoir, pouvoir, savoir, vouloir, voir.**

[1] **naître: je suis né(e)** (*I was born*)

	pouvoir	vouloir	voir	savoir
je	peux	veux	vois	sais
tu	peux	veux	vois	sais
il	peut	veut	voit	sait
nous	pouvons	voulons	voyons	savons
vous	pouvez	voulez	voyez	savez
ils	peuvent	veulent	voient	savent

Remarquez: Trois verbes impersonnels en **-oir**:

pleuvoir: il pleut   **falloir:** il faut   **valoir mieux:** Il vaut mieux

V. L'impératif

Vous avez déjà vu l'impératif des verbes **être (sois, soyons, soyez)** et **avoir (aie, ayons, ayez)**.

A. Verbes du premier groupe:

Parle	Reste	Va	(Ne parle pas, etc.)
Parlons	Restons	Allons	
Parlez	Restez	Allez	

Remarquez: Le **s** de la deuxième personne du singulier disparaît à l'impératif:

Tu parles, MAIS: **Parle!** ou **Tu vas**, MAIS: **Va!**

Ce **s** est restitué quand le verbe impératif est suivi de **y** ou **en**:

Parles-en. Restes-y. Vas-y.

(MAIS: **N'en parle pas. N'y reste pas. N'y va pas.**)

B. Verbes du deuxième groupe:

Finis	Dors	(Ne dors pas, etc.)
Finissons	Dormons	
Finissez	Dormez	

C. Verbes du troisième groupe:

Attends	Prends	Mets
Attendons	Prenons	Mettons
Attendez	Prenez	Mettez

D. Deux impératifs irréguliers:

savoir	**vouloir**
Sache	Veuille
Sachons	Veuillons
Sachez	Veuillez

Remarquez: On emploie surtout **Veuillez** dans la correspondance: « **Veuillez accepter**, monsieur, l'expression de mes salutations les les meilleures. » (**Veuillez** a le sens de *please, be kind enough to. . .*)

Aimez-vous boire un verre de vin?

V. *La construction de deux verbes sans préposition, ou avec la préposition* **à** *ou* **de**

Exemples:

J'aime écouter un concert. Il veut lire son journal. Vous préférez partir ce soir.	sans préposition
Vous m'invitez **à** dîner? Tu commences **à** comprendre. J'hésite **à** vous le dire.	avec **à**
J'oublie **de** prendre ma clé. Vous décidez **de** partir. Il finit **de** pleuvoir.	avec **de**

Certains verbes très communs (**aller, aimer**, etc.) n'emploient pas de préposition devant l'infinitif.

Un certain nombre de verbes nécessitent **à** ou **de**. Examinez le tableau suivant, et employez-le comme référence.

TABLEAU DES VERBES LES PLUS EMPLOYÉS SUIVIS D'UN INFINITIF

A. *Sans préposition*

Exemple: Je déteste **faire** des fautes.
Descendez **acheter** le journal.

aimer *to like, love*	**entendre** *to hear*	**rentrer** *to go (come) home*
aller *to go*	**faire** *to do, make*	**retourner** *to go (come) home*
arriver *to arrive*	**falloir** *to have to*	**savoir** *to know*
courir *to run*	**laisser** *to let or leave*	**se souvenir** *to remember*
croire *to believe*	**monter** *to go or come up*	**valoir** (mieux) *to be better*
descendre *to go down*	**oser** *to dare*	**venir** *to come*
désirer *to wish*	**paraître** *to seem or appear*	**voir** *to see*
devoir *to be supposed to*	**penser** *to think*	**vouloir** *to want*
envoyer *to send*	**préférer** *to prefer*	
espérer *to hope*	**se rappeler** *to recall*	
écouter *to listen*	**regarder** *to look, watch*	

[handwritten: pouvoir – to be able / savoir – to know (how)]

B. *Avec à*

[handwritten: compter + inf = count on]

Exemple: J'apprends **à** parler français.
Vous continuez **à** faire des progrès.

aider *to help*	**condamner** *to condemn*	**se mettre** *to begin*
s'amuser *to have fun*	**continuer** *to continue*	**passer** (son temps) *to spend (time)*
apprendre *to learn*	**enseigner** *to teach*	**penser** *to think (of doing something)*
chercher *to seek*	**hésiter** *to hesitate*	**réussir** *to succeed*
commencer *to begin*	**inviter** *to invite*	**tenir** *to hold*

[handwritten: arriver à = to manage to / s'attendre à = expect to]

C. *Avec de*

Exemple: Il cesse **de** pleuvoir.
Je vous demande **de** réfléchir.

s'arrêter *to stop*	**essayer** *to try*	**oublier** *to forget*
cesser *to cease, stop*	**finir** *to finish*	**prier** *to pray, beg*
conseiller *to advise*	**menacer** *to threaten*	**promettre** *to promise*
craindre *to fear*	**mériter** *to deserve*	**proposer** *to propose*
décider *to decide*	**obliger** *to oblige, force*	**refuser** *to refuse*
demander *to ask*	**offrir** *to offer, give*	**regretter** *to regret*
dépêcher *to hurry*	**ordonner** *to order*	**répéter** *to repeat*
dire *to say, tell*		**risquer** *to risk*
empêcher *to prevent*		**venir** *to have just*

[handwritten: Se dépêcher; achever de = finir de; éviter de = to avoid; manquer de – to miss (something / someone) doing something; se souvenir de –]

EXERCICES

1. **Les verbes du premier groupe**

    Complétez par le verbe à la forme correcte (et attention aux changements orthographiques).

Exemple: (répéter) Elle ne _____ pas les secrets.
Elle ne répète pas les secrets.

1. *(essayer)* Je fais un effort et j'_____ de finir mon travail ce soir.
2. *(jeter)* Les gens économes ne _____ rien.
3. *(payer)* _____-tu par chèque, ou en argent liquide?
4. *(espérer)* Mes parents _____ me voir pour Noël.
5. *(commencer)* Nous _____ notre deuxième année de français.
6. *(acheter)* Qu'est-ce que tu _____ pour le dîner?
7. *(appeler)* Tu m'_____ au téléphone ce soir, n'est-ce pas?
8. *(manger)* Nous _____ probablement trop pour notre santé.
9. *(ennuyer)* Est-ce que ces exercices vous _____ ?

2. Les verbes du deuxième groupe

*(Attention! N'oubliez pas qu'il y a deux catégories de ces verbes: Les verbes réguliers, avec -iss- et les verbes irréguliers, sans -iss-. Il y a aussi les verbes **offrir** **ouvrir**, **couvrir** et **souffrir** qui se conjuguent comme des verbes du premier groupe.)*
Complétez par le verbe à la forme correcte.

Exemple: Les animaux qui hibernent _____ tout l'hiver. *(dormir)*
Les animaux qui hibernent dorment tout l'hiver.

1. *(finir)* Quand _____-vous vos études?
2. *(partir)* Mes copains _____ en week-end sans moi!
3. *(grandir)* Ces enfants _____ à vue d'oeil.
4. *(rougir)* Vous _____ si on vous fait des compliments exagérés.
5. *(sortir)* Nous _____ dîner dans une heure.
6. *(servir)* Qu'est-ce que tu _____ à tes invités pour le déjeuner?
7. *(brunir)* Est-ce que vous _____ vite au soleil?
8. *(embellir)* Les livres, les fleurs, les amis _____ la vie.
9. *(offrir)* Une consommation, mademoiselle? Qu'est-ce que je vous _____ ?
10. *(souffrir)* Tu es malade? Est-ce que tu _____ beaucoup?
11. *(sentir)* Les parfums français _____ merveilleusement bon.
12. *(ouvrir)* Si j'_____ la fenêtre, allez-vous avoir froid?
13. *(vieillir)* *(rajeunir)* Mais cette dame ne _____ pas du tout! Au contraire, elle _____ à vue d'oeil!

3. Les verbes du troisième groupe, réguliers et irréguliers.

Complétez par le verbe à la forme correcte.

Exemple: (descendre) Les gens pressés _____ l'escalier quatre à quatre.
Les gens pressés descendent l'escalier quatre à quatre.

1. *(vendre)* Qu'est-ce qu'on _____ dans ce nouveau magasin?
2. *(prendre)* Qu'est-ce que vous _____ à la terrasse d'un café?

3. *(mettre)* Si vous avez froid, vous _____ un pullover.
4. *(connaître)* _____-vous ce monsieur? Moi, je ne le _____ pas.
5. *(conduire)* Tu _____ comme un fou! Beaucoup de Français _____ trop vite.
6. *(dire)* Qu'est-ce que vous _____ ? Je _____ que vous avez raison.
7. *(rire)* Pourquoi _____-tu? Je _____ parce que vous _____ . Je ne sais pas pourquoi nous _____ tous!
8. *(vivre)* Pourquoi Henry Miller _____-il en France? Beaucoup d'artistes y _____ .
9. *(suivre)* Combien de cours _____-vous ce trimestre? J'en _____ trois.
10. *(croire)* *(lire)* _____-vous tout ce que vous _____ ? Non, mais je crois tout ce que vous me _____ *(dire)*.

4. Les verbes en **-oir**

Complétez par la forme correcte du verbe.

Exemple: *(savoir)* Qu'est-ce que tu _____ faire?
Qu'est-ce que tu sais faire?

1. *(vouloir)* Je ne _____ pas te dire de choses tristes. Mais _____-tu entendre une bonne histoire?
2. *(avoir)* Moi, j'_____ toujours raison. Les autres _____ souvent tort.
3. *(voir)* Qu'est-ce que vous _____ par la fenêtre? Je _____ une belle vue.
4. *(savoir)* Est-ce que vous _____ quelle heure il est? Non, je ne _____ pas.
5. *(pouvoir)* _____-vous me rendre un service? Oui, bien sûr, je _____ toujours.
6. *(pleuvoir)* Quel temps fait-il? Il _____ depuis hier.
7. *(falloir)* Combien de temps vous _____-il pour venir ici le matin?
8. *(vouloir)* _____-vous dîner avec moi ce soir? Oui, je __ bien.
9. *(pouvoir)* On ne _____ pas tout faire, mais nous _____ essayer de faire de notre mieux.

5. L'impératif

Dites à la personne indiquée de faire quelque chose.

Exemple: de ne pas partir *(mon amour)*
Ne pars pas, mon amour.

1. d'avoir pitié de vous   *(Mon Dieu)*
2. de passer vous chercher à huit heures   *(Philippe)*
3. d'essayer de vous comprendre   *(votre amie Brigitte)*
4. d'aller acheter le journal   *(votre petit frère Pierrot)*
5. d'être à l'heure   *(Philippe et Lisa)*
6. de ne pas être comme les ploucs   *(Lisa)*
7. de savoir que vous êtes absolument parfait *(tout le monde)*
8. de ne pas vous prendre pour un touriste   *(Monsieur l'agent)*

9. de vous appeler au téléphone ce soir   *(ma chérie)*
10. de vous expliquer pourquoi il aime la France (Employez   *(Henry*
    l'impératif de **vouloir** pour composer une phrase poli-   *Miller)*
    ment formelle.)

6. Traduction

Traduisez en français.

Exemple: My nose turns blue when it is cold.   *(bleuir)*
Mon nez bleuit quand il fait froid.

1. *He doesn't eat bread because he absolutely wants to lose*   *(maigrir)*
   weight.
2. *You are too thin. You need to put on weight.*   *(grossir)*
3. *My hair is brown, but it turns blond in the sun.*   *(blondir)*
4. *We all get older every day, unfortunately.*   *(vieillir)*
5. *Trees turn green in the spring, red and yellow in the fall.*   *(verdir, rougir,*
       jaunir)
6. *What do you hold in your hand?*   *(tenir)*
7. *When do you want to leave?*   *(partir)*
8. *Why do you laugh? I am not laughing, I am smiling.*   *(rire, sourire)*
9. *We turn pale when we are afraid, red when we are shy.*   *(pâlir, rougir)*
10. *(at the hairdresser or barber) Freshen up a little, but do not*   *(rafraîchir,*
    shorten.[1]   *raccourcir)*

7. La construction de deux verbes 1) sans préposition, 2) avec **à**, 3) avec **de**

Complétez les phrases suivantes par la préposition correcte quand une préposition est nécessaire.

J'aime bien __à__ rester seule à la maison. Mais quelquefois, je commence __à__ regarder un film d'horreur, et j'hésite __à__ arrêter la télévision. Alors, je crois __à__ entendre des bruits étranges. Je refuse __de__ réfléchir que c'est un danger imaginaire. Quand le fantôme menace __d'__attaquer sa victime, je commence __à__ trembler, et __à__ mettre la tête sous les draps. Vous dites que je risque __d'__être la victime de ce fantôme avec ou sans drap sur la tête? Vous proposez __de__ arrêter la télé pour sauver ma vie? Vous offrez __de__ changer de chaîne *(channel)*? Je vous défends __à__ le faire! Je préfère __à__ courir le risque de ma vie. En fait, je vous invite __à__ regarder le film avec moi. Essayons __de__ survivre ensemble!

[1] A good phrase to be memorized by all contemplating a trip to France and anxious to keep their hairstyle unchanged.

8. Traduction

*Dans ces phrases, vous allez avoir besoin de constructions qui emploient deux verbes ensemble, **avec** ou **sans** préposition.*

Exemple: I don't dare tell the truth.
Je n'ose pas dire la vérité.

1. I want to help you prepare breakfast. 2. Do you really believe that I continue to watch that horror film? 3. We regret to leave so soon. Don't forget to call, or to write. 4. Now, it stops raining and the sun begins to shine. (briller) 5. Let's go out for dinner. Let's go see a movie afterwards. 6. You tell us to pay attention? You don't know that today is Friday! Usually, we stop working at noon on Fridays.

PRONONCIATION

Les voyelles françaises

Chaque voyelle représente un son fixe. Les voyelles française ont un son pur. (Par contre, les voyelles anglaises sont composées de plusieurs sons.) Une bonne prononciation des voyelles est essentielle.

a [a] à la fin, mal, incurable, avec, en vacances, à Paris, Marie, son mari

â [ɑ] âge, la pâte, un mât

e [ə] dimanche, une journée, la rencontre, le Louvre, la ligne, l'Impressionnisme, l'apparence

é [e] une journée idéale, un événement, la télévision, décoré

è ou ê [ɛ] la tête, la première, un système, le seizième, un régime sévère elle s'arrête

(*suivi de deux consonnes:* nouvelle, la terre, en effet, objectif, réservé, j'espère)

i [i] Philippe, il dit, rue de Rivoli, parisien, supprime, la ligne

o [ɔ] une école, le tricolore, la place de la Concorde, la police

o [o] Quand le o est le son final: le métro, Chicago, un idiot, un pot, le dos, c'est trop

Quand le o est suivi du son z ou t: pose, curiosité, propose, une côte

u [y] zut, la rue, des muscles. sûrement, un musée, la peinture

Note: Pour éviter l'anticipation de la consonne, quand une voyelle est suivie d'un r et d'une autre consonne: je **parle**, la **porte**, etc., prononcez:

je pa / rle   Cha / rles   la po / rte   le to / rse   en pa / rticulier

Au McDonald des Champs-Elysées
Lisa: Délicieux! Goûtez, Philippe, vous allez voir!
Philippe: *(Imaginez sa réponse)*

Au Pub Renault. Lisa et Philippe boivent un «Péché mignon». *Avez-vous un péché mignon, ou bien êtes-vous absolument parfait (parfaite)? Expliquez.*

L'impressionisme, les hamburgers et les boissons exotiques

Pour un premier dimanche à Paris, c'est une journée idéale, et à la fin de cette journée, Lisa a mal aux pieds et mal à la tête, mais ce n'est pas incurable! La visite de la Tour Eiffel et la rencontre de Jacques Ollivier avec son amie brésilienne ne sont que le commencement d'un après-midi bien rempli.

D'abord, le Louvre. On laisse la voiture de Philippe dans le parking Concorde, et pour voir les Impressionnistes, le groupe va directement à l'annexe du Louvre qui leur est consacrée, le Pavillon du Jeu de Paume. Mais la rue de Rivoli est fermée par des barricades, et on ne peut pas traverser la place de la Concorde. Il y a une foule énorme, maintenant par des agents de police. Qu'est-ce que tout ce monde attend? C'est le Tour de France, qui va arriver dans quelques minutes.

« Qu'est-ce que c'est que le Tour de France? » demande Lisa.

On lui explique que c'est une course de bicyclettes qui dure un mois et qui fait, en effet, le tour de la France. C'est le grand événement sportif de l'année. Ou plutôt, c'était le grand événement il y a quelques années, quand tous les jeunes avaient des bicyclettes et s'identifiaient aux coureurs. Maintenant, ces jeunes ont des voitures, et, pour les moins de dix-huit ans, des mobylettes.° Mais le Tour de France, avec son gagnant journalier, cause encore beaucoup d'intérêt. La preuve: cinq cents mille badauds (le chiffre est donné à la télévision plus tard) viennent voir l'arrivée du Tour rue de Rivoli, place de la Concorde, et applaudir le tour d'honneur du gagnant sur les Champs-Élysées. Même le président de la République est là, dans sa tribune décorée de tricolore. Grand enthousiasme patriotique (chauvin?) parce que cette année le gagnant est français, au lieu d'être belge, comme les années précédentes. Et tout le monde peut

une mobylette: *a moped*

vous dire que le Marché Commun, c'est une chose, mais que le nationalisme, c'en est une autre.

Enfin, le Tour arrive, et passe, dans un tourbillon de muscles bronzés, de machines d'acier et d'acclamations. On peut traverser la rue. Justement, comme tout le monde est dehors, il n'y a pas foule à l'intérieur du Pavillon.

C'est sûrement très beau, et beaucoup d'artistes importants sont représentés. Et pourtant, Lisa est un peu déçue. Elle connaît l'*Institute of Modern Art* à Chicago, où ses parents l'emmènent depuis qu'elle est assez grande pour comprendre. Elle connaît les toiles de Van Gogh, de Monet, de Renoir, de Manet. Elle aime dire que, si elle avait le choix entre tous les tableaux du monde, son préféré serait les grands *Nymphéas* bleus de Monet qui sont à Chicago. Elle trouve la collection du Jeu de Paume très conservatrice.

« C'est vrai, dit Jacques. La plupart des grandes oeuvres impressionnistes ne sont pas en France. Pourquoi? Le Louvre est un musée d'état, dirigé par des fonctionnaires, qui prennent une attitude rétrograde et refusent les nouveautés. Vous savez que les critiques du temps condamnaient cette peinture. Les autres pays l'ont acceptée beaucoup plus vite et leurs musées. . .

—Ah pardon, mon vieux, dit Philippe. Le Louvre a bien raison! Si quelqu'un n'y mettait pas le holà,° on ne sait pas où iraient les choses. Pour les Impressionnistes, je ne dis pas, l'administration était un peu rigide. Mais regarde les saloperies° qu'on appelle de l'art aujourd'hui. . . »

Et il se lance dans un discours sur les avantages de la prudence en art, en politique, et dans la société. Il est clair que Philippe est conservateur, et qu'il préfère maintenir un système dans lequel il est bien intégré. Pour lui, les changements et les nouveautés sont à éviter. Pourquoi changer le monde élégant et confortable qu'il connaît?

« Ce que tu es seizième! » dit Jacques.

Lisa s'intrigue:

« Pourquoi *seizième*? Seizième quoi?

—Paris est divisé en sections, qu'on appelle arrondissements. Philippe habite dans le seizième arrondissement. C'est le quartier traditionnel des gens riches, de la classe bourgeoise confortable. Ce n'est pas là que naissent les révolutions! » dit Jacques en riant.

La visite continue. Soudain, Jacques regarde sa montre:

« Eh bien, mes enfants,° il est déjà quatre heures! Désolé, mais nous rencontrons des amis dans une demi-heure au cinéma. On se donne un coup de fil?°

—Sortons ensemble, un de ces jours, dit Philippe.

—Dac, répond Jacques, qui entraîne son amie. Ciao. »°

Lisa décide: « Allons sur les Champs-Élysées. »

Là soudain, Lisa tombe en arrêt. En plein Champs-Élysées, un splendide

___

y mettre le holà (français quotidien): *to put a stop to it*   une saloperie (français quotidien): *a thing of very low quality, junk*   mes enfants: (français quotidien) Quand vous parlez à un groupe de gens de votre âge, vous dites *mes enfants* comme vous dites *you guys* en anglais.   un coup de fil: (français quotidien) un coup de téléphone   d'ac: d'accord   ciao: (prononcé *chow*): un mot italien, mais les jeunes Français l'emploient souvent au lieu de «*au revoir* », comme vous employez *"bye"* ou *"So long"*.

McDonald's ouvre ses arcades au public parisien. Il y a foule à l'intérieur, donc les hamburgers réussissent à Paris.

« J'ai faim, dit Lisa. Entrons manger un hamburger.

—Mais non, répond Philippe. Nous allons dîner dans deux heures. Il ne faut pas manger entre les repas. »

C'est une nouvelle idée pour Lisa, qui a la solide habitude américaine des snacks fréquents, suivis de périodes de régime sévère. (Les régimes de Lisa consistent à ne rien manger. C'est la diète complète). Elle analyse cette idée un moment et décide de compromettre:

—Alors, entrons. Commandons un hamburger, et partageons-le.

—Ah, ça, jamais, dit Philippe. Je ne mange pas de ces saloperies. On ne peut pas empêcher *McDonald's* de les vendre, mais au moins, on n'est pas obligé de les manger. . .

Lisa suit son idée:

—Alors, commandez-en pour moi. Je ne sais pas comment on dit *Big Mac* en français. »

Heureusement, Philippe est polyglotte. Il s'approche du comptoir où, bien sûr, on ne fait pas la queue. On se presse pour se faire servir le premier. Philippe a l'avantage d'être très grand. Il étend le bras par-dessus les têtes et dit fermement:

« Un Beeg Mac, s'il vous plaît. » Et on le sert tout de suite.

Sur un tabouret, face à l'animation des Champs-Élysées, Lisa déguste son Beeg Mac. « Voulez-vous goûter, Philippe? » Mais Philippe reste ferme. Il a déjà fait plusieurs exceptions à ses principes aujourd'hui. En particulier, il a mangé un snack à midi au lieu de son déjeuner habituel. Ça suffit comme ça.

Maintenant, Lisa a soif. Philippe connaît le Pub Renault, juste en face. C'est toujours plein de jeunes. La spécialité du Pub, ce sont des boissons exotiques, servies dans d'immenses verres, avec des garnitures compliquées et des noms alléchants: *Délice tropical* est rose, *Amour passion* est vert, et *Péché mignon* est orange. Lisa décide de prendre un *Péché mignon* pour deux raisons. D'abord, elle pense que l'ingrédient principal est probablement du jus d'orange, et ensuite, elle ne sait pas ce que c'est qu'un « *péché mignon*. »° Philippe le lui explique, et lui demande:

« Quel est votre péché mignon?

—Je n'en ai pas, riposte Lisa, qui s'amuse beaucoup. Absolument pas. Je suis l'image de la perfection. Enfin . . . les hamburgers, peut-être, mais ça ne compte pas. Vous, votre péché mignon, c'est que vous n'aimez pas le changement. . .

—Vous avez raison, dit Philippe, je le déteste. Mais ce n'est pas un défaut, c'est une qualité. Il faut garder son équilibre au milieu du désordre contemporain. J'espère devenir juge un jour et maintenir les solides valeurs. . . »

Soudain, Lisa est fatiguée. Les solides valeurs de Philippe ne l'intéressent pas beaucoup pour le moment. Elle refuse son invitation à dîner parce que, dit-

---

péché mignon: *(almost literally, "favorite sin")* Your péché mignon *is your "downfall", that particular temptation you find impossible to resist.*

elle, elle a besoin de rentrer chez elle, d'écrire des lettres et de se préparer pour ses cours qui commencent demain matin. En fait, elle n'a pas faim, elle a envie de rire sans raison, et la tête lui tourne un peu. Il y avait une petite dose de cognac avec ce jus d'orange et ces saveurs exotiques, et Lisa, contrairement aux Français, n'a pas l'habitude de boire de l'alcool. Mais elle sait que c'était une journée parfaite et que maintenant, il faut rentrer. Quand Philippe gare sa voiture le long du trottoir, Lisa lui sourit, et dit:

« C'est seulement ce matin que je vous ai regardé arriver devant la maison! Il me semble qu'il y a des jours. Merci de cette merveilleuse journée. Je crois que mon voyage en France en vaut la peine, et que c'est grâce à vous. »

Philippe est touché, mais il refuse de le montrer:

« Alors, dit-il, je vois qu'il y a peut-être un peu d'espoir de vous civiliser « à la parisienne ». Je vous passe un coup de fil pendant la semaine. Dormez bien, et surtout, ne parlez pas aux étrangers à la terrasse des cafés! »

Questions

Répondez sans reproduire le texte de la lecture.

1. Qu'est-ce que c'est que le Tour de France? Est-ce qu'il intéresse beaucoup les jeunes aujourd'hui? Pourquoi?
2. Pourquoi les Français préfèrent-ils avoir un gagnant français (et non pas belge, ou italien)?
3. Pourquoi Lisa est-elle un peu déçue par le musée des Impressionnistes?
4. Quelle est l'attitude officielle du Louvre envers l'expérimentation artistique? Quelle est la cause de cette attitude?
5. Philippe habite le seizième arrondissement. Qu'est-ce qui caractérise ce quartier?
6. Qu'est-ce qu'on voit sur les Champs-Élysées?
7. Pourquoi Lisa a-t-elle envie d'un Big Mac, et pourquoi Philippe refuse-t-il de le goûter?
8. Vous avez probablement un péché mignon. Qu'est-ce que c'est?
9. Quel est votre système alimentaire: Des repas réguliers, comme Philippe, ou bien des snacks fréquents, suivis de régime féroce (de diète complète. . .) comme Lisa? Pourquoi?

Repondez dans l'esprit du texte, mais avec imagination

1. *Jacques:* Quels sont les grands événements sportifs de l'année aux États-Unis?
   Lisa: . . .

2. *Jacques:* Quel dommage que les meilleures toiles impressionnistes ne soient pas en France! Ah! la stupidité de l'administration . . .
   Philippe: . . .
   Lisa: . . .

3. *Philippe:* Pourquoi me dis-tu que je suis seizième?
   Jacques: Eh bien mon vieux, c'est parce que . . .

4. *Lisa:* Qu'est-ce que ça veut dire « On se passe un coup de fil »?
   Philippe: . . .

5. *La mère de Philippe (le soir):* As-tu passé une bonne journée? Qu'est-ce que
   tu as fait?
   Philippe: . . .

6. *Le père de Philippe:* Ta mère et toi, nous partons la semaine prochaine passer
   une semaine chez ta grand-mère. La Normandie n'est pas loin. Veux-tu y
   venir pour quelques jours?
   Philippe (qui n'a pas envie de quitter Paris pour le moment): . . .

7. *La mère de Lisa (à sa soeur, la tante de Lisa):* Je me demande si Lisa mange
   bien à Paris. J'ai peur qu'elle ne trouve rien à son goût . .
   La tante: . . .

8. *Jacques (au téléphone, le lendemain):* Allô, Lisa, c'est moi, Jacques. Je voulais
   vous dire qu j'étais enchanté de vous connaître . . .
   Lisa: . . .

9. *Philippe (au téléphone, le lendemain):* Lisa, ça va? Qu'est-ce que vous faites
   ce soir?
   Lisa: . . .

Renoir: Le Moulin de la Galette. Un des tableaux les plus célèbres du monde. *Êtes-vous d'accord avec les critiques contemporains? Pourquoi?*

Les premiers impressionnistes et la presse de leur temps

Les expositions des premières oeuvres que nous appelons maintenant impressionnistes *n'ont pas soulevé l'enthousiasme des critiques, au contraire! Un groupe composé, entre autres, de Monet, Sisley, Renoir, Pissarro et Berthe Morisot, refusés au Salon officiel, décide de se nommer le groupe des* Intransigeants *et ouvre sa propre exposition dans un local du boulevard des Capucines.*

Un petit tableau de Claude Monet, représentant un paysage brumeux sous un soleil d'hiver, s'intitulait Impression. *Un certain Louis Leroy, critique de journal a relevé ce titre dans un de ses articles et l'a donné, ironiquement, au groupe de peintres. C'est ainsi que le nom d'«impressionnistes» est né, avec, de la part de son auteur, une intention purement sarcastique.*

Voilà quelques exemples de l'opinion des critiques de grands journaux parisiens de l'époque devant l'exposition des Intransigeants.

L'opinion a certes beaucoup changé depuis 1874. Aujourd'hui, les oeuvres des Impressionnistes *sont parmi les plus admirées, et parmi celles qui commandent les prix les plus élevés.*

La Presse (29 avril 1874)

Cette école supprime deux choses: la ligne, sans laquelle il est impossible de reproduire la forme d'un être ou d'une chose, et la couleur qui donne à la forme l'apparence de la réalité.

Salissez de blanc et de noir les trois quarts d'une toile. Frottez le reste de jaune, piquez au hasard des taches rouges et bleues, vous aurez une **impression** de printemps devant laquelle les adeptes tomberont en extase.

Barbouillez de gris un panneau, flanquez au hasard et de travers quelques barres noires et jaunes, et les illuminés en les voyant, vous diront: « Hein! Comme ça donne bien l'impression des bois de Meudon! »

Pour réaliser leurs extravagantes théories, ces messieurs tombent dans un gâchis insensé, fou, grotesque, sans précédent (heureusement!) dans l'art, car c'est tout simplement la négation des règles les plus élémentaires du dessin et de la peinture. En examinant les oeuvres exposées, on se demande s'il y a là une mystification du public, ou le résultat d'une aliénation mentale qui n'est pas du domaine de la critique, mais de celui de la médecine.

Émile Gardon

Le Figaro (Mai 1874)

On vient d'ouvrir une exposition qu'on dit être de peinture. Le passant inoffensif entre, et à ses yeux s'offre un spectacle cruel: Cinq ou six aliénés, dont une femme, un groupe de malheureux atteints par la folie de l'ambition, s'y sont donné rendez-vous pour exposer leurs oeuvres.

Il y a des gens qui rient devant ces choses. Moi, j'en ai le coeur serré. Ces soi-disant artistes s'intitulent les **Intransigeants**. Ils prennent des toiles, de la couleur et des brosses, jettent au hasard quelques tons, et signent le tout. Il est inutile d'essayer d'expliquer à M. Renoir que le torse d'une femme n'est pas un amas de chair en décomposition! J'ai déjà dit qu'il y a une femme dans le groupe, comme dans toutes les bandes fameuses, d'ailleurs. Elle s'appelle Berthe Morisot et elle est curieuse à observer. Chez elle, la grâce féminine existe au milieu des débordements d'un esprit en délire.

Et c'est cet amas de choses grossières qu'on expose au public sans songer aux conséquences fatales qu'elles peuvent entraîner: Hier, on a arrêté un pauvre homme qui, en sortant de cette exposition, mordait les passants.

Pierre Wolf

Le Charivari (25 avril 1874)

Louis Leroy, déjà nommé, écrit dans le **Charivari** un de ses articles sur cette exposition. Il a déjà prononcé le mot d'**impressionnisme** quelques jours plus tôt. Maintenant, il prétend amener à cette exposition un peintre connu, Joseph Vincent, «médaillé et décoré sous plusieurs gouvernements».

Il est intéressant de voir comment le sarcasme de cet article est complètement renversé et comment ce sont MM. Leroy et Vincent qui sont ridicules aujourd'hui.

Edouard Manet: Argenteuil

Oh, ce fut une rude journée où je me suis risqué à la première exposition du boulevard des Capucines, en compagnie de M. Joseph Vincent, peintre médaillé et décoré sous plusieurs gouvernements. L'imprudent était venu là sans arrière-pensée. Il croyait voir de la peinture comme on en voit partout, bonne et mauvaise, plutôt mauvaise que bonne, mais non pas une insulte à l'art, au culte de la forme et au respect des maîtres. Ah, la forme! Ah, les maîtres! On n'en fait plus, monsieur. Nous avons changé tout cela.

En entrant dans la première salle, M. Vincent reçoit le premier coup devant la danseuse de M. Degas.

« Quel dommage, me dit-il, que le peintre, avec un certain sens de la couleur, ne dessine pas mieux. Les jambes de sa danseuse sont aussi vagues que la gaze de ses jupons! »

Tout doucement, de mon air le plus naïf, je le conduis devant le **Champ labouré** de M. Pissarro. À la vue de ce « paysage », M. Vincent pense que le verre de ses lunettes est sale. Il les essuie avec soin et les repose sur son nez.

« Qu'est-ce que c'est que ça? » s'écrie-t-il.

—Vous voyez, c'est une gelée blanche sur des sillons profondément labourés.

Claude Monet: Nymphéas, Paysage d'eau. *Trouvez-vous, dans ce tableau, hélas, ici, sans ses couleurs, la justification du terme «impressionniste»? Expliquez.*

—Ça, des sillons? Ça, de la gelée? Mais ce sont des grattures de palette posées uniformément sur une toile sale. Ça n'a ni queue ni tête, ni haut ni bas, ni devant ni derrière! »

Je remarque alors que M. Vincent est en train de devenir dangereusement rouge. Je commence à penser qu'il est en danger d'avoir une apoplexie. Mais il continue sa promenade. Arrivé devant le tableau de M. Monet, *Boulevard des Capucines*:

« Ah, ah, ricane-t-il. Eh bien, il est réussi, celui-là! Seulement, veuillez me dire ce que représentent ces innombrables marques noires dans le bas du tableau?

—Mais, lui dis-je, ce sont des promeneurs.

—Alors, je ressemble à ça quand je me promène sur le boulevard des Capucines? Sang et tonnerre, vous vous moquez de moi, mon ami? »

J'essaie de le calmer, en lui montrant en particulier *Les choux* de M. Pissarro. De rouge, M. Vincent devient écarlate:

« Ce sont des choux, lui dis-je d'une voix doucement persuasive.

—Ah, les malheureux! Sont-ils assez caricaturés! Je ne veux plus en manger de ma vie. . .

—Pourtant, le peintre a essayé. . . .

—Taisez-vous, ou je fais un malheur. »

Questions sur le texte

Répondez sans reproduire le texte.

1. Qu'est-ce qu'on appelle le groupe des Intransigeants?
2. Pourquoi les Intransigeants ont-ils fait leur propre exposition?
3. Pourquoi la réaction des critiques est-elle si violente, à votre avis?
4. Quelle est l'origine du terme « impressionnisme »? Ce terme était-il un compliment?
5. Émile Gardon dit: « Cet art est une négation des règles les plus élémentaires du dessin ». A-t-il raison? Est-ce que ces règles existent vraiment? (Pensez aux oeuvres contemporaines).
6. Berthe Morisot n'échappe pas au sarcasme. . . Qu'est-ce que Pierre Wolf pense d'elle?
7. Louis Leroy et son ami, le peintre « médaillé et décoré » ridiculisent la peinture impressionniste. Et pourtant. . . Qui vous semble ridicule? Pourquoi?
8. Quelle leçon y a-t-il pour nous dans cette affaire des premiers impressionnistes face à la critique?
9. Quels peintres impressionnistes connaissez-vous? Que pensez-vous de leurs oeuvres?

Traductions basées sur le texte précedent

Version

Traduisez en anglais idiomatique l'article de Louis Leroy, pages 80–82. (« Oh, ce fut une rude journée . . . jusqu'à: Taisez-vous, ou je fais un malheur! »)

Thème

Traduisez en français le paragraphe suivant:

"Dirty with black and grey three quarters of your canvas. Smear the rest with yellow. Throw a few red and white spots here and there, and you have an "impression" of spring? No, you have a grotesque mess, an insult to art, to the masters, to the rules, to the public. These works are probably the result of some mental illness. The Intransigeants may be mad, they are certainly not a new school of painting.

"Some people laugh at those things, because they do not think of the fatal consequences they can have. Yesterday, a poor man came in and tried to buy one of these paintings. I am happy to say that he was immediately arrested and taken to a doctor."

Dans un hypermarché*
Luc: Pardon, mademoiselle, je cherche des cartes postales. Je voudrais aussi une raquette de tennis.
L'employée: C'est très facile, monsieur.
(Continuez sa réponse)

À Paris
Une touriste: Pardon, monsieur l'agent, où se trouve l'Arc de Triomphe?
L'agent: *(Imaginez sa réponse)*

CONVERSATION 3

Demandez des renseignements

*Notes culturelles: On trouve: revues, magazines, journaux, cartes postales, plan de la ville, guides divers, au **bureau de tabac**, ou dans un **kiosque**. Le **bureau de tabac** vend également du tabac, des cigarettes, des timbres et des allumettes.*

Pardon, madame, pouvez-vous me dire où se trouve **le musée / la Tour Eiffel / la rue de Rivoli / le parking Concorde**?

Bien sûr, monsieur. C'est tout droit.
Tournez **à droite / à gauche** et puis **à droite / à gauche** quand vous arriverez au carrefour.
Prenez **à droite / à gauche** à la bifurcation.
Tournez au coin, c'est tout de suite.

* **un hypermarché:** un supermarché géant, où on vend toutes sortes de choses

Au marché, dans une petite ville. Ce monsieur, à gauche, cherche le Café du Commerce. L'autre monsieur, au centre lui explique: «Je vais vous expliquer. Ce n'est pas loin . . .» *(Continuez son explication)*

Pardon, monsieur, je cherche **la gare / la poste / un hôtel / des toilettes / l'arrêt d'autobus / le métro / une pharmacie / une station d'essence.**

Pardon, mademoiselle. Où pourrais-je acheter **des cartes postales / des timbres / quelque chose à boire ou à manger / un billet / un guide / un plan de la ville / un journal / des allumettes / de l'essence / de l'aspirine.**

Il y en a un (une) **ici / en face / au coin / tout près d'ici / à deux pas / assez loin d'ici / très loin d'ici.**
Je vais vous expliquer comment y aller.

Vous en trouverez **au bureau de tabac / à la poste / au café / au casse-croûte / au guichet / à l'entrée / au kiosque / à la station d'essence / à la pharmacie.**

Situations

Préparez votre conversation avec un / une partenaire et jouez-la avec beaucoup de naturel et d'animation.

1. **Vous êtes à Paris et vous désirez aller au musée du Louvre.** Vous demandez à un passant de vous donner des renseignements. Il vous donne des instructions compliquées. Vous lui posez des questions parce que vous voulez savoir si c'est loin ou près. Il vous explique avec beaucoup de gestes. Enfin, vous comprenez, vous répétez ses instructions. Il est enchanté, et vous aussi. Vous le remerciez et vous concluez la conversation.

2. **Vous êtes dans une ville de France, et vous cherchez la rue de la République.** Une dame est assise devant sa porte. Vous lui expliquez que vous êtes américain (ou américaine), que vous êtes en voyage et que vous voulez aller voir des amis qui habitent rue de la République. Elle vous donne des instructions très simples et très claires. Elle dit qu'elle espère que vous aimez la France, et vous répondez. (Oui ou non? Pourquoi? Parce que les gens sont gentils? Impossibles?) Vous la remerciez, et vous concluez la conversation.

3. **Vous désirez acheter des cartes postales et des timbres.** Vous demandez à une petite jeune fille (13 à 14 ans) de vous indiquer où vous pouvez en acheter. Elle vous dit où. Mais vous ne savez pas où se trouve le bureau de tabac. Elle vous explique. Vous lui dites qu'elle est très gentille, vous la remerciez et vous concluez la conversation.

4. **Vous avez mal à la tête.** Vous avez besoin de mettre de l'essence dans votre voiture, vous avez soif, et vous cherchez aussi les toilettes. Alors, vous demandez à une jeune fille (20 ans environ) où vous pouvez trouver de l'aspirine, de l'essence, quelque chose à boire et des toilettes. Elle vous dit que c'est très simple: À la station d'essence vous trouverez tout ce qu'il vous faut. Vous êtes étonné, mais elle vous explique qu'il y a une petite boutique à la station ESSO qui vend des quantités de choses. Mais où est la station ESSO? Elle vous explique, vous comprenez très bien, vous répétez les instructions et vous la remerciez. Elle vous dit qu'elle aime beaucoup parler avec des étrangers et vous demande d'où vous venez. Continuez et complétez la conversation.

5. *Pour les gens qui ont de l'imagination:* **Vous êtes dans une rue de Paris, et vous ne savez pas retrouver votre hôtel.** Vous avez oublié l'adresse, et vous avez aussi oublié son nom. Vous avez une idée assez vague de son apparence, aussi. Alors, vous arrêtez un monsieur et une dame. Ils ont très envie de vous aider, ils vous posent beaucoup de questions, ils ne sont pas d'accord et se disputent sur l'identité probable et la situation de votre hôtel. Enfin, bonne conclusion de l'affaire (Laquelle? Vous voyez soudain votre hôtel en face, juste devant vous? Une autre possibilité?) et comment finit la conversation? Montrez votre humour et votre originalité.

COMPOSITION ÉCRITE OU ORALE

Vous et l'avant-garde:

Quelle est, généralement, votre attitude devant les choses nouvelles (en art, en architecture, cinéma, mode de vêtements, de coiffures, cuisine, manières de vivre, musique, danses, etc.) qui sont très différentes de ce que vous connaissez? Avez-vous tendance à les accepter avec enthousiasme? À les ridiculiser? Pourquoi? Expliquez et justifiez vos réactions. Racontez une ou deux anecdotes précises pour illustrer vos réactions devant le jamais-vu.

Faut-il brûler le centre Pompidou
ou
Avez-vous trouvé la vérité?

INTRODUCTION
Le passé: imparfait, passé composé et plus-que-parfait

L'imparfait: formation et usage. Les verbes *être, avoir* et les verbes d'état d'esprit sont souvent à l'imparfait — L'imparfait de tous les verbes — L'imparfait exprime la description, l'action en progrès et l'action habituelle au passé (*used to*)
Le passé récent (*venir de* + infinitif) et le futur proche (*aller* + infinitif) forment leur passé à l'imparfait.

Le passé composé: Formation du passé composé des verbes réguliers — Passé composé des verbes irréguliers les plus employés — Passé composé des verbes *être, avoir* et des verbes d'état d'esprit. — Passé composé des verbes de déplacement — Le passé composé exprime l'action, l'événement.

Le passé simple: Temps littéraire qui a le même sens que le passé composé. Sa formation pour les verbes réguliers — Le passé simple des verbes irréguliers les plus employés — Comment comprendre le passé simple.

Le passé composé (ou le passé simple) et l'imparfait s'emploient dans la même phrase.

Le plus-que-parfait. Sa formation et son usage

Récapitulation et comparaison des temps avec les temps en anglais

L'accord du participe passé avec *être* et *avoir*

PRONONCIATION: L'alphabet français, les consonnes

EN FRANÇAIS MON AMOUR: *Faut-il brûler le Centre Pompidou?* ou: *Avez-vous trouvé la vérité?*

EN FRANÇAIS DANS LE TEXTE: René de Obaldia: *Jusque z'à preuve du contraire*

CONVERSATION: *Au café et au restaurant*

progrès 4

INTRODUCTION

L'imparfait

Où **étiez-vous** hier?

J'étais en ville, parce que **c'était** samedi.

Vous n'**aviez** rien à faire?

Au contraire, j'**avais** beaucoup à faire. **Il y avait** des quantités de choses à acheter, des courses à faire, etc.

Préfériez-vous faire ça ou rester chez vous?

Il faisait si beau samedi que j'**avais** envie de sortir. **Je ne voulais** pas rester enfermé.

Saviez-vous que **je voulais** vous voir?

Non, je ne le savais pas. **Je pensais** que vous étiez probablement sorti aussi. **J'espérais** même vous rencontrer en ville.

Non, moi, **je ne pouvais** pas sortir. **J'attendais** un coup de téléphone: Des amis **allaient arriver** à l'aéroport.

C'est dommage. **Je venais** probablement **de sortir** quand vous avez téléphoné. Vos amis ont-ils téléphoné?

Oui, **je commençais** à penser que leur voyage était décommandé, mais ils ont appelé quand **j'allais** dîner. Leur avion **avait** du retard à cause des grèves.

En effet. J'ai entendu à la télé que les grèves **paralysaient** les transports, la semaine dernière. Tous les avions **partaient** et **arrivaient** en retard.

Autrefois, **on voyageait** à pied ou à cheval. **Il** n'**était** pas question de grèves!

Je suppose qu'**on avait** l'habitude d'attendre! **On n'attendait** pas deux heures, **on attendait** deux jours! Les gens **arrivaient** quand **ils pouvaient**. . .

Le passé composé

Vous avez dîné dans ce nouveau petit restaurant français?

Oui. **J'ai téléphoné** et **j'ai réservé** une table. **On m'a donné** un excellent petit coin tranquille. **J'ai regardé** autour de moi: Il y avait un décor charmant: des nappes roses, des fleurs sur les tables. **J'ai examiné** le menu et j'ai commandé la terrine maison et le boeuf en daube. **J'ai** aussi **demandé** une bouteille de beaujolais.

Avez-vous pâli quand **vous avez vu** les prix?

Eh bien, **je n'ai** pas **choisi** les plats les plus chers, comme le homard. **J'ai réussi** à très bien dîner pour un prix raisonnable.

Pourquoi **avez-vous pris** du beaujolais?

Parce que **j'ai vu** sur la carte qu'il y avait du beaujolais de l'année dernière. Je savais que c'est un vin qu'il faut boire jeune. Et en effet, **je l'ai bu**, et **je l'ai** trouvé délicieux.

Et comme dessert, qu'est-ce que **vous avez mangé?**

J'ai fait une petite folie. **J'ai dit**: « Au diable les calories », et j'ai expliqué au garçon que je voulais un assortiment. **Il a mis** un peu de chaque dessert sur mon assiette. Il y avait de la tarte aux framboises, de l'île flottante et de la mousse au chocolat. **J'ai** tout **fini**. Et **j'ai compris** une chose: Trois desserts ne sont pas meilleurs qu'un seul. . .

Alors, **vous avez appris** une leçon?

Pas du tout. **J'ai** même **regretté** de **ne pas avoir pris** un peu de gâteau mille-feuilles.

Passé composé des verbes de déplacement

Où **êtes-vous allé,** pendant les vacances?

Je suis allé en France. **Nous sommes arrivés** à Paris le 1er juillet. **Nous** y **sommes restés** deux jours. Puis, **nous avons loué** une voiture, **nous sommes descendus** vers la Provence.

Vous êtes descendus? La Provence est-elle plus basse que Paris?

Non. Mais en France on dit toujours: **Je suis monté** à Paris et **Je suis descendu** à Lyon, à Bordeaux ou à Marseille.

Donc, **vous êtes descendus** en Provence. Où **êtes-vous allés,** en Provence?

Nous sommes allés près d'Avignon, dans le Vaucluse. **Nous** y **sommes restés** un mois. J'allais souvent à Avignon. Là, dans la rue, **je suis tombé** sur un de mes amis, un écrivain. **Nous sommes sortis** ensemble plusieurs fois.

Êtes-vous entré au Palais des Papes à Avignon?

J'y **suis entré** plusieurs fois. J'y ai vu l'exposition Picasso et pendant le Festival de Théâtre, **je suis venu** y voir une pièce de Molière.

Quand **êtes-vous rentré?**

Je suis rentré la semaine dernière. (Nous **sommes de retour depuis** une semaine, mais nous avons bien envie de repartir!)

Le passé simple

Le passé simple est un temps employé strictement dans l'expression littéraire et qui a le même sens que le passé composé. Exprimez ces phrases au passé composé:

Jeanne d'Arc **naquit** en Lorraine en 1412.

C'est très clair. Jeanne d'Arc **est née** en Lorraine en 1412.

Elle était très pieuse. Un jour, elle **entendit** des voix.

Elle **décida** d'aller au secours de la France que les Anglais occupaient presque entièrement.

Elle **alla** à Chinon, **vit** le dauphin et lui **demanda** des troupes armées. Elle **fut** victorieuse à Orléans, et alle **amena** le dauphin à Reims où il **fut** couronné roi de France.

Elle **eut** plusieurs victoires, mais le roi l'**abandonna** quand les Anglais la **prirent** comme prisonnière. Après un long procès, elle **fut** brûlée vive à Rouen en 1431. Elle avait dix-neuf ans.

Elle était très pieuse. (Nous remarquons que l'imparfait ne change pas.) Un jour, elle **a entendu** des voix.

Elle **a décidé** d'aller au secours de la France que les Anglais occupaient presque entièrement.

Elle **est allée** à Chinon, **a vu** le Dauphin et lui **a demandé** des troupes armées. Elle **a été** victorieuse à Orléans, et elle **a amené** le dauphin à Reims où il **a été** couronné roi de France.

Elle **a eu** plusieurs victoires mais le roi l'**a abandonnée** quand les Anglais l'**ont prise** comme prisonnière. Après un long procès, elle **a été** brûlée vive à Rouen en 1431. Elle avait dix-neuf ans.

Le plus-que-parfait

Racontez-moi comment vous avez rencontré votre ami, cet écrivain.

Eh bien voilà: **J'avais fini** de déjeuner vers deux heures, **j'avais passé** un moment à la terrasse d'un café. **J'avais pris** des billets pour le théâtre, et **j'étais parti** faire des courses en ville, quand j'ai entendu quelqu'un qui m'appelait. C'était lui. **Il** m'**avait vu** de loin. **Il avait couru** pour me rattraper.

Étiez-vous content de le revoir?

Énormément. J'étais flatté parce qu'**il** m'**avait reconnu. Je** l'**avais rencontré** aux États-Unis il y a quelques années, et **je** l'**avais revu** en France deux ou trois fois. Je me sentais un peu coupable parce que **je** ne lui **avais** pas **écrit** depuis longtemps.

Qu'est-ce qu'il vous a dit?

Il m'a raconté qu'**il avait fait** plusieurs voyages, qu'**il avait** beaucoup **écrit,** qu'il **avait collaboré** à plusieurs films. Il a ajouté qu'**il** n'**avait** pas **changé** ses idées depuis notre dernière recontre.

Quelles étaient ces idées?

C'était surtout son opinion sur certains intellectuels contemporains. **Il les avait jugés** depuis longtemps, et **il les avait trouvés** hypocrites et faussement de gauche. **Il ne leur avait** pas **pardonné** le désaccord entre leurs idées et leur façon de vivre.

L'accord du participe passé

avec **avoir**

Vous avez acheté des livres en France? Les avez-vous lus?

J'ai lu les plus intéressants. Je n'ai pas lu les autres, je les ai laissés chez mes amis de Provence.

Je ne trouve pas ma clé. L'avez-vous vue? Savez-vous où je l'ai mise?

Moi, j'ai mis la mienne à sa place habituelle, mais je ne sais pas où vous avez mis la vôtre. Je ne l'ai pas vue. L'avez-vous prise? L'avez-vous laissée dans votre voiture?

Je l'ai probablement oubliée quelque part. . .

Moi aussi, hélas, j'ai souvent oublié quelque chose!

avec **être**

Est-ce que vos bagages sont arrivés?

Ma machine à écrire est arrivée, mais les valises ne sont pas encore arrivées. (Moi, je suis arrivé(e) sans difficulté!)

Jacqueline, comment êtes-vous allée en Europe?

J'y suis allée par avion. Mon mari et moi, nous y sommes allés par Air France.

Où êtes-vous arrivés?

Nous sommes arrivés à l'aéroport Charles de Gaulle, à Roissy, près de Paris. Mais nous ne sommes pas restés longtemps à Paris. Nous sommes partis pour la Provence après deux jours.

EXPLICATIONS

Les temps principaux du passé sont le passé composé, l'imparfait et le plus-que-parfait. L'imparfait est le temps de la description, le passé composé est le temps de l'action et le plus-que-parfait est le passé du passé.

Exemples de ces temps, verbes réguliers:

	imparfait	*passé composé*	*plus-que-parfait*
parler	je parlais	j'ai parlé	j'avais parlé
finir	je finissais	j'ai fini	j'avais fini
répondre	je répondais	j'ai répondu	j'avais répondu

I. L'imparfait

A. Sa formation

L'imparfait est formé sur la racine de l'infinitif (parler, finir, répondre, être, avoir, savoir, pouvoir, aller):[1]

EXEMPLES DE CONJUGAISON DE L'IMPARFAIT:					
	avoir	être	parler	finir	répondre	
j' avais	étais	parlais	finissais	répondais	-ais
tu avais	étais	parlais	finissais	répondais	-ais
il / elle avait	était	parlait	finnissait	répondait	-ait
nous avions	étions	parlions	finissions	répondions	-ions
vous aviez	étiez	parliez	finissiez	répondiez	-iez
ils / elles avaient	étaient	parlaient	finissaient	répondaient	-aient

Remarquez: Les verbes réguliers du deuxième groupe (verbes en -**ir**) ont l'infixe -**iss**- à toutes les personnes de l'imparfait.

B. L'usage de l'imparfait

On emploie l'imparfait pour une description, pour dire comment étaient les choses:

> Hier, **il faisait** beau. **Il y avait** du soleil. **J'étais** en ville parce que **j'avais** des courses à faire. **Je n'avais** pas de travail à la maison.

1. Certains verbes sont très souvent à l'imparfait, parce qu'ils indiquent, précisément, par leur sens, une idée de description. C'est le cas des verbes **être** et **avoir**.

> être   **J'étais** à la maison hier parce que **j'étais** malade.
> avoir   **J'avais** la grippe. **J'avais** mal à la tête et **j'avais** la fièvre.

Dans cette même catégorie, certains verbes, qu'on appelle verbes d'état d'esprit, parce qu'ils indiquent la description de votre état d'esprit (*state of mind*), sont généralement, eux aussi, à l'imparfait. Exemples de ces verbes:

> adorer   Quand j'étais petit, **j'adorais** les animaux.
> aimer   **J'aimais** surtout mon chien, Azor.
> croire   **Je croyais** que c'était le plus beau chien du monde.
> détester   Lui, **il détestait** tous les autres chiens, et les chats.
> espérer   **Il espérait** sans doute rester un jour le seul chien au monde.
> penser   **Il pensait** que dans ce cas, plus de comparaison ne serait possible.
> pouvoir   **Il ne pouvait** pas comprendre qu'on aime un chat.

[1] Il y a quelques imparfaits irréguliers. Ce sont ceux pour lesquels la première personne du pluriel (**nous**) au présent est différente de l'infinitif. Par exemple: **boire** (nous buvons. Imparfait; **nous buvions**); **écrire** (nous écrivons. Imparfait: **nous écrivions**); **prendre** (nous prenons. Imparfait: **nous prenions**).

{ savoir — **Il savait** que les chats grimpent aux arbres.

{ vouloir — Lui, hélas, **il voulait** grimper, mais il ne pouvait pas.

En fait, il est difficile de faire une erreur grave en français si vous employez ces verbes à l'imparfait. Vous allez voir, un peu plus loin dans cette leçon, que ces verbes s'emploient aussi au passé composé. C'est le cas quand ils ne décrivent pas un état d'esprit, mais un événement. Par exemple:

> **Je le savais.** MEANS I knew it. (state of mind)
> **Je l'ai su.** MEANS I learned it, I heard of it. (event) *describe an event — passé*

2. Les autres verbes à l'imparfait

Tous les verbes ont un imparfait. On emploie l'imparfait quand il y a une idée de description, d'action en progrès. *(Use the imperfect to tell what was going on, to tell how things were. A helpful rule of thumb is that, whenever an English verb is—or could be, without change of meaning—in the past progressive form: I was . . .-ing (I was speaking, you were working, he was leaving, etc.) that verb will have to be in the imperfect in French (je parlais, tu travaillais, il partait, etc.).*

> *Exemple:* Quand je suis sorti, **vous regardiez** la télévision. **Vous** la **regardiez** encore quand je suis rentré.
>
> **Je déjeunais** sur un banc. Il y **avait** des gens qui **passaient**. Un vieux monsieur **donnait** des graines aux pigeons. Ils **avaient** faim aussi! Alors, j'ai partagé mon déjeuner avec eux.

doing something action(ing) verb

3. L'imparfait exprime l'idée de _used to_ (ou _would_).

C'est un autre usage spécifique de l'imparfait. Il traduit avec exactitude l'expression anglaise *used to*.

> **Je passais** tous les étés chez ma grand-mère. *(I used to spend every summer at my grandmother's.)*
> **Vous** ne **parliez** pas aussi bien français l'année dernière. *(You didn't use to speak French that well last year.)*

L'imparfait sert donc à exprimer l'action habituelle et répétée dans le passé. Assez souvent, un terme indique cette répétition: **tous les ans, tous les étés, tout le temps, toujours,** etc. — *imparfait*

> **Nous achetions** toujours notre pain chez le boulanger du village.

4. Le passé récent **venir de et l'infinitif** (je viens de rentrer) et le futur proche **je vais + l'infinitif** (je vais partir) forment leur passé avec l'imparfait de **aller** et de **venir**.

> **Nous allions sortir** quand le téléphone a sonné. C'était mon copain qui **venait d'arriver** à l'aéroport.
>
> En 1939, peu de gens savaient qu'une nouvelle guerre mondiale **allait commencer.** La première guerre mondiale **venait de finir!** Son souvenir était amer. On ne croyait pas qu'une jeune génération **allait partir** de nouveau sur les champs de bataille, où leurs pères **venaient de mourir** quelques années plus tôt.

RÉCAPITULATION DES USAGES DE L'IMPARFAIT:			
Description (souvent: **être, avoir,** v. d'état d'esprit)	« En progrès » (*was . . .-ing*)	Habituel (*used to, would*)	Passé récent et futur proche (*had just* and *was going to*)
Ex.: Quand j'**avais** douze ans, j'**adorais** cet acteur. **C'était** mon idole. J'**espérais** lui ressembler.	Ce matin, j'**allais** au travail. J'**écoutais** ma radio et **je chantais** le refrain d'une chanson à la mode quand une voiture m'a heurté à l'arrière.	Mes parents **habitaient** une grande maison à la campagne. **Je grimpais** aux arbres, **je courais** dans les bois et . . . **je manquais** souvent l'école.	**C'était** la veille de Noël. **Je venais de préparer** l'arbre et les cadeaux, et **j'allais** me **coucher** quand soudain j'ai entendu un bruit.

II. Le passé composé

A. La formation du passé composé

Tous les verbes (sauf les verbes de mouvement, expliqués plus loin dans cette leçon, et les verbes pronominaux, progrès 8) forment leur passé composé avec l'auxiliaire **avoir** et le participe passé du verbe.

1. Le passé composé des verbes réguliers des trois groupes

   verbes en **-er** (1er groupe) **-é**: j'ai parlé, j'ai déjeuné, etc.
   verbes en **-ir** (2ème groupe) **-i**: j'ai fini, j'ai réussi, etc.
   verbes en **-re** (3ème groupe) **-u**: j'ai entendu, j'ai répondu, etc.

2. Le passé composé de quelques verbes irréguliers[1]

apprendre	j'ai appris	**mettre**	j'ai mis
boire	j'ai bu	**mourir**	je suis mort(e)
comprendre	j'ai compris	**naître**	je suis né(e)
conduire	j'ai conduit	**offrir**	j'ai offert
connaître	j'ai connu	**ouvrir**	j'ai ouvert
courir	j'ai couru	**plaire**	j'ai plu
couvrir	j'ai couvert	**pleuvoir**	il a plu
devoir	j'ai dû	**prendre**	j'ai pris
dire	j'ai dit	**recevoir**	j'ai reçu
écrire	j'ai écrit	**souffrir**	j'ai souffert
faire	j'ai fait	**venir**	je suis venu(e)
falloir	il a fallu	**vivre**	j'ai vécu
lire	j'ai lu	**voir**	j'ai vu

3. Le passé composé des verbes **être, avoir,** et des verbes d'état d'esprit

   Vous savez déjà que **être** et **avoir**, et les verbes d'état d'esprit sont généralement employés à l'imparfait, parce qu'ils expriment un état de choses, une description.

[1] Pour les formes des verbes, voyez l'appendice à la fin du livre.

Mais quelquefois, ces verbes expriment, au contraire, une action soudaine, un événement. Dans ce cas, ils sont au passé composé. Voilà le passé composé de ces verbes:

être   j'ai été
J'ai été surpris **quand**[1] je vous ai vu.

avoir   j'ai eu
J'ai eu peur **quand**[1] j'ai entendu ce bruit terrible.

croire   j'ai cru
Quand j'ai eu[1] cet accident de voiture, **j'ai cru** un instant que j'étais mort! (**j'ai cru** implique souvent que ce que **j'ai cru** était une erreur.)

pouvoir   j'ai pu
Je ne pouvais pas ouvrir ma porte. Mais **soudain,**[1] **la clé a tourné, et j'ai pu** l'ouvrir.

savoir   j'ai su
Saviez-vous que le Président de la République française était en visite à Washington? Non, je ne le savais pas, mais **je l'ai su en écoutant**[1] la radio. (Je l'ai su = *I learned it.*)

vouloir   j'ai voulu
Ma femme préfère rester à la maison pendant le week-end. Mais **dimanche,**[1] par extraordinaire, **elle a voulu** sortir. (Elle a voulu: *Suddenly, she felt like. . . There is the idea of a sudden impulse.*)

Remarquez: Les autres verbes d'état d'esprit sont réguliers.

4. Le passé composé des verbes de déplacement

L'idée de verbe de déplacement est limitée, en français, a un petit groupe de verbes. Ces verbes forment leur passé composé avec **être**. Voilà les principaux verbes de déplacement:

aller	je suis allé(e)	**Je suis allé** au travail en voiture. (*I drove to work.*)
arriver	je suis arrivé(e)	**Je suis arrivé** à l'aéroport. (*I flew in to the airport.*)
descendre	je suis descendu(e)	**Nous sommes descendus** en courant. (*We ran downstairs.*)
devenir	je suis devenu(e)	**Lisa et Philippe sont devenus** bons amis. (*Lisa and Philippe became good friends.*)
entrer	je suis entré(e)	**Elle est entrée** en courant. (*She ran in.*)
monter	je suis monté(e)	**Ils sont montés** sur la Tour Eiffel. (*They climbed the Eiffel Tower.*)
partir	je suis parti(e)	**Pierre est parti** sans dire au revoir. (*Pierre left without saying goodbye.*)
rentrer	je suis rentré(e)	À quelle heure **êtes-vous rentré** hier soir? (*What time did you get home last night?*)
rester	je suis resté(e)	**Nous sommes restés** chez nous tout l'été. (*We stayed home all summer.*)

[1] *Note the presence of a term (***quand, soudain, en écoutant la radio, dimanche,** *etc.) which fixes the event in time and makes it sudden, rather than the state of things or state of mind.*

retourner	je suis retourné(e)	**Je suis retourné** à ma voiture à pied. (*I walked back to my car.*)
revenir	je suis revenu(e)	**Les hirondelles sont revenues** ce printemps-ci. (*The swallows flew back this spring.*)
sortir	je suis sorti(e)	**Pierre est sorti** faire un tour à bicyclette. (*Pierre went out for a bike ride.*)
tomber	je suis tombé(e)	**Tu es tombé** de ta mobylette. (*You fell off your moped.*)
venir	je suis venu(e)	**Nous sommes venus** vous voir en voiture. (*We drove over to see you.*)

À ces verbes, on ajoute:

| naître | je suis né(e) | **Je suis né** le 24 mars. (*I was born on March 24.*) |
| mourir | je suis mort(e) | **Mon père est mort** l'année dernière. (*My father died last year.*) |

Note: In English, verbs like to walk, to fly, to travel, to sail, to ride, to swim, to drive, are considered to be verbs of movement. You walk home, you drive to work, you bike to the park, you fly overseas, or travel to Europe, etc.

In French, these verbs are not verbs of movement in the sense of displacement. They only indicate the manner in which you go from one place to another. They do not, in themselves, get you from one place to another. The only verbs of movement as displacement are the ones listed above.

B. L'usage du passé composé

Le passé composé indique une action, un événement.

action: **J'ai fini** de travailler à midi. **J'ai mangé** un sandwich et **j'ai bu** une tasse de café. Ensuite, **je suis retourné** au bureau, et **j'ai repris** mon travail à une heure et quart.

événement: L'avion est parti à son heure habituelle, mais **il a rencontré** du mauvais temps qui **l'a forcé** à changer de direction. **Il a essayé** d'atterrir sur un petit aéroport, mais là, **il a heurté** un avion privé, **il a pris** feu, et **il y a eu** des morts.

(L'action et l'événement sont souvent difficiles à distinguer l'un de l'autre.)

Remarquez: Quand un verbe est au passé composé, comme vous l'avez vu pour les verbes d'état d'esprit au passé composé, il y a souvent un terme de temps qui indique la soudaineté de l'action:

Il faisait beau depuis un mois, mais dimanche soir, **il a plu.**
Un jour, **j'ai décidé** d'acheter une nouvelle voiture.
Vous êtes arrivés à midi juste.

Remarquez aussi que la longueur de temps que prend une action ou un événement (un mois, un an, des siècles) ne change pas le fait que c'est une action:

Il a plu pendant quarante jours. (*That's what it did.*) C'était le déluge.
La période préhistorique **a duré** des millions d'années. (*That's what it did.*)

III. *Le passé simple* (appelé aussi passé défini ou passé littéraire)

C'est un temps littéraire qui est, aujourd'hui, strictement réservé pour la littérature. On ne l'emploie pas dans la conversation, et on ne l'emploie pas dans les textes qui n'ont pas d'intention littéraire, comme les journaux, les revues et la correspondance. Vous n'avez pas besoin de l'employer, mais il est indispensable de le reconnaître quand vous le voyez. Le passé simple a le même sens que le passé composé.

Formation du passé simple des verbes réguliers:

1er *groupe: verbes en* -er **demander**	2e *groupe:* -ir **finir**	3e *groupe:* -re **attendre**
j(e) demandai	finis	attendis
tu demandas	finis	attendis
il / elle demanda	finit	attendit
nous demandâmes	finîmes	attendîmes
vous demandâtes	finîtes	attendîtes
ils / elles demandèrent	finirent	attendirent

	avoir	**être**	**dire**	**faire**	**voir**	**prendre**	**savoir**
j(e)	eus	fus	dis	fis	vis	pris	sus
tu	eus	fus	dis	fis	vis	pris	sus
il / elle	eut	fut	dit	fit	vit	prit	sut
nous	eûmes	fûmes	dîmes	fimes	vîmes	prîmes	sûmes
vous	eûtes	fûtes	dîtes	fîtes	vîtes	prîtes	sûtes
ils / elles	eurent	furent	dirent	firent	virent	prirent	surent

Le passé simple des autres verbes irréguliers est dans l'appendice des verbes, à la fin du livre.

Remarquez: On emploie le plus souvent le passé simple à la 3e personne: il all**a**, elle arriv**a**, elle demand**a**, elle pr**it**, elle attend**it**, elle s**ut**, elle reç**ut**, etc.

Remarquez aussi que le forme **il dit / elle dit / on dit** est la même pour le présent et pour le passé simple. Le verbe **dire** est une exception, on emploie souvent **dit-il, dit-elle, dit-on** au passé, dans un texte sans prétention littéraire.

IV. **Le passé composé** *(ou* **le passé simple***) et* l'imparfait *ensemble*

Il est impossible de séparer le passé composé (ou le passé simple) de l'imparfait. Ces deux temps sont constamment employés ensemble, dans la même phrase, pour indiquer une action / un événement, ou une description / situation:

J'**étais** en train de dîner quand le téléphone **a sonné.** D'abord, **j'ai protesté** contre l'intrusion. Je ne **savais** pas que c'**était** Lisa. Elle me **téléphonait** parce qu'elle **voulait** savoir si j'**avais** envie d'aller au cinéma. **J'ai accepté** avec plaisir et elle **est passée** me chercher à huit heures.

Jeanne d'Arc **naquit** au moment où la Guerre de Cent Ans **dévastait** la France.

V. Le plus-que-parfait

C'est le passé du passé. On l'emploie pour parler d'un événement qui a eu lieu avant un autre événement. Il correspond à l'anglais *I had finished when you arrived, Your plane had landed when I arrived at the airport*, etc.:

J'avais fini mon travail quand vous êtes arrivé.
Votre avion avait atterri quand je suis arrivé à l'aéroport.
Tu étais descendu chercher le journal quand le téléphone a sonné.

Le plus-que-parfait est composé de l'auxiliaire **être** ou **avoir** et du participe passé.

COMPARAISON DES TEMPS DU PASSÉ EN ANGLAIS ET EN FRANÇAIS	
En anglais (3 temps possibles) *Ex.: to look*	*En français (seulement 2 temps)* *Ex.: regarder*
I looked	Pas d'équivalent en français courant[1]
I have looked	J'ai regardé (passé composé)
I was looking	Je regardais (imparfait)

[1] Il y a en réalité, un équivalent. C'est le passé simple que vous avec étudié dans le paragraphe précédent. Mais son emploi est strictement littéraire.

(For all practical purposes, you can be certain that if the verb in English is in the I have looked form, it has to be translated into a **passé composé: J'ai regardé.** *If it is in the past progressive,* **I was looking** *form, it has to be an* **imparfait: Je regardais.** *What if it is in the I looked form, for which you have no equivalent? Ask yourself whether it implies an action, and could be replaced by* **I have looked (I looked** *at this carefully:* **J'ai regardé cela attentivement)** *or a description, and could be replaced by* **I was looking** *(When I was sick, I looked at TV all day: Quand j'étais malade, je regardais la télé toute la journée.)*

LE PLUS-QUE-PARFAIT (SECOND PAST)	
En anglais **Ex.:** *to read*	En français **Ex.:** *lire*
I had read	J'avais lu
I had been reading for. . . It is the past of the form: **I have been reading for an hour, I have been here for three days.**	(généralement) Je lisais **depuis. . .** C'est le passé de la forme: **je lis depuis une heure, je suis ici depuis trois jours.** (Voir Progrès 1, p. 10)

VI. L'accord du participe passé

Le participe passé du verbe (parl**é**, regard**é**, fin**i**, v**u**, fait, dit, etc.) s'accorde dans certains cas avec un autre élément de la phrase. Examinez les phrases suivantes, par exemple:

Tu m'as parlé des voyages que tu as fait**s** et des choses que tu as vu**es**. (MAIS: Qu'est-ce que tu as fait? Qu'est-ce que tu as vu?)

Ma femme est sorti**e**. Elle est passé**e** chercher une amie et elles sont allé**es** en ville ensemble. (MAIS: Mon mari est sorti. Il est passé chercher un ami et ils sont allé**s** en ville ensemble.)

A. Avec le verbe **avoir**

> Avez-vous pri**s** votre clé? Où l'avez-vous mi**se**?
> J'ai ache**té** des chocolats et je les ai mangé**s**.

Le participe passé s'accorde avec le complément d'objet direct si ce complément est placé avant le participe:

Où l'avez-vous mi**se**?	(l' = **la** clé)
Je les ai mangé**s**.	(les = **les** chocolats)

S'il n'y a pas de complément d'objet direct, ou si ce complément est placé après le participe passé, le participe reste invariable:

J'ai ache**té** des chocolats.	(le complément est après)
Elle a regar**dé**.	(il n'y a pas de complément)
Où avez-vous mi**s** votre clé?	(le complément est après)
J'ai rencon**tré** des amis	(le complément est après)
et je leur ai par**lé**.	(le complément est indirect)

B. Avec le verbe **être**

> Ma femme est sorti**e**. Ma femme et sa soeur sont sorti**es**.
> Mon mari est sorti. Ma femme et son frère sont sorti**s**.[1]

Avec le verbe **être**, le participe passé s'accorde avec le sujet, comme un adjectif.

EXERCICES

1. Les formes de l'imparfait

Mettez les phrases suivantes au passé (imparfait).

Exemple: Je sais que tu as la réponse.
Je savais que tu avais la réponse.

1. Je crois que tu as tort.
2. Je veux rester, mais ils ont hâte de partir.
3. Il commence à pleuvoir et il fait froid.
4. Les enfants ont peur parce qu'il fait noir.
5. Tu écris à ta famille et tu donnes de tes nouvelles.
6. Je prends l'avion et je vais à Paris.

---

[1] Quand il y a un sujet multiple, composé d'éléments masculins et d'éléments féminins, l'accord est fait au masculin: **Suzanne, Brigitte, Jacqueline, Marie-France et Pierre sont sortis. Le train et ta voiture sont arrivés en même temps.**

savantie étaitétait

7. Sais-tu quelle heure il est?
8. Je finis au moment où la cloche sonne.
9. Tu dors et tu rêves! Il n'y a pas de Prince Charmant!
10. Nous courons parce que nous sommes en retard.
11. Lisa rougit quand on lui fait un compliment.
12. Lisa sort souvent avec Philippe qui l'emmène visiter Paris.
13. J'ai froid: Mon nez bleuit, mes yeux pleurent.
14. Ma mère sert des confitures qu'elle fait elle-même.

demolish 15. On démolit un vieux quartier et on construit des maisons neuves.
16. Nous rions quand le film est drôle. Nous sanglotons quand il est triste.
17. Vous étudiez parce que vous préparez un examen.
18. Je vois bien que tu préfères ne rien dire.
19. Nous espérons trouver un appartement; nous ne voulons plus habiter chez nos parents.
20. Vous jouez du piano, Jacques chante, et moi j'écoute et je pense que c'est une cacophonie!

2. Les formes du passé composé

Mettez les phrases suivantes au passé composé.

Exemple: Je vais au cinéma et je vois un bon film.
Je suis allé au cinéma et j'ai vu un bon film.

1. Je cours quand j'entends le téléphone.
2. J'ouvre la porte et je prends le courrier.
3. Tu réfléchis. Alors tu comprends le problème et tu trouves la solution.
4. Qu'est-ce que vous lisez? Je reçois deux nouveaux livres et je les finis.
5. Il pleut. Heureusement, je couvre les meubles de jardin avant la pluie.
6. Je prépare le diner, je mets le couvert et j'attends mes invités.
7. Philippe offre un apéritif à Lisa. Mais elle refuse et elle boit un Perrier.
8. Henry Miller vit à Paris et y écrit la plupart de ses oeuvres.
9. Comprenez-vous ces termes techniques? Ou restez-vous par politesse?
10. À quelle heure sortez-vous? Et à quelle heure rentrez-vous?
11. Ce vieux monsieur meurt d'une mort douce et ne souffre pas.
12. Comment venez-vous me voir? Je prends ma voiture.

3. Le passé simple

Lisez le passage suivant et mettez les verbes qui sont au passé simple, au passé composé.

Jacques Cartier **naquit** en 1491. Très jeune, il **devint** marin, et il **entreprit** de longs voyages. En 1534, il **fut** placé à la tête d'une expédition qui cherchait un passage vers la Chine. Il **quitta** Saint-Malo et **se dirigea** vers le nord-ouest. Vingt jours après son départ, il **aperçut** Terre-Neuve et **remonta** vers le nord. Sur la côte du Labrador il **planta** une grande croix sur laquelle on lisait: Vive le Roy de France!

Des Indiens **arrivèrent** bientôt, **hésitèrent** un moment et enfin **placèrent** des présents près du camp des Français qui les **prirent** et **donnèrent** en échange des couteaux et des objets de couleur. Cette première rencontre semblait indiquer que des gens de races différentes pouvaient être amis.

C'est à Gaspé que Cartier **prit** possession du Canada au nom du roi. Il **rentra** en France à l'automne suivant.

4 L'usage du passé composé et de l'imparfait

Mettez les phrases suivantes au passé, en employant l'imparfait et le passé composé comme la logique vous l'indiquera.

Exemple: (Hier) Je sors de bonne heure. Il fait beau et le soleil brille.
Je suis sorti de bonne heure. Il faisait beau et le soleil brillait.

1. J'arrive chez vous de bonne heure, et vous êtes encore à table!
2. Vous êtes désolé. Vous promettez d'être à l'heure une autre fois.
3. Nous partons enfin. Je conduis vite pour arriver à l'heure quand un agent m'arrête.
4. Il me demande pourquoi je suis si pressé.
5. Bien sûr, il n'accepte pas mon explication. Il veut simplement me donner un P.v. (Procès verbal)
6. Je ne discute pas. Je sais qu'il est inutile de discuter avec un agent.
7. Après ça, je vais plus lentement. De toute façon, nous allons être en retard.
8. Bien sûr, quand nous arrivons, la porte est fermée.
9. Mais une jeune fille ouvre la porte et nous dit d'entrer.
10. Nous ne pouvons pas entendre, nous ne comprenons pas.
11. C'est un film en français, et les acteurs parlent un drôle de français.
12. Dégoûtés, nous sortons. Et nous regardons les affiches dehors.
13. Enfin, nous comprenons! Le film français passe dans l'autre salle.
14. Celui que nous venons de voir c'est une sombre histoire d'espionnage à Rio et les acteurs parlent brésilien.
15. Nous rions bien de notre mésaventure, et le lendemain, vous me donnez la moitié du prix du P.v. et nous allons ensemble le payer au poste de police. (Pourquoi ne me donnez-vous pas *tout* l'argent? Ah non, c'est un peu ma faute aussi: Je ne conduis pas prudemment!)

5. Le passé récent (**venir de** + infinitif) et le futur proche (**aller** + infinitif) au passé. Révision.

Traduisez les phrases suivantes en bon français.

Exemple: I had just gone out when you called.
Je venais de sortir quand vous avez téléphoné.

1. We were going to leave when the phone rang.   2. I had just bought a ticket when I met an old friend.   3. He was going to have lunch and he invited me. But I had just had lunch. 4. In August 1939, World War II was about to begin.   5. When you were born, the war had just ended.   6. I was sixteen. I had just learned to drive and was about to buy a car.   7. One class had just ended, and another one was about to begin, when I decided I was going to leave. I was fed up with school (J'en avais assez de l'école.)   8. But the bus had just left. I also thought I was going to miss dinner at home. I had just lost my desire for adventure, so I stayed.

Mettez les phrases suivantes au (second) passé, en employant le plus-que-parfait.

Exemple: Quand j'arrive vous dire au revoir, votre avion *est* déjà *parti.*
Quand je suis arrivé vous dire au revoir, votre avion *était* déjà *parti.*

1. Vous êtes déjà en ville, quand vous réalisez que vous avez oublié votre portefeuille.
2. Molière a joué ses pièces en province avant de s'installer à Paris.
3. On me dit que Paris a célébré ses deux mille ans en 1950.
4. Les hôtesses ont servi le petit déjeuner avant d'arriver à Londres.
5. Quand Lisa part pour la France, elle a déjà fait ses bagages depuis un mois.
6. Nous avons fini de dîner quand on donne l'ordre d'attacher les ceintures de sécurité.
7. Le guide nous informe que c'est Napoléon qui a transformé le Louvre en musée.
8. Quand ma grand-mère meurt, elle a souffert depuis longtemps.
9. Le jour où je commence à écrire un livre, j'y ai déjà réfléchi depuis longtemps! (*Note de l'auteur:* C'est absolument vrai!)
10. Aujourd'hui, vous passez une demi-heure à étudier votre français, mais hier vous y avez passé une heure.

7. *Mettez les paragraphes suivants au passé en employant le passé composé, l'imparfait et le plus-que-parfait suivant le cas.*

Tristan et Yseut

Tristan **part** de son pays et **va** en Irlande, parce que **c'est** là qu'**habite** Yseut, la fiancée de son oncle, le roi Marc. Celui-ci **a demandé** à Tristan d'aller la chercher parce qu'il ne **peut** pas quitter son royaume. Tristan **arrive** en Irlande et **rencontre** Yseut. La mère de celle-ci lui **a donné** en secret une potion magique. Ceux qui la **boivent sont** amoureux pour toujours, **dit** la tradition de sa famille. Elle **recommande** à Yseut de la partager avec Marc.

Hélas, sur le bateau qui **revient** d'Irlande, Tristan et Yseut **boivent** par erreur, cette potion magique, et ils **tombent** amoureux. Tristan ne **veut** pas trahir son oncle qu'il **aime** beaucoup, mais il **sait** que c'est un amour fatal qui le **frappe** et qu'il ne **peut** pas y résister.

Un jour, par sa fenêtre, Marc **surprend** les amoureux. Ils **sont** près d'une fontaine. Marc ne les **voit** pas, mais il **voit** leur réflection dans l'eau de la fontaine, et il **comprend** leur amour. Alors, il **chasse** Tristan. Celui-ci **part, arrive** dans un autre pays, **rencontre** une autre femme, et l'**épouse**. Mais il n'**oublie** pas Yseut et quand il **comprend** qu'il **va** mourir, il **demande** à son fidèle serviteur d'aller la chercher. Celui-ci **traverse** la mer et **revient** avec Yseut. Mais la femme de Tristan **est** jalouse, et lui **dit** que Yseut n'**a** pas **voulu** venir. Alors Tristan **ferme** les yeux et **meurt**. Quand Yseut le **voit** mort, elle **prend** place près de lui et **meurt** aussi.

8. L'accord du participe passé

Faites l'accord du participe passé quand il est nécessaire

1. J'ai rencontré _____ Jacqueline et Jean-Marie.[1] Quand je les ai rencontré*s* _____ ils m'ont demandé _____ de vos nouvelles.

2. Où avez-vous mis _____ les fleurs que vous avez reçu*es* _____ ? Je les ai mis*es* _____ dans un vase que j'ai mis _____ sur ma table de travail.

3. Ma femme et moi, nous sommes sorti*s* _____ pour aller voir un film. Quand nous sommes arrivé*s* _____ au cinéma, nous avons décidé _____ de ne pas entrer, et nous sommes allé*s* _____ dîner au restaurant. Le dîner qu'on nous a servi _____ et les prix qu'on nous a demandé*s* _____ étaient aussi mauvais que le film.

4. Tu as pris _____ ton billet, et tu l'as mis _____ dans ta poche. Mais où as-tu mis _____ tes clés? Les as-tu laissé*es* _____ sur ton bureau?

5. Elle est arrivé*e* _____ à son hôtel. Elle est monté*e* _____ dans sa chambre, a ouvert _____ sa valise, a téléphoné _____ à des amis. Ceux-ci lui ont demandé _____ à quel hôtel elle était descendu*e* _____ .

6. Une heure plus tard, ils sont venu*s* _____ la chercher. Ils l'ont emmené*e* _____ voir la ville, ils lui ont montré _____ les choses intéressantes et ils l'ont invité*e* _____ à dîner. Elle leur a donné _____ des cadeaux qu'elle avait apporté _____ pour eux.   *after verb*

7. J'ai[2] regardé _____ la télé. Je l'ai regardé*e* _____ une heure, et puis j'ai décidé _____ de l'arrêter. Quand je suis monté*(e)* _____ dans ma chambre, j'ai ouvert _____ la fenêtre. Mais je l'ai vite refermé*e* _____ parce qu'il y avait un drôle de bruit dehors. J'ai appelé _____ la police. Quand les agents sont arrivé*s* _____ ils ont trouvé _____ un type suspect caché dans les buissons, et ils l'ont emmené _____ avec eux.

PRONONCIATION

Les consonnes

Répétez l'alphabet français sous la direction du professeur:

a, b, c, d, e, f, g, h, i, j, k, l, m, n, o, p, q, r, s, t, u, v, w, x, y, z

1. La consonne finale est généralement muette:[3]

un cours, elle avait, pendant, il est grand, un élément, quand, le boulevard

Dans certains mots, deux consonnes finales sont muettes:

printemps, vingt, le doigt

Exception: **c, r, f, l**—Pensez au mot *CaReFuL*—sont généralement prononcés:

---

[1] *Jean-Marie* est un nom masculin.
[2] C'est une femme qui parle.
[3] Voir Progrès 2, page 41, Liaison.

public, avec, sec (MAIS blanc), professeur, son séjour, naïf, inoffensif, un journal, le métal

2. Le **h** n'est pas prononcé. Le **h** est muet. (Quelques mots d'origine germanique commencent par un **h** aspiré. Mais cela ne change pas le fait que le **h** est muet. La seule différence, c'est qu'il n'y a pas de liaison devant un **h** aspiré.)

h muet: l'homme, l'honneur, l'heure, l'histoire
h aspiré: la Hollande, le haricot, le hamburger, la hache, les hors d'œuvre

La combinaison **th** est prononcée comme **t:**

le thé, le théâtre, un mythe, une théorie

La combinaison **ch** est généralement prononcée [ʃ]:

changé, Charles, enchanté, elle cherchait, l'architecture (MAIS un orchestre)

3. La combinaison **qu**, fréquente en français, est prononcée [k]:

que, qui, quart, quand, quelques, conséquences, qu'est-ce que c'est

4. Le **s** est prononcé:

[z] entre deux voyelles: rose, chose, Morisot, le gosier, sa visite, un musée, il a raison, plusieurs

[s] dans tous les autres cas. INITIAL: la Sorbonne, le seizième, la salon. DOUBLE: il ressemble, une masse, grosse, un gosse, le sassafras, intéressant, impression. ENTRE UNE VOYELLE ET UNE CONSONNE: Impressionnisme, réalisme, modestement, minuscule, une maison restaurée, une obsession

Jacques et Lisa. *Situez cette scène. Que fait Lisa? Quel objet a-t-elle dans les mains?*

Faut-il brûler le centre Pompidou?

ou

Avez-vous trouvé la vérité?

Les cours de Lisa ont commencé à la Sorbonne il y a une semaine. Les premiers jours, elle avait quelques difficultés à comprendre les professeurs. Il y avait surtout une dame qui faisait un cours de littérature contemporaine et qui a commencé par donner des listes de noms qui ne disaient rien aux étudiants. Par contre, Lisa est très emballée° par le professeur de civilisation. C'est un homme jeune, avec un petit collier de barbe, des cheveux noirs bouclés, qui dit des choses drôles et se moque gentiment des étudiants. Dans le cours de phonétique avec un autre professeur homme, on fait des exercices ennuyeux comme la pluie, et Lisa a bien envie de laisser tomber ce cours. Elle sait, d'ailleurs, que les cours ne sont qu'une partie de tout ce qu'elle voulait apprendre pendant son séjour en France.

Elle a déjà ses habitudes à Paris. Est-il possible que quinze jours plus tôt, elle était encore aux États-Unis? « Comme j'ai changé, pendant ces quelques jours, » pense-t-elle. Elle voit assez souvent Philippe. Ils vont dîner, il l'emmène au cinéma, il lui parle de son métier, de sa vie et de sa famille.

très emballée: très enthousiasmée

Une étrange sculpture? *Dans quel musée est-elle? Comment la trouvez-vous, personnellement? Est-ce de l'art ou du grotesque? Et quels sont les personnages?*

Elle a appris que le père de Philippe était cadre supérieur chez Philips, une compagnie hollandaise, avec une filiale à Paris, qui fabrique des appareils ménagers, des radios, des télévisions. M. Audibert père est directeur du service des ventes pour la France, et c'est une grosse situation. Mme Audibert ne travaille pas, mais elle est très occupée par ses devoirs de maîtresse de maison, son club, ses oeuvres de charité. Philippe admire ses parents et a dit qu'il espérait leur ressembler. Il voudrait, un jour, avoir un grand appartement dans le seizième, comme celui de ses parents, et passer les vacances, comme eux, dans la grande maison de campagne de ses grands-parents en Normandie. Il voudrait que sa femme soit, comme sa mère, jolie, élégante et excellente maîtresse de maison. Que pense Lisa de cette vie? Elle la trouve attirante, peut-être surtout parce que c'est un style de vie qu'elle n'a jamais connu.

Le père de Lisa est inventeur. C'est un homme plein d'imagination et d'originalité, et sa famille l'adore. Quand les parents de Lisa ont commencé leur vie de ménage, ils n'avaient rien. Depuis. . . Eh bien, quelquefois Larry Stevens gagne pas mal d'argent, alors on fait un voyage, on achète un objet extravagant. D'autres fois, la dernière invention n'a pas réussi, alors il faut vivre modestement pendant un an ou deux. C'est ainsi qu'on a vendu le bateau, mais que l'année suivante, comme les choses allaient mieux, on a acheté un chalet pour le ski . . . que l'on a revendu deux ans plus tard, parce que Larry avait besoin d'argent pour lancer sa dernière invention. Lisa a vécu dans dix maisons diffé-rentes; des appartements minuscules, où son frère dormait dans le living room, tandis que Lisa et sa soeur partageaient un divan dans le bureau; ou bien une vieille maison que sa mère a restaurée avec peu d'argent, mais beaucoup d'originalité. Maintenant, c'est une maison moderne avec une piscine et un court de tennis, mais Lisa sait bien que c'est temporaire. Elle accepte l'idée que la vie de sa famille, c'est le changement, la nouveauté, les hauts et les bas.

Voilà pourquoi la vie que Philippe lui montre, calme, stable, bien établie, l'attire. Les parents de Philippe ont acheté leur bel appartement quand ils se sont mariés. Ils y habitent encore, entourés de meubles anciens hérités de la famille ou achetés au cours des années. Philippe vit dans sa famille pour le moment. Mais il a dit à Lisa qu'il espérait se marier un jour et s'installer alors comme ses parents l'avaient fait. Sa grand-mère lui a promis ses très beaux meubles. Lisa pense à sa mère, qui a souvent sans doute souhaité un décor stable, des ressources certaines, une sécurité financière qu'elle n'a jamais con-nus.

Eh bien, donc, ce matin, pas de classes. Alors, Lisa a décidé de faire un tour d'exploration de Paris, toute seule. Elle est sortie de bonne heure, elle a déjeuné d'un café-crème et d'un croissant à la terrasse d'un café, a jeté un coup d'oeil au *Figaro*, et elle est partie en direction de la Rive droite, sans but précis. Au moment où elle traversait le Pont Henri IV, elle a entendu quelqu'un qui l'appelait. C'était un jeune homme, accompagné d'une grande jeune fille brune. D'abord, elle ne les a pas reconnus. Et puis, elle a reconnu Jacques Ollivier et son amie brésilienne.

« Nous allons voir le Centre Pompidou, » lui a dit Jacques. « Voulez-vous venir avec nous? » Lisa ne savait pas ce que c'était que le Centre Pompidou, alors elle a accepté. Quel meilleur moyen d'apprendre que d'aller voir?

Au bout de deux minutes, Jacques s'est exclamé: « Si on se tutoyait? Moi, je ne dis vous à personne. Tu es d'accord, Lisa, on se dit *tu*?

—Bien sûr, a répondu Lisa, si tu veux. »

La jeune Brésilienne ne disait rien, souriait de temps en temps. Jacques a expliqué qu'elle ne parlait pas français et que lui, hélas, ne savait pas le portu-gais. De toute façon, cette jeune fille n'était à Paris que pour quelques jours. Ses parents l'avaient envoyée en Europe dans l'espoir de lui faire oublier un amour qu'ils n'approuvaient pas. Mais ils avaient compris que c'était en vain. Elle a souri aimablement à Lisa, et a continué à ne rien dire. Jacques la promenait pour faire plaisir à sa mère, ancienne amie de la mère de la jeune fille.

« Voilà le Quartier du Marais, dit Jacques. On a démoli un carré entier, pour faire place au nouveau musée d'art moderne, le Centre Georges Pompidou. Re-garde, le voilà! Formidable, hein? »

D'abord, Lisa est stupéfaite. Ça, un musée? Cet énorme bâtiment semble tout le contraire d'un musée. C'est une masse de tuyaux, de barres de métal, de piliers, de fer, le tout peint de couleurs vives. Jacques explique avec enthou-siasme:

« C'est une conception nouvelle de l'architecture. Il faut des tuyaux pour l'eau, l'électricité, le chauffage, la climatisation. Il faut des piliers pour soutenir le tout. Eh bien, ces tuyaux sont à l'extérieur, bien visibles, comme les piliers, et ils servent d'éléments décoratifs, au lieu d'être cachés, comme dans l'architecture traditionnelle. C'est une nouvelle idée: La fonction sert aussi d'élément esthétique. Pourquoi cacher ces éléments, qui sont la vie d'un bâtiment, et ajouter des décorations étrangères et inutiles? » L'esprit de Lisa est vif, curieux, habitué aux nouveautés, et s'adapte joyeusement aux nouvelles idées. Après quelques minutes, elle est prête à partager l'enthousiasme de Jacques pour cet étrange bâtiment.

On a aménagé une grande esplanade devant le centre. Sur cet espace en plein air, des groupes de musiciens chantent et jouent de leurs instruments. Un avaleur de feu crache des flammes. Des acrobates chinois font des tours qui défient la gravité. On dit la bonne aventure, on vend des jouets étranges, comme cet oiseau activé par des fils qui le font marcher, agiter la tête et les ailes. Autour de chaque attraction, les gens forment un cercle, on parle, on rit, on crie, on jette des pièces de monnaie. La musique d'un trio de violonistes se mêle à celle d'un groupe de joueurs de tam-tam africain. Les originateurs de ce centre ont compris qu'on ne pouvait pas dissocier l'art de la vie. Que la foule est associée à l'art, et que l'art ne s'enferme pas derrière des murs. Pour eux, les activités de cette esplanade sont de l'art, aussi bien que ce qu'on voit à l'intérieur.

À l'intérieur, en effet, d'étranges sculptures qui ressemblent à des organes du corps humain, ou à des amas de démolitions, attendent les visiteurs. Lisa ne les comprend pas, mais Jacques, qui a trouvé son élément, commente tout ce qu'il voit. « Le public a enfin accepté de regarder le monde avec des yeux nouveaux, et les sculpteurs d'aujourd'hui ont aidé. Regardez ces volumes, ces surfaces, ces textures! Si on ne comprend pas leur beauté, c'est parce qu'on refuse d'oublier la tradition! Mais la tradition n'est pas la vérité, et ce qui est beau n'est pas nécessairement joli, » ajoute Jacques.

Lisa est enchantée, un peu déroutée, curieuse, pas très sûre d'elle-même. En tout cas, elle comprend qu'elle a découvert quelque chose d'important et que ces artistes ont fait quelque chose d'original, de pas encore vu. Elle ne sait pas si c'est bon ou mauvais, mais elle sait aussi que son jugement n'a pas beaucoup d'importance. Son père lui a toujours répété qu'il fallait essayer de ne pas juger les choses et les gens. Il valait mieux essayer de comprendre, et toujours chercher à connaître davantage « Surtout, garde toujours l'esprit ouvert! » lui répète Larry, depuis qu'elle a l'âge de comprendre.

« Ça te plaît? » demande Jacques en souriant. « Je ne sais pas, dit Lisa, mais ça me passionne. Allons voir les autres salles. Je ne savais même pas que ce centre existait. Mais pourquoi l'a-t-on nommé Georges Pompidou?

—Tu sais, dit Jacques, que Pompidou était un président de la République qui adorait et comprenait l'art moderne. C'est lui qui a fait commencer ce bâtiment, alors on lui a donné son nom. »

Plus tard dans la soirée, alors que Lisa était assise à son bureau en train de préparer ses cours du lendemain, Philippe a téléphoné. « Qu'est-ce que vous avez fait de beau, aujourd'hui? » a-t-il demandé. Alors Lisa, très emballée par sa journée, lui a raconté sa visite à ce musée qui ne ressemble à aucun autre. Philippe est resté assez froid.

Lisa n'a pas insisté. Elle a compris que le monde de Philippe n'avait pas de place pour ces nouveautés spéculatives. Il préfère un monde où tout est en place, en fonction de valeurs établies depuis longtemps. Est-ce Philippe qui a raison, ou Jacques? Lisa ne sait pas. Faut-il toujours que quelqu'un ait tort ou raison? Ce n'est peut-être pas nécessaire.

Eh bien, Philippe ne l'a jamais dit à personne, mais le lendemain, seul, en sortant du Palais de Justice, il est allé au Centre Pompidou. Il y est entré pour la première fois. Il a examiné ces tableaux, ces sculptures, tous ces objets exposés. « Eh bien non, pensait-il, rassuré. Ce n'est pas de l'art, ce sont des aberrations de l'esprit humain! » Et il est rentré chez lui, tout à fait convaincu qu'il avait raison. Il s'est assis devant la table de la grande salle à manger, sous le lustre de cristal, il a déplié sa serviette et attaqué son potage. Il souriait, parce qu'il savait qu'il était un homme heureux, en pleine possession de la vérité.

Questions

Répondez sans reproduire le texte de la lecture.

1. Quand les cours de Lisa ont-ils commencé?
2. Comment était le cours de littérature contemporaine?
3. Comment a-t-elle trouvé le cours et le professeur de civilisation?
4. Était-elle emballée par le cours de phonétique?
5. Lisa a-t-elle souvent changé de maison pendant son enfance? Pourquoi? Avez-vous souvent changé d'adresse? Pourquoi?
6. Où était Lisa quand elle a rencontré Jacques Ollivier et son amie brésilienne?
7. Où sont-ils allés? Qu'est-ce que c'est, le Centre Pompidou? Son architecture est-elle traditionnelle? Expliquez.
8. Qu'est-ce qu'ils ont vu devant le Centre Pompidou?
9. Quelle était la réaction de Lisa devant cette architecture et ces œuvres d'art? Avait-elle tort ou raison, à votre avis?
10. Philippe était-il emballé par le Centre Pompidou? Pourquoi?

Répondez dans l'esprit du texte, mais avec imagination

À la Sorbonne

1. *Le professeur de littérature (donne une longue liste de noms et termine par):* . . . Natalie Sarraute, Michel Butor, Michel Leiris, Alain Robbe-Grillet. Avez-vous déjà étudié ces auteurs?
   Une autre étudiante, à Lisa: J'ai lu un roman de Robbe-Grillet. Et toi?
   Lisa: . . .

2. *Le professeur de civilisation française:* Avez-vous fait connaissance avec la vie et la société française?
   Lisa (à elle-même): . . .

3. *Un étudiant (à Lisa, après le premier cours de phonétique):* Tous ces exercices! Comment as-tu trouvé ce cours?
   Lisa: . . .

4. *Une étudiante (très timide, à Lisa):* Je suis déçue. Il n'y a pas de cours tous les jours! Qu'est-ce que je vais faire le reste du temps?
   Lisa . . .

Chez Renault, au restaurant des cadres supérieurs

5. *M. Guerlain (ingénieur électronique, à M. Audibert):* Tiens, bonjour, cher ami. Comment va votre aimable épouse? Et votre fils? Quoi de neuf?
   M. Audibert: . . .

6. *M. Verteuil (directeur du service des ventes pour la Région parisienne):* Mon fils, qui a l'âge de Philippe, est déjà marié et père de famille. Pas de mariage dans l'air, pour Philippe?
   M. Audibert: . . .

7. *M. Guerlain:* Ma fille est en Amérique. Elle passe un an dans une université au Texas. Elle ne nous a pas écrit depuis un mois! Pensez-vous qu'il lui est arrivé quelque chose? Ma femme est inquiète . . .
   M. Verteuil: . . .
   M. Audibert: . . .

Philippe et Lisa

8. *Lisa:* Habitez-vous à la même adresse depuis longtemps, Philippe?
   Philippe: . . .

9. *Philippe:* Avez-vous toujours habité la même ville?
   Lisa: . . .

10. *Philippe (au téléphone):* Qu'est-ce que vous avez fait aujourd'hui, Lisa?
    Lisa: . . .

11. *Philippe:* Tiens! Comment avez-vous rencontré Jacques?
    Lisa: . . .

12. *Lisa:* Vous n'avez pas visité le Centre Pompidou! Pourquoi?
    Philippe: . . .

13. *Philippe:* Qu'est-ce qu'il y a sur l'esplanade, devant le Centre? On m'a dit que c'était une horrible foule . . .
    Lisa: . . .

14. *Philippe:* Et vous trouvez tout ça intéressant?
    Lisa: . . .

15. *Philippe:* Pensez-vous que c'est vraiment de l'art? Vous ne trouvez pas que les gens qui ont bâti tout ça étaient cinglés?
    Lisa: . . .

René de Obaldia

Jusque z'à preuve du contraire

Le passage suivant est tiré de la première scène de la pièce de René de Obaldia, Du vent dans les branches de sassafras,° qui se passe dans un Far-West américain de fantaisie, peuplé de personnages stéréotypés. La prière de John Emery, malgré les effets comiques, est beaucoup plus respectueuse qu'elle ne semble au premier abord.

Personnages   **John Emery,** colon°
                  Tom, son fils
                  Paméla, sa fille
                  William Butler, toubib° local et ivrogne

(Le rideau s'ouvre, tandis que Tom, Paméla et William chantent, en scandant le rythme à grands coups de fourchette sur la table.)

> Quand un cow-boy a faim
> Ce n'est pas pour demain
> Il lui faut tout de suite
> Un boeuf dans sa marmite *(bis)*

---

le sassafras: une plante américaine dont le nom apparaît souvent dans les histoires du Far-West (*Like sarsaparilla, few people know exactly what it is*).   colon: *settler*   toubib: *doctor (Drunken Doc Butler)*

111

John Emery *(tapant sur la table avec une grosse cuillère en bois)* Silence! *(Il fait un signe de croix avec sa cuillère en bois.)* Seigneur . . . *(Tous baissent la tête respectueusement.)* Seigneur, je n'ai pas toujours été malpropre° avec toi. Je t'ai fait des tas d'enfants, dont certains avec ma femme, Caroline, qui est bien honnête sous ce rapport-là. . . Deux vivent encore sous mon toit: Paméla, qui présente pas mal d'avantages corporels, et Tom, un sacré voyou qui t'honore aussi à sa façon. *(À Tom)* Ne tripote° pas toujours ton révolver quand je fais la prière!

Tom *(la bouche remplie de chewing-gum)* Bon, bon, ça va.

John Emery J'ai toujours secouru la veuve et l'orpheline. J'ai rudement travaillé de mes dix doigts *(Paméla pouffe de rire dans son coin.)* J'ai repoussé bien des assauts, et succombé à bien des tentations. J'ai blanchi à la sueur de mon front, et bouffé° pas mal d'Indiens, vu que ce sont des païens. . . Paméla, n'étale pas toujours tes seins sur la table quand je fais la prière!

Paméla Personne ne t'empêche de regarder ailleurs.

William Butler *(qui sent l'alcool à dix mètres)* Personnellement, ça ne me gêne pas. . .

(Paméla hausse les épaules. Tom ricane.°)

John Emery *(décidément inspiré)* Ma maison est toujours ouverte quand elle n'est pas fermée, la preuve, notre ami, le toubib, William Butler toujours rond comme une barrique° et qui vient régulièrement s'empiffrer° ici.

William Butler Yipie! Yipie!

John Emery Attends, c'est pas fini. Puisque j'ai vécu jusqu'au jour d'aujourd'hui, y a pas de raison que ça ne continue pas, et les autres avec. Alors, Seigneur, jette un oeil miséricordieux sur nos humbles personnes. Donne-nous ta bénédiction. Fais-nous plumer° nos ennemis et triompher de nos amis. Protège le bétail, les faibles d'esprit, et envoie-nous aussi un peu de pluie. Si tu agis comme ça, moi, John Emery Rockefeller, colon dans le Far-West, je ne penserai pas troz de mal de toi. Voilà. Amen.

Tous Amen.

(Tous se ruent sur la nourriture.)

(William Butler entonne une chanson qu'il chante atrocement faux.)

> L'estomac plein et les pieds au sec
> Les pieds au sec et le gosier mouillé
> Qu'on est heureux sur cette terre
>> Jusque z'à preuve du contraire
>> Jusque z'a preuve du contraire

---

malpropre: *lousy*   tripoter: *play with*   bouffé: terme vulgaire pour *mangé*. Mais le mot n'est pas employé au sens littéral ici. John Emery n'est pas cannibale. (En anglais, on dirait: *"I got myself quite a few Indians. . ."*)   Paméla . . . Tom ricane: *Paméla shrugs and Tom snickers*   rond comme une barrique: *always drunk* (trouvez votre propre traduction pittoresque)   s'empiffrer: *stuff his face*   plumer: *(colloquial) cheat*   plumer nos ennemis *get the better of. . .*

Questions sur le texte

Répondez sans reproduire le texte.

1. Où se passe la scène? Quels sont les personnages? Pourquoi sont-ils des personnages stéréotypés?
2. Que fait Tom pendant la prière?
3. Que fait Paméla pendant la prière, d'après son père?
4. Qu'est-ce qui caractérise le toubib, William Butler?
5. « Fais-nous triompher de nos amis, » dit John Emery. Ce n'est pas la formule classique. Quelle est la formule classique, et pourquoi celle de John Emery est-elle plus drôle?
6. Est-ce que tous les enfants de John Emery sont légitimes? Expliquez.
7. Pourquoi la prière de John Emery n'est-elle pas tout à fait orthodoxe?
8. Comment chante William Butler, le toubib? Et qu'est-ce que sa chanson considère comme nécessaire au bonheur?

Traductions basées sur le texte précédent

Version

Traduisez le texte précédent, **Jusqu'à la preuve du contraire**, *en anglais. Respectez les effets comiques du texte français et trouvez des expressions équivalentes pittoresques en anglais.*

Thème

Traduisez en français, en vous inspirant du vocabulaire employé par René de Obaldia, le passage suivant.

William Butler's Prayer

Lord, don't forget that I haven't always been a drunk. I used to work hard with those hands. I didn't use to stink of booze like now. But I studied medicine (la médecine) with old Doc Ryan, and he was always stinko, and anyway, Lord, if you didn't want people to drink, why did you create whisky?

Give me your blessing, Lord. Please, stop the rain and don't protect my enemies. Keep me with a full stomach, dry feet, and please, Lord, a wet gullet. Protect widows, orphan girls and all the girls, and even lousy cowboys who play with their gun during prayer. Amen.

Au café et au restaurant

Notes culturelles: La boisson qu'on prend dans un café s'appelle une **consommation**. Avant les repas, on prend souvent un **apéritif** (Dubonnet, Saint-Raphaël, Byrrh, ou San Pellegrino qui n'a pas d'alcool). Après les repas, on prend un **digestif** (cognac, liqueur, café, etc.) Quand on a soif, on prend une eau minérale (Vichy, Vittel, Evian, Perrier, un citron pressé, une bière—un demi ou un bock, suivant la grandeur du verre). On prend aussi un coca. On laisse un **pourboire** au **garçon**.

Les restaurants français ont **une carte** et un, deux ou trois **menus à prix fixe**, avec, pour chacun, un choix de **hors d'oeuvres, d'entrée,**[1] de **plat principal** et de **dessert**. Le menu à prix fixe est beaucoup plus raisonnable que le service à la carte. Le service est **compris** dans l'**addition**. Il n'est pas nécessaire de laisser un pourboire, mais on laisse généralement un peu de **monnaie**.

---

[1] **L'entrée:** Ce n'est pas le plat principal. C'est le plat qu'on sert avant le plat principal: poissons, oeufs, fruits de mer, etc.

Au café

Qu'est-ce que tu prends / vous prenez?
C'est moi qui invite.

Il est **neuf heures du matin** / **midi** / **trois heures de l'après-midi** / **sept heures du soir.**
Il fait **chaud** / **froid.**
Je meurs de **chaud** / **froid.**

J'ai envie d'un **café nature** / café crème avec des croissants / un thé au citron / un apéritif / un digestif / une eau minérale / quelque chose sans alcool / un demi / un coca / etc.

On remet ça?

D'accord, mais cette fois, c'est ma tournée.

À ta santé (À votre santé)!

À la tienne (À la bonne vôtre)!

115

Au restaurant

Qu'est-ce que tu prends / vous prenez?

J'ai très faim / Je n'ai pas très faim.

Si nous prenions le menu à trente francs?

D'accord. Tout à l'air bon. / Non, c'est trop. Je vais commander à la carte.

Qu'est-ce que tu veux / vous voulez?

Je prendrai comme hors d'oeuvres **la salade mixte / le melon de Cavaillon / la terrine maison / les crevettes / les radis roses au beurre.**

Et comme entrée?

Je prendrai **l'omelette aux fines herbes / le filet de sole / les crêpes farcies** (*stuffed*). / Je ne prendrai rien comme entrée.

Et comme plat principal?

Je prendrai **l'entrecôte / le rôti / le gigot / du poulet / une côtelette** avec des légumes ou des frites.

Et comme dessert?

Pas de dessert, ça suffit comme ça. / Faisons une folie, pour une fois. Si nous prenions **le plateau de fromages / la crème caramel / une pâtisserie maison / une glace?**

Garçon, l'addition, s'il vous plaît. Acceptez-vous les cartes de crédit? Non? Mais vous acceptez les chèques? Bien. Taxe et service compris? Bien.

Je te dois combien pour ma part? Attends, je laisse un peu de monnaie pour le garçon. Voilà. Trois francs, ça va?

Oui, ça va.

Situations

Préparez votre conversation avec votre partenaire ou vos partenaires.

1. **Dans un café, à dix heures du matin, en hiver.** **Vous** êtes à la terrasse d'un café avec **un ami / une amie.** Vous lui demandez ce qu'il / elle prend. Il / elle meurt de froid, et a envie d'un café avec des croissants. Vous prenez un thé au citron. Vous appelez le garçon, vous commandez. Les consommations arrivent, composez une petite conversation pendant que vous buvez et mangez. Demandez à votre ami / amie s'il faut laisser un pourboire. Il / elle répond. Terminez la conversation.

2. **À la terrasse d'un café, à midi, en été.** **Vous, Jacqueline et Antoine,** êtes à la terrasse d'un café. Imaginez ce que chaque personne désire, comme consommation, vu l'heure et le fait qu'il fait chaud.

3. **À la terrasse d'un café, vous et deux autres personnes.** Imaginez complètement la conversation. Quelle heure est-il? Fait-il chaud ou froid? Prenez-vous quelque chose avec ou sans alcool? Vos amis et vous avez peut-être des goûts très conservateurs, ou au contraire, très bizarres. Imaginez aussi ce que pense le monsieur qui vous regarde. Composez une conversation imaginative et animée.

4. **Au restaurant. Philippe et son copain Jacques Ollivier** (ou **Lisa et une amie française, Pascale)** vont déjeuner au restaurant, **Chez Toto.** Imaginez leur conversation, un a très faim, l'autre pas, qu'est-ce qu'ils / elles commandent? Comment partagent-ils / elles l'addition? Qui laisse de la monnaie? Combien? etc.

5. **Au restaurant.** Deux personnes au régime. Ah, c'est un problème. . . Imaginez le dilemme amusant de deux personnes, **Madame Dubois et Monsieur Arnaud,** qui sont tous les deux au régime. Qu'est-ce qu'ils mangent? Ne mangent pas? etc.

6. **Au restaurant.** Deux personnes qui meurent de faim. Ah, c'est un autre problème. Ces gens ne peuvent pas **tout** commander! **Mademoiselle Berland et monsieur Legendre** ont envie de tout. Qu'est-ce qu'ils commandent? Ne commandent pas? etc. Composez la conversation et sa conclusion.

COMPOSITION ÉCRITE OU ORALE

Un souvenir d'enfance. Vous avez certainement beaucoup de souvenirs d'enfance. Racontez une anecdote, prise parmi vos souvenirs. Quel âge aviez-vous? Où étiez-vous? Comment étiez-vous? Qui était là aussi? Pourquoi? Qu'est-ce qui est arrivé? Qu'est-ce que vous avez fait? Qu'ont dit les autres? Pourquoi? Quelles étaient vos réactions (etc.)? Quelles sont vos pensées aujourd'hui, quand vous pensez à cette aventure?

Pour ne rien vous cacher
ou
Est-ce de la jalousie?

INTRODUCTION
Les pronoms d'objet direct: *le / la (l') : les* **(personnes et objets)**
Les pronoms d'objet indirect: *lui : leur* **(surtout personnes)**
Les pronoms d'objet direct et indirect: *me / te : nous / vous* **(personnes)**

Les pronoms d'objet indirect *y* **et** *en*[1] **(objets)**

Place et usage des pronoms d'objet direct, indirect et de *y* **et** *en*

Les verbes de communication: *Je lui dis   Tu leur parles*

L'impératif affirmatif et négatif avec un ou plusieurs pronoms d'objet: *Fais-le / Ne le fais pas   Dis-le lui / Ne le lui dis pas   Vas-y / N'y va pas* **etc.**

Les prépositions avec les noms de ville et de pays

PRONONCIATION: **La terminaison des mots**

EN FRANÇAIS MON AMOUR: *Pour ne rien vous cacher . . . ou: Est-ce de la jalousie?*

EN FRANÇAIS DANS LE TEXTE: Roland Barthes: *Le vin et le lait*

CONVERSATION: *Invitation à déjeuner: A table!*

---

[1] Techniquement, dans certains cas, y et **en** peuvent être des adverbes, mais comme cela n'affecte pas leur usage et leur place, nous les appellerons pronoms dans tous les cas.

progrès 5

INTRODUCTION

Les pronoms d'objet direct: le / la (l') : les *(remplacent des noms d'objets ou de personnes)*

Aimez-vous le champagne?	Oui je l'aime. Non, je ne l'aime pas.
Faites-vous la cuisine?	Je la fais quelquefois. Mais la plupart du temps, je ne la fais pas parce que je n'aime pas la faire. (Mais j'aime beaucoup la manger quand elle est faite!)
Aimez-vous les enfants?	Ça dépend. Je les déteste quand ils sont insupportables, mais je les adore quand ils sont gentils.

Les pronoms d'objet indirect: lui : leur *(remplacent surtout des noms de personnes)*

Téléphonez-vous à votre mère?	Eh bien, je lui téléphone quelquefois, mais surtout, je vais la voir.
Écrivez-vous à vos parents[1] d'Europe?	Non, je ne leur écris pas souvent. Mais je leur rends visite quand je peux.

Les pronoms d'objet direct et indirect: me / te : nous / vous *(remplacent des personnes)*

Est-ce que vous m'aimez? (ou: Est-ce que tu m'aimes?)	Oh, je vous aime, je vous adore! Je vous le répète souvent. (Ou: Oh, je t'aime, je t'adore! Je te le répète souvent.)
Est-ce que vous nous trouvez sensationnels?	Bien sûr! Je vous trouve absolument formidables. Je vous le dis chaque fois que j'en ai l'occasion.

y et en *(pronoms personnels indirects)*

Vous êtes étudiant(e) à l'université, n'est-ce pas?	Oui, j'y suis depuis deux ans. Je vais y rester encore deux ans.
Pensez-vous à votre avenir?	Nous y pensons souvent. Nous voulons y travailler pendant ces années d'études.
Étudiez-vous plusieurs sujets?	J'en étudie quatre. Je voudrais en étudier davantage.
Venez-vous d'une autre ville?	Oui. Je suis né(e) à Chicago. J'en viens. Mais je n'y pense pas souvent et je n'en parle pas beaucoup.

---

[1] Attention au double sens du mot **parents** en français. Mon père et ma mère, ce sont **mes parents.** Mais mes oncles, mes tantes, mes cousins, etc. ce sont aussi **des parents:**
Mes parents et moi, nous habitons en Californie, mais nous avons **des parents** en Europe.

Avez-vous de la chance, en général? Oui, j'**en** ai. Et vous, **en** avez-vous?

Place et usage des pronoms d'objet

Entendez-vous les nouvelles à la radio?	Oui, nous **les y** entendons. On **les y** donne toute la journée à certains postes.

Monsieur, achetez-vous des fleurs pour votre amie?

Je **lui en** achète pour son anniversaire. L'autre jour, j'ai acheté des tulipes roses et je **les lui** ai offertes. Elles **lui** ont fait plaisir.

Prêtez-vous de l'argent à des copains qui sont fauchés?

Je **leur en** prête avec plaisir, mais il faut qu'ils **me le** rendent.

Y a-t-il des bons programmes à la télévision?

Il **y en** a, mais il n'**y en** a pas beaucoup.

Les verbes de communication (dire à quelqu'un de faire quelque chose ou que quelque chose est ainsi)

Qu'est-ce que vous **demandez à** vos amis?

Je **leur** demande simplement d'être honnêtes avec moi. Je ne **leur** demande pas d'être parfaits! Mais je **leur** demande aussi d'accepter mes imperfections.

Avez-vous un meilleur ami, ou une meilleure amie?

Ma meilleure amie, c'est ma femme. Elle **me dit** souvent que je suis aussi son meilleur ami. Moi, je **lui répète** de ne pas changer d'avis.

Vous **lui téléphonez**, pendant la journée?

Souvent. Je **lui téléphone** à son bureau pour le plaisir de **lui parler**.

L'impératif affirmatif et négatif avec un (ou plusieurs) pronom(s) d'objet

Lisez ce livre. **Lisez-le**, parce qu'il est important et intéressant.

Ne le lisez pas en une heure. **Lisez-le** lentement, et **comprenez-le** bien.

Faites des voyages. **Faites-en** pendant que vous êtes jeune et libre.

Mais **n'en faites pas** si vous critiquez tout ce qui est différent de votre pays.

Dites-moi la vérité. **Dites-la moi**.

Mais **ne me la dites pas** si elle est trop désagréable.

Va à Paris, Lisa. **Vas-y** et **restes-y** longtemps. **Quitte** ta ville et tes amis, **quitte-les** sans regrets. Mais ne **les oublie** pas.

N'y va pas, Lisa. Ne quitte pas ta ville. Tes amis? **Ne les quitte pas. Ne nous quitte pas**.

Vous voulez un peu de dessert? **Prenez-en**.

N'en prenez pas. N'en mangez pas, vous êtes au régime.

Eh bien moi, j'en voudrais un peu. **Donnez-moi** de ce gâteau. **Donnez-m'en** un peu.

Tu n'as pas téléphoné à Lisa? **Téléphone-lui** vite! Tu as des nouvelles sensationnelles, **téléphone-les lui**!

Non, **ne lui en donnez pas. Laissez-la** avoir faim. **Forcez-la** à suivre son régime, elle aussi.

Absolument pas. Simplement, parce que j'ai rencontré Philippe dans la rue avec une autre fille! Et **ne le lui dis pas,** toi. **Pense** que c'est peut-être sa cousine, ou une amie d'enfance. . .

Les prépositions avec les noms de lieux (villes et pays)

Dans quels pays d'Europe êtes-vous allé?

Je suis allé **en France** (**à** Paris, **à** Tours, **à** Orléans, **à** Marseille). Je suis allé **en** Italie (**à** Rome, **à** Florence, **à** Sienne). Je suis allé **en** Angleterre (**à** Londres), **en** Allemagne de l'Ouest, **en** Écosse et **en** Irlande.

Avez-vous visité les cinq continents?

Non. Je suis allé **en** Amérique du Nord et **en** Amérique du Sud, **en** Europe. Mais je ne suis allé ni **en** Asie, ni **en** Afrique, ni **en** Australie.

Quels pays voudriez-vous voir?

Je voudrais aller **au** Portugal, **au** Danemark, **au** Japon et **au** Canada. Je voudrais aussi aller **au** Mexique.

EXPLICATIONS

I. Les pronoms d'objet direct: le / la (l') : les, indirect: lui : leur, et et direct ou indirect: me / te : nous / vous

RÉCAPITULATION DES PRONOMS PERSONNELS				
Pronoms sujet		Pronoms objet		Pronoms disjoints
	direct ↓		indirect ↓	
		direct ou indirect ↓		
je	—	me	—	moi
tu	—	te	—	toi
il	le (l')		lui	lui
elle	la (l')	se	lui	elle
nous		nous		nous
vous		vous		vous
ils	les		leur	eux
elles	les		leur	elles

Le pronom d'objet remplace le nom d'une personne ou d'un objet.

A. le / la (l') : les remplace une personne ou un objet (objet direct)

Lisez-vous **ce journal**? Je **le** lis, je l'ai lu hier.
Connaissez-vous **ce monsieur**? Je **le** connais.
Et **cette dame**? Je ne **la** connais pas.
Étudiez-vous **le français**? Je l'étudie. Je l'ai étudié en France.
Et **la musique**? Je ne l'étudie pas.
Et **les sciences**? Je **les** étudie, mais je ne **les** comprends pas bien.

B. lui : leur remplace **à + une personne** (objet indirect, seulement dans le cas du remplacement de la préposition **à**)

Parlez-vous **à cette personne**? Je **lui** parle.[1] Je **lui** ai parlé au téléphone.
Répondez-vous **à ces gens**? Je ne **leur** réponds pas.
Téléphonez-vous **à votre mère**? Je **lui** téléphone et je **lui** parle longtemps. Je **lui** dis tout ce qui se passe dans ma vie.

C. me / te : nous / vous remplacent des personnes, bien sûr. Ce sont des pronoms d'objet direct ou indirect. (Ils remplacent aussi bien un complément d'objet direct qu'un complément d'objet indirect.)

Me dis-tu toujours la vérité? Eh bien, je **te** la dis généralement. (Le reste du temps, je ne **te** dis rien!)
Nous comprenez-vous, quand nous parlons avec ce mauvais accent? Non, je ne **vous** comprends pas du tout et je **vous** demande de répéter.
Est-ce que tu **m'**aimes? Oui, je **t'**aime. Et toi, **m'**aimes-tu? Je **te** le répète souvent: Je **te** trouve absolument parfait et je **t'**adore.

D. le est un pronom neutre (invariable) qui remplace une proposition. *(It replaces a whole clause.)*

Sais-tu **que Lisa a rencontré Philippe**? Oui, je **le** sais.
Penses-tu **que ces filles sont intelligentes**? Oui, je **le** pense.
Comprenez-vous **ce que j'explique**? Bien sûr! Je **le** comprends très bien.

II. Les pronoms indirects **y** et **en**

A. Le pronom indirect **y**

1. L'emploi de **y**

Allez-vous **à la plage** en été? J'**y** vais souvent. Mais je n'**y** vais pas en hiver.
Dînez-vous **au restaurant**? J'**y** dîne quelquefois.
Allez-vous **aux sports d'hiver**? J'**y** vais pendant les vacances de Noël.
Restez-vous **chez vous** ce soir? Oui, j'**y** reste.
Ai-je laissé mon sac **dans ma voiture**? Oui, vous l'**y** avez laissé.

[1] *Mais attention!* Répondez-vous aux lettres? Oui, j'**y** réponds. On emploie **y** pour remplacer **à + le nom d'un objet**. Voyez le paragraphe II de cette leçon.

Venez-vous **ici** le dimanche? Non, je n'**y** viens que les jours de semaine.

Habitez-vous **sur le boulevard**? Non, je n'**y** habite pas. J'habite dans une petite rue plus tranquille.

Y est un pronom d'objet indirect qui remplace un objet introduit par une préposition autre que **de**. Il remplace souvent la préposition **à**, parce que c'est une préposition communément employée, mais **y** remplace aussi les autres prépositions de lieu comme: **dans, devant, derrière, entre, à côté de, en face de, près de, sur, sous, chez**. Il peut aussi remplacer **ici** et **là**.

y *remplace donc souvent un complément indirect de situation.*

2. L'usage de **y** n'est pas limité à l'expression de situation. Par exemple:

Pensez-vous **à votre avenir**? Oui, j'**y** pense souvent.

Vous intéressez-vous **aux sports**? Je ne m'**y** intéresse pas beaucoup.

Réfléchissons **à cette question**. Réfléchissons-**y** sérieusement.

Répondez-vous toujours **aux lettres**? Il faut **y** répondre assez vite!

y remplace donc aussi un complément indirect, introduit par la préposition **à** (ou **au, aux**), même quand cette préposition n'indique pas la situation.

Attention: Parles-tu **à tes voisins**? Oui, je **leur** parle quand je les vois.

Écris-tu **à ta mère**? Je **lui** écris toutes les semaines.

N'employez pas **y** pour remplacer un nom de personne. Pour remplacer un nom de personne précédé de **à** (à ta soeur, à Mme Lenard, à son ami, à mon mari, à ma femme, à mes parents, etc.), employez **lui** ou **leur**, comme vous l'avez vu dans le paragraphe I, B. de cette leçon.

B. Le pronom indirect **en**

1. L'emploi de **en**

Avez-vous **un téléphone**?	J'**en** ai **un**. Je n'**en** ai pas.
une voiture?	J'**en** ai **une**.
une télévision?	J'**en** ai deux.
des frères?	J'**en** ai trois.
des soeurs?	Je n'**en** ai pas.
de l'argent?	J'**en** ai (un peu, beaucoup. . .).
des amis?	J'**en** ai quelques-uns.
du travail?	J'**en** ai trop.
assez **de** temps?	Je n'**en** ai pas assez.
beaucoup **de** patience?	J'**en** ai beaucoup.

Connaissez-vous des gens en France? J'**en** connais quelques-uns. Voulez-vous des conseils? J'**en** veux bien, mais je n'**en** veux pas s'ils ne correspondent pas à ce que je veux faire.

Y a-t-il des nuages dans le ciel? Il y **en** a quelques-uns.

en est un pronom d'objet indirect qui remplace un complément indirect introduit par **de (du / de la (de l') : des)** ou une autre expression de quantité comme **un / une, deux, trois**, etc. ou **un peu de, plusieurs, assez de, quelques, beaucoup de**, etc.

Avez-vous **plusieurs** téléphones? Non, je n'**en** ai qu'un.
Faites-vous **des** grands voyages? J'**en** fais surtout des petits.
Avez-vous **beaucoup de** projets d'avenir? Hélas, je n'**en** ai pas.

2. L'usage de **en** n'est pas limité à l'expression de quantité ou de nombre.

J'arrive **de** France. J'**en** arrive par avion.
Avez-vous peur **de** la circulation en France? J'**en** ai peur! Et dans certains endroits, j'**en** suis terrifié.
A-t-on besoin **d'**argent dans notre société? On **en** a constamment besoin.

en remplace donc aussi un complément introduit par **de (du / de la / de l', des)**, même si le sens de ce **de** n'indique pas du tout une idée de quantité.

Attention: Avez-vous peur **de moi**? J'ai peur **de vous**. ou:
J'**en** ai peur.

La grammaire classique demande **de moi / de toi / de lui / d'elle / de nous / de vous / d'eux / d'elles** pour remplacer un nom de personne. C'est probablement la forme la plus élégante. Mais on emploie aussi **en**, surtout dans la conversation:

Les enfants ont besoin **de** leurs parents. Ils **en** ont besoin pendant longtemps. (Grammaire classique: Ils ont besoin **d'eux** pendant longtemps.)
Parlez-vous souvent **de moi**? Oui, nous **en** parlons souvent. (Grammaire classique: Nous parlons souvent **de vous**.)

III. *Place et usage des pronoms d'objet direct et indirect*

le / la / l' : les	Je lis le journal. Je **le** lis. **Le** lisez-vous? J'aime **le** lire. Aimez-vous **le** lire? J'apprends les nouvelles. Je **les** apprends. **Les** apprenez-vous? **Les** avez-vous apprises? Voulez-vous **les** apprendre?
le / la / l' : les et **lui : leur**	Voilà Philippe. Allez-vous **lui** donner votre adresse? Oui, je vais **la lui** donner. Non, je ne vais peut-être pas **la lui** donner. Voilà Lisa. Voulez-vous **lui** apporter ces fleurs? Oui, je veux bien **les lui** apporter. Non, je ne veux pas **les lui** apporter.
le / la / l' : les et **lui : leur** et **me / te : nous / vous**	Voulez-vous **me** révéler ce secret? Non, je ne veux pas **vous le** révéler. Et à vos amis? Non, je ne peux pas **le leur** révéler non plus. **Me** dis-tu toujours la vérité? Non, moi, je ne **te la** dis pas toujours. Mais j'espère que toi, tu **me la** dis toujours.
y et **en**	À Paris? **Y** vas-tu? Oui, je vais **y** aller cet été. Vas-tu **y** voir Lisa? Non, je ne vais pas **l'y** voir. (Je **l'y** rencontrerai peut-être par hasard. . .) **Y** a-t-il des avions charter? Il **y en** a beaucoup. Je peux **t'en** recommander plusieurs. Voilà une brochure. Tu peux **les y** trouver.

> **RÉCAPITULATION DE LA PLACE DES PRONOMS D'OBJET DIRECT ET INDIRECT**
>
> *Employez les pronoms dans l'ordre suivant:*
>
> | | |
> |---|---|
> | me le, me la, me les | le lui, la lui, les lui |
> | te le, te la, te les | le leur, la leur, les leur   y   en[1] |
> | nous le, vous la, vous les | |

y et **en** sont toujours les derniers pronoms du groupe. Et **y** est toujours devant **en**:

Il **y en** a.	**Y en** a-t-il?
Il n'**y en** a pas.	N'**y en** a-t-il pas?

IV. Les verbes de communication

Lisa demande **à Philippe de** monter sur la Tour Eiffel.
Lisa **lui** demande **d'**y monter.

Vous répétez **à vos amis d'**être indulgents pour vos petits défauts.
Vous **leur** répétez **d'**être indulgents.

Les verbes de communication indiquent la communication entre deux ou plusieurs personnes. Ce sont, essentiellement, les verbes

dire	**répéter**
demander	**répondre**

et autres verbes de sens semblable, comme par exemple, les verbes qui indiquent plus spécifiquement la manière de la communication:

Elle **lui a murmuré** de rester.
Il **lui a crié** de ne pas l'oublier.
Il **lui a chuchoté** qu'il l'aimait.

C'est peut-être aussi un verbe qui indique le moyen de communication, comme **écrire, téléphoner, télégraphier.**

Je **leur** téléphone de m'attendre à l'aéroport. Ils **me** télégraphient qu'ils y seront.

Ces verbes ont tous la même construction[2]

à + le nom de la personne

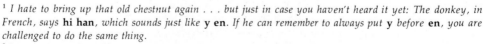

---

[1] *I hate to bring up that old chestnut again . . . but just in case you haven't heard it yet: The donkey, in French, says* **hi han***, which sounds just like* **y en***. If he can remember to always put* **y** *before* **en***, you are challenged to do the same thing.*

[2] L'exception inévitable, c'est **prier** et **supplier**. On prie **Dieu** d'écouter nos prières. (direct) On **le** supplie de nous pardonner. (direct)

suivi de:

> **de** + verbe à l'infinitif (pour exprimer un ordre ou une requête)

ou de:

> **que** + verbe conjugué (pour une information)

Je **lui** écris **de** m'**envoyer** de l'argent.
Il **me** répond **qu'il** m'en **envoie**.

V. L'impératif affirmatif et négatif avec un ou plusieurs pronoms d'objet

1. Avec un seul pronom d'objet

Dis **la vérité**.	Dis-**la**.	Ne **la** dis pas.
Faites **votre travail**.	Faites-**le**.	Ne **le** faites pas.
Aimez **les enfants**.	Aimez-**les**.	Ne **les** aimez pas.
Parlez **au directeur**.	Parlez-**lui**.	Ne **lui** parlez pas.
Demandez **aux employés**.	Demandez-**leur**.	Ne **leur** demandez pas.
	Parlez-**moi**.	Ne **me** parlez pas.
	Regarde-**toi**.	Ne **te** regarde pas.

Le pronom est placé après le verbe, et lui est joint par un trait d'union *(hyphen)*. Pour l'impératif négatif, le pronom est placé devant le verbe à sa place normale.

Remarquez que les pronoms **me** et **te** deviennent **moi** et **toi** à l'impératif affirmatif: **Parle-moi, Laisse-moi, Écris-moi,** etc. ou: **Arrête-toi, Regarde-toi,** etc.

À l'impératif négatif, ils reprennent leur forme normale de **me** et **te**: **Ne me parle pas, Ne m'écris pas, Ne me laisse pas,** etc. ou: **Ne t'arrête pas, Ne te regarde pas.**

Va **à Paris**.	Vas-**y**.	N'**y** va pas.
Reste **chez toi**.	Restes-**y**.	N'**y** reste pas.
Parle **de ton voyage**.	Parles-**en**.	N'**en** parle pas.
Achète **des souvenirs**.	Achètes-**en**.	N'**en** achète pas.

Devant **y** et **en**, on restitue le **s** pour les verbes du premier groupe qui autrement n'en ont pas à la forme **tu** (tu restes, MAIS: Reste!) et pour le verbe **aller** (tu vas, MAIS: Va!) devant **y** et **en**, et on fait la liaison: Vas‿y, Restes‿y, Parles‿en, etc.
                                   [z]   [z]
[z]

2. Avec plusieurs pronoms d'objet

Dis **ce secret à ta soeur**.	Dis-**le**-**lui**.	Ne **le** **lui** dis pas.
Donne **ces lettres à Jacques**.	Donne-**les**-**lui**.	Ne **les** **lui** donne pas.
Raconte-**moi** **ton aventure**.	Raconte-**la**-**moi**.	Ne **me** **la** raconte pas.
Apporte-**moi** **le journal**.	Apporte-**le**-**moi**.	Ne **me** l'apporte pas.

Mets-les-y

Mets **les fruits** dans le **réfrigéra-**teur. *Prends-ci pousme.*	Mets-**les-y**.	Ne **les y** met pas.
Prends **du pain pour moi**.	Prends-**m'en**.	Ne **m'en** prends pas.
Rendez-**moi un autre** petit service.	Rendez-**m'en** un autre.	Ne **m'en** rendez pas d'autre.

Règle: À l'impératif affirmatif, les pronoms d'objet sont placés après le verbe, dans leur ordre normal.

Exception: **me** et **te**, comme vous le savez déjà, deviennent **moi** et **toi** et **ils sont placés les derniers du groupe**.[1]

À l'impératif négatif, les pronoms sont placés après le verbe, dans leur ordre normal.

VI. *Les prépositions avec les noms de lieux*

A. Avec les noms de villes: **à**

Je suis	Je vais	Je viens
à Paris	à Paris	de Paris
à Londres	à Londres	de Londres
à New York	à New York	de New York etc.

Avec le nom d'une ville, employez **à**. (Quelques villes ont l'article Le / La comme partie de leur nom—**La** Nouvelle Orléans: **à la** Nouvelle-Orléans, **Le** Caire: **au** Caire, **La** Havane: **à la** Havane.)

B. Avec les noms de pays, de provinces, de régions: **en** ou **au**

1. Si le nom du pays est féminin: **en**

Je suis	Je vais	Je viens
en France	en France	de France
en Italie	en Italie	d'Italie
en Angleterre	en Angleterre	d'Angleterre
en Suisse	en Suisse	de Suisse
en Allemagne	en Allemagne	d'Allemagne
en Écosse	en Écosse	d'Écosse
en Suède	en Suède	de Suède etc.

Les noms de pays qui se terminent en **e** sont généralement féminin.[2] C'est aussi le cas pour les cinq continents: **en Europe, en Afrique, en Asie, en Australie, en Amérique (du Nord, du Sud)**.

---

[1] Ne vous fâchez pas! Mais cette fois, il y a même une exception à l'exception! **moi** et **toi** restent **me** et **te** et ne sont pas les derniers avec **en**:

Apporte-m'en.	Ne m'en apporte pas.
Donne-m'en.	Ne m'en donne pas.
Achète-m'en.	Ne m'en achète pas.

[2] Voilà l'exception que vous attendiez! **Le** Mexique (Le Mexique, c'est le pays. Sa capitale est Mexico.), **le** Cambodge, **le** Zaïre sont masculins.

2. Si le nom du pays est masculin: **au**

Je suis	Je vais	Je viens
au Pérou	au Pérou	du Pérou
au Vénézuéla	au Vénézuéla	du Vénézuéla
au Chili	au Chili	du Chili
au Portugal	au Portugal	du Portugal
au Danemark	au Danemark	du Danemark
au Japon	au Japon	du Japon etc.

Les noms de pays qui se terminent par une autre lettre que -e sont générale-ment masculins.

3. Si le nom d'un pays commence par une voyelle, il y a tendance à employer **en**, même si le nom ne se termine pas par un **e** muet:

en Israël	en Irak	en Uganda	en Afghanistan
en Iran	en Angola	en Alaska	

4. On emploie souvent **à** avec le nom d'une île:[1]

La Havane est **à** Cuba.
Honolulu est **à** Hawaii.
Pointe-à-Pitre est **à** la Guadeloupe.
Fort-de-France est **à** la Martinique.
San Juan est **à** Porto-Rico.
Papeete est **à** Tahiti, mais Port-au-Prince est **à** Haïti.
On pêche la morue (*codfish*) **à** Terre-Neuve (*Newfoundland*).
Colombo est **à** Sri Lanka (autrefois: Ceylan).

Mais on dit: **en** Angleterre, **en** Irlande, **en** Corse, **en** Sicile, **en** Sardaigne, **en** Nouvelle-Écosse (*Nova Scotia*).

5. Les pays dont le nom est au pluriel: **les États-Unis**

Vous êtes née **aux États-Unis**, mademoiselle?
Et vous, monsieur? Moi, j'habite **aux États-Unis** depuis dix ans.
Le coca-cola vient **des États-Unis.**

6. Les prépositions employées avec les noms des différents états des États-Unis posent souvent un problème en français. **Tout le monde n'est pas d'accord.** Voilà comment on dit, généralement:

en Alabama	au Kansas	au Nouveau Mexique
en Alaska	au Kentucky	dans l'état de New York
en Arizona	en Louisiane	en Caroline du Nord, du Sud
en Arkansas	dans le Maine	au Dakota du Nord, du Sud
en Californie	dans le Maryland	en Ohio
au Colorado	dans le Massachussetts	en Oklahoma
au Connecticut	dans le Michigan	en Orégon

[1] La France possède deux petites îles près du continent nord-américain: Ce sont Saint-Pierre et Miquelon. On dit: **à** Saint-Pierre et Miquelon.

au Delaware	dans le Minnesota	en Pennsylvanie
en Floride	dans le Mississippi	au Rhode Island
en Géorgie	dans le Missouri	au Tennessee
à Hawaii (île)	dans le Montana	au Texas
en Illinois	dans le Nebraska	dans l'Utah
en Idaho	au Nevada	au Vermont
en Indiana	au New Hampshire	en Virginie, en Virginie de l'Ouest
en Iowa	au New Jersey	dans l'état de Washington
		au Wisconsin
		au Wyoming
		et dans le district de Colombie

EXERCICES

1. Les pronoms d'objet direct et indirect

   A. Les pronoms d'objet direct **le / la (l') : les**, et le pronom neutre **le**.

   Répondez à la question en employant le pronom voulu.

      Exemple: Aimez-vous **les sports**? *(1 verbe)*
      Oui, je *les* aime. / Non, je ne *les* aime pas.
      Allez-vous voir **ce film**? *(2 verbes)*
      Oui, je vais *le* voir. / Non, je ne vais pas *le* voir. *Non, il ne l'invite pas à dîner.*

   1. Philippe invite-t-il **Lisa** à dîner? *Oui, il l'invite à dîner.*
   2. Prenez-vous **l'avion de Paris** ce soir? *Oui, je l'y ...on ce soir. Non, je ne l'y p... ce soir.*
   3. Avez-vous déjà pris **l'avion**?
   4. Lisa aime-t-elle beaucoup **la France**? *Oui, je l'aime beaucoup. Non, je n'y aime pas*
   5. Avez-vous visité **le Centre Pompidou**? *Oui, je l'ai visité. Non, je ne l'ai pas visité beaucoup*
   6. Savez-vous faire **la cuisine**?
   7. Aimez-vous finir vite **tout votre travail**?
   8. Croyez-vous que Philippe a décidé d'épouser **Lisa**?
   9. Voudriez-vous connaître **leur avenir**?
   10. Saviez-vous **que le Centre Pompidou existait**?
   11. Avez-vous trouvé **la vérité totale**? (Comme Philippe. . .)
   12. Pensez-vous **que Philippe est très conservateur**?
   13. Me suggérez-vous **que cet exercice est trop long**?

   B. Les pronoms d'objet indirect **lui : leur,** le pronom neutre **le,** et les pronoms d'objet direct **le / la (l') : les.**

   *Répondez à la question en employant *deux* de ces pronoms.*

      Exemple: Prêtez-vous **votre voiture <u>aux copains</u>?** *(1 verbe)*
      Oui, je *la* <u>leur</u> prête. / Non, je ne *la* <u>leur</u> prête pas.
      Aimez-vous prêter **votre voiture <u>aux copains</u>?** *(2 verbes)*
      Oui, j'aime *la* <u>leur</u> prêter. / Non, je n'aime pas *la* <u>leur</u> prêter.

   1. Lisa va-t-elle écrire **le récit de ses aventures <u>à sa famille</u>?**

      Elle va le lui écrire

129

(handwritten top: ai / jé les lui offertes)

2. Avez-vous offert **ces fleurs à votre hôtesse**?

3. Dites-vous toujours **la vérité à votre femme**? *(handwritten: hitchhike)*

4. Conseillez-vous **à vos enfants** de faire de l'auto-stop? *(handwritten: ellure)*

5. Philippe a-t-il présenté **Lisa à ses parents**? *(handwritten: Philippe le leur présente)*

6. Suggérez-vous **au directeur** que vous avez besoin d'une **augmentation**? *(handwritten: raise)*

7. Philippe a-t-il dit **à Lisa** qu'il l'aimait? *(handwritten: Il le lui dit.)*

8. Avez-vous dit **à votre psychiatre** que la vie vous semblait absurde?

9. Proposerez-vous **le mariage à la personne que vous aimez**?

10. Dites-vous quelquefois **à votre mari** que vous avez besoin d'affection?

11. Donne-t-on **les responsabilités importantes aux cadres supérieurs**? *(handwritten: On les a qu'...je)*

(handwritten left margin: Je le leur conseille / Je le lui suggère / Je le lui ai dit.)

3. Tous les pronoms personnels: **le** / **la** (**l'**) : **les**, **lui** : **leur**, le pronom neutre **le**, et les pronoms direct / indirect **me** / **te** : **nous** / **vous**.

Formulez la question qui correspond logiquement à la déclaration donnée.

Exemple: Vous m'aimez. *Question:* M'aimez-vous?
Vous me dites que vous m'aimez. *Question:* **Me le dites-vous?**

1. Vous nous regardez.
2. Je t'aime.
3. Vous me comprenez.
4. Tu crois ce que je te dis.
5. Tu as acheté cette voiture.
6. Elle a donné son numéro de téléphone à Philippe.
7. Je vous admire beaucoup.
8. Je ne déteste pas les escargots.
9. Nous n'aimons pas nos voisins et nous ne leur parlons pas.
10. Non, les États-Unis ne manquent pas du tout à Lisa.

4. **y** et **en**

Répondez à la question en employant **y** *ou* **en** *et répondez aussi, avec imagination, à la question* **Pourquoi**?

Exemple: Avez-vous mangé des escargots? Pourquoi?
Oui, j'en ai mangé parce que je voulais en connaître le goût.
ou:
Non, je n'en ai pas mangé, parce que c'est une saloperie. (comme dirait Philippe!)

(handwritten: y) 1. Êtes-vous allé à Paris? Pourquoi?

(handwritten: en) 2. Avez-vous mangé des Big Mac? Pourquoi?

(handwritten: n' pas en) 3. Avez-vous besoin d'argent? Pourquoi?

(handwritten: J'y dîne souvent →) 4. Dînez-vous souvent au restaurant? Pourquoi?

5. Monsieur, avez-vous beaucoup de petites amies? Pourquoi?

6. Mademoiselle ou Madame, avez-vous beaucoup d'admirateurs? Pourquoi?

(handwritten: je veux en acheter une →) 7. Voulez-vous acheter **une** nouvelle voiture? Pourquoi?

8. Pensez-vous faire un voyage bientôt? Pourquoi?

(handwritten: je pense en faire un / Non, je ne pense pas en faire / ... un ...)

Oui je ~~n'y ~~rretais
J'y étais. Non, je n'y étais pas.

9. Etiez-vous chez vous hier soir? Pourquoi? *j'aimé en manger*
10. Aimez-vous manger ce que Philippe appelle des saloperies?[1] Pourquoi?
11. Avez-vous toujours montré du respect à vos parents? Pourquoi?
12. Détestez-vous rester chez vous le samedi soir? Pourquoi?

Oui, je leur en ai toujours montré

5. **y** et **en** et les autres pronoms

Intégrez **y** *et* **en** *à ce que vous savez déjà de l'usage et de la place des autres pronoms personnels. Formulez la question logique en employant le ou les pronom(s) voulu(s). Pour varier un peu les choses, commencez votre question par* **comment, quand, pourquoi, qui, où, qu'est-ce qui**.

> *Exemple:* Lisa a visité **le musée** mercredi. *(Quand?)*
>
> **Quand** *l'a-t-elle visité?*   *Elle y en a vu* ~~vu~~   *nos greenent will en-never*
>
> Elle a vu des oeuvres étranges **dans ce musée**. *(Qu'est-ce que)*
>
> **Qu'est-ce qu'**elle *y* a vu?   *(Italian neighbours not to you deciding them)*

J'ai décidé de leur parler

1. J'ai décidé de parler à mes voisins parce qu'ils ont l'air sympa. *(Pourquoi?)*
2. J'allais vous téléphoner au moment où vous êtes arrivé! *(Quand?)* *J'y en*
3. Je vous ai apporté des fleurs parce que je vous adore! *(Pourquoi?)*
4. On met des pommes, du beurre et du cognac[2] dans ma tarte aux pommes.
   (Qu'est-ce que?) *Je les y ai rencontrés*
5. J'ai rencontré ces deux types au Festival de Jazz, par hasard. *(Comment?)*
6. On a mis ce type en prison après sa condamnation. *(Quand?)*
7. George m'a donné de vos nouvelles. *(Qui?)*
8. J'ai laissé mon parapluie dans ma voiture parce que je suis idiote. *(Pourquoi?)* *Je l'y ai laissé*
9. Quelqu'un a mis ces jolies fleurs sur mon bureau! *(Qui?)*
10. Tu as raconté mes secrets à ce type en plein restaurant universitaire! *(Où?)*

Tu les lui as racontés.

6. Les verbes de communication comme **répéter, jurer** (*to swear*), **dire, demander, répondre, murmurer, crier, téléphoner, écrire,** etc.

Traduisez en français, en employant le temps correct du verbe.

> *Exemple: He told her to stay.*
>
> **Il lui a dit de rester.**

1. *She told her fiancé: "I love you".*   2. *He said to her that he loved her, too.*   3. *He asked her why she loved him.*   4. *She answered that she did not know.*   5. *But she asked him why he loved her.*   6. *They wrote their parents that they were going to get married* (se marier).   7. *Their parents telephoned them. They told them they were happy.*   8. *But someone whispered to her that he had a wife in another country.*   9. *She asked him to tell her the truth.*   10. *He cried to her that it was a lie.*   11. *She begged him not to lie.*[3]   12. *He repeated to her that he loved her. She swore to him that she believed him.*

Ils ont écrit leurs parents qu'ils
Leurs parents ont téléphoné. Ils leur ont dit qu'ils étaient heureux.

[1] Eh bien, par exemple, une glace, des chocolats, des bonbons, des chips, des gâteaux secs, des boissons avec trop de sucre. . . Vous pouvez continuer la liste.

[2] quand on n'a pas de calvados, bien sûr. . .

[3] de ne pas mentir

7. Les verbes de communication et la citation directe (*direct quotation*)

Vous savez que, dans le cas d'une citation directe on emploie la forme inversée (dit-il, a-t-il répondu, etc.) après la citation. Avant la citation, on emploie la forme ordinaire (il dit, il a répondu, etc.) Traduisez en français l'histoire simplifiée du Petit Chaperon Rouge.

> *Exemple:* "*I am going to my grandmother's house," Little Red Riding Hood told her mother.*
>
> **« Je vais chez ma grand-mère », a dit (dit[1]) le Petit Chaperon Rouge à sa mère.**

1. Her mother told her: "Don't speak to the wolf!"   2. "He eats little girls like you," she told her.   3. "Where are you going now?" she asked Little Red Riding Hood.   4. "I am going to bring an apple tart and a bottle of apple brandy to my grandmother", Little Red Riding Hood answered her sweetly.   5. In the woods, a guy (un type) with big teeth said to her: "I am the wolf."   6. "I did not speak to you, you spoke to me," she answered carefully.   7. "I do not eat little girls," he swore. "Only grandmothers."   8. "In that case," she said to him, "Come with me. I know where there is one."   9. He cried: "I am lucky! Let's go to her place."   10. "Are you really going to eat my grandmother?" she asked him.   11. But he did not answer her. And someone told me that he ate the grandmother first and the little girl for (comme) dessert. "Do not believe wolves," I was told. (Use on construction)

8. L'impératif affirmatif et négatif avec un ou plusieurs pronoms d'objet.

Composez la formule impérative et donnez l'ordre.

> *Exemple:* Dites à Lisa d'aller au musée   *(tu)*
> **Vas-y.**
> Dites à Lisa de ne pas aller au musée   *(tu)*
> **N'y vas pas.**

1. Dites à Lisa de ne pas croire Philippe.   *(tu)*
2. Demandez à un ami de vous prêter sa voiture.   *(tu)*
3. Demandez à l'employé de vous donner ces renseignements.   *(vous)*
4. Dites au Petit Chaperon Rouge de ne pas parler au loup.   *(tu)*
5. Demandez à votre copain de vous donner de la monnaie.   *(tu)*
6. Priez Lisa d'écrire à ses parents.   *(vous)*
7. Invitez vos amis à aller voir cet excellent film.   *(vous)*
8. Dites à un invité timide de reprendre du dessert.   *(vous)*
9. Demandez à votre mère de ne pas dire ça à votre père.   *(tu)*
10. Dites à votre fiancé de vous dire la vérité.   *(tu)*
11. Suppliez Dieu de vous pardonner vos péchés.   *(vous)*

[Handwritten annotations:]
Crois-le / Ne le crois pas
Prête-le-moi
donne m'en / ne m'en donne pas
Écrivez-leur / ne leur écrivez pas
Ne lui dis pas ça / Ne le lui dis pas
Pensez-en
ne le lui dis pas / Ask God to forgive your sines. Pardonnez-les-moi

[1] **a dit le Petit Chaperon Rouge** ou **a-t-elle dit** sont corrects. Mais on emploie souvent en français, pour cet usage spécifique, la forme du passé littéraire qui est la même que celle du présent pour **dire: dit le Petit Chaperon Rouge** ou **dit-elle.** Pour les autres verbes, voilà la forme du passé littéraire qu'on emploie aussi assez souvent: **répondit, demanda, répéta, jura, cria.** (On emploie aussi **fit** à la place de **dit** quand il n'y a pas d'objet: «Vous n'êtes pas ma grand-mère », **fit-elle** avec terreur.)

12. Défendez[1] à votre frère de vous parler de ses histoires de *(tu)*
drogue.

*Note: Votre exercice gagnera en authenticité si vous ajoutez les expressions: **S'il
te plaît** ou **S'il vous plaît**. Pour les cas où plus de vigueur est nécessaire, employez
Je t'en prie ou **Je vous en prie**.*

9. Les prépositions avec les noms de ville et de pays

Complétez par la préposition voulue.

Exemple: **M. Le Guern habite** *à* **Rennes** *en* **Bretagne.**

1. Mes amis français ont fait un voyage. Ils sont venus *aux* États-Unis. Ils
sont arrivés *à* New York. En voiture, ils sont allés *à* Washington
et *à* Baltimore. De là, ils sont allés *à* Williamsburg, *en* Virgi-
nie. Ils ont voyagé *en* Caroline du Nord et du Sud, *en* Louisiane, et
au Texas. Ils avaient des amis à voir *au* Colorado et *au* Nouveau-
Mexique. De là, ils sont allés *en* Californie *à* Los Angeles et *à*
San Diego.

2. Nous sommes allés *en* Europe cette année. L'avion a atterri *à*
Roissy, où se trouve l'aéroport Charles de Gaulle. Nous avons loué une voi-
ture, et une heure plus tard, nous avons déjeuné *à* Fontainebleau.
L'après-midi, nous étions *à* Beaune, *en* Bourgogne. Le soir, nous
avons dîné *à* Valence, et nous savions que nous étions *en* Provence.
Nous avons passé la nuit *à* Marseille. Le lendemain, nous étions *à*
Toulon, *à* Cannes et *à* Nice.

3. Jacqueline est née *à* La Nouvelle Orléans, *en* Louisiane, *aux*
États-Unis. Très jeune, elle est allée avec sa famille *à* Mexico, *au*
Mexique. Son père travaillait pour une compagnie de pétrole, qui l'a envoyé
successivement *à* Montréal, *au* Canada, *au* Chili, *au* Brésil,
et *en* Argentine. Plus tard, elle a vécu *en* Iran, *en* Arabie Séou-
dite et *en* Lybie. Elle a épousé Robert Maasricht, né *au* Congo *en*
Afrique, mais d'origine belge, qui travaille pour une ligne aérienne. Leur
premier poste était *au* Beyrouth, *au* Liban, *au* Asie Mineure. Puis
à Casablanca, *au* Maroc. Ensuite la compagnie les a envoyés *à*
Budapest, *en* Hongrie. De là, ils allaient facilement *à* Vienne *en*
Autriche, *à* Athènes *en* Grèce, *au* Jérusalem *en* Israël, et
au Caire *en* Egypte. Mais maintenant, ils sont *à* Tokyo, *au*
Japon.

PRONONCIATION

La terminaison des mots

1. Le **s** du pluriel n'est pas prononcé:

des types   des diables à cornes   des canons de fusils

---

[1] **défendre:** (un autre verbe de communication) *to forbid.* (Je **lui** défends de faire quelque chose)

Mais on prononce le **s** comme un **z** dans le cas d'une liaison:

les‿autres‿enfants   les premières‿oeuvres des‿Impressionnistes
 [z]   [z]   [z]   [z]

2. Prononciation de la terminaison **-er, -et** (et **-ed, -ez**)

La terminaison **-er** est prononcée [e] (é) pour tous les verbes:

arriver, éviter, regarder, chercher, amener, penser, créer.

On prononce aussi la terminaison **-er** [e] (é) dans le cas des autres mots:

papier, boucher, oranger, premier

Exception: On prononce le **r** dans les cas suivants:

hier, fier, hiver, mer, amer

La terminaison **-et** (et **-ed, -ez**) est prononcée comme **-er** [e] (é):

un cabinet, un paquet, un ballet, le pied, le nez

3. Prononciation de la terminaison **-es** dans les mots comme **les, des, tes, mes, tes, ses** est prononcée [ɛ] (è). Distinguez bien ce son de la prononciation de [ə] (e). Comparez:

le / les   me / mes   se / ses
de / des   te / tes   de / des

4. Les mots terminés par **-e** sans accent. Le **-e** final est muet:

La voiture de Philippe est dans la rue.
Notre-Dame est une cathédrale.

5. Terminaison des verbes.

Le **s** de la deuxième personne (tu) est muet:

tu arrives, tu finis, tu prends, tu mets, tu vas, tu dis

La terminaison **-ent** de la troisième personne du pluriel (ils / elles) est muette:

ils‿arrivent, ils prennent, ils finissent
 [z]

ils signent, elles travaillent, des gens rient

Mais on prononce la terminaison **-ont** des verbes:

ils‿ont, ils sont, ils vont, ils font
 [z]

Devant Notre Dame de Paris. *Qu'est-ce que Lisa et Philippe regardent?*

Pour ne rien vous cacher

ou

Est-ce de la jalousie?

Lisa était un peu intimidée, debout devant la grande grille du Palais de Justice de Paris. Philippe lui avait suggéré de venir l'y chercher. « Je vais être au Tribunal toute la journée, » lui avait-il dit. « Passez m'y chercher à cinq heures, et faisons un petit tour dans Paris. Il y a sûrement des endroits pour touristes que nous n'avons pas vus », avait-il ajouté en souriant.

Elle avait pris le métro, et elle était arrivée un peu en avance. Pendant qu'elle attendait, des types qui passaient l'apostrophaient, et il était difficile de ne pas leur répondre vertement.° « Salut, la belle! C'est moi que vous attendez? » ou bien: « Il ne peut pas venir: mademoiselle. Allons prendre quelque chose ensemble! » Mais après plusieurs semaines à Paris, Lisa connaissait bien les différentes sortes de baratin!° Il ne fallait surtout pas avoir l'air de les voir ou de les entendre, ces gars-là.

vertement: *vigoureusement*   le baratin: *a line*

Elle leur a tourné le dos et s'est absorbée dans l'examen des somptueuses grilles de fer doré.

Justement, voilà Philippe qui descendait le grand escalier avec un autre avocat. Tous les deux tenaient une serviette et causaient avec animation. Lisa savait que les avocats portent une traditionnelle robe noire pour plaider mais que Philippe laissait la sienne au vestiaire du Palais. Philippe a serré la main de son collègue qui est parti dans une autre direction. Il a souri à Lisa et lui a serré la main, plus longuement que nécessaire. « C'est gentil d'être venue m'attendre. Je suis flatté. . . »

La voiture de Philippe n'était pas loin, près de Notre-Dame. Notre-Dame? Un autre endroit pour touristes? Il y en avait certainement une foule sur le parvis, devant la cathédrale. Des gens de tous les pays et dans tous les costumes imaginables! « Allons voir la cathédrale, » a proposé Lisa. Elle était souvent passée devant, mais elle n'en avait jamais examiné les sculptures. Philippe lui a montré le tympan, ce demi-cercle au-dessus du portail. Comme presque tous les tympans de cathédrales, il représente le jugement dernier où le Christ pèse les âmes. D'un côté, des anges escortent les élus, pleins de sérénité; de l'autre, c'est la foule des damnés, poussés par des diables à cornes. Les tortures des damnés, étaient représentées avec toute l'horreur nécessaire pour terrifier le bon peuple du Moyen-Âge.

« Mais j'en suis terrifiée moi aussi! » a dit Lisa en frissonnant. « Il ne faut pas, » a répondu Philippe. « Vous m'avez dit que vous n'aviez pas de péché mignon et que vous êtes parfaite. » L'intérieur de la cathédrale était sombre, sous d'immenses voûtes de pierre. Les vitraux versaient une lumière colorée et mystérieuse. Ils marchaient en silence, impressionnés par la paix qui les entourait.

« Je voudrais vous montrer le monument aux Déportés de la Deuxième Guerre, » a dit Philippe. « C'est tout près. Allons-y à pied. » Ils ont descendu les marches qui mènent jusqu'au niveau de la rivière. Là, dans un espace fermé comme une cour de prison, une sculpture abstraite de fer noir suggère des canons de fusils braqués sur des condamnés. L'impression d'un lieu d'exécution était parfaite et poignante. « C'étaient des damnés aussi, mais des damnés innocents », dit Philippe gravement. « La France ne les oublie pas. . . » Lisa savait que le passé reste vivant pour les Français. Elle était profondément émue par l'atmosphère tragique du monument.

Philippe l'a entraînée et un moment passé à la terrasse d'un café de la Place Saint-Michel a restauré leur joie de vivre. Philippe avait envie de parler, ce jour-là. Il lui a raconté son enfance, très seul dans le grand appartement, ses étés dans la vieille maison de Normandie où sa grand-mère vivait encore et où il passait toutes ses vacances.

Il lui a aussi parlé de Françoise.

« Qui est Françoise?

« C'est une fille très bien. Ses parents ont une maison de campagne à côté de la nôtre. Elle est en Angleterre pour l'instant, mais elle va rentrer. Pendant l'année, elle habite Paris et nous sortons souvent ensemble. Tiens, justement, j'ai sa photo sur moi, par hasard. . . »

Philippe est-il vaniteux? Naïf? Ou complètement inconscient? Un peu de tout cela, sans doute. De tout façon, Lisa n'est pas amoureuse de lui, n'est-ce pas? Alors, pourquoi regardait-elle la photo de Françoise sans indulgence: « Dommage qu'elle ait le nez si long! » pensait-elle. Elle a ajouté après un temps: « Et . . . vous l'aimez? »

« Je ne sais pas, a dit Philippe. Tout le monde pense que nous sommes faits l'un pour l'autre. Je crois que mes parents ont toujours pensé qu'un jour. . . Mais je ne sais vraiment pas. Moi, j'avais presque décidé de lui parler mariage, et puis, cet été, j'ai rencontré quelqu'un d'autre, et maintenant, je ne sais pas. Je commence à la trouver un peu snob, trop sévère, elle n'aime pas rire et elle prend tout au sérieux. Peut-être qu'elle me ressemble trop. . . Évidemment nos deux familles sont très proches, mais je pense de plus en plus que ce n'est pas l'essentiel. . . » Lisa n'a rien dit. Pourquoi l'existence de Françoise lui était-elle si désagréable? Philippe, absorbé par ses propres pensées, a continué:

« Justement, mes parents sont partis ce matin pour la Normandie. Ils vont y passer le mois d'août. Françoise et ses parents vont y arriver. Tout le monde m'y attend pour le week-end prochain. Voulez-vous y venir avec moi? » a ajouté Philippe avec une inconscience parfaite. Lisa était furieuse. Elle n'avait aucune envie de faire la connaissance de cette fille. Pour l'instant, elle détestait presque Philippe. . .

« Vous savez, Philippe, dit-elle suavement, une confidence en vaut une autre. Puisque vous ne me cachez rien, je ne vais rien vous cacher. J'ai laissé quelqu'un en Amérique. . . En fait, je suis partie un peu parce que j'avais besoin de réfléchir, de comprendre mes sentiments. Il avait commencé à me parler mariage. Il me téléphone une fois par semaine, et il va peut-être venir passer quelques jours à Paris. Il s'appelle Bill, et nous étions ensemble dans l'équipe de ski de l'université. »

Une photo montrait une Lisa rose et souriante dans la neige avec une espèce de géant blond et bronzé qui plissait les yeux dans le soleil. « Très bien si on aime le genre homme des cavernes, » pensait Philippe sans le moindre effort d'objectivité. « Et probablement pas un géant de l'intellect. . . » Tout haut il dit:

« Mais vous ne l'aimez pas.

—Ça semble si loin, tout ça, pour l'instant, a répondu Lisa. Je ne sais franchement pas. . . Et elle a ajouté: « Mais je vais rentrer aux États-Unis dans six semaines.

—Pas nécessairement » a dit Philippe, très lentement.

Long moment de silence, pendant lequel tous les deux contemplaient les implications de ce « Pas nécessairement ». Enfin, Philippe a dit:

« Parlons d'autre chose. J'ai besoin de passer à la maison. Venez-y avec moi. Je voudrais vous montrer l'endroit où j'ai passé toute ma vie. Après, je vous emmène dîner à la campagne. Il fait si beau, il faut en profiter. Ce beau temps ne dure pas à Paris. »

L'immeuble de Philippe était dans le seizième arrondissement, très style art déco 1930, beaucoup de marbre et des verres Lalique dans l'entrée. L'appartement était immense, avec un spacieux vestibule circulaire. Les hautes fenêtres ouvraient sur des balcons et le petit salon, le grand salon, deux salles à manger s'ouvraient en enfilade. Partout des meubles anciens, des objets précieux, beau-coup de style. Lisa était éblouie. Elle a cherché un siège et s'est assise au bord d'un fauteuil. Il y avait certes plus d'élégance que de confort. « Ma mère adore l'appartement, » a dit Philippe. « Pourtant il est trop grand pour nous trois. . . Mes parents pensaient avoir plusieurs enfants, mais je suis fils unique. Vous avez de la chance d'avoir des frères et soeurs! »

Lisa avait souvent douté de son bonheur quand il fallait partager sa chambre ou sa garde-robe avec sa soeur, ou quand il fallait tolérer deux frères exaspérants. Mais aujourd'hui, dans cet immense appartement formel, elle pensait à Philippe petit garçon, tout seul, sans autres enfants dans ces grandes pièces. Que faisait-il le dimanche après-midi? Elle le regardait avec une nouvelle compréhension.

« Avez-vous des photos de vous quand vous étiez petit? »

Et sur les photos des albums, elle a retrouvé un Philippe en culottes courtes, à la campagne, à la plage. « Cet été-là, nous étions en Espagne et au Portugal, » expliquait-il. « Sur cette photo, c'est mon père et ma mère, à Montreux, en Suisse. Les voilà aussi au Danemark. Là, c'est moi en Normandie. . . » Sur plu-sieurs pages de photos, Françoise grimpait aux arbres, jouait avec lui sur la plage, poussait sa bicyclette, l'air sérieux, et les voilà tous les deux, membres d'un cortège de mariage. « Pauvre Françoise, » pensait Lisa. « Vraiment pas photogénique!

« Alors, dit-elle tout haut. Quand partez-vous pour la Normandie? »

—Justement, dit Philippe, je ne sais pas encore si j'y vais. Vous ne voulez pas venir avec moi, alors je vais peut-être rester. . .

—Non, dit Lisa. Il ne faut pas laisser tout le monde vous attendre. Allez-y. »

Philippe a hésité: « Alors, je vais peut-être partir vendredi soir et rentrer lundi. De toute façon, je vous téléphone de Normandie. Je ne peux vraiment pas laisser tomber ma mère. Elle a organisé un grand déjeuner de famille pour di-manche, et si je n'y suis pas ce sera un drame. . . Pour le moment, allons dîner. »

Dans l'appartement de Philippe
Lisa: C'est très beau! Et c'est si grand! Qui habite dans cet appartement?
Philippe: *(Répondez pour Philippe)*

Le restaurant favori de Philippe, où il a emmené Lisa ce soir là, c'était l'Hôtellerie de la Clé d'Or, à Barbizon. Barbizon, c'est le village qui avait séduit les peintres du siècle dernier au point qu'on parle de l'École de Barbizon: Corot, Millet, Rousseau ont rendu ses paysages célèbres. Le village profite aujourd'hui de sa réputation et attire les Parisiens qui cherchent l'air de la campagne.

On prend l'autoroute du Sud et on la quitte à la sortie Fontainebleau. Barbizon est tout près. L'Hôtellerie est une vieille maison transformée en restaurant: partout des meubles rustiques anciens, et des vieux cuivres. Il y avait d'énormes bouquets de fleurs du jardin et une subtile odeur de cire d'abeilles et de bonne cuisine.

« J'aime venir ici, » dit Philippe, « parce que c'est une peu comme d'arriver dans une maison amie, à la campagne. C'est comme chez ma grand-mère, en Normandie. . . »

Les tables étaient dressées dans le jardin, sous les arbres: nappes vert pâle et bouquets de dahlias roses et orange. Les bougies diffusaient une lumière douce. Beaucoup de gens regardaient Philippe et Lisa, qui formaient, à vrai dire, un couple frappant: Lui, grand et mince, le visage anguleux et distingué. Elle petite et blonde, le visage frais et souriant et le regard expressif. Philippe, conscient de l'effet qu'ils produisaient, était un peu gêné, mais fier. Il a souri à Lisa.

« Il y a du beaujolais de l'année, » dit-il. « Prenons-en une bouteille, d'accord? Et . . . je ne vois pas de Beeg Mac au menu, alors on prend des escargots pour commencer, ou la terrine maison? »

Questions

Répondez sans reproduire le texte de la lecture.

1. Où Lisa a-t-elle rencontré Philippe? Pourquoi était-elle intimidée?
2. Quels vêtements a-t-elle décidé de mettre pour l'occasion?
3. Quel vêtement spécial porte un avocat pour plaider? Philippe portait-il ce vêtement quand il est arrivé?
4. Quel geste font les Français quand ils quittent un ami, ou quand ils en rencontrent un?

5. Répondait-elle aux types qui passaient et qui l'apostrophaient? Pourquoi?
6. Qu'est-ce qu'on voit au tympan de Notre-Dame?
7. Où se trouve le Monument aux Déportés de la Deuxième Guerre? Comment est ce monument? Quelle impression donne-t-il?
8. Comment est l'appartement de Philippe? A-t-il l'air confortable? Pourquoi?
9. Pourquoi Lisa ne veut-elle pas aller en Normandie?
10. Où Philippe et Lisa sont-ils allés dîner?
11. Pourquoi le village de Barbizon est-il célèbre?
12. Nommez quatre choses attrayantes à l'Hôtellerie de la Clé d'Or?

Répondez dans l'esprit du texte, mais avec imagination

1. *Un collègue de Philippe (à un autre avocat):* Tiens, tiens, tiens! tu as vu la jolie blonde qui attendait notre cher confrère?
   L'autre avocat: . . .

2. *Un troisième avocat (à Philippe, le lendemain):* Alors, cher maître Audibert, vous draguez devant le Palais, maintenant?
   Philippe (indigné): . . .

3. *Philippe:* Moi, je suis fils unique. Êtes-vous fille unique?
   Lisa: . . .

4. *Philippe:* Vous avez de la chance d'avoir des frères et soeurs!
   Lisa: . . .

5. *Lisa:* Comme cet appartement est grand! Qu'est-ce que vous y faisiez le dimanche après-midi quand vous étiez enfant?
   Philippe: . . .

6. *Philippe:* Comment avez-vous rencontré Bill?
   Lisa: . . .

7. *Philippe:* C'est décidé. Je ne vais pas en Normandie. Je reste. Je dirai à ma mère que c'est à cause de vous, parce que je vous aime . . .
   Lisa (très nerveuse): . . .

8. *La mère de Françoise, à la mère de Philippe:* C'est curieux. . . On ne voit pas Philippe, cet été. Qu'est-ce qu'il fait?
   Mme Audibert mère: . . .

9. *Lisa:* Êtes-vous souvent venu à l'Hôtellerie de la Clé avec Françoise?
   Philippe: . . .

10. *Lisa (en entrant dans l'Hôtellerie)* Oh, quelle bonne odeur! Qu'est-ce qui sent si bon?
    La patronne: . . .

11. *Une dame (à une autre table, demande à la patronne):* Ce monsieur brun, c'est le jeune maître Audibert, n'est-ce pas? Mais, avec qui est-il?
    La patronne: . . .

L'élément indispensable à la fabrication du vin. Comment s'appelle ce fruit? Nommez deux régions de France où on le cultive.

Un petit vin agréable, mais sans prétention. Boit-on ce vin à un grand banquet? un pique-nique? un repas familial? Avec quel plat, par exemple?

Roland Barthes

Le vin et le lait

Roland Barthes est un des plus passionnants des penseurs-philosophes contemporains. Dans son ouvrage Mythologies, *il examine quelques idées acceptées par la société française, et recherche la vérité profonde sous ces « mythes ». Ici, il examine la place réelle du vin dans la société française.*

Pour la nation française, le vin est un bien[1] propre, au même titre que ses trois cent soixante espèces de fromages et sa culture. C'est une boisson nationale, correspondant au lait de la vache hollandaise ou au thé absorbé cérémonieusement par la famille royale anglaise.

Le vin supporte une mythologie variée qui ne s'embarrasse pas des contradictions. C'est le plus efficace des désaltérants,° ou du moins, la soif sert de premier alibi à sa consommation. On dit: « Il fait soif » comme on dit: « Il fait chaud ». Le vin est une substance de conversion: Capable, par exemple, de faire d'un faible, un fort, et un bavard d'un silencieux. Pour le travailleur, le vin facilite la tâche. Il donne « du coeur à l'ouvrage ». Pour l'intellectuel, le vin, le

un bien: *a privately-owned thing*   un désaltérant: *a thirst-quencher*

141

Dans le Médoc, région de Bordeaux qui produit plusieurs grands vins. Dans un «chai», un spécialiste vérifie la décantation du vin. *Buvez-vous du vin? Connaissez-vous la différence entre un vin ordinaire et un grand vin?*

«petit blanc» ou le «beaujolais» a la fonction de le couper du monde artificiel des cocktails et des boissons sophistiquées, et de l'égaler au monde des prolétaires.

— Mais ce qu'il y a de particulier en France, c'est que le pouvoir de conversion du vin n'est jamais donné ouvertement comme une fin. D'autres pays boivent pour se saouler,° et cela est dit par tous. En France, l'ivresse est la conséquence, jamais la finalité. Le vin, c'est l'acte de boire. Le **geste** a ici une valeur décorative, contrairement au whisky, par exemple, bu pour son ivresse, «la plus agréable, aux suites les moins pénibles»° **Savoir boire** est une technique nationale, qui sert à qualifier le Français, à prouver à la fois son pouvoir de contrôle et sa sociabilité.

Le vin orne les cérémoniaux les plus menus de la vie quotidienne française: du casse-croûte (avec vin rouge et camembert) au festin (avec champagne). Il va de la conversation de bistro au discours de banquet. L'absence de vin choque comme un exotisme: Un président de la République s'étant laissé photographier

se saoûler: *to get drunk*   M. Barthes ne donne pas la source de sa citation.

devant une table intime où la bouteille d'eau minérale semblait remplacer par extraordinaire le litre de vin, la nation entière entra en émoi. C'était aussi intolérable qu'un roi célibataire!

L'anti-vin, à mon avis, ce n'est pas l'eau, comme on l'a dit. C'est le lait. Le vin est fort, il transforme. Le lait est crémeux, cosmétique, il restaure. Sa pureté, associée à l'enfance, est une garantie de force calme, blanche et lucide. Quelques films américains où le héros, dur et pur, n'hésitait pas à boire un verre de lait avant de sortir son **colt** justicier, ont préparé la formation de ce nouveau mythe: Il se boit à Paris, dans des milieux de durs et de gouapes,° un étrange lait-grenadine, dont la formule vient sans doute d'Amérique. Mais le lait reste une substance exotique. C'est le vin qui est national.

durs et gouapes: *toughs and punks*

Questions sur le texte

1. Combien d'espèces de fromages produit la France?
2. À quelles autres boissons nationales correspond le vin?
3. Comment dit-on en français: *"It's thirsty weather"*? *"a thirst quencher"*?
4. Quelles sont les qualités du vin, dans la mythologie française?
5. Les Français, d'après eux, boivent-ils pour se saoûler? Pourquoi boivent-ils?
6. Qu'est-ce qui est le plus important, dans l'acte de boire: le résultat (l'ivresse) ou la manière de boire? Pourquoi?
7. Quand boit-on du vin en France?
8. Quel est l'opposé du vin, pour Roland Barthes? Pourquoi?
9. Pourquoi, dans certains milieux « de durs et de gouapes », boit-on du lait?

Traductions basées sur le texte précédent

Version

Traduisez en anglais les paragraphes 1 à 4 du texte précédent: « Pour la nation française. . . » jusqu'à « un roi célibataire! »

Thème

Traduisez en français le passage suivant, en vous inspirant des termes employés dans le texte Le vin et le lait:

The French drink wine, as the English drink tea, and the Dutch drink the milk of their cows. These are national drinks. It is true that wine is an effective thirst quencher. It also turns a weak man into a strong one, a silent one into a talkative person. It makes work easier for the worker. Intellectuals drink wine to be like proletarians. The French never admit that one drinks wine in order to be drunk. For them, to know how to drink is an art, which proves the social qualities of the French. They will tell you that drunkenness is rare in France. Yet, wine adorns every meal: snacks of bread and cheese demand red wine, several kinds of wine are served at elaborate dinners, and champagne accompanies banquets. A table where a bottle of mineral water replaces the bottle of wine is exotic, and probably not, to the French, one where there is very good conversation.

CONVERSATION 5

Invitation à déjeuner: À table!

Notes culturelles: En France, le petit déjeuner est généralement composé de café au lait avec des croissants, ou du pain, du beurre et de la confiture.

Le déjeuner, à midi ou une heure, est traditionnellement le repas principal. Les magasins, les bureaux sont fermés de midi à deux heures pour permettre à leurs employés de rentrer déjeuner à la maison. On invite généralement la famille et les amis pour le déjeuner du dimanche. Le dîner, qu'on mange tard, parce que les bureaux et magasins ferment vers sept heures est un repas léger: de la soupe, un légume et des restes (leftovers).

Mais cette formule traditionnelle est en train de changer: Beaucoup de gens font maintenant la **journée continue**, avec seulement une demi-heure pour le déjeuner. Le repas du soir est donc, aujourd'hui, dans beaucoup de familles, le seul repas qui réunit parents et enfants. Cette nouvelle formule rend la vie plus facile aux nombreuses femmes qui travaillent!

Voulez-vous venir déjeuner / dîner chez nous dimanche?

Avec plaisir. Vous êtes trop aimable.
Oh, je regrette. Je suis pris. Mais un autre jour, si c'est possible. Á quelle heure se met-on à table?

On s'y met à **midi / treize / vingt heures** juste.
Oh, vers **midi et demi** mais arrivez quand vous pourrez.

On vous attendra si vous êtes en retard.

Qu'est-ce qu'il y a de bon aujourd'hui?

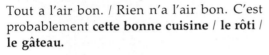

À table? Non . . . Mais manger un sandwich debout dans le rue est une nouveauté en France. *Pensez-vous que cette jeune fille trouve son sandwich bon? Pourquoi?*

Le dessert. *Quel choix de desserts voyez-vous? Commandez celui que vous préférez.*

Tout a l'air bon. / Rien n'a l'air bon. C'est probablement **cette bonne cuisine** / **le rôti** / **le gâteau.**

Mettez-vous là, **à côté de** / **en face de** moi.

Qu'est-ce que vous voulez?

Est-ce que les Américains mettent toujours du beurre sur leur pain?

Buvez-vous du vin?

Buvez-vous du vin?

Avez-vous faim?

Reprenez un peu **de viande** / **de vin** / **de dessert** / **de légumes** / **de pain.**

Oh, qu'est-ce qui sent si bon?

Où est ma place?

Passez-moi **du beurre** / **du pain** / **du sel** / **de l'eau.**

Oui, mais pas les Français.

Un peu / **Bien sûr** / **Jamais.**

Oui, bien sûr.
Juste un peu, s'il vous plaît.
Non, je n'en bois jamais. Je n'aime pas ça.

J'ai une faim de loup.
J'ai toujours faim pour un bon repas comme ça.
J'avais faim, mais cette mauvaise cuisine me coupe l'appétit.

Non, merci, ça va comme ça.
C'est délicieux, mais j'ai mangé comme quatre.
Oui, merci, avec plaisir. Vous êtes un(e) cuisinier (cuisinière) formidable.

145

Situations

1. **Vous êtes au Québec.**   Mme Robichaud vous invite à déjeuner dimanche, dans huit jours. Vous lui demandez à quelle heure. Elle vous donne l'heure, mais elle vous dit qu'on vous attendra si vous êtes en retard. Quand vous arrivez, vous demandez ce qui sent si bon. M. Robichaud vous dit que c'est probablement la tourtière.° Vous demandez où est votre place. Mme Robichaud vous met en face d'elle. Vous demandez de l'eau parce que vous ne buvez jamais de vin. M. Robichaud vous dit que le vin est bon pour la santé. Alors vous acceptez un peu de vin. Continuez et concluez la conversation.

2. **Vous êtes en France.**   Et la cuisine du restaurant universitaire (le Resto-U) n'est, hélas, pas formidable. Rien ne sent bon. . . Pourtant, vous avez rendez-vous avec une amie pour déjeuner à 13 h. au Resto-U. Imaginez votre conversation et sa conclusion.

3. **Vous êtes en Suisse, à Genève.**   Votre copain, Bernard Monnier, vous invite à dîner dans sa famille. Quel jour? À quelle heure? Vous arrivez (Apportez-vous des fleurs?) Et vous avez une faim de loup. Mme Monnier vous met à côté de votre copain. Vous mangez comme quatre, et vous buvez du vin. Mais il n'y a pas de beurre pour votre pain. . . Qu'est-ce que vous dites? Continuez et complétez la conversation.

4. **Vous invitez des amis français en visite aux États-Unis, à dîner chez vous.**   Vous leur dites que le dîner est à dix-huit heures. Ils sont étonnés. Quand ils sont à table, ils aiment beaucoup le poulet et le Jello, mais ils sont surpris de voir que tout le monde boit du lait, et qu'on met du beurre sur son pain. Vous expliquez. Composez la conversation et sa conclusion.

la tourtière: *a sort of meat pie, served in Québec*

COMPOSITION ÉCRITE OU ORALE

Racontez un voyage que vous avez fait.

Racontez ce voyage au passé, en employant beaucoup de pronoms (le / la / l' : les, lui: leur, me / te : nous / vous, y et en). Employez aussi plusieurs impératifs suivis d'un pronom (Allons-y ou N'y allons pas, par exemple. Ou: Des bagages? N'en emporte pas trop. Des cartes postales? Écris-m'en quelques-unes, etc.) Employez aussi une variété de noms de lieux avec la préposition correcte.

Où êtes-vous allé(e)? Quel était le but de ce voyage? Avec qui êtes vous parti(e)? Pourquoi? Qu'est-ce que vous avez emporté? Comment avez-vous fait ce voyage (en voiture? par avion? etc.)? Quelles étaient vos impressions? Où êtes-vous arrivé(e)? Qu'est-ce que vous avez fait? dit? vu? mangé? acheté? etc.

Votre retour: Comment êtes-vous rentré(e)? Étiez-vous: fatigué(e)? content(e)? triste? fauché(e)? etc. Qu'est-ce que vous avez rapporté? Pourquoi? Votre conclusion: Était-ce un bon voyage? Un mauvais voyage? Pourquoi? Avez-vous l'intention d'y retourner? Pourquoi?

PLACE DE LA CONCORDE, le soir.   L'Obélisque se dresse au centre de cette place aux proportions harmonieuses.

DANS LE JARDIN DES TUILERIES.   *Quels personnages reconnaissez-vous? Ils ont visité les Impressionnistes. Où vont-ils? (v. page 75)*

LE CENTRE BEAUBOURG.   *Cherchez sa description dans votre livre, pp. 107–108. Expliquez cette architecture.*

impressionniste. *Pouvez-vous nommer quelques peintres impressionnistes?*

SUR LA TOUR EIFFEL. *Décrivez le costume de Lisa et de Philippe (pp. 42–43) et reconstituez leur conversation. (p. 44 et votre imagination)*

À MONTMARTRE. *Il y a toujours beaucoup de gens qui admirent les peintres au travail Place du Tertre. Pensez-vous que cette peinture est vraiment de l'art? Pourquoi?*

Les fortifications du village d'Ansouis illustrent le titre de votre livre: ÉLAN. *Expliquez pourquoi.*

UN PAYSAGE DE PROVENCE. *Ressemble-t-il à vos paysages familiers? Pourquoi?*

ANSOUIS. Vue générale du village, côté sud. *Comment s'appellent les montagnes que vous voyez au loin? Dans quelle province est Ansouis? Aimeriez-vous habiter dans ce village? Pourquoi?*

Provence

DANS LES VIGNES. Ces masses de raisins vont faire un vin de la Provence. *Comment s'appelle ce vin? (p. 200)*

DANS UN VIEUX VILLAGE. Du linge qui seche au soleil compose un tableau coloré.

AIX-EN-PROVENCE.   La Fondation Vasarély. Jacques et Lisa regardent ces gigantesques constructions. *Aimez-vous cet art? Pourquoi?*

MARSEILLE.   Une marchande de fleurs en plein air. *Imaginez la conversation de la dame et de la marchande. Pour qui la dame achète-t-elle ces fleurs?*

AVIGNON.   Le Palais des Papes le soir. *Lisa a-t-elle visité le Palais des Papes? Pourquoi? Comment était Avignon au temps des Papes? (pp. 260–261).*

AIX-EN-PROVENCE.   Le Cours Mirabeau est la rue principale. *Qu'est-ce qui est typique de la France sur cette photo?*

Qu'est-ce que Lisa et Jacques achètent? C'est un plateau de liège (*cork*). Le liège est un produit de la région.

GOURDON. La terrasse d'un restaurant en plein air.

SAINT-TROPEZ. Deux sports favoris de la Méditerranée: le pédalo et le wind-surfing.

SAINT-TROPEZ.
Comme à Montmartre,
des artistes exposent
leurs toiles pour le
public.

SAINT-PAUL DE VENCE.   Une petite rue
d'un vieux village de Provence.

Saint Tropez et ailleurs

MARSEILLE.   Ah! *Qu'est-ce
que Jacques est en train de
servir? Expliquez en quoi
consiste ce plat typique de
Marseille.*

SAINT-TROPEZ.   Les bateaux de pêche et les yachts sont côte-à-côte.
*Est-ce que Saint-Tropez est célèbre? Pourquoi? Est-ce une plage célèbre
depuis longtemps?* **(p. 202–204)**

Versailles

VERSAILLES. On appelle «jardins à la française» les jardins où, comme ici, la nature est arrangée pour imiter l'art. *Où se trouve Versailles?*

VERSAILLES. Sur la terrasse du château. *Pourquoi Philippe a-t-il emmené Lisa à Versailles? Était-ce strictement pour lui montrer le parc?*

VERSAILLES. Un des nombreux bassins entourés de statues. *Qui a construit Versailles?*

Veux-tu que je te dise où le soleil brille?

INTRODUCTION
Le subjonctif[1]

Formation du subjonctif présent régulier
Les neuf subjonctifs irréguliers

Le subjonctif parfait et sa syntaxe

Les usages du subjonctif après:

—*il faut* **et les expressions de doute, désir, sentiment personnel, possibilité, nécessité, etc.**
—**les locutions conjonctives comme** *pour que, de peur que, à moins que, jusqu'à ce que,* **etc.**
—*qui que, quoique, où que,* **etc.**

Le concept de changement de sujet

Le subjonctif est facultatif après les expressions de limitation comme: le superlatif, *rien, personne,* **etc.**

On n'emploie pas le subjonctif après les verbes *penser, croire, trouver, espérer, il paraît et il me semble* **à la forme affirmative. Pour les formes interrogatives et négatives de ces verbes, le subjonctif est facultatif.**

PRONONCIATION: L'élision. La contraction

EN FRANÇAIS MON AMOUR: *Veux-tu que je te dise où le soleil brille?*

EN FRANÇAIS DANS LE TEXTE: Benoîte Groult: *L'autoroute et moi*

CONVERSATION: *En France, ou dans un pays francophone*

RECETTE DE CUISINE: *Le clafoutis de Gisèle*

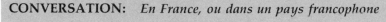

[1] Pour les temps littéraires du subjonctif, voir Progrès 10.

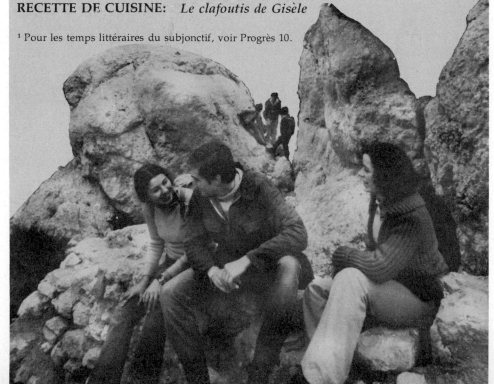

progrès 6

INTRODUCTION

I. Formation du subjonctif régulier

A. Les verbes réguliers

Faut-il **que vous regardiez** la télévision?

Il faut **que je** la **regarde** pour savoir les nouvelles. Il ne faut pas **que nous** la **regardions** quand nous avons autre chose à faire.

Faut-il **que vous réfléchissiez** quand vous parlez français?

Pas toujours. Mais il faut **que nous réfléchissions** quand il y a une construction difficile.

Faut-il **que vous attendiez** la fin de cette classe pour parler anglais?

Absolument. Il ne faut pas **que nous parlions** anglais dans cette classe. Il faut **que tout le monde parle** français.

B. Les autres verbes

Moi, je viens ici tous les matins. Faut-il **que vous veniez** aussi tous les jours?

Non. Il faut **que je vienne** trois fois par semaine. Je ne suis pas obligé de venir les autres jours.

Faut-il **que vous preniez** l'autobus?

Non, il faut **que je prenne** ma voiture, il n'y a pas d'autobus.

Il faut **que je mette** mes affaires en ordre constamment. Et vous? Faut-il aussi que **vous** les **mettiez** en ordre?

Hélas, oui. Il faut que **nous** les **mettions** en ordre (Parce que nous les mettons toujours en désordre!)

Combien d'heures faut-il **que vous dormiez** par nuit?

Il faut **que je dorme** sept heures par nuit. Mais il faut **que je lise** avant de m'endormir.

Faut-il **que vous buviez** du café avant de commencer votre journée?

Il faut **que j'**en **boive** deux ou trois tasses. En France, je n'ai pas besoin d'en boire autant, parce que le café français est fort.

II. Les neuf subjonctifs irréguliers: **que j'aie, que j'aille, que je fasse, que je puisse, que je sache, que je sois, que je veuille** (*et:* **qu'il faille, qu'il vaille**)

Moi, je suis toujours gentil. Il faut **que je sois** gentil avec les étudiants, n'est-ce pas?

Bien sûr. Il faut **que vous soyez** gentil avec nous, mais il faut **que** nous soyons patients avec vous.

Il faut **que j'aie** de l'enthousiasme et de l'imagination.

Et nous donc! Il faut que **nous ayons** beaucoup d'imagination pour vos compositions. Et il faut **que personne** n'**ait** l'air de dormir en classe.

Il faut **que j'aille** à mon bureau après ce cours.

Nous, il faut **que nous allions** au labo. (Vous avez de la chance, vous n'êtes pas obligé d'aller au labo!)

Il faut **que je puisse** répondre à toutes vos questions.

Quoi? C'est notre problème! Il faut **que nous puissions** répondre à vos questions constantes. (Une idée: Si vous ne nous posez pas de questions, nous ne vous en posons pas non plus. D'accord?)

Voyons! Il faut bien **que je sache** si vous avez compris!

Alors, il faut **que nous sachions** tout? Pour vous, c'est facile. Vous savez déjà le français!

Vous n'avez pas de respect! Il faut **que je veuille** enseigner le français pour accepter des remarques comme ça!

Il faut surtout **que vous vouliez** entendre la vérité. Vous n'acceptez pas **que nous vous fassions** des critiques constructives?

Mais si! Alors, qu'est-ce qu'il faut **que je fasse** pour mériter votre approbation?

Il ne faut pas **que vous fassiez** de remarques ironiques sur notre accent. Il ne faut pas que nous fassions d'exercices ennuyeux. (Les autres, ça va.)

III. Le subjonctif parfait. Par exemple: **Que j'aie parlé, que je sois allé(e)**

Hier soir, il fallait **que j'aie fini** tout mon travail.

Pourquoi fallait-il **que vous ayez fini?**

Eh bien, il fallait **que j'aie corrigé** toutes vos compositions, et **que j'aie** préparé un examen pour vous.

Et nous, il fallait **que nous ayons** étudié. (Il ne fallait pas nous donner d'examen, c'est plus simple!)

Alors, je ne suis pas sorti pendant le week-end.

Eh bien, nous ne pensons pas **que vous soyez resté** chez vous tout le week-end. Est-il possible **que vous soyez sorti** dîner? **Que vous soyez allé** au cinéma et **que vous l'ayez oublié?**

IV. Les usages du subjonctif présent et parfait

Qu'est-ce qu'il faut **que je fasse** pour vous faire plaisir?

Nous sommes heureux **que vous** nous **posiez** cette question et **nous sommes enchantés** d'y répondre.

Je veux **que vous** me **disiez** exactement ce que vous souhaitez.

Nous souhaitons **que vous** nous **parliez** de la France, **que vous** nous **racontiez** les aventures de Lisa et de Philippe.

Et qu'est-ce que vous ne voulez pas **que je fasse?**

Nous ne voulons pas **que vous** nous **ennuyiez** avec la grammaire et la prononciation. Nous préférons **que vous nous laissiez** parler comme nous voulons. Nous n'aimons pas **que vous** nous **corrigiez** constamment.

Mais je vous corrige **pour que vous perfectionniez** votre accent!

Mais non, à moins **que vous** ne **considériez** comme sadique quelqu'un qui veut qu'on vous comprenne quand vous arriverez en France!

Qui que vous soyez, où que vous alliez, quoi que vous fassiez, quelle que soit votre intelligence et **quelque** doué **que vous soyez,** il faut que vous travailliez un peu pour apprendre une langue!

C'est vrai. Vous êtes probablement une des meilleures classes **que j'aie** jamais **eues.**

Il n'y a pas beaucoup de classes **qui soient** aussi satisfaites d'elle-mêmes que celle-ci!

Il n'y a sans doute que moi **qui ne** le **sache** pas?

N'est-il pas possible aussi **que vous soyez** un peu sadique?

Alors, continuez à nous corriger jusqu'à ce **que nous parlions bien.** Mais il est possible **que nous continuions** à faire des fautes jusqu'à ce **que nous allions** en France.

Voilà notre réponse: **Qui que vous soyez, où que vous regardiez, quoi que vous disiez,** et **quelque** bon professeur **que vous soyez,** nous doutons que vous trouviez une meilleure classe que nous!

Quoi? Nous sommes sûrement la meilleure classe **que vous avez** jamais **eue!**

Il n'y a personne qui **a** autant de raison de l'être que nous. Il n'y a rien **que nous** ne **comprenons** parfaitement et personne que **nous** ne **pouvons** critiquer intelligemment.

Exactement. Il n'y a que vous qui ne le savez pas.

N'employez pas le subjonctif après **penser, croire, espérer, trouver** et **il me semble**, sauf dans les questions et les négations où il y a **un doute**. Vous pouvez alors l'employer si vous le désirez.

Je pense que **vous vous moquez** de moi! Je ne pense pas tout à fait **que vous soyez** sérieux (ou: que vous **êtes** sérieux).

J'espère **que vous m'appréciez.** Mais il me semble que **vous ne me comprenez pas** toujours. . . Je trouve même **que vous êtes cruels!**

Non. Je ne crois pas que **j'en aie** (ou: que **j'en ai**) vraiment besoin.

Vous avez raison. Il ne faut pas que vous pensiez que nous sommes sérieux. Pensez-vous que **nous** ne vous **apprécions** pas?

Vous trouvez que **nous avons tort** de vous critiquer? Il ne vous semble pas **que vous ayez** (ou: **que vous avez**) besoin de nos conseils?

Eh bien, nous, nous croyons que **vous** en **avez** le plus grand besoin!

N'employez pas le subjonctif quand il n'y a pas de changement de sujet: Dans ce cas, employez l'infinitif.

Je suis heureux de vous **écouter**, mais je doute de vous **comprendre.**

Il ne faut pas vous **fâcher.** Il faut **accepter** nos taquineries. Nous sommes ravis de vous **avoir** comme professeur, et nous espérons vous **garder** longtemps. Faut-il en **dire** plus pour vous **convaincre** que nous avons compris le subjonctif? Nous ne croyons pas **être** des idiots. . .

Non, je ne crois pas non plus que vous en
êtes, et je ne crois pas en **être** un non plus.

EXPLICATIONS

Le subjonctif

Le subjonctif est un mode.[1] C'est le mode que prend le verbe quand il est précédé de certaines expressions subjectives.[2]

Il y a quatre temps du subjonctif, dont deux sont employés dans le français contemporain: le **présent** et **le parfait** (ou passé composé du subjonctif).

I. Formation du présent du subjonctif régulier

A. Les terminaisons du subjonctif présent

Tous les verbes, à l'exception de **être** et **avoir**, ont les mêmes terminaisons au subjonctif

TERMINAISONS DU SUBJONCTIF PRÉSENT	
que je . . .-e	que nous . . .-ions
que tu . . .-es	que vous . . .-iez
qu'il / elle / on . . .-e	qu'ils / elles . . .-ent

B. La racine du subjonctif

Tous les verbes, à l'exception de 9 verbes que nous allons voir dans le paragraphe suivant, forment leur subjonctif sur la racine de la troisième personne du pluriel du présent indicatif.

Exemples:

Verbes réguliers

parler	ils parlent	que je parle
réfléchir	ils réfléchissent	que je réfléchisse
entendre	ils entendent	que j'entende

Verbes irréguliers

boire:	ils boivent	que je boive	**mettre**	ils mettent	que je mette
devoir:	ils doivent	que je doive	**prendre**	ils prennent	que je prenne
dire:	ils disent	que je dise	**tenir**	ils tiennent	que je tienne
écrire:	ils écrivent	que j'écrive	**venir**	ils viennent	qui je vienne

---

[1] Les modes *(moods)* sont: l'indicatif, le conditionnel, l'impératif et le subjonctif. Chaque mode à ses temps: **passé, présent** et, pour l'indicatif, **futur**.

[2] Le subjonctif s'emploie aussi comme seul verbe, dans des expressions qui indiquent un souhait *(wish)*: **Vive la France! Béni soit Dieu. Ainsi soit-il.** ou un ordre indirect: **Que le Seigneur soit avec vous!**

1. CONJUGAISON DES VERBES RÉGULIERS DES TROIS GROUPES		
parler	**réfléchir**	**entendre**
que je parle	je réfléchisse	j' entende
que tu parles	tu réfléchisses	tu entendes
qu' il parle	il réfléchisse	il entende
que nous parlions	nous réfléchissions	nous entendions
que vous parliez	vous réfléchissiez	vous entendiez
qu' ils parlent	ils réfléchissent	ils entendent

2. CONJUGAISON DES VERBES IRRÉGULIERS SANS CHANGEMENT DE RACINE		
dire	**écrire**	**mettre**
que je dise	j' écrive	je mette
que tu dises	tu écrives	tu mettes
qu' il dise	il écrive	il mette
que nous disions	nous écrivions	nous mettions
que vous disiez	vous écriviez	vous mettiez
qu' ils disent	ils écrivent	ils mettent

3. CONJUGAISON DES VERBES AVEC CHANGEMENT DE RACINE				
boire	**devoir**	**prendre**	**tenir**	**venir**
que je boive	je doive	je prenne	je tienne	je vienne
que tu boives	tu doives	tu prennes	tu tiennes	tu viennes
qu' il boive	il doive	il prenne	il tienne	il vienne
que nous **bu**vions	nous **dev**ions	nous **pren**ions	nous **ten**ions	nous **ven**ions
que vous **bu**viez	vous **dev**iez	vous **pren**iez	vous **ten**iez	vous **ven**iez
qu' ils boivent	ils doivent	ils prennent	ils tiennent	ils viennent

Remarquez: Ces verbes, avec changement de racine, ont une irrégularité pour les formes **nous** et **vous** qui correspond à leur irrégularité au présent indicatif.

C. Comparaison du subjonctif et de l'imparfait

1. Verbes qui ont un **i** dans la racine, comme **rire, étudier, oublier, apprécier**
   Ces verbes ont un double **i** aux formes **nous** et **vous** de l'imparfait et du subjonctif.

   Exemple: **oublier**

Présent	Imparfait	Subjonctif
j' oublie	j' oubliais	que j' oublie
tu oublies	tu oubliais	que tu oublies
il oublie	il oubliait	qu'il oublie
nous oublions	nous oubliions	que nous oubliions
vous oubliez	vous oubliiez	que vous oubliiez
ils oublient	ils oubliaient	qu'ils oublient

2. Verbes qui ont un **y** pour leur forme **nous** et **vous** au présent indicatif, comme **essayer, noyer, payer, croire**[1]

Exemple: **croire**

Présent	Imparfait	Subjonctif
je crois	je croyais	que je croie
tu crois	tu croyais	que tu croies
il croit	il croyait	qu' il croie
nous croyons	nous croyions	que nous croyions
vous croyez	vous croyiez	que vous croyiez
ils croient	ils croyaient	qu' ils croient

II. Les neuf subjonctifs irréguliers

Neuf (9) verbes ont un subjonctif irrégulier (racine irrégulière, terminaisons irrégulières pour **être** et **avoir**). Ce sont:

être:	que je sois	**faire:**	que je fasse	**vouloir:**	que je veuille
avoir:	que j'aie	**pouvoir:**	que je puisse	**falloir**	qu'il faille
aller:	que j'aille	**savoir:**	que je sache	**valoir**	qu'il vaille[2]

LA CONJUGAISON DE CES VERBES AU SUBJONCTIF

	être		avoir		aller		vouloir
que	je sois		j' aie		j' aille		je veuille
que	tu sois		tu aies		tu ailles		tu veuilles
qu'	il soit		il ait		il aille		il veuille
que nous	soyons		nous ayons		nous allions		nous voulions
que vous	soyez		vous ayez		vous alliez		vous vouliez
qu' ils	soient		ils aient		ils aillent		ils veuillent

	faire		pouvoir		savoir		
que	je fasse		je puisse		je sache		
que	tu fasses		tu puisses		tu saches		**falloir**
qu'	il fasse		il puisse		il sache		qu'il faille
que nous	fassions		nous puissions		nous sachions		**valoir**
que vous	fassiez		vous puissiez		vous sachiez		qu'il vaille
qu' ils	fassent		ils puissent		ils sachent		

[1] Mais remarquez que les verbes **être** et **avoir**, qui n'ont pas de **y** au présent, n'ont pas le **i** au subjonctif:

que nous ayons que nous soyons
que vous ayez que vous soyez

[2] **qu'il vaille** est surtout employé dans les deux expressions **valoir la peine** (*to be worth it*) et **valoir mieux** (*to be better*)

Trouvez-vous que les roses **vaillent la peine** d'être cultivées?

Pourquoi pas? Ne trouvez-vous pas qu'**il vaille mieux** cultiver des roses que regarder la télévision?

III. Le subjonctif parfait

Le français contemporain n'emploie, en général, qu'un seul temps passé du subjonctif.[1] C'est le subjonctif parfait.

Le subjonctif parfait est l'équivalent, pour le subjonctif, du passé composé pour l'indicatif.

A. Formation et conjugaison du subjonctif parfait

On forme le subjonctif parfait (comme le passé composé) avec l'auxiliaire **avoir** ou **être** (verbes de mouvement, verbes pronominaux et verbes à la voix passive[2]) au subjonctif présent, et le participe passé du verbe.

avec **avoir: visiter**	*avec* **être: partir**
que j' aie visité	que je sois parti(e)
que tu aies visité	que tu sois parti(e)
qu'il ait visité	qu'il / elle soit parti(e)
que nous ayons visité	que nous soyons parti(s)s
que vous ayez visité	que vous soyez parti(e)(s)
qu'ils aient visité	qu' ils / elles soient parti(e)s

B. Usages du subjonctif parfait

Le subjonctif parfait s'emploie pour indiquer une action antérieure à l'action exprimée par le verbe principal:

verbe principal au présent:

Il ne me semble pas **que vous ayez compris.**

verbe principal au passé composé:

Nous avons été ravis **que vous ayez pu** venir.

verbe principal à l'imparfait:

Beaucoup de gens ne croyaient pas **que l'assassin** du président **ait agi** seul.

IV. Les usages du subjonctif

A. On emploie le subjonctif après certaines expressions subjectives: sentiment personnel (émotion, volonté, désir) et nécessité, doute ou possibilité, quand il y a un changement de sujet.

---

[1] Il y a, en fait, quatre temps du subjonctif, mais les deux autres temps, imparfait et plus-que-parfait du subjonctif sont aujourd'hui des temps littéraires. Pour ces temps, voir l'appendice des verbes à la fin du livre.
[2] Pour les verbes pronominaux, voir page 210 et pour les verbes au passif, voir page 301.

1. Après **il faut que:**

PAS DE CHANGEMENT DE SUJET	CHANGEMENT DE SUJET
Infinitif	*Subjonctif*
Il faut toujours **être** à l'heure.	Il faut **que je sois** à l'heure pour mon rendez-vous.
Il ne faut pas **faire** de fautes.	Il ne faut pas **que je fasse** de fautes à l'examen.

2. Après un adjectif ou un nom:

PAS DE CHANGEMENT DE SUJET	CHANGEMENT DE SUJET
Infinitif + **de**	*Subjonctif*
Je suis enchanté **d'être** ici.	Je suis enchanté **que vous soyez** ici.
Lisa est contente **d'être venue** à Paris.	Philippe est content **que Lisa soit venue** à Paris.
Elle n'a pas envie **d'aller** en Normandie avec lui.	Il a envie **qu'elle aille** en Normandie avec lui.

Voilà certains adjectifs et certains noms qui servent à exprimer un sentiment personnel et qui demandent un subjonctif, ou l'infinitif avec **de**:

Adjectifs			*Noms*
Quelqu'un **est:**			Quelqu'un **a:**
enchanté	triste	étonné	envie
content	désolé	surpris	hâte
heureux	navré	embarrassé	besoin
ravi	ému	enthousiasmé	peur
fier	gêné	flatté	honte

À Château-Yquem où on fait un des grands vins de France. Le maître de chai (*wine-master*) et un visiteur (Burgess Meredith) admirent le vin. *(Trouvez trois adjectifs pour le décrire.)*

155

Les Français sont heureux que les touristes **viennent** dans leur pays et les étrangers sont enchantés **de découvrir** la vie et les paysages français.

J'ai hâte **de** vous **voir**! J'ai hâte **d'être** près de vous! Avez-vous hâte aussi **que je sois** près de vous? N'ayez pas peur **que je sois** absent à notre rendez-vous!

3. Après un verbe

Certains verbes, comme **aimer, vouloir, préférer, souhaiter, désirer, déplorer de, regretter de,** demandent un subjonctif s'il y a changement de sujet.

PAS DE CHANGEMENT DE SUJET Infinitif	CHANGEMENT DE SUJET Subjonctif
Vous **aimez sortir** le soir.	Votre mari n'**aime** pas beaucoup **que vous sortiez** le soir.
Votre mari **préfère rester** à la maison.	Il **préfère que vous restiez** à la maison avec lui.
Il ne veut pas **regarder** les programmes qui vous intéressent. (Seulement les sports. . .)	Il ne veut pas **que vous regardiez** d'autres programmes que les sports.
Souhaite-t-il vous **imposer** ses préférences?	Souhaite-t-il **que vous soyez** son esclave?
Mais non, ce n'est pas un tyran! Il aime simplement **partager** ses distractions avec vous!	Il aime simplement **que vous partagiez** ses distractions.
Il regrette **de** ne pas **être** toujours avec vous. (ou: Il déplore **de**. . .)	Regrettez-vous **qu'il veuille** toujours être avec vous?

QUELQUES VERBES QUI DEMANDENT UN SUBJONCTIF QUAND IL Y A CHANGEMENT DE SUJET		
aimer	désirer	regretter (de)
aimer mieux	souhaiter	déplorer (de)
adorer	vouloir	
préférer	valoir mieux	

Note importante: Il ne faut pas que vous confondiez les verbes de sentiment personnel (**vouloir**, etc.) et les verbes de communication comme **dire, demander** (Leçon 5, page 125) qui ne prennent pas le subjonctif et qui ont une construction distincte. Exemples de cette différence:

Verbes de communication	Verbes de sentiment
Je **vous** demande **de** rester.	Je voudrais **que vous restiez.**
Dites-moi que **je suis** votre ami.	Je souhaite **que vous soyez** mon ami.

4. Après une expression de nécessité, doute ou possibilité

PAS DE CHANGEMENT DE SUJET	CHANGEMENT DE SUJET
Infinitif	*Subjonctif*
Il faut (ou: **Il est indispensable de**, ou: **Il est nécessaire de**) **travailler** pour vivre.	**Il faut que vous travailliez** pour vivre.
Il est possible d'aller sur la lune.	**Il n'est pas impossible que les astronautes aillent** sur les autres planètes.
Je doute de pouvoir venir demain.	**Il est douteux que je puisse** venir demain.

QUELQUES EXPRESSIONS QUI DEMANDENT LE SUBJONCTIF QUAND IL Y A CHANGEMENT DE SUJET	
Adjectifs	*Verbes*
il est: possible, impossible, douteux, incertain, vraisemblable, invraisemblable	il se peut que (= il est possible que)
il n'est pas certain, il n'est pas sûr	douter de

Attention: Il n'y a pas de subjonctif après **sûr** et **certain** à l'affirmatif, parce qu'il n'y a pas de doute:

Vous êtes certaine que votre mari veut votre compagnie!
Vous êtes sûr que le subjonctif est simple.

B. Le subjonctif après certaines locutions

1. On emploie le subjonctif après certaines locutions conjonctives quand il y a changement de sujet. Par exemple:

PAS DE CHANGEMENT DE SUJET	CHANGEMENT DE SUJET
Infinitif	*Subjonctif*
J'ai de la monnaie **pour acheter** le journal.	Je vous donne de la monnaie **pour que vous achetiez** le journal.
Conduisez prudemment **de peur d'avoir** un accident.	Je ne vous parle pas quand vous conduisez **de peur que vous** (n')**ayez** un accident.
Téléphone-moi **avant de sortir**.	Téléphone-moi **avant que je** (ne) **sorte**.

LES LOCUTIONS LES PLUS EMPLOYÉES QUI DEMANDENT UN SUBJONCTIF QUAND IL Y A CHANGEMENT DE SUJET	
pour que, afin que, de sorte que[1]	de peur que
bien que, quoique[2]	à moins que
avant que	jusqu'à ce que

[1] Ces trois locutions ont le même sens: *so that, in order that*
[2] Ces deux locutions ont le même sens: *although*

Note: Toutes les locutions conjonctives ne demandent pas le subjonctif. Vous connaissez déjà beaucoup de ces locutions qui demandent l'indicatif:

parce que	Je suis enchanté **parce que** vous êtes ici.
depuis que	Comme vous êtes beau **depuis que** vous avez bruni!
après que	Allons dîner **après que** le film est fini.
pendant que	Il a commencé à pleuvoir **pendant que** j'étais en route.

Comment explique-t-on cette différence?

Les locutions qui demandent un subjonctif expriment toutes une idée de but inaccompli (*unfulfilled goal, or aim*). Il est toujours question de quelque chose de futur, de probable, désirable ou non, de quelque chose à faire, à terminer, à accomplir. Mais elles n'expriment pas quelque chose de factuel comme les locutions qui demandent un indicatif.

2. Le **ne** pléonastique

> Fermons la fenêtre de peur que vous **n'**ayez froid.
> Je vous le répète de peur que vous **ne** l'ayez oublié.
> Vous serez en retard à moins que vous **ne** couriez.

Ce **ne** (qui n'indique pas une négation) n'est pas obligatoire, et vous ne ferez pas faute si vous ne l'employez pas. Mais il faut le comprendre quand vous le verrez dans un texte ou quand vous l'entendrez dans une conversation.

On l'emploie quand, dans une phrase affirmative, il y a une idée de négation impliquée:

> Fermons la fenêtre **pour que vous n'ayez pas** froid.

a le même sens général que:

> Fermons la fenêtre **de peur que vous (n')ayez** froid.

L'idée de **ne pas avoir froid** est claire dans les deux phrases. De même, dans les exemples donnés au début de ce paragraphe, (ex. 2), j'**espère que vous ne l'avez pas oublié** est impliqué (il est désirable que vous ne l'ayez pas oublié).

Dans l'exemple 3, on pourrait aussi dire: **Vous serez en retard si vous ne courez pas**.

C. Le subjonctif après les pronoms relatifs **qui que** (*whoever*) **quoi que** (*whatever*), **où que** (*wherever*)

> **Qui que vous soyez**, il faut obéir aux lois de votre pays.
> **Quoi que nous fassions**, nous sommes toujours en retard.
> **Où que j'aille**, je rencontre des gens que je connais.

Il existe aussi deux autres expressions, qui sont moins employées et qu'on cite souvent comme exemples des subtilités de l'orthographe française:

> **Quelque** belle qu'elle **soit**, la beauté ne suffit pas dans la vie. (*However beautiful she may be. . .*)

Dans cette expression, **quelque** est invariable et suivi d'un adjectif.

> **Quelle que soit** la vérité sur l'assassinat du président, on ne la saura sans doute jamais.
>
> (*Whatever the truth may be. . .*)

Dans cette expression, **quel que** est suivi d'un nom et s'accorde avec ce nom.

D. Le subjonctif est facultatif après les expressions de restriction comme: le superlatif, **premier, dernier, seul, unique, rien, personne** et après une clause négative en général quand il y a une idée de doute.

Avec une idée de doute	Sans idée de doute
Vous êtes **peut-être la meilleure** classe que **je connaisse**.	Vous êtes **sûrement la meilleure** classe **que je connais**.
Mon père? C'est **la dernière** personne au monde à qui **je puisse** demander de l'argent!	Tout le monde est parti. Vous êtes **la dernière personne** qui **est** encore ici.
Vous prêter ma voiture? Il n'y a **rien que je fasse** avec **tant de plaisir**. . .	Vous prêter ma voiture? Il n'y a **rien que je fais** avec **moins de plaisir**.
Vous êtes **la seule** personne qui **puisse** faire ça. (Je ne sais pas où sont les autres.)	Vous êtes **la seule** personne qui **peut** faire ça. (Les autres ne peuvent pas, je leur ai demandé.)

Mais même avec une idée de doute, le subjonctif n'est pas absolument indispensable.

E. N'employez pas le subjonctif après **penser, croire, espérer, trouver, il me semble** et **il paraît** à la forme affirmative.

Employez le subjonctif ou l'indicatif après ces verbes quand ils sont à la forme interrogative ou négative.

Affirmatif	Interrogatif	Négatif
Je crois que cette histoire **est** vraie.	Croyez-vous que cette histoire **soit** / **est** vraie?	Je ne crois pas que cette histoire **soit** / **est** vraie.
Je pense que le français **est** difficile.	Pensez-vous que le françis **soit** / **est** difficile?	Je ne pense pas que le français **soit** / **est** difficile.
Il me semble que le temps **va** vite!	Vous semble-t-il que le temps **aille** / **va** vite?	Il ne me semble pas que le temps **aille** / **va** vite.

Pourquoi cette omission du subjonctif après ces verbes? C'est probablement parce que ces verbes expriment, en réalité, un fait pour celui qui parle.

Le subjonctif est possible et élégant pour la négation et la question de ces verbes. Il n'est pas nécessaire.

Le subjonctif est impossible après la forme affirmative des ces verbes:

> **Je crois que vous avez compris.**

159

Subjonctif (Changement de sujet)	Infinitif (Pas de changement de sujet)
1. Après **il faut** Il faut **que je fasse** mon lit.	1. Après **il faut** Il faut **faire** attention.
2. Après les expressions: **d'émotion:** Je suis ravi **que vous soyez** ici. **de volonté:** Je veux **que vous partiez.** **de possibilité:** Il est possible **que je fasse** un voyage. **de doute:** Je doute **que vous alliez** dans la lune.	2. Après les expressions: **d'émotion:** Je suis ravi d'**être** ici. **de volonté:** Je veux **partir.** **de possibilité:** Il est possible de **faire** le tour du monde en 24 h. **de doute:** Je doute d'**aller** dans la lune.
3. Après certaines conjonctions adverbiales: **jusqu'à ce que** Restez **jusqu'à ce que je** vous **dise** de partir. **pour que, afin que, de sorte que** Vous travaillez **pour que** votre avenir **soit** meilleur. (ou: **afin que**, ou: **de sorte que**) **de peur que** Votez, **de peur que** les autres (ne) **votent** pour vous. **à moins que** À **moins que vous n'arriviez** avant six heures, je partirai sans vous. **bien que, quoique** **Bien que je sois** gentil avec vous, et **quoique** je vous dise des choses gentilles, vous êtes désagréable avec moi.	3. Après les prépositions **jusqu'à** Restez jusqu'à l'heure de votre départ (pas de verbe) **pour, afin de** Vous travaillez **pour (afin d')** **assurer** votre avenir. **de peur de** Votez, **de peur d'être** gouverné par le vote des autres. **à moins de** À **moins d'arriver** à l'heure, on ne trouve plus de place. *Pas d'équivalent*
4. Après **qui que, quoique, où que** **Qui que** vous soyez, **quoique** vous fassiez **où que** vous alliez, n'oubliez pas vos responsabilités.	*Pas de construction parallèle sans le subjonctif*

Subjonctif possible, mais pas nécessaire (facultatif)

Subjonctif (possible)	Indicatif (certain)
Après le superlatif et après les termes de restriction comme **premier, dernier, seul, unique, rien, personne, ne . . . que** et clauses négatives. (quand il y a un doute)	Quand il n'y a pas de doute après le superlatif, **premier, dernier, seul, unique, rien, personne, ne . . . que** et les clauses négatives (quand il n'y a pas de doute)

Il n'y a peut-être **que** vous qui me **compreniez.**
Tu es **le meilleur** type que je **connaisse,** je crois.
Vous ne connaissez **personne** qui **comprenne** le russe?

Après les verbes **penser, croire, espérer, trouver, il me semble** et il **paraît** à la forme interrogative et négative.

Crois-tu que **ce soit / c'est** vrai? Je ne crois pas que **ce soit / c'est** vrai.
Trouvez-vous que **ce soit / c'est** vraisemblable? Je ne trouve pas que **ce soit / c'est** vraisemblable.
Espérez-vous qu'**il vienne / viendra?**[1]

Il n'y a sûrement **que** vous qui me comprenez.
Je suis sûr que tu es **le meilleur** type que je **connais.**
Je ne connais absolument **personne** qui **comprend** le russe.

Quand les verbes **penser, croire, espérer, trouver, il me semble** et il **paraît** sont à la forme affirmative

Je crois que **c'est** vrai.

Je trouve que **c'est** vraisemblable.

Oui, nous espérons qu'**il viendra.**

EXERCICES

1. Il faut

*Mettez les phrases suivantes au subjonctif après **il faut.***

Exemple: Nous restons chez nous.
Il faut que nous restions chez nous.

1. Je réfléchis longtemps.
2. Tu prends l'autobus.
3. Vous vendez votre voiture.
4. Je vais voir ce film.
5. Tu apprends une langue étrangère.
6. Nous sommes en avance.
7. Vous avez de la patience.
8. Mes parents savent où je suis.
9. Ton mari fait tout ce que tu veux.
10. Mon copain peut me comprendre.
11. Votre soeur est plus aimable que vous.
12. On veut apprendre.
13. Tu vois ce programme de télé.
14. Je dors sept heurs par nuit.
15. Ils boivent une tasse de café.
16. Elle met son imperméable.
17. Je te dis qui j'ai vu ce matin.
18. Vous étudiez le subjonctif. _etudiez_
19. Il me promet de m'emmener avec lui.
20. Il y a du vin sur la table.

2. Le subjonctif parfait.

Mettez le verbe au subjonctif parfait.

Exemple: Il fallait que j(e) _____ (vendre) ma voiture avant de quitter New York.
Il fallait que j'aie vendu ma voiture avant de quitter New York.

1. Lisa était triste que Philippe _____ _soit parti_ (partir) pour la Normandie.
2. Elle n'aimait pas l'idée qu'il _____ _ait décidé_ (décider) d'y aller sans elle.

[1] Il n'y a pas de subjonctif futur en français.

161

3. Mais elle ne doutait pas qu'il _soit revenu_ (revenir) le dimanche soir.

4. En tout cas, elle n'était pas certaine de rester chez elle jusqu'à ce qu'il _soit rentré_ (rentrer)

5. Jusqu'à ce que Philippe _ait compris_ (comprendre) que les Américaines sont indépendantes, il aura des difficultés.

6. Il n'était vraiment pas probable que Lisa _ait attendu_ (attendre) chez elle le retour de Philippe.

7. Il était plus vraisemblable qu'elle _____ (aller) faire un voyage elle aussi.

8. Si Philippe était resté, je doute que Lisa _ait_ (accepté) une invitation de partir à la campagne.

9. Mais, je ne suppose pas que vous _ayez_ (deviné) où elle va aller.

10. Bien que vous _ayez lu_ (lire) les chapitres précédents, vous ne pouvez pas savoir la suite.

11. À moins que vous (ne) _ayez_ (tourner) les pages, et que vous (ne) _____ examiner le reste du chapitre!

12. De peur que la pauvre Lisa (ne) _languisse_ (languir[1]) seule à Paris tout le week-end!

3. Subjonctif ou infinitif

Faites une phrase avec les deux phrases qui vous sont proposées. Employez le subjonctif quand il est nécessaire et l'infinitif dans les autres cas.

Exemple: Jacques est surpris / Lisa n'a pas d'affection pour Françoise.
Jacques est surpris que Lisa n'ait pas d'affection pour Françoise.

1. Moi, j'aime bien / Tout le monde est d'accord avec moi.
2. Parce que je préfère / J'ai toujours raison.
3. Mais vous n'êtes pas certain / C'est toujours le cas.
4. Et vous êtes ravi / Il y a des gens qui me le disent clairement.
5. Pourtant, c'est bien agréable / Je gagne les discussions!
6. Par exemple: Je regrette / Il n'y a pas de restaurant sur les tours de Notre-Dame.
7. Mais vous, vous êtes enchanté / Vous n'y en voyez pas.
8. Et vous êtes navré / Je ne comprends pas l'art du Moyen-Âge.
9. Les autres sont heureux / McDonald n'est pas arrivé sur le toit des cathédrales!
10. Tout le monde est gêné. Alors, c'est clair: J'ai besoin / Je change d'amis.
11. Avez-vous hâte / Je le fais?
12. Ou préférez-vous / Vous voyez un Notre-Dame Hilton sur la cathédrale?

[1] 2ème groupe, régulier

4. Subjonctif, infinitif ou indicatif

Transformez les phrases qui vous sont proposées et faites-en une seule. Employez le subjonctif quand il est nécessaire, l'infinitif et l'indicatif dans les autres cas.

Exemple: Vous m'apportez des fleurs / Je suis contente   *(pour que)*
Vous m'apportez des fleurs pour que je sois contente.

de peur de faire

1. Relisez tout ce que vous écrivez / Vous faites des erreurs   *(de peur)*
2. Ce jeune ménage veut divorcer / La belle-mère s'en va   *(jusqu'à)*
3. Nous allons être en retard / vous allez très vite *à moins de partir*   *(à moins)*
4. Je vais être en retard / Je pars tout de suite   *(à moins)*
5. Lisa est à Paris / Elle apprend le français   *(pour)*
6. Philippe, restez à Paris / Lisa trouve quelqu'un d'autre *de peur que Lisa ne trouve*   *(de peur)*
7. On vous donne ces exercices / Vous montrez votre compréhension du subjonctif *afin que vous montriez*   *(afin)*
8. Il a continué à pleuvoir / Philippe était en Normandie   *(pendant)*
9. Faites votre travail soigneusement / Il est excellent   *(de sorte)*
10. Vous appréciez la bonne cuisine / Vous êtes un gourmet   *(parce que)*
11. Beaucoup d'Américains voyagent / Ils découvrent le monde   *(afin)*
12. Vous allez avoir une surprise / Le chapitre est fini   *(avant)*
13. Napoléon est allé à l'école en France / Il est né en Corse   *(bien)*

5. Employez ou n'employez pas le subjonctif.

Suivant les règles que vous avez apprises dans cette leçon, employez ou n'employez pas le subjonctif. (Dans certains cas, vous avez le choix.)

Exemple: Vous avez complètement tort / Je suis sûr.
Je suis sûr que vous avez complètement tort.

1. Je suis vraiment navré *que* / Votre grand-père est mort. *soit* — *motion*
2. Moi, je trouve *que* / Les escargots sont délicieux
3. Je ne pense pas *que* / Le gouvernement a le droit d'augmenter les impôts. *ait*
4. Connaissez-vous quelqu'un / quelqu'un veut une vieille bouteille de beaujolais? *quelqu'un qui veuille*
5. Nous avons hâte *que* / Ces exercices sont finis. *soient*
6. Parce que nous avons envie *de savoir* / Nous savons ce que Lisa va faire.
7. Nous pensons bien qu'elle n'a pas honte / Elle est un peu triste. *soit* *puisse*
8. Et nous souhaitons l'arrivée de quelqu'un / quelqu'un peut la consoler *puisse* — *goal*
9. Il n'y a pas que Philippe / Il veut sortir avec elle.
10. Il n'est donc pas impossible / Elle prend une décision.
11. De toute façon, elle pense / La pluie est triste.
12. Et la radio dit qu'il est probable / Il fait beau dans le Midi.

6. Complétez les phrases suivantes, avec imagination bien sûr.

Employez un subjonctif, un infinitif ou un indicatif comme voulu.

Exemple: Où que vous alliez, vous . . .

Où que vous alliez, vous êtes sûr de voir quelque chose de nouveau.

1. Quoi que vous fassiez . . .
2. J'espère bien, un jour . . .
3. Voudriez-vous que je . . . ?
4. Il me semble bien que . . .
5. Avez-vous envie de . . . ?
6. Vous n'avez pas peur que . . . ?
7. Ma mère est ravie que . . .
8. Partez vite de peur de . . .
9. Je crois bien que . . .
10. Restez jusqu'à ce que . . .
11. Vous êtes la seule personne qui . . .
12. Tu ne veux pas que je . . . ?
13. Nous sommes certains que . . .
14. J'ai hâte de . . .
15. Tu n'as pas honte de . . . ?
16. Est-ce que tu regrettes que . . . ?
17. J'aime beaucoup que tu . . .
18. Mais je déteste . . .
19. Il faut absolument que nous . . .
20. Viens me voir avant de . . .

7. Traduction

Traduisez la lettre suivante en français, en employant le subjonctif présent et parfait quand il est nécessaire.

Dear Philippe,
I am glad that you went to Normandy, but I am afraid that the weather there is as bad as in Paris! The radio says tonight that wherever you go, you find rain. I stayed home until the phone rang. It was my friend from the US, Bill. He said it was possible that he might come to Paris for a few days in September. But he is not certain that he can come, and I am not certain that I want him to come.

I hope your mother's dinner was successful (réussi). I am delighted that you saw Françoise, and hope to meet her some day.

Good night, dear Philippe. This is the last letter I write tonight. Whatever you do, bring back the sun with you!

Lisa

PRONONCIATION

L'élision

C'est la suppression, dans l'orthographe et la prononciation, d'une voyelle finale devant une voyelle initiale ou un **h** muet:

l'auto, l'homme

L'élision est marquée par une apostrophe.
L'élision existe seulement dans certains cas spécifiques:

1. Le **e** final de mots d'une syllabe est élidé:

je: j'ai, j'arrive	se: elle s'appelle	ce: c'est vrai
me: il m'a dit	de: l'ami d'Irène	ne: ce n'est pas vrai
te: tu t'appelles	le: l'ami, l'espace	que: Qu'il est grand!

et **parce que**: Il est mon ami parce qu'il est gentil.
jusqu'à, au: Va jusqu'au Pont de Sèvres.
lorsque: Lorsqu'elle arrive.

2. Le **a** est élidé seulement dans le cas du mot **la** devant une voyelle:

l'auto   l'idée   l'imagination   l'adresse   l'amitié   l'amie
(la)   (la)   (la)   (la)   (la)   (la)

3. Le **i** est élidé dans un seul cas: **si** suivi de **il**: **s'il**

Je ne sais pas **s'il** est arrivé.
(MAIS: Je ne sais pas **si elle** est arrivée.)
Je ne sais pas **s'il** est votre ami.
(MAIS je ne sais pas **qui il** est.)

4. Il y a élision devant le **h** muet, mais il n'y a pas d'élision devant le **h** aspiré

h muet: l'homme   l'histoire   l'huître   l'horreur   l'hymne
              (le)   (la)   (la)   (la)   (le)

h aspiré: le haricot   la hache   la Hollande   la Hongrie

La contraction

C'est le phénomène qui a lieu quand, dans l'orthographe et la prononciation, deux mots sont contractés en un seul.

La contraction a lieu seulement dans des cas spécifiques:

1. **à** + **le** (article) = **au**
   à + **les** (article) = **aux**

   Je vais **au** garage, **au** cinéma, **au** restaurant.
   Je vais **aux** États-Unis, **aux** provisions, **aux** courses.

   Il n'y a pas de contraction dans le cas de **à la** et **à l'**:

   Je vais **à la** gare, **à l'**église, **à la** poste, **à l'**hôtel.

2. **de** + **le** (article) = **du**
   de + **les** (article) = **des**

   J'arrive **du** travail, **du** marché, **du** bureau.
   J'arrive **des** États-Unis, **des** îles **du** Pacifique.

   Il n'y a pas de contraction dans le cas de **de la** et **de l'**:

   J'arrive **de la** maison, **de la** gare, **de l'**aéroport.

   Remarquez: Il n'y a pas de contraction quand le mot **le** / **les** est un pronom:

   Mon travail? J'ai oublié **de le** faire!
   Tes lettres? J'ai pensé **à les** mettre à la poste.

Le combi de Jacques arrive en haut du village. Pour savoir ce que Jacques voit directement devant lui, regardez la couverture de votre livre.

Veux-tu que je te dise

Il pleuvait à verse sur Paris depuis la veille, et il ne semblait pas que la pluie veuille cesser de tout le week-end. . . La radio annonçait des orages sur tout le nord de l'Europe, et on doutait qu'il y ait un amélioration avant le milieu de la semaine. Le matin, Lisa avait mis son imperméable et ses bottes, mais elle était mouillée comme un caniche en arrivant à la Sorbonne. Et quand elle était rentrée, les gros nuages lourds de pluie obscurcissaient le ciel, et il faisait presque nuit. . . De sa chambre, elle n'entendait que les grondements sourds de l'orage et le bruit de la pluie sur le trottoir. Où qu'on regarde, la rue était déserte, quelques voitures passaient dans un bruit soyeux d'éclaboussement.

Elle n'avait pas trouvé de courrier d'Amérique en rentrant. Était-il possible que tout le monde l'ait oubliée? Que personne ne sache qu'elle était seule dans un Paris lugubre? Philippe était parti pour la Normandie, très embêté,° mais conscient de ses devoirs, plein de recommandations pour que Lisa ne soit pas trop seule pendant ce long week-end. Il avait apporté des livres et envoyé des fleurs. L'appartement où Lisa avait sa chambre était désert, la famille partie pour le week-end. Lisa errait dans les pièces vides et sombres. Elle avait un peu mal à la gorge, et elle doutait que personne ait jamais été aussi triste et déprimé qu'elle.

Il n'y avait rien d'autre à faire que se coucher de bonne heure et lire un moment avant de s'endormir. Au moment où elle s'installait avec un des livres de Philippe, *Le mal français*, d'Alain Peyrefitte, le téléphone a sonné. Lisa a reconnu tout de suite l'accent du Midi° de Jacques Ollivier.

« J'avais peur que tu ne sois pas chez toi, » a-t-il dit.

---

embêté: (français familier) *bothered*   Le Midi: C'est le nom de la partie sud de la France, qui inclut, en particulier, la Provence et la Côte d'Azur.

Ansouis se dresse sur l'horizon, couronné de son château. La maison de Jacques est en haut, au pied du château. *Aimeriez-vous vivre dans ce village? Y passer quelques jours? Y avoir des amis? Préférez-vous les grandes villes? Expliquez.*

où le soleil brille?

—Où voulais-tu que j'aille, par un temps pareil? Il n'est pas impossible que je demande le remboursement d'une partie de mes frais de voyage au gouvernement français! J'ai mal à la gorge, et j'ai bien peur que ce ne soit le commencement d'un rhume.

—Ah, justement, a dit Jacques joyeusement. Veux-tu que je te dise où le soleil brille? En Provence! Il ne pleut pas au sud de Valence, et le temps est au beau fixe dans le Midi et en Italie. Je pars demain matin.

—Tu as de la veine! Mais pourquoi vas-tu dans le Midi, à moins que tu ne sois en vacances?

—Pas du tout. D'abord, je suis du Midi, de Toulon, exactement. Et j'habite dans le Midi. J'ai une vieille maison en Provence. Tu sais que je suis architecte? Je travaille à mon compte. Il faut que je te dise que je suis incapable de travailler pour une firme où on me fasse construire des stations d'essence préfabriquées. Je ne construis que ce qui me plaît. Alors, il ne faut pas s'étonner que quelquefois j'aie du travail, que plus souvent je n'en aie pas, et que je sois fauché la plupart du temps. »

Lisa a souri. Elle ne connaissait pas cet aspect de la vie de Jacques. Elle ne savait même pas qu'il n'habitait pas toujours à Paris. C'est ainsi qu'il lui a expliqué qu'il ne venait à Paris que rarement, parce qu'il préférait la vie de son village. Il avait passé ces dernières semaines à Paris à faire des recherches et à commander des matériaux.

« Je construis une maison, en ce moment. . . C'est le rêve de tout architecte! Une maison rustique, sur une colline, face aux montagnes du Lubéron. Elle est pour des gens formidables, qui me laissent carte blanche. Ils veulent que j'y réalise mes rêves, et ils ne doutent pas que ce soit aussi les leurs. Je voudrais que tu puisses la voir! »

Lisa aussi voudrait bien la voir. . . Mais la Provence est loin. Jacques continue:

« J'ai composé ton numéro à tout hasard, mais j'avais peur que tu ne sois en Normandie, parce que je savais que Philippe y était.

—Il faut que tu saches que Philippe et moi, nous ne sommes ni mariés, ni fiancés, ni amoureux. C'est un ami, voilà tout. Il va où il veut, et moi j'en fais autant.

—Ah, a répondu Jacques, je suis ravi que tu me dises ça. Je te téléphonais, comme ça, pour bavarder. J'avais envie de te parler, d'entendre ton drôle d'accent et tes fautes de français. . .

—J'espère en avoir fait assez pour t'enchanter, ce soir, » dit Lisa en riant. « Ton accent à toi m'amuse aussi. Il chante un peu, et on entend tous les *e* muets. Mais par contre, tu dis *avé* à la place de *avec*. Et tu es plus facile à comprendre que les Parisiens.

Jacques a changé le sujet.

« Qu'est-ce que tu vas faire, par ce temps-là, tout le week-end? a-t-il repris. « Tu sais que c'est le Quinze Août, une grande fête en France. J'ai bien peur que tout le monde soit parti et que tout soit fermé pendant trois jours. »

Lisa n'a pas répondu et elle a frissonné. Pendant le court silence elle entendait le bruit de la pluie qui redoublait sur le pavé de la rue. Jacques a continué:

« Je ne sais vraiment pas mentir. Il n'y a rien que je fasse plus mal. Il vaut mieux que tu saches la vérité tout de suite. Je te téléphonais parce que je voulais te demander si tu avais envie de venir avec moi dans le Midi. En tout bien tout honneur,° a-t-il ajouté très vite. Mais la route est longue quand on est seul, et j'ai envie de partager le soleil de Provence avec toi pendant ces quelques jours. Et mes amis! Il faut que tu fasses leur connaissance. Ne réfléchis pas trop longtemps, je suis dans une cabine, et je n'ai pas beaucoup de monnaie.°

Lisa n'a hésité qu'un instant. Mais Jacques était sympathique et elle ne devait rien à personne, n'est-ce pas? Elle mourait d'envie de connaître le reste de la France. Alors elle a fermé les yeux, et elle a demandé:

« À quelle heure veux-tu que nous partions?

—Bravo, s'est exclamé Jacques. J'aime que les gens aient l'esprit de décision et d'indépendance. J'aime partir de bonne heure et voir le soleil se lever. Mais il n'est pas probable qu'il soit au rendez-vous demain. Il va nous attendre sur l'Autoroute du Soleil.° Alors, je passe te chercher à sept heures. Laisse ton parapluie, emporte ton costume de bain et tes lunettes de soleil. Dors bien, à demain matin. »

Déclic de l'appareil: Jacques avait raccroché. La pluie avait encore redoublé d'intensité dans la rue, mais pour Lisa ce n'était plus un bruit lugubre. C'était, maintenant, un son presque joyeux, un peu comme une mélodie, et elle pensait aux *Jardins sous la pluie* de Debussy,° « *Rue de Paris sous la pluie*, pensait-elle, voilà le titre d'une chanson. Il faut que je la compose un jour. . . »

En tout bien tout honneur: *It's on the level. (Jacques expresses in this manner what he would convey in English by saying: "Separate rooms".)*   monnaie: Vous n'avez pas oublié la différence entre l'argent (*money*) et **la monnaie** (*change*)?   l'Autoroute du soleil: C'est le nom de l'Autoroute A6 qui va vers le Midi.   Debussy: Claude Debussy est un compositeur français (1862–1918).

Cette nuit-là, elle a rêvé que Philippe et Françoise la poursuivaient en bateau sur l'Autoroute du Soleil.

Elle venait de fermer son sac de voyage, le lendemain matin, quand le klaxon de Jacques a retenti sous sa fenêtre. Jacques était vêtu pour le voyage de son habituel blouson de cuir, et de ses vieux jeans poussiéreux. Sa voiture, c'était un minibus Volkswagen, un *combiné de camping*, pratique pour son genre de vie. Il y habitait quand il voyageait et quand il était sur un chantier. Il l'appelait « le combi » avec affection.

Le combi a traversé toute la Bourgogne sous la pluie. Il pleuvait encore à Lyon, et la vallée du Rhône était noyée de pluie. Mais bientôt, le ciel s'est éclairci, un peu de bleu a commencé à paraître entre les nuages. Et, comme prévu, à Valence, un soleil timide, mais vite réchauffé, brillait parmi quelques nuages blancs. La radio du combi jouait doucement. L'autoroute traversait maintenant des vergers d'arbres chargés de fruits. Les panneaux de signalisation commençaient à annoncer la distance d'Orange, d'Avignon, de Marseille et de Nice. On était en Provence!°

Lisa savait maintenant que Jacques avait travaillé pendant plusieurs années pour une grande firme d'architecture industrielle et qu'il avait détesté le travail qu'il y faisait; qu'il avait vingt-huit ans; que son frère aîné, Michel, était en Amérique du Sud, où il faisait de la prospection pour une compagnie de diamants; qu'il avait fait ses études à Paris, mais qu'il détestait les grandes villes; que son père était officier de marine en retraite et que ses parents habitaient Toulon. Elle avait compris que Jacques adorait sa mère. « Il faut que je te la fasse rencontrer. C'est une femme formidable. Elle se fiche° des vêtements, de l'argent, mes parents vivent simplement. Il n'y a que les gens qui puissent vraiment intéresser ma mère. Elle a des tas d'amis et elle les cultive comme on cultive un jardin précieux. »

À chaque arrêt sur l'autoroute, Lisa entendait maintenant l'accent du Midi, et on sentait Jacques décontracté, à l'aise, et heureux d'être chez lui sous le soleil du Midi. Pourtant, sous sa franchise, on devinait des instants de mélancolie. . . On sentait qu'une partie de lui-même restait secrète, cachée mais révélée peut-être aux amitiés profondes.

« On va quitter l'autoroute à Cavaillon, la capitale du melon. C'est la pleine saison, on achètera des melons au premier stand le long de la route. Je veux que tu voies comme ils sont sucrés et parfumés! Après, il faut une petite heure pour arriver à Ansouis. C'est le nom de mon village. Tu vas le voir se dresser devant toi, perché sur sa colline. . . Je ne crois pas qu'il y ait rien de pareil au monde. . . »

Et quand soudain, le village s'est dressé devant elle, haut sur sa colline abrupte, couronné de son château-fort, surgi comme un village magique oublié depuis mille ans dans un conte de fées, Lisa a eu la gorge serrée d'émotion. Paris est splendide, mais Ansouis était à l'échelle humaine, vivant de la vie accumulée de ses siècles passés.

La Provence est une province du Midi. La Normandie est une province, la Bourgogne aussi.   Elle se fiche: (français familier) *She doesn't care for*

Le combi a pris la rue qui monte au village en suivant les remparts. Sur la place du Château, les villageois saluaient Jacques avec amitié et regardaient sa compagne avec curiosité. Lisa leur a souri. Et quand ils sont entrés dans la vieille maison de Jacques, surprise! Gisèle et Christian étaient là, la table était dressée, le dîner prêt. « J'ai tout apporté de chez nous et nous n'attendions que vous pour nous mettre à table, » a dit Gisèle. La musique jouait doucement. « Ah, tu vois, j'ai réparé ta chaîne,°» a dit Christian. Jacques s'est tourné vers Lisa. « Hein, a-t-il dit fièrement. Tu vois ce que c'est, d'avoir des amis? » Bientôt, tous les quatre étaient attablés sur la petite terrasse, devant la soupe au pistou et le clafoutis de Gisèle. « C'est bon d'être chez soi, » soupirait Jacques.

une chaîne (haute fidélité): *a hi-fi set, sound equipment*

Questions

Répondez sans reproduire le texte de la lecture.

1. Quel temps faisait-il à Paris, ce jour-là? Pensez-vous que ce temps soit rare à Paris en été? (Non).
2. Quel temps annonçait-on à la radio pour le week-end?
3. Pourquoi pensez-vous que Lisa était triste? Pensez-vous que vous seriez triste aussi, à sa place?
4. Où était Philippe? Était-il content de partir? Expliquez.
5. Soudain, le téléphone a sonné. Qui était-ce? Qu'est-ce qu'il a dit?
6. Pourquoi Jacques a-t-il téléphoné à Lisa: Pour parler, ou parce qu'il avait une raison spécifique? Expliquez.
7. Expliquez ce que vous savez sur Jacques Ollivier: Où est-il né? Où habite-t-il? Quelle est sa profession? Que savez-vous sur ses parents? son frère?
8. Faites une comparaison entre Philippe et Jacques: Costume? manières? façon de vivre? Décor de leur vie?
9. Comment et pourquoi Lisa a-t-elle décidé de partir avec Jacques? A-t-elle tort ou raison, à votre avis?
10. Victoire pour Jacques! Ont-ils trouvé le soleil? Où? Nommez quelques villes de Provence.
11. Comment était le village de Jacques? Pourquoi est-il très différent de l'architecture américaine?
12. Racontez l'arrivée chez Jacques. Qui était là? Pourquoi? Quel était le menu?

Répondez dans l'esprit du texte mais avec imagination

1. *La dame chez qui Lisa habite (à son mari):* Pauvre Lisa! J'ai peur qu'elle soit bien triste, toute seule, pendant ce week-end du Quinze Août . . .
   Le mari: . . .

2. *La mère de Philippe, (en Normandie):* Philippe, pourquoi as-tu l'air si nerveux?
   Philippe (exaspéré): . . .

3. *Lisa:* Ton blouson de cuir et tes jeans poussiéreux. . . Est-il possible que ce soit ton seul costume, Jacques?
   Jacques: . . .

4. *Jacques:* Mon père est officier de marine en retraite. Et ton père, qu'est-ce qu'il fait?
   Lisa: . . .

5. *Jacques:* Ma mère a fait des études, mais elle a toujours accompagné mon père dans ses différents postes. Et toi, pourquoi fais-tu des études? As-tu l'intention de travailler, plus tard?
   Lisa: . . .

6. *Lisa:* Pourquoi habites-tu dans un petit village? Pourquoi pas une grande ville?
   Jacques: . . .

7. *Gisèle (à Christian, en attendant l'arrivée de Jacques):* Pauvre Jacques! Le voyage est long, de Paris en Provence, quand on est seul dans la voiture!
   Christian: . . .

8. *Jacques (arrivé chez lui):* Ah, si ma chaîne marchait! . . . Mais j'ai besoin d'un électricien . . .
   Christian: . . .

9. *Lisa (dans la cuisine):* Hmmmm! Qu'est-ce qui sent si bon?
   Gisèle: . . .

Embouteillage sur l'Autoroute du Soleil. *En quelle saison trouve-t-on probablement ces embouteillages sur l'Autoroute du Soleil? Pourquoi? Y a-t-il aussi des embouteillages sur les autoroutes de votre région? Pourquoi?*

Benoîte Groult

L'autoroute et moi

Dans la préface de son ouvrage féministe, Ainsi soit-elle, *Benoîte Groult raconte, avec humour, les frustrations de l'automobiliste qui quitte Paris et cherche l'autoroute de Chartres. Puis, cet humour se tourne vers les clichés traditionnels du sexisme, comme par exemple celui qui veut que les femmes conduisent moins bien que les hommes.*

Ainsi soit-elle est dédié aux féministes de tous les temps et de tous les pays, hommes et femmes, et « à l'état de Wyoming qui fut le premier au monde, en 1869, à accorder le droit de vote aux femmes. »

« Tu iras jusqu'au Pont de Sèvres. Après, c'est indiqué » m'a dit mon mari, cette brute de Paul,° pour qui les problèmes des autres sont toujours faciles à résoudre.

Oui, mais **tout** est indiqué: les ponts, les routes, les autoroutes, la vitesse à observer, les travaux en cours et leurs architectes, les itinéraires recommandés (qu'il ne faut absolument pas prendre, tout le monde sait ça), et tout cela passe à 80 kilomètres à l'heure. Moi, cinq panneaux de signalisation° qu'il faut déchiffrer° simultanément, sous peine de mort, cela dépasse mon point de saturation. Avec un oeil sur le rétroviseur,° l'autre sur les panneaux pour déchiffrer leurs hiéroglyphes mystérieux, il faudrait que j'aie un troisième oeil pour voir

cette brute de Paul: ici, le terme est employé affectueusement. Mme Groult parle de son mari avec affection dans le livre.   panneaux de signalisation: *road signs*   déchiffrer: lire et comprendre
rétroviseur: le miroir qui permet de voir derrière ou sur le côté

la route devant moi! Je suis alors comme ces rats de laboratoire, stressés par des signaux contradictoires. L'expérience montrent que deux solutions s'offrent au rat: devenir fou, et échapper ainsi à l'angoisse, ou bien accepter cette angoisse et développer un eczéma géant. Je n'ai pas d'eczéma, mais je grommelle° au volant° de ma voiture et j'insulte l'univers:

« A13. . . C'est Chartres, ou c'est Rouen, A13? Avec cette manie des chiffres à la place des noms, quels imbéciles. . . Ah bon, SERREZ° À DROITE. Allons-y. Flûte!° VOIE RÉSERVÉE AUX VÉHICULES LENTS. . . »

Quatre camions de quinze tonnes me bloquent le passage.

« Ils sont embêtants, ces mecs. . . Ah, DIRECTION PONT DE SÈVRES, ça doit être pour moi, ça. . . Crrric, passons en troisième. Et zut, me voilà sur MEUDON CENTRE VILLE. Comment ai-je fait mon compte? »

Et voilà ma belle autoroute qui s'éloigne à gauche dans une gracieuse et ironique courbe . . . séparée de moi par un terre-plein qu'on a mis là uniquement pour embêter° les gens, c'est évident.

Il fallait prendre « à temps » la file° de gauche pour attraper l'autoroute. À temps, c'est-à-dire où et quand? J'ai une carte des autoroutes sur le siège à côté de moi, mais le temps de mettre mes lunettes, car j'arrive à la moitié de mon âge

---

je grommelle: je proteste   au volant: *at the wheel*   Serrez (à droite, à gauche): Restez sur la file (de droite, de gauche)   Flûte!: exclamation de déplaisir (français quotidien)   ces mecs: ces types (français quotidien)   un terre-plein: sorte de petite terrasse qui sépare deux routes, ou la route et l'autoroute   embêter: exaspérer   la file: *the lane*

173

(j'ai, en effet, l'intention de vivre cent ans. . .) et le feu rouge, ce salaud,° est passé au vert. Je pose vite la carte et je démarre,° dans un monde étrangement flou,° où je ne distingue pas l'adversaire à dix mètres. Tiens, le brouillard?° Mais, non, pauvre idiote, c'est toi qui as oublié de retirer° tes lunettes! Je les pose rapidement sur mes genoux,° perdant ainsi le dixième de seconde nécessaire pour voir, entre deux camions géants, le panneau, enfin en langage clair: AUTOROUTE DE CHARTRES. Et je suis inexorablement ramenée vers Meudon-Centre. C'est le jour du marché, bien sûr, et je ne sortirai de la pittoresque localité° que vingt minutes plus tard.

Il est vrai que j'ai un cerveau° de femme, il faut l'avouer. C'est un ordinateur° plus rudimentaire, bien sûr. Je suis née comme ca. Oui, je sais, j'ai fait des études appelées supérieures, parce que j'ai eu la chance de naître au XXᵉ siècle, où, par suite du relâchement des moeurs° on a fini par nous ouvrir les portes des lycées et des facultés. Tout le monde sait que l'homme conduit bien. Vite, mais bien, par définition. Cette définition, ce n'est pas celle des compagnies d'assurances, mais ça n'a pas d'importance. Je n'ai jamais eu d'accident, majeur ou mineur, en vingt-cinq ans au volant. Ça n'a pas d'importance. Ce n'est qu'un heureux hasard. Je suis, et je resterai toujours une débile congénitale,° une femme au volant, et le sujet des plaisanteries masculines.

Par exemple, pendant des mois, j'ai contemplé, dans ma revue favorite, la publicité suivante: Un vendeur présentait à un mari une petite voiture, « parfaite pour sa femme », parce qu'elle ne coûte pas cher à réparer après un accident. Imagine-t-on le contraire? Par exemple: « Votre mari est une brute. Il conduit beaucoup trop vite. Conseillez-lui donc la voiture X, elle résiste bien aux accidents. »

Impossible pour le moment, mais pour combien de temps encore?

Questions sur le texte

1. De quel ouvrage est tiré le passage, *L'Autoroute et moi?* À qui cet ouvrage est-il dédié?
2. Pourquoi Benoîte Groult appelle-t-elle son mari « cette brute de Paul »? Est-ce un cliché qu'elle emploie avec ironie? (Les hommes sont des brutes, les femmes sont faibles, par exemple. . .)
3. Pourquoi compare-t-elle sa situation à celle d'un rat de laboratoire?
4. Quel âge a l'auteur? (Si vous ne savez pas, relisez le paragraphe qui commence: Il fallait prendre « à temps » la file de gauche. . .)
5. Benoîte Groult appelle Meudon une « pittoresque localité ». Pensez-vous qu'il y a là une intention ironique? Pourquoi? A-t-elle envie de visiter Meudon Centre Ville?
6. Par quel heureux hasard Benoîte Groult a-t-elle fait des études supérieures?

---

ce salaud: cet idiot (français quotidien)   je démarre: je pars   flou: *vague*   le brouillard: phénomène atmosphérique qui rend la circulation difficile parce qu'on ne voit rien autour de soi   retirer: enlever   mes genoux: *on my lap*   une localité: une petite ville   un cerveau: l'organe de la pensée   un ordinateur: *a computer*   le relâchement des moeurs: *lowering of moral standards*   une débile (congénitale): une personne d'intelligence faible et probablement retardée

7. Les hommes conduisent mieux que les femmes. . . . Est-ce l'opinion des compagnies d'assurances? L'opinion de ces compagnies est-elle basée sur des clichés ou sur des faits? Expliquez.

8. Expliquez en français « une débile congénitale ». Y a-t-il des raisons de penser que Benoîte Groult présente un cas d'intelligence insuffisante?

9. « La femme au volant » est le sujet de plaisanteries. Mais qui en réalité présente le problème le plus sérieux: l'homme qui conduit trop vite ou la femme qui n'a jamais d'accident?

10. Quelle est l'arme féministe de Benoîte Groult: l'hostilité? la colère? l'humour et l'ironie? Expliquez et donnez des exemples.

Traductions basées sur le texte précédent

Version

*Traduisez le texte précédent, **L'autoroute et moi**, en anglais. Respectez le style de l'auteur, et cherchez des expressions idiomatiques américaines qui traduisent l'esprit du texte français.*

Thème

Traduisez en français le texte suivant en basant votre traduction sur le vocabulaire et les constructions du texte français.

Following the "lowering of moral standards", which opened the doors of universities to women, you also now see many women drivers. They are the subject of male jokes, and "woman driver" is usually not a compliment.

Many women have not had an accident, major or minor, in twenty-five years at the wheel. Insurance companies know that women are a better risk (un meilleur risque) than men. Yet the cliché that men drive better than women persists. Men drive well. Fast, but well. If they have accidents, it is simply because of bad luck, or bad weather, or fog. It is never, of course, because they drive like brutes.

In a French magazine ad, the salesman offers a husband a small car: "It is perfect for your wife, because the fenders (les ailes) do not cost much to repair." Can you imagine an ad in which a wife suggests a certain car to her husband because it is solid and resists accidents?

175

Cette batterie est-elle garantie dans tous les pays?

Sur le continent nord-américain. Une ville francophone en pleine transformation. *Dans quelle ville êtes-vous, probablement?**

Vous voyagez en France ou dans un pays francophone

Notes culturelles Le **tu** *et le* **vous**: *Vous êtes étudiant, et les jeunes se disent généralement* **tu**. *Vous direz donc* **tu** *aux jeunes gens de votre âge. Mais vous direz* **vous** *aux employés, aux garçons de restaurant, aux vendeurs et vendeuses et aux gens plus âgés que vous.*

N'oubliez pas que, pour les Français, **vous** *indique le respect et la considération. Et dans la culture française, il faut éviter la familiarité déplacée (uncalled for familiarity). Dans le doute, laissez les Français prendre l'initiative du* **tu**.

A la station d'essence

Vous désirez **monsieur / madame / mademoiselle?**

Faites le plein (d'essence) s'il vous plaît.
Vérifiez le niveau d'huile.
Vérifiez les pneus.
Ajoutez de l'eau dans le radiateur.
Essuyez le pare-brise.

Voilà. Ça fait **X** francs.

Mon dieu! L'essence est chère, en France.
Acceptez-vous les cartes de crédit?

Vous êtes dans l'hémisphère sud, dans l'Océan Pacifique. . . . C'est une ile franco-phone, rendue célèbre par le peintre Gauguin. *Où êtes-vous?*

Nous acceptons **la Carte Bleue / les chè-ques**[1] **/ les chèques de voyageurs / l'argent liquide de préférence. Avez-vous une pièce d'identité?**

Voilà un chèque de voyageur et mon passeport.

Vous rencontrez des Français ou des Francophones

De quelle nationalité es-tu (êtes-vous)?

Je suis **français(e) / américain(e) / québé-cois(e) / canadien(-ne) / martiniquais(e) / belge / suisse /** etc.

Tu habites (Vous habitez) ici?

Oui, j'habite dans la région. Non, je suis **de passage / en voyage d'affaires. /** Je suis **en vacances. /** J'habite **en France / au Canada / au Québec / en Suisse / en Belgique / aux Etats-Unis. /** J'habite **Paris / la province.**

Depuis combien de temps es-tu (êtes-vous) ici?

Depuis toujours. Je suis né(e) ici. / Depuis **hier / huit jours / un mois,** etc.
Je viens d'arriver.
Je ne fais que passer.

Vas-tu (Allez-vous) rester longtemps?

Toute ma vie, peut-être. / Ça dépend **de mes finances / ma famille / mon travail / beaucoup de choses,** etc.

---

[1] En France, on accepte les chèques personnels (sur une banque française, bien sûr) plus souvent que les cartes de crédit.

C'est bien, ici?

C'est formidable parce que. . . / C'est bien si on aime **la ville** / **la campagne** / **les autoroutes** / **la pluie** / **le froid** / **la neige** / **la chaleur** / **le bon vin**, etc.

Est-ce qu'on peut se revoir?

Hélas, je pars demain, mais voilà mon adresse.
Oui, avec plaisir. Passe-moi (Passez-moi) un coup de fil, voilà mon numéro.
On peut se retrouver **ce soir** / **demain** / **à midi** / **à six heures** / **chez moi** / **au café** / **au restaurant** / **dans le parc**, etc.
On peut **déjeuner ou dîner ensemble** / **prendre un verre** / **faire une promenade**, etc.

Situations

Préparez votre conversation avec votre partenaire (ou vos partenaires).

1. **A la station d'essence.** Demandez à l'employé de mettre vingt litres d'essence dans votre voiture, de faire le plein d'huile et de vérifier vos pneus. Il demande s'il faut aussi essuyer le pare-brise. Demandez-lui aussi comment trouver l'autoroute de Chartres. Il vous explique. Vous payez par Carte Bleue, et vous concluez la conversation.

2. **À Beaune.** Vous êtes à Beaune pour quelques jours, parce que vous faites un voyage d'affaires en Bourgogne (Vous travaillez pour une maison d'importation de vins). Au restaurant, vous rencontrez un jeune homme / une jeune fille français(e). Imaginez votre conversation. Décidez-vous de vous revoir? Concluez la conversation.

3. **Au Québec.** Vous faites du ski dans les Laurentides. Vous rencontrez trois Québécois, garçons et filles. Vous faites connaissance. Ils sont de la région, mais vous êtes des États-Unis (De quelle partie?) Vous parlez de vos pays respectifs, etc. Décidez-vous de vous revoir? Concluez la conversation.

4. **En Afrique, à Dakar.** Vous êtes à Dakar, au Sénégal, parce que vous êtes agent de voyages, et vous faites un voyage d'affaires. Vous rencontrez Léopold, qui est Sénégalais, et qui travaille pour le gouvernement. Vous comparez vos pays respectifs. Décidez-vous de vous revoir? Concluez la conversation.

5. **Sujet pour les gens qui ont beaucoup d'imagination.** Vous êtes dans un pays de langue française, mais qui n'est pas nécessairement la France. Quel pays est-ce? Qui rencontrez-vous? Comment et pourquoi voyagez-vous? Quelle est votre conversation? Décidez-vous de vous revoir? Concluez la conversation.

COMPOSITION ÉCRITE OU ORALE

Votre opinion

Vous donnez votre opinion sur certains problèmes de la vie contemporaine. Par exemple, sur:

—les difficultés de la circulation, et les problèmes de l'autoroute.
—la pollution et l'écologie.
—le féminisme (Êtes-vous: féministe? phallocrate?[1] indifférent à la question? Pourquoi?)
—les femmes au volant et dans les rôles masculins? etc.

Employez des expressions comme: **Il me semble, Je trouve, Faut-il, Il ne faut pas, Je voudrais, Il est temps que** *(subjonctif),* **Où qu'on aille, Quoi qu'on dise, Qui que vous soyez, J'ai hâte que / de, Avez-vous peur que,** *etc. qui seront, ou non, suivies du subjonctif.*

LE CLAFOUTIS DE GISÈLE

Pour six

3 tasses de cerises rouges
3 oeufs
½ tasse de sucre
½ tasse de beurre fondu
1 tasse de farine
1 tasse de lait
(Et, si vous désirez: 2 cuillérées de rhum et ¼ de cuillérée d'extrait d'amandes)

Battre ensemble le sucre et les oeufs.
Ajouter le beurre, graduellement. Puis ajouter la farine et battre cent fois. Puis, ajouter le lait (et le rhum et extrait d'amandes si vous en avez). La pâte doit être très lisse.
   Mettez les cerises dénoyautées dans un moule bien beurré (8 à 9″ de diamètre.) Versez la pâte sur les cerises. Cuisez au four, à 400° F, environ 40 minutes.

---

[1] **Un phallocrate:** A male chauvinist

179

Nous irons à Saint-Tropez...

INTRODUCTION
Le future et le conditionnel

Le futur: **Sa formation régulière et sa formation irrégulière**
Le futur antérieur: Sa formation
L'usage du futur
Construction de la phrase avec *quand* **et avec** *si*

Le conditionnel: **Sa formation régulière et irrégulière**
Le conditionnel parfait: Sa formation
Construction de la phrase au conditionnel, et les deux sens de *si*
Le conditionnel exprime la rumeur

Construction de la phrase avec *avant de* **et** *après avoir*
Le futur proche et le passé récent (Révision)

Le verbe **devoir**, *ses différents temps et ses différents sens*

PRONONCIATION: *Les voyelles nasales*

EN FRANÇAIS MON AMOUR: *Nous irons à Saint-Tropez*

EN FRANÇAIS DANS LE TEXTE: Edmonde Charles-Roux cite Colette: *Lettre de Saint-Tropez*

CONVERSATION: *Projets d'avenir*

progrès 7

INTRODUCTION

Le futur

Qu'est-ce que **vous ferez** demain?

Je serai à l'université.

Arriverez-vous de bonne heure?

J'arriverai à neuf heures. Je **resterai** ici jusqu'à ce que mes classes soient finies. **Je partirai** à quatre heures.

M'**attendrez-vous** si je suis en retard?

Oui, **nous** vous **attendrons**, mais **nous dirons** probablement du mal de vous en vous attendant (Alors, tâchez d'être à l'heure!)

Réussirez-vous à finir votre dissertation pour vendredi?

Je ne sais pas. **J'essaierai, j'y travaillerai** tard le soir. **Je** ne **ferai** rien d'autre, **je n'irai** pas dîner en ville.

Viendrez-vous me voir pendant le week-end?

Nous verrons. Je ne sais pas si je **pourrai.** **Il faudra** que j'aille faire des courses. Je ne sais pas si **j'aurai** le temps.

Le futur antérieur

Qu'est-ce que vous ferez quand **vous aurez fait** assez d'économies?

Quand j'**aurai accumulé** assez d'argent, et quand j'**aurai choisi** le modèle que je préfère, j'achèterai une nouvelle voiture. Quand j'en **aurai pris** livraison, je partirai faire un voyage au Québec.

Qu'est-ce que je ferai sans vous, quand vous serez parti?

Quand **je serai parti**, vos vacances **auront** déjà **commencé.** Vos copains de France **seront arrivés**, et vous m'**aurez** vite **oublié!**

Le futur après **quand**

Où serez-vous **quand vous aurez** trente ans?
Quand je serai au Québec, je parlerai exclusivement français.

Je ne sais pas où je serai **quand j'aurai** trente ans!
Moi, je parlerai français **quand j'irai** en France.

Mangerez-vous des escargots **quand vous dînerez** dans ce petit restaurant français?

Bien sûr. Et je commanderai un cognac **quand j'aurai fini** mon repas!

Pas de futur après **si** (au sens de **if**)

Je serai toujours votre ami **si vous êtes** gentil avec moi.

Moi, je vous aimerai toujours **si vous me dites** la vérité quand elle est agréable à entendre.

Si nous faisons un voyage ensemble, porterez-vous mes bagages?

Je ne sais pas si *(whether)* je les porterai, mais **si je les porte**, ce sera probablement parce que vous serez gravement blessé! Non. **Si nous partons** ensemble, il faudra que chacun fasse un effort pour rendre le voyage agréable à l'autre.

Le conditionnel

Que **feriez-vous** si je vous disais que vous avez gagné un million?

Si vous me disiez ça, d'abord, **je** ne vous **croirais** pas. Eh puis, **vous** me **donneriez des** preuves, alors **il faudrait** que je vous croie.

Resteriez-vous, ou bien **partiriez-vous?**

Il me **faudrait** un moment pour réfléchir. Je ne sais pas si *(whether)* **je partirais**. Où **irais-je** si je partais? Qu'est-ce que **je ferais**? **Il y aurait** beaucoup de questions à résoudre.

Deviendriez-vous célébre?

Je le **deviendrais** probablement pour quelques jours. **Je paraîtrais** à la télévision, **je donnerais** des autographes, et puis tout le monde m'**oublierait**.

Et qu'est-ce que **vous apprendriez?**

J'apprendrais probablement qu'il faut payer des impôts considérables et **je verrais** qu'on ne peut vraiment pas changer sa vie en achetant des objets.

Le conditionnel parfait

Si vous aviez été avec nous, hier soir, **vous auriez** bien **ri**.

Pourquoi **aurais-je ri?**

Parce que nous avons vu un film très drôle. **Vous auriez changé** d'avis sur les films suédois si vous l'aviez vu!

Oui, mais si j'étais sorti hier soir, **je** n'**aurais** pas **fini** cette horrible dissertation, et **j'aurais eu** des ennuis sérieux ce matin. **Je n'aurais** pas **osé** aller en classe aujourd'hui.

Moi, à votre place, **je serais sorti** hier, et **je** ne **serais** pas **allé** en classe aujourd'hui. **J'aurais** bien **trouvé** une explication quelconque pour le professeur.

Oh, **il** ne m'**aurait** pas **cru**. . . Il a l'habitude de ces explications. Il a dú en entendre beaucoup, et il doit en entendre de très originales.

Si j'avais su que vous ne pouviez pas venir, **je** ne **serais** pas **allé** voir ce film.

Moi, si j'avais cru que ce cours donnerait tant de travail, **je** ne l'**aurais** pas **suivi.**

Construction de la phrase avec **avant de** *(+ infinitif) sans changement de sujet* *et* **avant que** *(+ subjonctif) avec changement de sujet*

Fermez la porte **avant de sortir**.

Oui, et je vous téléphonerai **avant que vous ne sortiez** pour vous dire où j'ai laissé la clé.

Mettez la maison en ordre **avant que** votre femme ne **rentre**, n'est-ce pas?

Absolument. **Avant qu**'elle ne **voie** quel désordre j'ai fait dans la salle de séjour en son absence! Une autre fois, j'hésiterai **avant de** tout **mettre** en désordre.

Construction de la phrase avec **après** *(+ infinitif passé) sans changement de sujet,* *et* **après que** *(+ indicatif) avec changement de sujet*

Après avoir visité plusieurs pays, nous sommes rentrés chez nous. Et vous?

Après que vous êtes partis, nous avons décidé de rester à la maison. **Après** y **être** restés quelques jours, nous avons changé d'avis.

Et **après avoir changé** d'avis, vous êtes partis en voyage?

Oh, **après que** les enfants **sont allés** au camp, il ne nous restait pas beaucoup d'argent. **Après avoir fait** notre budget, nous avons décidé de faire un voyage de deux jours. C'est tout.

Révision du futur proche et du passé récent au présent et au passé (Voir Progrès 4, page 93)

Je viens d'acheter une voiture, alors maintenant, **je vais faire** des économies. **Venez-vous d'acheter** quelque chose?

Non, mais **je viens de changer** d'appartement. Alors, **je vais avoir** besoin de meubles.

Mais **vous veniez** juste **de** déménager le mois dernier!

Je sais, c'est ridicule. Mais je ne pouvais pas dormir dans cet appartement. Alors, **je viens de déménager** de nouveau. **J'allais acheter** des meubles pour l'autre appartement, je suis content de ne pas l'avoir fait!

Et **moi qui venais** de donner votre adresse à Philippe, et qui **allais** la **donner à Jacques**!

Eh bien, je vais leur **donner** ma nouvelle adresse. Et **on vient d'installer** mon téléphone, alors je vais aussi leur donner mon nouveau numéro.

Le verbe **devoir** *et ses différents temps (je dois, j'ai dû, je devais, je devrais et j'aurais dû)*

Quand Philippe **doit-il** rentrer de Normandie?

Il **doit** rentrer lundi.

Combien de temps **devait-il** y rester?

Il **devait** y rester trois jours d'après ce qu'il a dit à Lisa.

À votre avis, **devrait-on** téléphoner à la petite amie d'un copain quand le copain est parti?

Non, **on** ne **devrait** pas. (Mais le copain ne **devrait** pas partir, s'il avait un grain de bon sens!)

À votre avis, Lisa **aurait-elle dû** refuser l'invitation de Jacques?

Ah non! **Elle** n'**aurait** pas **dû** la refuser. Elle a bien fait de l'accepter! Qu'elle n'ait pas de regrets.

Avez-vous des regrets? Y a-t-il des choses que **vous devriez faire** régulièrement (et que vous ne faites pas)?

Je devrais faire deux heures d'exercices physiques par jour. (Mais je suis trop paresseux. . .)

Y a-t-il des choses que **vous auriez dû faire** et que vous n'avez pas faites?

Oui. **J'aurais dû être** plus gentil avec mon grand-père, aller le voir, écouter ses histoires. Mais il est mort, maintenant. C'est trop tard.

EXPLICATIONS

I. Le futur

Il y a deux temps du futur: le futur simple et le futur antérieur. Le futur simple exprime une action future: **Je partirai demain**. Le futur antérieur exprime une action future, mais antérieure à une autre action future:

Quand vous arriverez, **je serai parti**.

A. La formation du futur

Tous les verbes ont les mêmes terminaisons pour le futur. Ce sont les terminaisons du verbe **avoir** au présent: **-ai, -as, -a, -ons, -ez, -ont**.

1. Le futur régulier

Pour la plus grande partie des verbes, le futur est régulier et il est formé:

INFINITIF + TERMINAISONS DU VERBE **AVOIR**		
Exemples: **arriver**	**réussir**	**vendre**
j(e) arriver ai	réussir ai	vendr ai
tu arriver as	réussir as	vendr as
il arriver a	réussir a	vendr a
nous arriver ons	réussir ons	vendr ons
vous arriver ez	réussir ez	vendr ez
ils arriver ont	réussir ont	vendr ont

Demain, **je commencerai** ma journée à sept heures. **Je partirai** de bonne heure. **Je resterai** à l'université toute la journée. Le soir, **je rentrerai** chez moi, et **je travaillerai** à mon bureau. Puis, **j'écouterai** de la musique, et **je regarderai** les nouvelles à la télévision

2. Le futur irrégulier

Un petit nombre de verbes a un futur irrégulier. Ce futur est formé sur une racine différente (mais souvent dérivée) de l'infinitif. Les verbes les plus communs qui ont un futur irrégulier sont:

aller	**j'irai**	falloir	**il faudra**	tenir[1]	**je tiendrai**
avoir	**j'aurai**	pouvoir	**je pourrai**	venir[2]	**je viendrai**
être	**je serai**	recevoir	**je recevrai**	voir	**je verrai**
faire	**je ferai**	savoir	**je saurai**	vouloir	**je voudrai**

Un jour, **je ferai** un voyage. **J'irai** en Europe, **je verrai** tout ce qui est célèbre. **Il faudra** que je fasse des économies parce que je ne pense pas que **je serai** riche. Je pense que **je saurai** voyager. **Je tiendrai à**[3] rencontrer les gens de chaque pays, et je sais que **je pourrai** converser avec ceux qui parlent français. **J'aurai** beaucoup de plaisir de ce voyage.

B. Le futur antérieur

Il exprime une action future, mais qui est terminée avant une autre action ou une date future:

Vous aurez terminé vos études longtemps avant la fin du siècle.
Venez à huit heures: **Nous aurons dîné.**
Hélas! **Je serai** déjà **parti** quand vous arriverez en Californie.
Je vous répondrai dès que **j'aurai reçu** votre lettre.

La formation du futur antérieur:
Il est formé sur le futur de l'auxiliaire **être** ou **avoir** et le participe passé du verbe.

VERBES AVEC **AVOIR**		*VERBES AVEC* **ÊTRE**	
Exemples:	**finir**		**partir**
j' aurai	fini	je serai	parti(e)
tu auras	fini	tu seras	parti(e)
elle / il aura	fini	elle / il sera	parti(e)
nous aurons	fini	nous serons	parti(e)s
vous aurez	fini	vous serez	parti(e)(s)
elles / ils auront	fini	elles / ils seront	parti(e)s

Le futur antérieur est souvent employé en conjonction avec les termes: **quand** et **lorsque** (qui a le même sens que **quand**) et **dès que** (*as soon as*).

---

[1] et les composés de **tenir: retenir, maintenir, soutenir,** etc.
[2] et les composés de **venir: devenir, revenir, survenir,** etc.
[3] **tenir à:** (+ un infinitif): *to be anxious to;* (+ un nom): *to be fond of*

Dès que j'aurai fini ce travail, j'en commencerai un autre.
Lorsque Lisa sera partie, Jacques sera bien triste.

C. Construction de la phrase avec le futur

    1. On emploie le futur ou le futur antérieur après **quand** (et après **lorsque, dès que**) dans une phrase au futur.[1]

        Quand vous aurez cette situation, **vous gagnerez** bien votre vie.
        Nous serons à l'aéroport **quand vous arriverez**.
        Vous êtes en retard. La classe **aura** sûrement **commencé** quand **vous entrerez**.

    2. On n'emploie pas le futur après **si** au sens de *if*.

        Si je fais des économies, j'aurai de l'argent.
        Vous aurez des amis **si vous êtes** loyal et généreux.
        Le film aura commencé **si vous arrivez** en retard.

    Mais remarquez que le mot **si** peut aussi avoir le sens de *whether*. Dans ce cas, on emploie le futur si la phrase est au futur.

        Je ne sais pas **si je partirai** ou **si je resterai**.
        Et si *(if)* je pars, je ne sais pas **si j'irai** en Europe ou en Amérique du Sud.

II. Le conditionnel

A. La formation du conditionnel

Le conditionnel ressemble au futur. En fait, c'est le futur, mais avec les terminaisons de l'imparfait:

je	tu	il	nous	vous	ils
-ais	-ais	-ait	-ions	-iez	-aient

    1. Le conditionnel régulier. Les verbes qui ont un futur régulier ont un conditionnel régulier.

	arriver	réussir	vendre
j(e)	arriver ais	réussir ais	vendr ais
tu	arriver ais	réussir ais	vendr ais
il	arriver ait	réussir ait	vendr ait
nous	arriver ions	réussir ions	vendr ions
vous	arriver iez	réussir iez	vendr iez
ils	arriver aient	réussir aient	vendr aient

[1] *This is quite logical, since the meaning of the sentence is future. But have you noticed that in English, we do not use the future after **when** and **as soon as**? For instance, the three examples here would be in English:*
    *When **you have** this job, you'll earn a good living.*
    *We'll be at the airport **when you arrive**.*
    *You are late. The class will surely have begun **when you walk in**.*

2. Le conditionnel des verbes qui ont un futur irrégulier:

aller	j' **irais**	recevoir	**je recevrais**
avoir	j' **aurais**	savoir	**je saurais**
être	je **serais**	tenir	**je tiendrais**
faire	je **ferais**	venir	**je viendrais**
falloir	il **faudrait**	voir	**je verrais**
pouvoir	je **pourrais**	vouloir	**je voudrais**

B. La formation du conditionnel parfait

Le conditionnel parfait est composé de l'auxiliaire **être** ou **avoir** au conditionnel, et du participe passé du verbe.

VERBES AVEC AVOIR		*VERBES AVEC* ÊTRE	
Exemples: **finir**		**partir**	
j' aurais	fini	je serais	parti(e)
tu aurais	fini	tu serais	parti(e)
elle / il aurait	fini	elle / il serait	parti(e)
nous aurions	fini	nous serions	parti(e)s
vous auriez	fini	vous seriez	parti(e)(s)
elles / ils auraient	fini	elles / ils seraient	parti(e)s

C. Les usages du conditionnel et la construction de la phrase avec le conditionnel, présent et parfait

1. Avec **si** et le passé:

Si vous faisiez des économies, **vous pourriez** faire un voyage.
Je viendrais vous voir souvent **si j'avais** le temps.
Je ne sais pas ce que **je ferais, si j'avais gagné** un million.

2. Après **quand / lorsque** et **dès que / aussitôt que**:

Napoléon espérait établir une paix durable **dès qu'il aurait conquis** l'Europe.
Il a promis de vous téléphoner **quand il arriverait**.
Aussitôt que j'aurai compris le conditionnel, je vous l'expliquerai.

Remarquez: La même règle s'applique ici que pour le futur après **quand / lorsque, dès que / aussitôt que** après le futur.

3. Comme seul verbe de la phrase (avec **si** probablement impliqué, mais pas exprimé):

Pourriez-vous me rendre un service? (Si je vous le demandais. . .)
Seriez-vous content de la revoir? (Si elle revenait. . .)
Aimeriez-vous sortir avec moi? (Si je vous invitais. . .)
Cette Lisa, quand même! Partir avec Jacques! L'**auriez-vous cru?** (Si on vous l'avait dit. . .)

4. Le conditionnel remplace le futur dans le discours indirect.

> Il a dit: « Je serai heureux de vous voir. »
> Il a dit qu'**il serait** heureux de me voir.
>
> Elle m'a téléphoné: « Hélas, je serai partie quand vous arriverez! »
> Elle m'a téléphoné qu'**elle serait partie** quand **j'arriverais**.

Pour le discours indirect, voir Progrès 9, pages 249–251.

Remarquez: Ce n'est pas le verbe directement après **si** qui est au conditionnel. C'est l'autre verbe:

> Si j'étais riche. . .
> Si j'étais riche, **je serais** généreux.
>
> Si vous aviez confiance en moi. . .
> **Vous me diriez** vos secrets si vous aviez confiance en moi.
>
> Si vous m'aviez dit ça. . .
> Si vous m'aviez dit ça, **je** ne vous **aurais** pas **cru**!

5. Le conditionnel, présent et parfait, exprime la rumeur, l'opinion, les faits non vérifiés.

> On dit que certains produits chimiques **causeraient** le cancer.
>
> D'après les astronomes, il y **aurait** probablement des habitants sur les autres planètes.
>
> D'après certains auteurs, Shakespeare **n'aurait** pas **existé**. Ce **serait** Marlowe ou Ben Johnson qui **auraient écrit** son théâtre. Pour d'autres, il n'**aurait été** qu'un obscur acteur qui **aurait donné** son nom à un groupe de personnages importants qui **auraient préféré** rester anonymes.

III. Le futur proche et le passé récent (Révision, voir Progrès 4, p. 93)

A. L'événement proche dans l'avenir, ou psychologiquement proche, peut s'exprimer par **aller + un verbe infinitif** à la place du futur:

> Un jour, elle **va** sûrement **rencontrer** l'homme de sa vie.
> Elle savait qu'elle **allait rencontrer** l'homme de sa vie.

B. L'événement récent dans le passé, ou psychologiquement récent, peut s'exprimer par **venir de + un verbe infinitif** à la place du passé:

> Nous **venons d'étudier** le futur.
> Au XIXᵉ siècle, on **venait d'entrer** dans l'ère industrielle.

Ces deux constructions sont employées seulement au **présent** et au **passé**. Quand elles sont au passé, elles sont toujours à l'**imparfait**.

IV. Le verbe **devoir**, *ses différents temps et ses différents sens*

A. CONJUGAISONS		
Présent	*Passé composé*	*Imparfait*
je dois	j' ai dû	je devais
tu dois	tu as dû	tu devais
il doit	il a dû	il devait
nous devons	nous avons dû	nous devions
vous devez	vous avez dû	vous deviez
ils doivent	ils ont dû	ils devaient
Futur	*Conditionnel*	*Conditionnel parfait*
je devrai	je devrais	j' aurais dû
tu devras	tu devrais	tu aurais dû
il devra	il devrait	il aurait dû
nous devrons	nous devrions	nous aurions dû
vous devrez	vous devriez	vous auriez dû
ils devront	ils devraient	ils auraient dû

B. Les différents sens de **devoir**

1. Le verbe **devoir** peut s'employer seul, comme verbe principal. Il a alors le sens de *to owe:*

   Beaucoup de gens **doivent** de l'argent à une banque.
   Je vous **dois** une invitation à dîner, n'est-ce pas?
   Qu'est-ce que je vous **dois**? *(How much do I owe you?)*
   Lisa a décidé qu'elle ne **devait** rien à Philippe.

2. Le verbe **devoir** s'emploie fréquemment comme auxiliaire avec un autre verbe. Dans ce cas, il a le sens de: *must* (au sens de probablement), *to be supposed to* or *expected to*, and *ought to*. Le temps du verbe détermine son sens.

   a. au présent et à l'imparfait, deux sens sont possibles:

   must
   Jacques pense qu'il **doit** faire beau en Provence.
   (Jacques thinks the weather must be nice in Provence.)
   ou:
   Jacques pensait qu'il **devait** faire beau en Provence.
   (Jacques thought the weather must be nice in Provence.)

   is / was supposed to
   Bill **doit** téléphoner à Lisa cette semaine.
   (Bill is supposed to call Lisa this week.)
   Philippe **devait** lui téléphoner pendant le week-end.
   (Philippe was supposed to call her during the week-end.)

   b. au futur: *will be expected to, will be supposed to*

189

Règlement: Le personnel **devra** être à l'heure. Tout le monde **devra** porter des vêtements sobres, et certains employés **devront** porter un uniforme. Personne ne **devra** partir sans informer son supérieur.

c. Au passé composé: *must have (probably had)*

Quand tu es en retard, je pense toujours que **tu as dû** avoir un accident.
Je ne trouve pas mes papiers! **J'ai dû** les oublier dans l'autobus!

d. au conditionnel: *ought to* et au conditionnel parfait: *ought to have*

Je **devrais** étudier davantage. Je ne **devrais** pas manger de bonbons.
On **devrait** toujours penser aux autres.

J'aurais dû écrire cette lettre il y a un mois!
Vous **auriez dû** me dire que j'avais l'air ridicule avec ce chapeau.

3. Comparaison de **devoir** et de **il faut**

Vous venez de voir les différents sens de **devoir**. Vous savez déjà que **il faut** (il a fallu, il fallait, il faudra, il faudrait) n'a qu'un seul sens: *to have to*

Il faut que je fasse des économies parce que je dois faire un voyage.
(I have to save money, because I am supposed to go on a trip.)
Il a fallu que je reste chez moi, parce que je devais préparer un rapport.
(I had to stay home because I was supposed to prepare a report.)

Note: Use **il faut** *and its different tenses whenever you want to express* **have to**. *But be careful of the negation:* **il ne faut pas** *does not mean* **don't have to**. *It means only* **must not**: **Il ne faut pas** *que vous fassiez de fautes. To express* **don't have to**, *use* **ne pas être obligé de**: **Je ne suis pas obligé d'être à l'université le mardi.**

EXERCICES

1. Le futur.

   Mettez les phrases suivantes au futur.

   Exemple: En juin, j'ai assez d'argent, alors je fais un voyage.
   En juin, j'aurai assez d'argent, alors je ferai un voyage.

   1. Cet été, je fais un voyage. D'abord, je prends mon billet.
   2. Je n'oublie pas de demander un passeport et je l'attends avec impatience.
   3. Je vais à l'aéroport. Venez-vous avec moi? Êtes-vous à l'heure?
   4. Moi, je suis un peu triste. . . Vous le voyez, et vous me consolez.
   5. Nous pouvons déjeuner avant l'heure de l'avion, mais il faut écouter le haut-parleur.
   6. Quand on annonce le vol, je tiens déjà mon billet à la main.
   7. Vous me dites au revoir, et je monte dans l'avion.
   8. Alors commence la meilleure partie du voyage. Je suis un peu énervé, mais l'hôtesse apporte des cocktails et sert le dîner.

9. Après, on montre un film. Je dors un moment, mais je ne réussis sans doute pas à dormir profondément.
10. Les autres voyageurs dorment aussi, probablement, ou boivent du café, ou causent avec leurs voisins.
11. Le temps passe vite. À l'arrivée, je regrette un peu l'avion si confortable. Il faut trouver un taxi, aller à l'hôtel. Bien sûr, j'ai des réservations.
12. Avec ma chance habituelle, il pleut probablement à verse, et je suis mouillé comme un caniche quand j'arrive à ma chambre!

2. Le futur antérieur.

> *Qu'est-ce qui a déjà eu lieu* **(What has already taken place)** *quand. . . ?*

> *Exemple:* Quand vous partirez en voyage? (prendre mon billet)
> **Quand je partirai en voyage, j'aurai déjà pris mon billet.**

1. Quand vous aurez fini vos études? *(passer quatre ans à l'université)*
2. Quand Lisa et Jacques arriveront à Ansouis? *(voyager pendant dix heures)*
3. Quand le week-end arrivera? *(finir tout votre travail de la semaine)*
4. Quand votre père sera guéri? *(rester un mois à l'hôpital)*
5. Quand vous arriverez enfin, avec une heure de retard? *(tout le monde sort, et va dîner sans vous)*
6. Quand le Loup verra le Petit Chaperon Rouge? *(attendre longtemps derrière son arbre)*
7. Quand vous rencontrerez l'homme (la femme) de votre vie? *(rencontrer plusieurs types (filles) impossibles)*
8. Quand vous emmènerez votre voiture au garage? *(tomber plusieurs fois en panne)*
9. Quand Philippe rentrera de Normandie lundi? *(Lisa passe déjà deux jours en Provence et elle l'oublie peut-être.)*
10. Quand la fin de ce siècle arrivera? *(Le monde change énormément.)*

3. *Traduisez les phrases suivantes en français correct et idiomatique. (Attention à* **if,** *when ou* **whenever, as soon as)**

> *Exemple: I won't be home when Bill calls!*
> **Je ne serai pas chez moi quand Bill téléphonera.**

Jacques dit:

1. If you think for too long, I won't have enough change for the phone.   2. Tell me quickly if you want to come with me, or stay in Paris.   3. We will see the sun when we arrive in Valence.   4. If we take the freeway, we'll pay a toll (un péage), *but we'll be in Ansouis much earlier.   5. As soon as you hear the accent of the South of France, you'll know you're in Provence.   6. We'll leave whenever you're ready.   7. As soon as you meet Gisèle and Christian, you'll understand why they're my best friends.*

Lisa pense:

1. If I go to Provence with Jacques, perhaps Philippe will no longer speak to me. . .   2. Well, if he doesn't speak to me, I'll know he is an idiot.   3. I won't be home when he calls. . . But Paris won't be much fun if it rains like that all weekend!   4. I don't know whether Jacques is sincere or not. . . When a Frenchman says «It's strictly on the level», is it just another line (du baratin)?   5. I will find out (Je verrai bien) whether it is a line if I go with him. I'll leave whenever I want to. If I don't like his attitude, I'll go spend a few days in Italy.   6. I'll have many stories to tell when I return home, if I return home!

4. Le conditionnel présent et parfait. Transformation de phrases

A. *Le conditionnel présent. Mettez les phrases suivantes au passé et au conditionnel présent.*

> *Exemple:* Si vous venez me voir, je vous inviterai à dîner.
> **Si vous veniez me voir, je vous inviterais à dîner.**

1. Si Philippe a du bon sens, il restera à Paris, n'est-ce pas?
2. Lisa n'ira pas en Provence, si elle aime vraiment Philippe.
3. S'il ne pleut pas, la situation sera différente.
4. Mais avec cette pluie, si elle reste, elle ne pourra pas sortir.
5. Il y aura beaucoup de choses à faire, si c'est un week-end ordinaire.
6. Elle pense qu'une fille est libre: Si elle veut faire quelque chose, elle peut le faire.
7. Si elle écrit ses aventures à ses amies d'Amérique, elles seront jalouses.
8. Si Bill sait que Lisa a deux admirateurs à Paris, il viendra bientôt, n'est-ce pas?

B. *Le conditionnel parfait. Mettez les phrases suivantes au plus-que-parfait et au conditionnel parfait*

> *Exemple:* Si vous écriviez cette lettre, on croirait que vous êtes fou!
> **Si vous aviez écrit cette lettre, on aurait cru que vous étiez fou!**

1. Si nous partions à cinq heures, nous arriverions dans l'après-midi.
2. Tout le monde prendrait l'autoroute si le péage n'était pas si cher.
3. Les touristes feraient un détour pour voir Dijon s'ils savaient que ça en vaut la peine.
4. Tu m'emmènerais voir Dijon si nous avions plus de temps.
5. Jacques et Lisa feraient un pique-nique s'il faisait beau.
6. Jacques construirait des stations d'essence, s'il restait avec cette firme d'architecture.
7. Vous ne feriez pas d'erreur si vous faisiez attention.
8. Je serais ravi de vous voir si vous traversiez ma ville.

5. Le conditionnel et votre imagination!

Répondez à la question avec imagination et au moins un verbe.

A. Au conditionnel présent

> *Exemple:* Qu'est-ce que vous feriez si vous gagniez un million?
> **Je réfléchirais avant de tout le dépenser.**

Qu'est-ce que vous feriez:

si je vous accusais d'avoir copié votre examen?
si votre hôtel ne vous avait pas réservé de chambre?
si vous rencontriez votre mari (votre femme) avec quelqu'un d'autre?
si Jacques vous invitait à venir en Provence avec lui?
si vous rencontriez quelqu'un d'absolument idéal?
si vous receviez une demande en mariage d'une actrice (un acteur) célèbre?
si on vous invitait à faire partie du MLF?[1]
si vous n'aviez plus de monnaie au milieu d'un coup de téléphone?
si je vous disais que je vous aime?
si votre ville voulait mettre votre statue sur la place publique?
si vous vouliez devenir écrivain?
si vous vouliez devenir acteur (actrice)?
si votre famille disait que votre cuisine . . . c'est des saloperies?

B. *Au conditionnel parfait. Même exercice. Mais répondez avec au moins un verbe au conditionnel parfait.*

> *Exemple:* Qu'est-ce que vous auriez fait si votre voiture était tombée en panne ce matin?
> **J'aurais essayé de la réparer. Ou bien je serais venu en autobus. (Je ne serais peut-être pas venu!)**

Qu'est-ce que vous auriez fait:

si vous étiez né très riche?
si vous aviez été à la place de Lisa?
si vous aviez perdu votre sac (votre portefeuille) ce matin?
si votre voiture avait refusé de partir ce matin?
si vous aviez ouvert une lettre destinée à une autre personne?
si le téléphone avait sonné au moment où vous sortiez?
s'il avait plu à verse quand vous êtes sorti?
si vous aviez enfermé la clé de votre voiture dans votre appartement?
si vous étiez resté au lit ce matin?

6. **avant de** + infinitif et **avant que** + subjonctif
après avoir / être + infinitif et **après que** + indicatif

> *Complétez les phrases suivantes de façon logique et probable, d'après l'histoire que vous lisez dans le livre.*

> *Exemple:* La pluie avait cessé avant qu'**ils arrivent à Ansouis.**

1. Jacques savait-il que Lisa n'était pas en Normandie avant de . . . ?
2. Il a préparé un thermos de café noir avant de . . .
3. Lisa avait commencé à lire avant que . . .
4. Le paysage a changé après que . . .
5. Il ne faut pas répondre aux questions avant de . . .

[1] MLF: Mouvement pour la Libération de la Femme

6. Gisèle avait préparé le dîner avant que . . .
7. Je n'avais jamais entendu parler d'Ansouis avant de . . .
8. En France, on n'entend pas l'accent du midi avant de . . .
9. Lisa a-t-elle regretté sa décision après . . . ?
10. Christian a réparé la chaîne de Jacques avant que . . .
11. Jacques était heureux d'être chez lui après . . .
12. Lisa a compris pourquoi Gisèle et Christian étaient les meilleurs amis de Jacques après que . . .

7. L'usage de **devoir**

Traduisez les phrases suivantes en employant un des temps de **devoir**.

Exemple: He must have forgotten we were waiting for him!
Il a dû oublier que nous l'attendions.

1. The radio says the rain is supposed to stop Tuesday. 2. You should (ought to) have seen Jacques' face when he heard the music of his hi-fi! 3. Philippe was supposed to call Lisa during the week-end. 4. When you are late, people think: He must have had an accident. 5. I must have left my keys in (sur) the door . . . 6. Jacques was supposed to come home alone. 7. Can you guess what the villagers must have thought? 8. I know people ought to mind their own business (s'occuper de leurs affaires) but in villages, you don't see many strangers! 9. Gisele's soupe au pistou must be a local specialty. Pistou must be an herb of Provence. 10. Lisa ought to ask Gisèle for advice. (Gisèle must know Frenchmen better than Lisa. . .)

8. *Nommez cinq choses que vous devez faire tous les jours.*
Nommez cinq choses que vous devriez faire tous les jours (mais que vous ne faites pas toujours—ou jamais!)
Nommez cinq choses que vous auriez dû faire (mais que vous n'avez pas faites et . . . vous le regrettez!)

Par exemple:
Moi, tous les jours, je dois partir de bonne heure
je dois préparer le dîner.

Je devrais suivre un régime.
Je devrais dépenser moins d'argent.

J'aurais dû vous téléphoner hier. . .
J'aurais dû mieux organiser ma vie. . .
J'aurais dû étudier le français à l'école secondaire. . .

PRONONCIATION

Les voyelles nasales

1. Quand y a-t-il une voyelle nasale?

Les voyelles nasales sont des sons caractéristiques du français. Il y a une voyelle nasale quand une voyelle (**a, e, i, o, u**) est suivie d'un **n** ou d'un **m** dans la même syllabe.

Attention: Il y a **plusieurs orthographes** pour chaque voyelle nasale, mais seulement **un son** pour chacune.

an [ã]
- an — dimanche, quelques instants, un banc, passionnant, blanc, garantie
- am — ambiance, campagne, champagne
- en — une centaine, tu entendras, ensoleillé, absence, entre, pendant
- em — emmener, embarrassé, remplacer, emporter, contemporain, exemple

in [ɛ̃]
- in — matin, prince, voisin, vin, intellectuel, fin, intime, intolérable impossible, timbre
- im — plein, peintre, peinture, sein
- ein — demain, copain, contemporain, américain, pain, main
- ain — (et **aim**: faim)
- -en (final) — et aussi: examen, européen, citoyen, moyen
- -ien (final) — bien, mien, rien, le chien, chrétien
- -oin (final) — (moins, coin, besoin)

on [ɔ̃]
- on — conte, montagne, le Lubéron, la confiture, monde, bon
- om — comte, compte, complet, le triomphe, ombre
- -ion (final) — et aussi: conversion, camion, avion
- -tion (final) — nation, conversation, explication

un [œ̃]
- un — chacun, un, lundi
- um — parfum

MAIS: une femme [fam]

(Pour **Quand n'y a-t-il pas de voyelle nasale?** voyez Prononciation, Progrès 8)

195

Au restaurant Florida. *Dans quelle ville sont Lisa et Jacques? Quelle spécialité mangent-ils? Qu'est-ce que Jacques est probablement en train de servir à Lisa?*

Nous irons à Saint-Tropez . . .

« Tu pourras dormir tard, demain matin, avait dit Jacques. Tu pourrais dormir toute la matinée, si les cloches ne te réveillaient pas. Mais c'est dimanche, et tu les entendras sonner. »

Et en effet, ce sont les cloches qui ont réveillé Lisa. D'abord, les cloches de l'église qui sonnaient joyeusement dans le ciel tout bleu. Et puis, quelques instants plus tard, le son d'une clochette, d'une flûte et de centaines de petits pieds sur les cailloux. C'était un troupeau de moutons, long comme une rivière, des centaines de moutons qui descendaient l'étroite rue en direction des champs. À l'arrière-garde, deux chiens affairés qui retournaient sans cesse en arrière pour s'assurer que le troupeau était bien au complet. « Non, pensait Lisa, ce n'est pas possible! C'est dans les contes de fées, dans les histoires du temps passé qu'on verrait des troupeaux comme celui-là. Alors, le berger serait un prince! Mais ça n'existe pas aujourd'hui. . . » Elle aurait pu passer la matinée à sa fenêtre à regarder les fortifications médiévales du village, le paysage de vignes et d'arbres fruitiers, les montagnes du Lubéron, bleues à l'horizon . . . et le troupeau qui, maintenant loin sur la petite route, soulevait un léger nuage de poussière.

« Alors, a appelé Jacques. Ça va, la Belle au Bois Dormant? Qu'est-ce que la princesse prendra pour son petit déjeuner? Mais d'abord, allons aux provisions. Il n'y a rien à manger dans la maison. »

Réjean et sa guitare. *Qui est Réjean? De quel pays est-il? Quelle est sa profession?*

De la maison de Jacques, située en haut du village, on doit descendre pour trouver les boutiques. D'abord, la boulangerie pour le pain et les croissants. Puis, l'épicerie-alimentation pour le beurre et le lait. Ils ont dû s'arrêter et échanger quelques mots avec M. Louis, assis sur un banc devant sa maison, et lui dire qui était Lisa. « La curiosité du village devrait être satisfaite, » a murmuré Jacques à l'oreille de Lisa. « Il pourra dire à tout le monde que tu es américaine et que tu t'appelles Lisa. J'aurais dû te présenter hier soir aux gens que nous avons rencontrés sur la place du village qui doivent tous mourir d'envie de savoir qui tu es. »

«Nous passerons chez Gisèle, a continué Jacques, et elle nous donnera un pot de sa confiture d'abricots. Elle vient juste de la faire. Tu verras, elle est unique, cette confiture. Dans quelques jours Gisèle fera la confiture de pêches, et puis ce sera la saison des poires... Aimerais-tu faire des confitures si nous allions chercher les fruits nous-mêmes dans les vergers?

Le petit déjeuner sur la terrasse ensoleillée était délicieux. Il commençait à faire chaud et on n'entendait que le bruit des insectes dans la chaleur du soleil. Un bruit de motocyclette a interrompu le silence, et un grand type est entré, un panier de fruits à la main, qu'il a posé sur la table, «De mon jardin» a-t-il dit. Sans façon, il s'est assis et a accepté une tasse de café.

« Je te présente Réjean, a dit Jacques. C'est un bon copain, un Québécois qui passe ses étés dans le village voisin. Au Québec, il donne des concerts où il chante et joue de la guitare. Il fait la même chose ici en été, dans toute la région. Il faudra que nous allions l'entendre. Il a beaucoup de talent.

—J'aimerais bien connaître le Québec, dit Lisa.

197

—Ah, ça bouge, au Québec, a répliqué Réjean. C'est en pleine transformation. Alors, moi, et beaucoup d'autres, nous essayons de garder vivant le folklore du vieux pays. Et à propos, a-t-il ajouté sans transition, Christian vient de passer chez moi. On dînera tous chez eux demain soir?

—Tu veux bien, Lisa? a demandé Jacques. Alors, d'ac.

—Qu'est-ce que vous ferez aujourd'hui, vous deux? a questionné Réjean.

—Eh bien, je pense que je montrerai le Côte à Lisa. On ira jusqu'à Saint-Tropez, on passera l'après-midi sur la plage, et puis on dînera à Marseille en rentrant. Tu veux venir avec nous?

—Aujourd'hui, dit Réjean, je ne pourrai pas. J'ai un concert cet après-midi à la Tour d'Aygue. . . Pourtant, je voudrais bien qu'elle entende un de mes concerts. Restera-t-elle longtemps? Justement, je jouerai dimanche prochain dans une boîte à Saint-Tropez.

—Je ne sais pas combien de temps elle restera, répond Jacques. Longtemps, j'espère, ajoute-t-il en regardant Lisa. Nous en parlerons ensemble et je te le dirai. »

Bien sûr, il y avait une foule de voitures sur la route de Saint-Tropez. Bien sûr, il y avait foule sur le port. Mais Lisa a adoré Saint-Trop. Surtout le contraste entre le vieux village de pêcheurs et les yachts luxueux amarrés au quai, les boutiques, les costumes extravagants et la foule colorée des touristes. « Je reviendrai, pensait-elle. Oh, je reviendrai, et cette fois, je resterai longtemps! » Naturellement, on doit s'asseoir à la terrasse du café Sennequier pour prendre une consommation et regarder passer la foule. Et puis, on doit aller à la plage de Pampelonne. Le combi était pratique pour changer de vêtements. Quelle foule sur la plage!

Là, à la surprise de Lisa, beaucoup de femmes avaient le torse nu. Lisa n'avait jamais vu cela sur une plage publique. Quelques-unes de ces femmes étaient jeunes et exhibaient une jolie poitrine. D'autres n'étaient ni jeunes, ni

Sur la plage de Saint-Tropez *Imaginez la conversation entre Lisa et Jacques*

le camping sauvage: Le camping seul, dans la nature, opposé au camping dans les terrains de camping, avec beaucoup d'autres campeurs autour de vous.

jolies et le spectacle qu'elles offraient prouvait bien que la gravité triomphe éventuellement de la beauté. . . Personne, d'ailleurs, ne faisait attention à cette semi-nudité, et au bout d'une heure, le spectacle avait perdu sa nouveauté pour Lisa. « Il y a d'autres plages, près de Saint-Tropez aussi, où c'est le nu intégral, mais nous n'irons pas. À mon avis, le nu intégral, c'est très bien, mais seulement pour le camping sauvage.° J'ai passé le mois de juin en Corse, à faire du camping sauvage, et j'ai acquis un bronze intégral. Mais il n'y avait personne, les plages étaient désertes. Je ne suis pas exhibitionniste, » a affirmé Jacques.

L'eau de la Méditerranée était tiède, presque chaude, bleue et transparente comme du cristal. Lisa a nagé pour la première fois depuis des semaines. « Comme c'est bon, pensait-elle. Quand je rentrerai aux États-Unis, je nagerai tous les jours dans notre piscine. . . Quand je rentrerai? Mais est-ce que je souhaite rentrer? Je serai peut-être très malheureuse quand je retrouverai ma vie 'd'avant la France'! »

Tous deux mouraient de faim, après le bain. Jacques est allé chercher des pans-bagnats au restaurant de la plage.

« Je ne sais pas ce que c'est que le pan-bagnat, dit Lisa. Je ne sais pas si je l'aimerai. Tu aurais dû me prendre un hot-dog.

—Goûte-le, tu verras, tu l'aimeras beaucoup. C'est le sandwich provençal. Tu en mangeras souvent, ici. »

Il avait raison. C'était bon, ce sandwich-salade, où on reconnaissait le goût des tomates, des oeufs durs, du thon, des olives noires et de la vinaigrette. Lisa a dévoré le sien.

«Si nous partions maintenant? Je voudrais te montrer un peu Marseille, et puis je t'emmènerai dîner dans un restaurant sympa et pas cher. Nous y mangerons une bouillabaisse, c'est vraiment le plat national de Marseille. Partons, il y aura un monde fou sur l'autoroute. »

Le soleil se couchait sur la mer quand ils sont arrivés à Marseille. Des centaines de petits bateaux remplissaient le Vieux-Port. Restaurant après restaurant annonçait ses fruits de mer, son poisson, ses coquillages et sa bouillabaisse. Une cathédrale toute blanche, surmontée d'une immense statue dorée, diminuée d'être si haute, se dressait sur la colline qui surplombe la mer.

« C'est Notre-Dame de la Garde, la Bonne Mère. Les marins sur les bateaux la voient de très loin, en mer. Quand il y a une tempête, c'est elle que les marins prient de les sauver.

—Et elle les sauve? demande Lisa

—Bien sûr, répond Jacques, s'ils le demandent avec ferveur. »

Il n'était que huit heures, très tôt pour le dîner, alors il y avait encore des tables libres, à la terrasse vitrée du Florida. La bouillabaisse est arrivée, différente de celles que Lisa avait déjà mangées en Amérique. D'abord, on a apporté une soupière pleine d'un odorant bouillon.

« Je voudrais que vous nous apportiez aussi du fromage râpé et de la sauce rouille,° » a demandé Jacques.

---

la sauce rouille: sauce qui accompagne traditionnellement la bouillabaisse. C'est une sauce très épicée, de couleur rouille (*rust*), à consistance de mayonnaise.

Il a placé du pain grillé frotté d'ail dans l'assiette de Lisa, a versé le bouillon sur le pain, a ajouté du fromage. Sur un toast à l'ail, il a mis un peu de sauce rouille.

« Goûte. Si tu aimes la sauce rouille, tu en reprendras. »

C'était épicé, parfumé, délicieux. Ce bouillon de poisson au safran était une merveille. Jacques a rempli leurs verres de Côtes de Provence rosé. Puis, on a apporté le reste de la bouillabaisse, un grand plat de poissons cuits dans le bouillon au safran.

« Maintenant, tu mettras du poisson dans le reste de ton bouillon, tu y ajouteras de la sauce rouille, et tu finiras le tout avec un autre toast à l'ail. Si tu étais vraiment provençale, tu y verserais aussi un verre de vin. M. Louis ne la mangerait pas autrement, sa bouillabaisse.

—Pourquoi es-tu aussi plein d'attentions pour moi? a demandé Lisa.

—Ce ne sont pas des attentions, a répliqué Jacques. Mais je dois te montrer comment on mange la bouillabaisse. Tu es venue en France pour ton éducation, oui ou non? Tu ne voudrais pas que je te laisse rentrer en Amérique sans savoir les choses essentielles, non? »

Lisa a ri. Elle était agréablement fatiguée, un peu ivre de soleil, de la mer, de la vitesse sur la route et . . . de deux verres de rosé de Provence. Elle avait beaucoup de peine à garder contact avec la réalité. Dans un effort de réalisme, elle a dit:

« Je rentrerai à Paris mardi.

—Justement, nous parlerons de tout ça demain, a dit Jacques. Moi, je ne fais pas de projets avec les filles qui sont un peu saoûles et qui tombent de sommeil. Ce ne serait pas bien, et puis, si je faisais des trucs comme ça, je perdrais ma bonne réputation auprès des mères de jeunes filles. »

Lisa a encore ri. Tout lui semblait amusant, ce soir.

« On rentrera à Ansouis tout de suite après le café. Tu dormiras sur la couchette du combi jusqu'à ce qu'on arrive.

—Et toi, a demandé Lisa, tu n'es pas fatigué?

—Un peu, a répliqué Jacques, l'air soudain sérieux. Mais l'air de la nuit me réveillera. Et puis, j'ai besoin de réfléchir. Je te parlerai de beaucoup de choses demain, quand tu seras reposée et en forme. J'ai besoin d'organiser mes idées, je le ferai en conduisant. Dors bien, je te réveillerai en arrivant à la maison. »

Questions

Répondez sans reproduire le texte

1. Qu'est-ce qui réveillera Lisa demain, d'après Jacques?
2. Qu'est-ce que Jacques et Lisa mangeront pour leur petit déjeuner?
3. Pourquoi Jacques et Lisa passeront-ils chez Gisèle?
4. Qui est Réjean? Sera-t-il libre aujourd'hui? Pourquoi?

5. À votre avis, Lisa restera-t-elle longtemps à Ansouis? Si vous étiez à sa place, y resteriez-vous, ou partiriez-vous vite? Pourquoi?
6. Si vous alliez à la plage de Pampelonne, à Saint-Tropez, qu'est-ce que vous verriez? Est-ce que ça vous choquerait? Pourquoi?
7. Si vous vouliez faire un pan-bagnat, de quoi auriez-vous besoin?
8. Si vous étiez un marin, en danger sur la Méditerranée, qui prieriez-vous de vous sauver?
9. Verseriez-vous un verre de vin dans votre bouillabaisse? Pourquoi?
10. Demain, Jacques parlera de beaucoup de choses à Lisa. De quoi parlera-t-il, à votre avis? Essayez d'imaginer ce qu'il lui dira. Qu'est-ce que vous diriez, si vous étiez à la place de Jacques (ou de Lisa?)
11. Aimeriez-vous passer une journée comme celle de Jacques et Lisa? Question indiscrète: Quel costume porteriez-vous, sur la plage de Saint-Tropez?

Répondez dans l'esprit du texte mais avec imagination

1. *Jacques:* Aimerais-tu faire des confitures avec Gisèle?
   Lisa: . . .

2. *Lisa:* J'aimerais bien connaître le Québec, Pourrais-je y faire du ski, en hiver?
   Réjean: . . .

3. *Jacques:* Tu veux venir à Saint-Trop avec nous, Réjean?
   Rejean: . . .

4. *Lisa:* Pourquoi toutes ces femmes ont-elles le torse nu? Est-ce légal?
   Jacques: . . .

5. *Lisa:* Qu'est-ce que tu penses du nu intégral?
   Jacques: . . .

6. *Jacques:* Comment trouves-tu l'eau de la Méditerranée?
   Lisa: . . .

7. *Lisa:* Qu'est-ce qu'il y a dans un pan-bagnat?
   Jacques: . . .

8. *Jacques (au garçon):* Quel vin recommandez-vous avec la bouillabaisse?
   Le garçon (au restaurant): . . .

9. *Lisa:* Je rentrerai à Paris mardi.
   Jacques: . . .

10. *Lisa:* Tu n'auras pas trop sommeil, pour conduire jusqu'à Ansouis?
    Jacques: . . .

11. *Lisa:* Je conduirai, si tu veux.
    Jacques: . . .

Colette est un des grands écrivains du XXe siècle. *Documentez-vous sur elle et dites ce que vous avez appris.*

Gabrielle, ou "Coco" Chanel a complètement transformé la mode dans les années 20. Aujourd'hui, son nom est associé au parfum Numéro 5 et à une mode élégante par sa simplicité.

Edmonde Charles-Roux
(cite Colette)

Lettre de Saint-Tropez

Dans sa biographie intitulée « L'IRREGULIÈRE », Edmonde Charles-Roux raconte la vie de Gabrielle (dite Coco) Chanel. Coco Chanel était une célèbre couturière et la créatrice d'un parfum presque aussi célèbre qu'elle: Le Numéro Cinq.

La vie de Chanel, c'est aussi la chronique du siècle: Chanel connaissait tout le monde et les noms de ses amis forment une liste des célébrités de son temps. Une des amies de Chanel, c'est la grande femme-écrivain, Colette. Ici, Madame Charles-Roux cite une lettre de Colette, en vacances à Saint-Tropez, à son futur mari, resté à Paris.

Edmonde Charles-Roux est écrivain. Elle a été jusqu'en 1966 rédactrice en chef de l'édition française de VOGUE.

« Mon chéri, il fait beau. Comment dire? Il faudrait décrire ça en musique. Tant de fraîcheur, de chaleur, d'odeur, qui pourrait les décrire? . . . Une pleine lune sur la mer, telle qu'on a envie de lui dire: « Si c'est pour moi, mettez-en un peu moins ». Le reste, c'est la mer, le bain, les fleurs, la promenade solitaire, et ton absence. Une explosion de lis° roses: vingt-neuf tiges° d'un côté, vingt de l'autre, en deux rangs, ont fleuri à la fois. C'est magnifique. Contre le mur de briques ajourées,° tu sais, le mur auquel est appuyé le cagibi° aux outils, autre explosion de lis roses, mêlés à une cascade de plumbago° bleu pâle et des ruisseaux de volubilis° bleu vif. Et tu n'est pas là! »

lis: *lilies*   tige: branche principale   briques ajourées: *openwork bricks*   le cagibi: la cabane
le plumbago: le jasmin   des volubilis: *morning glories*

Sur le port de Saint-Tropez. *Est-ce que Saint-Tropez est célèbre depuis longtemps? Que voyez-vous sur cette photo?*

« Hier à la fin de l'après-midi, j'étais en ville avec Moune et Kessel° le temps de prendre à six heures et demie le courrier et d'aller au petit magasin voir Jeanne Marnac° qui devait s'y faire faire les ongles. Comme j'achetais quelque chose chez Vachon° deux mains me ferment les yeux, un corps agréable pèse sur mon dos . . . C'était Misia,° toute caressante. Effusions, tendresses.

—Comment, tu es là!

—Mais oui, je suis là, etc.

Mais elle avait quelque chose d'urgent à me jeter dans l'oreille:

—Tu sais, elle l'épouse!

—Qui?

—Iribe.° *Ma chèrre,*° *ma chèrre,* c'est une histoire inouïe: Coco aime pour la première fois de sa vie!

Commentaires, etc.

—Ah! je te garantis qu'il connaît son métier, celui-là.

Je n'avais pas le temps de demander quel métier.

—On te cherche, on est parti chez toi, on veut t'emmener dîner à Saint-Raphaël, à Cannes,°. . .

Kessel: Georges Kessel, journaliste   Jeanne Marnac: actrice célèbre   Vachon: boutique de vêtements qui est encore aujourd'hui sur le port à Saint Tropez   Misia: beauté célèbre mariée au peintre José-Maria Sert.   Iribe: peintre, dessinateur de mode, décorateur très célèbre de son temps   Saint-Raphaël, Cannes, Valescure: autres villes près de Saint-Tropez.   *ma cherre*: ma chère (Misia est née en Russie et Colette indique ainsi son accent russe.)

Je décline, je retombe dans ses bras, je sors avec Moune et nous allons récupérer Kessel qui achetait n'importe quoi. Nous faisons trois pas, deux bras me ceignent,° c'était Antoinette Bernstein° et sa fille. Effusions, etc.

—On vous cherche, on vous emmène dîner chez Robert de Rothschild à Valescure . . . etc.

Elle savait déjà que je prenais la critique du journal. Éffusions, baisers. Nous repartons Moune et moi, nous faisons trois pas, deux bras de faucheux m'étreignent, c'étaient les Val:

—Je viens de chez vous, je vous cherche, je vous emmène dîner à l'Escale° avec . . . etc.

Je décline—c'est le cas de le dire, à vue d'oeil . . .

Moune et moi nous faisons trois pas, deux mains très fines et froides se posent sur mes yeux: c'est Coco Chanel. Effusions . . . plus réservées:

—Je vous emmène dîner à l'Escale avec . . . etc., etc.

Je décline de plus en plus, et, à quelques pas j'aperçois Iribe qui m'envoie des bezers.° Puis il m'embrasse avant que j'aie pu accomplir les rites d'exorcisme, serre ma main tendrement entre sa joue et mon épaule:

—Comment vous avez été méchante pour moi . . . Vous m'avez traité de démon!

—Et ça ne vous suffit pas, que je lui dis. Mais il débordait de joie et de tendresse. Il a ensemble soixante ans° et vingt printemps. Il est mince, ridé et blanc et rit sur des dents toutes neuves. Il roucoule comme une colombe,° ce qui est d'ailleurs curieux, car tu trouveras dans de vieux textes que le démon prend la voix et la force de l'oiseau de Vénus . . . »

me ceignent: m'entourent   deux bras de faucheux m'étreignent: deux longs bras me serrent   Antoinette Bernstein: la femme d'un célèbre auteur dramatique   Valentine: autre amie de Colette, célèbre à l'époque   l'Escale: un restaurant célèbre   des bezers: des baisers   soixante ans: Nés tous les deux en 1883, Colette et Iribe ont en fait cinquante ans, quand cette lettre est écrite, en 1933   Le mariage de Chanel et Iribe n'a pas eu lieu. Et Coco Chanel, après de nombreuses aventures, amoureuses et autres, est morte célibataire en 1971.   colombe: *dove*

Questions sur le texte

1. Le nom de trois femmes célèbres est mentionné dans la préface au texte *Lettre de Saint-Tropez*. Qui sont ces trois femmes? Pourquoi sont-elles célèbres?

2. Qui écrit la *Lettre de Saint-Tropez*? À qui écrit-elle?

3. En quelle saison cette lettre est-elle écrite? Quelles sont les fleurs de ce jardin?

4. Pensez-vous que Saint-Tropez était un endroit à la mode quand Colette a écrit cette lettre? Pourquoi?

5. Combien de personnes, amies et connaissances, Colette a-t-elle rencontrées pendant sa promenade dans Saint-Tropez?

6. Trouvez deux indications (brèves, mais présentes) dans le texte qui révèlent les sentiments de Colette pour Chanel. Colette aime-t-elle beaucoup Chanel?

7. Qu'est-ce qui semble être l'activité à la mode à Saint-Tropez, cette année-là?

8. Aimeriez-vous vous promener dans une station comme Saint-Tropez et rencontrer tous les gens que vous connaissez? Pourquoi? Que feriez-vous?
9. Est-ce que Colette aime bien Iribe? Essayez de nommer les sentiments qu'elle a probablement pour lui.
10. Irez-vous à Saint-Tropez un jour? Pourquoi?

Traductions

Version

*Traduisez la **Lettre de Saint-Tropez** en anglais simple et correct, et en respectant le style du texte.*

Thème

Traduisez en français la lettre suivante:

Darling,

The weather is so beautiful, the sea is warm, the moon is full and you are not here! There are roses against the old stone wall, an explosion of blue jasmine against the tool shed, and the lilies will bloom soon.

I go into town every day, at the end of the afternoon, just long enough to pick up the mail at the post office and to buy a few things at Vachon's. Everybody is in Saint-Tropez, this summer. Next year, we will go elsewhere, there are too many people we know here. And here is something which will surprise you: Gabrielle and Paul will get married in the fall. I would not believe it if Gabrielle had not told me herself. Valentine says that she will have to see it to believe it.

This year, everybody goes to the village of Valescure, where a new restaurant serves the best bouillabaisse in Provence. We'll go there as soon as you arrive. I'll count the days until your arrival, and I love you.

Des projets d'avenir

Quand auras-tu ton diplôme?

Je l'aurai **cette année / dans un an / dans deux ans, etc.**

Quand finiras-tu tes études?

Je les finirai **quand j'aurai mon diplôme / Pas tout de suite / Je ferai des études supérieures.**

Qu'est-ce que tu feras après avoir obtenu ton diplôme?

J'entrerai **à la faculté de médecine / à la faculté de droit / dans une école de gestion des affaires,** etc.
Je chercherai du travail dans **le commerce / les affaires / le cinéma / le théâtre,** etc.

Travailleras-tu dans cette ville?

Oui, j'espère.
Non, je voudrais partir et aller ailleurs.
Je ne sais pas: Ça dépendra.

Y a-t-il beaucoup de **débouchés**, dans ta spécialité?

Non, pas beaucoup. Il faut avoir de la chance.
Oui, il y en a si on est qualifié.
Je ne sais pas, mais j'espère que j'aurai beaucoup de talent.

Qu'est-ce que tu espères avoir plus tard?	Je voudrais surtout: **gagner beaucoup d'argent** **ne pas trop travailler** **aimer mon travail** **être indépendant(e)** **être heureux / heureuse**
As-tu l'intention de te marier?	Oui, en fait, **je suis** (presque) **fiancé(e).** Oui, mais pas **tout de suite.** Je ne sais pas. **Ça dépendra de la personne** que je rencontre. Non, **je suis un(e) célibataire endurci(e).**
Voudrais-tu être célèbre un jour?	Oui, ce serait formidable. Je te donnerais mon autographe si nous nous rencontrions. Je ne crois pas que j'aie de grandes chances d'être célèbre. Ah ça alors, non. Je préfère mille fois rester obscur.

Situations

*La classe sera divisée en groupes de deux étudiants. Chaque groupe préparera une conversation de dix questions / réponses environ sur le sujet: **Quels sont tes projets d'avenir?***

Composition écrite ou orale

UNE LETTRE   Écrivez une lettre pour inviter quelqu'un à faire quelque chose avec vous. Employez le futur et le conditionnel.

Est-ce une lettre à un ami? Une amie? un membre de votre famille? Est-ce, peut-être, une lettre d'amour?

À quoi invitez-vous cette personne: à faire un voyage? à venir vous voir? à participer à un sport ou à une autre activité? Est-ce une demande en mariage?

Il faut tenter votre correspondant: Décrivez ce que vous ferez, où vous irez, ce que vous verrez, qui vous rencontrerez, etc.

*Employez le conditionnel: **Si tu venais, nous ferions des tas de choses,** etc.*

Au Québec. Au bord du fleuve Saint-Laurent, l'architecture typique de la région. *Quelles sont les grandes villes du Québec?*

Un personnage du vieux Québec.

Parlez moi pu . . .°

Parlez moi pu . . .
    du pays du Québec
    de ses hivers trop hâtifs
    et de ses printemps trop tardifs
    de ses rivières et de ses lacs
    et de son fleuve si tant majestueux
    de manger de ses beans, de ses
    tartes aux pommes et de son sucre d'érable
    de Vigneault et de ses odeurs de terre du nord
    de ses enfants qui continuent
    à étudier dans les ècoles françaises
    de ses vieilles gens et de leur folklore
    de ses cultivateurs et fichez-moi
    la paix avec leurs problèmes
    de ses trop petits villages
    gaspisiens et de leurs pêcheurs
    de ses jarrets° noirs dans le
    fin fond de la Beauce

pu: plus   jarrets noirs: *bulges*

du village de Sainte Héviédine
avec rien que ses douze cents habitants
et de ces soleils couchants du Bas Saint Laurent

    Saoúlez moi . . . °
de vos chansons d'amour
radiophoniques et télévisées
de danses ininterrompues
au son de musique de discothèque
de hamburgers garnis et de
hot-dog relish-moutarde
de braconnage° d'animaux de nos forêts
et achevez-nous° avec
tant qu'à y être
de politique bleu-rouge vert
ou ce que vous voudrez
d'histoire du Québec à faire
pleurer les chiens
de mots et d'échanges anglais
à l'américaine si possible
de tout et de rien
mais j'vous en supplie
empêchez le vent du Québec
de siffler dans mes oreilles car
il me fait mal il me fait mal
d'entendre mourir le souffle du
Québec un peu plus chaque
jour, lui, son français
pis son folklore avec

(Vous pouvez entendre cette chanson sur la bande de laboratoire.)

Saoúlez moi: enivrez moi   braconnage: la chasse illégale   achevez-nous: finissez-nous

Une alliance dans un tiroir

INTRODUCTION

Les verbes pronominaux: définition, formation et usage

Les quatre classes de verbes pronominaux:

1. purement réfléchis: *Je me lève.*
2. réciproques: *Nous nous aimons.*
3. à sens idiomatique: *Ce climat? On s'y fait.*
4. à sens passif: *Ces disques se vendent beaucoup*

Impératif des verbes pronominaux

Les temps des verbes pronominaux. (Les temps composés se forment avec être)

Le *faire* causatif

1. *faire* + verbe infinitif: *Je fais laver ma voiture.*
2. *se faire* + verbe infinitif: *Je me fais laver la tête.*

PRONONCIATION: Quand n'y a-t-il pas de voyelle nasale?

EN FRANÇAIS MON AMOUR: *Une alliance dans un tiroir*

EN FRANÇAIS DANS LE TEXTE: Hervé Bazin: *Abel et Annick, ou la jeune fille et l'homme marié*

CONVERSATION: *Plaisirs, distractions et comment passer la soirée*

RECETTE DE CUISINE: *La ratatouille provençale*

progrès 8

INTRODUCTION

Les verbes pronominaux

1. *Les verbes purement réfléchis*

Vos activités de la journée

Chaque matin, **je me réveille**, et puis **je me lève. J'aime me lever** de bonne heure. Et vous?

Je me dépêche parce que je n'aime pas être en retard. Quand vous dépêchez-vous?

Je me mets en route vers huit heures. Il me faut une demi-heure pour arriver au travail. À quelle heure vous mettez-vous en route?

Je m'arrête souvent pour déjeuner dans un petit café. **Je m'installe** à ma table favorite et je lis le journal. Vous arrêtez-vous en route?

Arrivé à l'université, **je me gare** (= je me parque) dans le parking. **Vous garez-vous** dans le parking?

Puis, **je me dirige** vers mon bureau ou vers ma première classe. **Vous dirigez-vous** vers votre première classe?

Je m'assieds[2] en classe. **Vous asseyez-vous?**

La classe commence. **Nous nous mettons** au travail. **Aimez-vous vous mettre** au travail?

À midi, je déjeune d'un sandwich. Mais le soir, **je me mets** à table pour dîner. À quelle heure **vous mettez-vous** à table?

Je ne me réveille pas avant[1] huit heures. Et je déteste me lever tout de suite. (Je suis peut-être paresseux. . .)

Je me dépêche toujours, le matin, parce que je suis toujours en retard.

Je ne me mets pas en route avant dix heures. Ma première classe ne commence qu'à dix heures.

Non, **je ne m'arrête pas**. Je déjeune avant de partir. **Je me prépare** une tasse de café au lait et du pain grillé avec du beurre et de la confiture.

Certains étudiants **s'y garent**. Mais **nous nous garons** dans la rue.

Bien sûr. **Nous nous y dirigeons** aussi. Les bâtiments du campus **se dressent** juste devant nous.

Oui, **nous nous asseyons** en classe, sauf dans le laboratoire de chimie où nous restons debout.

Je n'aime pas beaucoup **m'y mettre**. Mais après un moment, je suis très content.

Ma famille **se met à table** à six heures. Mais **je ne me mets pas** à table avec eux. Je travaille dans un magasin jusqu'à huit heures, et **je ne me mets pas** à table avant neuf heures du soir.

---

[1] **pas avant:** (*not until*) Remarquez qu'en français, on ne dit pas « pas jusqu'à ». Par exemple: *I don't wake up until eight* se dit: **Je ne me réveille pas avant huit heures.**

[2] Le verbe **s'asseoir** (*to sit*) a deux conjugaisons alternées. Voyez sa conjugaison dans l'appendice des verbes.

Après dîner, **je me remets** au travail. Quand j'ai fini, **je me repose** en lisant, ou en regardant la télévision. Et vous?

Moi, **je me repose** en regardant les sports à la télévision, ou en faisant des sports, comme le tennis. Ma mère se repose en faisant de la couture ou du tricot.

Je m'endors très vite, je suis fatiguée, alors je n'ai pas besoin de somnifère! **Vous endormez-vous** facilement?

Je m'endors dès que **je me couche. Je ne me réveille** pas de la nuit. Et si par hasard je me réveille, **je me rendors** très vite.

Votre toilette

Chaque matin, dans la salle de bains, **je me lave** (je prends un bain ou une douche). Vous lavez-vous aussi?

Oui, mais **nous nous lavons** surtout le soir. Moi, je prends une douche avant de me coucher.

Je me brosse les dents.

Nous nous les brossons matin et soir.

Je me brosse les cheveux et **je me peigne.** Et puis **je me maquille** légèrement avec des produits de beauté.[1] **Vous maquillez-vous,** mademoiselle?

Non, **je ne me maquille pas**. Je me **mets juste** un peu de rouge à lèvres.

Un homme **se rase**, à moins qu'**il ne se laisse pousser** la barbe et la moustache. **Vous rasez-vous,** monsieur?

Oui, **je me rase** tous les matins avec un rasoir électrique. Mais **je me laisse pousser** des pattes.

Je me lave la tête deux fois par semaine. **Vous lavez-vous la tête** à la maison, ou allez-vous chez le coiffeur?

Nous n'allons jamais chez le coiffeur. **Nous nous lavons la tête** et **nous nous séchons les cheveux** avec un séchoir à main.

Je m'habille généralement en cinq minutes. Combien de temps vous faut-il pour **vous habiller?**

Il ne me faut pas plus de quelques minutes. **Je me déshabille** très vite aussi le soir, parce que je tombe de sommeil.

Vos pensées et vos émotions

Chaque matin, **je me demande** comment va être ma journée. Qu'est-ce que **vous vous demandez** chaque matin?

Nous nous demandons si ce sera une journée agréable ou désagréable.

Quand je vois un beau ciel bleu, **je me dis** qu'il va faire beau. Qu'est-ce que **vous vous dites** quand vous voyez un ciel gris?

Nous nous disons qu'il va sans doute pleuvoir.

Certains jours, **je m'ennuie** parce que je n'ai rien d'intéressant à faire. Quand **vous ennuyez-vous?**

Nous nous ennuyons dans les classes tristes et monotones, avec les professeurs ennuyeux.

---

[1] Les produits de beauté sont, par exemple: le fond de teint, la crème, le rouge à joues, le rouge à lèvres, l'ombre à paupières, le rimmel (pour les cils) et le lait à démaquiller.

Quand je vais voir un film drôle, **je m'amuse**. Quand **vous amusez-vous** bien?

Nous nous amusons bien quand nous sortons, quand nous allons danser par exemple. Nous nous amusons souvent dans votre classe parce que vous êtes drôle!

Moi? Je suis drôle? Est-ce que **vous vous moquez de moi**?

Nous ne nous moquons jamais de vous, excepté quand vous êtes vraiment ridicule.

Quoi? Ridicule, moi? Attention, **je vais me fâcher. Je vais me mettre en colère!**

Ne vous fâchez pas. Ne vous mettez pas en colère. Est-ce que **nous nous fâchons** quand vous faites des remarques sur nous?

Voyons. Est-ce que j'ai raison, ou est-ce que **je me trompe** quand je dis que vous ne travaillez pas assez?

Vous vous trompez complètement. Vous faites erreur. Nous travaillons beaucoup.

(Autre sens de **se tromper**) Ah oui? Et quand **vous vous trompez d'exercice**? Quand **vous vous trompez de livre** et que vous arrivez avec votre livre de math?

Nous nous trompons parfois **de** quelque chose parce que nous sommes distraits. Mais **vous vous trompez** aussi quelquefois **de** porte, et vous entrez dans la classe à côté!

Quand je n'ai pas de nouvelles des gens que j'aime bien, **je m'inquiète**. Quand **vous inquiétez-vous?**

Je m'inquiète quand mon mari ne me téléphone pas.

Quand vous êtes très inquiet, **vous affolez-vous?**

Ma mère **s'affole** quand elle n'a pas de nouvelles de mon frère qui a une profession très dangereuse. (Il est cascadeur.[1])

2. Les verbes pronominaux réciproques

Imaginez un jeune homme et une jeune fille. Un jour, **ils se rencontrent**. Comment **se rencontrent-ils**?

Ils se rencontrent par hasard, à la terrasse d'un café.

Ils se parlent. Ils se plaisent. Ils décident de **se revoir. Ils se donnent rendez-vous** pour le lendemain. Quelle est la suite, à votre avis?

Eh bien, je pense qu'**ils se plaisent** de plus en plus. **Ils s'entendent bien. Ils se retrouvent** tous les soirs après leur travail.

Est-ce qu'**ils s'aiment?**

Oui, **ils s'adorent. Ils s'embrassent**[2] passionément. Ils décident de **se mettre en ménage**, sans **se marier.**

Oh, mais pas du tout! Dans mon histoire, **ils se fiancent** et **ils se marient.**

Alors, si vous voulez: **Ils se marient.** Mais **après s'être mariés, ils ne s'entendent plus.**

Pourquoi ne **s'entendent-ils** plus?

Parce que chacun se dit qu'il est trop bien pour l'autre.

---

[1] *Stuntman*

[2] **s'embrasser:** *to kiss* (*To embrace:* prendre quelqu'un dans ses bras)

Se disputent-ils?	Oui. **Ils se disputent, ils se querellent.** Et ils ne veulent plus **se parler.**
Quoi? Ils ne veulent plus **se parler?** Alors **ils se brouillent?**	Exactement. Et ils décident de **se séparer.**
Mon dieu, votre histoire est tragique! Est-ce qu'**ils divorcent?**	Oui, ils décident de divorcer. Mais ce n'est pas la fin de l'histoire.
Ah! Qu'est-ce qui **se passe**[1] ensuite?	Vous n'avez pas deviné? **Ils se réconcilient. Ils s'aiment** encore et ils ne veulent plus **divorcer.**[2]

3. Les verbes pronominaux à sens idiomatique

On s'habitue à tout, c'est-à-dire **qu'on se fait** à tout. Par exemple, chaque année, **vous vous faites** à un nouveau programme. **Vous vous y faites. Vous y faites-vous** cette année?

Oui, **je m'y fais** très bien. **Nous nous faisons aux** nouveaux professeurs, **aux** nouvelles idées. Mais ce climat! **Je ne m'y fais pas.** . .

Ne vous en faites pas![3] Ce n'est pas toujours comme ça. Cette année est exceptionnelle.

Bon. Alors, **je ne m'en fais pas.**

Quoi? Vous cherchez tous les mots dans le dictionnaire, sans essayer de comprendre la phrase d'abord? **Vous vous y prenez mal.**

Comment faut-il **s'y prendre,** alors?

Il faut lire la phrase, comprendre ce que vous pouvez comprendre, et ne chercher que les mots que vous ne comprenez absolument pas. Voilà. Il ne faut pas **vous en prendre** à moi si vous passez trop de temps à étudier!

Merci de cette explication. Alors, si je perds mon temps, je ne peux **m'en prendre** qu'à moi-même.

Je me rends compte (c'est-à dire: **je** réalise, ou **je m'aperçois**) que vous avez beaucoup de bon sens!

Nous nous rendons compte que vous êtes plus intelligent que nous ne pensions. (**Nous nous faisons à vous,** peut-être?)

Vous vous conduisez avec maturité et tout le monde est fier de vous. **Vous conduisez-vous** toujours comme ça?

Eh bien, non, pas toujours. Quelquefois, **je me conduis** comme un gosse.

Je me rappelle que quand j'avais votre âge, je me conduisais souvent aussi comme un

Je me la rappelle (ou: **Je m'en souviens**). **Je me rappelle** mes parents et les autres

---

[1] **se passer:** *to happen*

[2] **divorcer:** On divorce. Ce n'est pas un verbe pronominal, et il n'y pas d'objet direct.

[3] **Ne vous en faites pas:** *Don't worry*

gosse. **Je m'en souviens** très bien. **Vous souvenez-vous de** votre enfance?

Je crois qu'on peut **se passer de** beaucoup de choses, mais qu'on ne peut pas **se passer** de souvenirs. . . De quoi **vous passez-vous** très bien?

Je pars (ou: **je m'en vais**) à la fin de l'année. **Vous en allez-vous aussi?**

enfants. **Je me souviens de** beaucoup de détails.

Je me passe de luxe. Mais dans cette ville, on ne peut pas **se passer de** voiture. **Je me passe** souvent **de** petit déjeuner. **Je m'en passe** chaque fois que je suis en retard le matin.

Oui, **je m'en vais** en vacances en Europe. **Je m'en vais** en juillet.

4. Les verbes pronominaux à sens passif

Quelles sont les chansons qui **s'entendent** le plus en ce moment?

Je suppose que ses disques **se trouvent** partout?

Pourtant, il n'a pas de voix, et ce qui **s'entend** surtout, ce sont les effets audio-électroniques.

C'est dans le vent? Est-ce une expression usuelle?

C'est vous qui êtes dans le vent! **Ça se voit.** Et **ça se comprend:** Vous êtes jeune et à la mode.

Ce sont les chansons de ce chanteur qui est si célèbre.

Ils se trouvent partout, et **ils se vendent** par milliers.

Vous avez raison. Mais tous les jeunes les achètent parce que c'est la mode, **ça se fait.** C'est dans le vent.

Oui. **Ça se dit** au sens de *''It's in''*.

Ça s'explique parce que je travaille dans un magasin de disques, j'étudie le français et je voyage.

L'impératif des verbes pronominaux

Dépêche-toi! Habille-toi! Mettons-nous en route, ou nous allons être en retard!

Vous êtes fatigué? **Couchez-vous** de bonne heure et **reposez-vous.**

Rappelle-toi que nous avons rendez-vous demain à six heures.

Ne t'inquiète pas! Ne t'affole pas! Ne te mets pas en colère. Nous ne serons pas en retard.

Alors, **ne me réveillez pas** demain matin.

Ne t'en fais pas. Je me le rappelle.

Les temps des verbes pronominaux (Les temps composés sont formés avec **être**.)

Hier, **je me suis levé** de bonne heure. **Je me suis mis** en route et **je ne me suis pas arrêté** avant d'arriver au bureau. Qu'est-ce que vous avez fait hier?

Je me levais, quand le téléphone a sonné. **Je me suis demandé** si je devais répondre, mais **je me suis dit** que c'était peut-être important. En effet. C'était ma mère qui

215

S'affolait-elle?

s'inquiétait parce que je n'étais pas passé la voir hier.

Non, mais **elle se demandait ce qui s'était passé. Je me suis fâché, elle s'est un peu mise en colère. Elle se demandait** pourquoi **je me conduis** encore parfois comme un gosse.

Alors, **vous vous êtes disputés?**

Non, pas tout à fait. **Nous nous sommes réconciliés** parce que **nous nous aimons** beaucoup et qu'il est impossible de **se fâcher** avec les gens qu'on aime.

Oh, la jolie bague de fiançailles, Carine! Est-ce que **vous vous marierez** bientôt?

Nous nous marierons dans un mois, et **nous nous installerons** dans notre nouvel appartement.

Vous disputerez-vous avec votre mari?

Quelle idée! **Nous nous ferons** très bien à la vie en commun, et **nous nous entendrons** à merveille.

Vous entendriez-vous bien avec votre belle-mère **si elle s'installait** avec vous?

Ma belle-mère est très sympathique, mais **nous nous entendrions mieux si nous n'habitions pas** ensemble.

Le **faire** causatif

1. faire + *verbe infinitif (concerne un objet)*

À la station d'essence

Vous faites vérifier votre voiture de temps en temps, n'est-ce pas?

Oui. **Je l'ai faite vérifier** hier.

Vous faites mettre de l'essence (= Vous faites le plein). Quand **avez-vous fait mettre** de l'essence?

J'en ai fait mettre hier aussi.

Faites-vous mettre de l'huile dans le moteur, et de l'eau dans le radiateur?

Je ne fais pas mettre d'eau parce que ma Volkswagen n'a pas de radiateur.

Faites-vous souvent **réparer** votre voiture?

Non, généralement je la répare moi-même.

Faites-vous laver votre voiture?

Je la lave toujours moi-même.

À la maison, au jardin

Vous faites la cuisine: **Vous faites cuire** les légumes, **vous faites griller** ou **rôtir** la viande. Pour préparer du café, **vous faites**

Je fais bouillir des haricots verts. **Je fais griller** un bifteck, et **je fais frire** des pommes de terre (pour avoir des frites. . .) comme

bouillir de l'eau. Qu'est-ce que vous préparez pour le dîner?

Quel beau jardin! **Vous faites pousser** (= vous cultivez) des fleurs en quantité!

dessert, **je fais cuire** une compote de fruits. Les fruits cuisent vite.

Oui, **nous faisons pousser** des fleurs et des légumes. Les roses, en particulier, poussent bien.

2. se faire + *verbe infinitif (concerne le sujet)*

Chez le coiffeur pour dames et messieurs

Vous faites-vous laver la tête chez le coiffeur?

Vous faites-vous couper les cheveux?[1]

Moi, **je me fais faire** une mise en plis après le shampooing. Et vous?

Vous **faites-vous décolorer? Teindre** les cheveux? **Vous faites-vous faire** des permanentes?

Je me fais laver la tête chez le coiffeur. Quelquefois, je me la lave moi-même.

Oui, **Je me fais couper** les cheveux.

Moi, **je me fais faire** un brushing[2] parce que je préfère le genre naturel.

Je ne me fais rien faire de tout ça.

Chez le docteur, chez le dentiste

Vous ne vous sentez pas bien, alors vous allez chez le docteur. **Vous vous faites examiner. Vous vous faites faire** des analyses. Le docteur décide que vous avez besoin de piqûres: Alors, **vous vous faites faire** des piqûres deux fois par semaine.

Vous faites-vous soigner par un docteur, en ce moment?

Non, mais **je me fais soigner les dents** chez le dentiste. **Je me fais faire** des rayons X. Et une fois (horreur!) **je me suis fait arracher** une dent.

EXPLICATIONS

Les verbes pronominaux

I. Définition et conjugaison au présent

A. Je me réveille. Je me dépêche. Nous nous entendons bien.
Je me lève. Je m'arrête. Ils s'aiment.

Les verbes ci-dessus sont des verbes pronominaux, c'est-à-dire que leur sujet et leur objet est la même personne.

---

[1] Vous n'avez pas oublié l'expression que vous avez apprise dans le Progrès 4: « **Rafraîchissez mais ne raccourcissez pas.** » Employez-la quand vous voulez garder votre style de coiffure.

[2] **un brushing:** *a blow-dry styling*

L'objet du verbe pronominal est indiqué par les pronoms: **me, te, se, nous, vous, se.**

Exemple: **s'arrêter**							
Affirmatif		*Interrogatif*	*Négatif*				
je m'	arrête	Est-ce que je m'arrête?[1]	je ne m'	arrête	pas		
tu t'	arrêtes	t'arrêtes-tu?	tu ne t'	arrêtes	pas		
il s'	arrête	s'arrête-t-il?	il ne s'	arrête	pas		
nous nous	arrêtons	nous arrêtons-nous?	nous ne nous	arrêtons	pas		
vous vous	arrêtez	vous arrêtez-vous?	vous ne vous	arrêtez	pas		
ils s'	arrêtent	s'arrêtent-ils?	ils ne s'	arrêtent	pas		

B. L'impératif du verbe pronominal

Affirmatif	*Négatif*
Arrête-toi	Ne t'arrête pas
Arrêtons-nous	Ne nous arrêtons pas
Arrêtez-vous	Ne vous arrêtez pas

Remarquez que l'impératif n'emploie pas le sujet du verbe. Dans le cas du verbe pronominal, c'est le pronom **objet** qui est employé.

II. La construction de la phrase avec un verbe pronominal

Ce que vous savez déjà sur la construction de la phrase s'applique dans le cas de la phrase construite avec un verbe pronominal.

A. La phrase avec deux verbes ensemble

1. Les verbes qui ne demandent pas de préposition devant un infinitif, comme **aimer, espérer, aller,** etc. (Voir liste de ces verbes Progrès 3, pages 68-69)

Aimez-vous vous lever de bonne heure? Non, et **je n'aime** pas **me coucher** de bonne heure.

2. Les verbes qui demandent la préposition à ou de, comme **oublier de, décider de, finir de** ou **inviter à, réussir à, commencer à** (Voir liste de ces verbes Progrès 3, pages 68-69), **commencer par** et **finir par.**

Je décide souvent **de me lever** de bonne heure, mais **je ne réussis pas** toujours **à me réveiller.**

---

[1] On emploie généralement la forme **Est-ce que** pour la première personne et il est possible de l'employer pour toutes les autres personnes.

B. Le pronom change suivant la personne

L'infinitif **se + verbe** (**se lever, s'arrêter, se réveiller**, etc.) est la forme impersonnelle générale, de l'infinitif.[1] Le pronom change avec la personne:

J'aime **me** réveiller tôt.	Nous aimons **nous** réveiller.
Tu aimes **te** réveiller.	Vous aimez **vous** réveiller.
Il / Elle / On aime **se** réveiller.	Ils / Elles aiment **se** réveiller.

III. Les temps des verbes pronominaux

Les temps des verbes pronominaux et leurs conjugaisons sont les mêmes que pour les autres verbes.

Mais les temps composés, par exemple le passé composé, sont formés avec le verbe auxiliaire **être**.

A. Conjugaison du passé composé des verbes pronominaux

Affirmatif		*Négatif*	
je me suis	levé(e)	je ne me suis pas	levé(e)
tu t'es	levé(e)	tu ne t'es pas	levé(e)
il / elle / on s'est	levé(e)	il / elle / on ne s'est pas	levé(e)
nous nous sommes	levé(e)s	nous ne nous sommes pas	levé(e)s
vous vous êtes	levé(e)(s)	vous ne vous êtes pas	levé(e)(s)
ils / elles se sont	levé(e)s	ils / elles ne se sont pas	levé(e)s

Interrogatif
(Deux formes possibles)

Avec **est-ce que**		*Avec l'inversion*	
Est-ce que je me suis	levé(e)?	me suis-je	levé(e)?
Est-ce que tu t'es	levé(e)?	t'es-tu	levé(e)?
Est-ce qu'il / elle / on s'est	levé(e)?	s'est-il / elle / on	levé(e)?
Est-ce que nous nous sommes	levé(e)s?	nous sommes-nous	levé(e)s?
Est-ce que vous vous êtes	levé(e)(s)?	vous êtes-vous	levé(e)(s)?
Est-ce qu'ils / elles se sont	levé(e)s?	se sont-ils / elles	levé(e)s?

Quand emploie-t-on **est-ce que** et quand emploie-t-on l'inversion? Il n'y a pas de règle absolue, mais en général, on emploie **est-ce que** dans la conversation et l'inversion est plus souvent employée dans la langue écrite.

B. Formulation de la question avec un verbe pronominal

1. Avec **est-ce que**

---

[1] C'est aussi la forme de la troisième personne, singulier et pluriel.

Terme interrogatif	est-ce que	Phrase dans son ordre normal
Où	est-ce que	vous vous reposez le mieux?
Quand	est-ce que	vous vous êtes rencontrés?
Comment	est-ce que	Lisa et Jacques se sont revus?

2. Avec l'inversion

Terme interrogatif	Sujet	Phrase dans l'ordre interrogatif
Comment	Jacques	s'habille-t-il pour le voyage?
Pourquoi		vous êtes-vous mis en colère?
Avec qui	Lisa	se mariera-t-elle?

C. L'accord du participe passé

    1. Lisa s'est réveillée.   Ces dames se sont réveillé**es.**
        Jacques s'est réveillé.   Ces messieurs se sont réveillé**s.**

Le participe passé du verbe pronominal s'accorde avec le complément d'objet direct, qui est le pronom **me, te, se, nous, vous, se.**

    2. Lisa et Philippe se sont parlé à la terrasse d'un café.
        Il s'est demandé si elle était scandinave.
        Ils se plaisaient. Ils se sont pl**u** davantage quand ils se sont revus.

Le pronom d'objet **me, te, se, nous, vous** n'est pas toujours un complément d'objet direct. Il est parfois indirect. Dans ce cas, le participe passé reste invariable:

        On parle **à** quelqu'un: Ils se sont parlé.
MAIS: On regarde quelqu'un: Ils se sont regardé**s.**
        On demande **à** quelqu'un: Ils se sont demandé.
        On plaît **à** quelqu'un: Ils se sont pl**u.**

    3. Je me suis maquillé**e** très légèrement.
        Je me suis maquill**é** les yeux.

Dans la phrase **Je me suis maquillée**, le participe passé s'accorde avec le pronom objet **me** qui est un complément d'objet direct.

Mais vous savez qu'un verbe ne peut pas avoir deux compléments d'objet direct. Donc, dans la phrase: **Je me suis maquillé les yeux** le complément d'objet direct est **les yeux**, et **me** n'est plus le complément direct. C'est maintenant un complément indirect.

        J'ai maquillé quoi? Les yeux.   (direct)
        À qui? À moi (*me*).   (indirect)

Remarquez: Cette règle semble compliquée, mais c'est en réalité la même règle que vous employez pour les verbes conjugués avec **avoir**:

J'ai lav**é** la voiture.   Lisa s'est lav**é** les mains.
Voila la voiture que j'ai lav**ée**.   Lisa s'est lav**ée**.

D. Usage des temps et des modes des verbes pronominaux

Cet usage ne présente pas de problème: Il est le même que pour les autres verbes. Par exemple:

1. Imparfait et passé composé

Je me reposais depuis une heure quand **je me suis dit** qu'il était temps de m'en aller.
Ce jeune ménage **s'entendait** bien. Mais un jour, il **s'est moqué** d'elle et elle **s'est mise** en colère.

2. Futur et conditionnel

Si Lisa et Jacques se marient, **s'installeront-ils** en Provence?
Si mon frère n'écrivait pas régulièrement, ma mère **s'affolerait**.

3. Subjonctif

Bien que je **m'endorme** tôt, je me réveille tard.
Je suis heureux que **vous vous entendiez** si bien.

Les règles qui gouvernent l'usage des temps et des modes des verbes s'appliquent exactement de la même façon dans le cas des verbes pronominaux.

IV. *Les quatre classes de verbes pronominaux*

Vous avez vu ces quatre classes et un grand nombre de verbes pronominaux de ces classes dans l'*Introduction*. Résumons ces groupes:

1. Verbes purement réfléchis

Je me repose.   **Il s'installent.**
Tu t'endors.   **Vous vous êtes assis.**

Dans ces verbes, l'action est réfléchie sur le sujet.

2. Verbes pronominaux réciproques

Ils se rencontrent.   **Vous vous êtes donné rendez-vous.**
Nous nous aimons.   **Elle se sont disputées.**

Dans ces verbes, l'action est réciproque entre le sujet et l'objet.

3. Verbes pronominaux à sens idiomatique

a. **Vous vous y prenez mal.** (*You are going about it the wrong way.*)
Ne vous en prenez pas aux autres. (*Don't blame the others.*)

Certains verbes communément employés, comme **prendre, faire** changent de sens quand ils sont employés réflexivement et avec un pronom indéfini comme **y** ou **en** sans antécédent exprimé.

b. **Nous nous entendons bien.**

Certains verbes changent de sens quand ils sont employés réflexivement. Par exemple, **entendre** (*to hear*) prend le sens de *to get along* quand il est réflexif. C'est le cas, par exemple, de:

conduire (*to drive*) et **se conduire** (*to behave*)
apercevoir (*to glimpse*) et **s'apercevoir** (*to realize*)
aller (*to go*) et **s'en aller** (*to go away*)
rappeler (*to remind*) et **se rappeler** (*to remember*)
etc.

4. Verbes pronominaux à sens passif

Ce morceau de musique **se joue** au piano.
Les nouvelles **se savent** vite aujourd'hui.
Vous êtes fatigué? Ça **se voit.**

Le verbe pronominal, employé à la troisième personne, peut exprimer un sens passif. On peut aussi employer la construction impersonnelle **on** pour exprimer la même idée:

On joue ce morceau au piano.
On sait vite les nouvelles aujourd'hui.
Vous êtes fatigué? On le voit.

Le **faire** *causatif*

On appelle **faire** causatif le verbe **faire** employé avec un autre verbe à l'infinitif. Dans ce cas, le verbe **faire** indique que le sujet cause l'action, mais ne la fait pas lui-même:

Je fais laver ma voiture.
MAIS:
Je lave ma voiture.

Il y a deux usages principaux de cette construction: avec **faire** et avec **se faire.**

A. avec **faire** (quand l'action concerne un objet autre que le sujet)

Vous faites mettre de l'essence dans votre réservoir.
MAIS, si vous le faites vous-même:
Vous mettez de l'essence dans votre réservoir.

Vous faites cuire le dîner.   **Vous faites pousser** des fleurs.
MAIS: MAIS:
Le dîner cuit.   Les fleurs poussent bien.

Dans le cas des verbes comme **cuire** et **pousser** qui sont intransitifs, c'est-à-dire qui n'ont pas de complément d'objet direct, vous ne pouvez pas dire: ~~Je cuis le dîner~~. Le verbe **faire** permet l'introduction de l'objet direct.

B. Avec **se faire** (quand l'action concerne le sujet)

Vous vous faites couper les cheveux. (Chez le coiffeur)
MAIS:
Vous vous coupez la moustache. (Vous-même)

Vous vous faites faire une mise en plis chez le coiffeur.

MAIS:

Vous vous faites une mise en plis à la maison.

se faire faire quelque chose indique que cette chose est faite par quelqu'un d'autre, pour le sujet. Par exemple:

Vous vous faites faire une robe. (Par la couturière)
Vous vous faites faire une piqûre. (Par une infirmière)
Vous vous faites faire un massage. (Par un masseur)
Vous vous faites faire les mains. (Par une manucure)
Vous vous faites psychanalyser. (Par un psychiatre)
Vous vous faites soigner. (Par un médecin)
etc.

EXERCICES

1. Donnez une réponse rapide.

    A. *Affirmative*

    Exemple: Vous endormez-vous tôt le soir?
    Oui, je m'endors tôt le soir.

    1. Vous ennuyez-vous quelquefois?
    2. Vous parlez-vous quand vous êtes seul?
    3. Vous habillez-vous vite?
    4. Vous peignez-vous devant un miroir?
    5. Jacques se rase-t-il?
    6. Vous installez-vous dans un appartement?
    7. Lisa se coupe-t-elle les cheveux?
    8. Nous amusons-nous dans cette classe?
    9. Les gens se disputent-ils sans raison?
    10. Te mets-tu quelquefois en colère?

    B. *Négative*

    Exemple: Vous moquez-vous de moi?
    Non, je ne me moque pas de vous.

    1. Vous inquiétez-vous souvent?
    2. Le chien et le chat s'aiment-ils?
    3. Te trompes-tu d'adresse?
    4. S'arrête-t-on pour un feu (*a traffic light*) vert?
    5. Lisa s'affole-t-elle facilement?
    6. Se lève-t-elle à cinq heures du matin?
    7. La bouillabaisse se mange-t-elle avec du ketchup?
    8. J'ai très peur. Est-ce que ça se voit?

9. Chanter en classe? Est-ce que ça se fait?
10. Vous laissez-vous pousser les cheveux?

C. *Formulez la question probable.*

Exemple: Nous ne nous aimons pas. (Pourquoi)
Pourquoi ne vous aimez-vous pas?

1. Je m'habille en trois minutes quand je suis pressé. (*Quand?*)
2. Je ne me mets pas à table à midi. (*Pourquoi?*)
3. Nous nous donnons rendez-vous. (*Où?*)
4. Ils se disputent sans bonne raison. (*Pourquoi?*)
5. Ces dames ne se parlent plus. (*Depuis quand?*)
6. Pierre s'est coupé la barbe. (*Quand?*)
7. Tu t'inquiètes toujours. (*Pourquoi?*)
8. Carine se mariera. (*A quelle date?*)
9. Annick s'endort en écoutant la radio. (*Comment?*)
10. Jacques et Lisa se mettent en route. (*À quelle heure?*)

2. Mettez au passé.

Mettez le paragraphe suivant au passé (passé composé, imparfait, plus-que-parfait, conditionnel). N'oubliez pas de faire l'accord du participe passé quand il est nécessaire.

Exemple: Soudain, je **me rends compte** que j'**ai oublié** mon parapluie.
Soudain, je *me suis rendu compte* **que** j'*avais oublié* **mon parapluie**

C'**est** une journée désastreuse, dit Françoise. D'abord, quand je **me réveille**, je **m'aperçois** qu'il **pleut** à verse. Je me **dis** que je **vais** être mouillée comme un caniche si je **vais** chez Philippe ce matin. Mais sa mère **se fâchera** si je ne **suis** pas chez elle à midi pour le déjeuner. Elle **se demandera** pourquoi je ne **viens** pas, et elle ne **se dira** pas que c'**est** à cause de la pluie. Elle **pensera** que je ne me **rends** pas **compte** qu'elle **a fait** venir Philippe ici à cause de moi. Alors, je **me dirige** vers la maison des Audibert. . . En route, je **me mets** en colère, et je **me demande** pourquoi il **faut** toujours qu'on obéisse à Mme Audibert? Pour qui **se prend**-elle? Son Philippe **se croit-il** le seul homme au monde? Dans ce cas, il **se trompe!** Quand j'**arrive** à la porte, Philippe **se moque** de moi parce que j'**ai** les cheveux mouillés, alors je **me fâche**, nous **nous disputons**, et je **m'en vais**. Pendant ce temps, ma mère **s'inquiète**, mais quand je **rentre**, elle **se met à rire** parce que j'**ai** l'air furieuse. Alors, je **m'enferme** dans ma chambre, je **me recouche**, et je **me jure** que je ne **parlerai** plus jamais à Philippe.

3. Quel est l'impératif?

Exemple: (*affirmatif*) Dites à Françoise de se calmer. (*tu*)
Calme-toi, Françoise.

(*négatif*)   Demandez à votre mère de ne pas se moquer de vous.
Ne te moque pas de moi, maman.

Dites-moi de: (***vous***)

me lever tout de suite.

m'habiller et me mettre en route.

m'asseoir sur ce fauteuil.

me brunir au soleil.

me calmer et me rassurer.

m'installer confortablement.

me mettre à table sans façon.

me rappeler les bons souvenirs.

Dis-moi de ne pas: (***tu***)

m'ennuyer loin de moi.

m'y prendre comme ça pour étudier.

m'inquiéter pour un rien.

me laisser pousser la barbe et me raser la tête.

me moquer de toi constamment.

m'en aller sans dire au revoir.

m'en faire: tout ira bien.

me marier sans amour.

Disons-nous mutuellement de:

nous rencontrer un jour.

nous embrasser tendrement.

nous aimer pour la vie.

nous entendre bien.

nous faire à la vie en commun.

nous habituer à nous comprendre.

nous respecter mutuellement.

nous dire des choses gentilles.

Disons-nous mutuellement de ne pas:

nous disputer et nous brouiller.

nous séparer sans raison.

nous conduire comme des idiots.

divorcer. (***attention!***)

4. Les verbes pronominaux réfléchis

Exprimez l'idée par un des verbes réfléchis de cette liste.

s'endormir	se taire	s'installer
s'exclamer	se mettre en route	se transformer
s'approcher	s'en rendre compte	se plaindre
s'habiller	se sourire	se rassurer

Exemple: « Je suis furieuse! » a dit Françoise avec émotion.

«Je suis furieuse!» *s'est exclamée* **Françoise.**

1. Vous mettez vos vêtements. Vous _____ .

2. Ils sont partis pour le travail. Ils _____ .

3. Je réaliserai un jour que j'ai de la veine. Je _____ .

4. « Cessez de parler », dit le professeur. « _____, » dit le professeur.

5. Le monde change constamment. Il _____ .

6. Ces deux personnes se sont regardées avec une expression aimable. Elles _____ .

7. Annick adore répéter qu'elle n'a pas de chance, que tout le monde est contre elle. Elle _____ .

8. Vous trouvez un appartement, vous demandez un téléphone, vous achetez des meubles. Vous _____ .

225

9. Vous êtes très inquiet, vous vous affolez. Mais vous recevez des bonnes nouvelles et vous êtes beaucoup plus tranquille. Vous _____ .
10. « Comme j'aime ton village! » a dit Lisa avec émotion.
« Comme j'aime ton village! » _____ Lisa.
11. « Viens plus près de moi, » a demandé le Loup.
« _____ , » a demandé le Loup.
12. Vous êtes fatigué, votre tête tombe, vous ne pouvez pas rester réveillé. Vous êtes en train de _____ .

5. Les verbes réciproques et purement réfléchis

Traduisez les phrases suivantes en français en employant les verbes réciproques et les verbes purement réfléchis les plus logiques.

Exemple: We decided to see each other again.
Nous avons décidé de nous revoir.

1. We met at some friends' place and we liked each other. We made a date for the following week. 2. For a year, we used to meet often after work. We got along well. Sometimes, she made fun of me. She said I shouldn't grow a beard. I thought she shouldn't put on so much make-up, but I kept quiet. 3. One day, we had a fight. We said mean things to each other. She got mad, and left. We broke up, and we decided never to see each other again. 4. Do you wonder what happened? Are you telling yourself that we probably met again? You are wrong. We did not make up, and we will not speak to each other again.

6. Les verbes pronominaux à sens idiomatique

s'y faire, s'en faire, s'y prendre, s'en prendre à, se rendre compte de ou s'apercevoir de, se conduire, se rappeler ou se souvenir de, se passer de, s'en aller

Complétez les phrases par un des verbes de la liste ci-dessus.

Exemple: Je ne _____ pas votre adresse: Je l'ai oubliée.
Je ne *me rappelle* pas votre adresse. Je l'ai oubliée.

1. Une voiture est nécessaire dans cette ville: On ne peut pas _____ de voiture.
2. Vous ne cassez pas le oeufs pour faire une omelette? Vous _____ mal!
3. Qu'est-ce qui _____ depuis que nous nous sommes vus la dernière fois?
4. Vous ne vous affolez pas? Vous _____ la gravité de la situation?
5. Le directeur était furieux contre moi. Il m'a dit, brutalement, de partir. Il s'est écrié: « _____ et ne revenez pas. »
6. Vous êtes des jeunes gens parfaits et vous _____ comme des anges.
7. Tu es fauché après avoir dépensé tout ton argent? Il ne faut t'_____ qu'à toi-même. Ce n'est pas ma faute. Ne _____ pas à moi.
8. Au début, je détestais la cuisine de cette région, mais je _____ et maintenant, je m'y suis habitué.
9. J'ai beaucoup de bons souvenirs d'enfance. Je _____ , en particulier, des vacances passées chez ma grand-mère. Mais par contre, je _____ pas de ce que j'ai fait hier.
10. Ce type est très calme. Il ne s'inquiète pas, il ne se préoccupe de rien. Ah, il _____ pas, dans la vie!

7. Les verbes à sens passif

   A. *Quel est l'équivalent de cette phrase, exprimé avec un verbe prononominal à sens passif?*

   Exemple: On mange la bouillabaisse avec de la sauce rouille.
   La bouillabaisse se mange avec de la sauce rouille.

   1. La bouillabaisse est faite avec des poissons et du safran.
   2. Le français est parlé dans plus de vingt pays d'Afrique.
   3. On trouve des croissants à la boulangerie.
   4. La confiture d'abricots est faite en été.
   5. On voit le village au tournant de la route.
   6. En France, la salade est mangée après la viande.
   7. On joue un bon film en ce moment à la télévision.
   8. En français, on ne dit pas « Bon matin » et « Bon après-midi ».
   9. On met les fleurs fraîches dans un vase avec de l'eau.
   10. On sert le vin blanc frais et le vin rouge à la température de la pièce.

   B. *Répondez en employant une des expressions suivantes, ou sa forme négative pour exprimer une opinion générale*

ça se fait	ça se dit	ça s'entend
ça se comprend	ça se voit	ça se sait
ça se vend		

   Exemple: J'ai perdu dix kilos!
   Ça se voit. Vous êtes mince!

   1. Pourquoi ne vous rasez-vous pas la tête?
   2. Pourquoi vous habillez-vous comme ça?
   3. Les gens savent-ils que les hommes politiques ne sont pas toujours sincères?
   4. Le professeur parle bien anglais, mais il est né en France.
   5. Après dix heures de travail, je suis très fatigué.
   6. Cette dame qui a l'air si jeune? Elle a cinquante ans. . .
   7. Pourquoi y a-t-il tant d'objets horribles dans les magasins?
   8. Pourquoi Jacques dit-il « D'ac » quand il est d'accord?
   9. Oh, excusez-moi, je chante un peu faux. . .
   10. Toute la journée, des avions passent au-dessus de l'université.

8. L'accord du participe passé avec les verbes pronominaux et les autres verbes

   Faites l'accord du participe passé quand il est nécessaire.

   Exemple: Françoise s'est dirigée vers la maison des Audibert.

   1. Françoise s'est levé _____ et elle s'est demandé _____ où elle avait oublié _____ son parapluie. Elle s'est rappelé _____ qu'elle l'avait laissé _____ dans le métro la veille.

227

2. Mon père et ma mère se sont rencontré _____ quand ils sont allé _____ entendre une conférence à l'université. Ils se sont parlé _____ ils se sont plu _____ ils se sont marié _____ et ils se sont toujours très bien entendu _____ .

3. Quand Lisa est arrivé _____ en France, elle s'est dit _____ que tout était différent et exotique. Mais elle s'est vite habitué _____ à la vie, aux gens, et quand elle a revu _____ son pays, elle s'est demandé _____ si c'était elle qui avait changé _____ ou si les États-Unis étaient différents.

4. Gisèle est allé _____ dans les vergers cueillir des abricots. Elle en a rapporté _____ un grand panier, et elle s'est mis _____ à faire sa confiture. Ensuite, elle a mis _____ la confiture dans des pots.

5. Ma mère s'est moqué _____ de moi, et je me suis mis _____ en colère, dit Françoise. Je me suis dit _____ qu'elle n'avait pas compris _____ que j'étais allé _____ chez les Audibert pour faire plaisir à la mère de Philippe.

9. Le **faire** causatif

A. *faire + un autre verbe infinitif*
   mettre de l'air dans les pneus
   mettre de l'essence dans le réservoir, laver ses vêtements
   nettoyer son imperméable
   réparer ses chaussures, peindre sa maison
   décorer son salon, réparer le robinet de la salle de bains
   recouvrir le divan, faire une nouvelle robe
   ajuster un veston et raccourcir un pantalon, livrer un énorme paquet
   transporter un piano

   Qu'est-ce vous faites faire:

par un déménageur?	*par un peintre en bâtiments?*
par un livreur?	*par un cordonnier?*
par un tailleur?	*par la teinturerie?*
par un tapissier?	*par la blanchisserie?*
par un plombier?	*à la station d'essence?*
par un décorateur?	*par une couturière?*

   Comment faites-vous cuire:
   bouillir / mijoter / sauter / frire / rôtir / cuire au four / griller

un rôti?	*un gâteau?*
un oeuf dur?	*une bouillabaisse?*
des frites?	*le clafoutis?*
une soupe de légumes?	*un filet de sole?*
une grillade?	*des escargots?*

B. **se faire** + *un autre verbe infinitif*

couper les cheveux	faire une analyse du sang
faire les mains	faire des soins de beauté
faire des piqûres	faire une opération
soigner les dents	donner des explications
faire un massage	psychanalyser

Qu'est-ce que vous vous faites faire:

par un professeur?	chez le dentiste?
à l'hôpital?	par une infirmière?
à l'institut de beauté?	par une manucure?
dans un laboratoire médical?	chez le coiffeur?
par un masseur?	par un psychiatre?

PRONONCIATION

Les voyelles nasales *(suite)*

1. Quand n'y a-t-il pas de voyelle nasale?

En général, il n'y a pas de voyelle nasale (et la voyelle est prononcée comme dans l'alphabet) quand le **n, m** est double, ou suivi d'une voyelle:

un **an**	MAIS:	une a / nnée, un a / nimal, A / nne, blá / me, a / mmoniaque
la **fin**	MAIS:	fi / ni, cuisi / ne, rui / ne, Ali / ne, i / négal
le **tim**bre	MAIS:	ti / moré, i / mmense, ti / mide,
le **son**	MAIS:	so / nne, bo / nne, télépho / ne
un	MAIS:	u / ne, bru / ne, u / niversel, nu / mérique

2. Comparez:

b**on**	bo / nne	m**ien**	mie / nne
améric**ain**	américai / ne	chac**un**	chacu / ne
s**ein**	Sei / ne	parf**um**	parfu / mé
moy**en**	moye / nne	exam**en**	exami / ner
J**ean**	Jea / nne	l'**un**	lu / ne

Remarquez: la terminaison **-mment** d'un adverbe est prononcée:

prud**emment**, intellig**emment** (comme bruy**amment**)

Sur la route d'Aix-en-Provence. Ces fleurs poussent en profusion en Provence. *Comment s'appellent-elles et de quelle couleur sont-elles? Ont-elles un parfum?*

Une alliance dans un tiroir

Le lendemain matin Jacques est sorti de bonne heure. Lisa savait que, bien que ce soit encore le week-end du Quinze Août, ses ouvriers s'étaient remis au travail, parce que les clients pour qui on construisait la nouvelle maison étaient pressés d'en prendre possession. « Mais ne te presse pas, avait dit Jacques. Je reviendrai vers neuf heures pour le petit déjeuner. Il faut que j'aille m'assurer que les ouvriers se sont bien remis au travail, et qu'ils ne se trompent pas. La construction s'avance, et il y a besoin de l'oeil de l'architecte. »

Lisa chantonnait dans la cuisine en préparant le petit déjeuner. C'était une vraie cuisine de campagne, avec des herbes sèches et de l'ail suspendus au plafond. La porte s'ouvrait directement sur la place du Château et Lisa avait déjà compris que la coutume locale était d'entrer sans frapper par la porte de la cuisine.

Soudain Lisa s'est aperçue que les notes d'une étude de Mozart descendaient en cascade des fenêtres du château qui dominait la maison. Elle a ouvert la porte et elle est sortie pour mieux entendre. Par une fenêtre ouverte du château, elle voyait un fin profil penché sur son piano. Lisa s'est immobilisée, la gorge serrée d'émotion. « Est-ce bien moi, se disait-elle, est-ce bien moi, dans ce village, en train d'entendre une vraie princesse° qui joue du Mozart? » Elle se sentait profondément heureuse, baignée dans la paix et la sérénité du moment. Ce n'étaient pas tout à fait des larmes qui montaient à ses yeux, mais presque. . . Car Lisa ne pleurait jamais dans les moments de tristesse. Mais ses yeux se remplissaient de larmes quand les mots lui manquaient pour exprimer son émotion.

La musique continuait, jouée d'une main légère, spirituelle et sûre. Lisa

princesse: une vraie princesse habite, en effet, le château d'Ansouis et c'est une pianiste célèbre.

Jacques au travail. *Pendant que les ouvriers travaillent à la construction de la maison et de la piscine, que fait Jacques? Quelle est sa profession? Quelles sont ses responsabilités?*

restait debout dans le soleil du matin, adossée au mur de pierre déjà chaud, le visage levé vers la fenêtre ouverte. . .

Soudain, le téléphone a sonné. Elle s'est précipitée pour y répondre et a pris un message pour Jacques. Comme il fallait noter un numéro de téléphone, elle a ouvert le tiroir de la table pour y chercher un crayon. Quelque chose brillait sur le bois sombre. Une bague d'or? Lisa, machinalement, l'a prise entre ses doigts et l'a examinée. C'était une alliance. Une alliance? Intriguée, cette fois, et incapable de résister à sa curiosité, Lisa a lu l'inscription gravée à l'intérieur: « M.C. à J.O. Toujours ». La date gravée datait de sept ans plus tôt.

Quand Jacques est rentré, un moment plus tard, affamé et riant, Lisa était dans sa chambre en train de ranger ses affaires dans son sac de voyage. Elle essayait aussi de mettre de l'ordre dans ses pensées, mais elle ne pouvait pas se faire à l'idée de Jacques marié. Elle avait décidé de se taire pour le moment et de s'expliquer avec lui plus tard.

« Tout le monde s'est mis au travail sur le chantier, et la construction s'avance. J'ai besoin d'aller à Aix-en-Provence chercher des plans chez l'imprimeur. Viens avec moi. Je veux te faire voir la ville et aussi te faire visiter le nouveau Centre Vasarély. C'est quelque chose d'unique. »

Tout le long de la route d'Aix, les genêts étaient en fleur. Partout leurs masses de fleurs jaunes, ivres de soleil, emplissaient l'air de leur parfum de miel épicé. Lisa était éblouie, et pendant un moment, l'image de l'inscription « M.C. à J.O. Toujours ». s'est effacée de son esprit. Jacques a chassé des douzaines d'abeilles qui se sont envolées tandis que Lisa cueillait un énorme bouquet de genêts qui a parfumé le combi.

Aix l'a enchantée. Les immenses platanes formaient une voûte de cathédrale au-dessus des fontaines, des terrasses de cafés, des immeubles élégants du Cours Mirabeau. Ils se sont promenés dans les petites rues de la vieille ville. Au marché aux fruits et aux légumes, elle a goûté, pour la première fois de sa vie, le parfum musqué et inoubliable des minuscules fraises des bois. . . Ils se sont désaltérés à l'eau minérale d'une fontaine. Lisa était presque joyeuse, mais de temps en temps elle revoyait: « M.C. à J.O. Toujours », et sa gorge se serrait.

Un peu en dehors de la ville se dressait sur une colline, une incroyable construction d'aluminium noir et argent. On aurait dit une immense sculpture de métal. C'est le Centre Vasarély que le peintre Victor Vasarély a conçu et a fait construire pour abriter ses principales oeuvres. La façade se reflète dans une pièce d'eau. À l'intérieur, les salles se succèdent: Tapisseries et peintures gigantesques, sculptures de plexiglass et de métal se déploient partout. Jacques et Lisa se tenaient au milieu de ces salles, et se sentaient bien petits, entourés de ces couleurs brillantes et de ces formes géométriques à l'échelle d'une cathédrale.

« Vasarély est un des grands noms dans l'art contemporain, dit Jacques. Il s'est fait construire une maison dans la région il y a quelques années. Ce Centre représente l'héritage qu'il désire laisser aux générations qui le suivront. » Lisa connaissait le nom de Vasarély, et elle se souvenait d'avoir vu des reproductions de ses constructions géométriques et de ses études de couleurs et de volumes. Mais elle ne se rendait pas compte de l'échelle prodigieuse des originaux. L'inscription s'est effacée de son esprit pour l'instant.

« Et voilà! a dit Jacques fièrement quand, au tournant d'une petite route parmi les pins et les genêts, une maison en construction est apparue. Voilà mon chef-d'oeuvre à moi. Voilà le genre de maison que je suis fier de construire. Qu'en penses-tu? »

C'était une maison provençale, longue et basse, aux fenêtres ouvertes sur la vaste plaine du Lubéron. Au loin, les montagnes bleues flottaient dans une brume de soleil. Lisa s'imaginait la maison finie, avec ses murs roux et ses volets verts, la piscine bleue et le jardin planté de lavandes et de romarin. À l'intérieur, les pièces étaient vastes, le murs blanchis à la chaux. « Tu vois, a dit Jacques, ici on construit souvent un salon d'été et une salle à manger d'été, ouverts de deux côtés, face au soleil couchant. Les murs de ces pièces seront verts, comme les volets. Il y fera bon pour dîner, les soirs d'été, en regardant la piscine et les montagnes. Pour l'hiver, il y aura la grande cheminée de pierre dans la salle commune. »

Il semblait que cette journée se passait comme un rêve. . . Lisa se demandait: « Combien de temps dois-je me taire? » Elle ne se décidait pas à rompre le charme, à briser l'harmonie de cette journée de soleil.

Plus tard, chez Gisèle et Christian, elle s'est sentie immédiatement acceptée, à l'aise au milieu de ce groupe où tout le monde se tutoyait. « C'est formidable, se disait-elle, tous ces gens se connaissent depuis longtemps et ils s'aiment bien. Ce ne sont pas seulement des voisins. On se sent entouré d'un cercle chaleureux. » Elle a appris que Christian était ingénieur électronique et se rendait chaque jour au travail à Marseille. Gisèle était antiquaire et décoratrice, et comme Lisa s'extasiait sur la maison, Christian la lui a fait visiter. Des couleurs sobres mais chaudes, des meubles anciens, à la fois rustiques et élégants: Le goût de Gisèle était partout. Quinze personnes pour dîner. Réjean avait apporté sa guitare et jouait doucement, les yeux fermés, assis par terre dans un coin. Gisèle ne semblait pas s'occuper ou s'inquiéter du dîner. « C'est un menu qui se prépare tout seul », affirmait-elle en riant. Jacques aidait Christian à servir les apéritifs: « C'est le vin à l'orange de Gisèle », disait-il, très fier. « Mon dieu, se demandait Lisa, comment s'y prend-elle? Moi, à sa place, je m'affolerais avec quinze personnes à dîner. Mais elle? Elle ne s'en fait pas du tout. . . »

Ni Gisèle, ni Christian ne portaient d'alliance, mais ils se regardaient avec l'affection et l'admiration à laquelle se reconnaissent les couples heureux.

Les plats se sont succédés: La ratatouille de légumes, pour commencer, riche de tous les parfums d'un jardin de Provence. Puis, une daube de boeuf mijotée au vin rouge, avec des champignons et des oignons, fondant dans une sauce onctueuse. Puis, la salade de Christian, servie avec cérémonie. Enfin, un plateau de fromages de la région et un immense sorbet au cassis, rose, en forme de pyramide.

« Ce sorbet est délicieux! Mais qu'est-ce que c'est, le cassis? » a demandé Lisa, découvrant une saveur inconnue.

« Ce sont des '*black currants*', a expliqué Christian qui savait l'anglais. Gisèle les cultive dans le jardin. Elle te fera voir le jardin, demain. Tous nos fruits et nos légumes en viennent!

—Demain, se disait Lisa, demain? Mais je serai probablement partie. . . » Et devant ses yeux passait l'image de « M.C. à J.O ».

Soudain, Gisèle a dit: « Je propose un toast à la santé des amoureux! » Tout le monde a levé son verre. Jacques a mis son bras autour des épaules de Lisa d'un geste possessif et protecteur. Lisa a souri et a rougi. Elle se disait: « Oui. . . Mais M.C. et J.O. étaient amoureux aussi. Et ils devaient s'aimer toujours. . . » Ce cercle d'amis qui l'accueillait si chaleureusement avait dû accueillir M.C. de la même façon? Mais où était-elle maintenant? Et pourquoi cet amour s'était-il terminé?

Gisèle a dû se rendre compte qu'une ombre passait dans les yeux de Lisa. Gisèle comprenait tout. Elle a proposé: « Un autre toast à la solution de tous nos problèmes! » Tout le monde a levé son verre. Christian s'est levé, a levé son verre, et s'est écrié: « Au bonheur de tous nos amis! Je souhaite qu'ils soient tous aussi heureux que moi! » C'était le tour de Gisèle de rougir et de dire que Christian était un idiot, mais qu'elle s'était faite à lui depuis longtemps.

Lisa s'est tue en rentrant à la maison. « Comment me débarrasser, pensait-elle, de l'image de ce 'M.C. à J.O.'? Je vais lui parler ce soir, avant d'aller me coucher. »

« Viens sur la terrasse un moment, a dit Jacques. Toute la journée, je voulais te parler, mais je me suis dit qu'il valait mieux attendre que nous soyons seuls et tranquilles. On pense plus clairement la nuit. . . »

La lune brillait dans un ciel sombre. Le clocher reflétait les lumières du château. Le silence était profond. Jacques a continué:

« Je t'ai déjà dit que je ne savais pas mentir. Je ne t'ai pas vraiment menti, mais il y a des silences qui sont des mensonges. . .

—Je sais, a dit Lisa. J'ai trouvé ton alliance dans le tiroir de la table du téléphone, ce matin.

—Alors, a repris Jacques, c'est plus facile pour moi. Voilà. Quand j'avais vingt ans, j'ai rencontré une fille à l'université. Nous sommes tombés amoureux. Je l'aimais parce qu'elle avait besoin de moi, je pense. Elle avait des yeux extraordinaires, pleins d'inquiétude mais aussi pleins de reconnaissance. J'étais fier d'être si important pour elle. Elle a insisté pour que nous nous mariions très vite, malgré l'opposition de ses parents. Mais nous ne nous sommes jamais entendus. C'était une personalité inquiète, pleine de terreurs; elle s'affolait si elle devait rester seule un instant. Elle s'est fait soigner par plusieurs docteurs, elle s'est fait psychanalyser. Enfin, elle s'est convaincue que j'étais la cause de son angoisse. . . Elle avait probablement raison: Je m'étais vite fatigué du rôle de protecteur et de père. Et puis, nous étions toujours fauchés. . . Je ne la blâme pas, je ne m'en prends qu'à moi. Je n'aurais pas dû, à vingt ans, prendre une responsabilité pour laquelle je n'étais pas prêt.

—Où est-elle, maintenant?

—Elle est retournée chez ses parents. Ils souhaitaient beaucoup la reprendre. C'est une fille unique, elle représente toute leur vie. Près d'eux, elle trouve la sécurité que je ne pouvais pas lui donner, aussi bien sur le plan émotionnel que financier.

—Est-ce que tu l'aimes encore?

—Je ne me souviens pas très bien d'elle. Nous nous sommes séparés il y a longtemps. . . Je n'ai pas beaucoup de bons souvenirs de notre vie commune. Nous ne nous sommes pas revus, et nous ne désirons pas nous revoir. Pendant longtemps, elle a refusé l'idée d'un divorce, et son psychiatre disait qu'il fallait la laisser former sa décision elle-même. Enfin, elle s'est faite à l'idée, et nous sommes en instance de divorce. C'est une question de quelques mois, et je serai célibataire de nouveau, un homme libre après sept ans. Cette erreur de jeunesse sera effacée. »

Lisa ne disait rien. Elle avait cette rare capacité de se taire quand il était plus important d'écouter que de parler. Par contre, elle savait écouter, et ses yeux bleus devenaient profonds, fixés sur l'interlocuteur. Ces silences étaient pleins d'intérêt et de compréhension.

« Alors, voilà ma situation, a repris Jacques. Mais ce n'est pas tout. Quand je t'ai rencontrée à Paris, je me suis dit que j'avais enfin trouvé une fille avec qui je pourrais être heureux: Tu es saine, heureuse de vivre, pleine d'énergie et d'enthousiasme. Tu étais venue à Paris seule, tu n'avais pas peur du monde autour de toi. Et tu savais prendre tes décisions. Je me voyais très bien vivre avec toi. Alors, quand Philippe m'a dit qu'il partait pour la Normandie et que tu restais à Paris, j'ai pris mon courage à deux mains et je t'ai téléphoné. Tu sais le reste. »

Lisa se taisait. Elle regardait droit devant elle, dans l'obscurité. La cloche a sonné deux heures.

« Je voudrais que tu restes ici, avec moi. Tu as vu la vie que je peux t'offrir. Tu connais déjà le village et mes amis. Tu plais à tout le monde. »

Jacques a continué: « Je ne peux pas te parler de mariage pour le moment, puisque je ne suis pas libre. Et même quand je serai divorcé, je ne sais pas si le mariage est la réponse à tout. J'ai des amis qui sont en ménage sans être mariés et qui sont très heureux. Le mariage est une prison pour bien des gens. Peut-être qu'on reste ensemble avec plus de plaisir quand c'est volontaire. Mais je changerai peut-être d'avis. »

Lisa a décidé de rompre son silence:

« Mais, dit-elle, il n'est pas question de nous marier. Pour le moment, il est question de savoir si je veux rester ici avec toi. Bien sûr, je suis fascinée par ta vie, par ton pays, par tes amis. . . Mais je veux rentrer à Paris, réfléchir, voir si tu me manques. Je ne sais pas si tu m'aimes. . . »

Jacques est stupéfait:

« Comment, tu ne sais pas si je t'aime? Mais qu'est-ce que j'essaie de te dire depuis une demi-heure? Je t'aime, Lisa. Je t'aime. C'est clair, maintenant? Veux-tu que je mette un genou à terre? Ça ne se fait pas beaucoup, de nos jours, mais si tu insistes! »

Lisa secoue la tête:

« Mais moi, je ne sais pas si je t'aime. Quand je suis partie des États-Unis, j'avais un ami qui essayait de me forcer à prendre une décision pour laquelle je n'étais pas prête. Et puis, à Paris, j'ai rencontré Philippe. Tu sais que nous nous sommes beaucoup vus. Il y a sûrement un sentiment entre nous. Philippe a beaucoup de qualités que j'admire. . .

—Moi, dit Jacques, il me tape sur les nerfs.

—Bien sûr, dit Lisa, mais fais un petit effort d'impartialité. . . Il ne faut pas que tu fasses pression sur moi, parce que, dans ce cas, je m'en vais tout de suite. Je prends mes propres décisions, et je n'aime pas me tromper. Alors, je ne déciderai pas à la légère, mais ce sera pour la vie, j'espère. Je t'aime bien,° et tu le sais. Je vais rentrer à Paris. Peut-être que je déciderai que je t'aime assez pour accepter de faire ma vie avec toi. . . Alors, si tu n'as pas changé d'avis, je reviendrai, et je resterai. Et cette fois, il n'y aurait pas d'alliance dans un tiroir.

aimer: *to love*, mais aimer bien, aimer beaucoup: *to like, to feel friendship or affection for somebody or something*. Cet usage correspond à une vérité psychologique profonde: L'amour n'est pas qualifié: « Je t'aime (*I love you*) » mais: « Je t'aime bien (*I like you, I am fond of you*) ». L'amour n'est pas qualifié, mais l'affection l'est.

Questions

Répondez sans reproduire le texte.

1. Comment Lisa a-t-elle trouvé l'alliance? Quelle était l'inscription? Qu'est-ce que vous auriez fait à sa place?
2. Qu'est-ce que Jacques voulait faire voir à Lisa, à Aix-en-Provence? Qu'est-ce qu'elle a cueilli sur la route?
3. Ils se sont promenés dans Aix: Qu'est-ce qu'ils ont fait et vu?
4. Où se trouve le Centre Vasarély? Pourquoi Vasarély l'a-t-il fait construire? Comment est-il?
5. Le Centre Vasarély est le chef-d'oeuvre de Vasarély. Quel est le chef-d'oeuvre de Jacques? Aimeriez-vous cette maison? Pourquoi?
6. Gisèle avait invité quinze personnes à dîner. Est-ce qu'elle avait l'air de s'inquiéter du dîner? Quel était son menu? Vous inquiéteriez-vous, à sa place? Pourquoi?
7. Quand Gisèle a proposé un toast à la santé des amoureux, qu'est-ce que Lisa se disait? Avait-elle raison, à votre avis?

8. Gisèle et Christian sont-ils heureux, à votre avis? Pensez-vous qu'ils sont mariés? Pourquoi? Pensez-vous que le mariage est essentiel au bonheur d'un couple?

9. Pourquoi Jacques et sa femme ne se sont-ils jamais entendus? Comment s'est-elle fait soigner? Jacques la blâme-t-il? Vont-ils divorcer?

10. *Question pour les femmes:* Si vous étiez à la place de Lisa, accepteriez-vous l'offre de Jacques? Pourquoi?
    Question pour les hommes: Si vous étiez à la place de Jacques, feriez-vous la même offre à Lisa? Pourquoi?

Répondez dans l'esprit du texte mais avec imagination

1. *Lisa (elle regarde par la fenêtre et elle voit Jacques quitter la maison):* Jacques! Il n'est pas six heures du matin! Où vas-tu?
   Jacques: . . .

2. *Lisa:* Pourquoi y a-t-il des cafés avec des terrasses partout en France?
   Jacques: . . .

3. *Lisa:* Est-ce que Gisèle a une profession? Et Christian?
   Jacques: . . .

4. *Réjean:* C'est bon, cet apéritif! Où l'achètes-tu, Christian?
   Christian: . . .

5. *Antoine (le peintre, à Réjean):* Elle est sympa, cette fille qui est avec Jacques. Qui est-ce?
   Réjean: . . .

6. *Gisèle (après le dîner):* Réjean, sois un ange et joue-nous quelque chose de québécois.
   Réjean: . . .

7. *Lisa (après le dîner):* Gisèle, as-tu un secret? Quinze personnes pour dîner, et tu ne t'affoles pas?
   Gisèle (elle rit): . . .

8. *Christian:* Eh, Jacques, nous avons tous proposé des toasts. C'est ton tour, maintenant.
   Jacques: . . .

9. *Lisa:* Pourquoi as-tu mis ton alliance dans le tiroir?
   Jacques: . . .

10. *Jacques:* Reste avec moi. Je te propose de partager ma vie, ma maison, mes amis et le village. Mais je ne crois pas au mariage.
    Vous: . . .
    (Une femme donnera *sa* réponse)

L'histoire d'Abel et Annick: *Où leur aventure a-t-elle commencé? Quels problème cette aventure crée-t-elle pour elle? Pour lui? Quelle est la solution que vous proposez?*

Hervé Bazin

Abel et Annick, ou L'homme marié et la jeune fille

Abel et Mariette sont mariés depuis longtemps, ont quatre enfants et leur mariage a perdu ses qualités des premières années. C'est alors qu'Abel remarque Annick, une jeune cousine de sa femme. Leur aventure a commencé pendant les vacances, à la plage.

J'attends Annick. Viendra-t-elle? Cet endroit, nous en avons convenu il y a dix jours. Je ne peux pas lui téléphoner chez elle: Ma voix est trop connue chez son père, et sa voix est trop connue chez moi. C'est elle qui me téléphone de temps en temps—pas trop souvent—au bureau. Cette fois, elle n'a pas appelé.

Elle n'est jamais à l'heure, et elle vient une fois sur deux. Depuis qu'elle va à l'université (Je n'aime pas beaucoup ça: C'est plein de jeunes de son âge), elle sort énormément (Je n'aime pas ça du tout). Chaque fois, en l'attendant, je me pose la même question: Viendra-t-elle? Et après tout, pourquoi?

C'était l'été dernier que tout a commencé, quand nous étions seuls sur une petite île, près de la plage où nous passons nos vacances. Et puis, en octobre, fatigué de l'apercevoir entre deux portes, chez elle, chez moi ou chez des cousins, exaspéré de ne pas pouvoir lui parler, je suis allé l'attendre à la porte de la Faculté. Elle s'est écriée, pour que ses camarades ne puissent pas se tromper: « Tiens! Mon cousin! » Elle paraissait gênée, surtout étonnée. Elle a murmuré seulement:

« Je n'ai qu'une seconde, Abel. Mon cours. . . »

Elle a accepté de faire trois pas avec moi. Je le jurerais: Pour elle c'était classé. Mais quelque libre qu'elle soit, elle avait un peu honte, elle ne se sentait pas le courage de me dire: « C'était bien, Abel, mais ça ne se fait qu'une fois. » Autant dire: « Tu sais, je suis facile. » Et pendant ce temps, moi, je parlais, je parlais. Je disais que je ne dormais plus, que je ne savais pas où ça mènerait. À rien? Tant pis. À tout? Tant mieux. Et qu'en tout cas, plutôt que de la perdre, j'étais capable de tout faire sauter gaiment: Femme, famille, profession, tout!

« Voyons! » disait Annick flattée, émue peut-être, sûrement inquiète. Annick a horreur de faire des dégâts. . . Et ma voiture était là, justement, la nouvelle, la Citroën DS blanche (qui a fait dire à ma pauvre Mariette: « Enfin! »). D'un petit hôtel à Mirvault, près de la rivière, j'ai décommandé mes rendez-vous de travail de l'après-midi.

Elle a une demi-heure de retard maintenant. La dernière fois, elle a paru offensée parce que je voulais lui offrir une broche, un petit bijou sans valeur. Elle ne veut rien. Elle ne prend pas, elle ne donne pas. Elle fronce le sourcil quand je lui dis que pour elle je casserais tout. Annick est sérieuse à sa façon. Elle n'a rien contre le mariage, mais je ne suis pas un candidat, en ce qui la concerne.

« Excuse-moi, Abel. Et je n'ai que deux heures. . . »

Elle est là, ravissante sous son parapluie. Ah, pourquoi faut-il qu'avec toi le monde me paraisse ouvert quand près de Mariette il me paraît clos? Ah, si je pouvais, de l'une et de l'autre, ne faire qu'une! Et garder de Mariette ce que tu me refuses, et de toi ce qui la ressuciterait!

Questions sur le texte

1. Quand Abel et Annick se sont-ils donnés ce rendez-vous?
2. Pourquoi ne peuvent-ils pas se téléphoner facilement?
3. Pourquoi se demande-t-il si elle viendra?
4. Pourquoi s'est-elle écriée: « Tiens! Voilà mon cousin! »
5. À votre avis, pourquoi Annick accepte-t-elle de revoir Abel? Qu'est-ce que vous feriez, à sa place?
6. Pensez-vous qu'Abel soit vraiment amoureux d'Annick? Justifiez votre réponse.
7. Blâmez-vous Abel? Annick? Tous les deux? Ni l'un, ni l'autre? Pourquoi?
8. Si Mariette découvrait l'aventure de son mari avec sa cousine, quelles seraient les conséquences possibles pour Abel? Pour Annick?
9. Annick veut-elle se marier avec Abel, à votre avis? Pourquoi?
10. Un homme marié et une jeune fille. . . Ah, c'est la France! Pensez-vous que le même chose se passe aux États-Unis? Pourquoi?

Traductions basées sur le texte précédent

Version

*Traduisez en anglais idiomatique, et correspondant au style du texte français le passage **Abel et Annick** du commencement: «J'attends Annick. . .» jusqu'à «. . . mes rendez-vous de travail de l'après-midi. »*

Thème

Traduisez en français le passage suivant, en employant le vocabulaire et les expressions du passage précédent, et les verbes pronominaux de la leçon, chaque fois que c'est possible.

Will he come? I cannot call him at home, his wife knows my voice too well. I hope he cannot come, and I don't like this situation at all. After we met, I was a little worried: He said he was ready for anything. What did that mean? I do not want to cause damage, I do not want him to break up with Mariette, I do not want to be the cause for a divorce.

I am sorry it even started. I feel guilty every time we meet. The university is full of young people my own age, I like to go out with them and we have a good time. I can't get used to lying, and there are silences which are lies.

Every time Mariette and I meet, I wonder: Does she suspect anything? If she frowns, I tell myself she must know everything.

I will probably leave, and go live elsewhere. And then, I'll forget Abel and his great line.

Le Festival des Gitans aux Saintes-Maries de la Mer. Chaque année, les gitans du monde entier se réunissent dans cette petite ville. Et beaucoup de touristes viennent les voir. *Décrivez ce que vous voyez sur cette photo.*

CONVERSATION 8

Plaisirs, distractions, et comment passer

Qu'est-ce que tu fais (vous faites) pour t'amuser (vous amuser)?

Il y a **des tas de choses à faire.** / Je ne sors **pas souvent.** / **Je travaille tous les soirs.**

Si nous sortions ensemble?

D'accord, je veux bien.

Si nous sortions dîner?

D'accord. Je connais un bon petit restaurant pas trop cher.

Si nous allions voir un film après dîner?

Bonne idée. Allons voir: **un western** / **un film policier** / **un film d'horreur** / **un documentaire** / **un classique du film** / **une histoire d'amour.**

Y a-t il un film étranger?

Oui, il y en a un **en doublé** / **en version originale**

Qu'est-ce qu'on peut faire d'autre?

Allons danser dans une disco. / Allons voir une pièce de théâtre. / Allons prendre un verre quelque part et écouter de la musique.

Si nous allions au cinéma? *Quelle sorte de film est-ce probablement?*
Pouvez-vous imaginer comment sont ses personnages? Et quelles sont leurs
aventures?

la soirée

Le Drug West, près des Champs-Elysées. *Si vous donnez rendez-vous à un(une) ami(e)*
au Drug West, qu'est-ce que vous pourrez y faire? (Boire? Manger? Regarder? Entendre?
Acheter?)

J'ai une autre idée: Viens (Venez) passer la soirée chez moi.

C'est gentil de m'inviter! Qu'est-ce qu'on fera?

Nous regarderons la télé. / Nous causerons.

Qu'est-ce qu'il y a à voir à la télé? Il y a trois chaînes (*channels*) en France. Et aux USA?

Il y a des quantités de chaînes. Il y a **les nouvelles / des programmes de variétés / des documentaires / des films, etc.**
Il n'y a pas grand-chose d'intéressant, mais il y a beaucoup de publicité.

241

Chaque étudiant choisit un / une partenaire et prépare, avec ce / cette partenaire, une conversation sur le sujet général: **Si nous sortions ensemble ce soir?** Préparez une conversation animée, idiomatique, dans laquelle vous organisez les distractions de votre soirée.

COMPOSITION ÉCRITE OU ORALE

Vous avez le choix entre deux sujets:

1. Racontez, avec beaucoup de verbes pronominaux, comment vous et un ami / une amie très spécial(e) vous êtes rencontrés. Où vous êtes-vous rencontrés? Qu'est-ce que vous vous êtes dit? Comment et quand vous êtes-vous revus? Vous êtes-vous bien entendu tout de suite? etc.

2. **Qu'est-ce que vous pensez, personnellement, du mariage?** Il y a des mariages heureux, mais il y a beaucoup de divorces. À votre avis, le mariage représente-t-il un bon risque? Êtes-vous marié(e)? Célibataire? Pourquoi? Recommandez-vous le mariage aux autres? Pourquoi? Et comment voyez-vous les rôles respectifs de la femme et du mari?

LA RATATOUILLE PROVENÇALE

pour six

4 tomates	1 gousse d'ail
1 petite aubergine	6 cuillérées d'huile d'olive (6T)
3 courgettes	1 pincée de noix de muscade râpée
3 oignons	½ cuillerée de thym (¼t)
2 poivrons doux	2 cuillérées de vinaigre (2T)
sel et poivre	

Pelez les tomates, l'aubergine, l'oignon, et coupez-les en tranches. Ouvrez les poivrons, enlevez les membranes intérieures et les graines et coupez-les aussi en tranches.

Chauffez l'huile dans une poêle profonde, ou dans une casserole. Mettez-y tous les légumes, assaisonnez avec la muscade, le vinaigre, le sel, le poivre et l'ail, coupé fin.

Couvrez la casserole et faites mijoter doucement environ ½ heure, jusqu'à ce que les légumes soient tendres. Servez chaud ou froid.

Le Palais des Papes, un caneton, et une décision

INTRODUCTION
Le discours indirect présent

Les verbes de communication (*dire, répéter, répondre, suggérer, demander,* etc. voir Progrès 5, pages 125-126) et les verbes d'expression (*s'écrier, se demander, déclarer, affirmer,* etc.)

Le discours indirect passé

Changement de temps des verbes
Changement des termes de temps
Comment exprimer *qu'est-ce qui* et *qu'est-ce que*
Ajoutez les verbes de communication et d'expression voulus
Ajoutez des éléments personnels d'emphase, d'émotion, etc.

Les pronoms démonstratifs

Le pronom démonstratif défini *celui / celle : ceux / celles,* suivi de *qui / que* ou *de.* Sa valeur de possessif avec *de*

Le pronom démonstratif défini *celui-ci* ou *celui-là.* Son usage général. Son usage stylistique et narratif

Le pronom démonstratif indéfini *ceci, cela* ou *ça.* Comparaison de l'usage de ces pronoms avec l'usage de *c'est*

PRONONCIATION: Les groupes de lettres qui ont un son fixe

EN FRANÇAIS MON AMOUR: *Le Palais des Papes, un caneton et une décision*

EN FRANÇAIS DANS LE TEXTE: Simone de Beauvoir: *Qu'est-ce qu'une femme?*

CONVERSATION: *Le système métrique*

progrès 9

INTRODUCTION

I. Les verbes de communication (*Révision. Voir Progrès 5, p. 125-126*) **(dire, demander, répondre, suggérer,** *etc.*)

Discours direct (dialogue)	*Discours indirect (narration au présent)*
« Je suis en instance de divorce, » dit Jacques à Lisa. Qu'est-ce qu'il lui dit?	**Il lui dit qu'**il est en instance de divorce.
« Reste avec moi. » Qu'est-ce qu'il lui demande?	**Il lui demande de** rester avec lui.
« Je préfère rentrer à Paris. » Qu'est-ce qu'elle lui répond?	**Elle lui répond qu'**elle préfère rentrer à Paris.
Qu'est-ce que vous leur suggérez?	**Nous leur suggérons de** réfléchir.

II. Les verbes d'expression (ajouter, se dire, souhaiter, se demander, *etc.*)

Lisa: « Je vais rentrer à Paris, mais je reviendrai peut-être. »	Lisa déclare qu'elle va rentrer à Paris mais **elle ajoute qu'**elle reviendra peut-être.
Lisa: « Et si je reviens, il n'y aura pas d'alliance dans un tiroir! »	Lisa **conclut en disant que** si elle revient, il n'y aura pas d'alliance dans un tiroir.
Christian: « Je souhaite que tous mes amis soient heureux! »	Il **souhaite que** tous ses amis soient heureux.
Vous: « Est-ce que Jacques dit la vérité à Lisa? »	**Vous vous demandez** si Jacques dit la vérité à Lisa.

Discours direct (dialogue)	*Discours indirect (narration au passé)*
Lisa: « **Je suis** en Provence depuis quelques jours. »	Elle a déclaré qu'**elle était** en Provence depuis quelques jours.
Lisa: « **J'ai décidé** de partir avec Jacques et **nous sommes arrivés** samedi soir. »	Elle a aussi dit qu'**elle avait décidé** de partir avec Jacques et qu'**ils étaient arrivés** samedi soir.
« La radio **avait annoncé** la pluie pour le week-end. Mais je **savais** qu'il **faisait** beau en Provence. »	Elle a ajouté que la radio **avait annoncé** la pluie pour le week-end, mais qu'elle **savait** qu'il **faisait** beau en Provence.
« Je n'**oublierai** jamais mon été en France! »	Elle a dit qu'elle n'**oublierait** jamais son été en France.
« Il est possible **que je revienne** bientôt. . . »	Elle a suggéré qu'il était possible **qu'elle revienne** bientôt.

III. *Changement des termes de temps (aujourd'hui: ce jour-là, demain: le lendemain, hier: la veille, etc.)*

Jacques: « **Aujourd'hui,** c'est dimanche. Nous sommes arrivés **hier** et nous irons à Aix-en-Provence **demain.** »

Jacques a déclaré que **ce jour-là**, c'était dimanche; qu'ils étaient arrivés **la veille** et que **le lendemain** ils iraient à Aix-en-Provence.

« **Il y a quelques années**, je travaillais pour une firme à Paris. Mais **cette période** n'était pas heureuse pour moi. »

Il a continué que **quelques années plus tôt**, il travaillait pour une firme à Paris, mais que **cette période-là** n'était pas heureuse pour lui.

« **Maintenant**, je construis une nouvelle maison. **Ce matin** mes ouvriers ne sont pas sur le chantier mais ils y retourneront demain. »

Il a ajouté qu'en **ce moment-ci** il construisait une nouvelle maison; que ses ouvriers n'étaient pas sur le chantier **ce matin-là** mais qu'ils y retourneraient le lendemain.

IV. *Comment exprimer* **qu'est-ce qui** *et* **qu'est-ce que**

Vous: « **Qu'est-ce qui** va se passer après tout ça? »

Vous avez demandé **ce qui** allait se passer après tout ça.

Jacques: « **Qu'est-ce qu'**il faut que je fasse? **Qu'est-ce que** vous pensez de la situation? »

Jacques vous a demandé **ce qu'**il fallait qu'il fasse et **ce que** vous pensiez de la situation.

V. *Ajoutez des verbes de communication et d'expression qui donnent de la couleur à votre narration.*

Lisa à Philippe: « Ne restez pas à Paris pour moi. Allez en Normandie. C'est une bonne idée. Votre famille vous y attend. »

Elle **lui a dit de** ne pas rester à Paris pour elle. Elle **lui a conseillé d'**aller en Normandie, et elle **a suggéré que** c'était une bonne idée. Elle **a ajouté que** sa famille l'y attendait.

Christian: « J'espère que tous mes amis seront aussi heureux que moi. Je souhaite qu'ils rencontrent des femmes comme Gisèle. »

Christian **s'est exclamé qu'**il espérait que tous ses amis seraient aussi heureux que lui. **Il a ajouté** qu'il souhaitait qu'ils rencontrent des femmes comme Gisèle.

Lisa: « Comment s'y prend-elle? Quinze personnes à dîner, et elle ne s'en fait pas! Elle doit avoir un bon système. »

Lisa **s'est demandé** comment Gisèle s'y prenait. Elle avait quinze personnes à dîner, pourtant, elle ne s'en faisait pas. **Elle a conclu en se disant** qu'elle devait avoir un bon système.

245

Réjean: « Ah, ça bouge, au Québec! »

Réjean s'est exclamé **avec enthousiasme** que ça bougeait au Québec.

Gisèle: « J'aime bien Lisa. . . Jacques lui a-t-il dit qu'il était marié? »

Gisèle, **un peu inquiète parce qu'elle aimait bien Lisa**, s'est demandé si Jacques lui avait dit qu'il était marié.

Vous: « Quelle histoire! Je savais bien qu'il y avait un ver dans la pomme! »

Vous vous êtes écrié triomphalement que vous saviez bien qu'il y avait un ver dans la pomme.

Les pronoms démonstratifs

I. Le pronom démonstratif **celui** / **celle** : **ceux** / **celles** *est suivi de* **qui** / **que** *ou de* **de**

Voilà la maison de Jacques, et voilà **celle de** Réjean. Laquelle voulez-vous visiter?

Je voudrais voir **celle que** Jacques est en train de construire. C'est **celle qui** me plaît surtout. Mais j'aime bien **celle de** Gisèle et Christian.

Quel livre lisez-vous en ce moment?

Je lis **celui que** tout le monde achète. C'est **celui d'**une femme écrivain très activiste.

Quelle voiture avez-vous aujourd'hui?

Aujourd'hui, j'ai pris **celle de** mon mari. **Celle que** je prends d'habitude est au garage.

Quels sont les qualités que vous préférez chez vos amis?

Nous préférons toujours **celles qui** sont l'opposé des nôtres. **Celles de** mes amis complémentent les miennes. (si nous supposons que j'en ai. . .)

II. Le pronom démonstratif **celui-ci** / **celui-là**

Quelle leçon étudions-nous?
Et quel livre lisez-vous?

Nous étudions **celle-ci**.
Nous lisons **celui-ci**.

Montrez-moi votre nouvelle voiture. Est-ce **celle-ci?**

Celle-ci? Vous plaisantez? C'est une Rolls! Non, ce n'est pas **celle-ci**. C'est celle qui est à côté. C'est **celle-là**, la voilà. Celle que j'avais était toujours au garage, alors j'ai acheté **celle-ci**.

III. L'usage stylistique et narratif de **celui-ci** / **celui-là**

Jacques a deux bons copains: Christian et Réjean. Que font-ils?

Celui-ci (Réjean) est folkloriste et **celui-là** est ingénieur électronique.

Jacques et Lisa se sont expliqués. **Celle-ci** a préféré rentrer à Paris. Pourquoi?

Parce que Lisa est comme beaucoup d'Américaines d'aujourd'hui: **Celles-ci** sont indépendantes et aiment les situations claires.

La mère de Philippe a invité Françoise à déjeuner, n'est-ce pas?

Oui, et **celle-ci** est venue malgré la pluie, parce qu'elle aime Philippe. (Hélas, nous avons des doutes sur les sentiments de **celui-ci** envers elle!)

IV. Le pronom démonstratif indéfini: ceci / cela ou ça

On emploie **ceci** et **cela** surtout quand on écrit. On écrit: « Aimez-vous **ceci** ou préférez-vous **cela**? » mais dans la conversation, on dit. . .

Oui, bien sûr, on dit: « Aimez-vous **ça** ou préférez-vous **ça**? » Nous savons déjà **ça**. Il faut savoir **ça** parce que la conversation française abonde en **ça**.

C'est vrai, **ça**. Par exemple:
Vous allez au cinéma. À quelle heure est-ce que **ça** commence?

Ça commence à huit heures et **ça** finit à onze heures. Est-ce que **ça** vous intéresse?

Ça dépend. . . De quoi s'agit-il?

C'est un film d'horreur absolument terrifiant. Aimez-vous **ça**?

J'ai horreur de **ça**. **Ça** me fait peur et **ça** m'exaspère à la fois. Comment pouvez-vous vous intéresser à **ça**?

Oh, quand j'ai envie de voir un bon film, je ne vais pas voir **ça**. Mais **ça**, c'est amusant, dans son genre. . .

EXPLICATIONS

I. Les verbes de communication et d'expression

A. Les verbes de communication. (Voir Progrès 5, pages 125-126)

1. Lisa **dit à** Jacques **d'**être sincère. Elle **lui dit qu'**elle préfère savoir la vérité.

Vous avez déjà vu que les verbes de communication comme **dire, demander, répéter, répondre, téléphoner, écrire,** etc. qui indiquent une communication entre deux ou plusieurs personnes ont généralement la même construction:

Vous parlez à un ami. Vous:

    lui dites que vous l'aimez bien.
    lui répétez que vous lui écrirez pendant les vacances.
    lui rappelez que lui aussi doit vous écrire.

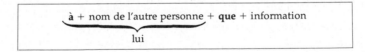

à + nom de l'autre personne + **que** + information
                      lui

Vous parlez à un ami. Vous:

lui dites de ne pas vous oublier
lui répétez de vous écrire
lui rappelez de vous téléphoner
lui suggérez que sa visite vous ferait plaisir
lui conseillez de ne pas trop travailler

à + le nom de l'autre personne + **que** + instruction ou ordre
_____
lui

2. Vous suppliez un ami de vous téléphoner s'il a besoin de vous. Vous **le** suppliez de vous téléphoner.
Vous priez le directeur de vous donner un rendez-vous. Vous **le** priez de vous donner un rendez-vous.

Les verbes **supplier** et **prier** sont l'exception inévitable! On prie **une personne de**, c'est-à-dire que le pronom qui remplace le nom de la personne est **le** / **la** / **les** et non pas **lui**.

B. Les verbes d'expression.

QUELQUES VERBES UTILES			
Communication		*Expression*	
conseiller	répéter	admettre	se dire
crier	répondre	affirmer	s'écrier
dire	souhaiter	ajouter	s'exclamer
demander	suggérer	annoncer	menacer
écrire	télégraphier	avouer	protester
murmurer	téléphoner	conclure	répliquer
rappeler		déclarer	riposter
		se demander	soupirer

à quelqu'un **de** ou **que**

Ce sont les verbes qu'on emploie pour indiquer **la manière** dont quelqu'un dit quelque chose. Voyez la différence entre:

Il a dit qu'il détestait les films d'horreur.
et:
Il s'est exclamé qu'il détestait les films d'horreur!

Ces verbes n'ont pas de complément de personne, ils n'indiquent pas la communication, seulement l'expression:

Christian **a souhaité** que ses amis soient heureux.
Lisa **s'est écriée** qu'elle adorait le sorbet au cassis.
Françoise **a ronchonné** *(grumbled)* qu'elle détestait la pluie.
Vous **avez protesté** que tout le monde était contre vous!

Remarquez: le verbe **conclure:**

Vous **avez conclu que** la vie était injuste.
ou:
Vous **avez conclu en disant que** la vie était injuste.

Il ne faut pas dire: Vous avez conclu ~~par dire~~ que la vie était injuste.

II. Le discours indirect

On emploie **le discours direct** quand on cite *(quote)* les paroles d'une ou de plusieurs personnes sous forme de citation ou de dialogue. Une pièce de théâtre, le script d'un film sont au discours direct:

L'agent de police: « Allez-vous toujours aussi vite? »
L'automobiliste: «Non, quand je sais qu'il y a un agent derrière moi, je vais beaucoup moins vite. »

On emploie **le discours indirect** quand on raconte ce que ces personnes ont dit sous forme de narration. Par exemple, dans un roman, les conversations sont parfois racontées au discours indirect: quand vous racontez un film que vous avez vu ou un ouvrage que vous avez lu, ou quand vous racontez une conversation que vous avez eue avec quelqu'un, vous employez ce style:

L'agent de police a demandé à l'automobiliste s'il allait toujours aussi vite. Celui-ci a répondu naïvement que, quand il savait qu'il y avait un agent derrière lui, il allait beaucoup moins vite.

Pour passer du discours direct au discours indirect, certains changements sont nécessaires:

A. Changement de temps des verbes

1. Le présent devient imparfait.

Jacques a dit à Lisa: « **Je suis** en instance de divorce. »
Il lui a avoué qu'**il était** en instance de divorce.

2. Le passé composé devient plus-que-parfait.

Gisèle: « **J'ai invité** quinze personnes à dîner! »
Elle a annoncé qu'**elle avait invité** quinze personnes à dîner.

3. L'imparfait ne change pas.

Lisa: « Nous savions qu'il faisait beau en Provence! »
Lisa s'est exclamée qu'ils savaient qu'**il faisait** beau en Provence.

4. Le futur devient conditionnel.

Lisa: « **Je retournerai** à Paris dans quelques jours. »
Lisa a décidé qu'**elle retournerait** à Paris dans quelques jours.

5. Le conditionnel et le subjonctif ne changent pas.

> Réjean: « Si tu visitais le Québec, **tu verrais** un nouveau pays. »
> Réjean a indiqué que si son copain visitait le Québec, **il verrait** un nouveau pays.
>
> Christian: « Je souhaite que tout le monde **soit** aussi heureux que moi! »
> Christian s'est écrié qu'il souhaitait que tout le monde **soit** aussi heureux que lui.

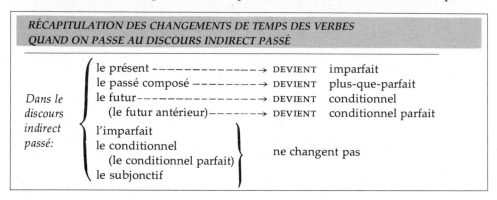

RÉCAPITULATION DES CHANGEMENTS DE TEMPS DES VERBES QUAND ON PASSE AU DISCOURS INDIRECT PASSÉ			

Dans le discours indirect passé:

le présent ----------→ DEVIENT imparfait
le passé composé --------→ DEVIENT plus-que-parfait
le futur----------→ DEVIENT conditionnel
(le futur antérieur)------→ DEVIENT conditionnel parfait

l'imparfait
le conditionnel
(le conditionnel parfait) } ne changent pas
le subjonctif

B. Changment des termes de temps

Puisque la perspective change, certains éléments de temps changent aussi. Par exemple:

> Gisèle: « **Hier**, j'ai fait des confitures. **Aujourd'hui**, j'ai quinze personnes à dîner, mais **demain**, je me reposerai. »
> Gisèle a dit que **la veille**, elle avait fait des confitures; que **ce jour-là** elle avait quinze personnes à dîner, mais que **le lendemain**, elle se reposerait.
>
> Jacques: « Je me suis installé à Ansouis **il y a** quelques années. » Il a déclaré qu'il s'était installé à Ansouis quelques années **plus tôt**.
>
> Mme Audibert: « J'ai invité Françoise à déjeuner, **ce matin**. Philippe ne la voit pas beaucoup **cette année**-ci. »
> Mme Audibert a dit qu'elle avait invité Françoise à déjeuner, **ce matin-là**. Elle a soupiré que Philippe ne la voyait pas beaucoup, **cette année-là**.

RÉCAPITULATION DES CHANGEMENTS DES TERMES DE TEMPS	
Le terme:	*devient au discours indirect passé:*
aujourd'hui →	ce jour-là
demain →	le lendemain
hier →	la veille
il y a *(ago)* →	plus tôt (quelques jours, quelques années quelques heures plus tôt)
ce matin →	ce matin-là
ce soir →	ce soir-là
cette année →	cette année-là
cet hiver, cet été, etc. → cet hiver-là, cet été-là, etc.	

C. qu'est-ce qui devient **ce qui** et **qu'est-ce que** devient **ce que**

> « **Qu'est-ce qui** est arrivé pendant mon absence? »
> Je vous ai demandé **ce qui** était arrivé pendant mon absence.

> « **Qu'est-ce que** vous voulez? »
> Je vous ai demandé **ce que** vous vouliez.

D. Ajoutez les verbes de communication et d'expression nécessaires.

Quand un dialogue est raconté au style de narration, il faut ajouter les verbes qui donnent une cohérence et une expression à votre narration. Par exemple:

> Lisa: « Qu'est-ce que je dois faire? Dois-je retourner à Paris tout de suite? »
> Gisèle: Il ne faut pas t'en faire. Tu peux rester quelques jours. »

> Lisa **a demandé** à Gisèle ce qu'elle devait faire. Elle **se demandait** si elle devait retourner à Paris tout de suite. Gisèle lui **a conseillé** de ne pas s'en faire. **Il lui semblait** que Lisa pouvait rester quelques jours.

E. Ajoutez des éléments personnels

Dans un dialogue, les éléments personnels sont indiqués, non seulement par des mots, mais aussi par des exclamations: **Tiens! Jamais! Horreur!,** par la ponctuation: **! ?** ou simplement par le ton sur lequel les mots sont probablement prononcés. Il faut exprimer ces nuances dans le discours indirect, en ajoutant des éléments personnels d'émotion, d'emphase, etc. Par exemple:

> L'agent: « Tiens, tiens, tiens! Votre permis de conduire a expiré le mois dernier. »
> L'agent s'est exclamé, **avec une surprise probablement feinte**, que mon permis de conduire avait expiré un mois plus tôt.

> Le peintre Salvador Dali: « La seule différence entre un fou et Dali, c'est que je ne suis pas fou et que je ne le serai jamais! »
> Le peintre Salvador Dali s'est écrié **avec emphase**, que la seule différence entre Dali et un fou, c'était qu'il n'était pas fou et qu'il ne le serait jamais.

Conclusion: Vous obtenez une narration vivante et personnelle quand vous utilisez des descriptions, des conversations et des conversations racontées dans le discours indirect.

Vous rendez votre discours indirect plus pittoresque, plus animé en employant des verbes de communication et d'expression variés et en ajoutant des éléments personnels qui enrichissent votre prose.

III. *Le pronom démonstratif défini:* **celui**

C'est le pronom qui correspond à l'adjectif démonstratif **ce.**

A. Ses formes

Masculin	*singulier*	(*ex:* ce monsieur, cet ami)	celui
	pluriel	(*ex:* ces messieurs)	ceux
Féminin	*singulier*	(*ex:* cette dame)	celles
	pluriel	(*ex:* ces dames)	celles

Ce monsieur est **celui** que j'ai rencontré l'année dernière. Cette dame? C'est **celle** que j'ai invitée chez mes parents.

Un auteur original emploie ses idées, pas **celles** des autres.

J'ai lu les ouvrages de Robbe-Grillet. Avez-vous lus **ceux** de Michel Butor?

B. Ses usages

1. celui **qui** ou **que** ou celui **de** (*the one that* or *the one of*)

Ce professeur? C'est **celui que** nous préférons. Nous aimons **ceux qui** sont bien organisés, gentils et justes.

Cette voiture? Ce n'est pas la mienne. C'est **celle de** mon mari. Je préfère prendre ma voiture, et je n'aime pas prendre **celle des** autres, mais je prends celle-ci quand la mienne est au garage.

Remarquez deux choses importantes:

—le pronom **celui** est suivi de **qui, que** ou **de**

—quand il est suivi de **de**, il a souvent le sens d'un possessif.

C'est **celle de** mon mari. (. . . *it's my husband's*)

2. celui-ci ou celui-là (*this one* or *that one*)

a. Dans quelle rue habitez-vous? J'habite dans **celle-ci**. Aimez-vous les gâteaux? Oui, mais je n'aime pas **ceux-ci**. Je préfère **ceux-là**, ceux qui n'ont pas de crème. (Ceux que vous m'offrez font grossir, alors je mange **ceux-là**, ils font grossir aussi, mais je les aime mieux.)

Cette forme de pronom n'est pas suivie de **qui, que** ou **de**.

b. usage stylistique ou narratif de **celui-ci, celui-là**

Les habitants du château étaient la duchesse et sa fille: **Celle-ci** était une pianiste de concert célèbre.

Je suis allé à un mariage. La mariée portait une robe ancienne. **Celle-ci**, m'a-t-on dit, était un cadeau de sa grand-mère.

On emploie **celui-ci** (ou **celui-là**) pour éviter de répéter le nom de la personne et pour éviter d'employer **il** et **elle** quand le sujet est en doute. Dans ce cas, **celui-ci** remplace généralement la personne ou l'objet nommés en dernier.

Voilà Jacques avec Christian et Réjean. **Celui-ci** est folkloriste et **celui-là** est ingénieur.

On emploie aussi **celui-ci** et **celui-là** pour désigner *the latter and the former*. (On peut aussi dire: Le premier est ingénieur et l'autre est folkloriste.)

Remarquez: En théorie, on emploie **celui-ci** pour l'objet plus rapproché, et **celui-là** pour l'objet plus éloigné. Mais les Français n'observent pas toujours la distinction et tendent à dire **celui-là** dans les deux cas.

IV. *Le pronom démonstratif indéfini* ceci, cela *ou* ça

Préférez-vous **ceci** ou **cela**? (Préférez-vous **ça** ou **ça**?)

Du caviar? Mais **ceci** coûte très cher! (Mais **ça** coûte très cher!)

Vous intéressez-vous à **cela**? (Vous intéressez-vous à **ça**?)
Expliquez-moi **cela** (Expliquez-moi **ça**). **Ça** me semble compliqué.
Vous écrivez avec **ça**?
Et avec **ça**, madame? dit la vendeuse dans un magasin.

Remarquez: Officiellement, le pronom est **ceci** (pour l'objet plus rapproché) et **cela** (pour l'objet plus éloigné). Mais les Français n'observent pas toujours la différence, et ils disent souvent **cela** dans les deux cas.

En fait, ils **écrivent** « cela » (ceci), mais dans la conversation, ils disent généralement **ça**. Examinons l'usage de **ça**. (L'usage de **ceci** et **cela** est le même, mais on les réserve au style écrit.)

ça est: 1. sujet du verbe: **Ça** commence à huit heures.
2. objet du verbe: Tu comprends **ça**?
3. objet d'une préposition: Tu écris avec **ça**? Tu manges de **ça**?
4. renforce **c'est**: **Ça** c'est beau! (Progrès 11, page 308)

Remarquez: Vous connaissez déjà l'usage de **c'est**: **C'est** un livre de français, **c'est** une bonne histoire, **c'est** facile à faire, etc.

Quelle est la différence entre **ça** sujet d'un verbe, et **c'est**?

On emploie **ce** (**c'est**) seulement avec le verbe **être**. Avec tous les autres verbes, on emploie **ça**:

C'est assez.   MAIS **Ça suffit**
C'était très triste.   MAIS **Ça finissait** mal.
Ce sera fini dans deux heures.   MAIS **Ça finira** dans deux heures.
C'est arrivé pendant la guerre.   MAIS: **Ça** s'est passé pendant la guerre (parce que le pronom **s'** sépare **ça** du verbe.)

EXERCICES

1. Les verbes d'expression et de communication.

   A. Les verbes d'expression.

      Quel verbe exprime probablement le mieux le ton de ces phrases?

admettre	*déclarer*	*menacer*
affirmer	*se demander*	*protester*
ajouter	*se dire*	*répliquer*
annoncer	*s'écrier*	*riposter*
avouer	*s'exclamer*	*soupirer*
conclure		

Exemple: « Quelle joie d'être entourée d'amis!   (*elle*)
   Elle s'exclame que c'est une joie d'être entourée d'amis.

1. « Eh bien, oui. C'est moi qui ai mangé le reste du gâteau. »   (*je*)
2. « Ah, non. Ce n'est pas moi qui ai laissé la porte ouverte! »   (*tu*)
3. « C'est moi qui suis absolument certain de savoir la vérité. » (*Un monsieur très dogmatique*)

4. « Si vous avez un autre P.v. pour excès de vitesse, vous irez en prison. (*l'agent de police*)

5. « Vous êtes fou, monsieur l'agent! J'allais à vingt kilomètres à l'heure! » (*l'automobiliste*)

6. « Dois-je partir? Dois-je rester? Qu'est-ce que je dois faire? » (*Lisa*)

7. « Il y a des nouvelles sensationnelles ce soir. » (*la radio*)

8. « Tiens! Quelle surprise de vous rencontrer ici! » (*des copains*)

9. « Vous avez peut-être raison, si on examine vos arguments. » (*un professeur*)

10. « Je suis toujours malheureuse, toujours malade. . . » (*une dame hypocondriaque*)

11. « Je ne suis peut-être pas le centre du monde. . . » (*je*)

12. « Suis-je toujours absolument parfait? » (*vous*)

13. « Je termine ma conférence par ces quelques remarques. . . » (*le conférencier*)

B. Les verbes de communication

Quel verbe exprime le mieux la communication désirée?

conseiller	murmurer	souhaiter
crier	rappeler	suggérer
dire	répéter	télégraphier
demander	répondre	téléphoner
écrire		

Exemple: « C'est la dixième fois que je te dis de faire attention. Tu fais toujours cette erreur! »

Je te répète de faire attention parce que tu fais toujours cette erreur.

1. « N'oublie pas d'emporter ta clé! » (*moi, à toi*)

2. « Ayez une longue vie et soyez heureux ensemble. » (*un ami aux jeunes mariés*)

3. « Chers tous, je pense souvent à vous et j'ai beaucoup de choses à vous dire. » (*Lisa à sa famille*)

4. « Chut. Tais-toi. Écoute. Il y a un bruit dans la maison. » (*une dame à son mari*)

5. « Conduisez plus prudemment si vous ne voulez pas aller en prison. » (*l'agent de police à l'automobiliste*)

6. « Arriverai samedi soir aéroport. Stop. Prière venir me chercher. » (*vous, à votre famille*)

7. « Françoise! Françoise! Reviens! Ne sors pas sous cette pluie! » (*la mère de Françoise à sa fille qui est déjà loin*)

8. « Allô? Comment vas-tu? Qu'est-ce que tu fais? » (*vous à une amie*)

9. « Il fait si beau, aujourd'hui! Je vais sortir un moment. » (*toi à ton camarade de chambre*)

10. « C'est une bonne idée, je sors avec toi. » (*ton camarade de chambre à toi*)

2. *Mettez au discours indirect passé.*

   Exemple: «J'ai très bien dîné. »   (*Il a déclaré*)
      Il a déclaré qu'il avait très bien dîné.

   1. «Vous ne faites pas attention. »   (*on vous a répété*)
   2. «Où avez-vous passé vos vacances? »   (*je vous ai demandé*)
   3. «Qu'est-ce que vous voulez? »   (*on vous a demandé*)
   4. «Je t'aime et je t'aimerai toujours. »   (*Jacques a affirmé à Lisa*)
   5. «Suivez-moi, s'il vous plaît. »   (*le guide m'a prié*)
   6. «Le vin blanc se sert frais, il ne se boit pas froid. »   (*un expert a affirmé*)
   7. «Si je restais, je le regretterais peut-être. »   (*Lisa a confié à Gisèle*)
   8. «Ne pars pas tout de suite. Reste quelques jours. »   (*Gisèle a suggéré à Lisa*)
   9. «Je savais bien qu'il y avait un ver dans la pomme! »   (*vous avez déclaré*)
   10. «Reprenez de la ratatouille! »   (*Gisèle a insisté que ses invités*)

3. Qu'est-ce qu'on vous a demandé? Qu'est-ce que vous avez répondu?

   Mettez les phrases suivantes au discours indirect passé et remplacez **qu'est-ce qui** / **qu'est-ce que** *par* **ce qui** / **ce que.**

   Exemple: « Qu'est-ce que vous faites? »
      On m'a demandé ce que je faisais. Et j'ai répondu que je faisais un exercice.

   1. Qu'est-ce qui vous intéresse dans la vie?
   2. Qu'est-ce que vous ferez quand vous aurez fini vos études?
   3. Qu'est-ce que vous avez pensé quand Lisa a trouvé l'alliance?
   4. Qu'est-ce qui est le plus important dans votre vie?
   5. Qu'est-ce qui vous semble le plus difficile en français?
   6. Qu'est-ce que vous avez acheté cette semaine?
   7. Qu'est-ce qui passe dans la rue?
   8. Qu'est-ce que vous feriez si vous étiez libre?
   9. Qu'est-ce que vous prendrez pour votre dîner?
   10. Qu'est-ce qui vous a beaucoup impressionné quand vous étiez enfant?

4. Mettez au **discours indirect passé** en employant: **le lendemain, la veille, ce jour-là, quelques jours / années plus tôt, à ce moment-là, cette année-là (cet été-là,** etc.)

   Employez aussi les verbes de communication nécessaires.

   Exemple: « Hier, j'ai eu une aventure bizarre. »
      Vous m'avez confié que la veille, vous aviez eu une aventure bizarre.

   1. « Serez-vous libre demain? J'aimerais venir vous voir. » (*vous à moi*)
   2. « Pourquoi n'as-tu pas téléphoné hier? Nous nous inquiétons quand tu ne téléphones pas. » (*vos parents à vous*)

3. « Ce soir, il y aura une importante réunion du parti. » (*le haut-parleur à l'assistance*)
4. « Chère Lisa, vous me manquez beaucoup. Je rentrerai à Paris demain. » (*Philippe à Lisa sur une carte postale*)
5. « Il y a quelques mois, j'étais aux États-Unis. Je ne connaissais pas le reste du monde! » (*Lisa à Gisèle*)
6. « Ce soir, je vais vous raconter mon premier été en France. » (*Lisa à ses enfants, dix ans plus tard*)
7. « Philippe dit qu'il rentrera demain. » (*Lisa à Gisèle*)
8. « J'ai rencontré Christian il y a trois ans. » (*Gisèle à Lisa*)
9. « Cet été, j'ai des tas d'aventures! » (*Lisa à Gisèle*)
10. « Allô, le Florida? Pouvez-vous me réserver une table pour demain soir? » (*Jacques au restaurant Florida*)

5. Mettez le passage suivant au **discours indirect passé.**

   Employez tous les éléments que vous avez appris et ajoutez des éléments personnels. (comme: avec hésitation, très enthousiaste, etc.)

   Bill: Allô, Lisa? Comme je suis content de t'entendre!
   Lisa: Bill! J'avais peur que tu ne m'aies oubliée!
   Bill: Je t'ai appelée il y a deux jours, mais tu n'étais pas chez toi.
   Lisa: Non, j'étais en Provence. Je suis rentrée hier. Ah, quel voyage!
   Bill: Pourquoi dis-tu ça? Ce n'était pas un bon voyage?
   Lisa: Oh si, excellent, mais c'est trop compliqué. Parlons d'autre chose: C'est si beau, la Provence! Je voudrais que tu la voies, un jour. Euh. . . Euh. . . vas-tu venir en France?
   Bill: Je ne le sais pas maintenant. Le directeur me le dira demain. Mais je vais te dire un secret: Il n'y a pas d'autre fille comme toi!
   Lisa: Comment le sais-tu?
   Bill: Eh bien. . . Eh bien. . . depuis que tu es partie, j'ai cherché. J'ai même très bien cherché. Mais je n'ai trouvé personne qui te remplace.

6. Le pronom démonstratif défini: **celui / celle : ceux / celles**

   Employez un de ces pronoms dans votre réponse.

   Exemple: Préférez-vous les films qui racontent une histoire ou les films qui présentent un problème?
   Je préfère ceux qui présentent un problème. (*ou: ceux qui racontent une histoire.*)

   1. La Révolution française a commencé en 1789. Quand a commencé la Révolution des États-Unis?
   2. Quelle voiture marche le mieux: La voiture qui coûte cher, ou la voiture qui est bien entretenue?
   3. Achetez-vous les vêtements qui sont plus chers ou les vêtements qui sont plus pratiques?

4. Les gens qui réussissent le mieux sont les gens qui ont de la chance ou les gens qui travaillent beaucoup?
5. Quel garçon Lisa va-t-elle préférer: Le garçon qui est plus riche, ou le gars qui est plus décontracté?
6. Dans quel restaurant dînez-vous souvent: dans ce restaurant très chi-chi[1] ou dans ce petit bistro sympa?
7. Vont-ils sur la plage où on pratique le nu partiel, ou sur la plage ou on pratique le nu intégral?
8. La voiture de Philippe, c'est une Citroën CX2000. La voiture de Jacques c'est un combi. Laquelle préférez-vous, personnellement?
9. Quelles fleurs sont plus jolies: Les fleurs qui poussent au bord de la route, ou les fleurs de votre jardin?

7. Le pronom démonstratif **celui** et **celui-ci (celui-là)**.

Remplacez les blancs par le pronom correct, à la forme correcte.

Exemple: Ce n'est pas ma voiture, c'est **celle** de mon père.

1. Tu vois ce village? C'est _____ où Réjean habite. J'ai aussi des amis dans _____ que tu vois dans la vallée. Et Ansouis, là-bas, est _____ où j'ai ma maison. Et Gisèle habite dans _____ , là-bas, devant nous.
2. Goûte ces fraises. _____ , ce sont des fraises ordinaires, mais _____ , ce sont des fraises des bois. _____ que la dame te donne sont bien mûres.
3. Christian et Jacques sont copains. _____ est architecte, et _____ est ingénieur. Mais la situation de Christian est plus stable que _____ de Jacques, parce que _____ est trop indépendant pour travailler dans une firme.
4. Regarde ces photos. Ce sont _____ de mon voyage en France. Sur _____ , c'est Jacques et moi. Sur _____ , j'ai l'air idiote. Sur _____ que tu regardes maintenant, voilà mes bons amis de France. Je ne les oublierai jamais, _____ ! Ce sont _____ qui m'ont appris à connaître la France. Et les aventures que j'ai eues là-bas sont _____ qu'on n'oublie pas.

8. L'usage stylistique de **celui-ci (celui-là)**

Exemple: Françoise n'aimait pas beaucoup Mme Audibert, parce que *Mme Audibert* était trop autoritaire.
Françoise n'aimait pas beaucoup Mme Audibert parce que *celle-ci* était trop autoritaire.

Jacques a présenté Réjean à Lisa. **Lisa** était intriguée par l'accent de Réjean.

Les Français n'ont pas pleuré la mort de Louis XV. En effet, **Louis XV** était détesté de beaucoup de gens. **Ces gens** lui reprochaient ses dépenses et ses favorites. **Ces favorites** coûtaient très cher au trésor royal. À la mort du roi, **ce trésor** était vide.

[1] **chi-chi** *prententious and fussy*

En 1989, on célébrera le deux-centième anniversaire de la Révolution française. **Cette révolution** a commencé en 1789 par la prise de la Bastille. **La Bastille** était la prison personnelle du roi.

L'anthropologue Claude Lévi-Strauss a étudié les Indiens de l'Amazonie. **Ces Indiens** ont une culture primitive, et c'est **cette culture** qui intéresse Levi-Strauss. Lévi-Strauss est considéré comme fondateur d'une méthodologie scientifique, c'est cette **méthodologie** qu'on appelle le structuralisme.

PRONONCIATION

Les groupes de lettres qui ont un son fixe *(Letter group sounds)*

Certains groupes de lettres ont un son fixe:

1. **au** ou **eau** [o]   **au,** aujourd'hui, restaur**er**, **auto**, **auto**route, **autre**
   trav**aux**, pann**eaux**, sign**aux**, g**au**che, cerv**eau**, tabl**eau**

2. **ai** ou **ei** [ɛ]   m**ais**, jam**ais**, **ai**mer, j'**ai**, il fall**ait**, l'advers**aire**, néc**ess**aire, cl**air**, rudiment**aire**, je s**ais**, n**aî**tre, n**ei**ge, pl**ei**ne, sous p**ei**ne de mort

3. **eu** ou **oeu** [ø ou œ]   M**eu**don, ordinat**eur**, génér**eu**sement, maj**eur**, min**eur**, affr**eux**, supéri**eur**, d**eux**, mi**eux**, y**eux**
   s**oeur**, c**oeur**, un **oeu**f (et un **oei**l)

4. **ou** [u]   **ou**vrage, Benoîte Gr**ou**lt, hum**our**, t**ou**jours, t**ou**t, am**our**, r**ou**te, rés**ou**dre, c**ou**rbe, r**ou**ge, **ou**blié, br**ou**illard

5. **oi** [wa]   m**oi**, t**oi**, t**oi**t, v**oi**r, s**oi**r, cr**oi**re, laborat**oi**re, Ainsi s**oi**t-elle, ang**oi**sse, contradict**oi**re, **oi**e, cr**oi**x, m**oi**s, v**oi**e, tr**oi**sième

(Les autres groupes de lettres sont dans la **Prononciation** du Progrès suivant, Progrès 10)

Le Pont d'Avignon. *Qu'est-ce qui distingue ce pont des autres? Décrivez-le et expliquez l'origine de cette particularité.*

Le Palais des Papes, un caneton et une décision

« Allons d'abord à Avignon. J'ai des tas de courses à faire. Après, on fera un tour dans les fermes, chercher des antiquités pour ma boutique, a dit Gisèle en démarrant sa camionnette.

Elle était passée chercher Lisa un moment plus tôt, toujours énergique et pressée. C'était une jeune femme d'une trentaine d'années, mince et menue, aux immenses yeux noirs, débordante d'idées et d'activité. Lisa la connaissait déjà assez pour avoir grande envie de passer le plus de temps possible avec elle. Aussi, quand Gisèle avait, sans façon, ouvert la porte de la cuisine ce matin-là et appelé Lisa, celle-ci avait été enchantée de partir avec elle pour la journée. Elles étaient maintenant assises sur le siège avant de la camionnette qui roulait le long des petites routes, guidée par la main sûre de Gisèle, en direction d'Avignon.

Sans attendre, Gisèle a annoncé qu'elle avait rencontré Jacques en montant au village. Lui descendait pour aller à son chantier. Elle lui avait trouvé « une drôle de tête » et en avait conclu qu'il s'était passé quelque chose entre Lisa et lui. Lisa se sentait tout à fait en confiance avec Gisèle. Celle-ci, plus âgée qu'elle, mais assez jeune pour la comprendre, lui semblait l'incarnation de toutes les qualités qu'on espère trouver chez une amie. Elle a ouvert son coeur.

Elle a raconté comment, la veille, elle avait trouvé l'alliance de Jacques, et l'explication qu'ils avaient eue, la veille au soir. Elle a confié qu'elle se sentait très attirée par Jacques, mais qu'elle ne voulait pas entrer dans une situation qui n'était pas nette. . . Gisèle écoutait attentivement, donnant de temps à autre un brusque coup de volant qui sauvait la vie de quelque poulet, attardé à gratter au milieu de la route.

259

« Nous savons qu'il est marié, bien sûr, a déclaré Gisèle. Je lui avais conseillé de te le dire. Mais il ne voulait pas. Il préférait attendre. Je crois qu'il espérait que, plus tard, tu le connaîtrais mieux, et tu resterais peut-être. Il est très seul, au fond. Je ne sais pas si tu l'aimes, mais lui, dis donc! Il est drôlement pincé. . . Enfin, a continué Gisèle après un tournant difficile, tu sais ça, maintenant. Qu'est-ce que tu vas faire? »

Or, Lisa, passé le premier moment, ne savait plus très bien ce qu'elle devait faire. Elle souffrait à l'idée de quitter ce village, ces gens chaleureux, cette atmosphère d'un autre temps, de ne plus revoir Gisèle qui devenait vite, pour elle, une amie précieuse. Elle aurait voulu faire des confitures avec elle, apprendre cette cuisine simple et savoureuse, cultiver un jardin, vivre près de la nature. Elle aimait la simplicité et le charme un peu naïf de Jacques, et le plaisir manifeste que sa présence donnait à celui-ci. Pourtant, quelque chose en elle lui disait qu'elle ne devait pas rester; que la place qu'elle occupait n'était pas la sienne, mais celle d'une autre, ni tout à fait absente, ni tout à fait présente, mais dont l'ombre la gênait. Elle se demandait comment était vraiment cette fille que Jacques avait épousée. . . Et puis, Jacques lui avait-il dit la vérité? Toute la vérité? Qu'est-ce qui s'était vraiment passé?

« Oh, tu sais, dit Gisèle évasivement, il faut être deux pour faire un mariage, bon ou mauvais. . . Il faut être deux aussi pour faire une séparation. Je ne connais pas bien la femme de Jacques: Quand il nous a aidés à restaurer notre maison, elle n'était pas toujours avec lui. Elle habitait surtout chez ses parents, et elle venait de temps en temps. Jacques était complètement fauché, à ce moment-là. . . Ce qui ne veut pas dire qu'il est riche, maintenant. . . »

Elle a ajouté, avec quelque hésitation, qu'elle n'aimait pas beaucoup parler de la vie privée de ses amis, que Christian et elle aimaient Jacques comme un frère, qu'elle souhaitait de tout son coeur que les choses s'arrangent entre eux, parce que ce serait formidable de les avoir tous les deux. Lisa a compris et n'a pas insisté. Son amitié pour Gisèle grandissait à chaque instant.

Avignon est à moins d'une heure d'Ansouis, et bientôt, les remparts de la ville sont apparus. Gisèle n'avait aucune envie d'aller visiter le Palais des Papes. Elle a avoué qu'elle n'avait jamais vu l'intérieur, parce que, quand elle venait à Avignon, elle avait toujours des tas de choses à faire. . . Mais un jour. . . « Tiens, a-t-elle promis généreusement. Nous irons le visiter ensemble, un jour. Mais pas aujourd'hui. D'abord, j'ai des courses à faire au Cap Sud. C'est un grand centre commercial, j'y viens souvent, c'est pratique parce qu'on trouve tout au même endroit. Si tu as besoin de quelque chose, c'est le moment. Ah, il y a un solde sur les tissus. Allons voir ce qu'il y a. Je fais tous mes vêtements, et même quelques-uns de ceux de Christian. Si tu veux, je te fais une robe ce soir. Il me faut deux heures. »

Le centre commercial était en effet immense et les magasins s'ouvraient sur une allée centrale où des fontaines murmuraient. Gisèle a fouillé parmi les tissus en solde et elle a trouvé « pour trois fois rien » deux coupons de toile qui feraient deux robes charmantes, l'une pour elle, l'autre pour Lisa, et de quoi faire une chemise de soie pour Christian.

Après quelques arrêts à la quincaillerie, au supermarché, à la fromagerie,

Lisa a trouvé, en solde aussi, des espadrilles de toile du même tissu que la robe promise par Gisèle. «Quelle veine! s'est exclamée Gisèle, ça va te faire un ensemble du tonnerre! » Et Lisa a aussi acheté une bouteille d'eau de cologne aux genêts, dont le parfum emprisonnait celui des masses dorées qui bordaient les routes.

Il n'était pas question de visiter la ville ce jour-là, mais Lisa insistait pour voir, au moins, le Pont d'Avignon. Toute petite, sa mère lui chantait:

Sur le Pont d'Avignon
On y danse, on y danse. . .

Arrivée au bord du Rhône, elle a découvert à la fois le vaste panorama sur le Palais des Papes et sur le large fleuve que le Pont, hélas, ne traverse plus depuis longtemps. Il n'en restait que quelques arches qui portaient encore une chapelle. Gisèle était trop familière avec cette vue pour se poser des questions:

«Quand est-ce arrivé? Oh, il y a longtemps. . . Le Rhône est un torrent furieux au printemps, au moment de la fonte des neiges. Alors, un jour, il a emporté la moitié du pont, et on a décidé de le reconstruire plus loin. Tu vois, il y a plusieurs autres ponts. Celui-là, c'est une ruine.

—Est-ce qu'on y dansait vraiment?

—Bien sûr, a déclaré Gisèle, qu'on y dansait! C'était au temps des Papes, Avignon était une ville pleine de musique et de poésie. Tu sais, c'était le temps de Pétrarque, et il habitait Avignon. Quand j'étais à l'école, nous lisions l'histoire de la mule du Pape, dans **Les Lettres de mon Moulin**, de Daudet. J'ai le livre à la maison, je te le prêterai. C'est amusant à lire, et on y retrouve tout à fait l'esprit de la Provence. »

Mais l'histoire ne passionnait pas vraiment Gisèle. Celle-ci était bien trop occupée par le monde qui l'entourait, vivant et immédiat, et par ses multiples activités.

« Viens, dit-elle, nous allons passer au cimetière de mon village natal. C'est là que mes parents sont enterrés. Chaque fois que je viens par là, j'y passe pour m'occuper des tombes. »

Enfermé de murs comme un jardin, le cimetière, passé la porte, ressemblait à un autre village. Chaque famille avait sa tombe, qui portait son nom, souvent entourée d'un minuscule jardin. Des couronnes de fleurs en plastique proclamaient les regrets éternels des survivants.

« J'ai horreur de ces fleurs en plastique, a déclaré Gisèle. Tu vois, il n'y en a pas sur notre tombe. J'y mets des fleurs fraîches. Il faut s'en occuper, mais ce n'est pas difficile. Je viens une fois par semaine. Et si je ne peux pas venir, Christian vient, ou des amis. »

Après avoir jeté les fleurs fanées et les avoir remplacées par le bouquet qu'elle avait apporté de son jardin, elle a arraché quelques mauvaises herbes. Puis, elle s'est agenouillée, a fait un signe de croix et une rapide prière. Avant de partir, elle a jeté un coup d'oeil à deux ou trois tombes voisines, a arraché quelques herbes, redressé une couronne, jeté des fleurs fanées, et sur chacune a fait le même signe de croix et la même brève prière.

« Ce sont des tombes de familles amies. Ces gens font la même chose pour la nôtre. Mes parents sont morts depuis longtemps, mais ce n'est pas une raison pour les oublier, ni pour abandonner leur tombe. Tu vois comme tout est bien entretenu. Ma mère serait contente. . . Et puis, il faut venir faire une petite prière pour les morts.

—Es-tu très pieuse? » a demandé Lisa.

—Moi? Oh, non, a dit Gisèle, mais il y a des coutumes. Il faut les respecter. . . Et maintenant, tu vas voir comment un antiquaire travaille. »

Quittant la route, la camionnette s'est engagée dans un chemin, si étroit que les grandes herbes penchées pressaient des deux côtés. Par deux fois, il a fallu s'arrêter pour laisser passer un troupeau de moutons. Gisèle s'est arrêtée devant une petit groupe de fermes isolées au milieu des vignes. À leur fenêtre, deux paysannes regardaient la voiture avec un intérêt soupçonneux, un chien aboyait et des oies gloussaient bruyamment. Enfin, une jeune femme est sortie, et a salué Gisèle qu'elle connaissait déjà.

« On m'a dit que vous aviez quelques meubles à vendre, madame Esquivel? s'est enquise Gisèle.

—Ma grand-mère est morte il y a deux mois, alors ma soeur et moi nous avons partagé ses meubles. Il n'y avait pas grand-chose, vous savez. Tout des vieilleries! Mais ça vaut cher en ville, à ce qu'on dit! »

Après pas mal de conversation, Gisèle a convaincu Mme Esquivel de lui montrer ce qu'elle accepterait peut-être de vendre: quelques chaises, deux petites tables, et, sous un globe de verre, une très ancienne couronne de mariée, faite de fleurs de cire, placée sur un piédestal de velours rouge fané. Gisèle, manifestement habituée à ce genre de négotiations a offert un prix global pour les chaises, bien qu'elles soient en mauvais état, les tables et la couronne. Après quelques marchandages, les trois femmes ont chargé le butin dans la camionnette. Avant de se séparer, il a fallu boire « un petit verre », en l'occurrence du vin de pêches de Mme Esquivel, qui en a profité pour échanger sa recette contre celle du vin d'oranges de Gisèle.

« Pourquoi ces gens vendent-ils ça? a demandé Lisa dans la voiture. Ce sont des souvenirs de famille! Moi, je les garderais précieusement à leur place. . .

—Ils veulent acheter une télé en couleur, et puis, tu as vu, leur maison est pleine de ces vieux meubles. Beaucoup de jeunes ménages sont fatigués de vivre dans ces vieilleries et ils ont envie de quelque chose de neuf. Tout le monde y trouve son compte.

—Cette couronne est émouvante, dit Lisa. Je n'en avais jamais vu une comme ça.

—Elles sont devenues très rares, aujourd'hui. Autrefois, les mariées portaient ces lourdes couronnes de fleurs d'oranger en cire, et, après la cérémonie, elles les faisaient placer sur un piédestal de velours et préserver sous un globe de verre. On en voyait souvent, à la place d'honneur, dans les maisons de mon enfance. Maintenant, on y voit plus souvent un transistor ou une télé. . . Eh, attention, j'ai peur que ce globe se casse! Tiens-le bien entre tes pieds. »

Encore quelques arrêts, au cours desquels Gisèle a acheté un panier ancien et trois douzaines d'oeufs frais. Dans la dernière ferme visitée, elle a trouvé un grand plat de cuivre. Celui-ci était terni, et en si mauvais état que Lisa l'avait pris pour quelque vieille poterie. Gisèle a murmuré qu'il était facile de le réparer

Lisa et Jeannot, le lapin angora de Gisèle. *Avez-vous un animal familier? Expliquez.*

et de le polir. «Il y a des trucs du métier pour tout remettre en bon état.» La fermière avait assuré qu'elle n'avait plus rien à vendre. En effet, sa cuisine resplendissait d'émail blanc, d'acier inoxydable et de formica. . . Mais Gisèle avait repéré, devant la porte, le grand plat à demi plein d'eau où barbotait un caneton jaune. La fermière avait laissé Gisèle emporter le plat à bas prix, et comme Lisa s'extasiait sur le caneton, elle avait insisté pour lui en faire cadeau.

«Le renard a emporté les autres, c'est le seul qui reste de la couvée. Je n'ai pas le temps de m'en occuper, pour un seul. Prenez-le, mademoiselle, vous le mangerez pour Noël. . . »

Cette psychologie fermière, qui permet de nourrir avec amour l'animal que l'on va bientôt manger, était totalement étrangère à Lisa, qui ayant installé le caneton sur ses genoux, dans le panier, l'avait déjà nommé Donald. « Je le garderai pour toi,» dit Gisèle, dont le ménage comprenait déjà deux chiens, nombre de chats, un écureuil qui récupérait d'une patte cassée, et un lapin angora apprivoisé nommé Jeannot-Lapin.

Le globe de verre à ses pieds, le caneton sur les genoux, Lisa se disait qu'elle n'avait jamais passé une meilleure journée. Qui aurait pu penser, qu'un mois plus tôt, ses horizons se limitaient à la Tour Eiffel! Elle se demandait avec inquiétude comment elle allait trouver Paris à son retour. . . Paris? Et sa ville natale, donc? Cela, elle refusait d'y penser, et se limitait à imaginer son retour à Paris. Car, au cours de cette journée en apparence si pleine, son subconscient avait décidé pour elle et elle se trouvait face à une décision faite à son insu. C'est souvent ainsi que les décisions se forment, à notre insu, quelque part dans les régions profondes de notre être, où la raison et les émotions n'ont plus de nom ou même d'identité distincte.

La camionnette roulait sur la route étroite qui sentait la poussière chaude, les genêts et la lavande.

« Je sais que tu vas partir, a murmuré Gisèle. . . Tu n'as pas besoin de me le dire. Je sais aussi que tu as laissé quelqu'un à Paris, Jacques a un peu parlé à Christian. . . Alors, tu vas aller voir où est ta vie, et essayer de savoir qui tu es, n'est-ce pas ? »

Lisa était émue de cette perspicacité. Elle n'aurait pas réussi, elle-même, à formuler les raisons qui la forçaient à partir, alors que tant d'autres auraient pu la retenir. Gisèle, avec son sûr instinct, venait de les formuler.

Elle ne pouvait pas simplement s'installer dans ce village où tout avait si bien sa place et y vivre une imitation de la vie de Gisèle, quelque attrayante qu'elle soit. Elle ne pouvait pas prendre une place qui n'était peut-être pas libre. Elle ne pouvait pas céder à la tentation. . . Au cours de cette journée, près de cette femme amie qui la regardait maintenant avec un sourire plein de compréhension, Lisa avait compris que ce qu'elle allait découvrir sur elle-même, au cours des jours suivants, était peut-être la découverte la plus importante qu'elle ferait jamais.

« Tu t'occuperas bien de Donald, n'est-ce pas ? » a-t-elle dit.

Questions

Répondez sans reproduire le texte et en employant le discours indirect chaque fois que c'est possible

1. Qu'est-ce que Gisèle a dit à Lisa (approximativement) quand elle est passée la chercher ?
2. Qu'est-ce que Gisèle a dit à Lisa au sujet de Jacques ?
3. Pourquoi Gisèle parlait-elle de Jacques « évasivement » et pourquoi n'aimait-elle pas parler de sa vie privée ? Aimeriez-vous mieux des amis comme Gisèle, ou bien ceux qui racontent vos secrets à tout le monde ? Pourquoi ?
3. Gisèle a-t-elle visité le Palais des Papes ? Pourquoi ? Avez-vous déjà rencontré des gens, dans ce livre, qui connaissent mal les curiosités de leur ville natale ? Mais qu'est-ce qu'elle promet à Lisa ?
4. Si vous voyez le mot SOLDE à la vitrine d'un magasin, qu'est-ce que ça veut dire ?
5. Qu'est-ce que Lisa a acheté au Centre Commercial ?
6. Un peu d'histoire d'Avignon. Qu'est-ce que le fameux Pont d'Avignon ? Comment était Avignon au temps des Papes ? Quel célèbre poète habitait à Avignon, au temps des Papes ?
7. Pourquoi Gisèle est-elle passée au cimetière ? Y va-t-elle souvent ? Fait-on généralement la même chose aux États-Unis ? Pourquoi ?

8. Qu'est-ce que Gisèle a acheté dans les fermes? Qu'est-ce que la fermière a donné à Lisa? Pourquoi le lui a-t-elle donné?
9. Gisèle avait deviné la décision de Lisa. Comment le lui a-t-elle dit?
10. Pour quelles raisons Lisa a-t-elle finalement décidé de partir? A-t-elle raison, à votre avis?

Répondez dans l'esprit du texte mais avec imagination

1. *Gisèle:* Lisa! Lisa! Tu es là? Veux-tu venir avec moi à Avignon aujourd'hui?
   Lisa: . . .

2. *Lisa:* Je voudrais que tu me parles beaucoup de Jacques, puisque tu le connais bien.
   Gisèle: . . .

3. *Lisa:* Tu m'as dit que Jacques était « drôlement pincé ». Qu'est-ce que ça veut dire?
   Gisèle: . . .

4. *Une vendeuse (au magasin de tissu du Cap Sud):* Nous avons de jolis tissus en solde, mais les couturières sont difficiles à trouver . . .
   Gisèle: . . .

5. *Lisa:* Pourquoi n'as-tu jamais visité le Palais des Papes?
   Gisèle: . . .

6. *Lisa:* Pourquoi est-ce que la chanson dit «Sur le Pont d'Avignon, on y danse? » On n'y danse certainement pas aujourd'hui!
   Gisèle: . . .

7. *Lisa:* Pourquoi viens-tu régulièrement au cimetière? Quand les gens sont morts, ils ne peuvent pas le savoir . . .
   Gisèle: . . .

8. *Mme Esquivel:* Je me demande pourquoi les gens de la ville veulent acheter ces vieilleries.
   Sa voisine: . . .

9. *La fermière (qui donne le caneton à Lisa):* Vous le mangerez pour Noël, il sera très bon, rôti . . .
   Lisa (horrifiée): . . .

10. *Jacques:* Gisèle! Lisa! Qu'est-ce que vous avez fait, toute la journée?
    Lisa: . . .

Qu'est-ce qu'une femme?
Essayez d'imaginer l'identité de cette jeune femme: Son âge? Sa profession? Où va-t-elle? Qu'est-ce qu'elle porte dans son sac?

Simone de Beauvoir
Qu'est-ce qu'une femme?

Dans son important ouvrage, Le Deuxième Sexe, *écrit en 1949, Simone de Beauvoir pose clairement les questions auxquelles les féministes d'aujourd'hui proposent des réponses.*

Le Deuxième Sexe *est donc considéré comme l'ouvrage précurseur des mouvements féministes d'aujourd'hui. Le passage suivant est extrait de la préface.*

J'ai longtemps hésité à écrire un livre sur la femme. Le sujet est irritant, surtout pour les femmes. La querelle du féminisme a fait couler assez d'encre (. . .) et les volumineuses sottises du siècle dernier n'ont pas beaucoup éclairé le problème.

D'ailleurs, y a-t-il un problème? Et quel est-il? Y a-t-il même des femmes? (. . .) Des gens bien informés soupirent: «La femme se perd, la femme est perdue.» On ne sait plus bien s'il existe encore des femmes, s'il en existera toujours, s'il faut, ou non, le souhaiter, quelle place elles occupent dans ce monde, et quelle place elles devraient y occuper. (. . .) Mais d'abord, qu'est-ce qu'une femme?

Tout le monde s'accorde à reconnaître qu'il y a dans l'espèce humaine des femelles. Elles constituent, aujourd'hui comme autrefois, la moitié de l'humanité; et pourtant, on nous dit que «la féminité est en péril», on nous exhorte: «Soyez femmes, restez femmes, devenez femmes.» Tout être humain femelle n'est donc pas nécessairement une femme; il lui faut participer à cette réalité mystérieuse

Irène est ouvrière dans une usine d'instruments de précision. *Comment est son travail? (Monotone? Précis? Difficile? Ennuyeux? Passionnant?) Aimeriez-vous ce travail? Pourquoi?*

Une femme jardinière: *À votre avis, est-ce que la profession d'une femme contribue à sa définition? Expliquez.*

Les femmes ont la réputation de parler longtemps au téléphone. *Pensez-vous que celles-ci le font pour le plaisir? Imaginez pourquoi elles sont au téléphone, leur profession et ce qu'elles disent le plus souvent.*

Trois femmes: Marie-Louise, 72 ans, est la grand-mère. Elle coud, avec ses petites-filles, Katy, 19 ans et Anne, 20 ans, dans le jardin de leur maison. *Imaginez leurs pensées et leur conversation.*

et menacée qu'est la féminité. (. . .) Bien que certaines femmes s'efforcent avec zèle de l'incarner, le modèle n'en a jamais été déposé. On la décrit volontiers en termes vagues et miroitants. (. . .) Mais les sciences biologiques et sociales ne croient plus en l'existence *de caractères donnés,* comme ceux de la Femme, du Juif ou du Noir; elles considèrent le caractère comme une réaction secondaire à une situation. S'il n'y a plus aujourd'hui de féminité, c'est qu'il n'y en a jamais eu.

Cela signifie-t-il que le mot *femme* n'ait aucun contenu? (. . .) En vérité, il suffit de se promener les yeux ouverts pour constater que l'humanité se partage en deux catégories d'individus dont les vêtements, le visage, le corps, les sourires, la démarche, les intérêts, les occupations, sont manifestement différents: peut-être ces différences sont-elles superficielles?; peut-être sont-elles destinées à disparaître. Ce qui est certain, c'est que, pour l'instant elles existent avec une éclatante évidence.

Si la fonction de femelle ne suffit pas à définir la femme, si nous refusons aussi de l'expliquer par « l'éternel féminin » et si cependant nous admettons qu'il y a des femmes sur terre, nous avons donc à nous poser la question: qu'est-ce qu'une femme?

Questions sur le texte

Ces questions sont, en réalité, des sujets de discussion, et toute la classe est invitée à exprimer des opinions personnelles et à discuter de ces problèmes.

1. Pourquoi considère-t-on *Le Deuxième Sexe* comme un ouvrage précurseur du mouvement féministe contemporain? Est-ce que la question de savoir ce que c'est qu'une femme est une question récente ou ancienne?
2. En quelle année Simone de Beauvoir a-t-elle écrit ce livre? Pensez-vous que la situation des femmes a beaucoup changé depuis ce temps? Donnez des exemples précis pour confirmer votre opinion.
3. « La femme » est un sujet irritant pour les femmes, dit de Beauvoir. Si vous êtes une femme, est-ce qu'il vous irrite? Pourquoi? Si vous êtes un homme, est-ce qu'il vous irrite aussi? Pourquoi?
4. Pourquoi, d'après de Beauvoir, tous les êtres humains femelles ne sont-ils pas nécessairement des femmes? Êtes-vous d'accord? Pourquoi?
5. La féminité est « décrite en termes vagues et miroitants ». Pourtant, c'est une qualité désirable. À votre avis, qu'est-ce que la féminité, et pensez-vous qu'elle représente une qualité désirable?
6. Pensez-vous que les caractéristiques physiques de la femme déterminent son rôle dans la société? Expliquez.
7. Est-il vrai qu'il n'y ait pas de caractère donné, mais que le caractère est seulement une réaction secondaire à une cause? Expliquez votre réponse.
8. Que pensez-vous de la question et du mouvement féministes?

Traductions basées sur le texte précédent

Version:

*Traduisez le texte de Simone de Beauvoir, **Qu'est-ce que les femmes?** en anglais correspondant au style de l'auteur.*

Thème

Traduisez en français le passage suivant, en vous inspirant du vocabulaire et des constructions du passage de Simone de Beauvoir.

In The Second Sex, *Simone de Beauvoir asks important questions. The first of these, in the preface, is: What is a woman?*

She admits that the subject is annoying for men, and especially for women. And she wonders whether there is a problem. Some people no longer know whether there are women, and whether they are, or should be different from men!

*De Beauvoir says that today, science no longer believes that character exists in itself (**en soi**). Character is only a reaction, secondary to a cause. Therefore, women behave in a certain way because there are causes, probably social causes. But in different societies, women behave differently.*

Le magasin de bonbons. Ce monsieur a très envie de nougat, qui est la spécialité locale. *Va-t-il probablement en acheter: 125 grs? 10 kgs? 1 km? Expliquez.*

Le système métrique

Notes culturelles: Tous les pays qui ne sont pas de langue anglaise emploient le système métrique, inventé en France pendant la Révolution. Les États-Unis l'emploient aussi dans les sciences et techniques, et l'emploieront exclusivement un jour.

Votre voiture: litres et kilomètres

Je vous mets combien d'essence?

Faites le plein.
Mettez-en **dix, vingt litres.**[1]

Vous allez loin?

Je vais à **cent / cinq cents** mètres.
Je vais à **dix / vingt / cent** kilomètres.

Combien consommez-vous aux cent kilomètres?

Je (= ma voiture) consomme **dix / douze / quinze** litres aux cent kilomètres.

À quelle vitesse allez-vous?

Ma vitesse moyenne est **cent /** kilomètres à l'heure (km / h).

La température en degrés centigrades (0° C. = l'eau gèle, 100° C = l'eau bout)

Fait-il froid?

Oui, il fait froid. Il fait 0 degrés (centigrade). L'eau gèle dans la rue. / Non, il ne fait pas froid. Il fait bon. Il fait 20 degrés.

---

[1] Les voitures françaises sont plus petites que les voitures américaines. Donc, elles consomment moins d'essence et leur réservoir est plus petit.

As-tu (Avez-vous) de la fièvre?	Non, ma température est normale: 37 degrés. Oui, un peu. Ma température est 38 degrés.

Au marché ou dans un magasin

Combien en voulez-vous? (du vin, du lait, de l'eau minérale, etc.)	Donnez-m'en **un demi-litre** (½ l.) / **un quart de litre** (¼ l.) / **un litre** (1 l.).
(des légumes, des fruits, du café, du sucre, etc.)	Donnez-m'en **un demi-kilo** (½ kg) / **un quart de kg** (¼ kg) / **un kilo.**
(du tissu, du ruban, etc.)	Donnez-m'en **un, deux, trois mètres.** / Donnez-m'en **un demi-mètre** / **un quart de mètre.**

Situations

1. **À la station d'essence.** Vous dites à l'employé de faire le plein. Il vous dit qu'il a mis 6 gallons (Combien de litres?). Vous lui demandez si vous avez assez d'essence pour aller à Avignon, qui est à 20 miles (Combien de kilomètres?) d'ici. Imaginez sa réponse et concluez la conversation.

2. **Au Québec.** Questions de température. Christian est en voyage d'affaires au Québec, et il retrouve Réjean. C'est l'hiver, il neige, et il fait très froid. Christian demande à Réjean quelle température il fait en hiver. Réjean lui explique et lui donne des exemples de grand froid en centigrades. Christian compare ces températures avec le climat plus doux de la Provence. Imaginez la conversation.

3. **À l'épicerie.** Lisa est à l'épicerie (ou magasin d'alimentation) du village. La marchande lui demande ce qu'elle désire. Elle a besoin de lait, de café, de sucre, et aussi d'eau minérale, de fruits (abricots et pêches) et de légumes (pommes de terre et haricots verts). Imaginez les quantités et la conversation.

4. **Au magasin de tissus.** Vous demandez à la vendeuse quels tissus sont en solde. Elle vous dit que ce sont les coupons (*remnants*) qui sont en solde. Ils sont tous à 10 francs le mètre. Vous voulez savoir combien de mètres il faut pour faire une robe. Environ trois mètres, dit la vendeuse. Continuez et concluez la conversation.

5. **Pour les gens qui ont de l'humour et de l'imagination.** Avec des amis français, vous parlez des extrêmes de température aux États-Unis. Mais vous oubliez de réduire les degrés Fahrenheit en degrés centigrades et quand vous dites que dans votre ville il fait 100 degrés en été, les Français ne vous croient pas et font des plaisanteries (L'eau bout dans la rue? Tu es cuit quand tu sors? etc.) Imaginez cette conversation et sa conclusion.

COMPOSITION ÉCRITE OU ORALE

Une décision

Vous avez sûrement pris au moins une décision importante dans votre vie. Racontez comment vous avez pris cette décision. Elle était sûrement précédée de conversations que vous avez eues avec diverses personnes et que vous raconterez au discours indirect.

Quel était le problème qui demandait une décision de votre part? Pourquoi étiez-vous obligé(e) de prendre cette décision?

Avec qui avez-vous parlé de votre problème: À vos parents? des amis? D'autres personnes? Strictement à vous-même?

Qu'est-ce que ces personnes vous ont conseillé? Vous ont fait remarquer? (Racontez au discours indirect: Celui-ci vous a dit. . . Celle-ci vous a fait remarquer que . . . etc.)

Comment avez-vous fini par former votre décision?

Quelle était cette décision? La regrettez-vous? Pourquoi?

Qu'est-ce que vous diriez à une autre personne dans le même cas? (Employez le discours indirect: Je lui dirais que / de . . . etc.)

Dans le Parc de Versailles

INTRODUCTION
Les pronoms possessifs, relatifs et interrogatifs

Les pronoms possessifs: *le mien / la mienne,* **etc. Leurs formes et leur usage.**

L'expression *être à* **(= appartenir à) indique la possession**

Les pronoms relatifs

simples:
    qui et *ce qui*
    que et *ce que*
    quoi et *ce à quoi*
    où, pronom relatif de lieu et de temps
    dont et *ce dont*

composés: *lequel / auquel / duquel.* **Leurs formes et leurs usages**

Les pronoms interrogatifs

simples:
    qui
    que et *qui est-ce que*
    quoi

composés: **lequel? auquel? duquel? Leurs formes et leurs usages**

Les expressions *à qui* et *de qui?*

PRONONCIATION: Les groupes de lettres qui ont un son fixe (suite)

EN FRANÇAIS MON AMOUR: Dans le parc de Versailles

EN FRANÇAIS DANS LE TEXTE: Alain Decaux: *Le mariage de Marie-Antoinette et du futur Louis XVI*

CONVERSATION: *En ville: Chez le pharmacien, au bureau de tabac et à la poste*

progrès 10

INTRODUCTION

Le pronom possessif: **le mien, le tien,** etc.

Tu vois cette voiture bleue. C'est ma voiture. C'est **la mienne.** Où est **la tienne?**

La mienne est au garage, alors ma mère m'a prêté **la sienne.** Mes parents restent chez eux aujourd'hui. Alors, ils n'ont pas besoin **des leurs.**

Avez-vous préparé votre examen?

Moi, j'ai préparé **le mien.** Lisa n'a pas préparé **le sien.** Nous avons préparé **le nôtre.** Tous les étudiants ont préparé **le leur.**

Le pronom relatif

qui *(sujet) et* **que** *(objet) remplace une personne ou une chose.*

Les gens **qui** vendent leurs meubles anciens ont-ils tort ou raison?

À mon avis, ceux **qui** les gardent ont raison. Les meubles **qui** viennent de notre famille nous rappellent les parents **qui** nous étaient chers.

Quels sont les meubles que vous préférez personnellement?

J'aime beaucoup ceux **que** ma famille me donne. Une grand-mère que j'aimais bien m'a laissé des choses **que** je considère précieuses. Mais les objets **qu'**on achète chez les antiquaires ont ont un certain mystère **qu'**on peut apprécier.

ce qui *et* ce que

Dites-moi **ce qui** vous manque pour être heureux.

Je voudrais bien sûr la sécurité et l'amour, **ce qui** n'est pas toujours compatible.
Mais au fond, **ce qui** m'intéresse le plus, c'est de communiquer avec les autres. Et vous?

Moi, je pense que **ce qui** est le plus important, c'est la satisfaction d'avoir fait quelque chose de difficile.

C'est **ce que** je pense aussi.

quoi *(objet d'une préposition) remplace une chose*

De quoi avez-vous besoin pour vivre?

Il me faut **de quoi** payer mon loyer, **sans quoi** je n'ai pas de domicile. **Après quoi,** il me faut de l'argent pour vivre.

Est-on nécessairement heureux quand on a tout ce qu'il faut pour vivre?

Oh non. On a besoin d'autre chose mais on ne sait pas toujours **de quoi** on a besoin.

Qu'est-ce que c'est que le charme?

Les Français n'essaient pas de le définir. Ils disent que c'est « un certain je ne sais **quoi** ».

Nous commençons la leçon sur les pronoms relatifs. Est-ce celle **dont** vous aviez peur?

Oui, parce qu'il s'agit des pronoms relatifs **dont** je n'ai pas bien compris l'usage.

Les pronoms sont faciles!

Pardon, il y en a **dont** l'usage est complexe.

Françoise, c'est la jeune fille **dont** Philippe parlait à Lisa, n'est-ce pas?

Oui, c'est celle **dont** la famille est voisine de campagne de la sienne.

Avez-vous **ce dont** vous aurez besoin pour votre voyage?

Oui, **tout ce dont** j'aurai besoin est dans ma valise.

Savez-vous garder un secret?

Absolument. **Tout ce dont** nous avons parlé restera entre nous. Voilà **ce dont** vous pouvez être sûr.

Êtes-vous au régime?

Non, je mange **ce dont** j'ai envie. (Et non pas ce que je devrais manger!)

Le pronom relatif de lieu et de temps: **où**

Où êtes-vous né?

L'endroit **où** je suis né est dans le nord-est des États-Unis. La ville **où** je suis né est sur la côte atlantique. C'est là **où** j'ai passé mon enfance.

Quel âge aviez-vous, l'année **où** vous êtes entré à l'université?

J'avais dix-huit ans. C'est l'année **où** ma famille est allée habiter à New York. C'est le moment **où** je suis devenu indépendant.

Le pronom relatif composé **lequel** *(après une préposition)* **auquel** *(à + lequel) et* **duquel** *(de + lequel)*

Donnez-moi les raisons **pour lesquelles** vous étudiez le français.

Les raisons **pour lesquelles** je l'étudie sont simples: Je voudrais le savoir. Mais l'intérêt **avec lequel** je l'étudie dépend de vous. Vous êtes la personne **sur laquelle** je compte pour rendre claires les choses **avec lesquelles** j'ai des difficultés.

Quels sont les sujets **auxquels** vous vous intéressez le plus à l'université?

Les sujets **auxquels** je m'intéresse sont ceux **auxquels** je peux consacrer assez de temps. Je n'aime pas les classes **auxquelles** je dois aller sans être préparé. Mais j'aime celle **à**

laquelle j'arrive, prêt à répondre à toutes les questions.

Je voudrais savoir **de laquelle** vous parlez.

Eh bien, il y a un certain professeur dans la classe **duquel** je suis toujours à l'aise.

Les pronoms interrogatifs

Pour remplacer une personne: **qui** *(sujet, objet, objet de préposition)*

Qui est à la porte?

Ce sont nos invités.

Qui connaissez-vous à Paris?

Je connais Philippe, avec qui Lisa sort souvent.

À qui écrivez-vous?

J'écris à mes parents et à mes meilleurs amis.

Avec qui Lisa va-t-elle se marier?

Je ne sais pas avec qui, et je ne sais même pas si elle va se marier!

De qui avez-vous besoin pour être heureux?

J'ai besoin des gens que j'aime, bien sûr.

À qui pensez-vous souvent?

Je pense à une certaine personne dont le nom est un secret.

Pour remplacer une chose: **qu'est-ce qui** *(sujet)* **que** *(objet)* **quoi** *(objet de préposition).*

Qu'est-ce qui fait ce bruit?

Je ne sais pas ce qui fait ce bruit. C'est peut-être un moteur.

Que faites-vous dimanche?

Je reste chez moi. Mais je ne sais pas ce que je ferai dimanche soir.

Que voulez-vous dans la vie?

Je veux avoir du succès dans ce que je fais.

De quoi avez-vous besoin pour votre nouvel appartement?

J'ai besoin d'un tas de choses: des meubles, des appareils ménagers. Il n'y a pas beaucoup de choses dont je n'ai pas besoin.

Avec quoi écrivez-vous?

J'écris surtout avec ma machine à écrire.

À quoi pensez-vous?

Je pense à mes vacances!

Le pronom interrogatif **lequel** *(sujet, objet, et objet de préposition)*

Il y a des tas d'avions qui partent cet après-midi. **Lequel** va à San Francisco?

Celui que je prends dans une heure va à San Francisco.

Lequel prenez-vous quand vous allez à New York?

J'en prends toujours un direct.

Dans lesquels aimez-vous voyager?

J'aime voyager dans ceux qui sont directs, qui partent et arrivent à l'heure.

Il y a tant de compagnies aériennes. **Par laquelle** va-t-on en Europe?

On y va par les compagnies internationales.

Parmi tous vos amis, **sur lesquels** comptez-vous en cas de besoin?

Je compte sur ceux qui sont loyaux et généreux.

Le pronom interrogatif auquel *(contraction de* à + lequel*)*

Vous avez tant de parents et d'amis. **Auxquels** faites-vous des cadeaux de Noël?

J'en fais à ceux qui m'en font. . . (Mais ceux **auxquels** je n'en fais pas ne m'en font pas, c'est un cercle vicieux.)

Vous avez deux numéros de téléphone. **Auquel** voulez-vous que je vous appelle?

Appelez-moi à celui où je passe le week-end. C'est celui-ci.

Le pronom interrogatif duquel *(contraction de* de + lequel*)*

N'emportez pas tous ces vêtements. **Desquels** aurez-vous besoin pendant le week-end?

Justement. Je ne sais pas desquels j'aurai besoin. . .

Regardez ces voitures! **De laquelle** avez-vous envie?

J'ai envie de cette Renault parce que je suis raisonnable.

Vous lisez un auteur que vous admirez. **Duquel** parlez-vous?

Je parle d'Alain Peyrefitte. C'est lui qui a écrit *Le mal français.*

EXPLICATIONS

I. Le pronom possessif

Cette voiture? C'est ma voiture. C'est **la mienne**. Où est **la tienne?**

Le pronom possessif remplace l'adjectif possessif + le nom de l'objet possédé: comme les autres pronoms en général, il prend le genre (masculin ou féminin) et le nombre (singulier ou pluriel) de l'objet qu'il remplace.

(mon)	**le mien**	(notre)	**le nôtre, la nôtre**
(ma)	**la mienne**	(nos)	**les nôtres**
(mes)	**les miens, les miennes**		
(ton)	**le tien**	(votre)	**le vôtre, la vôtre**
(ta)	**la tienne**	(vos)	**les vôtres**
(tes)	**les tiens, les tiennes**		
(son)	**le sien**	(leur)	**le leur, la leur**
(sa)	**la sienne**	(leurs)	**les leurs**
(ses)	**les siens, les siennes**		

Voilà ma maison et voilà **la vôtre.**
Voilà mes parents et voilà **les vôtres.**

J'habite dans mon appartement et mes parents habitent dans **le leur.**
Le leur est plus grand que **le mien.**

Remarquez: L'expression **être à** exprime la possession:

Cette voiture **est à** moi, mais celle-ci **est à** mes parents.
Après la naissance de son fils, Napoléon aurait dit: « L'avenir est **à moi!** » En réalité,
l'avenir n'**est à** personne, l'avenir **est à** Dieu, si on croit en Dieu.

être à a le même sens que **appartenir à:**

Cette voiture **m'appartient,** mais celle-ci **appartient à** mes parents.

II. *Les pronoms relatifs*

Les pronoms relatifs servent à joindre un nom ou un pronom qu'ils remplacent
à une proposition (*clause*) qui explique ou détermine ce nom ou ce pronom.

Le travail **que** vous faites reflète souvent votre personnalité.
Les gens **qui** aiment les animaux ne comprennent pas les fermiers **qui** les élèvent
pour les manger.
Les vêtements **dont** j'ai besoin sont dans ma valise.
Les classes **auxquelles** j'aime aller sont celles **que** j'ai le temps de préparer.

A. le pronom relatif **qui** remplace une personne ou une chose. Il peut être:

1. sujet

C'est une idée **qui** présente beaucoup de possibilités.
Voilà un monsieur **qui** a beaucoup d'argent.
Donnez-moi l'adresse de quelqu'un **qui** habite Paris.

2. objet de préposition

C'est une personne **pour qui** j'ai beaucoup d'admiration.
Gisèle est une amie **avec qui** Lisa passe la journée.
Vous êtes quelqu'un **sur qui** on peut compter.

3. ce qui remplace, en bon français, **la chose qui** ou **les choses qui.** Il peut être
sujet ou objet:

Ce qui semble important un jour est oublié le lendemain.
Tout **ce qui** brille n'est pas or.
Je comprends **ce qui** vous préoccupe.

B. Le pronom relatif **que** remplace une personne ou une chose. Il est seulement
objet direct.

1. Les gens **que** je préfère sont ceux qui sont différents de moi.
Les décisions **que** nous prenons ne sont pas toujours rationnelles. Elles sont dic-
tées par des émotions **que** nous ne comprenons pas.
Le texte **que** vous lisez est écrit en français, c'est la langue **que** vous étudiez.

2. ce que remplace **la chose que** ou **les choses que.**

> Cet enfant ne sait pas **ce qu'**il veut!
> Dites-moi **ce que** vous pensez de cette question.
> Votre santé dépend de **ce que** vous mangez.
> On dit: « **Tout ce que** j'aime est illégal, immoral, ou bien ça fait grossir. »

C. Le pronom relatif **quoi** (*what*)

quoi est un pronom d'objet qui remplace une chose indéfinie.

1. quoi est généralement objet d'une préposition

> « Merci. —Il n'y a pas **de quoi**. »
> Je vais faire mes bagages, **après quoi**, je partirai.
> Je sais **à quoi** vous pensez.
> Il me faut **de quoi** vivre.

2. dans certains cas, **quoi** est un objet direct, sans préposition

> Je voudrais quelque chose, mais je ne sais pas **quoi**.
> Le charme? C'est un certain je ne sais **quoi**.

3. ce à quoi exprime **la chose à quoi** ou **les choses à quoi**. C'est un pronom indéfini:

> **Ce à quoi** je m'intéresse en ce moment, c'est à bien apprendre le français.

D. Le pronom relatif **dont** (*of which, of whom, whose*)

dont remplace **de qui** ou **de quoi**. Il s'applique à des choses ou à des personnes.

> **1.** Voilà un gâteau **dont** je voudrais avoir la recette.
> Il y a plusieurs choses **dont** j'ai besoin de vous parler.
> Les gens **dont** Lisa a fait la connaissance sont des amis de Jacques.

2. ce dont remplace **la chose dont**, ou **les choses dont**:

> Emportez tout **ce dont** vous aurez besoin pour le week-end.
> **Ce dont** je suis sûr, c'est que je serai en vacances la semaine prochaine.
> **Ce dont** on parle souvent indique à quoi on pense.
> **Ce dont** Lisa a peur, c'est de prendre la place d'une autre.

E. Le pronom relatif **où** (*where, when*)

Vous connaissez déjà **où** comme adverbe interrogatif:

> **Où êtes-vous né?**
> **Où habitez-vous?**
> **Où allez-vous?**

Mais **où** est aussi un pronom relatif de lieu (*place*) et de temps. Il s'applique exclusivement aux choses:

> Ma mère habite dans la ville **où** elle est née.
> L'année **où** vous êtes né, j'avais déjà vingt ans!
> Aujourd'hui c'est l'anniversaire du jour **où** nous nous sommes rencontrés.

Remarquez: Pour exprimer cette idée quand il s'agit d'une personne, on dit par exemple **chez qui**:

C'est une personnalité **chez qui** on trouve beaucoup de contradictions.

F. Les pronoms relatifs composés: **lequel / auquel / duquel** *(which)*

1. Le pronom relatif **lequel** est composé de **le / la : les** et de l'adjectif **quel / quelle : quels / quelles**. Il s'emploie pour les personnes et les choses, et toujours après une préposition:

J'ai une machine à écrire **avec laquelle** j'écris beaucoup.
Cette télévision, **devant laquelle** on passe des heures!
C'est un bon copain, **avec lequel** je sors souvent.
Philippe est sérieux. C'est un type **sur lequel** on peut compter.

2. Quand la préposition qui précède est **à**, il y a contraction, et le pronom est **auquel / à laquelle : auxquels / auxquelles**:

Il y a des choses **auxquelles** on n'aime pas penser.
Écrire est une occupation **à laquelle** un écrivain consacre sa vie.
Vous êtes une personne **à laquelle** on peut parler franchement.

Remarquez: Pour une personne, il est aussi possible d'employer **qui** et pour une chose, **quoi**:

Cette télévision, **devant quoi** on passe des heures!
C'est un type **sur qui** on peut compter.
Il y a des choses **à quoi** on n'aime pas penser.
Vous êtes une personne **à qui** on peut parler franchement.

3. Quand la préposition qui précède est **de**, il y a contraction et le pronom est **duquel / de laquelle : desquels / desquelles**:

J'ai des bons amis dans l'appartement **desquels** je passe souvent quelques jours.

On n'emploie **duquel**, pronom relatif, que quand il y a une autre préposition: **dans** l'appartement **desquels**. Quand il n'y a pas d'autre préposition, on emploie **dont**:

C'est un auteur **dont** j'aime beaucoup le style.
MAIS:
C'est un auteur **pour** le style **duquel** j'ai beaucoup d'admiration.

Remarquez: Il est impossible d'employer **dont** pour formuler une question. (Voir paragraphe suivant sur les pronoms interrogatifs.)

À la banque. «Voilà l'argent dont j'ai besoin!» *Qu'est-ce que cette jeune femme va faire de cet argent?*

```
TABLEAU DE RÉCAPITULATION DES PRONOMS RELATIFS
Pronoms      qui   (sujet ou objet de préposition, remplace choses et personnes)
relatifs     que   (objet direct, remplace choses et personnes)
simples      quoi  (objet direct ou de préposition, remplace les choses)
             dont  (remplace choses et personnes. Équivalent de de + qui, de +
                    que, de + quoi
             où    (remplace un lieu ou une expression de temps)
```

	Singulier		Pluriel	
Pronoms	*masculin*	*féminin*	*masculin*	*féminin*
relatifs	lequel	laquelle	lesquels	lesquelles
composés	auquel	à laquelle	auxquels	auxquelles
	duquel	de laquelle	desquels	desquelles

Remarquez: Les formes des pronoms interrogatifs sont les mêmes que celles des pronoms relatifs, à l'exception de **dont** qui ne peut pas être employé comme pronom interrogatif.

III. Les pronoms interrogatifs simples

A. Si la question concerne une personne: **qui**?

> **Qui** êtes-vous?
> **Qui** dit ça? **Qui** a fait ça? **Qui** avez-vous rencontré?
> **Avec qui** avez-vous parlé?
> **De qui** avez-vous besoin?
> **À qui** as-tu téléphoné?
> **Pour qui** a-t-il acheté ces fleurs?

Le pronom interrogatif **qui** est sujet, objet direct, et objet.

Remarquez: Il est aussi possible de formuler la question avec **est-ce que**. Dans ce cas, il n'y a pas d'inversion, et le pronom interrogatif est **qui est-ce qui** pour le sujet, et **qui est-ce que** pour l'objet:

> **Qui est-ce que** vous êtes?
> **Qui est-ce qui** a dit ça? **Qui est-ce qui** a fait ça?
> **Qui est-ce que** vous avez rencontré?
> **Avec qui est-ce que** vous avez parlé?
> **De qui est-ce que** vous avez besoin?
> **Pour qui est-ce qu'**il a acheté ces fleurs?

Cette forme est longue, et on l'emploie presque exclusivement dans la conversation. Mais la forme courte **qui** est toujours correcte et possible, dans le style écrit ou dans la conversation.

B. Si la question concerne une chose

1. qu'est-ce qui. . . ? remplace le sujet

> **Qu'est-ce qui** passe dans la rue? C'est une camionnette.
> **Qu'est-ce qui** est pratique pour le camping? C'est un combi.
> **Qu'est-ce qui** vous fait plaisir? Vos compliments.

2. **que** ou **qu'est-ce que** remplace l'objet direct de la phrase:

> **Que** voulez-vous? ou: **Qu'est-ce que** vous voulez?
> **Qu'**a-t-elle visité à Aix-en-Provence? ou: **Qu'est-ce qu'**elle a visité à Aix-en-Provence?

Remarquez: Les deux formes **que** et **qu'est-ce que** sont employées indifféremment en français. Naturellement, avec **qu'est-ce que** il n'y a pas d'inversion.

3. **quoi** remplace l'objet d'une préposition

> **À quoi** pensez-vous?
> Je sais que vous avez besoin de quelque chose. Mais **de quoi?**
> **Dans quoi** voulez-vous que je mette ces roses?
> **Sur quoi** êtes-vous assis? Je suis assis sur ma chaise.
> **Avec quoi** écrivez-vous? J'écris avec ma machine à écrire.

On emploie aussi **quoi** quand la question consiste en un seul mot:

> **Quoi?** Qu'est-ce que vous avez dit?
> J'ai enfin compris quelque chose! **Quoi?**

IV. *Les pronoms interrogatifs composés:* **lequel / auquel / duquel**

Vous avez déjà vu les formes de ce pronom comme pronom relatif.
Ces formes sont les mêmes pour le pronom interrogatif.
Il est formé sur l'adjectif interrogatif **quel**:

> **Quel** jour sommes-nous?   **Quels** problèmes avez-vous?
> **Quelle** heure est-il?   **Quelles** couleurs préférez-vous?
> **Quelle** est la question?

A. **lequel** *(which one)* est composé de **le / la : les + quel / quelle : quels / quelles**

> **Lequel** de vos parents est le plus généreux?
> Il y a deux routes. **Laquelle** allez-vous prendre?
> **Lesquels** de vos amis sont les plus gentils?
> **Lesquelles** de ces idées sont originales, et **lesquelles** viennent d'une autre personne?

B. **auquel** *(to* or *at which one)* est composé de **au / à la : aux + quel / quelle : quels / quelles**:

> Cet immeuble a six étages. **Auquel** habitez-vous?
> Lisa a parlé à une amie. **À laquelle?**
> **Auxquels** de vos amis et parents faites-vous un cadeau de Noël?
> **Auxquelles** de ces lettres faut-il que je réponde aujourd'hui?

C. **duquel** *(of,* or *from which one)* est composé de **du / de la : des + quel / quelle : quels / quelles**

> Vous avez besoin d'un de mes livres? **Duquel** avez-vous besoin?
> **De laquelle** de ces glaces avez-vous envie?
> **Duquel** des états des États-Unis venez-vous?
> **Desquels** d'entre nous parlez-vous? Je parle de vous, et de vous.

TABLEAU DE RÉCAPITULATION DES PRONOMS INTERROGATIFS			
	Pour exprimer	*une personne*	*une chose*
Pronoms *interrogatifs* *simples*	SUJET:	qui? (*ou:* qui est-ce qui?)	qu'est-ce qui?
	OBJET DIRECT:	qui? (*ou:* qu'est-ce que?)	que? *ou:* qu'est-ce que?
	OBJET DE PRÉPOSITION:	qui? (*ou:* qui est-ce que?)	quoi?

Pronoms	*Singulier*		*Pluriel*	
interrogatifs	*masculin*	*féminin*	*masculin*	*féminin*
composés	lequel?	laquelle?	lesquels?	lesquelles?
sujets et	auquel?	à laquelle?	auxquels?	auxquelles?
objet	duquel?	de laquelle?	desquels?	desquelles?

V. Les expressions interrogatives **à qui?** et **de qui?** *(whose)*

Il est impossible d'employer **dont** pour formuler une question. On emploie:

> A. **À qui** est cette voiture? Elle est à moi.
> **À qui** appartient ce bâtiment? Il appartient à une organisation charitable.

L'expression **à qui** indique la possession.

> B. **De qui** êtes-vous le voisin? Je suis le voisin d'un monsieur célèbre.
> **De qui** suis-je le fils? Je suis le fils d'un père remarquable.

L'expression **de qui** indique le rapport, la relation.

EXERCICES

1. Les pronoms relatifs **qui, que, quoi** et **ce qui, ce que, ce à quoi, dont** et **ce dont**.

   Complétez par le pronom relatif correct.

   Exemple: Je vais vous présenter à des gens **dont** j'ai fait la connaissance, **que** je trouve sympathiques et **qui** ont envie de vous connaître.

   1. Votre grand-mère, _____ est âgée, mais _____ vous aimez beaucoup, a un petit défaut. Elle vous dit toujours _____ il faut faire et ne pas faire, _____ est bien et _____ est mal.
   2. Dans les fermes, _____ Gisèle cherche, ce sont des objets anciens _____ les fermières n'ont pas besoin et _____ elles veulent vendre, mais _____ in-téressent les gens des villes.
   3. Vous partez en voyage. Vous avez tout _____ il vous faut et tout _____ vous aurez besoin. Mais n'emportez pas des vêtements _____ seront inutiles et _____ vous ne mettrez jamais.
   4. Le prix _____ Gisèle offre pour les objets _____ elle désire faire l'acquisition est raisonnable. Mais _____ elle fait ensuite, et _____ donne de la valeur

à ces objets, c'est une restauration, par des procédés, des trucs, _____ les antiquaires connaissent.

5. Le Pont d'Avignon, _____ plusieurs arches étaient démolies et _____ ne traverse plus le Rhône, était _____ Lisa voulait voir et tout _____ elle connaissait d'Avignon.

6. Les tombes _____ Gisèle visite régulièrement et _____ elle se sent responsable sont dans un petit cimetière. Elle n'est pas très pieuse, mais _____ elle est certaine, _____ elle croit fermement, c'est qu'il faut respecter les coutumes.

7. Ces couronnes de fleurs, _____ Gisèle a horreur, ornent les tombes des gens _____ pensent que _____ compte, c'est la durabilité. La beauté n'est pas _____ ces gens cherchent.

8. «Dites-moi à _____ (personne) et à _____ (chose) vous pensez. —Moi, _____ (chose) je pense n'est pas important. »

2. Les pronoms relatifs **dont, ce dont, qui, ce qui, que, ce que** et **où**

Complétez par le pronom correct.

1. C'est le jour _____ nous nous sommes rencontrés.
   _____ nous gardons un si bon souvenir.
   _____ je n'oublierai jamais.
   _____ marque notre anniversaire.

2. Je voudrais savoir _____ vous aimez le mieux.
   _____ vous désirez pour votre anniversaire.
   _____ vous fait plaisir.
   _____ va faire ce voyage avec vous.
   _____ vous avez besoin.

3. Tu veux me donner _____ est dans ta poche.
   _____ j'ai envie.
   _____ tu as acheté à Avignon.

4. L'année dernière, c'est l'année _____ j'ai passé des bonnes vacances.
   _____ je suis allée en France.
   _____ j'ai passée avec vous.

3. Les pronoms relatifs composés: **lequel** / **auquel** / **duquel** (ou **dont**) et leurs formes.

Complétez par un de ces pronoms à la forme correcte.

Exemple: J'ai une amie **à laquelle** je dis tout.

1. La pluie est peut-être la raison pour _____ Lisa a quitté Paris.
2. Les gens _____ Gisèle vendra ce plat de cuivre habitent en ville.
3. Le caneton, _____ Lisa a donné le nom de Donald, dort sur ses genoux.
4. Il y a des amis sur _____ on peut toujours compter.
5. Voilà un coupon de tissu avec _____ on peut faire une robe.
6. C'est le cimetière sur les tombes _____ Gisèle vient prier.
7. Les dames _____Gisèle achète ces meubles, sont fatiguées des vieilleries.
8. Hélas! le pont sur _____ on dansait autrefois est démoli aujourd'hui.

9. La ferme dans _____ Gisèle et Lisa ont acheté ces meubles est isolée.

10. Les problèmes _____ Lisa a pensé toute la journée ne sont pas ceux _____ elle a trouvé la solution.

11. Il y a des gens avec _____ on n'est pas très à l'aise et _____ on a un peu peur.

4. Pronoms interrogatifs: **qui, que, qu'est-ce que, qu'est-ce qui, quoi**

   Exemple: **Qu'est-ce que** vous voulez?

   Que voulez-vous?

   1. _____ connaissez-vous à Paris? Avec _____ allez-vous en Europe?
   2. _____ est au téléphone? _____ demande-t-il?
   3. _____ vous avez préparé pour le dîner? De _____ aviez-vous envie?
   4. _____ avez-vous rencontré? À _____ avez-vous parlé?
   5. _____ prenez-vous pour votre petit déjeuner?
   6. _____ a fait ce bruit? C'est mon livre qui est tombé.
   7. _____ vous a écrit? C'est un ami de France. _____ il vous dit?
   8. _____ vous emportez pour aller à la plage? De _____ avez-vous besoin?
   9. _____ emmenez-vous au cinéma ce soir?
   10. _____ vous a apporté ces fleurs? Dans _____ allez-vous les mettre?

5. Les pronoms interrogatifs **lequel? auquel? duquel?** et leurs formes

   Formulez la question, en employant un de ces pronoms, à la forme correcte.

   Exemple: J'ai parlé à un de ces types.

   Auquel?

   1. J'habite dans un de ces appartements.
   2. Il a acheté une de ces voitures.
   3. Lisa a acheté des espadrilles.
   4. Le directeur a répondu à quelques lettres.
   5. L'antiquaire a remis certains meubles en état.
   6. J'ai besoin de quelques-unes de vos recettes.
   7. On a distribué des cartes à un certain nombre d'étudiants.
   8. Je ne me souviens plus d'une adresse importante. . .
   9. Gisèle ne s'intéresse pas à certains meubles.
   10. Lisa va acheter des souvenirs pour quelques amis.

6. Formulez la question.

   Formulez la question probable qui correspond à la réponse. Cette question emploie peut-être un des pronoms interrogatifs de la leçon; elle emploie peut-être aussi un des adverbes interrogatifs que vous connaissez, comme: **où, quand, pourquoi, depuis quand, comment**.

   Exemple: _____ Gisèle conduit vite.

   Comment conduit-elle?

   _____ Elle va à Avignon avec Lisa.

   Avec qui va-t-elle à Avignon?

1. _____ ? Lisa et Gisèle vont à Avignon.
2. _____ ? Gisèle jette les fleurs fanées.
3. _____ ? Elle fait une prière parce que c'est la coutume.
4. _____ ? C'est le Rhône qui a démoli le pont d'Avignon.
5. _____ ? Mme Esquivel vend les meubles de sa grand-mère.
6. _____ ? Elle va faire une robe avec un coupon de tissu en solde.
7. _____ ? Gisèle a acheté du tissu.
8. _____ ? Je pense que c'était une excellente journée.
9. _____ ? Le caneton s'appelle Donald.

7. Formulez la question.

Imaginez les situations suivantes, et formulez la question qu'on va vous poser.

A. *Vous cherchez un emploi. Le chef du personnel vous pose des questions et vous y répondez. Voilà vos réponses. Quelles sont ces questions?*

1. _____ ? Je sais faire beaucoup de choses: taper à la machine, prendre la sténo, etc.
2. _____ ? Je voudrais gagner de quoi vivre.
3. _____ ? Je m'entends bien avec tout le monde.
4. _____ ? Mon employeur était le chef de personnel d'un autre bureau.
5. _____ ? Je commencerai quand vous voudrez.

B. *Vous avez décidé de quitter vos parents et de prendre votre propre appartement. Vos parents vous posent des questions. Quelles sont ces questions?*

1. _____ ? Je paierai le loyer avec ce que je gagne.
2. _____ ? Je partagerai l'appartement avec un(e) camarade de chambre.
3. _____ ? Je meublerai mon appartement avec les meubles que vous me donnerez ou que j'achèterai.
4. _____ ? Je ne compte sur personne pour m'aider.
5. _____ ? Vos voisins ne diront rien! Ils ont leurs propres problèmes.

C. *L'analyse de votre personnalité. Un psychiatre vous pose des questions. Quelles sont ces questions? Imaginez-les d'après vos réponses*

1. _____ ? Je ressemble surtout à mon père.
2. _____ ? J'aime beaucoup sortir avec ma soeur.
3. _____ ? Quand je suis seul, je ne fais rien.
4. _____ ? Rien ne me met en colère.
5. _____ ? Je rêve à la mort, à des voyages, à des choses bizarres.
6. _____ ? Je suis venu vous voir pour essayer de mieux me comprendre.

8. Répondez aux questions suivantes.

Répondez de façon à montrer que vous avez bien compris la question.

1. À quoi pensez-vous souvent?   2. À qui pensez-vous souvent?   3. Qui vous intéresse?   4. Qu'est-ce qui vous intéresse?   5. De quoi avez-vous peur?

6. De qui avez-vous peur?   7. Qui aimez-vous?   9. Qu'est-ce que vous détestez?   9. Que faites-vous ce soir?   10. Qu'est-ce que Gisèle achète? 11. Qui est-ce qu'elle voit dans la première ferme?   12. Qu'est-ce que Lisa emporte sur ses genoux?

9. Traduction

> Traduisez en français correct.

1. *"Where are you going today?" asked Lisa. "This is the day I go to Avignon," answered Gisèle.   2. "What do you need?" inquired Lisa, "and what do you want to buy?"   3. "I want to buy a few fabric remnants to make dresses," said Gisèle.   4. "There is a young woman, Mme Esquivel, whose grandmother died two months ago," explained Gisèle. "She wants to sell what her grandmother left her."   5. "Oh," exclaimed Lisa, "the Avignon Bridge is demolished! What happened? When did it happen? That bridge was all I knew in Avignon, because of that song my mother used to sing."   6. The duckling, whose name was Donald, was asleep on Lisa's lap. "Who will keep him for me," she wondered. "Who can I leave him with?"   7. "What are you going to do?" asked Gisèle. "I don't know what I would do if I were you. Whom are you thinking of: Philippe or Jacques?"   8. "The day I arrived in the village, I was happy," whispered Lisa. "I will be sad the day I leave. . . But who knows? Which one of us knows what tomorrow will bring?"*

PRONONCIATION

Les groupes de lettres qui ont un son fixe (**Letter group sounds** / **suite***)*

Autres groupes de lettres qui ont un son fixe:

1. **gn**   [ŋ]   (Ne prononcez pas le **g**. Le **gn** a le même son que le **ñ** espagnol)
la campa**gn**e, c'est ma**gn**ifique, des vi**gn**es, des a**gn**eaux, deux bras m'étrei**gn**ent

2. **-ill-**   [ij]   la fam**ill**e, une f**ill**e, une b**ill**e, les coqu**ill**ages
Exceptions: Il y a trois exceptions: **ville, mille** et **tranquille** et leurs composés: [il̯]
    ville: village, villageois
    mille: millier, million, milliard
    tranquille: tranquillement, tranquillité

3. **-ail** ou **aille**   [aj]   du pain frotté d'**ail**, le trav**ail**, le bét**ail**, le vitr**ail**
Où qu'on **aille**, je trav**aille**, des fianç**aille**s, Vers**aille**s

4. **-euil, euille**   ⎫
et   [œj]   ⎬ un faut**euil**, une f**euille**, un portef**euille**
ueil, ueille   ⎭   Je c**ueille** des fleurs, elle se rec**ueille** sur la tombe
un rec**ueil** de poèmes

5. **-eil** ou **-eille**   [ɛj]   C'est par**eil**, le sol**eil**, ensol**eill**é
l'or**eille**, les cloches te rév**eill**ent
un or**eill**er

6. **-ouille**   [uj]   une gren**ouille**, elle était m**ouill**ée comme un caniche, la sauce r**ouille**

Les Grandes Eaux à Versailles. Le dimanche, les fontaines de Versailles sont activées pour des foules de spectateurs. *Faites une description de cette photo.*

Dans le Parc de Versailles

« Tout ce que tu peux me dire ne me fera pas changer d'avis, » avait déclaré Lisa à Jacques. Et elle était partie le lendemain, un peu triste, mais assez fière d'elle-même. « Qui suis-je vraiment? se demandait-elle. Qu'est-ce que je suis capable de faire? Qui peut avoir confiance en moi, si je ne peux pas avoir confiance en moi-même? »

Et pendant tout le long voyage dans le train, au cours de la nuit, dans sa couchette, incapable de dormir, elle se demandait constamment: « En qui peut-on avoir confiance? Qui faut-il croire? Qu'est-ce que je devrais faire? Qu'est-ce que ma mère me conseillerait si elle était avec moi? » Elle ne trouvait pas de réponse à toutes ces questions, mais quelque chose lui disait qu'elle avait raison de partir. « Est-il vrai que le choix le plus difficile est le meilleur? J'étais si heureuse le jour où je suis arrivée! Et si incertaine le jour où je suis partie, se disait-elle. » Gisèle, en l'embrassant sur le quai de la gare lui avait murmuré à l'oreille: « Reviens. »

« Mon dieu, Lisa, je me faisais du mauvais sang à votre sujet, » s'est écriée la dame chez laquelle elle habitait. « Lundi, en rentrant, nous avons trouvé votre petit mot, dans lequel vous nous disiez que vous alliez passer le week-end avec des amis, mais quand vous n'êtes pas rentrée lundi soir, nous nous demandions ce qui se passait, et si vous alliez revenir. . . Enfin, vous voilà, tout est bien qui finit bien. Comme vous avez bronzé! Ça vous va bien. . . »

Philippe avait téléphoné deux fois par jour depuis son retour de Normandie. Il avait chaque fois laissé un message par lequel il demandait à Lisa de le rappeler dès son retour. Mais elle n'était pas plus tôt rentrée dans sa chambre que le téléphone a sonné une fois de plus.

« Comme c'est bon de vous entendre, a dit Philippe avec soulagement. Je m'inquiétais beaucoup. . . Votre propriétaire savait seulement que vous étiez partie pour la campagne. Il ne faut pas me faire de coups comme ça, a-t-il ajouté. Si c'était une punition, eh bien, je suis puni. Mais ne recommencez pas, et je vous promets de ne plus partir sans vous. Comment ai-je pu vous laisser seule, avec cette pluie, pendant ce long week-end où tout est fermé. Je ne vivais pas, pendant ces quatre jours! Mais vous êtes de retour et tout est bien. Il faut absolument que nous nous voyions. Êtes-vous libre en fin d'après-midi? Je passe vous chercher à cinq heures. »

Lisa hésitait: Qu'est-ce qu'elle devait dire à Philippe? Avec qui elle était partie? Où elle était allée? Ce qu'elle avait appris sur le compte de Jacques? Elle était si fatiguée de son long voyage sans sommeil, qu'elle s'est endormie tout habillée sur son lit. Et elle ne s'est réveillée qu'en entendant la voiture de Philippe se ranger le long du trottoir. Elle s'est regardée dans le miroir.

« Mon dieu, qu'est-ce que je vais faire de mes cheveux? Je n'ai pas le temps de me laver la tête et mes cheveux sont un désastre! »

Il faisait très chaud, une chaleur lourde du mois d'août, qui pesait sur sa peau, dorée par le soleil du Midi. Elle a mis une robe d'été légère, avec une écharpe assortie qu'elle a drapée en turban pour cacher ses cheveux.

« Allons à Versailles, a dit Philippe. Nous ferons une promenade dans le parc. » La traversée de Paris était lente, avec des embouteillages de fin d'après-midi. Le pavé brûlant reflétait des ondes miroitantes de chaleur. Philippe ne disait rien et regardait droit devant lui. Il n'avait pas posé une seule question.

« Je vais vous dire ce que j'ai fait ce week-end, où je suis allée . . . » à commencé Lisa dont la nature franche ne supportait pas les silences qui ressemblent à des mensonges. Mais Philippe l'a interrompue.

« Ne me le dites pas. Tout est de ma faute. Tout ce que je sais, c'est que je suis si content de vous avoir retrouvée, et que je désire simplement laisser les choses comme elles sont. Ce week-end en Normandie était interminable. . . J'ai réalisé que j'avais passé l'âge d'obéir à ma mère, je le lui ai dit, et à ma grande surprise, elle l'a très bien compris. Alors, je lui ai parlé de vous, et je lui ai dit que je voulais qu'elle vous rencontre. Elle sait que nous nous sommes beaucoup vus, que nous nous plaisons. . . Elle m'a écouté avec affection et compréhension. Elle semble être devenue bien différente de la femme autoritaire que je connais si bien. . . Elle m'a assuré que tout ce que mes parents souhaitaient, c'était de me voir heureux. Elle m'a aussi demandé ce que je comptais dire à Françoise. »

Lisa écoutait sans mot dire.

« Je lui ai répondu que Françoise était une amie d'enfance, rien de plus, et j'ai dit la même chose à Françoise après le dîner. Je lui ai parlé de vous. Elle n'a rien dit, mais elle m'a regardé d'un drôle d'air. . . Et elle est partie un instant plus tard. Je ne l'ai pas revue de tout le week-end. Sa mère a dit qu'elle restait dans sa chambre avec une migraine terrible. Elle a même refusé de descendre pour un vieux copain, qui était venu exprès pour la voir et qui lui fait la cour depuis des années. . . Ma mère croit que Françoise est amoureuse folle de moi, mais elle se trompe! Nous sommes des amis d'enfance, et voilà tout. . . Pendant ce week-end, j'ai décidé de faire quelque chose de très osé pour un type conservateur comme moi. »

La longue avenue qui mène droit au château de Versailles s'étendait maintenant devant eux, en une impressionnante perspective. Le château apparaissait au fond, immense, derrière sa grille de fer doré.

Sur la grande place devant le château, des dizaines de cars de tourisme, venus de tous les pays d'Europe, déversaient leurs passagers. Lisa s'est mise à rire:

« Est-ce que nous continuons le tour du parfait touriste interrompu il y a quelques jours? a-t-elle demandé à Philippe pour rompre la tension.

—Je déteste ces foules de badauds, a répondu celui-ci. Tous ces gens qui visitent les monuments du temps passé sont comme des fourmis qui courent sur des cadavres. . . Personne ne peut se faire aujourd'hui une idée de la splendeur de Versailles au temps des rois. . . Il ne reste que le squelette de ce que Louis XIV avait créé. Laissons la voiture devant la Cour de Marbre, et allons faire une promenade dans le parc. Il y fera frais à cette heure-ci. »

Lisa n'a rien vu de l'intérieur du palais. « Le jour où je voudrai le visiter, se disait-elle, je reviendrai toute seule. » Philippe l'entraînait vers le parc.

La vue des jardins lui a coupé le souffle. C'était une immensité majestueuse d'avenues, de massifs de fleurs, de buissons taillés aux formes géométriques, de statues, de bassins et de fontaines disposés de telle sorte que l'oeil découvrait à chaque instant une autre perspective, une autre rangée de statues de marbre, une autre avenue. . . « Le XVIIème siècle acceptait la nature à condition qu'elle soit mise en ordre et arrangée aussi symétriquement que l'architecture qu'elle continuait et complétait, a dit Philippe. Vous voyez comment, elle aussi, obéissait aux volontés absolues du Roi-Soleil! »

« Descendons l'Escalier de Marbre, a-t-il suggéré, la main tenant le coude de Lisa. En descendant ces larges marches, Lisa pensait aux dames d'autrefois qui les avaient descendues elles aussi, à pas comptés, dans leurs immenses jupes; à Marie-Antoinette, la reine tragique, qui avait payé de sa tête son goût des plaisirs. . . Elle avait dû, elle aussi, descendre ce même escalier des centaines de fois, se promener dans ce parc, admirer ces perspectives qui s'ouvraient sous les yeux de Lisa à ce moment même. « Il faut que je lise tout ce que je trouverai sur Versailles et sur ses habitants, » s'est-elle promis.

Le gravier de l'allée crissait sous leurs pas, et le parfum des héliotropes et des sauges parfumait l'air. Il faisait bon sous les grands arbres. Philippe a glissé son bras autour des épaules de Lisa, du même geste à la fois protecteur et possessif que Jacques avait eu quand Gisèle avait proposé un toast au bonheur des amoureux. De Philippe, si réservé jusque-là, ce geste était une surprise, une confession, une promesse.

« Je vais vous avouer quelque chose, a dit Philippe. Vous vous souvenez de ce jour où je vous ai draguée sur le boulevard Saint-Germain? Vous avez dû penser que je faisais ça tous les jours!

—Justement, dit Lisa, j'y ai pensé. Après, je me suis souvent dit que ce

Lisa et Philippe descendent le Grand Escalier dans le parc de Versailles. *Quelles sont les pensées de Lisa? Et . . . pourquoi porte-t-elle ce turban?*

n'était pas du tout dans votre caractère. . . Maintenant que je vous connais bien, je me demande si vous avez une double personnalité. . .

—Pas du tout, a riposté Philippe. Mais figurez-vous que ce jour-là, j'étais particulièrement découragé par les filles que je connais, que j'avais rencontrées chez mes parents ou chez les leurs, ou bien celles qui sont les soeurs de mes copains. Elles se ressemblent toutes, elles sont toutes snob et pas drôles. Alors, je vous ai vue: Vous aviez l'air simple, vous étiez fraîche et jolie, vous respiriez l'indépendance et l'intelligence. Alors, j'ai pensé: 'Oublions les conventions pour une fois.' Je vous ai parlé, je me suis présenté. . . Et voilà. Je ne le regrette pas. Et vous? »

Debout au bord du bassin, ils regardaient leur réflexion dans l'eau verte. Les feuilles dorées des marronniers y flottaient comme des oiseaux blessés. Philippe a serré Lisa contre lui.

« Je voudrais vous donner quelque chose, » a-t-il dit d'une voix changée.

Il a tendu à Lisa un écrin de cuir rouge usé. Curieuse, elle l'a ouvert. Il contenait une légère bague d'or, ornée d'un seul rubis, entouré de minuscules perles. Lisa, interdite, est demeurée silencieuse.

« Cette bague appartenait à ma mère, mais elle me l'a donnée pour vous. Elle la portait quand elle était jeune fille. Sa mère, ma grand-mère, l'avaient portée avant elle. Elle a cessé de la porter quand mon père et elle se sont fiancés, et elle la gardait pour sa fille. Mais je suis fils unique. Je voudrais vous demander de la porter. Ce n'est pas une bague de fiançailles, mais c'est une promesse entre nous. J'espère la remplacer un jour bientôt par un diamant que nous choisirons ensemble. »

Le visage de Philippe était tout près du sien. Il a resserré son bras autour d'elle, a glissé la bague à son doigt, et l'a embrassée avec une grande tendresse. Ils sont restés enlacés un long moment. Une larme a perlé au bord des cils de Lisa. . . En levant la main pour l'essuyer, elle a vu le rubis briller à son doigt.

« Philippe, a-t-elle dit, je suis si émue. . . Je ne sais pas vraiment ce que je pense ou ce que je dois dire. . .

—Ne pensez rien et ne dites rien, a murmuré Philippe. Restez contre moi . . . ma chérie, a-t-il dit avec hésitation comme si ce mot de tendresse était nouveau pour lui. Ma chérie. . . a-t-il répété, presque avec surprise et savourant le mot. Ma chérie. . . »

Un moment plus tard, dans la voiture, Lisa a demandé:

« Vous saviez exactement où vous m'emmeniez, n'est-ce pas?

—Bien sûr, a dit Philippe. Je voulais vous emmener au bord de ce bassin parce que c'est l'endroit où mes parents se sont fiancés. Mon père avait rencontré ma mère quelques mois plus tôt et il était tombé amoureux d'elle. Un jour, il l'a emmenée à Versailles faire une promenade dans le parc. Au bord de ce même bassin, il lui a dit qu'il l'aimait et il lui a demandé de l'épouser. Quand j'étais enfant, ma mère me racontait l'histoire chaque fois que nous venions dans le parc de Versailles.

Lisa sentait à son doigt le poids léger de la bague. Malgré sa jeunesse, elle savait que ce poids peut aisément devenir impossible à porter. Le geste que Philippe venait de faire était un de ceux qui engagent une vie: « Sa vie, pensait-elle, mais la mienne aussi! Je devrais être totalement heureuse. . . Pourquoi est-ce que je me pose ces questions? »

« Ma mère donne une réception la semaine prochaine, a repris Philippe. En principe, c'est en l'honneur d'un collègue de mon père qui est directeur des ventes pour l'Allemagne de l'Ouest, et qui passera quelques jours à Paris. En réalité, c'est un peu pour avoir l'occasion de vous rencontrer et de vous faire rencontrer la famille et nos amis. Ma mère m'a demandé de vous inviter. Elle et mon père sont très curieux de vous connaître. Ils savent que j'ai bon goût. . . » a-t-il ajouté avec satisfaction.

Lisa aurait dû être dans l'extase: Ce somptueux appartement allait se mettre en fête pour elle, car elle était le choix de Philippe, dans lequel se réunissaient tous les espoirs de cette famille solide, bien établie, vivant dans le confort et le luxe. Elle savait que tous les yeux seraient sur elle et qu'elle serait l'envie de beaucoup. Tant d'autres à sa place auraient été débordantes d'orgueil. . . Pourtant, ce qu'elle éprouvait, ce n'était pas de l'orgueil. C'était plutôt une sorte de peur, un commencement de panique, comme si un cercle était en train de se refermer sur elle. Captive de l'émotion que lui causait celle de Philippe, elle ne voyait pas clair en elle-même. Des images rapides se succédaient devant ses yeux: fiançailles, mariage, installation dans un grand appartement comparable à celui où Philippe avait toujours vécu. Elle essayait d'imaginer sa vie: « Madame Philippe Audibert, se disait-elle, pourrais-je devenir cette personne? Pourrais-je vivre loin de mon pays, loin de ma famille? Accepterais-je ce milieu rigide, conservateur, dont il faudra que j'accepte les règles? . . . Bien sûr, ce serait avec

À la réception chez les parents de Philippe. *Imaginez les pensées de Philippe et celles de Lisa. Imaginez aussi leur conversation.*

Philippe qui est sincère, qui ne ment pas et qui sait être tendre. . . Ce serait la sécurité, ce que ma mère n'a jamais eu, et qu'elle souhaite tant pour moi. . . »

La semaine suivante, tandis que Lisa dansait dans les bras de Philippe, sous les lustres de cristal du grand salon, la mère de Philippe disait:

« Oui, c'est cette jeune Américaine, mademoiselle *Stévins*. Philippe et elle se connaissent depuis quelques semaines. Nous ne savons rien d'elle, de sa famille. Mais elle est charmante, Philippe est très amoureux, et nous voulons le voir heureux, bien sûr. . . Le monde change, vous savez, ce ne sont plus les parents qui choisissent. . . Qui sait? Nous annoncerons peut-être bientôt des fiançailles! »

La musique berçait Lisa d'un rythme lent, elle se voyait reflétée cent fois dans les glaces, le visage de Philippe penché vers le sien.

Questions

Pour cette leçon, *c'est vous qui* allez formuler des questions. Relisez le texte et formulez au moins une question pour chaque paragraphe de la lecture.

Par exemple:
(Paragraphe 1) Qu'est-ce que Lisa a fait le lendemain de sa journée avec Gisèle?
ou: Quelles questions se posait Lisa sur elle-même?

Répondez dans l'esprit du texte mais avec imagination

*La formule, dans cette leçon, est un peu différente. À chaque déclaration vous allez répondre par **une question**. Par exemple:*

Jacques: Si tu pars, Lisa, je . . .
Lisa: Qu'est-ce que tu feras, si je pars?

1. *La dame chez qui Lisa habite:* Quelqu'un a téléphoné en votre absence.
   Lisa: . . . ?

2. *Philippe:* Je m'inquiétais beaucoup à votre sujet.
   Lisa: . . . ?

3. *Philippe:* Je vous emmène à un endroit très spécial.
   Lisa: . . . ?

4. *La mère de Philippe:* Je crois que Philippe est amoureux.
   Le père de Philippe (surpris): . . . ?

5. *La mère de Françoise:* Ton attitude n'est pas normale, Françoise. Tu es probablement malade.
   Françoise: . . . ?

6. *Lisa:* J'ai souvent pensé au jour où vous m'avez draguée sur le boulevard Saint-Germain . . .
   Philippe (indigné): . . . ?

7. *Philippe:* Je voudrais vous donner quelque chose . . .
   Lisa: . . . ?

8. *Une dame (qui regarde Philippe et Lisa):* Comme c'est gentil, des amoureux! Ah, pour nous, c'est loin, tout ça . . .
   Son mari (qui proteste): . . . ?

9. *Lisa (à Philippe):* Les traditions sont importantes, dans votre famille.
   Philippe: . . . ?

10. *Philippe:* Ma mère donne une réception la semaine prochaine, en l'honneur de quelqu'un . . .
    Lisa: . . . ?

11. *(À la réception)*
    Mme de Saint-André: On me dit que Philippe va peut-être se fiancer . . .
    Madame Audrand, son amie: . . . ?

12. *Lisa (après la réception, se pose plusieurs questions à elle-même):*
    . . . ?
    . . . ?
    . . . ?

LOUIS XVI,
ROI DE FRANCE.

Ce n'est évidemment pas un portrait flatteur du roi ... *Mais, d'après ce que vous savez du jeune Louis, représente-t-il probablement la réalité? Pourquoi?*

Le reine Marie-Antoinette (par le peintre Mme Vigée-Lebrun) *Que savez-vous sur son mariage? Sur sa vie? Sur sa mort?*

Alain Decaux

Le mariage de Marie-Antoinette et du futur Louis XVI

Alain Decaux popularise l'histoire de France, et ses récits sont riches en ces anecdotes qui constituent ce qu'on appelle « la petite histoire ». Il a écrit sur de nombreuses périodes de l'histoire de France, mais Versailles est un de ses sujets favoris.

Il est aussi l'auteur d'une Histoire de Françaises *dont le premier volume s'intitule* La soumission *et le second,* La révolte.

La naissance de la fille de Marie-Antoinette, Madame Royale, la première de ses enfants, mettait un terme à une étonnante période de la vie de Marie-Antoinette: Celle des sept premières années de son mariage. Sept années qui avaient eu pour cadre Versailles. En 1770, la petite archiduchesse Maria-Antonia était venue de son Autriche natale pour épouser le dauphin, le futur Louis XVI.

Cette enfant de quatorze ans avait, dans la vieille cour de Louis XV, produit l'effet « d'un frais bouquet de fleurs des champs ».

—C'est une odeur de printemps! s'exclamait-on.

295

Cette adorable jeune fille, on la jetait entre les bras d'un dauphin de seize ans, timide et pataud. « Sa démarche, écrit une contemporaine, était lourde et sans noblesse, sa personne extrêmement négligée, ses cheveux toujours en désordre, à cause du peu de soin qu'il mettait à son apparence.

À la chapelle du château, le Grand Aumônier avait béni les alliances. Le curé de Versailles avait apporté le registre des mariages. Le roi avait signé, puis le dauphin, puis ses deux frères, et Marie-Antoinette. Extraordinaire document qui porte la signature de quatre rois! Marie-Antoinette, émue, avait laissé tomber un pâté d'encre sur la page blanche. On l'y voit encore.

Au souper, donné dans l'Opéra de Versailles, et dont c'était l'inauguration, Marie-Antoinette avait à peine mangé. Mais le dauphin avait dévoré. Louis XV, un peu inquiet, s'était penché vers son petit-fils:

—Ne vous chargez pas trop l'estomac pour cette nuit.

Le jeune marié avait ri, de son gros rire. Il s'était exclamé:

—Pourquoi donc? Je dors toujours mieux quand j'ai bien soupé!

Toute la cour avait conduit le dauphin et la dauphine à leur appartement. Le roi avait lui-même passé la chemise au jeune mari, déjà somnolent. Marie-Antoinette avait reçu la sienne de la Duchesse de Chartres. L'étiquette royale de Versailles était la plus sévère d'Europe.

Le lendemain, Louis avait écrit dans son carnet intime le célèbre « Rien ». (Il écrivit ce même « Rien » dix-neuf ans plus tard, le 14 juillet 1789, jour de la prise de la Bastille.) Quelques jours plus tard, Louis XV écrivait: « Mon petit-fils n'est pas fort caressant, mais il aime la chasse. » Les fêtes du mariage durèrent plusieurs jours: réceptions, présentations, concerts, opéra, bal, feu d'artifice. Ce feu d'artifice fut le plus beau qu'on ait vu en France.

Pourtant, les fêtes étaient achevées depuis longtemps, et Louis, dauphin de France, pouvait écrire encore: « Rien ». Ce *Rien* allait durer sept ans.

Questions sur le texte

1. Quel âge avaient Marie-Antoinette et le dauphin, au moment de leur mariage? Pensez-vous que c'était un mariage d'amour? Pourquoi?
2. Est-ce que la jeune Marie-Antoinette et son époux se ressemblaient?
3. Pourquoi Marie-Antoinette avait-elle laissé tomber un pâté d'encre sur le registre? Elle allait devenir dauphine, mais éventuellement, après la mort de Louis XV, quelle serait sa position?
4. Pensez-vous que le dauphin avait une idée très claire de ses « devoirs conjugaux »? Pensez-vous que Marie-Antoinette était mieux informée? Que pensez-vous de cette ignorance?
5. Est-ce que l'étiquette royale de Versailles encourageait l'intimité conjugale? Pourquoi?
6. Pourquoi Alain Decaux appelle-t-il les sept premières années du mariage de Marie-Antoinette « une étonnante période »?

7. Ces sept années ont vu, en effet, Marie-Antoinette vivre une vie indépendante de son mari, sortant tard le soir, faisant des dépenses énormes en bijoux et robes, et cherchant surtout à s'amuser. Pensez-vous que les psychologues contemporains trouvent une explication de sa conduite dans sa vie privée?
8. Que pensez-vous des mariages comme celui-ci?
9. Marie-Antoinette est morte sur la guillotine en 1793. Quel âge avait-elle?

Traductions basées sur le texte précédent

Version

Traduisez le texte d'Alain Decaux depuis le commencement du deuxième paragraphe: «Cette enfant de quatorze ans. . .» jusqu'à la fin. Respectez le temps des verbes et le style de l'auteur.

Thème

Traduisez en français, en vous inspirant du texte d'Alain Decaux, le passage suivant:

In 1770, Louis XV, king of France, was sixty. His only son had died, and the heir to the throne was Louis, sixteen years old, the oldest of three brothers. The King decided, for political reasons, that the dauphin would marry an Austrian archduchess. Ambassadors chose Maria Antonia. It was an honor, she would some day be queen of France. Marie-Antoinette was fourteen when she arrived in France, blond and lovely, like a bouquet of field flowers. Her fiancé, Louis, was shy, clumsy, unkempt and without nobility of appearance.

The marriage festivities lasted several days: the fireworks were the most beautiful that had been seen in France, and cost a fortune. But the day after the wedding, the dauphin wrote «Nothing» in his private diary. And for seven years, the situation didn't change. Only the birth of a daughter, Madame Royale, convinced people that they had a normal king.

À la pharmacie. *Nommez différentes choses qu'on peut acheter dans une pharmacie.*

En ville

Notes culturelles: Les pharmaciens, en France, prescrivent beaucoup plus volontiers que les pharmaciens aux États-Unis, et il n'est souvent pas nécessaire de voir un docteur. Le pharmacien vous donnera ce qui lui semble approprié à votre cas.

La Poste Restante: Le bureau de poste gardera votre courrier pour vous s'il est adressé à Votre nom, Poste Restante, plus l'adresse de la poste. Mais attention, vous aurez besoin de votre passeport pour récupérer votre courrier.

Chez le pharmacien

Vous désirez?

J'ai mal à l'estomac, monsieur. Avez-vous quelque chose à me donner?

Bien sûr. Prenez des pastilles Vichy.

Alors prenez **de l'Aspro**, et mettez **des gouttes d'Optrex** dans chaque oeil, matin et soir.

J'ai mal à la tête et mal aux yeux.

Prenez **de l'Aspro et des vitamines C.** Et voilà une boîte de mouchoirs à jeter.

J'ai la grippe.

Merci, monsieur, qu'est-ce que je vous dois?

Au bureau de tabac

Vous désirez?

Je voudrais **des cigarettes, des allumettes, des cartes postales, des magazines, le** *He-rald Tribune,* [1] **un journal, une carte de la région, le plan du métro.**
Ça fait combien?

Beaucoup de jeunes Françaises ont une mobylette. *Que pensez-vous de ce moyen de transport? Serait-il pratique pour vous?*

Quelles opérations fait-on à la poste?

À la poste

Voulez-vous envoyer cette lettre **par courrier ordinaire** ou **par avion**?

Par avion, s'il vous plaît. C'est combien?

C'est deux francs vingt-cinq.

Et pour une carte postale par avion pour les États-Unis?

C'est deux francs.

Bien. Donnez-moi dix timbres à 2 francs, s'il vous plaît.

Attendez, je vais regarder.

Voilà mon passeport. Avez-vous du courrier pour moi, Poste Restante?

[1] Le journal américain qu'on trouve en France.

1. **À la pharmacie.**   Une de vos amis a des symptômes étranges: il est nerveux, il a des hallucinations, il a mal à la tête et à la gorge. . . Vous allez à la pharmacie et vous exposez ces symptômes. Le pharmacien (ou: la pharmacienne) vous écoute, vous pose des questions, établit un diagnostic tentatif et vous donne des médicaments (Quel est ce diagnostic? Votre ami est: fou? amoureux? Quel est le traitement?)

2. **À la pharmacie.**   Vous aimez beaucoup la cuisine française, alors vous grossissez et vous avez mal à l'estomac. Expliquez vos symptômes au pharmacien et obtenez son diagnostic et son traitement.

3. **À la poste.**   Vous envoyez sept lettres, dont deux par courrier ordinaire et cinq par avion, quatre cartes postales par courrier ordinaire et douze par avion. Et puis vous envoyez aussi deux petits colis. Votre conversation avec un employé qui n'est pas très aimable.

4. **Au bureau de tabac.**   Vous voulez acheter *Time* magazine. La dame du bureau de tabac vous le donne. Vous l'ouvrez: Surprise! *Time* est différent, le papier est différent. . . La dame vous explique que c'est l'édition atlantique. Et elle vous conseille de prendre *L'Express*, qui est le magazine français correspondant à *Time*, pour perfectionner votre français.

5. **À la poste restante.**   Vous attendez beaucoup de courrier, et en particulier une lettre contenant un mandat (*money order*) dont vous avez le plus grand besoin. L'employé trouve vos lettres, mais, horreur! vous avez oublié votre passeport. Il refuse de vous donner votre courrier, à moins que vous ne puissiez prouver votre identité. Qu'est-ce que vous faites? Montrez votre ingéniosité.

COMPOSITION

Un cadeau mémorable   Vous avez sûrement reçu, au moins une fois, un cadeau mémorable. Est-ce une bague, ou un autre bijou? Un objet? Un cadeau d'une autre nature?

Parmi les choses qui sont à vous, il y en a qui sont des cadeaux. Lesquelles? Auxquelles êtes-vous le plus attaché(e)? Qui vous les a données?

Mais il y a un cadeau plus mémorable que tous les autres: Lequel est-ce? Qui vous l'a donné? Dans quelles circonstances?

Était-ce une surprise? Quelles questions vous posiez-vous alors?

Quelle place ce cadeau a-t-il dans votre vie?

(Employez autant que possible de pronoms possessifs, relatifs et interrogatifs.)

Je l'aime bien, mais je ne l'aime pas

INTRODUCTION
Formation du passif
Construction de la phrase passive
Les usages du passif. L'objet indirect ne peut pas devenir sujet d'une phrase passive
L'emploi de *de* et *par* pour indiquer l'agent et l'instrument
Comment éviter le passif

L'expression impersonnelle et comment éviter le *you* impersonnel employé en anglais: *You mustn't do this: Il ne faut pas faire ca.*

L'infinitif
Les usages de l'infinitif et de l'infinitif passé
La négation de l'infinitif: *être* ou *ne pas être*
Employez l'infinitif après toutes les prépositions, excepté *en*
L'infinitif dans les instructions et les recettes

Le participe présent et le gérondif (même forme: *-ant*)
Le gérondif: *en + participe présent* a deux sens: *(tout) en marchant: while walking* et *en marchant: by walking*
Le participe présent: (sans *en*)

Les négations autres que *ne . . . pas*

Quelque chose de beau et *quelque chose à faire* (*à* + un verbe infinitif et *de* + un adjectif)

PRONONCIATION: Accent tonique et groupe rythmique

EN FRANÇAIS MON AMOUR: *Je l'aime bien mais je ne l'aime pas*

EN FRANÇAIS DANS LE TEXTE: } Sont remplacés par une importante com-
CONVERSATION: position: *Donnez une fin à l'histoire de Lisa*

progrès 11

INTRODUCTION

Le passif

Dans *L'Étranger* de Camus, le personnage principal, Meursault, est un jeune homme totalement passif. **Il est poussé** par la vie.

Par les événements. Un jour, **il est informé** que sa mère vient de mourir.

Par le directeur de l'asile où sa mère vivait. **Il est invité** à aller à l'enterrement. **Il est surpris** à fumer une cigarette près du cercueil, ce qui n'est pas respectueux.

Non, mais **il est soupçonné** d'indifférence. Quelques jours plus tard, **il est abordé** par un voisin, Raymond et bientôt, **il sera entraîné** dans une mauvaise affaire par celui-ci.

Exactement. Une chose mène à une autre, et un Arabe **est tué** sur la plage d'un coup de révolver tiré par Meursault.

Oui. **Il est enfermé** dans une prison, et **il sera** probablement **guillotiné** à la fin du livre. (Le meurtre **est puni** de la peine de mort en France, mais les exécutions sont rares aujourd'hui.)

Par quoi **est-il guidé**?

Par qui **a-t-il été informé**?

Il n'est pas condamné pour ça, n'est-ce pas?

Je me souviens du livre maintenant. Ce Raymond **n'est pas aimé** des autres voisins. **Il est soupçonné** d'être un maquereau, n'est-ce pas?

Meursault **est accusé** de ce meurtre, **il est arrêté, il est jugé**, et **il est condamné** à mort. C'est bien ça?

Ce roman de Camus **est** beaucoup **lu** aux États-Unis. **Il est considéré** comme un classique contemporain par beaucoup de critiques.

L'expression impersonnelle, et comment éviter le **you** anglais impersonnel.

Le pronom *you*, en anglais, a deux sens: Il signifie **vous**, comme dans: *"You are my friend"*. Mais il a aussi un sens impersonnel général, comme dans: *"If you live in Alaska, you must get used to cold"*. Ce dernier *you* veut dire, non seulement *vous*, mais toute personne qui vit en Alaska. Traduisez cette dernière phrase s'il vous plaît?

Exactement. Et comment dit-on en français: *"You must get a lot of rain, in winter."*?

Bien sûr. «Si **on habite** en Alaska, **il faut** s'habituer au froid.» Remarquez que je traduis ce *you* de deux façons différentes: par **on** et par **il faut** (*you must*).

Dans ce cas, je dirais: «**Il doit y avoir** beaucoup de pluie en hiver.» Ou, tout simplement: «**Il doit** beaucoup pleuvoir en hiver.»

L'infinitif et sa négation

Qu'est-ce que vous aimez faire?

J'aime **jouer** au tennis ou au golf.
Moi, j'aime **jouer** de la guitare. J'invite souvent mes amis **à dîner.** Je regrette **d'avoir** si peu de temps libre pour mes distractions.

Qu'est-ce que vous préférez **ne pas faire?**

Je préfère **ne pas sortir** seule le soir.

Qu'est-ce que vous voudriez **faire ou ne pas faire?**

Je voudrais **ne pas être obligé** de travailler. J'aimerais **ne rien faire.**

Que disent les trois petits singes?

Ils disent: **Ne rien voir, ne rien dire** et **ne rien entendre.**

Que dit Hamlet dans la première ligne de son soliloque?

Il dit: « **Être** ou **ne pas être,** voilà la question. . . »

L'infinitif s'emploie après toutes les prépositions (à, de, pour, sans, avant de, après, *etc.*. .) excepté en

Qu'est-ce qu'il faut faire **avant de partir** en voyage?

Il faut faire ses bagages, mais **avant de faire** ses bagages, il faut penser à prendre son billet.

Qu'est-ce qu'il faut faire **après avoir pris** son billet?

Il faut se préparer **à partir.**

Qu'est-ce qu'il faut faire **pour réussir** dans la vie?

Pour réussir, il faut travailler.

Peut-on réussir **sans travailler?**

C'est difficile. En tout cas, on ne peut pas réussir **sans avoir** de la chance.

L'infinitif dans les instructions et les recettes

Les instructions, ou les interdictions (on dit aussi: défenses), sont généralement à l'infinitif. Par exemple: « **Mettre** 1 franc dans la machine et **pousser** le bouton », ou bien: « **Ne pas se pencher** à la fenêtre ». Comment demande-t-on au public d'attendre quand le feu de circulation est rouge?

On dit probablement: « **Attendre** quand le feu est rouge » ou « **Ne pas traverser** (la rue) quand le feu est rouge ».

On emploie aussi les termes: **défense de
. . .** et **prière de. . .** Comment exprimerez-vous l'interdiction de fumer?

Pour une interdiction absolue, « **Défense
de fumer** ». Pour une requête, « **Prière de
ne pas fumer** ».

On donne aussi souvent les recettes de
cuisine à l'infinitif. Par exemple: « Pour
faire une omelette, **prendre** deux oeufs, les
casser. . . Continuez la recette. »

Eh bien, voyons. « Les **battre** avec du sel
et du poivre, les **verser** dans une poêle
chauffée qui contient un peu de beurre
fondu. **Faire** cuire doucement, **retourner,
plier,** et **servir** dans un plat chaud. »

Le participe présent et le gérondif (-ant)

Le gérondif après la préposition en

Qu'est-ce que vous faites (tout) **en travaillant?**

(Tout) **En travaillant,** je ne fais rien d'autre.
Mais il y a des gens qui travaillent (tout)
en écoutant la radio, (tout) **en regardant** la
télévision. Il y a même des gens qui lisent
(tout) **en parlant** au téléphone.

Comment réussit-on dans la vie?

On réussit **en travaillant, en étant** persé-
vérant, et quelquefois un peu aussi, **en
ayant** de la chance.

Comment soigne-t-on un rhume?

On le soigne **en restant** au lit, **en prenant**
de l'aspirine, **en buvant** du thé et des jus
de fruits . . . et surtout **en étant** patient et
en attendant qu'il finisse.

Qu'est-ce qu'on boit **en mangeant** de la
bouillabaisse?

En mangeant de la bouillabaisse on boit du
vin blanc ou rosé. Et on rend la bouillabaisse encore meilleure **en y mettant** de la
sauce rouille et du fromage.

Le participe présent (sans en)

Pour une position d'interprète, on cherche
quelqu'un **sachant** une ou deux langues,
les **parlant** couramment, et les **lisant**
parfaitement. Quelle sorte de personne
cherche-t-on pour un orchestre?

Pour un orchestre, on cherche des gens
jouant d'un ou de plusieurs instruments.
Il n'y a pas de place dans un orchestre pour
une personne n'**aimant** pas ou ne **connais-
sant** pas la musique.

Qu'est-ce qui fait ce bruit?

Ce sont des avions, **volant** au-dessus de
nous; des voitures, **passant** dans la rue; des
enfants, **jouant** dans le parc.

Les négations autres que ne . . . pas: ne . . . point, ni . . . ni, rien, personne, jamais, plus, pas encore, pas non plus, nulle part, etc.

Aimez-vous les grenouilles **ou** les escargots?

Non, je n'aime **ni** les grenouilles, **ni** les escargots.

Si je vous demandais de me répondre **soit** en russe, **soit** en chinois, qu'est-ce que vous répondriez?

Nous répondrions que nous **ne** savons **ni** le russe, **ni** le chinois.

Chantons-nous **et** dansons-nous dans cette classe?

Non, nous **ne** chantons **ni ne** dansons dans cette classe.

Connaissez-vous **quelqu'un** à Paris?

Non, je **n'**y connais **personne**.
Moi? Euh. . . Je **n'**y connais **pas grand-monde**. . .

Faites-vous **quelque chose** ce week-end?

Je fais beaucoup de choses.
Moi? Je **ne** fais **rien**. Et toi? Moi, je **ne** fais **pas grand-chose**.

Allez-vous **quelquefois** au zoo?

Je **n'**y vais **jamais**. J'y allais quand j'étais petit, mais maintenent, je **n'**y vais **plus**.

Avons-nous (**déjà**) fini notre livre de français?

Non, nous **ne** l'avons **pas encore** fini.

Je **ne** sais **pas** quelle heure il est. Et vous?

Je **ne** le sais **pas non plus**.

Allez-vous **quelque part** ce soir?

Non, je **ne** vais **nulle part**. Je reste chez moi.

Quelque chose (**quelqu'un, rien, personne,** *etc.*) **de** + *un adjectif*
Quelque chose (**quelqu'un, rien, personne,** *etc.*) **à** + *un verbe infinitif*

Avez-vous quelque chose **à faire?**

Non, je n'ai pas grand-chose **à faire**.
Moi, j'ai beaucoup **à faire**.

As-tu quelqu'un **à voir** à Paris?

Non, je n'ai personne de spécial **à voir**, mais j'ai beaucoup de choses **à visiter**.

Avez-vous quelque chose **de passionnant** à lire?

Non, je n'ai rien de passionnant **à lire** en ce moment.
Mais j'ai quelque chose **de passionnant** à écrire: ma composition de français!

Y a-t-il quelque chose **de bon à manger** à la cafétéria?

Vous rêvez. . . Il n'y a pas grand-chose **de bon à manger** à midi, mais à quatre heures, il n'y a plus jamais rien du tout **à manger!**

EXPLICATIONS

I. Le passif

Le passif, ou voix passive, est la forme que prend le verbe quand le sujet subit (*is subjected to*) l'action.

305

Par exemple:

> Meursault **est informé** que sa mère vient de mourir.
> Il **est invité** à l'enterrement.
> Un crime **a été commis.**
> Le coupable **sera puni.**

sont des phrases passives, car le sujet du verbe est passif, il n'agit pas.

A. Formation du passif

Le passif est formé du verbe **être + le participe passé du verbe.** Exemple: **punir**

Présent		*Passé composé*		*Imparfait*	
je suis	puni(e)	j' ai été	puni(e)	j' étais	puni(e)
tu es	puni(e)	tu as été	puni(e)	tu étais	puni(e)
il / elle est	puni(e)	il / elle a été	puni(e)	il / elle était	puni(e)
nous sommes	puni(e)s	nous avons été	puni(e)s	nous étions	puni(e)
vous êtes	puni(e)(s)	vous avez été	puni(e)(s)	vous étiez	puni(e)
ils / elles sont	puni(e)s	ils / elles ont été	puni(e)s	ils / elles étaient	puni(e)s

Futur		*Conditionnel*	
je serai	puni(e)	je serais	puni(e)
tu seras	puni(e)	tu serais	puni(e)
il / elle sera	puni(e)	il / elle serait	puni
nous serons	puni(e)s	nous serions	puni(e)s
vous serez	puni(e)(s)	vous seriez	puni(e)(s)
ils / elles seront	puni(e)s	ils / elles seraient	puni(e)s

1. Le temps du verbe **être** indique le temps du verbe au passif

Présent du passif:	Cette lettre **est écrite** par un fou.
	Le crime n'**est** pas toujours **puni.**
Passé composé du passif: (action)	Un Arabe **a été tué** sur la plage.
	Meursault **a été accusé** du crime.
Imparfait du passif: (description)	Le tribunal **était composé** de trois juges.
	Meursault **était considéré** comme un monstre.
Futur du passif:	Meursault **sera-t-il exécuté?**
	Son exemple ne **sera** pas **imité.**
Futur antérieur du passif:	S'il est exécuté, pensez-vous qu'il **aura été puni** de son crime? Pensez-vous que la société **aura été améliorée** par sa mort?
Conditionnel:	Il ne **serait** probablement pas **exécuté** en France aujourd'hui.
Conditionnel parfait:	Vous **auriez été surpris** si ce roman avait fini autrement!

2. Accord du participe passé: il s'accorde avec le sujet

L'auxiliaire employé pour le passif est **être.** Vous savez qu'avec le verbe **être** le participe passé s'accorde avec le sujet. C'est le cas pour le participe passé du passif:

> Elle est invité**e** par des amis.
> Les condamnés sont enfermé**s** dans des prisons.
> Les mauvaises actions sont souvent puni**es**.

3. Formation de l'infinitif passif

> a. Meursault va-t-il **être guillotiné?**

L'infinitif présent est formé de **être** + le participe passé.

> b. Après **avoir été arrêté,** il a été enfermé.

L'infinitif passé est formé de **avoir été** + le participe passé.

B. Les usages du passif

Le français n'aime pas beaucoup le passif, et l'emploie seulement quand il n'y a pas d'alternative pour exprimer l'idée. Cette idée peut être:

1. Quand il n'y a pas d'agent ou d'instrument:

> Il **a été arrêté,** il **a été emprisonné.** Il **sera jugé.**
> Votre volonté **sera faite.**
> Le trimestre **sera terminé** vendredi.
> **Après avoir été mis** en bouteilles, le vin commence à vieillir.

2. Quand l'attitude du sujet est clairement passive, et qu'il est important de l'exprimer:

> Voilà l'histoire d'un homme qui **est poussé** par les événements.
> Il n'**est guidé** par rien.
> Cet enfant n'**a** pas **été élevé** par sa mère. Il **a été adopté** par une autre famille, par laquelle il **a** toujours **été aimé.**

C. Quand le passif est-il impossible?

1. Un verbe réfléchi ne peut pas devenir passif.

2. Le complément d'objet indirect ne peut pas devenir le sujet d'un verbe passif:

> *I was told:*   **On m'a dit**   *I was given to understand:*
> *I was given:*   **On m'a donné**   **On m'a fait comprendre.**

Exception: Trois verbes qui ont un complément indirect peuvent être au passif: **obéir, désobéir, pardonner**

> Vos ordres **seront obéis.**
> Vous **serez pardonnés** par le Bon Dieu.

D. L'agent et l'instrument du passif

> *Règle générale:* **par** exprime l'agent
> **de** exprime l'instrument

> L'Arabe a été tué **d'un coup de révolver** (instrument) tiré **par Meursault.** (agent)

Ce repas était préparé **par un expert.** (agent) Il sera servi **par un personnel** qualifié, et sera apprécié **par les invités.**

Cet arbre a été frappé **de la foudre.** (*This tree was struck by lightning.*) (instrument)

Mais il y a des exceptions:

Employez **de** avec les verbes d'état d'esprit et dans le cas d'une situation habituelle ou générale (souvent indiquée par la présence d'un mot comme « toujours » ou « souvent » ou « d'habitude »)

Raymond n'était pas aimé **de ses voisins.** (verbe d'état d'esprit)
Un honnête homme est respecté **de tous.** (verbe d'état d'esprit)
L'infinitif anglais est toujours précédé **de** *to.* (général)
Mon grand-père sort souvent accompagné **de son chien.** (général)

Conseil pratique: Dans le doute, employez **par.**

E. Comment éviter le passif quand il est désirable de l'éviter?

Nous avons déjà dit que le français n'aime pas particulièrement l'usage du passif et l'emploie seulement quand le passif est désirable pour les raisons indiquées à I, B. de ce chapitre. (L'anglais, par contre, n'a pas d'objection à l'usage du passif et l'emploie fréquemment.)

Il est possible de remplacer le passif par une autre construction. Par exemple:

1. on (quand l'agent—non exprimé—est une personne)

I was told: **On m'a dit.**
He was badly received when he arrived: **On l'a mal reçu quand il est arrivé.**

2. construction active

The door was opened by the manager.
Le gérant **a ouvert** la porte.

Pour donner de l'emphase à l'agent, ajoutez **c'est / ce sont:**

C'est le gérant qui a ouvert la porte.

This letter was written by an angry man!
C'est un homme en colère qui a écrit cette lettre!

3. un verbe réfléchi

White wine is served cool: **Le vin blac se sert frais.**
This is done: **Ça se fait.**
This is easily understood: **Ça se comprend facilement.**

II. L'expression impersonnelle et comment exprimer le **you** impersonnel anglais?

En anglais, on emploie souvent *you* pour exprimer, non pas la personne à qui on parle, mais **quelqu'un en général, tout le monde, personne:**

You get in trouble if you drink before you're of age!
You can't park here: There's no room for a car.

You have to cross the street to get to the other side.
You'll see penguins at the South Pole.

En français, **vous** n'a pas ce sens impersonnel: **vous** indique seulement la personne à qui on parle. Exprimez ce *you* impersonnel, par:

1. on

> **On a des ennuis** si on boit avant d'avoir l'âge.
> **On ne peut** pas se garer ici: il n'y a pas de place pour une voiture.
> **On est obligé** de traverser la rue pour aller de l'autre côté.
> **On trouve** des pengouins au pôle sud.

2. il faut, il ne faut pas, on peut, on ne peut pas, il est possible de / que
Dans certains cas, si le sens l'indique, on emploie:

> **il faut:** Il faut répondre aux lettres qu'on reçoit. (*You must answer the letters you receive.*)
> **il ne faut pas:** Il ne faut pas oublier les anniversaires. (*You mustn't forget birthdays.*)
> **on peut:** On peut trouver des hamburgers en France. (*You can find hamburgers in France.*)
> **on ne peut pas:** On ne peut pas insulter les agents de police. (*You can't insult policemen.*)

III. *L'infinitif*

L'infinitif est la forme nominale du verbe. C'est le **nom** du verbe. Certains infinitifs sont employés comme noms masculins:

> le déjeuner, le dîner, le souper, le manger, le boire, le rire, le sourire, le savoir, le repentir, etc.

Chaque verbe a un infinitif présent et un infinitif passé. L'infinitif présent se termine en **-er, -ir,** ou **-re.** L'infinitif passé est formé de **avoir** ou **être** + le participe passé.

parler	**avoir parlé**	aller	**être allé**(e)(s)
finir	**avoir fini**	sortir	**être sorti**(e)(s)
attendre	**avoir attendu**	descendre	**être descendu**(e)(s)

A. Quand deux verbes se suivent, le deuxième est toujours infinitif:

> J'aime **lire.**
> Elle n'aime pas **sortir** seule.
> Tu voudrais **rester** en France, n'est-ce pas?

B. Employez l'infinitif après toutes les prépositions, excepté **en.**

> J'étudie **pour savoir** le français. Je commence **à** bien le **comprendre.** J'ai envie **d'aller** en France bientôt.
> On ne réussit pas **sans travailler.**
> **Avant de partir,** je vous téléphonerai.
> **Après être sorti** (infinitif passé avec **après**) il a vu qu'il avait oublié son portefeuille.

C. La négation de l'infinitif

Hamlet se demande s'il préfère être ou **ne pas être.**
Vous m'avez promis de **ne jamais être** en retard.
Philippe préfère **ne rien savoir** du voyage de Lisa.
Lisa a-t-elle peur de **ne plus revoir** Jacques?
Je suis sûr de **ne pas avoir perdu** ma clé!
Lisa a-t-elle tort de **ne pas être restée** à Paris?
J'ai peur de **ne pas savoir** grand-chose sur cette question.

Quand un infinitif est négatif, les deux parties de la négation précèdent le verbe.

Exception: **ne . . . personne**

Le Petit Chaperon Rouge a promis de **ne parler** à **personne.**
Je suis content de **n'avoir rencontré personne** ce matin.

Dans le cas de cette négation, le mot **personne** est après le verbe.

D. L'infinitif et l'adverbe

Vous commencez à **bien parler** français. (Mais: Vous **parlez bien** français.)
Je ne suis pas sûr de **toujours** vous **comprendre.** (Mais: Je ne vous **comprends** pas **toujours.**)

L'adverbe est normalement après le verbe. Mais certains adverbes courts, et en particulier **bien, très bien** et **toujours** précèdent l'infinitif.

E. On emploie souvent l'infinitif dans les instructions et les recettes (recettes de cuisines et autres).

1. les instructions et les défenses

Dans l'avion: **Attacher** les ceintures de sécurité
                  Ne pas fumer. Éteindre les cigarettes.
Dans le train: **Ne pas se pencher** à la fenêtre.
                  Ne pas laisser les enfants jouer avec la serrure (*lock*).

Par courtoisie, les instructions sont souvent précédées de:

Prière de: **Prière de** ne pas fumer.
                 Prière de préparer la monnaie. (dans l'autobus)
                 Prière de tourner la page. (ou: Tournez, SVP)

Les instructions négatives (**ne . . . pas**) sont des défenses, et pour leur donner plus de force, on les précède de:

Défense de: **Défense d'**afficher (*Post no bills*).
                  Défense de fumer.
                  Défense de marcher sur l'herbe. (dans un parc).
                  Défense de parler au chauffeur. (dans l'autobus).

2. les recettes de cuisine et autres.

Pour faire une soupe de légumes: **Préparer** des légumes frais, les **laver,** les **mettre** dans un pot qui contient l'eau bouillante. **Faire** bouillir. **Laisser** mijoter ensuite pendant une heure. **Assaisonner** avec sel, poivre et beurre. **Servir** avec du fromage râpé.

Un régime: Ne **pas manger** de féculents (*starches*).
          Eviter le sucre et les matières grasses (*fats*).

Des conseils pour votre santé:
        Se lever de bonne heure. **Faire** une demi-heure de gymnastique.
        Mener une vie active. **Ne pas se fatiguer** excessivement.

IV. *Le participe présent et son usage comme gérondif*

Le participe présent (**allant, marchant, regardant,** etc.) et le gérondif sont, en réalité, deux usages de la forme du participe présent.

Formation du participe présent:

racine du verbe à la forme **nous** au présent + **-ant**

Exemples:

lire	nous lisøⁿs̷:	**lisant**
écrire	nous écrivøⁿs̷:	**écrivant**
choisir	nous choisissøⁿs̷:	**choisissant**
vouloir	nous vouløⁿs̷:	**voulant**
boire	nous buvøⁿs̷:	**buvant**

Il y a trois participes présents irréguliers:

être: **étant**   avoir: **ayant**   savoir: **sachant**

A. Le gérondif: **tout en** et **en** + le participe présent

Le gérondif a deux sens distincts qui correspondent à l'anglais *while doing something* et *by means of doing something, or through.*

1. *while*

Je ne peux pas écouter la radio **(tout) en lisant.**
(Tout) en vous écoutant, j'ai pensé à quelque chose.
C'est un optimiste: Il traverse la vie **(tout) en souriant.**
Tout en ayant l'air indifférent, le chat attend la souris.

On peut toujours employer **tout en + le participe présent** pour indiquer une action simultanée. Il est aussi possible de simplement dire **en + participe présent.** La forme **tout en** est plus élégante.

2. *by means of, through*

C'est **en travaillant** qu'on devient riche.
En parlant, en écoutant, en lisant et **en écrivant,** on apprend une langue.
Arrêtez la radio **en tournant** le bouton.
Un criminel se dissimule **en changeant** d'identité.

B. Le participe présent

1. Employé comme adjectif, il s'accorde avec le nom:

> Elle attend un Prince Charman**t**. (Mais elle est charman**te**!)
> C'est une date importan**te**.
> Tu lis des livres intéressan**ts**, et des histoires intéressan**tes**.

2. Le participe présent proprement dit est invariable:

> **Refusant** de quitter la salle, les délégués ont déclaré leur intention de rester.
> Sur la plage, on voyait des femmes allongées et **fumant**.
> Ne **comprenant** pas mes intentions, votre chien a eu peur.
> Ce bruit? Ce sont des avions, **volant** au-dessus de nous, des voitures, **passant** dans la rue, des enfants, **jouant** dans le parc.

V. Les négations autres que **ne . . . pas**

Toutes les négations se composent de:

> **ne** + verbe + deuxième partie de la négation[1]

La négation générale est **ne . . . pas**. Mais il y a une quantité d'autres négations:

1. ne . . . point (*not at all*)

> Je **ne** vois **point** de différence!
> (*I sure don't see any difference!*)

Approximativement le même sens que **ne . . . pas**, un peu plus fort, équivalent de **ne . . . pas du tout** (*not at all*).

2. ne . . . ni . . . ni (*neither . . . nor . . .*)

> Je n'aime **ni** les escargots, **ni** les grenouilles.

C'est la négation de **et . . . et. . .** , de **ou . . . ou. . .** , de **soit . . . soit. . . .**

> On **ne** rit **ni ne** pleure devant la télévision.

Quand il y a plusieurs verbes, on répète **ne** devant chaque verbe.

3. ne . . . rien ou **rien ne . . .** *nothing*

> Vous **ne** faites **rien** ce soir? Je **ne** fais **pas grand-chose**.

C'est la négation de **quelque chose**. Quand la négation n'est pas totale, on emploie **ne . . . pas grand-chose** (*not much*).

> **Rien** n'intéresse les gens stupides.
> **Pas grand-chose** n'intéresse les enfants gâtés.

---

[1] Dans la conversation familière (français quotidien), on laisse souvent tomber le **ne**: Je sais pas (prononcé: J'sais pas), Je veux pas (prononcé: J'veux pas), etc. Par contre, il est littéraire d'omettre le **pas** de la négation des verbes **savoir** et **pouvoir**: Il ne sait. Je ne puis vous dire. . . MAIS: Il est impossible de faire une faute en employant la négation complète.

Quand **rien** ou **pas grand-chose** est sujet, la négation est **rien ne** . . . ou **pas grand-chose** . . . **ne.**

4. **ne . . . personne** ou **personne ne** (*nobody*)

> Je **ne** connais **personne** à Paris.
> Je **ne** connais **pas grand-monde** à Paris.

C'est la négation de **quelqu'un.** Quand le négation n'est pas totale, on emploie **ne . . . pas grand-monde** (*not many people*).

> **Personne ne** me connaît à Paris.

Quand **personne** est sujet, la négation est **personne ne** . . . ou **pas grand-monde ne** . . .

5. **ne . . . jamais** (*never*)

> Vous **n'**allez **jamais** voir votre grand-mère?
> Je **n'**y vais pas souvent.
> J'y vais rarement.
> Je **n'**y vais pas toujours régulièrement.

C'est la négation de **quelquefois, souvent, toujours.** Quand le négation n'est pas absolue, on emploie **pas souvent, pas toujours, rarement.**

6. **ne . . . plus** (*no longer*)

> Nous **n'**allons **plus** au zoo. Nous **ne** sommes **plus** des enfants . . .

C'est la négation de **encore.**

7. **ne . . . pas encore** (*not yet*)

> Avez-vous (déjà) fini? Non, je **n'**ai **pas encore** fini.
> Le courrier **n'**est **pas encore** arrivé.

C'est la négation de **déjà** qui peut être exprimé ou non.

8. **ne . . . pas non plus** (*not either*)

> Il ne fait pas froid et il **ne** pleut **pas non plus.**
> Je ne sais pas jouer du violon. Et vous? Moi **non plus.**

C'est la négation de **aussi** qui peut être exprimé ou non.

9. **ne . . . guère** (*not . . . hardly*)

> Je **ne** mange **guère** de pain, et je **ne** bois **guère** d'alcool.
> Vous **ne** comprenez **guère** ce que je dis?

C'est la négation de **beaucoup** ou de **bien** qui peut être exprimé ou non.

10. **ne . . . aucun(e)** ou: **aucun(e) . . . ne** (*not any, none*)

> Il **n'**y a **aucun** étudiant qui sache le russe ici.
> **Aucun** de nous **ne** sait la réponse.

C'est la négation de **un** ou un autre nombre.

11. ne . . . nul(le) ou: **nul(le) ne . . .** *(no one, not any)*

> Silence. **Nul ne** dit un mot.
> Je **ne** vois **nulle** raison de vous refuser ce plaisir.

C'est la négation de **un** ou un autre nombre. Le sens de **nul(le)** est semblable au sens de **aucun(e).**

12. ne . . . nulle part ou: **nulle part . . . ne . . .** *(nowhere)*

> Vas-tu quelque part ce soir? Non, je **ne** vais **nulle part.**
> **Nulle part** on **ne** mange mieux qu'en France!

C'est la négation de **quelque part** *(somewhere).*

TABLEAU DES NÉGATIONS

Forme affirmative	Négation absolue	Négation partielle
	ne . . . pas (du tout)	
	ne . . . point	
et . . . et . . .		
ou . . . ou . . .	ne . . . ni . . . ni . . .	
soit . . . soit . .	(ni . . . ni . . . ne . . .)	
quelque chose	ne . . . rien	ne . . . pas grand-chose
	(rien ne . . .)	(pas grand-chose ne . . .)
quelqu'un	ne . . . personne	ne . . . pas grand-monde
	(personne ne . . .)	(pas grand-monde ne . . .)
toujours	ne . . . jamais	ne . . . pas toujours
souvent	(jamais . . . ne)	ne . . . pas souvent
encore	ne . . . plus	
déjà	ne . . . pas encore	
aussi	ne . . . pas non plus	
beaucoup, bien	ne . . . guère	
un, deux, etc.	ne . . . aucun(e)	
	ne . . . nul(le)	
quelque part	ne . . . nulle part	

VI. *Quelque chose* **de** *bon* **à** *manger*

Les termes **quelque chose, pas grand-chose, rien, quelqu'un, pas grand-monde, personne, beaucoup,** etc. . . sont suivis de:

1. **de + un adjectif**

> Y a-t-il quelque chose **de nouveau?** Il n'y a rien **de** nouveau.
> Je voudrais quelque chose **de simple, de facile** à porter, **d'agréable** à mettre en été.

J'ai quelqu'un **de charmant** à vous faire rencontrer. C'est une femme exquise. Je ne connais personne **de plus délicieux** qu'elle.

> Peindre quelque chose **de joli**
> Quelque chose **de simple**
> Quelque chose **d'utile**
> Pour l'oiseau   JACQUES PRÉVERT
>   « Pour faire le portrait d'un oiseau »

Remarquez: L'adjectif après ce **de** est invariable. On ne dit **pas:** Cette femme, c'est quelqu'un de charmante. On dit: **C'est quelqu'un de charmant.**

2. à + un infinitif

> Avez-vous quelque chose **à faire?** Je n'ai pas grand-chose **à faire.**
> Vous avez beaucoup **à dire** sur ce sujet!
> Nous n'avons personne **à voir,** n'est-ce pas? Et rien **à emporter?**

3. Ces deux constructions ensemble: J'ai quelque chose **d'important à faire.** Dans ce cas, **de + adjectif** précède **à + verbe.**

EXERCICES

1. Le passif

   Mettez les phrases suivantes au passif. Attention au temps des verbes!

   Exemple: Un bulldozer **démolira** cette vieille maison.
   Cette vieille maison *sera démolie* **par un bulldozer.**

   1. La presse annonce les nouvelles.
   2. Votre lettre m'a surpris.
   3. Un mécanicien a réparé ma voiture.
   4. Meursault a commis un crime.
   5. Les juges ont condamné Meursault.
   6. Des urbanistes feront les plans de la nouvelle ville.
   7. Tout le monde admirait le nouveau président.
   8. Hélas! Un assassin l'a tué.
   9. Philippe a-t-il abandonné Françoise?
   10. La propriétaire de Lisa prendra votre message.

2. Traduction. Comment direz-vous en français?

   *Dans votre traduction, employez: le passif, comme en anglais, **on**, ou le verbe pronominal à sens passif.*

   Exemple: French is spoken in Québec.
   Le français se parle au Québec.

   1. Raymond was not admired.   2. Meursault was informed of the death of his mother.
   3. Gisèle is loved by her friends.   4. Lisa is taken to Versailles by Philippe.   5. Is crime always punished?   6. Be good and you will be loved by all.   7. Will Lisa be accepted by Philippe's

parents? 8. *The dresses will be made by Gisèle.* 9. *What is drunk with escargots: red or white wine?* 10. *This Mozart Etude is played on the piano.*

3. Comment traduire le *you* impersonnel anglais?

> *Traduisez les phrases suivantes en bon français. Faites attention au sens de* **you.**

> *Exemple: You have a lot of work in this class!*
> **Il y a** (ou: **On a**) **beaucoup de travail dans ce cours.**

1. *You must get up early in order to be at work at 7:00 AM.* 2. *You get a lot of rain in Normandie.* 3. *In France, you eat a lot of bread, but you don't put butter on it.* 4. *In English, you can write "Ms." and in French, you can write "Mad.".* 5. *You mustn't lie. But you are not obliged to tell everything.* 6. *Can you blame Lisa if she likes these two guys?* 7. *You can find hamburgers in France, but you should eat French cuisine.* 8. *You don't make mistakes if you pay attention.*

4. L'infinitif

> A. *L'infinitif après une préposition. Comment dit-on en français?*

> *Exemple:* Il est venu _____ *(without phoning).*
> **Il est venu sans téléphoner.**

1. Ne partez pas _____ *(without seeing me).*
2. *(After arriving at the airport)* _____, j'ai vu que j'avais oublié mon billet!
3. Gisèle examine chaque objet _____ *(before buying it).*
4. Mangez un bon repas _____*(instead of[1] eating)* des bonbons toute la journée.
5. À Paris, les touristes commencent _____ *(by visiting)* la Tour Eiffel.
6. *(Instead of going out)* _____, restez chez vous et lisez un bon livre.
7. Françoise était triste! Philippe est parti _____ *(without saying)* au revoir.
8. Comme c'était agréable de _____ *(seeing you)* après si longtemps.

> B. *L'infinitif dans les instructions, ordres, défenses.*

> *Exemple: No smoking.*
> **Défense de fumer.**

1. *No speaking during the examination.* 2. *Knock before entering, please.* 3. *No walking on the grass.* 4. *Do not let children play in the street.* 5. *Attach your safety belt, please.* 6. *Please leave your address and phone number at the secretary's desk before leaving.* 7. *No speaking to the driver.*

> C. *Les recettes. Sur le modèle suivant, composez 3 recettes simples (recettes de cuisine, de beauté, de santé, de décoration de la maison, recettes pour garder ses amis, pour réussir dans la classe de français, etc.)*

> *Exemple:* **Pour décorer sa maison**: Établir un budget. Choisir des couleur sobres. Ne pas mettre trop d'objets dans une pièce. etc. **ou, au contraire:** Acheter ce qu'on aime. Ne pas regarder le prix. Choisir des couleurs vives, et ne pas avoir peur de mettre toutes ces couleurs dans la même pièce, etc.

[1] au lieu de

5. Le gérondif, le participe présent et l'adjectif.

A. *Employez le participe présent (marchant, parlant, travaillant, etc.) ou le gérondif (en marchant, en parlant, en travaillant etc.) pour indiquer le moyen ou **tout en marchant, tout en parlant, tout en travaillant** etc. pour indiquer la simultanéité.*

Exemple: J'écoute la radio ———— *(while driving)*
J'écoute la radio tout en conduisant.

1. Philippe a pris la main de Lisa ———— *(while walking)* dans le parc.
2. On comprend mieux un autre pays ———— *(by living there)* quelque temps.
3. Vous transformez une phrase ———— *(by changing)* le temps du verbe.
4. Lisez une revue ———— *(while waiting for)* le docteur.
5. Autrefois, on ne voyait pas souvent des femmes ———— *(smoking)* en public.
6. Vous êtes impossible. Je vous aime bien ———— *(while detesting you)*!
7. ———— *(Thinking of)* Françoise, Lisa se demandait quoi faire.
8. ———— *(Returning home)*, je vous ai téléphoné.
9. Achète le journal ———— *(passing)* devant le drugstore.

B. *Faites l'accord si c'est un adjectif, ne le faites pas si c'est un participe présent.*

Exemple: Ces aventures sont si amusant**es** qu'on rit en les racontant. . .

1. Riant———— et chantant———— les deux filles marchaient dans la rue glissant ————
2. Certaines femmes, faisant———— un travail énorme, réussissent à rester charmant———— .
3. J'ai des choses important———— à vous dire en rentrant———— à la maison.
4. Les Princes Charmant———— ? Ils étaient bien intéressant———— dans les contes de fées, mais les filles d'aujourd'hui savent qu'on perd son temps en les cherchant———— .
5. En acceptant———— la bague de Philippe et en dansant———— avec lui chez ses parents, Lisa prend-elle une décision important———— ?
6. Souriant———— et élégant————, Mme Audibert recevait ses invités, arrivant———— à la réception.

6. Les négations.

A. *Donnez une réponse négative à la question.*

Exemple: Êtes-vous encore un gosse?
Non, je ne suis plus un gosse.

1. Aimez-vous le bifteck de cheval et le civet de lapin?
2. Riez-vous et chantez-vous tout le temps?
3. Avez-vous déjà fini vos études?
4. Est-ce que quelqu'un a peur de moi?
5. Avez-vous quelque chose à me dire?
6. Faites-vous beaucoup de cuisine française chez vous?
7. Lisa pense-t-elle souvent à Bill, son petit ami américain?

8. Sommes-nous encore au dix-neuvième siècle?
9. Y a-t-il un étudiant dans la classe qui a mille francs sur lui?
10. Allez-vous quelque part, ce week-end?
11. Je ne sais pas quelle heure il est. Et vous?

B. Une soirée désastreuse.

Transformez cette soirée en une soirée absolument désastreuse, en mettant les termes indiqués au négatif correspondant.

J'ai **beaucoup de** chance et **tout le monde** m'aime. J'ai le temps **et** le désir de cultiver mon jardin, alors mes voisins de droite **et** ceux de gauche m'ont salué quand je suis rentré. Le chien m'a regardé quand j'ai ouvert la porte **et** le chat **aussi**.

Quelqu'un m'a téléphoné, parce qu'**un** de mes amis pensait à moi. Ma petite amie me parle **encore**, parce que je suis **toujours** gentil avec elle. Son numéro de téléphone? Il est **quelque** part sur mon bureau, parce que **tout** est en ordre dans mes affaires et je trouve **tout**.

J'ai **déjà** préparé mon travail pour demain. J'ai **aussi déjà** écrit à ma grand-mère. **Tout le monde** me comprend **et** m'approuve. Ma vie est heureuse **et** agréable ce soir.

7. Quelque chose **de** passionnant **à** faire?

Complétez les phrases suivantes par: quelqu'un / pas grand-monde / personne, ou quelque chose / pas grand-chose / rien, et à ou de.

Il y a une statue sur la place. Ce n'est _____ célèbre ou _____ important aujourd'hui, mais c'est _____ utile pour une quantité de pigeons.

Connaissez-vous _____ à Paris? Je n'y connais _____ , excepté Philippe. Mais c'est _____ très bien, _____ voir si vous allez en France.

Vous voyez cette dame qui passe? C'est une actrice. C'est _____ brillant, et aussi _____ célèbre. Elle a créé un style, qui est _____ nouveau dans le cinéma, _____ voir et _____ ne pas oublier.

Tu n'as _____ lire? Non, je n'ai _____ lire, excepté ce roman policier. As-tu _____ passionnant _____ me prêter?

Quel régime bizarre! On ne mange rien _____ salé, _____ sucré, _____ chaud, _____ froid. Alors, bien sûr, on ne trouve _____ *(not much)* _____ manger dans les restaurants.

8. Comment dit-on en français?

Exemple: I have something interesting to tell you.
J'ai quelque chose d'intéressant à te (vous) dire.

1. Please don't feed the animals (= don't give the animals anything to eat). 2. Do we have anything to do tonight? No, we don't have much to do. 3. There is something strange in the street. 4. Is a ring something special for a girl? 5. Nobody interesting to see, nothing fun to do. . . What a life! 6. There isn't much to do on Sundays in this town. 7. Don't leave anything for me. I don't want anything to eat.   8. Lisa's summer in France is certainly something important, something not to forget!

PRONONCIATION

Accent tonique et groupe rythmique (**stress group**)

1. Mot isolé

Dans le cas d'un mot isolé, l'accent tonique est généralement placé sur la dernière voyelle prononcée (c'est-à-dire sur la dernière syllabe).

> Bonj**our**. Bons**oir**. Pard**on**. Merc**i**.
> Sal**ut**! Entr**ez**. Fin**is**! Arr**ête**!
> Attent**ion**!
> «Pierre est act**eur**. —Quoi? Act**eur**?

2. Le groupe rythmique

On appelle groupe rythmique un groupe de mots prononcés ensemble. L'accent tonique est placé sur la dernière voyelle prononcée (C'est-à-dire sur la dernière syllabe):

> Ça v**a**? Ça va, merc**i**.
> Ça va b**ien**? Disons pas m**al**.
> Comment allez-v**ous**? Très bien, et vous-m**ême**?
>
> Qu'est-ce que tu v**eux**? Du p**ain**
>   Du pain et du v**in**.
>   Du pain et du vin bl**anc**.
>
> Donnez-moi un verre d'**eau**.
> Donnez-moi un verre d'eau fr**aîche**.
>
> J'arr**ive**.
> J'arrive de Par**is**.
> J'arrive de Paris par av**ion**.

3. Variations du groupe rythmique

Un groupe rythmique peut varier: si on parle vite, les groupes rythmiques sont plus longs, et si on parle lentement, distinctement, les groupes rythmiques sont plus courts, il y a plus d'accents toniques. Comparez:

(si on parle lentement)

> Pierre est étud**iant** / dans une univers**ité** / franç**aise**.
> Je p**ense** / que vous avez compr**is** / mes explicat**ions**.

(si on parle vite)

> Pierre est étudiant dans une université franç**aise**.
> Je p**ense** / que vous avez compris mes explicat**ions**.

319

Je l'aime bien,
mais je ne l'aime pas

À la soirée de Mme Audibert, Lisa s'était étonnée de ne voir ni Françoise, ni ses parents. Il y avait beaucoup de monde et Philippe l'avait présentée fièrement à des tas de gens, mais elle ne se souvenait pas de grand-monde en particulier, ni de grand-chose. Elle revoyait surtout une foule dans les grands salons, la lumière des lustres de cristal, des visages souriants. . . Son nom, répété par tous et prononcé «mademoiselle *Stévins*» lui semblait, avec sa nouvelle consonance, symboliser la personne qu'elle était en train de devenir, sinon en réalité, du moins dans l'esprit des amis et de la famille de Philippe.

Quelques jours plus tard, Philippe l'attendait à la sortie de ses cours sur le boulevard Saint-Michel, en plein Quartier latin. «Descendons le Boul' Mich', lui a-t-il dit, et allons faire un tour le long des quais de la Seine. . . Je connais un bouquiniste qui a des gravures anciennes. Nous en achèterons quelques-unes que je ferai encadrer.» Il a ajouté en riant: «Pensez que ce sera peut-être la première chose que nous achèterons pour notre appartement. . .»

Lisa adorait le boulevard Saint-Michel. L'animation y était intense de jour comme de nuit. Des étudiants de tous les pays montaient et descendaient la large avenue, du boulevard Saint-Germain aux Jardins du Luxembourg. Il y avait les fidèles du costume national: Africains drapés de tissus exotiques; Indiens en

À quoi pense Lisa?

turban; filles au fin visage brun, en sari de couleur tendre, la narine percée d'un bijou, un point rouge au front; Chinois en casquette prolétaire, et en uniforme de coton bleu sombre. . . Et puis, la foule vêtue du blue-jeans et du T-shirt international, jeunes venus de tous les pays du monde, parlant toutes les langues.

En passant devant le café des Deux-Magots, sur le boulevard Saint-Germain, elle a reconnu la table où elle s'était assise le jour où, contrairement à son caractère, Philippe l'avait draguée. «Il y a bien longtemps pensait-elle. En termes absolus, il y a exactement sept semaines, mais dans ma réalité à moi, il y a des années-lumière! Je suis si différente, maintenant, de celle que j'étais alors: Vue de l'intérieur, personne ne me reconnaîtrait! J'étais Lisa, je suis déjà devenue mademoiselle *Stévins*, et il est même question que je devienne Madame Audibert. . . Elle frissonnait un peu à l'idée de partager ce titre avec la personne qui jusqu'à maintenant, était la seule à le porter: La formidable Mme Audibert, dont l'élégance, la beauté, et les manières impeccables l'intimidaient beaucoup.

«Pourquoi Françoise n'était-elle pas à la réception? a-t-elle demandé.

—Elle n'a pas pu venir, je pense, a répondu Philippe. Je lui ai passé un coup de fil pour l'inviter, mais on m'a dit qu'elle était occupée et qu'elle n'avait pas le temps de me parler. Non, je ne sais pas ce qu'elle faisait de si important. Mais j'ai parlé avec sa mère qui m'a promis de transmettre le message.

—Les parents de Françoise n'étaient pas invités?

—Si, bien sûr, ils sont de toutes nos réceptions. Mais M. Le Monnier était en voyage d'affaires et sa femme ne va nulle part sans lui.

—Vous êtes sûr que Françoise n'a pas rappelé?

—Non, et c'est étrange, parce que, d'habitude, elle aime beaucoup nos réceptions. Elle connaît tout le monde, et ma mère l'adore, parce qu'elle sait très bien faire la conversation avec les vieilles dames, avec son air sérieux, comme si c'était la chose la plus passionnante du monde.

—Quand l'avez-vous vue pour la dernière fois?

—Eh bien, voyons. . . C'était pendant le week-end du 15 août. Elle est venue déjeuner chez nous, sous une pluie torrentielle. Après le déjeuner, nous avons parlé de choses et autres. . .

—Est-ce que vous lui avez parlé de moi?

—Bien sûr. Je lui ai dit que je vous avais rencontrée quelques semaines plus tôt, mais je n'ai dit ni où, ni comment. . . Je lui ai montré vos photos, et je lui ai fait remarquer comme vous étiez photogénique. Elle m'a demandé si je vous avais beaucoup vue: Alors, pour l'amuser, je lui ai raconté nos promenades dans Paris, la Tour Eiffel, le Beeg Mac et le *Péché Mignon* du Pub Renault. . . Je lui ai parlé de notre dîner à l'Hôtellerie de la Clé d'Or, où elle voulait toujours aller, mais où je n'ai jamais eu l'occasion de l'emmener. Elle m'a demandé ce que j'avais l'intention de faire après l'été, alors je lui ai dit très franchement que je commençais à penser à me marier. . . Je lui ai même conseillé d'en faire autant.

« Mon dieu, se disait Lisa silencieusement, mais il est aveugle! Et égoïste, aussi. . . Il ne comprend donc rien? La pauvre Françoise est amoureuse de lui, ça crève les yeux! » Tout haut, elle a continué:

« Ah, je vois. . . Et. . . Qu'est-ce qu'elle a répondu?

—Elle n'a rien répondu du tout. Elle ne m'a pas regardé non plus. Elle m'a dit qu'elle devait partir, qu'on l'attendait chez elle, qu'elle avait beaucoup à faire et puis, qu'elle avait la migraine.

Je voulais l'accompagner, à cause de la pluie, mais elle ne voulait pas: Elle avait son imperméable, ses bottes et son parapluie. . .

—Et vous ne l'avez pas revue?

—Non, je vous l'ai déjà dit: Sa mère nous a dit qu'elle avait passé le reste du week-end dans sa chambre, avec la migraine. . . D'ailleurs, je n'y ai pas fait très attention. J'étais si inquiet en pensant à vous!

—Moi, dit Lisa, je suis de l'avis de votre mère, que Françoise est amoureuse folle de vous. Personne ne pourrait en douter. Et depuis que vous lui avez parlé de moi, elle doit être à la fois furieuse et très malheureuse. Qu'est-ce que vous allez faire?

—Faire? Moi? s'est étonné Philippe avec une parfait inconscience. Mais je ne vais rien faire du tout! J'aime bien Françoise, mais je ne l'aime pas. C'est une amie d'enfance, dont je ne suis pas amoureux du tout. Ce n'est pas ma faute si elle s'imagine qu'elle m'aime. . . »

Cette conversation avait laissé Lisa vaguement déprimée, sûre que quelque chose n'était pas dans l'ordre. Depuis son enfance, son père l'avait habituée à l'idée qu'il ne fallait jamais laisser ni les gens, ni les événements vous pousser dans des situations équivoques dans lesquelles on ne se sent pas parfaitement à l'aise.

« À quoi pensez-vous? a soudain demandé Philippe au moment où ils quittaient la petite rue de Seine, étroite et fraîche, pour arriver sur les quais dont les parapets reflétaient la chaleur de cet après-midi d'été.

—Philippe, il faut que vous parliez à Françoise. *You can't just let her down.* Il ne faut pas la laisser tomber comme ça.

—Mais, dit Philippe, il n'y a pas grand-chose à lui dire qu'elle ne sache pas déjà. C'est vous que j'aime. Vous ne m'avez pas encore dit oui, mais. . .

—Justement, dit Lisa, n'oubliez pas que je ne vous ai pas encore dit oui.

—C'est seulement, dit Philippe très satisfait de lui-même, parce que je ne vous ai pas encore posé la question. Dans mon métier d'avocat on sait que la meilleure façon d'éviter un refus, c'est de ne rien demander avant d'être sûr qu'on vous l'accordera. »

Si, autrefois, les boîtes des bouquinistes étaient pleines de choses passionnantes, ce n'est certes plus le cas aujourd'hui. On n'y trouve plus guère que des saloperies, comme disait Philippe en entraînant Lisa qui voulait s'arrêter à chaque étalage. Enfin, arrivé devant celui qu'il cherchait, Philippe s'est arrêté.

« Je crois que ce monsieur a quelque chose d'intéressant. »

En effet, le bouquiniste a tiré d'un carton attaché d'une vieille ficelle toute une collection de gravures anciennes: Des sujets botaniques, exécutés avec une admirable précision et teintés à l'aquarelle; des sujets de chasse; des costumes de soldats de Napoléon, et d'autres montrant les modes du siècle dernier, portées par des dames en robe à crinoline et large chapeau de paille.

« Je n'aime ni celles-ci, ni celles-là, a dit Philippe en mettant de côté des scènes de batailles.

—Moi non plus, a dit Lisa. Montrez-moi les autres. Oh, vous n'aimez pas cette série? Ce sont des fleurs des champs.

—Mais si, elle me plaît beaucoup, a dit Philippe. »

Les gravures représentaient, en effet, des fleurs des champs: la marguerite blanche à coeur jaune, le bleuet et le coquelicot rouge. Une gravure d'épis de blé complétait la série.

« Encadrées d'une baguette vieil or, elles feront très bien sur un mur tendu de toile crème, » pensait Philippe tout haut.

Il a ensuite suggéré de passer chez lui, où il avait besoin de voir son courrier, d'y laisser les gravures, et puis d'aller au cinéma où il faisait frais, et peut-être, ensuite, de dîner à la Brasserie Lipp qui venait juste de rouvrir après sa fermeture annuelle. Il faut aller tard chez Lipp, alors c'est plein d'acteurs, de types pittoresques et de gens célèbres.

La mère de Philippe s'est précipitée quand elle a entendu la clé dans la serrure. Elle était agitée, avait les yeux rouges et tenait son mouchoir à la main.

« Philippe, c'est terrible, je viens de recevoir un coup de téléphone de Mme Le Monnier. . . Oh, pardon, mademoiselle, a-t-elle dit, en apercevant Lisa, entrez, asseyez-vous, je vous en prie. On vient de transporter Françoise d'urgence à la clinique Sainte-Marthe° à Caen. Elle est dans le coma. . . »

Et elle leur a expliqué ce qu'elle venait d'apprendre: La mère de Françoise étant inquiète au sujet de sa fille depuis quelques jours, avait essayé, sans succès, de la questionner. Enfin, ce matin-là, Françoise n'étant pas descendue de sa chambre, Mme Le Monnier était montée et avait trouvé sa fille étendue sur son lit, sans connaissance. D'après le docteur, vite arrivé, Françoise aurait pris, « par erreur », une trop forte dose de somnifères. En effet, un tube vide se trouvait sur sa table de nuit, à côté d'une brève lettre qui disait surtout: « Ne dites rien à Philippe. . . »

Lisa écoutait, pâle comme la mort et immobile. Larry a raison, pensait-elle, il faut penser aux autres et non pas seulement à ce qui est plus facile ou plus agréable pour soi. . . Philippe composait déjà un numéro:

« Allô, Mme Le Monnier? Ah, Françoise est sortie du coma? Elle a repris connaissance? Le docteur dit qu'elle est hors de danger? Ah, quel soulagement! Ma mère et moi, nous étions si anxieux. . . Quoi? Françoise veut me voir? Non? Elle ne veut pas me voir? Mais vous voulez que je vienne et que je lui parle? Mon dieu, madame, c'est très difficile. . . Qu'est-ce que je peux lui dire?. . . Oui, bien sûr, j'ai beaucoup d'affection pour elle. . . Je vais parler avec ma mère, la rassurer sur le compte de Françoise. Et puis je vais réfléchir un moment, et je vous rappelle dans un quart d'heure. »

Philippe s'est retourné vers les deux femmes tremblantes. Sa mère s'essuyait les yeux. Lisa était atterrée. Philippe est venu à elle, lui a pris la main. Mais elle s'est dégagée, et s'est levée:

« Philippe, a-t-elle dit, il n'y a pas besoin de réfléchir. Allez près de Françoise tout de suite. Il n'y a rien d'autre à faire. »

La clinique: C'est l'équivalent, en France du *hospital* aux États-Unis. (Par contre, un *hôpital* est approximativement l'équivalent de la *clinic* aux États-Unis.)

Questions

Répondez sans reproduire le texte.

1. Comment les amis de Philippe prononçaient-ils le nom de Lisa? Qu'est-ce que cette prononciation semblait symboliser pour Lisa?
2. Qu'est-ce que le boulevard Saint-Michel? Où se trouve-t-il à Paris? Quelle foule y voit-on?
3. Qu'est-ce que Lisa pensait, en passant devant le Café des Deux-Magots?
4. Pourquoi ni Françoise, ni ses parents n'étaient-ils à la réception de Mme Audibert, d'après Philippe?
5. Philippe a raconté à Françoise toute son idylle avec Lisa! Quelles sont sans doute les émotions de la pauvre Françoise? Et que pensez-vous de Philippe? Cet épisode est-il exagéré, ou au contraire, connaissez-vous des gens comme Philippe?
6. Pourquoi la conversation a-t-elle laissé Lisa vaguement déprimée?
7. Que vendent les bouquinistes? Et qu'est-ce que Philippe et Lisa ont acheté?
8. Tragédie! Qu'est-ce que Françoise a fait?
9. Françoise va-t-elle mourir?
10. Quelle est l'attitude de Philippe? A-t-il raison ou tort? Et qu'est-ce que Lisa lui demande de faire? A-t-elle raison ou tort?

Répondez dans l'esprit du texte mais avec imagination

1. *La vieille Mme de Saint-André:* Mais où est Françoise? C'est la première fois que je ne la vois pas chez les Audibert! Où est-elle, Philippe?
   Philippe: . . .

2. *Une dame:* Mais qui est cette jeune personne qui danse toutes les danses avec Philippe?
   Mme Audibert: . . .

3. *Lisa:* Philippe, je ne suis pas *Mademoiselle Stévins*, et je ne suis pas *Mme Audibert* non plus. C'est une erreur terrible . . .
   Philippe (très amoureux): . . .

4. *Lisa:* Philippe, il y a quelque chose de bizarre . . . Quand avez-vous vu Françoise pour la dernière fois?
   Philippe: . . .

5. *Lisa*: De quoi avez-vous parlé?
   Philippe (évasif): . . .

6. *Philippe*: Aimez-vous ces gravures de guerre? Lesquelles préférez-vous?
   Lisa: . . .

7. *Mme Audibert (les yeux rouges, son mouchoir à la main):* Oh, c'est terrible, terrible, la pauvre Françoise!
   Lisa et Philippe: . . .

8. *Mme Le Monnier*: Docteur, est-ce que ma fille est morte?
   Le docteur: . . .

9. *Philippe (au téléphone)*: Allô, Mme Le Monnier? Françoise ne veut pas me voir? Alors, pourquoi voulez-vous que je vienne?
   Mme Le Monnier: . . .

10. *Philippe (à Lisa):* Voulez-vous venir en Normandie avec moi?
    Lisa (indignée): . . .

> *Il n'y a pas de texte littéraire dans ce dernier chapitre, à cause de l'importante composition qui suit.*

COMPOSITION ÉCRITE

(À COMPTER COMME IMPORTANTE PARTIE DE VOTRE EXAMEN FINAL)

VOUS FINISSEZ L'HISTOIRE DE **EN FRANÇAIS MON AMOUR**

Vous avez lu onze chapitres de cette histoire. Vous connaissez bien les personnages et leur situation. Maintenant, vous écrivez le dernier chapitre et vous terminez cette histoire comme vous voulez.

Ce dernier chapitre sera peut-être simplement un chapitre comme ceux que vous avez lus. Mais il peut aussi être une lettre écrite par Lisa, Philippe, Jacques, Françoise, à qui?

Votre composition sera longue de 400 mots environ. Vous exposerez non seulement les événements qui forment la fin de l'histoire, mais aussi les causes de ces événements, les sentiments des personnages, et votre propre conclusion, si une conclusion vous semble nécessaire.

EMPLOYEZ UN VOCABULAIRE ET UNE GRAMMAIRE RICHES ET VARIÉS ET MONTREZ LA QUALITÉ DU FRANÇAIS QUE VOUS AVEZ APPRIS DANS CE COURS.

(Quelques possiblités: Lisa retourne aux États-Unis et. . . ?
Elle part pour la Provence rejoindre Jacques et. . . ?
Elle épouse Philippe et. . . ?
Rien de tout cela. Alors quoi?

Mettez-vous à la place de votre personnage favori et terminez l'histoire comme il / elle le désire.)

La fin de l'histoire de Lisa, En français, mon amour. *Comment interprétez-vous cette photo?*

Les Verbes Réguliers et Irréguliers

Liste des modèles des verbes réguliers et des verbes irréguliers fréquemment employés

appendice

VERBES AUXILIAIRES

	Présent	Imparfait	Passé simple (littéraire)
AVOIR (to have)	ai	avais	eus
participe présent: **ayant**	as	avais	eus
participe passé: **eu**	a	avait	eut
	avons	avions	eûmes
	avez	aviez	eûtes
	ont	avaient	eurent
ÊTRE (to be)	suis	étais	fus
participe présent: **étant**	es	étais	fus
participe passé: **été**	est	était	fut
	sommes	étions	fûmes
	êtes	étiez	fûtes
	sont	étaient	furent

-ER

VERBES DU PREMIER GROUPE (VERBES EN -er)

PARLER (to speak)[1]	parl e	parl ais	parl ai
participe présent: **parlant**	parl es	parl ais	parl as
participe passé: **parlé**	parl e	parl ait	parl a
	parl ons	parl ions	parl âmes
	parl ez	parl iez	parl âtes
	parl ent	parl aient	parl èrent
ALLER (to go)	vais	allais	allai
participe présent: **allant**	vas	allais	allas
participe passé: **allé**	va	allait	alla
	allons	allions	allâmes
	allez	alliez	allâtes
	vont	allaient	allèrent
ENVOYER (to send)	envoie	envoyais	envoyai
participe présent: **envoyant**	envoies	envoyais	envoyas
participe passé: **envoyé**	envoie	envoyait	envoya
	envoyons	envoyions	envoyâmes
	envoyez	envoyiez	envoyâtes
	envoient	envoyaient	envoyèrent
MENER (to lead)	mène	menais	menai
participe présent: **menant**	mènes	menais	menas
participe passé: **mené**	mène	menait	mena
	menons	menions	menâmes
	menez	meniez	menâtes
	mènent	menaient	menèrent

[1] Modèle des verbes réguliers de ce groupe

PASSÉ COMPOSÉ		FUTUR	CONDITIONNEL	IMPÉRATIF	SUBJONCTIF PRÉSENT	IMPARFAIT DU SUBJONCTIF (littéraire)
ai	eu	aurai	aurais		aie	eusse
as	eu	auras	aurais	aie	aies	eusses
a	eu	aura	aurait		ait	eût
avons	eu	aurons	aurions	ayons	ayons	eussions
avez	eu	aurez	auriez	ayez	ayez	eussiez
ont	eu	auront	auraient		aient	eussent
ai	été	serai	serais		sois	fusse
as	été	seras	serais	sois	sois	fusses
a	été	sera	serait		soit	fût
avons	été	serons	serions	soyons	soyons	fussions
avez	été	serez	seriez	soyez	soyez	fussiez
ont	été	seront	seraient		soient	fussent

PASSÉ COMPOSÉ		FUTUR	CONDITIONNEL	IMPÉRATIF	SUBJONCTIF PRÉSENT	IMPARFAIT DU SUBJONCTIF
ai	parlé	parler ai	parler ais		parl e	parl asse
as	parlé	parler as	parler ais	parl e	parl es	parl asses
a	parlé	parler a	parler ait		parl e	parl ât
avons	parlé	parler ons	parler ions	parl ons	parl ions	parl assions
avez	parlé	parler ez	parler iez	parl ez	parl iez	parl assiez
ont	parlé	parler ont	parler aient		parl ent	parl assent
suis	allé(e)	irai	irais		aille	allasse
es	allé(e)	iras	irais	va	ailles	allasses
est	allé(e)	ira	irait		aille	allât
sommes	allé(e)s	irons	irions	allons	allions	allassions
êtes	allé(e)s	irez	iriez	allez	alliez	allassiez
sont	allé(e)s	iront	iraient		aillent	allassent
ai	envoyé	enverrai	enverrais		envoie	envoyasse
as	envoyé	enverras	enverrais	envoie	envoies	envoyasses
a	envoyé	enverra	enverrait		envoie	envoyât
avons	envoyé	enverrons	enverrions	envoyons	envoyions	envoyassions
avez	envoyé	enverrez	enverriez	envoyez	envoyiez	envoyassiez
ont	envoyé	enverront	enverraient		envoient	envoyassent
ai	mené	mènerai	mènerais		mène	menasse
as	mené	mèneras	mènerais	mène	mènes	menasses
a	mené	mènera	mènerait		mène	menât
avons	mené	mènerons	mènerions	menons	menions	menassions
avez	mené	mènerez	mèneriez	menez	meniez	menassiez
ont	mené	mèneront	mèneraient		mènent	menassent

	Présent	Imparfait	Passé simple (littéraire)
APPELER (to call)	appelle	appelais	appelai
participe présent: **appelant**	appelles	appelais	appelas
participe passé: **appelé**	appelle	appelait	appela
	appelons	appelions	appelâmes
	appelez	appeliez	appelâtes
	appellent	appelaient	appelèrent
JETER (to throw)	jette	jetais	jetai
participe présent: **jetant**			
participe passé: **jeté**			

-IR

VERBES DU DEUXIÈME GROUPE (VERBES EN -ir)

	Présent	Imparfait	Passé simple
FINIR (to finish)[2]	fin is	fin issais	fin is
participe présent: **finissant**	fin is	fin issais	fin is
participe passé: **fini**	fin it	fin issait	fin it
	fin issons	fin issions	fin îmes
	fin issez	fin issiez	fin îtes
	fin issent	fin issaient	fin irent
COURIR (to run)	cours	courais	courus
participe présent: **courant**	cours	courais	courus
participe passé: **couru**	court	courait	courut
	courons	courions	courûmes
	courez	couriez	courûtes
	courent	couraient	coururent
DORMIR (to sleep)	dors	dormais	dormis
participe présent: **dormant**	dors	dormais	dormis
participe passé: **dormi**	dort	dormait	dormit
	dormons	dormions	dormîmes
	dormez	dormiez	dormîtes
	dorment	dormaient	dormirent

		Présent	Imparfait	Passé simple
SENTIR (to smell)	**sentant**	sens	sentais	sentis
SERVIR (to serve)	**servant**	sers	servais	servis
SORTIR (to go out)	**sortant**	sors	sortais	sortis
PARTIR (to leave)	**partant**	pars	partais	partis
MENTIR (to lie)	**mentant**	mens	mentais	mentis
BOUILLIR (to boil)	**bouillant**	bous	bouillais	bouillis

[2] Modèle des verbes réguliers de ce groupe

Passé composé		Futur	Conditionnel	Impératif	Subjonctif présent	Imparfait du subjonctif (littéraire)
ai	appelé	appellerai	appellerais		appelle	appelasse
as	appelé	appelleras	appellerais	appelle	appelles	appelasses
a	appelé	appellera	appellerait		appelle	appelât
avons	appelé	appellerons	appellerions	appelons	appelions	appelassions
avez	appelé	appellerez	appelleriez	appelez	appeliez	appelassiez
ont	appelé	appelleront	appelleraient		appellent	appelassent
ai	jeté	jetterai	jetterais	jette	jette	jetasse

ai	fini	finir ai	finir ais		fin isse	fin isse
as	fini	finir as	finir ais	fin is	fin isses	fin isses
a	fini	finir a	finir ait		fin isse	fin ît
avons	fini	finir ons	finir ions	fin issons	fin issions	fin issions
avez	fini	finir ez	finir iez	fin issez	fin issiez	fin issiez
ont	fini	finir ont	finir aient		fin issent	fin issent
ai	couru	courrai	courrais		coure	courusse
as	couru	courras	courrais	cours	coures	courusses
a	couru	courra	courrait		coure	courût
avons	couru	courrons	courrions	courons	courions	courussions
avez	couru	courrez	courriez	courez	couriez	courussiez
ont	couru	courront	courraient		courent	courussent
ai	dormi	dormirai	dormirais		dorme	dormisse
as	dormi	dormiras	dormirais	dors	dormes	dormisses
a	dormi	dormira	dormirait		dorme	dormît
avons	dormi	dormirons	dormirions	dormons	dormions	dormissions
avez	dormi	dormirez	dormiriez	dormez	dormiez	dormissiez
ont	dormi	dormiront	dormiraient		dorment	dormissent
ai	senti	sentirai	sentirais	sens	sente	sentisse
ai	servi	servirai	servirais	sers	serve	servisse
suis	sorti(e)	sortirai	sortirais	sors	sorte	sortisse
suis	parti(e)	partirai	partirais	pars	parte	partisse
ai	menti	mentirai	mentirais	mens	mente	mentisse
ai	bouilli	bouillirai	bouillirais	bous	bouille	bouilllisse

	Présent	Imparfait	Passé simple (littéraire)
MOURIR (to die)	meurs	mourais	mourus
participe présent: **mourant**	meurs	mourais	mourus
participe passé: **mort**	meurt	mourait	mourut
	mourons	mourions	mourûmes
	mourez	mouriez	mourûtes
	meurent	mouraient	moururent
HAÏR (to hate)	hais	haïssais	haïs
participe présent: **haïssant**	hais	haïssais	haïs
participe passé: **haï**	hait	haïssait	haït
	haïssons	haïssions	haïmes
	haïssez	haïssiez	haïtes
	haïssent	haïssaient	haïrent
OUVRIR (to open)	ouvre	ouvrais	ouvris
participe présent: **ouvrant**	ouvres	ouvrais	ouvris
participe passé: **ouvert**	ouvre	ouvrait	ouvrit
	ouvrons	ouvrions	ouvrîmes
	ouvrez	ouvriez	ouvrîtes
	ouvrent	ouvraient	ouvrirent
OFFRIR (to offer)	offre	offrais	offris
participe présent: **offrant**			
participe passé: **offert**			
SOUFFRIR (to suffer)	souffre	souffrais	souffris
participe présent: **souffrant**			
participe passé: **souffert**			
VENIR (to come)	viens	venais	vins
participe présent: **venant**	viens	venais	vins
participe passé: **venu**	vient	venait	vint
	venons	venions	vînmes
	venez	veniez	vîntes
	viennent	venaient	vinrent
TENIR (to hold)	tiens	tenais	tins
participe présent: **tenant**			
participe passé: **tenu**			
FAILLIR (to almost do something)			faillis
participe passé: **failli**			faillis
			faillit
			faillîmes
			faillîtes
			faillirent
CUEILLIR (to pick)	cueille	cueillais	cueillis
participe présent: **cueillant**	cueilles	cueillais	cueillis
participe passé: **cueilli**	cueille	cueillait	cueillit
	cueillons	cueillions	cueillîmes
	cueillez	cueilliez	cueillîtes
	cueillent	cueillaient	cueillirent

Passé composé		Futur	Conditionnel	Impératif	Subjonctif présent	Imparfait du subjonctif (littéraire)
suis	mort(e)	mourrai	mourrais		meure	mourusse
es	mort(e)	mourras	mourrais	meurs	meures	mourusses
est	mort(e)	mourra	mourrait		meure	mourût
sommes	mort(e)s	mourrons	mourrions	mourons	mourions	mourussions
êtes	mort(e)s	mourrez	mourriez	mourez	mouriez	mourussiez
sont	mort(e)s	mourront	mourraient		meurent	mourussent
ai	haï	haïrai	haïrais		haïsse	haïsse
as	haï	haïras	haïrais	haïs	haïsses	haïsses
a	haï	haïra	haïrait		haïsse	haït
avons	haï	haïrons	haïrions	haïssons	haïssions	haïssions
avez	haï	haïrez	haïriez	haïssez	haïssiez	haïssiez
ont	haï	haïront	haïraient		haïssent	haïssent
ai	ouvert	ouvrirai	ouvrirais		ouvre	ouvrisse
as	ouvert	ouvriras	ouvrirais	ouvre	ouvres	ouvrisses
a	ouvert	ouvrira	ouvrirait		ouvre	ouvrît
avons	ouvert	ouvrirons	ouvririons	ouvrons	ouvrions	ouvrissions
avez	ouvert	ouvrirez	ouvririez	ouvrez	ouvriez	ouvrissiez
ont	ouvert	ouvriront	ouvriraient		ouvrent	ouvrissent
ai	offert	offrirai	offrirais	offre	offre	offrisse
ai	souffert	souffrirai	souffrirais	souffre	souffre	souffrisse
suis	venu(e)	viendrai	viendrais		vienne	vinsse
es	venu(e)	viendras	viendrais	viens	viennes	vinsses
est	venu(e)	viendra	viendrait		vienne	vînt
sommes	venu(e)s	viendrons	viendrions	venons	venions	vinssions
êtes	venu(e)s	viendrez	viendriez	venez	veniez	vinssiez
sont	venu(e)s	viendront	viendraient		viennent	vinssent
ai	tenu	tiendrai	tiendrais	tiens	tienne	tinsse
ai	failli	faillirai	faillirais		faille	faillisse
as	failli	failliras	faillirais		failles	faillisses
a	failli	faillira	faillirait		faille	faillît
avons	failli	faillirons	faillirions		faillions	faillissions
avez	failli	faillirez	failliriez		failliez	faillissiez
ont	failli	failliront	failliraient		faillent	faillissent
ai	cueilli	cueillerai	cueillerais		cueille	cueillisse
as	cueilli	cueilleras	cueillerais	cueille	cueilles	cueillisses
a	cueilli	cueillera	cueillerait		cueille	cueillît
avons	cueilli	cueillerons	cueillerions	cueillons	cueillions	cueillissions
avez	cueilli	cueillerez	cueilleriez	cueillez	cueilliez	cueillissiez
ont	cueilli	cueilleront	cueilleraient		cueillent	cueillissent

	PRÉSENT	IMPARFAIT	PASSÉ SIMPLE *(littéraire)*
S'ENFUIR *(to flee)*	enfuis	enfuyais	enfuis
participe présent: **s'enfuyant**	enfuis	enfuyais	enfuis
participe passé: **enfui**	enfuit	enfuyait	enfuit
	enfuyons	enfuyions	enfuîmes
	enfuyez	enfuyiez	enfuîtes
	enfuient	enfuyaient	enfuirent
ACQUÉRIR *(to acquire)*	acquiers	acquérais	acquis
participe présent: **acquérant**	acquiers	acquérais	acquis
participe passé: **acquis**	acquiert	acquérait	acquit
	acquérons	acquérions	acquîmes
	acquérez	acquériez	acquîtes
	acquièrent	acquéraient	acquirent

-IRE

VERBES EN -IRE

	PRÉSENT	IMPARFAIT	PASSÉ SIMPLE *(littéraire)*
DIRE[3] *(to say)*	dis	disais	dis
participe présent: **disant**	dis	disais	dis
participe passé: **dit**	dit	disait	dit
	disons	disions	dîmes
	dites	disiez	dîtes
	disent	disaient	dirent
LIRE *(to read)*	lis	lisais	lus
participe présent: **lisant**	lis	lisais	lus
participe passé: **lu**	lit	lisait	lut
	lisons	lisions	lûmes
	lisez	lisiez	lûtes
	lisent	lisaient	lurent
FAIRE *(to do, to make)*	fais	faisais	fis
participe présent: **faisant**	fais	faisais	fis
participe passé: **fait**	fait	faisait	fit
	faisons	faisions	fîmes
	faites	faisiez	fîtes
	font	faisaient	firent
PLAIRE *(to please)*	plais	plaisais	plus
participe présent: **plaisant**	plais	plaisais	plus
participe passé: **plu**	plait	plaisait	plut
	plaisons	plaisions	plûmes
	plaisez	plaisiez	plûtes
	plaisent	plaisaient	plurent

[3] Ces verbes font partie de la troisième conjugaison, mais ils ressemblent aux verbes en **ir**. Ils sont tous irréguliers.

Passé composé		Futur	Conditionnel	Impératif	Subjonctif présent	Imparfait du subjonctif (littéraire)
suis	enfui(e)	enfuirai	enfuirais		enfuie	enfuisse
es	enfui(e)	enfuiras	enfuirais	enfuis-toi	enfuies	enfuisses
est	enfui(e)	enfuira	enfuirait	enfuyons-nous	enfuie	enfuît
sommes	enfui(e)s	enfuirons	enfuirions	enfuyez-vous	enfuyions	enfuissions
êtes	enfui(e)s	enfuirez	enfuiriez		enfuyiez	enfuissiez
sont	enfui(e)s	enfuiront	enfuiraient		enfuient	enfuissent
ai	acquis	acquerrai	acquerrais		acquière	acquisse
as	acquis	acquerras	acquerrais	acquiers	acquières	acquisses
a	acquis	acquerra	acquerrait		acquière	acquît
avons	acquis	acquerrons	acquerrions	acquérons	acquérions	acquissions
avez	acquis	acquerrez	acquerriez	acquérez	acquériez	acquissiez
ont	acquis	acquerront	acquerraient		acquièrent	acquissent
ai	dit	dirai	dirais		dise	disse
as	dit	diras	dirais	dis	dises	disses
a	dit	dira	dirait		dise	dît
avons	dit	dirons	dirions	disons	disions	dissions
avez	dit	direz	diriez	dites	disiez	dissiez
ont	dit	diront	diraient		disent	dissent
ai	lu	lirai	lirais		lise	lusse
as	lu	liras	lirais	lis	lises	lusses
a	lu	lira	lirait		lise	lût
avons	lu	lirons	lirions	lisons	lisions	lussions
avez	lu	lirez	liriez	lisez	lisiez	lussiez
ont	lu	liront	liraient		lisent	lussent
ai	fait	ferai	ferais		fasse	fisse
as	fait	feras	ferais	fais	fasses	fisses
a	fait	fera	ferait		fasse	fît
avons	fait	ferons	ferions	faisons	fassions	fissions
avez	fait	ferez	feriez	faites	fassiez	fissiez
ont	fait	feront	feraient		fassent	fissent
ai	plu	plairai	plairais		plaise	plusse
as	plu	plairas	plairais	plais	plaises	plusses
a	plu	plaira	plairait		plaise	plût
avons	plu	plairons	plairions	plaisons	plaisions	plussions
avez	plu	plairez	plairiez	plaisez	plaisiez	plussiez
ont	plu	plairont	plairaient		plaisent	plussent

	Présent	Imparfait	Passé simple (littéraire)
CONDUIRE (to drive)	conduis	conduisais	conduisis
participe présent: **conduisant**	conduis	conduisais	conduisis
participe passé: **conduit**	conduit	conduisait	conduisit
	conduisons	conduisions	conduisîmes
	conduisez	conduisiez	conduisîtes
	conduisent	conduisaient	conduisirent
RIRE (to laugh)	ris	riais	ris
participe présent: **riant**	ris	riais	ris
participe passé: **ri**	rit	riait	rit
	rions	riions	rîmes
	riez	riiez	rîtes
	rient	riaient	rirent
ÉCRIRE (to write)	écris	écrivais	écrivis
participe présent: **écrivant**	écris	écrivais	écrivis
participe passé: **écrit**	écrit	écrivait	écrivit
	écrivons	écrivions	écrivîmes
	écrivez	écriviez	écrivîtes
	écrivent	écrivaient	écrivirent

VERBES DU TROISIÈME GROUPE (VERBES EN -re)

	Présent	Imparfait	Passé simple
RENDRE[4] (to return)	rend s	rend ais	rend is
participe présent: **rendant**	rend s	rend ais	rend is
participe passé: **rendu**	rend	rend ait	rend it
	rend ons	rend ions	rend îmes
	rend ez	rend iez	rend îtes
	rend ent	rend aient	rend irent
PRENDRE (to take)	prends	prenais	pris
participe présent: **prenant**	prends	prenais	pris
participe passé: **pris**	prend	prenait	prit
	prenons	prenions	prîmes
	prenez	preniez	prîtes
	prennent	prenaient	prirent
SUIVRE (to follow)	suis	suivais	suivis
participe présent: **suivant**	suis	suivais	suivis
participe passé: **suivi**	suit	suivait	suivit
	suivons	suivions	suivîmes
	suivez	suiviez	suivîtes
	suivent	suivaient	suivirent

[4] Modèle des verbes réguliers de ce groupe.

Passé composé		Futur	Conditionnel	Impératif	Subjonctif présent	Imparfait du subjonctif (littéraire)
ai	conduit	conduirai	conduirais		conduise	conduisisse
as	conduit	conduiras	conduirais	conduis	conduises	conduisisses
a	conduit	conduira	conduirait		conduise	conduisît
avons	conduit	conduirons	conduirions	conduisons	conduisions	conduisissions
avez	conduit	conduirez	conduiriez	conduisez	conduisiez	conduisissiez
ont	conduit	conduiront	conduiraient		conduisent	conduisissent
ai	ri	rirai	rirais		rie	risse
as	ri	riras	rirais	ris	ries	risses
a	ri	rira	rirait		rie	rît
avons	ri	rirons	ririons	rions	riions	rissions
avez	ri	rirez	ririez	riez	riiez	rissiez
ont	ri	riront	riraient		rient	rissent
ai	écrit	écrirai	écrirais		écrive	écrivisse
as	écrit	écriras	écrirais	écris	écrives	écrivisses
a	écrit	écrira	écrirait		écrive	écrivît
avons	écrit	écrirons	écririons	écrivons	écrivions	écrivissions
avez	écrit	écrirez	écririez	écrivez	écriviez	écrivissiez
ont	écrit	écriront	écriraient		écrivent	écrivissent
ai	rendu	rendr ai	rendr ais		rend e	rend isse
as	rendu	rendr as	rendr ais	rend s	rend es	rend isses
a	rendu	rendr a	rendr ait		rend e	rend ît
avons	rendu	rendr ons	rendr ions	rend ons	rend ions	rend issions
avez	rendu	rendr ez	rendr iez	rend ez	rend iez	rend issiez
ont	rendu	rendr ont	rendr aient		rend ent	rend issent
ai	pris	prendrai	prendrais		prenne	prisse
as	pris	prendras	prendrais	prends	prennes	prisse
a	pris	prendra	prendrait		prenne	prît
avons	pris	prendrons	prendrions	prenons	prenions	prissions
avez	pris	prendrez	prendriez	prenez	preniez	prissiez
ont	pris	prendront	prendraient		prennent	prissent
ai	suivi	suivrai	suivrais		suive	suivisse
as	suivi	suivras	suivrais	suis	suives	suivisses
a	suivi	suivra	suivrait		suive	suivît
avons	suivi	suivrons	suivrions	suivons	suivions	suivissions
avez	suivi	suivrez	suivriez	suivez	suiviez	suivissiez
ont	suivi	suivront	suivraient		suivent	suivissent

	Présent	Imparfait	Passé simple (littéraire)
METTRE (to put)	mets	mettais	mis
participe présent: **mettant**	mets	mettais	mis
participe passé: **mis**	met	mettait	mit
	mettons	mettions	mîmes
	mettez	mettiez	mîtes
	mettent	mettaient	mirent
CONNAÎTRE (to be acquainted with)	connais	connaissais	connus
participe présent: **connaissant**	connais	connaissais	connus
participe passé: **connu**	connaît	connaissait	connut
	connaissons	connaissions	connûmes
	connaissez	connaissiez	connûtes
	connaissent	connaissaient	connurent
PARAÎTRE (to seem)	parais	paraissais	parus
participe présent: **paraissant**			
participe passé: **paru**			
NAÎTRE (to be born)	nais	naissais	naquis
participe présent: **naissant**			
participe passé: **né**			
VIVRE (to live)	vis	vivais	vécus
participe présent: **vivant**	vis	vivais	vécus
participe passé: **vécu**	vit	vivait	vécut
	vivons	vivions	vécûmes
	vivez	viviez	vécûtes
	vivent	vivaient	vécurent
BATTRE (to beat)	bats	battais	battis
participe présent: **battant**	bats	battais	battis
participe passé: **battu**	bat	battait	battit
	battons	battions	battîmes
	battez	battiez	battîtes
	battent	battaient	battirent
RÉSOUDRE (to solve)	résous	résolvais	résolus
participe présent: **résolvant**	résous	résolvais	résolus
participe passé: **résolu**	résout	résolvait	résolut
	résolvons	résolvions	résolûmes
	résolvez	résolviez	résolûtes
	résolvent	résolvaient	résolurent
COUDRE (to sew)	couds	cousais	cousis
participe présent: **cousant**	couds	cousais	cousis
participe passé: **cousu**	coud	cousait	cousit
	cousons	cousions	cousîmes
	cousez	cousiez	cousîtes
	cousent	cousaient	cousirent

PASSÉ COMPOSÉ		FUTUR	CONDITIONNEL	IMPÉRATIF	SUBJONCTIF PRÉSENT	IMPARFAIT DU SUBJONCTIF (littéraire)
ai	mis	mettrai	mettrais		mette	misse
as	mis	mettras	mettrais	mets	mettes	misses
a	mis	mettra	mettrait		mette	mît
avons	mis	mettrons	mettrions	mettons	mettions	missions
avez	mis	mettrez	mettriez	mettez	mettiez	missiez
ont	mis	mettront	mettraient		mettent	missent
ai	connu	connaîtrai	connaîtrais		connaisse	connusse
as	connu	connaîtras	connaîtrais	connais	connaisses	connusses
a	connu	connaîtra	connaîtrait		connaisse	connût
avons	connu	connaîtrons	connaîtrions	connaissons	connaissions	connussions
avez	connu	connaîtrez	connaîtriez	connaissez	connaissiez	connussiez
ont	connu	connaîtront	connaîtraient		connaissent	connussent
ai	paru	paraîtrai	paraîtrais	parais	paraisse	parusse
suis	né(e)	naîtrai	naîtrais	nais	naisse	naquisse
ai	vécu	vivrai	vivrais		vive	vécusse
as	vécu	vivras	vivrais	vis	vives	vécusses
a	vécu	vivra	vivrait		vive	vécût
avons	vécu	vivrons	vivrions	vivons	vivions	vécussions
avez	vécu	vivrez	vivriez	vivez	viviez	vécussiez
ont	vécu	vivront	vivraient		vivent	vécussent
ai	battu	battrai	battrais		batte	battisse
as	battu	battras	battrais	bats	battes	battisses
a	battu	battra	battrait		batte	battît
avons	battu	battrons	battrions	battons	battions	battissions
avez	battu	battrez	battriez	battez	battiez	battissiez
ont	battu	battront	battraient		battent	battissent
ai	résolu	résoudrai	résoudrais		résolve	résolusse
as	résolu	résoudras	résoudrais	résous	résolves	résolusses
a	résolu	résoudra	résoudrait		résolve	résolût
avons	résolu	résoudrons	résoudrions	résolvons	résolvions	résolussions
avez	résolu	résoudrez	résoudriez	résolvez	résolviez	résolussiez
ont	résolu	résoudront	résoudraient		résolvent	résolussent
ai	cousu	coudrai	coudrais		couse	cousisse
as	cousu	coudras	coudrais	couds	couses	cousisses
a	cousu	coudra	coudrait		couse	cousît
avons	cousu	coudrons	coudrions	cousons	cousions	cousissions
avez	cousu	coudrez	coudriez	cousez	cousiez	cousissiez
ont	cousu	coudront	coudraient		cousent	cousissent

	PRÉSENT	IMPARFAIT	PASSÉ SIMPLE *(littéraire)*
CRAINDRE *(to fear)*	crains	craignais	craignis
participe présent: **craignant**	crains	craignais	craignis
participe passé: **craint**	craint	craignait	craignit
	craignons	craignions	craignîmes
	craignez	craigniez	craignîtes
	craignent	craignaient	craignirent
PEINDRE *(to paint)*	peins	peignais	peignis
participe présent: **peignant**			
participe passé: **peint**			
VAINCRE *(to defeat)*	vaincs	vainquais	vainquis
participe présent: **vainquant**	vaincs	vainquais	vainquis
participe passé: **vaincu**	vainc	vainquait	vainquit
	vainquons	vainquions	vainquîmes
	vainquez	vainquiez	vainquîtes
	vainquent	vainquaient	vainquirent
CONVAINCRE *(to convince)*	convaincs	convainquais	convainquis
participe présent: **convainquant**			
participe passé: **convaincu**			
CROIRE *(to believe)*	crois	croyais	crus
participe présent: **croyant**	crois	croyais	crus
participe passé: **cru**	croit	croyait	crut
	croyons	croyions	crûmes
	croyez	croyiez	crûtes
	croient	croyaient	crurent
BOIRE *(to drink)*	bois	buvais	bus
participe présent: **buvant**	bois	buvais	bus
participe passé: **bu**	boit	buvait	but
	buvons	buvions	bûmes
	buvez	buviez	bûtes
	boivent	buvaient	burent
CONCLURE *(to conclude)*	conclus	concluais	conclus
participe présent: **concluant**	conclus	concluais	conclus
participe passé: **conclu**	conclut	concluait	conclut
	concluons	concluions	conclûmes
	concluez	concluiez	conclûtes
	concluent	concluaient	conclurent
INCLURE *(to include)*	inclus	incluais	inclus
participe présent: **incluant**			
participe passé: **inclus**			

Passé composé		Futur	Conditionnel	Impératif	Subjonctif présent	Imparfait du subjonctif (littéraire)
ai	craint	craindrai	craindrais		craigne	craignisse
as	craint	craindras	craindrais	crains	craignes	craignisses
a	craint	craindra	craindrait		craigne	craignît
avons	craint	craindrons	craindrions	craignons	craignions	craignissions
avez	craint	craindrez	craindriez	craignez	craigniez	craignissiez
ont	craint	craindront	craindraient		craignent	craignissent
ai	peint	peindrai	peindrais	peins	peigne	peignisse
ai	vaincu	vaincrai	vaincrais		vainque	vainquisse
as	vaincu	vaincras	vaincrais	vaincs	vainques	vainquisses
a	vaincu	vaincra	vaincrait		vainque	vainquît
avons	vaincu	vaincrons	vaincrions	vainquons	vainquions	vainquissions
avez	vaincu	vaincrez	vaincriez	vainquez	vainquiez	vainquissiez
ont	vaincu	vaincront	vaincraient		vainquent	vainquissent
ai	convaincu	convaincrai	convaincrais	convaincs	convainque	convainquisse
ai	cru	croirai	croirais		croie	crusse
as	cru	croiras	croirais	crois	croies	crusses
a	cru	croira	croirait		croie	crût
avons	cru	croirons	croirions	croyons	croyions	crussions
avez	cru	croirez	croiriez	croyez	croyiez	crussiez
ont	cru	croiront	croiraient		croient	crussent
ai	bu	boirai	boirais		boive	busse
as	bu	boiras	boirais	bois	boives	busses
a	bu	boira	boirait		boive	bût
avons	bu	boirons	boirions	buvons	buvions	bussions
avez	bu	boirez	boiriez	buvez	buviez	bussiez
ont	bu	boiront	boiraient		boivent	bussent
ai	conclu	conclurai	conclurais		conclue	conclusse
as	conclu	concluras	conclurais	conclus	conclues	conclusses
a	conclu	conclura	conclurait		conclue	conclût
avons	conclu	conclurons	conclurions	concluons	concluions	conclussions
avez	conclu	conclurez	concluriez	concluez	concluiez	conclussiez
ont	conclu	concluront	concluraient		concluent	conclussent
ai	inclus	inclurai	inclurais	inclus	inclue	inclusse

-OIR

VERBES IRRÉGULIERS AVEC LA TERMINAISON -OIR

	Présent	Imparfait	Passé simple (littéraire)
RECEVOIR (to receive) participe présent: **recevant** participe passé: **reçu**	reçois reçois reçoit recevons recevez reçoivent	recevais recevais recevait recevions receviez recevaient	reçus reçus reçut reçûmes reçûtes reçurent
SAVOIR (to know) participe présent: **sachant** participe passé: **su**	sais sais sait savons savez savent	savais savais savait savions saviez savaient	sus sus sut sûmes sûtes surent
POUVOIR (can, to be able to, may) participe présent: **pouvant** participe passé: **pu**	peux peux peut pouvons pouvez peuvent	pouvais pouvais pouvait pouvions pouviez pouvaient	pus pus put pûmes pûtes purent
VOULOIR (to want) participe présent: **voulant** participe passé: **voulu**	veux voulons	voulais	voulus
VALOIR (to be worth) participe présent: **valant** participe passé: **valu**	vaux vaux vaut valons valez valent	valais valais valait valions valiez valaient	valus valus valut valûmes valûtes valurent
DEVOIR (to owe, to be supposed to) participe présent: **devant** participe passé: **dû**	dois dois doit devons devez doivent	devais devais devait devions deviez devaient	dus dus dut dûmes dûtes durent
VOIR (to see) participe présent: **voyant** participe passé: **vu**	vois vois voit voyons voyez voient	voyais voyais voyait voyions voyiez voyaient	vis vis vit vîmes vîtes virent

Passé composé		Futur	Conditionnel	Impératif	Subjonctif présent	Imparfait du subjonctif (littéraire)
ai	reçu	recevrai	recevrais	reçois	reçoive	reçusse
as	reçu	recevras	recevrais		reçoives	reçusses
a	reçu	recevra	recevrait		reçoive	reçût
avons	reçu	recevrons	recevrions	recevons	recevions	reçussions
avez	reçu	recevrez	recevriez	recevez	receviez	reçussiez
ont	reçu	recevront	recevraient		reçoivent	reçussent
ai	su	saurai	saurais		sache	susse
as	su	sauras	saurais	sache	saches	susses
a	su	saura	saurait		sache	sût
avons	su	saurons	saurions	sachons	sachions	sussions
avez	su	saurez	sauriez	sachez	sachiez	sussiez
ont	su	sauront	sauraient		sachent	sussent
ai	pu	pourrai	pourrais		puisse	pusse
as	pu	pourras	pourrais		puisses	pusses
a	pu	pourra	pourrait		puisse	pût
avons	pu	pourrons	pourrions		puissions	pussions
avez	pu	pourrez	pourriez		puissiez	pussiez
ont	pu	pourront	pourraient		puissent	pussent
ai	voulu	voudrai	voudrais		veuille	voulusse
					voulions	
ai	valu	vaudrai	vaudrais		vaille	valusse
as	valu	vaudras	vaudrais	vaux	vailles	valusses
a	valu	vaudra	vaudrait		vaille	valût
avons	valu	vaudrons	vaudrions	valons	valions	valussions
avez	valu	vaudrez	vaudriez	valez	valiez	valussiez
ont	valu	vaudront	vaudraient		vaillent	valussent
ai	dû	devrai	devrais		doive	dusse
as	dû	devras	devrais	dois	doives	dusses
a	dû	devra	devrait		doive	dût
avons	dû	devrons	devrions	devons	devions	dussions
avez	dû	devrez	devriez	devez	deviez	dussiez
ont	dû	devront	devraient		doivent	dussent
ai	vu	verrai	verrais		voie	visse
as	vu	verras	verrais	vois	voies	visses
a	vu	verra	verrait		voie	vît
avons	vu	verrons	verrions	voyons	voyions	vissions
avez	vu	verrez	verriez	voyez	voyiez	vissiez
ont	vu	verront	verraient		voient	vissent

	PRÉSENT	IMPARFAIT	PASSÉ SIMPLE *(littéraire)*
S'ASSEOIR *(to sit)*	assieds	asseyais	assis
participe présent: **asseyant**	assieds	asseyais	assis
participe passé: **assis**	assied	asseyait	assit
	asseyons	asseyions	assîmes
	asseyez	asseyiez	assîtes
	asseyent	asseyaient	assirent
FALLOIR *(to have to, must)*	faut	fallait	fallut
participe présent: —			
participe passé: **fallu**			
PLEUVOIR *(to rain)*	pleut	pleuvait	plut
participe présent: **pleuvant**			
participe passé: **plu**			

Texte original de **Zazie dans le métro** *par Raymond Queneau.* (*Reproduite à la requête des* Éditions Gallimard.)

. . . Zazie galope derrière.

«Tonton, qu'elle crie, on prend le métro?

—Non.

—Comment ça, non?»

Elle s'est arrêtée. Gabriel stoppe également, se retourne, pose la valoche et se met à espliquer:

«Bin oui: non. Aujourd'hui, pas moyen. Y a grève.

—Y a grève?

—Bin oui: y a grève. Le métro, ce moyen de transport éminemment parisien, s'est endormi sous terre, car les employés aux pinces perforantes ont cessé tout travail.

—Ah! les salauds, s'écrie Zazie, ah! les vaches. Me faire ça à moi.

—Y a pas qu'à toi qu'ils font ça, dit Gabriel parfaitement objectif.

—Jm'en fous. N'empêche que c'est à moi que ça arrive, moi qu'étais si heureuse, si contente et tout de m'aller voiturer dans lmétro. Sacrebleu, merde alors.

—Faut te faire une raison», dit Gabriel dont les propos se nuançaient parfois d'un thomisme légèrement kantien.

Et, passant sur le plan de la cosubjectivité, il ajouta:

«Et puis faut se grouiller: Charles attend.

—Oh! celle-là je la connais, s'esclama Zazie furieuse, je l'ai lue dans les Mémoires du général Vermot.

—Mais non, dit Gabriel, mais non, Charles, c'est un pote et il a un tac. Je nous le sommes réservé à cause de la grève précisément, son tac. T'as compris? En route.»

Il ressaisit la valoche d'une main et de l'autre il entraîna Zazie.

Charles effectivement attendait en lisant dans une feuille hebdomadaire la chronique des cœurs saignants. [. . .]

—Il est rien moche son bahut, dit Zazie.

—Monte, dit Gabriel, et sois pas snob.

—Snob mon cul, dit Zazie.

—Elle est marrante, ta petite nièce», dit Charles qui pousse la seringue et fait tourner le moulin.

D'une main légère mais puissante, Gabriel envoie Zazie s'asseoir au fond du tac, puis il s'installe à côté d'elle.

Zazie proteste.

«Tu m'écrases, qu'elle hurle, folle de rage.

—Ça promet», remarque succinctement Charles d'une voix paisible.

Il démarre.

On roule un peu, puis Gabriel montre le paysage d'un geste magnifique.

«Ah! Paris, qu'il profère d'un ton encourageant, quelle belle ville. Regarde-moi ça si c'est beau.

—Je m'en fous, dit Zazie, moi ce que j'aurais voulu c'est aller dans le métro.

—Le métro! beugle Gabriel, le métro!! mais le voilà!!!»

Et, du doigt, il désigne quelque chose en l'air.

Zazie fronce le sourcil. Essméfie.

«Le métro? qu'elle répète. Le métro, ajoute-t-elle avec mépris, le métro, c'est sous terre, le métro. Non mais.

—Çui-là, dit Gabriel, c'est l'aérien.

—Alors, c'est pas le métro.

—Je vais t'esspliquer, dit Gabriel. Quelquefois, il sort de terre et ensuite il y rerentre.

—Des histoires.»

Gabriel se sent impuissant (geste), puis, désireux de changer de conversation, il désigne de nouveau quelque chose sur leur chemin.

«Et ça! mugit-il, regarde!! le Panthéon!!!

—Qu'est-ce qu'il faut pas entendre», dit Charles sans se retourner.

Il conduisait lentement pour que la petite puisse voir les curiosités et s'instruise par-dessus le marché.

«C'est peut-être pas le Panthéon?» demande Gabriel.

Il y a quelque chose de narquois dans sa question.

«Non, dit Charles avec force. Non, non et non, c'est pas le Panthéon.

—Et qu'est-ce que ça serait alors d'après toi?»

La narquoiserie du ton devient presque offensante pour l'interlocuteur qui, d'ailleurs, s'empresse d'avouer sa défaite.

«J'en sais rien, dit Charles.

—Là. Tu vois.

Passé composé		Futur	Conditionnel	Impératif	Subjonctif présent	Imparfait du subjonctif (littéraire)
suis	assis(e)	assierai	assierais		asseye	assisse
es	assis(e)	assieras	assierais	assieds-toi	asseyes	assisses
est	assis(e)	assiera	assierait		asseye	assît
sommes	assis(e)(s)	assierons	assierions	asseyons-nous	asseyions	assissions
êtes	assis(e)(s)	assierez	assieriez	asseyez-vous	asseyiez	assissiez
sont	assis(e)(s)	assieront	assieraient		asseyent	assissent
a	fallu	faudra	faudrait		faille	fallût
a	plu	pleuvra	pleuvrait		pleuve	plût

—Mais c'est pas le Panthéon.»

C'est que c'est un ostiné, Charles, malgré tout.

«On va demander à un passant, propose Gabriel.

—Les passants, réplique Charles, c'est tous des cons.

—C'est bien vrai», dit Zazie avec sérénité.

Gabriel n'insiste pas. Il découvre un nouveau sujet d'enthousiasme.

«Et ça, s'exclame-t-il, ça c'est. . .»

Mais il a la parole coupée par une euréquation de son beau-frère.

«J'ai trouvé, hurle celui-ci. Le truc qu'on vient de voir, c'était pas le Panthéon bien sûr, c'était la gare de Lyon.

—Peut-être, dit Gabriel avec désinvolture, mais maintenant c'est du passé, n'en parlons plus, tandis que ça, petite, regarde-moi ça si c'est chouette comme architecture, c'est les Invalides. . .

—T'es tombé sur la tête, dit Charles, ça n'a rien à voir avec les Invalides.

—Eh bien, dit Gabriel, si c'est pas les Invalides, apprends-nous cexé.

—Je sais pas trop, dit Charles, mais c'est tout au plus la caserne de Reuilly.

—Vous, dit Zazie avec indulgence, vous êtes tous les deux des ptits marants.

—Zazie, déclare Gabriel en prenant un air majestueux trouvé sans peine dans son répertoire, si ça te plaît de voir vraiment les Invalides et le tombeau véritable du vrai Napoléon, je t'y conduirai.

—Napoléon mon cul, réplique Zazie. Il m'intéresse pas du tout, cet enflé, avec son chapeau à la con.

—Qu'est-ce qui t'intéresse alors?»

Zazie répond pas.

«Oui, dit Charles avec une gentillesse inattendue, qu'est-ce qui t'intéresse?

—Le métro.»

Gabriel dit: ah. Charles ne dit rien. Puis, Gabriel reprend son discours et dit de nouveau: ah.

«Et quand est-ce qu'elle va finir, cette grève? demande Zazie en gonflant ses mots de férocité.

—Je sais pas, moi, dit Gabriel, je fais pas de politique.

—C'est pas de la politique, dit Charles, c'est pour la croûte.

[. . .]

Tout le monde se retrouve autour d'une table, sur le trottoir. La serveuse s'amène négligemment. Aussitôt Zazie esprime son désir:

«Un cacocalo, qu'elle demande.

—Y en a pas, qu'on répond.

—Ça alors, s'esclame Zazie, c'est un monde.»

Elle est indignée.

«Pour moi, dit Charles, ça sera un beaujolais.

—Et pour moi, dit Gabriel, un lait-grenadine. Et toi? demande-t-il à Zazie.

—Jl'ai déjà dit: un cacocalo.

—Elle a dit qu'y en avait pas.

—C'est hun cacocalo que jveux.

—T'as beau vouloir, dit Gabriel avec une patience estrême, tu vois bien qu'y en a pas.

—Pourquoi que vous en avez pas? demande Zazie à la serveuse.

—Ça (geste).

—Un demi panaché, Zazie, propose Gabriel, ça ne te dirait rien?

—C'est hun cacocalo que jveux et pas autt chose.»

Tout le monde devient pensif. La serveuse se gratte une cuisse.

«Y en a à côté, qu'elle finit par dire. Chez l'Italien.

—Alors, dit Charles, il vient ce beaujolais?»

On va le chercher. Gabriel se lève, sans commentaires. Il s'éclipse avec célérité, bientôt revenu avec une bouteille du goulot de laquelle sortent deux pailles. Il pose ça devant Zazie.

«Tiens, petite», dit-il d'une voix généreuse.

Sans mot dire, Zazie prend la bouteille en main et commence à jouer du chalumeau.

«Là, tu vois, dit Gabriel à son copain, c'était pas difficile. Les enfants, suffit de les comprendre.»

Vocabulaire[1]

A

à to, at, in
aberration, *f.* madness
abonder to abound
abord, *m.*: **d'—** at first
aborder to approach
abréger to abridge
abricot, *m.* apricot
abriter to shelter
abrupt(e) steep
absence, *f.* absence
absolu(e) absolute
absorber to absorb
abstrait(e) abstract
académie, *f.* academy
accent, *m.* accent, stress
accessoire, *m.* accessory
accident, *m.* accident
accompagner to accompany
accomplir to accomplish; to complete
accord, *m.* agreement; **d'—** o.k.
accorder to concede; to bring into harmony
accueil, *m.* reception, welcome
accueillir to receive (a person, an idea)
accumuler to accumulate
acheter to buy
achever to finish, to complete
acquérir to acquire
acrobate, *m.* or *f.* acrobat
acteur, *m.* actor
action, *f.* act, action
activité, *f.* activity
actrice, *f.* actress
actuel(le) present, current
adepte, *m.* partisan, follower (of a group)
admettre to admit
administration, *f.* administration, direction
admirateur, *m.* (**admiratrice,** *f.*) admirer
admiratif (admirative) admiring
adossé(e) leaning against
adresse, *f.* address
aérien(ne) aerial; **compagnie — ne,** *f.* airline company
aéroport, *m.* airport
affaire, *f.* **les —s** business; **mes —s** my things

affamé(e) starving
affection, *f.* affection
affectueux (affectueuse) affectionate
affiche, *f.* poster
affoler to frighten; **s'—** to lose one's head
affreux (affreuse) horrible, atrocious
afin de in order to
afin que in order that
africain(e) African
âge, *m.* age
âgé(e) old (of a person)
agence, *f.* agency
agent, *m.* agent; **— de police** policeman; **— de voyage** travel agent
agir to act
s'agir de: il s'agit de it deals with
agiter to agitate, excite
agneau, *m.* lamb
agréable pleasant, nice
aider to help
aigu(e) sharp, piercing
ail, *m.* garlic
aile, *f.* wing
ailleurs elsewhere; **d'—** besides
aimable amiable, kind
aimer to like, to love
aîné(e) eldest
ainsi thus, so, in this manner
air, *m.* air; **avoir l'—** to seem, to look like
aisément easily
ajouter to add
ajuster to alter, adjust
album, *m.* album
alcool, *m.* alcohol
alibi, *m.* alibi
aliéné, *m.* (**aliénée,** *f.*) lunatic
alimentaire having to do with nutrition
alimentation, *f.* food, nourishment
alléchant(e) enticing, tempting
Allemagne, *f.* Germany
aller to go; **s'en —** to go away
alliance, *f.* alliance, marriage; wedding ring
allô hello (on the telephone)
allongé(e) stretched out
allumette, *f.* match
alors then, so, therefore

alterné(e) alternate
alunir to land on the moon
amarrer to dock (a boat)
amas, *m.* mass, pile, accumulation
ambiance, *f.* atmosphere
ambition, *f.* ambition
amélioration, *f.* improvement
améliorer to improve
aménager to direct, arrange
amener to bring (a person)
amer, (amère) bitter
américain(e) American
amerrir to alight on water
âme, *f.* soul
ami, *m.* (**amie,** *f.*) friend
amicalement in a friendly way
amitié, *f.* friendship
amour, *m.* (**amours,** *f. pl.*) love
amoureux (amoureuse) in love; **être — (de)** to be in love with; **tomber — (de)** to fall in love with
amusant(e) amusing
amusement, *m.* amusement
amuser to amuse; **s'—** to have a good time
an, *m.* year
analyse, *f.* analysis
anarchiste, *m.* anarchist
ancien(ne) ancient; former
anecdote, *f.* anecdote
ange, *m.* angel
anglais, *m.* English language
anglais(e) English
Angleterre, *f.* England
angoisse, *f.* anguish
anguleux (anguleuse) angular
animal, *m.* animal
animé(e) animated, lively
année, *f.* year
annexe, *f.* annex
anniversaire, *m.* birthday, anniversary
annoncer to announce
annuel(le) annual
anonyme anonymous
antécédent, *m.* antecedent
antérieur(e) anterior, preceding
antiquaire, *m.* antique dealer
antiquité, *f.* antique; antiquity
anxieux (anxieuse) anxious
août, *m.* August

[1] Not included are obvious cognates such as: — verbs of the 1st group, — adjectives, — identical, or near identical nouns in *–tion* (all feminin).

apercevoir to perceive; **s'— de** to realize

apéritif, *m.* before dinner drink

apoplexie, *f.* apoplexy

apostrophe, *f.* apostrophy

apôtre, *m.* apostle

apparaître to appear

appareil, *m.* machine; camera

apparence, *f.* appearance

appartement, *m.* apartment

appartenir to belong

appauvrir to make poor

appeler to call; **s'—** to be called; **je m'appelle** my name is

appendice, *m.* appendix

appétit, *m.* appetite

applaudir to applaud

apporter to bring (a thing)

apprécier to appreciate

apprendre to learn

approbation, *f.* approval

approcher to bring or put nearer; **s'— (de)** to come nearer

approprié(e) suitable, appropriate

approuver to approve

approximatif (approximative) approximate

appuyer to lean

après after

après-midi, *m.* or *f.* afternoon

aquarelle, *f.* painting in water color

arabe, Arab, Arabic

Arabie, *f.* Arabia

arbre, *m.* tree

arcade, *f.* arcade

arche, *f.* arch

archiduchesse, *f.* archduchess

architecte, *m.* architect

architecture, *f.* architecture

argent, *m.* money; silver

argenté(e) silver colored

argot, *m.* slang

argument, *m.* argument

armé(e) armed

arracher to pull out, tear away

arrangé(e) arranged

arrêt, *m.* stop

arrêter to stop; to arrest; **s'—** to stop

arrière, *m.* rear; **en —** toward the rear

arrière-pensée, *f.* unexpressed thought

arriver to arrive

arrivée, *f.* arrival

arrondissement, *m.* section of Paris

art, *m.* art

article, *m.* article

artificiel(le) artificial

artiste, *m.* or *f.* artist

artistique artistic

ascenseur, *m.* elevator

ascension, *f.* ascent

Asie, *f.* Asia

asile, *m.* asylum

aspect, *m.* aspect

aspirine, *f.* aspirin

assaisonner to season

assassin, *m.* assassin

assaut, *m.* attack, combat

s'asseoir to sit

assez enough; **j'en ai —** I've had enough

assiette, *f.* plate

assis(e) seated

assistance, *f.* audience; assistance

associé(e) associated

assorti(e) matched, assorted

assortiment, *m.* assortment

astronaute, *m.* or *f.* astronaut

astronome, *m.* astronomer

Athènes Athens

atlantique Atlantic

atmosphère, *f.* atmosphere

atmosphérique atmospheric

atomiser to vaporize

atrocement atrociously

attablé(e) seated at the table

attacher to attach; to fasten; **s'— à** to become attached to

attaquer to attack

atteint(e) taken by (an illness)

attenant(e) contiguous, adjoining

attendre to wait

attention, *f.* attention; **faire —** to pay attention

atterrir to land

attirant(e) attractive

attirer to attract

attitude, *f.* attitude

attraction, *f.* attraction

attraper to catch

attrayant(e) attractive

aubergine, *f.* eggplant

aucun(e) not any, none

au-dessus on top of

augmentation, *f.* increase

aujourd'hui today

aumônier, *m.* chaplain

auprès near

aussi so, also, too, thus

aussitôt right away; **— que** as soon as

Australie, *f.* Australia

autant as much; **— que** as much as

auteur, *m.* author

authenticité, *f.* authenticity

auto, *f.* car

autobus, *m.* city bus

autocar, *m.* bus

autographe, *m.* autograph

automobile car

automobiliste, *m.* or *f.* motorist

automne, *m.* autumn

autoritaire authoritative

autoroute, *f.* freeway

auto-stop, *m.* hitchhiking

autour de around

autre other

autrefois formerly

autrement otherwise

Autriche, *f.* Austria

auxiliaire auxiliary

avaleur, *m.* swallower

avance, *f.:* **en —** early

avant before

avantage, *m.* advantage

avantageux (avantageuse) advantageous

avec with

avenir, *m.* future

aventure, *f.* adventure; **dire la bonne —** to predict the future

aveugle blind

avion, *m.* airplane; **— à réaction** jet plane

avis, *m.* view; **à mon —** in my opinion

avocat, *m.* (**avocate,** *f.*) lawyer

avoir to have; **— besoin (de)** to need; **— chaud** to be, feel warm; **— de la veine** to be lucky; **— envie (de)** to want; **— faim** to be hungry; **— froid** to be cold; **— hâte (de)** to be anxious to; **— honte (de)** to be ashamed to; **— horreur (de)** to abhor; **— l'âge (de)** to be old enough to; **— l'intention (de)** to intend to; **— l'habitude (de)** to have the habit of; **— lieu** to take place; **— mal** to feel bad; to hurt; **— peur** to be afraid; **— raison** to be right; **— soif** to be thirsty; **— tort** to be wrong

avouer to confess

avril, *m.* April

B

badaud, *m.* onlooker

bagages, *m.pl.* luggage

bague, *f.* ring

baguette, *f.* wand; a thin loaf of bread

baigné(e) immersed

bain, *m.* bath; **salle de —** bathroom; **costume de —** bathing suit

baiser, *m.* kiss

baisser to lower

bal, *m.* ball, dance

balcon, *m.* balcony

ballet, *m.* ballet

banc, *m.* bench

bande, *f.* band, group

banlieue, *f.* suburb

banque, *f.* bank

banquet, *m.* banquet

bar, *m.* bar

baratin, *m.* a line; **faire du —** to feed a line, to con

barbe, *f.* beard

barbouiller to smear

baroque baroque

barre, *f.* bar, vertical line

barricade, *f.* barricade

barrière, *f.* barrier

barrique, *f.* barrel

bas(se) low

base, *f.* base

basé(e) based

bassin, *m.* basin; pond

Bastille, *f.* Bastille (old fortress in Paris serving as the King's prison)

bataille, *f.* battle

bateau, *m.* boat; **— mouche** tour boat of Paris

bâtiment, *m.* building

bâtir to build, construct

battre to beat

bavard, *m.* (**bavarde,** *f.*) talkative person

bavarder to chatter

beau (bel, belle) beautiful, handsome

beaucoup much, a lot

beauté, *f.* beauty

beaux-parents, *m.pl.* parents-in-law

belge Belgiam

Belgique, *f.* Belgium

belle-mère, *f.* mother-in-law

bénédiction, *f.* benediction

bénir to bless

bercer to rock, lull

berger, *m.* (**bergère,** *f.*) shepherd

besoin, *m.* need

bétail, *m.* cattle, livestock

bêtise, *f.* stupidity

beurre, *m.* butter

bibliothèque, *f.* library

bicyclette, *f.* bicycle

bien well; **— que** although; **— sûr** of course, sure; **faire du —** to do good

bientôt soon

bière, *f.* beer

bifteck, *m.* steak

bifurcation, *f.* fork, junction

bijou, *m.* jewel

bille, *f.* marble

billet, *m.* ticket

bis(e) grey-brown

bistro, *m.* café, bar

blanc(he) white

blanchir to whiten

blanchisserie, *f.* laundry

blé, *m.* wheat

blessé(e) injured, wounded

bleu(e) blue

bleuet, *m.* cornflower

bleuir to turn blue

blondir to become blond

bloquer to block

blouson, *m.* wind breaker

boeuf, *m.* beef

boire to drink

bois, *m.* wood; *pl.* woods

boisson, *f.* beverage

boîte, *f.* box; nightclub

bon(ne) good, nice; **— sens** common sense; **bonne chance** good luck

bonbon, *m.* candy

bonheur, *m.* happiness

bonjour, *m.* hello, good morning

bonsoir, *m.* good evening, good night

bord, *m.* brim, edge

botanique botanical

botte, *f.* boot

bouche, *f.* mouth

boucher to plug

bouclé(e) curled

bouffer to eat (slang)

bouger to move

bougie, *f.* candle

bouillabaisse, *f.* Provençal fish soup

bouillant(e) boiling

bouillir to boil

bouillon, *m.* broth

boulanger, *m.* (**boulangère,** *f.*) baker

boulangerie, *f.* bakery (for bread)

bouquiniste, *m.* bookseller

Bourgogne, *f.* Burgundy

bout, *m.* end

bouteille, *f.* bottle

boutique, *f.* shop

bouton, *m.* button

branche, *f.* branch

braqué(e) aimed

bras, *m.* arm

brasserie, *f.* large café restaurant

brave brave, good

bref (brève) brief

Brésil, *m.* Brazil

brésilien(ne) Brazilian

Bretagne, *f.* Brittany

briller to shine

brique, *f.* brick

briser to break

broche, *f.* broche

brochure, *f.* pamphlet

bronze, *m.* bronze

bronzé(e) bronzed, tanned

brosse, *f.* brush

brosser to brush; **se — les dents** to brush one's teeth

brouillard, *m.* fog

se brouiller to quarrel and break up

bruit, *m.* noise

brûler to burn

brume, *f.* haze or mist

brumeux (brumeuse) foggy

brun(e) brown; dark

brunir to darken; to tan

brutalement brutally, rudely

brute, *f.* brute

bruyant(e) noisy

budget, *m.* budget

buisson, *m.* bush; thicket

bureau, *m.* office

but, *m.* aim, purpose

C

ça this, that; **— dépend** it depends; **— m'est égal** I don't care; **— ne fait rien** it doesn't matter; **— va?** how's it going?

cabane, *f.* shed, cabin

cabine, *f.* small room, booth

cabinet, *m.* closet, study, office

cacher to hide; **se —** to hide oneself

cadavre, *m.* dead body

cadeau, *m.* gift

cadre, *m.* frame; executive

café, *m.* coffee; café; **— crème (— au lait)** coffee with milk; **— nature** black coffee

cafétéria, *f.* cafeteria

cage, *f.* cage

cahier, *m.* notebook

caillou, *m.* rock, pebble
calendrier, *m.* calendar
calme calm
calorie, *f.* calorie
Calvados, *m.* Eau-de-vie made from apples
camarade, *m.* or *f.* pal, schoolmate; **— de chambre** roommate
Cambodge, *m.* Cambodia
camion, *m.* truck
camionnette, *f.* small truck
camp, *m.* camp
campagne, *f.* country
campeur, *m.* (**campeuse,** *f.*) camper
camping, *m.* camping; **faire du —** to camp
campus, *m.* campus
canadien(ne) Canadian
cancer, *m.* cancer
candidat, *m.* (**candidate,** *f.*) candidate
caneton, *m.* duckling
caniche, *m.* poodle; **mouillé(e) comme un —** soaking wet
canon, *m.* cannon
capacité, *f.* capacity, ability
capitale, *f.* capital
captivé(e) captivated
car for, because
car, *m.* short for **autocar**
caractère, *m.* disposition
caractériser to characterize
caractéristique, *f.* characteristic
caramel, *m.* caramel
caricature, *f.* caricature
carnet, *m.* notebook
carré, *m.* square
carré(e) square
carrefour, *m.* intersection
carte, *f.* card; map; **— de credit** credit card; **— postale** postcard
carton, *m.* cardboard box
cas, *m.* case; **en tout —** in any case
cascade, *f.* waterfall
caserne, *f.* caserne
casquette, *f.* hat, cap
casse-croûte, *m.* quick meal, snack
casser to break; **— la croûte** to have a snack
casserole, *f.* saucepan
cassis, *m.* black currant
catégorie, *f.* category
cathédrale, *f.* cathedral
causatif (causative) that which indicates cause
cause, *f.* cause; **à — de** because of, on account of

causer to cause; to talk, chat
cave, *f.* wine cellar
caverne, *f.* cave, grotto
caviar, *m.* caviar
ceci this
ceinture, *f.* belt; **— de sécurité** safety belt
cela that
célèbre famous
célébrer to celebrate
célébrité, *f.* celebrity
célibataire, *m.* or *f.* bachelor
censure, *f.* censorship
cent one hundred
centaine, *f.* about one hundred
centimètre, *m.* centimeter
centre, *m.* center
cercle, *m.* circle
cercueil, *m.* coffin
cérémonie, *f.* ceremony
cerise, *f.* cherry
certain(e) certain, sure
certainement certainly
certes certainly
cerveau, *m.* brain
cesser to stop; **sans cesse** without stopping
chacun(e) each, each one
chaîne, *f.* chain; channel
chair, *f.* flesh
chaise, *f.* chair
chalet, *m.* chalet
chaleur, *f.* heat
chaleureusement warmly
chaleureux (chaleureuse) warm
chambre, *f.* bedroom
champ, *m.* field
champagne, *m.* champagne
champignon, *m.* mushroom
chance, *f.* luck; **avoir de la —** to be lucky
changement, *m.* change
chanson, *f.* song
chanter to sing
chanteur, *m.* (**chanteuse,** *f.*) singer
chantier, *m.* work site
chantonner to hum
chapeau, *m.* hat
chapelle, *f.* chapel
chaperon, *m.* hood; **le Petit — Rouge** Little Red Riding Hood
chapitre, *m.* chapter
chaque each, every
chargé(e) de loaded with
charger to load, **se —** to load or stuff oneself
charité, *f.* charity
charmant(e) charming

charme, *m.* charm
chasse, *f.* hunt
chasser to chase away; to hunt
chat, *m.* (**chatte,** *f.*) cat
château, *m.* castle
château-fort, *m.* fortress, citadel
chaud(e) warm
chauffage, *m.* heating system
chauffer to heat, warm
chauffeur, *m.* chauffeur
chaussure, *f.* shoe
chauvin(e) chauviniste
chaux, *f.* whitewash
chef, *m.* head, chief; **— d'oeuvre** masterpiece
cheminée, *f.* chimney
chemise, *f.* shirt
chèque, *f.* check; **— de voyageur** traveler's check
cher (chère) dear; expensive
chercher to look for
chéri, *m.* (**chérie,** *f.*) darling
cheval, *m.* horse
cheveux, *m.pl.* hair
chez at the home of, the place of
chic smart, chic, stylish
chien, *m.* (**chienne,** *f.*) dog
chiffre, *m.* figure, numeral
chimie, *f.* chemistry
chimique chemical
Chine, *f.* China
chinois(e) Chinese
chocolat, *m.* chocolate
choisir to choose
choix, *m.* choice
choquer to shock
chose, *f.* thing; **quelque —** something
chou, *m.* cabbage
chrétien(ne) Christian
chronique, *f.* chronicle, report
chuchoter to speak softly, whisper
chut! quiet! hush!
ci-dessous below
ci-dessus above
ciel, *m.* sky
cigarette, *f.* cigarette
cil, *m.* eyelash
cimetière, *m.* cemetery
cinéma, *m.* movie theater; movies
cinglé(e) crazy (*français familier*)
circonstance, *f.* circumstance
circulation, *f.* traffic
citation, *f.* quote
citer to quote, mention
citoyen, *m.* (**citoyenne,** *f.*) citizen
citron, *m.* lemon

civet de lapin, *m.* rabbit stew
clafoutis, *m.* kind of cake
clair(e) clear, light
clairement clearly
claquer to slam
classe, *f.* class
classique classic
clause, *f.* clause
clé, *f.* key
cliché, *m.* cliché
client, *m.* (**cliente,** *f.*) client, customer
climat, *m.* climate
climatisation, *f.* air conditioning
clinique, *f.* clinic, hospital
cloche, *f.* bell
clocher, *m.* steeple, belfry
clochette, *f.* small bell, hand-bell
clos(e) closed
coeur, *m.* heart
cohérence, *f.* coherence
coiffeur, *m.* (**coiffeuse,** *f.*) hairdresser, barber
coiffure, *f.* hair style
coin, *m.* corner
col, *m.* collar
colère, *f.* anger; **se mettre en —** to get angry
colis, *m.* package
collaborer to collaborate
collège, *m.* equivalent to high school
collègue, *m.* or *f.* colleague
collier, *m.* necklace, collar
colline, *f.* hill
colombe, *f.* dove
Colombie, *f.* Colombia
colon, *m.* colonist
coloré(e) colored
colt, *m.* colt revolver
coma, *m.* coma
combien de how much, how many
combinaison, *f.* combination
comique comical
commander to order
comme like, as
commencement, *m.* beginning
commencer to begin; **— par** to begin with
comment how; **— vous appelez-vous?** what is your name? **— allez-vous?** how are you?
commenter to comment on
commèrce, *m.* commerce
commettre to commit
commun(e) common, general
communément commonly
communiquer to communicate

compagne, *f.* friend, pal, spouse
compagnie, *f.* company
compagnon, *m.* friend
comparaison, *f.* comparison
comparer to compare
compatible compatible
complément, *m.* complement
complémenter to complement
complet (complète) complete, full
complètement completely
compléter to complete
complexe complex
compliment, *m.* compliment
compliquer to complicate
composer to compose; **— un numéro** to dial a number
compote, *f.* stewed fruit, compote
compréhension, *f.* comprehension
comprendre to understand
compris(e) included, understood
compromettre to compromise; to jeopardize
compte, *m.* account, calculation; **travailler à son —** to be self employed
compter to count
comptoir, *m.* counter
concept, *m.* concept
concert, *m.* concert
conclure to conclude
conclusion, *f.* conclusion
conçu(e) conceived
condamnation, *f.* condemnation
condition, *f.* condition
conditionnel, *m.* conditional
conduire to drive; **se —** to behave
conduite, *f.* behavior
conférence, *f.* lecture
conférencier, *m.* (**conférencière,** *f.*) lecturer
confession, *f.* confession
confiance, *f.* confidence, trust
confidence, *f.* communication of a secret
confier to communicate one's secrets to someone; to leave something in the care of someone
confiture, *f.* jam
confondre to confuse
confort, *m.* comfort
confortable comfortable
confrère, *m.* colleague, fellow-member
congénital(e) congenital
Congo, *m.* the Congo

conjugaison, *f.* conjugation
conjugal(e) conjugal
conjuguer to conjugate
connaissance, *f.* acquaintance, knowledge; **sans —** unconscious
connaître to know; to be acquainted with; **s'y — en** to be an expert in
conquérir to conquer
consacrer to devote
conscient(e) conscious
conseil, *m.* advice
conseiller to advise
conséquence, *f.* consequence
conservateur (conservatrice) conservative
consommation, *f.* drink, beverage (in a restaurant)
consonance, *f.* consonance; harmony
consonne, *f.* consonant
conspiration, *f.* conspiracy
constamment constantly
constant(e) constant
constater to note, remark
constructif (constructive) constructive
contact, *m.* contact
conte, *m.* story; **— de fées** fairytale
contempler to contemplate
contemporain(e) contemporary
contenir to contain
content(e) glad
contexte, *m.* context
continent, *m.* continent
contracté(e) contracted
contradictoire contradictory
contraire, *m.* opposite; **au —** on the contrary
contrairement contrary
contraste, *m.* contrast
contravention, *f.* traffic ticket
contre against; **par —** on the other hand
contrôle, *m.* control
construit(e) constructed
convaincre to convince
convenir to agree; to acknowledge
copain, *m.* (**copine,** *f.*) pal, buddy
coquelicot, *m.* poppy
coquillage, *m.* seashell
corail, *m.* coral
cordonnier, *m.* (**cordonnière,** *f.*) shoe maker
corne, *f.* horn

corps, *m.* body
correcte correct
correspondance, *f.*
    correspondence
correspondant(e) corresponding,
    correspondent
correspondre to correspond
corriger to correct
Corse, *f.* Corsica
cortège, *m.* procession
cosmétique cosmetic
costume, *m.* outfit, suit
côte, *f.* coast; — d'Azur the
    Riviera
côté, *m.* side; à — de beside
côtelette, *f.* chop (i.e. pork chop)
coton, *m.* cotton
coucher to go to bed
couchette, *f.* sleeper space in
    train
coude, *m.* elbow
couleur, *f.* color
coup, *m.* stroke, blow; — de
    revolver gun shot; — de fil
    telephone call; — d'oeil glance
coupable guilty
couper to cut; se — les cheveux
    to cut one's hair
couple, *m.* couple
coupon, *m.* fabric remnant
cour, *f.* court; yard; faire la — à
    to court, woo
courage, *m.* courage
couramment fluently
courbe, *f.* bend
coureur, *m.* racer
courgette, *f.* zucchini
courir to run
couronné(e) crowned
couronne, *f.* crown
courrier, *m.* mail
cours, *m.* course
course, *f.* race, errand; faire des
    —s to go shopping
court(e) short
courtoisie, *f.* politeness
cousin(e) cousin
couteau, *m.* knife
coûter to cost
coutume, *f.* custom
couture, *f.* sewing
couturier, *m.* tailor
couturière, *f.* seamstress
couvert, *m.* place setting
couvrir to cover
cracher to spit
craindre to fear
craquer to crack, crackle; to
    creak, crunch

cravate, *f.* necktie
crayon, *m.* pencil
créateur (créatrice) creator
crédit, *m.* credit
créer to create
crème, *f.* cream
crémeux (crémeuse) creamy
crétin, *m.* (crétine, *f.*) idiot, dunce
crever to break, puncture, to die
    (for an animal)
crevette, *f.* shrimp
crier to shout; to cry
crime, *m.* crime
criminel, *m.* criminal
crinoline, *f.* crinoline
crisser to grate; to squeak
cristal, *m.* crystal
critique, *f.* criticism
critique, *m.* critic
critiquer to criticize
croire to believe
croissant, *m.* crescent roll
croix, *f.* cross
croustillant(e) crunchy
croûte, *f.* crust
cruel(le) cruel
cueillir to gather
cuillère or cuiller, *f.* spoon
cuillerée, *f.* spoonful
cuir, *m.* leather
cuire to cook
cuisine, *f.* kitchen, cooking
cuisinier, *m.* (cuisinière, *f.*) cook
cuivre, *m.* copper
culotte, *f.* pants
culte, *m.* cult
cultiver to cultivate
culture, *f.* culture
culturel(le) cultural
curé, *m.* priest
curieux (curieuse) curious
curiosité, *f.* curiosity

D

dahlia, *f.* dahlia
dalle, *f.* paving stone
dame, *f.* lady, woman
damné, *m.* damned person
Danemark, *m.* Denmark
danger, *m.* danger
dangereusement dangerously
dangereux (dangereuse)
    dangerous
dans in, within; during
danse, *f.* dance
danser to dance
danseur, *m.* (danseuse, *f.*)
    dancer

date, *f.* date
dater de to date from
daube, *f.* stew
dauphin, *m.* eldest son of the
    king
dauphine, *f.* wife of the dauphin
davantage more
débarquer to land, disembark
se débarrasser de to get rid of
débile, *m.* weak, feeble person
déborder to overflow
débordement, *m.* overflowing
débouché, *m.* opening;
    opportunity
debout standing
début, *m.* debut, beginning
déchiffrer to decipher
décidément decidedly
déclic, *m.* click
décolorer to discolor; to fade
décommander to cancel: (i.e.
    décommander un rendez-vous)
décontracté(e) relaxed
décor, *m.* decoration, decor
décorateur, *m.* (décoratrice, *f.*)
    decorator
décoratif (décorative) decorative,
    ornamental
décoré(e) decorated with medals
découragé(e) discouraged
découvrir to discover
décrire to describe
dédier to dedicate
défaite, *f.* defeat
défaut, *m.* fault
défendre to forbid
défense de fumer no smoking!
défier to challenge, defy
définir to define
se dégager to free oneself
dégât, *m.* damage
dégoûté(e) disgusted
dégustation, *f.* tasting (of wine,
    etc.)
déguster to taste, sip
dehors outside
déjà already
déjeuner, *m.* lunch; petit —
    breakfast
déjeuner to have lunch
délégué, *m.* (déléguée, *f.*)
    delegate
délice, *m.* delight
délicieux (délicieuse) delicious
délire, *m.* delirium, frenzy
déluge, *m.* deluge, flood
demain tomorrow
demande, *f.* request; — en
    mariage proposal

demander to ask; se — to wonder
démaquiller to take off make-up
démarche, f. walk, bearing
démarrer to cast off
déménager to move out
déménageur, m. furniture mover
demeurer to stay, remain
demi(e) half
demi, m.: un — (de bière) glass
of beer (about ½ liter)
démolir to demolish
démon, m. demon; divinity;
(good or evil) genius
dénoyauté(e) pitted
dent, f. tooth
dentiste, m. dentist
départ, m. departure
dépasser to go beyond, to pass
se dépêcher to hurry
dépendre to depend
dépense, f. expenditure
dépenser to spend
déplacement, m. displacement,
change of place
déplacer to displace
déplaisir, m. displeasure
déplier to unfold
déplorer to deplore
se déployer to be displayed
déporté, m. deported person
déprimé(e) depressed
depuis since, for
dérivé(e) derived
dernier (dernière) last
dérouté(e) perplexed;
disconcerted
derrière behind, in back of
dès que as soon as
désaccord, m. disagreement;
discord
désagréable unpleasant
désaltérant, m. thirst quencher
désaltérer to quench the thirst; to
refresh
désastre, m. disaster
désastreux (désastreuse)
disastrous
descendre to go down
désert(e) deserted
se déshabiller to get undressed
désigner to designate, to point
out
désir, m. desire
désirer to desire, to wish for, to
want
désobéir to disobey
désolé(e) sorry, grieved,
distressed
désordre, m. disorder, confusion

dessert, m. dessert
dessin, m. drawing
dessinateur, m. (dessinatrice, f.)
designer, draughtsman
dessiner to draw
dessus top, upper side
destin, m. destiny, fate; career
destiné(e) à destined for,
intended for
détail, m. detail
détour, m. detour, change of
direction
détourner to turn away, aside
détruire to destroy, to ruin
dette, f. debt
deux two
deux-centième two hundredth
deuxième second
devant in front of
devenir to become
déverser to dump; to pour out
deviner to guess
devoir, m. duty; homework
devoir to be supposed to; to owe
dévorer to devour
diable, m. devil
diagnostic, m. diagnosis
dialogue, m. dialogue
diamant, m. diamond
diamètre, m. diameter
dicté(e) dictated
dictionnaire, m. dictionary
diète, f. fast; être à la — to be
fasting
Dieu, m. God; mon — good
heavens
différence, f. difference
difficile difficult
difficulté, f. difficulty
digestif, m. after dinner drink
dilemme, m. dilemma
dimanche, m. Sunday
diminuer to diminish, to lessen
dîner, m. dinner, supper
dîner to have dinner
diplôme, diploma
dire to say; to tell
directeur, m. (directrice, f.)
director
diriger to direct; to control; to
conduct; se — to go towards
discours, m. talk, speech
discussion, f. discussion
discuter to discuss; to argue
disjoint(e) separated; disjunctive
disparaître to disappear
disposé(e) arranged, layed out
disposition, f. inclination,
disposition

disputer to quarrel, dispute
disque, m. record
dissertation, f. composition,
essay
se dissimuler to conceal or hide
dissocier to dissociate
distance, f. distance
distinct(e) distinct, distinctive
distinction, f. distinction
distingué(e) distinguished
distinguer to distinguish, discern
distraction, f. entertainment
distraire to distract, to entertain
distrait(e) absent-minded
distribuer to distribute
district, m. district
divan, m. couch
diviser to divide
divorce, m. divorce
divorcer to get a divorce
dixième tenth
dix-neuf nineteen
dizaine, f. about ten
docteur, m. doctor
document, m. document
documentaire, m. documentary
doigt, m. finger
domaine, m. domain
dôme, m. dome
domicile, m. domicile, residence
dominer to rule, to dominate
dommage: c'est — (it's) too bad
donc then, therefore
donner to give
dont of which, of whom, whose
doré(e) golden
dormir to sleep
dos, m. back
dose, f. dose
douane, f. customs
douanier, m. customs officer
double double, twofold
doucement slowly; gently
douche, f. shower
doué(e) gifted
doute, m. doubt
douter to doubt
douteux (douteuse) doubtful
doux (douce) sweet; gentle
douzaine, f. dozen
draguer to pick up, to be on the
make (français familier)
dramatique dramatic
drame, m. drama
drap, m. (bed) sheet, cloth
dresser to set up; to construct
se dresser to stand
drogue, f. drug
droit, m. law; right

droit(e) straight; **à droite** on the right
drôle funny; odd
drôlement excessively; comically
duchesse, *f.* duchess
dur(e) hard
durabilité, *f.* durability
durée, *f.* duration
durer to last

E

eau, *f.* water; **— minérale** mineral water
ébloui(e) dazzled, fascinated
écarlate scarlet
échange, *m.* exchange
échanger to exchange
échapper to escape
échelle, *f.* scale; ladder
éclaboussement, *m.* splashing
éclaircir to clear up, to brighten
école, *f.* school; **— primaire** elementary school
économe thrifty
économies, *f.pl.* savings **faire des — ** to save money
économique economical
Ecosse, *f.* Scotland
écouter to listen
s'écrier to cry out, to exclaim
écrin, *m.* jewel-box
écrire to write
écrit(e) written
écrivain, *m.* writer
eczéma, *m.* eczema
édition, *f.* edition
éducation, *f.* education
effacer to erase
effectivement in fact, indeed
effet, *m.* effect, result; **en —** in fact, indeed
efficace effective
effort, *m.* effort
effusion, *f.* pouring out, overflowing
également equally; also
égaler to equal, to match
église, *f.* church
égoïste selfish
Egypte, *f.* Egypt
eh bien well
électricien, *m.* electrician
électricité, *f.* electricity
électrique electric
électronique electronic
élégant(e) elegant
élément, *m.* element, component, part

élémentaire elementary
élever to raise; to rear, bring up
élider to cut off, leave out
élision, *f.* omission of vowel in pronunciation
éloigné(e) removed, distant
élu, *m.* chosen one
emballé(e) excited, enthusiastic
embarrassé(e) embarrassed, perplexed
embellir to beautify
embêtant(e) annoying
embêter to annoy, to bother
embouteillage, *m.* traffic jam
embrasser to kiss
émeraude, *f.* emerald
emmener to take, lead away
émoi, *m.* excitement; **en —** agitated
émotion, *f.* emotion
émotionnel(le) emotional
empêcher to prevent; to put a stop to
emphase, *f.* emphasis, stress
s'empiffrer to stuff
emplir to fill
emploi, *m.* job, employment
employé, *m.* (**employée,** *f.*) employee
employer to use; to employ
emporter to take along (a thing)
emprisonner to imprison
ému(e) moved, touched
en in, into, to
encadrer to frame
encercler to encircle
enchanté(e) delighted
encombré(e) obstructed; crowded
encore again, still
encourageant(e) encouraging
encouragement, *m.* encouragement
encourager to encourage
s'endormir to go to sleep
endroit, *m.* place
endurci(e) hardened
énergique energetic
énervé(e) tense, fidgity
enfance, *f.* childhood
enfant, *m.* child
enfermé(e) shut up, locked up, enclosed
enfilade, *f.* suite (of chambers, etc.)
enfin at last, finally
engager to involve; to pledge; to induce
enlacé(e) in each other's arms, entwined

enlever to take out, to remove
ennemi, *m.* enemy
ennuis, *m.pl.* problems, worries
ennuyer to be tiresome to; to annoy; **s'—** to be bored
ennuyeux (ennuyeuse) tedious, dull; annoying
énorme enormous
énormément enormously
enregistrer to register; to record
enrichir to make rich
enseigner to teach
ensemble together
ensoleillé(e) sunny
ensuite next, afterwards
entendre to hear; **s'—** to get along
enterré(e) buried
enterrement, *m.* burial, funeral
enthousiasme, *m.* enthusiasm
enthousiaste enthustiastic
entier (entière) whole
entièrement entirely
entonner to begin to sing
entourer to surround
entraîner to drag along; to hurry away; to involve; to entail
entre between
entrecôte, *f.* steak cut from between the ribs
entrée, *f.* first course (not main course)
entreprendre to undertake
entrer to enter
entretenu(e) kept in repair or good order
enveloppé(e) wrapped, covered
envers toward
envie, *f.* wish, desire, longing
environ about
s'envoler to fly away
envoyer to send
épais(e) thick
épaule, *f.* shoulder
épeler to spell
épicé(e) spiced, spicy
épicerie, *f.* grocery shop
épisode, *m.* episode
époque, *f.* period, era
épouser to marry
époux (épouse) spouse
éprouver to feel, to experience
épuisé(e) exhausted
équilibre, *m.* balance
équipe, *f.* team
équiper to equip; to furnish
équivalent, *m.* equivalent
équivoque equivocal; ambiguous
ère, *f.* era, epoch

errer to wander, to stray
erreur, *f.* error
escalier, *m.* staircase, stairs
escargot, *m.* snail
esclave, *m.* slave
espace, *m.* space, room
espadrille, *f.* canvas shoe with
rope soles
Espagne, *f.* Spain
espagnol, *m.* Spanish language
espagnol(e) Spanish
espèce, *f.* kind, sort
espérer to hope
espoir, *m.* hope
esprit, *m.* spirit; soul; mind
essayer to try
essence, *f.* gasoline
essentiel(le) essential
essentiellement essentially
essuyer to wipe, to wipe off
estime, *f.* esteem, regard
estomac, *m.* stomach
établir to establish, to set up
étage, *m.* story, floor
étalage, *m.* shop window
état, *m.* state; condition; —
d'esprit state of mind
Etats-Unis, *m.pl.* United States
été, *m.* summer
éteindre to put out (a cigarette);
to switch off (a light)
étendre to spread out, to stretch
étonnant(e) astonishing,
wonderful
étonné(e) astonished
s'étonner to be astonished, to
wonder
étourdi(e) thoughtless, heedless
étrange strange, odd
étranger, *m.* (étrangère, *f.*)
foreigner
étranger (étrangère) foreign;
strange
être to be
étroit(e) narrow
étude, *f.* study
étudiant, *m.* (étudiante, *f.*)
student
étudier to study
Europe, *f.* Europe
européen(ne) European
eux, *m.pl.* they, them
évasif (évasive) evasive
événement, *m.* event, occurrence
éventuellement eventually
évidemment evidently,
obviously
évidence, *f.* obviousness,
plainess

éviter to avoid; to abstain from
exactement exactly
exactitude, *f.* exactness, accuracy
exagéré(e) exaggerated
examen, *m.* examination
examiner to examine
exaspérant(e) exasperating,
aggravating
exaspérer to exasperate, to
aggravate
excédent, *m.* surplus, excess
excentrique eccentric
excepté except, excepting
exception, *f.* exception
excès, *m.* excess
excessivement excessively
exclamation, *f.* exclamation
s'exclamer to exclaim
exclusivement exclusively
excursion, *f.* excursion, tour, trip
s'excuser to excuse onself; to
apologize
exemple, *m.* example, model
exercice, *m.* exercise
exhiber to exhibit, to show
exhibitioniste, *m.* exhibitionist
existence, *f.* existence
exotique exotic
exotisme, *m.* exoticism
expérience, *f.* experiment
expert, *m.* expert
explication, *f.* explanation
expliquer to explain
explosion, *f.* explosion
exportation, *f.* export
exposition, *f.* exhibition
exprès purposely, on purpose
exprimer to express
exquis(e) exquisite
extase, *f.* ecstasy
extérieur, *f.* exterior
extraire to extract, to take
extrait, *m.* extract
extraordinaire extraordinary
extrêmement extremely

F

fabriquer to manufacture
façade, *f.* facade, front
face, *f.* face; en — de facing
se fâcher to get angry
facile easy
facilement easily
façon, *f.* way, manner; de toute
— at any rate; sans — informal
factuel(le) factual
facultatif (facultative) optional
faculté, *f.* faculty, university

faible weak
faim, *f.* hunger; — de loup
hungry as a wolf
faire to do; to make; — beau to
be good weather; — chaud to
be warm weather; — le plein
to fill it up; — mal to hurt; se
— à to get used to
falloir to be necessary
fameux (fameuse) famous,
celebrated
familial(e) pertaining to family
familiarité, *f.* familiarity
familier (familière) familiar,
simple
famille, *f.* family
fané(e) wilted; faded
fantaisie, *f.* imagination, fantasy
fantôme, *m.* ghost
farci(e) stuffed
farine, *f.* flour
fasciné(e) fascinated
fatigant(e) tiring
fatigué(e) fatigued, tired
se fatiguer to fatigue or tire oneself
fauché(e) broke (without money)
faussement falsely, erroneously
faut: il — one must
faute, *f.* fault, mistake
fauteuil, *m.* arm-chair
faux (fausse) false, erroneous;
chanter faux to sing off key
féculent, *m.* starchy food
fée, *f.* fairy
feint(e) feigned, pretended
féminin(e) feminine
féminisme, *m.* feminism
féministe, *f.* feminist
femme, *f.* woman; wife
fenêtre, *f.* window
fer, *m.* iron
ferme, *f.* farm
ferme firm
fermé(e) closed
fermement firmly
fermer to close; — à clé to lock
fermeture, *f.* closing
fermier, *m.* (fermière, *f.*) farmer
féroce ferocious
ferveur, *f.* fervor
festin, *m.* feast, banquet
festival, *m.* festival
fête, *f.* holiday; celebration
feu, *m.* fire; traffic light; —
d'artifice fireworks
feuille, *f.* leaf; sheet (of paper)
fiançailles, *f.pl.* engagement
fiancé, *m.* (fiancée, *f.*) fiance,
fiancee

se fiancer to become engaged
ficelle, *f.* string
se ficher to have little care for
fidèle faithful, loyal
fier (fière) proud
fièrement proudly
fièvre, *f.* fever
Figaro, *m.* French newspaper
se figurer to imagine or picture to oneself
fil, *m.* thread; **passer (donner) un coup de —** to give someone a call
file, *f.* lane
filiale, *f.* subsidiary company
fille, *f.* girl; daughter
film, *m.* film, movie
fils, *m.* son
fin, *f.* end
fin(e) fine, thin, slender; **des fines herbes** savory herbs
finalité, *f.* finality, end
finances, *f.pl.* one's finances
financier (financière) financial
finir to finish, to complete
firme, *f.* firm (business)
fixe fixed, set; **prix —** set price
flamme, *f.* flame
flanelle, *f.* flannel
flanquer to throw, to fling
flatté(e) flattered
fleur, *f.* flower
fleurir to bloom
flottant(e) floating
flotter to float
flou(e) blurred
flûte, *f.* flute
flûte! darn!
fois, *f.* time, instance; **à la —** all at once
folie, *f.* madness; extravagance; mad thing
folklore, *m.* folklore
folkloriste folklorist
foncé(e) dark, deep (of color)
fonctionnaire, *m.* civil servant
fond, *m.* bottom; **— de teint** make-up base
fondamental(e) fundamental
fondant(e) melting; juicy
fondateur, *m.* **(fondatrice,** *f.)** founder
fondu(e) melted
fontaine, *f.* fountain
force, *f.* strength, power, force
forêt, *f.* forest
forme, *f.* form; **en —** in good shape
formel(le) formal

formidable terrific, great
formule, *f.* formula, model
fort(e) strong
fossoyeur, *m.* grave digger
fou (fol, folle) mad, crazy
foudre, *f.* lightning, thunder
foule, *f.* crowd
four, *m.* oven
fourchette, *f.* fork
fourmi, *f.* ant
frais (fraîche) fresh; cool
fraise, *f.* strawberry
framboise, *f.* raspberry
franc, *m.* franc (French money)
franc (franche) frank, honest
français, *m.* French (language)
français(e) French
franchement frankly
franchise, *f.* frankness, sincerity
francophone French speaking
frapper to strike, to hit; to knock
fréquemment frequently
fréquent(e) frequent
frère, *m.* brother
frire to fry
frisé(e) curled, frizzed
frissonner to shiver, to tremble
frites, *f.pl.* french fried potatoes
froid(e) cold
fromage, *m.* cheese
froncer to contract; to wrinkle, to frown
front, *m.* forehead
frotter to rub
fruitier (fruitière) fruit-bearing
fruit, *m.* fruit
fumer to smoke
fureur, *f.* rage, fury
furieux (furieuse) furious
fusil, *m.* rifle
futur, *m.* future
futur(e) future

G

gâchis, *m.* mess
gagnant, *m.* **(gagnante,** *f.)** winner
gagner to win; to earn; to gain
gai(e) merry, cheerful
gaiment gaily, cheerfully
garage, *m.* garage; repair shop
garantie, *f.* guarantee
garçon, *m.* boy; waiter
garde, *m.* guard; **— fou** rail, railing
garder to keep, to preserve
garde-robe, *f.* closet
gare, *f.* train station

garer to park
garni(e) garnished
garniture, *f.* trimming, ornament
gars, *m.* guy
gâteau, *m.* cake; **— sec** cookie
gâté(e) spoiled
gauche left; **à —** to the left
gaze, *f.* gauze; veil
géant, *m.* **(géante,** *f.)** giant
gelée, *f.* frost, jelly; **— blanche** white frost
gémir to groan; to creak
gêné(e) embarrassed
gêner to inconvenience; to embarrass
général(e) general, universal; **en —** in general
généralement generally
généreusement generously
généreux (généreuse) generous
genêt, *m.* genista, flowering bloom
genou, *m.* knee
genre, *m.* kind, sort; gender
gens, *m.pl.* people; **jeunes —** young men or young people
gentil(le) gentle, nice
gentillesse, *f.* kindness, niceness
gentiment nicely
géographie, *f.* geography
géométrique geometric
géranium, *m.* geranium
gérant, *m.* **(gérante,** *f.)** manager
germanique Germanic
gérondif, *m.* gerund
geste, *m.* gesture, action
gestion, *f.* management, administration
gigantesque gigantic
gigot, *m.* leg of lamb
glace, *f.* ice; ice cream; glass; mirror
glissant(e) slippery
glisser to slip; to slip on; to slide
gorge, *f.* throat; **avoir la — serrée** to have a lump in one's throat
gosier, *m.* throat, gullet
gosse, *m.* or *f.* child, kid
gouape, *f.* punk
gourmet, *m.* gourmet
gousse, *f.* shell, pod; **— d'ail** clove of garlic
goût, *m.* taste
goûter to taste
goutte, *f.* drop
gouvernement, *m.* government
gouverner to control, to govern
grâce, *f.* grace; **— à** thanks to
gracieux (gracieuse) graceful

graduellement gradually
grain, *m.* grain
graine, *f.* seed, grain
grammaire, *f.* grammar
grand(e) large; great; tall; —
  magasin department store
grandeur, *f.* largeness, size
grandir to grow; to grow up
grand-mère, *f.* grandmother
grand-père, *m.* grandfather
grands-parents, *m.pl.*
  grandparents
gras (grasse) fat; greasy; oily;
  matières grasses fats
gratture, *f.* scrape or scratch marks
gratuit(e) free (of charge)
grave grave, serious
gravé(e) to engrave; to imprint
gravement gravely, seriously
gravier, *m.* gravel
gravité, *f.* gravity; seriousness
gravure, *f.* engraving
grec (grecque) Greek
Grèce, *f.* Greece
grenouille, *f.* frog
grève, *f.* strike
grillade, *f.* broiled meat
grille, *f.* railing, grating
griller to broil; to grill; to toast
grimper to climb
grippe, *f.* flu
gris(e) gray
grommeller to grumble
grondement, *m.* rumbling, growling
gros(se) big; fat
grossier (grossière) rough,
  coarse, rude
grossir to get fat; to make bigger,
  fatter
se grouiller to hurry up (*français
  familiar*)
groupe, *m.* group
gruyère, *m.* gruyere (swiss)
  cheese
guère hardly, not much, not very
guéri(e) healed, cured
guerre, *f.* war
guichet, *m.* ticket window
guide, *m.* guide
guillotine, *f.* guillotine
guitare, *f.* guitar
gymnastique, *f.* physical exercise

H

habillé(e) dressed
s'habiller to get dressed

habitant, *m.* (habitante, *f.*)
  inhabitant, resident
habiter, to live, reside
habitude, *f.* habit, custom
habituel(le) habitual, usual
s'habituer à to grow accustomed to
*hache, *f.* ax, hatchet
*hardi(e) bold, daring, fearless
*hardiment boldly, daringly
*haricot, *m.* kidney-bean; — vert
  green bean
*hasard, *m.* chance; accident; au
  — at random; par — by chance
*hâte, *f.* haste
*hausser to raise, to lift up
*haut(e) high, tall; penser tout
  haut to think out loud
*haut-parleur, *m.* loudspeaker
*hein Hey!; (after a sentence)
  isn't it?
hélas alas
héliotrope, *m.* sunflower
herbe, *f.* herb, grass
héritage, *m.* heritage, inheritance
hérité(e) inherited
héroïne, *f.* heroin
*héros, *m.* hero
hésiter to hesitate
heure, *f.* hour; à l'— on time
heureusement happily, luckily
heureux (heureuse) happy
*heurter to knock against; to hit
  against
hiberner to hibernate
hier yesterday
hiéroglyphe, *m.* hieroglyph
histoire, *f.* story; history
hiver, *m.* winter
*holà, *m.* stop, end; mettre le —
  to put a stop to
*hollandais(e) Dutch
*Hollande, *f.* Holland
*homard, *m.* lobster
hommage, *m.* homage; respect
homme, *m.* man
*Hongrie, *f.* Hungary
honnête honest, virtuous
honneur, *m.* honor; virtue
*honte, *f.* shame
hôpital, *m.* hospital
horaire, *m.* time-table, schedule
horizon, *m.* horizon
horreur, *f.* horror, dread
horrifié(e) horrified
*hors out of, outside of
*hors-d'oeuvre, *m.* dish served at
  the beginning of a meal

hostilité, *f.* hostility
hôte, *m.* host; guest
hôtel, *m.* hotel
hôtellerie, *f.* inn
hôtesse, *f.* hostess
huile, *f.* oil
huître, *f.* oyster
humain(e) human
humeur, *f.* temperament,
  disposition, mood
humoristique humorous
humour, *m.* humor
hurler to yell; to roar
hymne, *m.* anthem
hypocondriaque hypochondriac
hypocrite hypocritical

I

ici here
idéal(e) ideal
idée, *f.* idea; notion
identité, *f.* identity
idiot, *m.* (idiote, *f.*) idiot
idiot (idiote) idiotic
idole, *f.* idol
idylle, *f.* idyl, romance
ignorance, *f.* ignorance
ignorer to be ignorant of; not to
  be aware of
île, *f.* island
illuminé(e) lit; illuminated
il y a there is, there are
image, *f.* image
imaginaire imaginary
imbécile, *m.* or *f.* imbecile
imiter to imitate
immédiatement immediately
immensité, *f.* immensity
immeuble, *m.* building, edifice
immobile motionless
immobilier (immobilière)
  pertaining to property; agent
  — real estate agent
imparfait, *m.* imperfect tense
impatience, *f.* impatience
impératif, *m.* imperative
impératif (impérative) imperative
imperméable, *m.* raincoat
impersonnel(le) impersonal
implication, *f.* implication
impliquer to imply
impôt, *m.* tax, duty
impressionnant(e) impressive
impressionné(e) impressed, affected
impressionnisme, *m.*
  impressionism

*Asterisk indicates **h** before which there is no elision and no liason.

impressionniste impressionist
imprimeur, *m.* printer
inaccompli(e) unaccomplished
inattendu(e) unexpected, unforeseen
inauguration, *f.* inauguration
incertain(e) uncertain
inclure to include
inconnu, *m.* (inconnue, *f.*) stranger
inconnu(e) unknown
inconscience, *f.* unconsciousness
inconscient(e) unconscious
indien, *m.* (indienne, *f.*) Indian
indien(ne) Indian
indifféremment indifferently; indiscriminately
indifférence, *f.* indifference
indigné(e) indignant, shocked
indiquer to indicate
indiscret (indiscrète) indiscreet
indulgence, *f.* indulgence
industrie, *f.* industry
industriel(le) industrial
inévitable inevitable
inexorablement unrelentingly
infini(e) infinite
infirmière, *f.* nurse
informatif (informative) informative
informatique, *m.* data processing
ingénieur, *m.* engineer
ingrédient, *m.* ingredient
initiative, *f.* initiative
injuste unjust
innocent(e) innocent
innombrable innumerable
inoffensif (inoffensive) harmless
inondé(e) flooded
inoubliable unforgettable
inquiet (inquiète) uneasy, worried
s'inquiéter to worry
inscription, *f.* inscription
insecte, *m.* insect
insensé(e) insane; senseless
insistance, *f.* insistence, persistence
installation, *f.* settling into (a house)
s'installer to settle oneself
instance, *f.* en — de in the process of
instant, *m.* instant
instinctivement instinctively
institut, *m.* institute
instituteur, *m.* (institutrice, *f.*) instructor, teacher
instrument, *m.* instrument

insuffisant(e) insufficient
insulte, *f.* insult
insupportable intolerable; unbearable
intégrer to integrate
intellect, *m.* intellect
intellectuel, *m.* intellectual
intelligement intelligently
intelligence, *f.* intelligence
intelligent(e) intelligent
interdiction, *f.* prohibition
interdire to prohibit, forbid
interdit(e) dumbfounded, forbidden
intéresser to interest; s' — à to be interested in
intérêt, *m.* interest
intérieur(e) inner, internal, interior
interrompre to interrupt
interview, *f.* interview
intime intimate
intimidé(e) intimidated
intimité, *f.* intimacy
intransigeant, *m.* intransigent, stubborn
intrigué(e) intrigued
introduit(e) introduced
inutile useless
inventeur, *m.* (inventrice, *f.*) inventor
inversé(e) inverted
invité, *m.* (invitée, *f.*) invited guest
invraisemblable unlikely, improbable
Irak, *m.* Iraq
Iran, *m.* Iran
Irlande, *f.* Ireland
ironie, *f.* irony
ironique ironic
ironiquement ironically
irrégularité, *f.* irregularity
irrégulier (irrégulière) irregular
isolé(e) isolated
Israël, *f.* Israel
Italie, *f.* Italy
italien(ne) Italian
itinéraire, *m.* itinerary, route
ivre drunk
ivresse, *f.* drunkness, intoxication
ivrogne, *m.* drunkard

J

jalousie, *f.* jealousy
jaloux (jalouse) jealous
jamais never

jambe, *f.* leg
janvier, *m.* January
Japon, *m.* Japan
jardin, *m.* garden
jasmin, *m.* jasmine
jaune yellow; — d'oeuf, *m.* yolk (of an egg)
jaunir to turn yellow
jazz, *m.* jazz
jeter to throw, to fling, to hurl; — un coup d'oeil to glance
jeu, *m.* game
jeune young
jeunesse, *f.* youth, youthfulness
joie, *f.* joy
joindre to join, unite
joli(e) pretty
joliment nicely; extremely
joue, *f.* cheek
jouer to play
jouet, *m.* toy
joueur, *m.* (joueuse, *f.*) player
jour, *m.* day
journal, *m.* newspaper
journalier (journalière) daily
journaliste, *m.* or *f.* journalist
journée, *f.* day(time)
joyeusement joyfully
joyeux (joyeuse) joyful, merry
jugé(e) judged
juge, *m.* judge
jugement, *m.* judgment
juger to judge
juif (juive) Jewish
juillet, *m.* July
juin, *m.* June
jument, *f.* mare
jupe, *f.* skirt
jupon, *m.* petticoat
jurer to swear
jus, *m.* juice
jusqu'à until
justement justly, precisely, exactly
justice, *f.* justice
justicier (justicière) justiciary, retributive
justifier to justify

K

kilo, *m.* kilogram
kilomètre, *m.* kilometer
kiosque, *m.* stand (newspaper)
klaxon, *m.* horn

L

là there; — bas over there
laboratoire, *m.* laboratory
labouré(e) ploughed, tilled

laisser to let; to leave
lait, *m.* milk
lancer to fling; to launch; se — to rush; to launch out
langage, *m.* language
langue, *f.* tongue; language
languir to languish; to pine away
lapin, *m.* rabbit
large wide; large
larme, *f.* tear
latin(e) Latin
lavande, *f.* lavender
laver to wash; se — to wash oneself
leçon, *f.* lesson
lecture, *f.* reading
légal(e) legal
léger (légère) light; à la légère thoughtlessly
légèrement lightly, slightly
légitime legitimate
légume, *m.* vegetable
lendemain, *m.* next day
lent(e) slow; sluggish
lentement slowly
lettre, *f.* letter
leur their, them
lever to lift, to raise; se — to get up
lèvre, *f.* lip
liaison, *f.* joining, linking
Liban, *m.* Lebanon
libération, *f.* liberation
libre free
licencié(e) who holds a licence (degree)
lier to fasten, to tie; — conversation to enter into conversation
lieu, *m.* place; au — de instead of
ligne, *f.* line; — aérienne airline
limité(e) limited
liqueur, *f.* liqueur
liquide liquid; argent — ready cash
lire to read
lis, *m.* lily
lisse smooth
liste, *f.* list
lit, *m.* bed
litre, *m.* liter
littérature, *f.* literature
livraison, *f.* delivery; prendre — to receive
livre, *m.* book
livrer to deliver; to hand over
livreur, *m.* delivery person
local, *m.* place, premises
local(e) local
localité, *f.* locality

logique, *f.* logic
logique logical
logiquement logically
loi, *f.* law
loin far; au — in the distance
long(ue) long; le — de along
longtemps a long time
longuement for a long time
longueur, *f.* length
lorsque when
louer to rent, lease
loup, *m.* wolf
lourd(e) heavy
loyal(e) fair, honest; loyal
loyer, *m.* rent
lucide lucid, clear
lugubre dismal; ominous
lumière, *f.* light
lundi, *m.* Monday
lune, *f.* moon
lunettes, *f.pl.* eyeglasses
lustre, *m.* chandelier
luxe, *m.* luxury
Luxembourg, *m.* Luxembourg
luxueux (luxueuse) luxurious
Lybie, *f.* Lybia
lycée, *m.* high school

M

ma my
machinalement mechanically
machine, *f.* machine; — à écrire typewriter
madame, *f.* Mrs.
mademoiselle, *f.* Miss
magasin, *m.* store
magazine, *m.* magazine
magique magical
magnifique magnificent
mai, *m.* May
maigre thin, skinny
maigrir to grow thin
main, *f.* hand
maintenant now
maintenir to maintain, to preserve
mais but
maison, *f.* house
maître, *m.* master
maîtresse, *f.* mistress
majestueux (majestueuse) majestic
majeur(e) major
majuscule, *f.* capital letter
mal, *m.* badly
mal, *m.* pain, ache; — à l'aise uncomfortable; — à la tête headache

malade, *m.* or *f.* sick person
malade sick, ill
malgré in spite of
malheur, *m.* misfortune; faire un — to do something desperate
malheureusement unfortunately
malheureux (malheureuse) unhappy
malhonnête dishonest
malpropre dirty; dishonest, immoral
manche, *f.* sleeve
mandat, *m.* money order
manger to eat
manie, *f.* mania; craze
manière, *f.* manner, way
mannequin, *m.* model
manquer to lack; to miss
manteau, *m.* coat
manucure, *m.* or *f.* manicurist
maquereau, *m.* pimp
(se) maquiller to put on makeup
marbre, *m.* marble
marché, *m.* market; bon — inexpensive
marche, *f.* gait; step (of a stair); mettre en — to set going
marcher to walk; to function
mardi, *m.* Tuesday
marguerite, *f.* daisy
mari, *m.* husband
mariage, *m.* marriage
marié(e) married
se marier to marry
marin, *m.* sailor
marine, *f.* navy; bleu——navy blue
marmite, *f.* cooking pot
marque, *f.* mark
marquer to mark
marrant(e) amusing, funny (*français familier*)
marron brown
marronnier, *m.* chestnut-tree
mars, *m.* March
massage, *m.* massage
masse, *f.* mass, heap
masseur, *m.* (masseuse, *f.*) masseur, masseuse
massif, *m.* clump of (trees, flowers)
matériaux, *m.pl.* materials
matière, *f.* matter; material; subject matter
matin, *m.* morning
matinée, *f.* morning(time)
maturité, *f.* maturity
mauvais(e) bad
maximum, *m.* maximum

mec, *m.* guy (*français familier*)
mécanicien, *m.* mechanic
méchamment nastily; maliciously
méchant(e) evil, bad; mean
médaillé(e) honored with a medal
médecin, *m.* physician
médecine, *f.* medicine (medical profession)
médicament, *m.* medicine
médiéval(e) medieval
Méditerranée (la) Mediterranean Sea
meilleur(e) better; **le —, la —e** the best
mélancolie, *f.* melancholy, sadness
mêlé(e) mixed
se mêler to (inter)mingle, to blend
mélodie, *f.* melody
melon, *m.* melon
membrane, *f.* membrane
membre, *m.* member
même same; even
mémoire, *f.* memory
menacer to threaten, to menace
ménage, *m.* housekeeping; household
ménager (ménagère) pertaining to the house
mener to lead
mensonge, *m.* lie
mentir to lie
menu, *m.* menu
menu(e) slender, small
mer, *f.* sea
merci thank you
mercredi, *m.* Wednesday
mère, *f.* mother
mériter to deserve, to merit; to earn
merveille, *f.* wonder, miracle; **à — ** admirably
merveilleusement wonderfully
mésaventure, *f.* mischance, misfortune
message, *m.* message
messe, *f.* mass
métal, *m.* metal
méthode, *f.* method
méthodologie, *f.* methodology
métier, *m.* profession
mètre, *m.* meter
métrique metric
métro, *m.* subway
mettre to put; to place; **se — à table** to sit down to eat; **se — au travail** to set to work; **se —**

en colère to get angry; **se — en route** to set out
meuble, *m.* piece of furniture
meubler to furnish
meurtre, *m.* murder
Mexique, *m.* Mexico
midi, *m.* noon; **le Midi** the South of France
miel, *m.* honey
migraine, *f.* migraine
mijoter to simmer
milieu, *m.* middle; environment
mille one thousand
millier, *m.* thousand
million, *m.* million
millionnaire, *m.* millionaire
mince thin, slender
mineur(e) minor; under age
minuit, *m.* midnight
minute, *f.* minute
miroir, *m.* mirror
miroitant(e) reflecting, glistening
mise en plis, *f.* setting (of the hair)
miséricordieux (miséricordieuse) merciful
mixte mixed
mobylette, *f.* moped
moche ugly (*français familier*)
mode, *f.* fashion
mode, *m.* method; mood
modèle, *m.* model; pattern
modestement modestly
moeurs, *f.pl.* morals, morality
moindre the least, the slightest
moins less; **au —** at least; **à — que** unless; **du —** at least
mois, *m.* month
moitié, *f.* half
moment, *m.* moment
mon my
monde, *m.* world; **tout le —** everybody
mondial(e) world-wide; **guerre —e** world war
monnaie, *f.* coin, change
monotone monotonous
monsieur, Mr., sir; **un —** a man, a gentleman
monstre, *m.* monster
montagne, *f.* mountain
monter to go up; to climb; to get on (in)
montre, *f.* watch
montrer to show
monument, *m.* monument
se moquer de to make fun of
morceau, *m.* piece
mordre to bite

mort, *f.* death
mort(e) dead
mort, *m.* (**morte,** *f.*) dead person
morue, *f.* codfish
mot, *m.* word; note
moteur, *m.* motor, engine
motocyclette, *f.* motorcycle
mouchoir, *m.* handkerchief
mouillé(e) wet
moule, *m.* mold (for baking)
mourir to die
mousse, *f.* whipped dessert
moustache, *f.* moustache
mouton, *m.* sheep
mouvement, *m.* movement
moyen, *m.* means; **— de transport** means of transportation
Moyen-Age, *m.* Middle Ages
muet(te) mute, silent
mugir to roar, to moan
mur, *m.* wall
murmurer to murmur, to whisper
muscade, *f.* nutmeg
muscle, *m.* muscle
musée, *m.* museum
musicien, *m.* (**musicienne,** *f.*) musician
musique, *f.* music
musqué(e) musk scented
musulman(e) Moslem
mutuellement mutually
mystère, *m.* mystery
mystérieux (mystérieuse) mysterious
mythe, *m.* myth
mythologie, *f.* mythology

N

nager to swim
naïf (naïve) naïve, simple
naissance, *f.* birth
naître to be born
naïvement naïvely
nappé(e) covered
narine, *f.* nostril
natal(e) native
natif, *m.* (**native,** *f.*) native
nationalisme, *m.* nationalism
nationalité, *f.* nationality
nature, *f.* nature
naturel(le) natural; genuine
naturellement naturally
navré(e) distressed, heartbroken
ne . . . pas not; **n'est-ce pas?** isn't it so?
ne . . . que only

né(e) born
nécessaire necessary
nécessairement necessarily;
    inevitably
nécessité, *f.* necessity
nécessiter to necessitate, to
    require
négligé(e) neglected; careless;
    slovenly
neige, *f.* snow
nerf, *m.* nerve; **taper sur les —s**
    to irritate
nerveux (nerveuse) nervous
net(te) net (of prices)
nettoyer to clean
neutre neuter; neutral
neuvième ninth
neveu, *m.* nephew
nez, *m.* nose
nièce, *f.* niece
niveau, *m.* level
noblesse, *f.* nobility; nobleness
Noël, *m.* Christmas; **Joyeux —**
    Merry Christmas
noir(e) black
noircir to blacken; to turn black
noix, *f.* nut; **— de muscade**
    nutmeg
nom, *m.* name; noun
nombre, *m.* number
nombreux (nombreuse)
    numerous
nominal(e) nominal
nommer to name; to appoint
non no; **— plus** neither
nord, *m.* north
nord-américain(e) North
    American
nord-ouest, *m.* north-west
normalement normally
Normandie, *f.* Normandy
note, *f.* note; grade
notre our: **le (la) nôtre** ours
nourriture, *f.* nourishment, food
nouveau (nouvelle) new; **de**
    nouveau again; **Nouveau-**
    Mexique New Mexico
nouveauté, *f.* novelty, newness
noyé(e) drowned; flooded
nu, *m.* the nude, nudity
nu(e) naked
nuage, *m.* cloud
nuance, *f.* shade
nuit, *f.* night, night-time; **bonne**
    — good night
nul(nulle) none; no one; no;
    nulle part nowhere
numéro, *m.* number
nymphéa, *m.* water-lily

O

obéir to obey
objet, *m.* object, thing
obligatoire obligatory,
    compulsory
obligé(e) obliged, compelled
obscur(e) obscure
obscurcir to obscure, to darken
observer to observe
obsession, *f.* obsession
obstiné(e) obstinate, stubborn
obtenir to obtain, get
occasion, *f.* opportunity
occupé(e) occupied, busy
occuper to occupy; **s'— de** to deal
    with, take care of
octobre, *m.* October
odeur, *f.* odor; scent
odorant(e) fragrant
oeil, *m.* (pl. **yeux**) eye
oeuf, *m.* egg
oeuvre, *f.* work; production
offensant(e) offensive, insulting
offensé(e) offended
offense, *f.* offense; wrong
officiel, *m.* official, authority
officiellement officially
officier, *m.* officer
offrir to offer
oignon, *m.* onion
oiseau, *m.* bird
olive, *f.* olive
ombre, *f.* shadow
omelette, *f.* omelette
oncle, *m.* uncle
onctueux (onctueuse) unctuous
onde, *f.* wave
onze eleven
opéra, *m.* opera
opinion, *f.* opinion
opposé(e) opposed
optimiste, *m.* or *f.* optimist
orage, *f.* storm
oral(e) oral
orange, *f.* orange; orange color
oranger, *m.* orange tree
orchestre, *m.* orchestra; band
ordinaire ordinary, common
ordinateur, *m.* computer
ordonner to set in order; to
    command
ordre, *m.* order, command
oreille, *f.* ear; hearing
oreiller, *m.* pillow
organe, *m.* organ
orgueil, *m.* pride
original(e) original
originalité, *f.* originality

originateur, *m.* originator
origine, *f.* origin, source
orner to adorn, to decorate
orphelin, *m.* (**orpheline,** *f.*)
    orphan
orthographe, *f.* spelling
orthographique orthographical
osé(e) bold, daring
oser to dare
où where
oublier to forget
ouest, *m.* west
oui yes
outil, *m.* tool
ouvert(e) open
ouvertement openly
ouvrage, *m.* work, piece of work,
    work of art, etc.
ouvrier, *m.* (**ouvrière,** *f.*) worker
ouvrir to open

P

pacifique Pacific
page, *f.* page
paille, *f.* straw
pain, *m.* bread
pain bagnat, *m.* sandwich with
    lettuce, anchovies, tuna,
    tomatoes, and olives
paire, *f.* pair
paix, *f.* peace
palais, *m.* palace; **— de justice**
    Hall of Justice
pâle pale
pâlir to grow, turn, or become
    pale
panier, *m.* basket
panique, *f.* panic, scare
panne, *f.* breakdown; **tomber en**
    — to have car trouble
panneau, *m.* sign; **— de**
    signalisation road sign
pantalon, *m.* trousers, pants
pape, *m.* Pope
papier, *m.* paper
paquet, *m.* package, parcel
par for; by; **— contre** on the
    other hand; **— terre** on the
    ground
paragraphe, *m.* paragraph
paraître to seem, appear
parallèle parallel
parapet, *m.* parapet (of trench,
    bridge)
parapluie, *m.* umbrella
parc, *m.* park
parce que because
pardonner to forgive

pare-brise, *m.* windshield
pareil(le) similar; same, identical
parent, *m.* relative; pl. parents
paresseux (paresseuse) lazy
parfait(e) perfect
parfaitement perfectly
parfois sometimes
parfum, *m.* perfume, fragrance
parisien(ne) Parisian
parler to speak; to talk
parmi among; amid
parole, *f.* (spoken) word; speech
part, *f.* share, part, portion; **à —** aside
partager to share; to divide
partenaire, *m.* or *f.* partner
parti, *m.* (political) party
participe, *m.* participle
particulier (particulière) particular, peculiar; **en particulier** in particular
particulièrement particularly
partie, *f.* part (of a whole); **faire — de** to be a part of
partiel(le) partial
partir to depart, leave
partout everywhere, all over
parvis, *m.* open space (in front of a church)
pas no, not; **ne . . . —** not; **— du tout** not at all
passage, *m.* passage; crossing; **être de —** be passing by
passager, *m.* (**passagère,** *f.*) passenger
passant, *m.* passer-by
passé, *m.* past
passeport, *m.* passport
passer to spend (time), to pass; **— un examen** to take an exam; **se — de** to do without
passif (passive) passive
passion, *f.* passion
passionnant(e) exciting, thrilling
passionnément passionately
passionner to interest deeply
pastille, *f.* lozenge
pataud(e) awkward, clumsy
pâté, *m.* blot (of ink)
pâte, *f.* dough
patience, *f.* patience
patient(e) patient
pâtisserie, *f.* pastry; pastry shop
patriotique patriotic
patron, *m.* (**patronne,** *f.*) boss; proprietor
paupière, *f.* eyelid
pauvre poor
pavé, *m.* pavement

pavillon, *m.* pavilion
payer to pay
pays, *m.* country
paysage, *m.* landscape, scenery
péage, *m.* toll
peau, *f.* skin
péché, *m.* sin
pêche, *f.* peach
pêcher to fish
pêcheur, *m.* fisherman
se peigner to comb one's hair
peindre to paint
peine, *f.* trouble, sorrow; **à —** barely; **valoir la —** to be worth it
peintre, *m.* painter
peinture, *f.* painting
peler to skin, to peel, to pare
pelletier, *m.* furrier
pencher to bend, to lean
pendant during; **— que** while
pénible troublesome
péniblement laboriously
pensée, *f.* thought
penser to think
percé(e) pierced
perché(e) perched
perdre to lose
père, *m.* father
perfection, *f.* perfection
perfectionner to perfect; to improve
période, *f.* period (of time)
périphérie, *f.* periphery
perle, *f.* pearl
perler to bead
permanente, *f.* permanent wave
permettre to permit, to allow
permis, *m.* permit; license
Pérou, *m.* Peru
pers(e) greenish-blue
persévérer to persevere
personnage, *m.* person; character (in a book, play)
personnalité, *f.* personality, personal character
personne, *f.* person
personne (ne) nobody
personnel, *m.* personnel
personnel(le) personal
personnellement personally
perspective, *f.* perspective
peser to weigh; to consider
petit(e) small; **— ami** boyfriend; **— déjeuner** breakfast; **—e amie** girlfriend
petit-fils, *m.* grandson
pétrole, *m.* petroleum
peu little, few; **un —** a little; **à — près** about

peuple, *m.* people, nation
peur, *f.* fear; **avoir —** to be afraid; **de — que** for fear that
peut-être perhaps
pharmacie, *f.* pharmacy
pharmacien, *m.* (**pharmacienne,** *f.*) pharmacist
phénomène, *m.* phenomenon; event
phonétique, *f.* phonetics
photographe, *m.* photographer
photographier to photograph
phrase, *f.* sentence
physique physical
pianiste, *m.* or *f.* pianist
piano, *m.* piano
pièce, *f.* piece; room; **— de théâtre** play
pied, *m.* foot
pierre, *f.* stone
pieux (pieuse) pious
pigeon, *m.* pigeon
pilier, *m.* pillar, column, post
pin, *m.* pine tree
pincée, *f.* pinch
pingouin, *m.* penguin
pique-nique, *m.* picnic
piquer to sting; to mark off
piqûre, *f.* hypodermic injection, shot
piscine, *f.* pool
pitié, *f.* pity, compassion
pittoresque pictoresque
placard, *m.* closet
place, *f.* place; position; room; public square
placé(e) placed, situated
plafond, *m.* ceiling
plage, *f.* beach
plaider to plead, to argue
plaine, *f.* plain
plaire to please; to be attractive to
plaisanter to joke
plaisanterie, *f.* joke
plaisir, *m.* pleasure
plaît: s'il vous — please
plan, *m.* plane; plan; map; drawing
planète, *f.* planet
plante, *f.* plant
plat, *m.* dish
plat(e) flat
platane, *m.* sycamore tree
plateau, *m.* tray, plate
plate-forme, *f.* platform
plein(e) full; **faites le —** fill her up
pléonastique pleonastic
pleurer to cry

pleuvoir to rain; **il pleut** it is raining
plier to fold
plisser to wrinkle
plombier, *m.* plumber
pluie, *f.* rain
plumer to pluck, to feather
plupart (la) most; greater or greatest part
pluriel, *m.* plural
pluriel(le) plural
plus more; **ne . . . —** no longer
plusieurs several
plutôt rather
pneu, *m.* tire
poche, *f.* pocket
poêle, *f.* frying pan
poème, *m.* poem
poétique poetical
poids, *m.* weight
poignant(e) poignant; sharp, acute
point point; speck
poire, *f.* pear
pois, *m.* pea, peas
poisson, *m.* fish
poitrine, *f.* chest, bosom
poivre, *m.* pepper
poivron, *m.* bell pepper
pôle, *m.* pole
poli(e) polite
policier (policière) pertaining to the police; **roman —** detective novel
poliment politely
politesse, *f.* politeness
politique, *f.* politics
polyglotte, *m.* or *f.* polyglot
pomme, *f.* apple; **— de terre** potato
pompeux (pompeuse) pompous
ponctuel(le) punctual, exact
pont, *m.* bridge
port, *m.* port; harbor
portail, *m.* portal, front gate (of a church)
portatif (portative) portable, portative
porte, *f.* door
portefeuille, *m.* wallet
porter to wear; to carry
portrait, *m.* portrait
portugais, *m.* Portuguese (language)
poser to place; to put; to ask
position, *f.* position; situation
posséder to possess; to own
possession, *f.* possession
possibilité, *f.* possibility

poste, *f.* post office
pot, *m.* pot; jar
potage, *m.* soup
pote, *m.* chum, pal
potion, *f.* potion
pouffer: — de rire to burst out laughing
poulet, *m.* chicken
pour for; to; in order to; **— que** so that
pourboire, *m.* tip
pourtant however, yet
pousser to push; to grow
poussière, *f.* dust
poussiéreux (poussiéreuse) dusty
pouvoir to be able
pouvoir, *m.* power
pratique practical
pratiquer to practice
précédent(e) preceding, former
précieux (précieuse) precious
se précipiter to dart; to hurry
précis(e) precise, exact
précisément exactly
précision, *f.* precision, preciseness
préfabriqué(e) prefabricated
préface, *f.* preface
préférence, *f.* preference; **de —** preferably
préhistorique prehistoric
premier (première) first
prendre to take; **— une décision** to make a decision; **s'en — à** to blame; **s'y — ** to go about it
se préoccuper to preoccupy oneself; to be anxious about
près near, **à peu —** nearly
prescrire to prescribe
présence, *f.* presence
présenter to present; to show
président, *m.* president
presque almost
presse, *f.* press
pressé(e) in a hurry; squeezed (lemon)
pression, *f.* pressure; **faire — sur** to bring pressure to bear on
prêt(e) ready
prêter to lend
preuve, *f.* proof
prévoir to foresee
prier to pray, to entreat; to request
prière, *f.* prayer; request
primaire primary
primitif (primitive) primitive
prince, *m.* **(princesse,** *f.*) prince, princess
principe, *m.* principle; **en —** as a rule, theoretically

printemps, *m.* spring
prise, *f.* taking, capture; hold
prison, *f.* prison
prisonnier, *m.* **(prisonnière,** *f.*) prisoner
privé(e) private
prix, *m.* price
probablement probably
problème, *m.* problem
procédé, *m.* process, operation; method
procès, *m.* trial; **—-verbal (P.v.)** traffic ticket
prochain(e) next
proche near
prodigieux (prodigieuse) prodigious
produire to produce
produit, *m.* product
professeur, *m.* professor
profession, *f.* profession
profil, *m.* profile
profiter to profit, to take advantage
profond(e) deep, profound
profondément deeply, profoundly
programme, *m.* program
progrès, *m.* progress; improvement
projet, *m.* project, plan
prolétaire proletarian
promenade, *f.* walk, stroll
promener to take out for a walk; **se —** to go for a walk
promeneur, *m.* **(promeneuse,** *f.*) walker; rider
promesse, *f.* promise
promettre to promise
prononcer to pronounce
propos à propos incidentally; at the right moment
proposer to propose; to offer
proposition, *f.* clause
propre own; clean
proprement properly, correctly
propriétaire, *m.* or *f.* owner, proprietor
prose, *f.* prose
prospection, *f.* prospecting (of ground)
protecteur, *m.* **(protectrice,** *f.*) protector
protéger to protect
protestant(e) protestant
prouver to prove
provençal(e) provençal, of Provence
Provence, *f.* Provence

province, *f.* province; country; **en —** in the country, in the provinces
provision, *f.* provision, supply
proximité, *f.* proximity
prudemment prudently
prudence, *f.* carefulness, prudence
psychanalyser to psycho-analyse
psychiatre, *m.* or *f.* psychiatrist
psychologique psychological
psychologiquement psychologically
psychologue, *m.* or *f.* psychologist
public, *m.* public
publicité, *f.* publicity; advertising
puis then
puisque since
punir to punish
pur(e) pure
purement purely
pureté, *f.* purity, innocence
P.v., *m.* traffic ticket
pyramide, *f.* pyramid

Q

quai, *m.* wharf, pier
qualificatif (qualificative) qualifying
qualité, *f.* quality
quand when
quantité, *f.* quantity
quart, *m.* quarter
quartier, *m.* quarter; neighborhood; district
que that; which; than; **qu'est-ce que c'est?** what it is?
québecois(e) from Quebec
quel(le) what, which, what sort of
quelconque any; mediocre
quelque some; **— part** somewhere
quelquefois sometimes
se quereller to quarrel
questionner to question, to interrogate
queue, *f.* tail; **faire la —** to line up
qui who, whom
quinzième fifteenth
quitter to leave
quoi what
quoique although
quotidien(ne) daily, of daily usage

R

raccourcir to shorten, to abridge
raccrocher to hang up (the phone)
race, *f.* race
racine, *f.* root
raconter to relate, to tell
radiateur, *m.* radiator
radio, *f.* radio
radioffuser to broadcast
radis, *m.* radish
rafraîchir to cool; to refresh
raide stiff, rigid
raison, *f.* reason; **avoir —** to be right
raisonnable reasonable
raisonnablement reasonably
rajeunir to rejuvenate
ramener to bring back
rangée, *f.* row
ranger to put in order; to arrange
râpé(e) grated
rapetisser to shorten, to make smaller
rapidement rapidly
rappeler to call back; **se —** to recall, remember
rapport, *m.* report, account; relation, connection
rapporter to bring back, to take back
rapproché(e) near
rare rare
rarement rarely
se raser to shave oneself
rasoir, *m.* razor
rassembler to gather
rassurer to reassure
rat, *m.* rat
ratatouille, *f.* vegetable dish of Provence
rationnel(le) rational
rattraper to catch again; to overtake
ravi(e) delighted
ravissant(e) ravishing, delightful
rayon, *m.* ray; beam; **— X** X-ray
réaliser to effect; to realize
réalisme, *m.* realism
réalité, *f.* reality
récapitulatif (récapitulative) recapitulatory
récemment recently
récent(e) recent
recette, *f.* recipe
recevoir to receive
réchauffer to warm up, to reheat
recherche, *f.* inquiry; research

rechercher to search for
réciproque reciprocal
récit, *m.* account, story, narration
recommander to recommend
recommencer to begin again
se réconcilier to make up
reconnaissance, *f.* recognition; gratitude
reconnaître to recognize; to identify
reconstitué(e) restored
se recoucher to lie down again
recouvrir to cover over
recueil, *m.* collection
se recueillir to be plunged in meditation
récupérer to recover, to retrieve
rédacteur, *m.* (**rédactrice,** *f.*) editor
redoubler to increase
réel(le) real
refermer to shut again; to close up
réfléchi(e) reflexive
réfléchir to think over; to reflect
refléter to reflect
réflexif (réflexive) reflexive
réflexivement reflexively
refrain, *m.* refrain of a song
réfrigérateur, *m.* refrigerator
refus, *m.* refusal, denial
refuser to refuse, to deny
regard, *m.* look; glance
regarder to look
régime, *m.* diet
région, *f.* region
registre, *m.* register
règle, *f.* rule
règlement, *m.* regulation
regret, *m.* regret
regretter to regret
régulier (régulière) regular
régulièrement regularly
reine, *f.* queen
rejoindre to join
relâchement, *m.* slackening, loosening, relaxing
relatif (relative) relative
relation, *f.* relation, account; connection
relever to remark; to take up
religion, *f.* religion
relire to re-read
remarquable remarkable
remarquer to notice
remboursement, *m.* reimbursement
remercier to thank
remettre to put back; to put off

remmener to take back
remonter to go up again
rempart, *m.* rampart
remplacement replacement
remplacer to replace
remplir to fill
repousser to drive or force back
remporter to take back
rencontre, *f.* meeting, encounter
rencontrer to meet
rendez-vous, *m.* appointment, rendezvous
se rendormir to go back to sleep
rendre to give back, return; **se —** to go; **se — compte** to realize
renforcer to strengthen
renseignement, *m.* information
rentable profit-earning
rentrer to return home; to re-enter
renversé(e) reversed, inverted
réparer to repair, to mend
repartir to leave again
repas, *m.* meal
se repentir to repent
repentir, *m.* repentance
répertoire, *m.* list, catalogue; repertory
répéter to repeat
répliquer to reply
répondre to respond
réponse, *f.* response, answer
reposer to rest; **se —** to rest, to take a rest
reprendre to retake; to recapture; to take back; to resume
représenter to represent
reprocher to reproach
reproduire to reproduce
république, *f.* republic
requête, *f.* request
réserve, *f.* reserve, reservation
reserver to reserve
reservoir, *m.* reservoir; tank
résidence, *f.* residence, dwelling
résister to resist; to withstand
résoudre to resolve; to solve
respect, *m.* respect
respectable respectable
respecter to respect
respectif (respective) respective
respectueusement respectfully
respectueux, (respectueuse) respectful
respirer to breathe
responsabilité, *f.* responsability
responsable responsible
ressaisir to seize again
ressembler to resemble

resserrer to tighten again, to draw closer
ressource, *f.* resource
ressusciter to bring to life again
restant(e) remaining; **poste —e** general delivery
restaurant, *m.* restaurant
restaurer to restore
restauration, *f.* restoration
reste, *m.* rest, remainder
rester to remain, stay
restituer to restore; to return
résultat, *m.* result
résumer to sum up
retard, *m.* delay; **être en —** to be late
retenir to hold back; to retain
retentir to reverberate, to ring
retirer to take away, off
retour, *m.* return; **être de —** to be back
retourner to return; **se —** to turn around
retraite, *f.* retirement; retiring pension
rétrograde backward
retrouver to find again; to meet again
rétroviseur, *m.* driving mirror
réunion, *f.* reunion
réunir to unite, join, bring together
réussir to succeed
rêve, *m.* dream
se réveiller to awake, to wake up
révéler to reveal
revendre to resell
revenir to come back
rêver to dream
rêveur (rêveuse) dreaming, dreamy, pensive
revision, *f.* revision, review
revoir to see again; **au —** good-bye
révolte, *f.* revolt
révolution, *f.* revolution
revolver, *m.* revolver
revue, *f.* review (periodical), magazine
rez-de-chaussée, *m.* ground floor
rhum, *m.* rum
rhume, *m.* cold
ricaner to sneer
riche rich
rideau, *m.* curtain
ridicule ridiculous
ridiculiser to ridicule
rien nothing
riposter to retort

rire, *m.* laugh
rire to laugh
risque, *m.* risk
risquer to risk, to venture
rive, *f.* bank, shore (of river, lake, etc.)
rivière, *f.* river, stream
robe, *f.* dress
robinet, *m.* faucet
roi, *m.* king
rôle, *m.* role
roman, *m.* novel
romanesque romantic
romantique Romantic
romarin, *m.* rosemary
rompre to break
ronchonner to grumble
rond(e) round
rose, *f.* rose
rose rose colored, pink
rôt, *m.* roast
rôti, *m.* roast
rôtir to roast
roucouler to coo
rouge red; **— à lèvres** lipstick
rougir to turn red
rouille *f.* rust; **sauce —** a spicy sauce
rouler to drive
route, *f.* road; **être en —** to be on one's way
rouvrir to reopen
roux (rousse) reddish, red headed
royal(e) royal
royaume, *m.* kingdom
ruban, *m.* strip, border
rubis, *m.* ruby
rude disagreeable, hard
rudement roughly, ruggedly
rudimentaire rudimentary
rue, *f.* street
se ruer to rush
ruisseau, *m.* brook, stream
ruisseler to stream, to run down
rumeur, *f.* confused noise; rumor
russe, *m.* Russian (language)
Russie, *f.* Russia
rustique rustic
rythme, *m.* rhythm
rythmique rhythmical

S

sa his; her; its
sac, *m.* purse, bag
sacré(e) holy, sacred; (vulg.) cursed, damned
sacrebleu! curse it!
sacrifice, *m.* sacrifice

sadique sadistic
safran, *m.* saffron
saignant(e) bleeding
sain(e) healthy
saisir to seize, to lay hold of
saison, *f.* season
salade, *f.* salad
salaud, *m.* bastard (*français familier*)
sale dirty, nasty, foul
salir to dirty, to soil
salle, *f.* room; — à manger dining room; — de bain bathroom; — de séjour living room
salon, *m.* drawing-room, parlor
saloperie, *f.* trash, junk
saluer to hail, to greet
salut! Hi!
samedi, *m.* Saturday
sandale, *f.* sandal
sandwich, *m.* sandwich
sang, *m.* blood; se faire du mauvais — to worry
sangloter to sob
sans without; — façon informally
santé, *f.* health
saoûl(e) drunk
se saoûler to get drunk
sarcasme, *m.* sarcasm
Sardaigne, *f.* Sardinia
sari, *m.* sari (Indian women's dress)
satisfait(e) satisfied
sauce, *f.* sauce
saucisse, *f.* (fresh) sausage
sauf save, except
sauge, *f.* sage
sauter to jump; faire — to blow up, to toss up
sauvage savage, wild
sauver to save
savamment learnedly; knowingly
savant(e) learned; scholarly
saveur, *f.* savor, flavor
savoir to know; to know how
savourer to savor, to relish
scander to punctuate (one's words, etc.), to stress (i.e., beating of rhythm)
scandinave Scandinavian
scène, *f.* stage; scene
science, *f.* science
script, *m.* script
sculpteur, *m.* sculptor
sculpture, *f.* sculpture
sec (sèche) dry
séchoir, *m.* dryer
second(e) second

secondaire secondary
secouer to shake
secourir to help, assist
secours, *m.* help, assistance; au —! help!
secret, *m.* secret
secret (secrète) secret, private
sécurité, *f.* security
séduire to attract, to charm; to seduce
seigneur, *m.* lord; the Lord
sein, *m.* breast, bosom
seizième, *m.* sixteenth
séjour, *m.* stay, sojourn
sel, *m.* salt
semaine, *f.* week
semblable similar, like
sembler to seem, to appear
Sénégal, *m.* Senegal
sénégalais(e) Senegalese
sens, *m.* meaning, sense
sensationnel(le) sensational
sentiment, *m.* feeling; sensation; sentiment
sentir to feel; to smell; se — to feel
Seoudite, *f.* Saudi (Arabia)
séparation, *f.* separation
séparer to separate
sérénité, *f.* serenity, calmness
série, *f.* series
sérieusement seriously
sérieux (sérieuse) serious
serpenter to meander, to wind
serrer to press, to tighten, to squeeze; — la main to shake hands; — à droite to stay close to the right
serrure, *f.* lock
serveur, *m.* (serveuse) server; waiter (waitress)
servi(e) served
service, *m.* service, favor; — compris tip included
serviette, *f.* briefcase; napkin; towel
servir to serve
serviteur, *m.* servant, man-servant
seul(e) alone, only
seulement only
sévère servere, stern, strict
sévèrement severely
sexe, *m.* sex
sexisme, *m.* sexism
shampooing, *m.* shampoo
si so, if
si yes
Sicile, *f.* Sicily

siècle, *m.* century
siège, *m.* seat
siffler to whistle; to hiss
signal, *m.* signal
signalisation, *f.* signalling system
signature, *f.* signature
signe, *m.* sign
signer to sign
signifier to signify
silence, *m.* silence
silencieusement silently
silencieux (silencieuse) silent
sillon, *m.* furrow made by plough
simplement simply
simultané(e) simultaneous
simultanéité, *f.* simultaneousness
simultanément simultaneously
sincère sincere
singe, *m.* monkey
singulier (singulière) singular
sinon otherwise, if not
situé(e) situated
ski, *m.* skiing; faire du — to go skiing
sociabilité, *f.* sociability
société, *f.* society
soeur, *f.* sister
soi-disant would-be, so-called
soif, *f.* thirst
soigner to care for; to nurse
soigneusement carefully
soin, *m.* care
soir, *m.* evening
soirée, *f.* evening (duration); evening party
soldat, *m.* soldier
solde, *m.* clearance sale
soleil, *m.* sun
solide solid; substantial; firm
soliloque, *m.* soliloquy
solitaire solitary
sombre dark, sombre
somme, *f.* sum
sommeil, *m.* sleep
somnifère, *m.* sleeping pill
somnolent(e) sleepy
somptueux (somptueuse) sumptuous, magnificent
son his; her; its
son, *m.* sound
songer to dream; to think; to bear in mind
sonner to ring, to sound
sophistiqué(e) sophisticated
sorbet, *m.* sherbet
Sorbonne, *f.* Sorbonne (part of the University of Paris)

sorte, *f.* sort, king; **de — que** so that

sortie, *f.* exit; trip, sally

sortir to go out, to come out; to take out

sot(te) stupid, foolish

sottement foolishly

soudain suddenly, all of a sudden

soudain(e) sudden

soudaineté, *f.* suddenness

souffle, *m.* breath, breathing; **couper le —** to be breathless

souffrir to suffer

souhait, *m.* wish

souhaiter to wish, to desire

soulagement relief

soulever to raise; to stir up

soulier, *m.* shoe

soumettre to subject, to submit

soumission, *f.* submission

soupçon, *m.* suspicion

soupçonner to suspect

soupe, *f.* soup

souper, *m.* supper

souper to have supper

soupière, *f.* soup tureen

soupirer to sigh

source, *f.* source

sourcil, *m.* eyebrow

sourd(e) deaf; dull; hollow, muffled

souriant(e) smiling

sourire to smile

souris, *f.* mouse

sous under, below

soutenir to hold up, to support

souvenir, *m.* memory, recollection; souvenir

se souvenir de to remember

souvent often

soyeux (soyeuse) silky, silken

spacieux (spacieuse) spacious

spécial(e) special

spécialement especially, particularly

spécifier to specify

spécifique specific

spécifiquement specifically

spectacle, *m.* spectacle, scene

spéculatif (spéculative) speculative

spirituel(le) spiritual

splendeur, *f.* splendor

splendide magnificent

sport, *m.* sport

squelette, *m.* skeleton; frame(work)

stable stable

stand, *m.* stand

station, *f.* station; **— d'essence** gas station

statue, *f.* statue

sténo, *f.* (abbr. of **sténographie**) stenography, shorthand

stéréotypé(e) stereotyped

strictement strictly

structuralisme, *m.* structuralism

studio, *m.* one-roomed flat

stupéfait(e) stupefied, dumbfounded

stupidité, *f.* stupidity

style, *m.* style

stylistique stylistic

suavement suavely, sweetly

subir to be subject to; to submit to

subjectivité, *f.* subjectivity

substance, *f.* substance

subtil(e) subtle

subtilité, *f.* subtlety

se succéder to succeed each other

succès, *m.* success

succession, *f.* succession

successivement successively

succomber to yield, to succumb

sucre, *m.* sugar

sucré(e) sugared, sweet

sud, *m.* south

Suède, *f.* Sweden

suédois(e) Swedish

sueur, *f.* sweat, perspiration

suffire to suffice; **ça suffit** that's enough

suggérer to suggest

Suisse, *f.* Switzerland

suite, *f.* rest, the rest; **tout de —** immediately

suivant(e) following, next

suivi(e) de followed by

suivre to follow; to come next; to attend

sujet, *m.* subject

supérieur(e) superior; upper, higher

supermarché, *m.* supermarket

supplier to beg, to entreat

support, *m.* support

supporter to tolerate; to sustain, to uphold

supposer to suppose

suppression, *f.* suppression; cancelling

supprimer to abolish; to suppress

sur on; over

sûr(e) sure, certain

sûrement surely, certainly

surface, *f.* surface

surgir to rise, to surge

surmonté(e) surmounted

surplomber to overhang

surprendre to surprise (or take by surprise); to catch

surpris(e) surprised

surtout especially

survenir to arrive or happen unexpectedly

survivance, *f.* survival

suspect(e) suspicious, suspect

suspendu(e) suspended, hanging

syllabe, *m.* syllable

symétrique symmetrical

symétriquement symmetrically

sympathie, *f.* sympathy

sympathique likeable

symptôme, *m.* symptom

synagogue, *f.* synagogue

syntaxe, *f.* syntax

système, *m.* system

T

ta your

tabac, *m.* tobacco

table, *f.* table

tableau, *m.* picture, painting; blackboard; list, table

tablette, *f.* tablet

tabouret, *m.* stool, foot-stool

tac, *m.* taxi (*slang*)

tâche, *f.* task, job

tache, *f.* spot, stain

tâcher to try

taillé(e) cut, trimmed

tailleur, *m.* tailor

se taire to be silent

talent, *m.* talent

talon, *m.* heel

tam-tam, *m.* tom-tom

tandis que while

tant so much, so many; **— mieux** so much the better; **— pis** so much the worse

tante, *f.* aunt

taper to hit; to tap; to type

tapisserie, *f.* tapestry, hangings

taquiner to tease

taquinerie, *f.* teasing

tard late

tarif, *m.* rate, price-list

tarte, *f.* pie

tas, *m.* heap; **un — de** a lot of

tasse, *f.* cup

taxe, *f.* tax

taxi, *m.* taxi

technique, *f.* technique

techniquement technically
teindre to dye, to color
teint, *m.* color; complexion
teinturerie, *f.* dry cleaners
tel(le) such; like
télégraphier to telegraph
téléguider to radio-control
téléphone, *m.* telephone
téléphoner to telephone
téléviser to televise
télévision, *f.* television
tellement so; so much
température, *f.* temperature
tempête, *f.* storm
temple, *m.* temple
temporaire temporary
temps, *m.* time; tense; weather;
  de — en — from time to time
tendance, *f.* tendency
tendre tender, soft
tendre to stretch; to hold out
tendrement tenderly
tendresse, *f.* tenderness
tenir to hold; to keep
tension, *f.* tension
tentatif (tentative) tentative
tentation, *f.* temptation
tenter to tempt; to attempt
terme, *m.* term
terminaison, *f.* ending
terminer to end
terne dull, dim
ternir to dull, to deaden
terrain, *m.* ground; site; field
terrasse, *f.* terrace
terre, *f.* earth; ground; par — on
  the ground
Terre-Neuve, *f.* Newfoundland
terre-plein, *m.* platform; raised
  strip in a street
terreur, *f.* terror
terrifiant(e) terrifying
terrifier to terrify
terrine, *f.* potted meat
tête, *f.* head; avoir mal à la — to
  have a headache
texte, *m.* text
texture, *f.* texture
théâtre, *m.* theatre
thème, *m.* translation
théorie, *f.* theory
thermos, *m.* thermos bottle
thon, *m.* tuna
thym, *m.* thyme
tiède lukewarm
timbre, *m.* stamp
timidement timidly
tirer to extract; to shoot; to take,
  to pull out

tiroir, *m.* drawer
tissu, *m.* fabric
titre, *m.* title; right; au même —
  for the same reason
toast, *m.* toast
toile, *f.* cloth; canvas; painting
toilette, *f.* : faire sa — to dress
toilettes, *f.pl.* restrooms
toit, *m.* roof
tolérer to tolerate
tomate, *f.* tomato
tombe, *f.* tomb, grave;
  tombstone
tombeau, *m.* tomb, grave
tomber to fall; — amoureux (de)
  to fall in love with
ton your
ton, *m.* tone; tint
tonique tonic
tonne, *f.* ton
tonnerre, *m.* thunder
torrentiel(le) torrential
torse, *m.* torso
tort, *m.* wrong; avoir — to be
  wrong
torture, *f.* torture
tôt soon, quickly; early
total(e) total, whole
totalement totally
toubib, *m.* (slang) doctor
touché(e) touched
toujours always
tour, *f.* tower; la — Eiffel Eiffel
  Tower; — de force trick, feat
tour, *m.* turn; tour, trip; le Tour
  de France annual cycle race
  around France
tourbillon, *m.* whirlwind
tourisme, *m.* tourism
touriste, *m.* tourist
touristique touristic, tourist
tournant, *m.* turn, bend
tournée, *f.* round, turn
tourner to turn; se — vers to turn
  towards
tourtière, *f.* Québec meat pie
tout(e) all, any; — à coup
  suddenly; — à fait completely;
  — haut out loud
tradition, *f.* tradition
traditionnel(le) traditional
traditionnellement traditionally
traduction, *f.* translation
traduire to translate
tragédie, *f.* tragedy
trahir to betray; to deceive
train, *m.* train; être en — de to
  be in the act of
trait d'union, *m.* hyphen

traitement, *m.* treatment
traiter to treat; to call
tranche, *f.* slice
tranquille quiet, calm, tranquil
tranquillement peacefully,
  quietly
tranquillité, *f.* tranquillity
transformer to transform
transmettre to transmit, to
  convey
transparent(e) transparent
transport, *m.* transport,
  transportation
transporter to transport
travail, *m.* work
travailler to work
travailleur, *m.* (travailleuse, *f.*)
  worker
de travers obliquely, askew
traversée, *f.* passage, crossing
traverser to cross
tréma, *m.* diaeresis
tremblant(e) trembling
trembler to tremble, to quake
trentaine, *f.* about thirty
très very; — bien very well
trésor, *m.* treasure; treasury
tribunal, *m.* court (of justice)
tribune, *f.* tribune (rostrum);
  gallery
tricolore tricolored
tricot, *m.* knitting
trimestre, *m.* quarter (three
  months)
trio, *m.* trio
triomphalement triumphantly
triomphe, *m.* triumph
triompher to triumph
tripoter to play with
triptyque, *m.* triptych
triste sad
tristesse, *f.* sadness
troisième third
se tromper to be mistaken
trop too much, too, over
tropique, *m.* tropic
trottoir, *m.* sidewalk
troupe, *f.* troop
troupeau, *m.* flock, herd
trouver, to find; se — to be, to
  exist
truc, *m.* thing; trick
tube, *m.* tube
tuer to kill
tuile, *f.* tile
tulipe, *f.* tulip
turban, *m.* turban
tutoyer to use the familiar form
  when speaking

tuyau, *m.* pipe
tympan, *m.* tympan
type, *m.* type; guy
tyran, *m.* tyrant

U

un(e) one, a, an
uniforme, *m.* uniform
uniformément uniformly
unique only, sole; unique
uniquement solely
univers, *m.* universe
université, *f.* university
urbaniste, *m.* town planner
usage, *m.* usage
usuel(le) usual, customary
utile useful
utiliser to use

V

vacances, *f.pl.* vacation
vacant(e) vacant
vache, *f.* cow
vaguement vaguely
vain vain, ineffectual; **en —** in vain
vaisselle, *f.* dishes; **faire la —** to wash the dishes
valeur, *f.* value, worth
valise, *f.* suitcase
vallée, *f.* valley
valoir to be worth; **— la peine** to be worth it; **— mieux** to be better
vaniteux (vaniteuse) vain
varié(e) varied, diversified
varier to vary
variété, *f.* variety
vase, *m.* vase
vaste vast, spacious
véhicule, *m.* vehicle
veille, *f.* day or night before
vendeur, *m.* **(vendeuse,** *f.*) salesperson
vendre to sell
vendredi, *m.* Friday
venir to come; **— de** to have just
vent, *m.* wind
vente, *f.* sale
ver, *m.* worm
verbe, *m.* verb
verdir to become green

verger, *m.* orchard
vérifié(e) verified
vérifier to verify; to check
véritable true, genuine
vérité, *f.* truth
vernissé(e) glazed, varnished
verre, *m.* glass
vers towards; about
à verse abundantly; **il pleut —** it is pouring rain
verser to pour (out, forth); to shed
vert, *m.* green
vert(e) green
vertement sharply, harshly
vestiaire, *m.* cloakroom
vestibule, *m.* lobby
veston, *m.* jacket
vêtement, *m.* garment; pl. clothes
vétéran, *m.* veteran
vêtu(e) clothed
veuf (veuve) widowed
veuf, *m.* **(veuve,** *f.*) widower, widow
vexé(e) vexed, annoyed
viande, *f.* meat
vicieux (vicieuse) vicious
victime, *f.* victim
victoire, *f.* victory
victorieux (victorieuse) victorious
vide empty
vie, *f.* life
vieillerie, *f.* old thing
vieillir to grow old
vieux (vieille) old; **mon —** old pal
vif (vive) lively; sharp, vivid
vigne, *f.* vine; vineyard
vigoureusement vigorously
vigueur, *f.* vigor
villa, *f.* villa; suburban dwelling
village, *m.* village
villageois(e) villager
ville, *f.* town, city
vin, *m.* wine
vinaigre, *m.* vinegar
vinaigrette, *f.* vinegar sauce
violon, *m.* violin
violoniste, *m.* or *f.* violinist
visage, *m.* face
visiblement visibly
visite, *f.* visit

visiteur, *m.* **(visiteuse,** *f.*) visitor
vitamine, *f.* vitamin
vite quickly
vitesse, *f.* quickness, speed
vitrail, *m.* stained-glass window
vitré(e) enclosed in glass
vivant(e) living, alive
vivre to live, to be alive
vogue, *f.* vogue, fashion
voie, *f.* way; route, lane
voilà there is, there are
voir to see; **voyons!** come on!
voisin(e) adjacent, next
voisin, *m.* **(voisine,** *f.*) neighbor
voiture, *f.* car
voix, *f.* voice
vol, *m.* flight
volant, *m.* steering wheel
volet, *m.* shutter
volontaire voluntary
volonté, *f.* will
volontiers willingly
volume, *m.* volume
vote, *m.* vote
voter to vote
votre your; **le, la vôtre** yours
vouloir to want; to wish; **je voudrais** I would like
voute, *f.* vault, arch
voyage, *m.* trip, journey
voyager to travel
voyageur, *m.* **(voyageuse,** *f.*) traveler
voyelle, *f.* vowel
voyou, *m.* hoodlum
vrai(e) true
vraiment truly, really
vraisemblable likely, plausible
vue, *f.* view
vulgaire vulgar

Y

y there is; to it; by it; **il — a** there is, there are
yacht, *m.* yacht
yeux, *m.pl.* eyes

Z

zoo, *m.* zoo
zut! darn it!

Index